WITHDRAWN

ЧИТАТЬ [МОДНО]

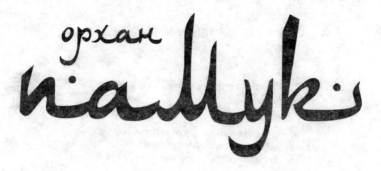

снег

САНКТ-ПЕТЕРБУРГ

ИЗДАТЕЛЬСТВО
амфора

2006

УДК 82/89
ББК 84(Ту5)6
П 15

ORHAN PAMUK
Kar

Перевела с турецкого А. С. Аврутина

*Издательство выражает благодарность
литературным агентствам Synopsis и The Wylie Agency
за содействие в приобретении прав*

*Защиту интеллектуальной собственности и прав
издательской группы «Амфора»
осуществляет юридическая компания
«Усков и Партнеры»*

Памук, О.

П 15   Снег : [роман] / Орхан Памук ; [пер. с тур.
А. Аврутиной]. — СПб. : Амфора. ТИД Амфора,
2006. — 542 с.

ISBN 5-367-00262-5

Молодой журналист Керим решил расследовать серию
странных самоубийств молодых девушек провинциального
городка Карс. Но город превратился в ловушку — снег завалил все дороги и уехать не может никто…

Новый роман Орхана Памука — это попытка осмыслить
жизнь современной Турции, ее взаимоотношения с Западом
и самоидентификацию.

УДК 82/89
ББК 84(Ту5)6

ISBN 5-367-00262-5

посвящается Рюйе

Переводчик выражает благодарность
доценту кафедры тюркской филологии
Восточного факультета СПбГУ
А. И. Пылеву,
а также научному сотруднику Государственного Эрмитажа
Т. М. Гудковой
за консультации в процессе работы

«Все наше внимание направлено на опасные
крайности всего сущего.
На честного вора, на милостивого убийцу,
На западного суеверного атеиста».

Роберт Браунинг. *Доклад отца Блуграма*

«Политика в литературном произведении гру-
ба, как пистолет, который стреляет посреди
концерта, но это то, чем мы не можем прене-
бречь. А теперь мы будем говорить об отвратительных вещах…»

Стендаль. *Пармская обитель*

«Уничтожьте народ, истребите, заставьте его
молчать. Потому что просвещение Европы
гораздо важнее народа».

Достоевский. *Из черновиков к роману
«Братья Карамазовы»*

«Европеец во мне утратил покой».

Джозеф Конрад. *Под взглядом европейца*

1

Безмолвие снега
Поездка в Карс

«Безмолвие снега», — подумал человек, сидящий за спиной шофера в автобусе. Если бы это было началом стихотворения, он назвал бы «безмолвием снега» то, что он чувствовал.

На автобус, который должен был отвезти его из Эрзурума в Карс, он успел в последнюю минуту. Он добрался до автовокзала в Эрзуруме после двухдневного пути из Стамбула на автобусе, под снегом и ураганом, и, с сумкой в руках проходя по грязным и холодным коридорам, попытался узнать, откуда отправляется автобус, который отвезет его в Карс, и тут какой-то человек сказал, что автобус отходит с минуты на минуту.

Помощник водителя в старом автобусе марки «Магирус», на который он все-таки успел, сказал: «Мы торопимся», потому что не хотел опять открывать багажник, и поэтому ему пришлось взять с собой в автобус большую, вишневого цвета, дорожную сумку фирмы «Балли», которая сейчас стояла у него между ног. На этом путешественнике, сидевшем теперь у окна, было толстое пальто пепельного цвета, которое он купил лет пять назад во Франкфурте, в одном из магазинов «Кауфхоф». Сразу скажем, что в те дни, которые он проведет в Карсе, это прекрасное, невероятно мягкое пальто станет для него источником стыда, беспокойства, но и надежности.

Автобус выехал в дорогу, и в то время как сидевший у окна путешественник во все глаза рассматривал окраинные кварталы Эрзурума, крошечные и нищие бакалейные лавки, пекарни и внутренние залы ветхих кофеен, пошел снег. Этот снег был сильнее и крупнее того, что шел во время путешествия от Стамбула до Эрзурума. Если бы путешественник, сидевший у окна, не устал бы так в дороге и внимательнее посмотрел бы на огромные снежинки, спускающиеся с неба как птичьи перья, он смог бы почувствовать, что приближается сильная снежная буря, и, возможно, вернулся бы назад, поняв, что отправляется в путешествие, которое изменит всю его жизнь.

Но ему и в голову не пришло вернуться. Он посмотрел на небо, которое, начав смеркаться, казалось еще светлее, и увидел снежинки, которые, становясь все больше и больше, кружились на ветру не как признаки приближающейся беды, а как вернувшиеся наконец знаки счастья и радости из далекого детства. Неделю назад путешественник, сидевший у окна, впервые за двенадцать лет вернулся в город, где он прожил годы детства, где был счастлив . Он вернулся в Стамбул из-за смерти матери, пробыл там четыре дня и отправился в эту поездку в Карс, которая совершенно не была запланирована. Он чувствовал, что этот сверхъестественно красивый снег делает его счастливее даже больше, чем Стамбул, который удалось увидеть долгие годы спустя. Он был поэтом и в одном стихотворении, написанном много лет назад, которое было мало знакомо турецкому читателю, написал, что однажды в жизни снег идет даже во сне.

Пока шел снег — медленно и безмолвно, как во сне, — путешественника, сидевшего у окна, наполнило чувство чистоты и безгрешности, которое он годами страстно искал, и он с оптимизмом поверил в то, что сможет чувствовать себя в этом мире уютно. Спустя какое-то время он сделал то, чего не делал давно и что ему даже не приходило в голову, — он просто заснул в кресле.

Давайте тихонько расскажем о нем, воспользовавшись тем, что он спит. Вот уже двенадцать лет, как он вел в Германии жизнь политического ссыльного, хотя политикой особенно не интересовался никогда. Главной его страстью была поэзия, занимавшая все его мысли. Ему было сорок два года, он никогда не был женат. В кресле, на котором он скрючился, это было не заметно, но для турка он довольно высокого роста, у него светлая кожа, в дороге ставшая еще бледнее, и светло-каштановые волосы. Он был застенчивым человеком, которому нравилось одиночество. Если бы он знал, что, уснув, через какое-то время, из-за тряски в автобусе, он уронит голову на плечо соседа, а затем себе на грудь, он очень смутился бы. Путешественник, навалившийся всем телом на соседа, был добросердечным, справедливым, порядочным и всегда печальным человеком, которые подобно героям Чехова из-за этих качеств инертны и неудачливы в личной жизни. Позже мы часто будем возвращаться к теме печали. Сразу же скажу, что путешественника, который, как я понимаю, не смог бы долго спать в такой неудобной позе, звали Керим Алакуш-оглу, однако ему совсем не нравилось это имя, и он предпочитал, чтобы его звали Ка[1] — по первым буквам имени; в этой книге я буду звать его так же. Еще в школе наш герой отваживался под заданиями и на экзаменах упрямо писать свое имя как «Ка», в университете в ведомости посещаемости подписываться «Ка» и из-за этого всегда ссорился с учителями и чиновниками. Поскольку он приучил свою мать, свою семью и своих друзей к этому имени и под этим именем выходили книги его стихов, то среди турок в Турции и Германии за именем «Ка» закрепилась небольшая и загадочная слава. Как шофер, который, отъехав от автовокзала в Эрзуруме, пожелал пассажирам «Счастливого пути!», я тоже сейчас скажу: «Счастливого пути, милый Ка...», — но я не хочу

---

[1] Существует некая символическая связь между именем героя Ка, снегом (по-турецки «каг»), который идет на протяжении всего романа, и местом действия — городом Карс. *Здесь и далее примеч. пер.*

11

вводить вас в заблуждение, я старый приятель Ка и знаю, что случится с ним в Карсе, еще не начав рассказывать об этом.

После Хорасана автобус повернул на юг, к Карсу. Когда на одном из спусков дороги, которая петляла, то поднимаясь, то спускаясь, шофер резко затормозил перед внезапно показавшейся повозкой с лошадью, Ка сразу проснулся. Много времени не понадобилось, чтобы влиться в атмосферу братства и единства, сложившуюся в автобусе. Всякий раз, когда автобус сбрасывал скорость на повороте или на краю обрыва, Ка, как и пассажиры, сидевшие сзади, тоже вставал, чтобы лучше рассмотреть дорогу, хотя и сидел сразу за водителем; показывал пропущенные, не протертые места пассажиру, который из огромного желания помочь шоферу протирал запотевшее лобовое стекло, хотя помощь Ка не замечали; а когда снежная буря усиливалась и вытирать моментально белеющее лобовое стекло не успевали, пытался понять, в какую сторону тянется шоссе, которого теперь совсем не было видно.

Дорожных знаков тоже не было видно, потому что их совсем замело. Когда буря разыгралась не на шутку, водитель выключил дальний свет, и дорогу в полумраке стало видно лучше, а в автобусе стало темно. Испуганные пассажиры, не разговаривая друг с другом, смотрели на улочки стоявших под снегом маленьких бедных городков, на тусклый свет в ветхих одноэтажных домах, на не видные теперь ведущие к деревням дороги и на пропасти, освещенные бледными огнями. Если они и разговаривали, то разговаривали шепотом.

Сосед по креслу, в объятия которого упал, заснув, Ка, точно так же шепотом спросил у него, зачем он едет в Карс. Легко было понять, что Ка не из Карса.

— Я журналист, — прошептал Ка.

Это было неправдой. «Я еду из-за выборов в муниципалитет и женщин-самоубийц». Это было правдой.

— Все газеты в Стамбуле писали о том, что глава муниципалитета Карса был убит и что женщины совершили самоубийство, — сказал сосед по креслу с сильным чувством, по которому Ка не смог понять, гордится он или стесняется.

Время от времени Ка разговаривал с этим худым красивым крестьянином, которого он вновь встретит через три дня в Карсе, когда тот будет плакать на засыпанном снегом проспекте Халит-паша. Ка узнал, что мать крестьянина увезли в Эрзурум из-за того, что в больнице Карса не было возможностей ей помочь, что тот занимался скотоводством в одной из близлежащих к Карсу деревень, что они еле-еле сводят концы с концами, однако он не стал заговорщиком, что (по загадочным причинам, которые он не смог объяснить Ка) он расстраивается не из-за себя, а из-за своей страны, что он рад, что такой образованный человек, как Ка, приехал «из самого Стамбула», из-за бед Карса. В его чистой речи, в том, как степенно он разговаривал, чувствовалось нечто аристократическое, что вызывало уважение.

Ка почувствовал, что присутствие этого человека дает ему ощущение покоя. Он вспомнил ощущение, которое не испытывал в течение двенадцати лет в Германии, с тех самых пор, когда ему было приятно понять человека, который слабее его, и приятно было чувствовать к нему сострадание. В такие минуты он старался смотреть на мир глазами этого человека, которого сейчас любил и которому сейчас сострадал. Подумав об этом, Ка понял, что он почти не боится нескончаемой снежной бури, что они не упадут в пропасть и что, пусть с опозданием, но автобус доедет до Карса.

Ка совсем не узнал город, когда в десять часов, с опозданием на три часа, автобус въехал на заснеженные улицы Карса. Он не мог понять, где здание вокзала, которое появилось перед ним однажды весенним днем двадцать лет назад, когда он приехал сюда на паровозе, где отель «Джумхуриет»[1], каждая комната которого

---

[1] Республика.

была с телефоном, и куда привез его таксист, после того как проехал по всему городу. Под снегом все словно стерлось, как будто исчезло. Несколько повозок с лошадьми, ожидавшие на автовокзале, напоминали прошлое, однако город выглядел еще более печальным и бедным, чем двадцать лет назад, когда его видел и каким запомнил Ка. Из покрытых льдом окон автобуса Ка увидел бетонные жилые дома и пластмассовые панно, которые за последние десять лет сделали все города Турции похожими друг на друга, предвыборные афиши, развешанные на веревках над улицей, натянутых с одной стороны на другую.

Как только он вышел из автобуса и коснулся ногами невероятно мягкой земли, под брюки пошел резкий холод. Когда Ка спрашивал, как пройти к отелю «Карпалас»[1], в который он позвонил из Стамбула и забронировал номер, он увидел знакомые лица среди пассажиров, забиравших свои чемоданы у помощника водителя, но из-за снега не мог вспомнить, кто были эти люди.

В закусочной «Йешил-юрт»[2], куда он пошел после того, как разместился в отеле, он вновь увидел этих людей. Усталый, износившийся, однако все еще привлекательный мужчина и полная, но подвижная женщина, видимо, его подруга. Ка помнил их по Стамбулу и по политическим театральным постановкам семидесятых с их многочисленными лозунгами: мужчину звали Сунай Заим. Рассеянно глядя на них, он понял, что женщина похожа на его одноклассницу из начальной школы. Ка увидел, что у других мужчин за столом кожа была мертвенно-бледной, что свойственно актерам. Что делала эта маленькая театральная труппа снежной февральской ночью в забытом богом городе? Перед тем как выйти из этой закусочной, которую двадцать лет назад посещали служащие в галстуках, Ка показалось, что за другим столом он увидел еще одного

---

[1] Снежный дворец.
[2] Зеленая страна.

14

героя воинствующих левых из семидесятых годов. Его воспоминания тоже стирались, будто засыпанные снегом, как и обедневший и поблекший Карс, и закусочная.

На улицах было пустынно из-за снега, а может, на этих замерзших мостовых вообще никогда никого не было? Он внимательно прочитал предвыборные афиши на стенах, рекламы закусочных и курсов по обучению, а также плакаты, недавно повешенные администрацией губернатора, порицающие самоубийство, на них было написано: «Человек — это шедевр Аллаха, а самоубийство — кощунство». Затем Ка увидел толпу мужчин, смотревших телевизор в наполовину заполненной чайной, окна которой заледенели. Старые русские каменные здания, пробуждавшие в его мыслях о Карсе нечто особенное, и пусть хоть на некоторое время, но успокаивали Ка. Отель «Снежный дворец» был одним из элегантных русских зданий, выполненных в стиле петербургской архитектуры. В двухэтажное изящное здание, с длинными высокими окнами, можно было войти через арку, выходившую во двор. Когда Ка проходил под сводами арки, построенной сто десять лет назад, довольно высокой, чтобы здесь могли проезжать телеги с лошадьми, он почувствовал неясное волнение, однако он так устал, что даже не задумался об этом. Скажем все-таки, что это волнение было связано с одной из причин, по которой Ка приехал в Карс: три дня назад в Стамбуле, посещая редакцию газеты «Джумхуриет», он видел друга молодости Танера, который сказал Ка, что в Карсе будут выборы в муниципалитет, к тому же девушки в этом городе заразились странной болезнью совершать самоубийства, совсем как в Батмане, и предложил ему поехать в Карс и написать об этом; он сказал также, что к этой работе никто не рвется, а если Ка по прошествии двенадцати лет хочет увидеть и узнать настоящую Турцию, то ему выдадут для этого временную карту представителя прессы, а также добавил, что в Карсе находится их университетская приятельница, красавица Ипек[1]. Они с Мухтаром расстались, и теперь она жила в отеле «Снежный дворец» со своим отцом и сестрой. Слушая слова Танера, который в газете «Джумхуриет» был политическим обозревателем, Ка вспомнил красоту Ипек. Ка успокоился только после того, как поднялся и закрылся в комнате под номером 203, находившейся на втором этаже отеля, ключ от которой ему выдал секретарь Джавит, смотревший телевизор в отельном холле с высоким потолком. Он внимательно прислушивался к себе, и, вопреки страху, который он чувствовал в дороге, ни его разум, ни его сердце не были заняты вопросом, есть в отеле Ипек или нет. Состояние влюбленности смертельно пугало Ка, он обладал сильной интуицией тех, кто помнил свою краткую любовную историю как цепочку боли и стыда.

В полночь, перед тем как лечь в постель в своей темной комнате, надев пижаму, Ка слегка отодвинул занавеску. Он смотрел, как идет снег, не останавливаясь, падая большими снежинками.

2

Наш город — спокойное место

Дальние кварталы

Снег обычно пробуждал в нем чувство духовной чистоты, покрывая собой грязь, нечистоты и темноту города, позволял забыть их, но в первый же день, проведенный в Карсе, Ка утратил чувство безгрешности, навеянное снегом. Здесь снег был утомительным, наводил тоску и страшил. Снег шел всю ночь. Пока утром Ка шел по улицам, сидел в кофейнях, заполненных безработными курдами, пока он, словно жаждущий информации журналист, встречался с избирателями — с руч-

---

[1] Шелк.

16

кой в руке или карабкался по обледенелым крутым дорогам в бедных кварталах, встречался с прежним главой муниципалитета, с заместителем губернатора и родственниками девушек, совершивших самоубийство, снег шел, не прекращаясь. Виды заснеженных улиц, которые в детстве, из окна их надежного дома в Нишанташы[1], казались ему частью какой-то сказки, сейчас уже много лет как представлялись ему той границей, за которой начиналась жизнь среднего класса, о которой он мечтал многие годы как о последнем прибежище, и в то же время это была граница, от которой начиналась безнадежная бесконечная нищета, которую ему не хотелось даже представлять себе.

Утром, когда город еще только просыпался, он, не обращая внимания на падающий снег, быстрым шагом двинулся от проспекта Ататюрка[2] вниз, в кварталы «гедже конду»[3], самые бедные в Карсе, по направлению к кварталу Кале-ичи. Проходя под дикими маслинами и платанами, ветви которых были покрыты снегом, Ка смотрел на старые и ветхие русские дома, из окон которых наружу высовывались печные трубы; на снег, который покрывал армянскую церковь, пустовавшую уже тысячу лет и возвышавшуюся между дровяными складами и электрическим трансформатором; он смотрел на задиристых собак, лаявших на каждого проходившего по каменному мосту, построенному пятьсот лет назад через речушку Карс, скованную льдом; на тоненькие струйки дыма, подымавшиеся от крохотных лачуг в квартале Кале-ичи, которые под снегом казались совсем пустыми и заброшенными; и ему стало так грустно, что на глаза навернулись слезы. Двое

---

[1] Один из фешенебельных районов Стамбула.
[2] Мустафа Кемаль Ататюрк, основатель и первый президент (1923–1938) Турецкой Республики.
[3] Самые бедные кварталы турецких городов, дословно — «лачуги, незаконно построенные за одну ночь».

ребятишек — мальчик и девочка, отправленные рано утром на противоположный берег реки к пекарне, — держали, прижимая к себе, горячие хлебы и, подталкивая друг друга, так счастливо пересмеивались, что Ка тоже улыбнулся им. С такой силой на него действовала не бедность и не безысходность; так действовало на него странное и сильное чувство одиночества, которое впоследствии он все время будет чувствовать повсюду в городе, в пустых витринах фотомастерских, в заледеневших окнах чайных домов, битком набитых безработными, игравшими в карты, и на безлюдных заснеженных площадях. Словно это было забытое всеми место и снег здесь шел безмолвно, долетая до конца мира.

Утром судьба Ка начала складываться удачно: его встретили как известного стамбульского журналиста, который всем был интересен и которому каждый хотел пожать руку. Все — от заместителя губернатора до последнего бедняка — открывали ему двери и говорили с ним. Жителям Карса[1] Ка представил Сердар-бей, выпускавший городскую газету «Граница», выходившую тиражом триста двадцать экземпляров, некогда Сердар отправлял в газету «Джумхуриет» сообщения о местных новостях (большинство которых не печатали). Утром, выйдя из отеля, Ка первым делом разыскал этого старого журналиста в дверях редакции его газеты, в Стамбуле ему дали прозвище — «наш местный собственный корреспондент», и Ка сразу понял, что он знаком со всем Карсом. Сердар-бей первым задал вопрос, который Ка зададут еще сотню раз за те три дня, которые он проведет в этом городе.

— Добро пожаловать в наш приграничный город, мастер. Но что вы собираетесь здесь делать?

Ка сказал, что приехал наблюдать за выборами и, возможно, написать статью о девушках-самоубийцах.

---

[1] Приграничный город.

— Слухи о самоубийцах преувеличены, как и в Батмане, — ответил журналист. — Давайте сходим к Касым-бею, помощнику начальника службы безопасности. Как бы то ни было, они должны знать о вашем приезде.

То, что каждый приезжающий в городок, и даже журналист, должен хотя бы раз явиться в полицию, было провинциальным обычаем, из 1940-х годов. Ка не стал возражать, поскольку был политическим ссыльным, вернувшимся на родину спустя многие годы, а также еще и потому, что (если об этом и не говорили вслух) вокруг ощущалось присутствие партизан из РПК[1].

Под медленно падавшим снегом они прошли через овощной рынок, по проспекту Казыма Карабекира[2], где расположились ряды торговцев скобяным товаром и запчастями, мимо чайных домов, где печальные безработные смотрели в телевизор и на падающий снег, мимо молочных лавок, где были выставлены огромные круги овечьего сыра, и за пятнадцать минут вдоль и поперек обошли весь город.

В одном месте Сердар-бей остановился и показал Ка угол, на котором убили прежнего главу муниципалитета. Поговаривали, что он был убит из-за какой-то пустяковой муниципальной проблемы, из-за того, что обрушился незаконно пристроенный балкон. Убийца был взят вместе с оружием через три дня после совершенного, на сеновале своего дома, в деревне, куда он сбежал после преступления. За эти три дня появилось столько сплетен, что сначала никто не поверил, что именно этот человек совершил преступление, а настолько глупая причина убийства всех разочаровала.

Управление безопасности Карса представляло собой длинное трехэтажное здание, растянувшееся вдоль проспекта Фаик-бея, где расположились старинные

---

[1] Рабочая партия Курдистана.
[2] Сподвижник Ататюрка, командующий восточным фронтом в годы Освободительной войны.

каменные здания, оставшиеся после богатых русских и армян, в большинстве своем использовавшиеся для государственных учреждений. Пока они ждали помощника начальника службы безопасности, Сердар-бей показал Ка высокий украшенный потолок и сообщил, что при русских, в 1877–1918 годах, в этом здании был особняк в сорок комнат одного богатого армянина, а затем оно стало русской больницей.

Помощник начальника службы безопасности Касым-бей, с пивным животиком, выйдя в коридор, пригласил их в свой кабинет. Ка сразу же понял, что он не читает газету «Джумхуриет», считает ее левонастроенной; ему также не нравится, если Сердар-бей хвалит чью-то поэзию; но он стесняется Сердара-бея, поскольку Сердар-бей — хозяин местной газеты, больше всего продаваемой в Карсе. Сердар-бей закончил говорить, и Касым-бей спросил у Ка:

— Нужна вам охрана?

— Это как?

— Мы приставим к вам человека в штатском. Вам будет спокойно.

— Разве мне это нужно? — спросил Ка, волнуясь как больной, которому врач уже предложил ходить с палкой.

— Наш город — спокойное место. Смутьянов-террористов мы поймали. Но — на всякий случай.

— Если Карс — спокойное место, то не нужно, — ответил Ка, но про себя пожелал, чтобы помощник начальника службы безопасности еще раз подчеркнул, что город — спокойное место, однако Касым-бей этого не повторил.

Сначала они пошли в северные, самые бедные кварталы Карса — Кале-ичи и Байрам-паши. Под снегом, который шел не переставая, Сердар-бей стучал в двери незаконно построенных лачуг, сделанных из камня, брикетного кирпича и шифера, просил женщин, открывавших двери, позвать хозяина дома и, если они узнавали его, с доверительным видом сообщал, что Ка, его приятель, — известный журналист, приехавший в Карс из Стамбула ради выборов, но он будет писать не только о выборах, но и о проблемах Карса, о том, почему женщины совершали самоубийство, и, если они расскажут о своих бедах, для Карса это будет хорошо. Некоторые радовались, приняв их за кандидатов на пост главы муниципалитета, приходивших с пакетами макарон или печенья, с коробками мыла или с бидонами, полными подсолнечного масла. Те, кто, проявляя гостеприимство и любопытство, решались пригласить их в дом, сначала говорили Ка, чтобы он не боялся лающих собак. А другие, решив, что они — очередная полицейская облава и обыск, проводившиеся многие годы, открывали со страхом и, даже поняв, что пришедшие — не из управления, безмолвствовали. Семьи тех девушек, которые совершили самоубийство (Ка за короткое время узнал о шести случаях), каждый раз говорили, что их дочери ни на что не жаловались, что они очень горюют и поражены случившимся.

Пока Ка и Сердар-бей переходили из дома в дом, усаживались на покривившихся стульях и старых диванах, в холодных как лед комнатах, размером с ладонь, с земляным полом или с автомобильными ковриками на полу, находились среди возившихся детей, которых словно становилось все больше, игравших сломанными пластмассовыми игрушками (машинками, однорукими куклами), бутылками и пустыми коробками из-под лекарства и чая, сидели перед дровяными печками, в которых постоянно перемешивали угли, чтобы стало теплее, перед электрическими печками, которые работали на ворованном электричестве, и перед телевизорами, у которых не было звука, но которые все время работали, и все время слушали о нескончаемых бедах Карса, о его нищете, о тех, кого выгнали с работы, и о девушках-самоубийцах. Матери, плакавшие потому, что их сыновья были без работы и попали в тюрьму, банщики, которые, работая по двенадцать часов в день, с трудом содержали семью из восьми человек, безработные, решавшие, идти в чайную или нет, из-за того, что нужно будет тратить деньги на чай, — все они сетовали на свою участь, на государство, на муниципалитет и так рассказывали Ка свои истории, словно это беды страны или государства. В какой-то момент этого повествования и изливавшегося гнева Ка почувствовал, что в этих домах, куда он заходит и откуда выходит, он словно проваливается в темноту, и ему уже не удается различать очертания предметов, несмотря на яркий свет, лившийся в окна с улицы. Эта слепота, заставлявшая его переводить глаза на круживший- ся на улице снег, словно тюлевая занавеска снежного безмолвия застилала его разум, а память и мозг отказывались воспринимать рассказы о бедности и нищете.

И все же до самой своей смерти он не забыл ни одного из услышанных рассказов о самоубийстве. В этих историях больше всего Ка потрясли не бедность, не безысходность и не непонимание. И даже не родители, которые постоянно били и мучили своих дочерей, не позволяя им даже выйти на улицу, не ревнивые мужья, не безденежье. А больше всего его пугало и поражало то, что эти самоубийства внезапно и быстро, без серьезной причины, как нечто само собой разумеющееся, вошли в обычную повседневную жизнь.

Одна девушка, которой предстояла помолвка против ее воли с пожилым владельцем чайной, как обычно, поужинала вечером со своими родителями, тремя братьями и бабушкой, как обычно, собрала грязную посуду, пересмеиваясь и препираясь с братьями, и из кухни, куда она пошла, чтобы принести десерт, вышла в сад, через окно забралась в комнату родителей и спокойно выстрелила в себя из отцовского охотничьего ружья. Родители услышали выстрел и нашли свою дочь не на кухне, а в спальне, скорчившуюся в лужи крови, и не поняли, почему она сделала это, и даже не могли взять в толк, каким образом, будучи на кухне, она вдруг оказалась в их спальне. Другая шестнадцатилетняя девушка, как обычно, вечером поссорилась со своими братьями из-за того, какой канал смотреть по телевизору и кто будет держать пульт дистанционного управления, и, после того как от отца, пришедшего разнять их, получила две сильные затрещины, пошла в свою комнату и выпила залпом огромную бутылку с удобрением «Морталин», словно газированную воду. И еще одна пятнадцатилетняя девушка так боялась побоев от безработного и задавленного жизнью мужа, в которого она влюбилась и вышла замуж и которому шесть месяцев назад родила ребенка, что после привычной ссоры пошла в кухню, заперлась на ключ и, несмотря на крики мужа, который, поняв, что она там собирается сделать, пытался сломать дверь, повесилась на крюке с веревкой, приготовленных заранее.

Во всех этих рассказах сквозила безнадежность и завораживала стремительность перехода от обычного течения жизни к смерти, поразившие Ка. Вбитые в потолок крюки, ружья, заряженные заранее, бутылки с удобрением, припасенные в спальне, доказывали, что погибшие долгое время вынашивали мысли о самоубийстве.

Внезапные самоубийства девушек и молодых женщин начались в Батмане, в сотнях километрах от Карса. Во всем мире мужчины совершают самоубийства в три-четыре раза чаще, чем женщины, но в Батмане женщин, которые покончили с собой, было в три раза больше, чем мужчин. Процент самоубийств превышал среднемировые показатели в четыре раза, и этот факт привлек внимание молодого трудолюбивого сотрудника Анкарского государственного института статистики, но маленькая статья в газете «Джумхуриет», которую выпустил его друг-журналист, никого в Турции не заинтересовала. Турецкие же газеты сочли это важным тогда, когда представители немецких и французских газет в Турции, узнав об этом событии и заинтересовавшись им, поехали в Батман и написали об этом в своих странах, в город приехало очень много журналистов — и своих, и иностранных. С точки зрения чиновников, заинтересовавшихся этим случаем, интерес и печатные материалы спровоцировали других девушек совершить то же самое. Заместитель губернатора, с которым разговаривал Ка, заявил, что статистика утверждает, что количество самоубийств в Карсе не достигло уровня Батмана, и «в настоящий момент» он не возражает против встреч с семьями погибших, но при этом попросил при разговоре с родственниками не употреблять слишком часто слово «самоубийство» и не преувеличивать произошедшее в газете «Джумхуриет». В Батмане начала готовиться комиссия для поездки в Карс; в нее вошли психолог, специализирующийся на самоубийствах, полицейские, прокурор и чиновники из Управления по делам религии, а само управление с этого момента издало и расклеило афиши, осуждающие самоубийство, они гласили: «Человек — это шедевр Аллаха, а самоубийство — кощунство», а также в канцелярию губернатора пришли религиозные брошюры, которые надо было раздать. Заместитель губернатора, однако, не был уверен в том, что эти меры остановят эпидемию самоубийств, начавшуюся в Карсе; он опасался, что «меры» приведут к обратному результату, потому что многие девушки приняли это решение в ответ на беседы, агитирующие против самоубийств, которые постоянно, как и очередные новости о самоубийствах, они слышали от власти, от своих отцов, мужей и проповедников.

— Без сомнения, причина самоубийств в том, что наши девочки слишком несчастны, — сказал Ка заместитель губернатора. — Однако если бы несчастливая жизнь была истинной причиной самоубийства, то половина турецких женщин сделала бы это. — Заместитель губернатора, с лицом как у белки и с усами, похожими на щетку, отметил, что женщины разгневались на мужской голос, который поучал их от имени религии, семьи и государства: «Не совершай самоубийства!», и он с гордостью сообщил Ка, что написал в Анкару о том, что необходимо в состав комиссии против самоубийств включить хотя бы одну женщину.

Впервые мысль о том, что самоубийство заразно, как и чума, возникла, когда из Батмана в Карс приехала девушка, чтобы убить себя. Ее дядя, с которым Ка разговаривал после обеда в квартале Ататюрка, в саду под дикими маслинами, покрытыми снегом (их не пустили в дом), курил и рассказывал Ка, что его племянница два года назад вышла замуж в Батмане, с утра до вечера она занималась делами по дому и постоянно получала выговоры от свекрови из-за того, что у нее нет детей; но он объяснил, что все это не было причиной для самоубийства, она подхватила эту мысль в Батмане, где женщины убивали себя, и даже здесь, в Карсе, рядом со своей семьей, покойная выглядела счастливой, и поэтому их поразило, что в то утро, когда ей предстояло вернуться в Батман, они нашли ее мертвой, в кровати, с письмом у изголовья, где было написано, что она приняла две коробки снотворного.

В подражание этой женщине, которая привезла с собой из Батмана в Карс мысль о самоубийстве, первой поступила так же через месяц ее двоюродная сестра. Причиной этого самоубийства, о деталях которого Ка дал слово плачущим родителям не сообщать в газете, было то, что одна из учительниц девушки в классе заявила, что та не девственница. Сплетня за короткое время распространилась по всему Карсу, жених расторг помолвку, в дом забыли дорогу те, кто раньше приходил сватать эту красавицу. Бабушка девушки начала ей твердить: «Замуж ты не выйдешь», и однажды вечером, когда все вместе увидели по телевизору сцену свадьбы и пьяный отец начал плакать, девушка залпом проглотила снотворное, которое копила, воруя у своей бабушки, и тотчас уснула (как и мысль о самоубийствах, метод тоже оказался притягательным). Когда вскрытие показало, что погибшая была целомудренной, ее отец стал обвинять родственницу из Батмана, совершившую самоубийство, и учительницу, распространившую сплетню. Они рассказали о самоубийстве их дочери со всеми подробностями, поскольку хотели, чтобы в газетной статье было объявлено, что обвинение необоснованно, и чтобы была наказана учительница, выдумавшая эту ложь.

Во всех этих рассказах Ка повергало в странную безнадежность то, что решившимся на самоубийство непременно удавалось найти нужное время и уединение, чтобы покончить с собой. Девушки делили свои комнаты с другими, но, приняв снотворное, умирали тайно. Ка, воспитанный в Стамбуле в Нишанташы, на западной литературе, всякий раз задумываясь о самоубийстве, чувствовал, что для того, чтобы это сделать, необходимо много времени, места, и комната, в дверь которой много дней никто не постучится. Каждый раз, когда он представлял себе самоубийство, которое он совершит с чувством полной свободы, медленно выпив виски со снотворным, Ка так боялся безграничного одиночества, которое ожидало его там, что никогда всерьез не допускал мысли об этом.

Единственным человеком, который своей смертью пробудил в Ка это чувство одиночества, была повесившаяся неделю назад «девушка с покрытой головой»[1]. Это была одна из студенток педагогического института, которых сначала не допускали на лекции, а затем по приказу, пришедшему из Анкары и в здание института, за то, что они не снимали платки с головы. Ее семья из тех, с которыми разговаривал Ка, была не самой бедной. Когда Ка пил кока-колу, которую открыл и про-

---

[1] По традиции в мусульманских странах, в частности на востоке Турции, девушки носят платок, повязанный на голове наподобие тюрбана.

тянул ему печальный отец, достав из холодильника в магазинчике, владельцем которого он был, выяснилось, что, перед тем как повеситься, девушка сообщила своей семье и друзьям, что́ думает о самоубийстве. Возможно, надевать платок она научилась у матери, в семье, но считать это политическим символом ислама она научилась у своих упрямых подруг и у институтского начальства, запрещавшего платок. Ее готовы были отчислить за непосещаемость из института, куда ее не пустила полиция, из-за того, что она отказалась снять платок, вопреки давлению со стороны своих родителей. Увидев, что некоторые ее подруги, перестав упорствовать, сняли платки, а некоторые, сняв платки, надели парики, она начала говорить отцу и подругам, что «в жизни ничто не имеет значения», что «ей не хочется жить». В эти дни уже и исламисты, и государственное Управление по делам религии стали расклеивать в Карсе листовки и афиши, твердившие, что самоубийство — это самый большой грех, и никому и в голову не пришло, что эта религиозная девушка может покончить с собой. В свой последний вечер эта девушка по имени Теслиме тихонько посмотрела сериал «Марианна», приготовила чай, налила отцу с матерью, удалилась в свою комнату, совершила омовение и намаз, а затем, надолго погрузившись в собственные мысли и помолившись, повесилась, привязав свой головной платок к крюку от люстры.

3

Проголосуйте за Партию Аллаха
Бедность и история

В детстве бедность для Ка была рубежом, где заканчивались границы и их «дома», и жизни среднего класса в Нишанташы, жизни, состоявшей из отца-адвоката, домохозяйки-матери, милых сестер, верной прислуги, мебели, радио и занавесок, и начинался другой, внешний мир. В этом другом мире существовала опасная тьма, которую нельзя было пощупать, и в детском воображении Ка она достигала метафизических размеров. Несмотря на то что ее размеры не слишком изменились в прошедшем периоде его жизни, трудно было объяснить, почему он действовал под влиянием какой-то силы, которая заставляла его вспомнить ощущение детства, отправив в путешествие в Карс, на которое он внезапно решился в Стамбуле. Ка жил далеко от Турции, но он знал, что Карс в последние годы был самым бедным и забытым районом страны. Можно сказать, что когда Ка, вернувшись из Франкфурта, в котором он жил двенадцать лет, увидел, что все стамбульские улицы, по которым он ходил со своими друзьями детства, лавочки и кинотеатры полностью изменились, исчезли, утратили свою душу, это пробудило в нем желание искать в другом месте свое детство и простоту, и поэтому он отправился в поездку в Карс, чтобы вновь встретиться с умеренной нуждой среднего класса, которую он пережил в детстве. Заметив в витринах рыночных лавок коробки круглого карсского сыра, разделенного на шесть треугольных частей — первое, что он в детстве узнал о Карсе, — а также печи марки «Везувий» и спортивные туфли марки «Гиславед», которые он носил в детстве и больше никогда не видел в Стамбуле, он почувствовал себя таким счастливым, что даже забыл о самоубийцах, и обрел душевное спокойствие от того, что находился в Карсе.

Ближе к полудню Ка, расставшись с журналистом Сердар-беем и после встречи с первыми лицами Партии равенства народов и азербайджанской общины, бродил один по городу, под снегом, который падал огромными снежинками. Он прошел по проспекту Ататюрка и, перейдя через мосты, грустно брел в самых бедных кварталах и был растроган, почувствовав, что никто, кроме него, словно не замечает снега, падающего в тишине, которую ничто, кроме собачьего лая, не нарушает, снега, падающего на крутые горы, не видимые издалека, на лачуги, которые невозможно было отделить от исторических руин, и на крепости, оставшиеся со времен Сельджуков, снега, который словно рассыпался в безграничном времени. Ка наблюдал за подростками лицейского возраста, игравшими в футбол на пустом поле в квартале Юсуфа-паши в свете высоких фонарей, освещавших соседний угольный склад, рядом с парком, качели в котором были оборваны, а горки сломаны. Под падающим снегом и бледно-желтым светом фонарей, слушая приглушенные снегом крики и споры детей, он с такой силой почувствовал невероятное безмолвие и удаленность этого уголка мира от всего, что в нем зародилась мысль о Боге.

В этот первый миг это была, скорее, картинка, нежели мысль, но она была неопределенной, как рисунок, на который мы бездумно смотрим, когда торопливо проходим по залам музея, а затем пытаемся вспомнить, но никак не можем его себе представить. Гораздо ярче, чем картинка, было ощущение, которое появилось на какой-то миг и исчезло, что происходило с Ка не в первый раз.

Ка вырос в Стамбуле, в светской, республиканской семье и не получил никакого мусульманского образования, кроме уроков религии в начальной школе. Когда в последние годы, время от времени, у него появлялись образы, похожие на тот, который появился сейчас, он не волновался и ни разу не испытал поэтического вдохновения следовать за этим воодушевлением. Самое главное, в такие моменты возрождалась оптимистическая мысль о том, что мир — это прекрасное место, на которое стоит посмотреть.

В комнате отеля, куда Ка вернулся погреться и немного вздремнуть, он с этим же чувством счастья перелистал книги по истории Карса, привезенные из Стамбула, и эта история, напомнившая ему детские сказки, смешалась у него в голове с тем, что он услышал в течение дня.

Когда-то в Карсе жили обеспеченные люди среднего класса, которые устраивали приемы, длившиеся целые дни, давали балы в своих особняках, отдаленно напоминавших Ка его детство. Эти люди, занимаясь торговлей, собрали свои состояния потому, что Карс находился на пути в Грузию, в Тебриз, на Кавказ и в Тифлис, и потому, что город был важным рубежом для двух великих империй — Османской и Российской, разрушивших его в последнем столетии; и из-за больших армий, которые империи расположили, чтобы охранять это место среди гор. В османские времена здесь было место, где жили люди разных национальностей: различные черкесские племена, курды, грузины, византийские греки, поселившиеся со времен Персидского, Византийского и Понтийского царств и бежавшие сюда от монголов и персов, люди, оставшиеся со времен Армянского государства, чьи церкви были возведены тысячу лет назад и некоторые из которых и сейчас стояли во всем своем великолепии. После того как в 1878 году крепость, построенная пятьсот лет назад, сдалась русским войскам, часть мусульман была изгнана, однако богатство города и его многоликость продолжали существовать. В русский период, когда особняки пашей, находившиеся рядом с крепостью, в квартале Кале-ичи, бани и османские здания начали разрушаться, царские архитекторы в южной долине речушки Карс возвели новый город, который быстро богател и состоял из пяти параллельных друг другу улиц и одного проспекта, проложенных ровно, с гармонией, неизвестной ни в одном городе Востока. Этот город, куда приезжал царь Александр III, чтобы встретиться со своей тайной возлюбленной и поохотиться, давал возможность русским двигаться на юг, к Средиземному морю и захватить торговые пути, был заново отстроен с большими финансовыми затратами. Именно такой Карс, очаровавший Ка во вре-

Пока он шел в редакцию газеты, его сердце с поразительной точностью подсказало ему две вещи, которые никогда не признал бы его разум. Первое: Ка приехал из Франкфурта в Стамбул и для того, чтобы успеть на похороны матери, и в то же время он приехал и для того, чтобы спустя двенадцать лет найти турчанку, на которой ему предстоит жениться. Второе: Ка приехал из Стамбула в Карс, потому что втайне верил в то, что именно Ипек и есть та самая девушка, на которой ему предстояло жениться.

Ка никогда не позволил бы, чтобы эту вторую мысль ему раскрыл кто-то из его друзей с сильной интуицией, кроме того, он всю жизнь со стыдом обвинял бы себя за правильность этого предположения. Ка был из моралистов, убедивших себя в том, что самое большое счастье приходит к тому, кто ничего не делает для счастья преднамеренно. К тому же его прекрасная западная образованность никак не увязывалась с тем, чтобы искать кого-то, кого он очень мало знает, с намерением жениться. Несмотря на эти противоречивые мысли, он пришел в городскую газету «Граница», не испытывая беспокойства. Их первая встреча с Ипек оказалась даже теплее, чем он, не замечая этого, все время представлял себе, когда ехал из Стамбула.

Городская газета «Граница» находилась на проспекте Фаик-бея, через улицу от отеля, и общая площадь издательства была чуть больше маленькой комнатки Ка в отеле. Комната была разделена перегородкой на две части, на ней были развешаны портреты Ататюрка, календари, образцы визитных карточек и свадебных приглашений, фотографии приезжавших в Карс видных государственных деятелей и известных турок, сделанные Сердар-беем, а также фотография первого номера газеты, вышедшего сорок лет назад, в рамочке. Позади с приятным шумом работала электрическая типографская машина с качающимися педалями, сто десять лет назад она была сделана в Лейпциге фирмой

«Бауманн» и, проработав в Гамбурге четверть века, была продана в Стамбул в 1910 году, в период свободы печати, после принятия второй конституции, она должна была вот-вот прийти в негодность, проработав в Стамбуле сорок пять лет, но в 1955 году была привезена на поезде покойным отцом Сердар-бея в Карс.

Двадцатидвухлетний сын Сердар-бея, послюнив палец правой рукой, скармливал машине чистую бумагу, левой рукой ловко собирал отпечатанную газету (сборник для бумаги был сломан одиннадцать лет назад во время ссоры с братом) и в то же время смог поприветствовать Ка. Второй сын, который, как и его брат, был похож не на отца, а на свою низкорослую, полную, луноликую и с раскосыми глазами мать, которую на минутку представил себе Ка, уселся на черный от краски станок перед бесчисленными маленькими ящичками с сотней отделений, среди болванок, клише, свинцовых букв разных размеров и с терпением каллиграфа, отказавшегося от этого мира, старательно, вручную, выкладывал рекламу для газеты, которая должна была выйти через три дня.

— Вы видите, в каких условиях борется за существование пресса Восточной Анатолии, — сказал Сердар-бей.

В это время отключили электричество. Когда типографская машина остановилась и комнатка погрузилась в волшебную темноту, Ка увидел прекрасную белизну падающего на улице снега.

— Сколько штук получилось? — спросил Сердар-бей. Он зажег свечку и усадил Ка на стул, находившийся в передней части редакции.

— Сто шестьдесят, папа.

— Когда дадут свет, сделай триста сорок, сегодня у нас гости-актеры.

Городская газета «Граница» в Карсе продавалась только в одном месте, напротив Национального театра, в магазинчике, куда за день заходили купить газету не более двадцати человек, однако, как с гордостью говорил Сердар-бей, благодаря подписчикам общий тираж составлял триста экземпляров. Двести из подписчиков были предприятия и государственные организации Карса, их время от времени Сердар-бей вынужден был хвалить за успехи. Оставшиеся восемьдесят были теми «порядочными и важными» людьми, к словам которых прислушиваются в государстве и которые, уехав из Карса, поселились в Стамбуле, но не порывали связь со своим городом.

Дали свет, и Ка увидел, что на лбу Сердар-бея от гнева вздулся сосуд.

— После того как вы от нас ушли, вы встречались с неправильными людьми, вы получили неверные сведения о нашем приграничном городе, — сказал Сердар-бей.

— Откуда вы знаете, куда я ходил? — спросил Ка.

— За вами, естественно, следила полиция, — ответил журналист. — А мы, по профессиональной необходимости, слушаем эти разговоры полицейских по рации. Девяносто процентов новостей, которые выходят в нашей газете, нам предоставляет губернатор Карса и Управление безопасности. Все, о чем вы спрашивали: почему Карс бедный и отсталый, почему девушки покончили с собой, — все это знают в Управлении безопасности.

Ка слышал довольно много объяснений тому, почему Карс так обеднел. Уменьшение торговли с Советским Союзом в годы холодной войны, закрытие проездных пунктов на границе, банды коммунистов, правившие в 1970-х годах в городе, угрожавшие и обворовавшие богатых, отъезд всех, кто скопил небольшой капитал, в Стамбул и Анкару, о Карсе забыло и государство, и Аллах, нескончаемые конфликты Турции и Армении...

— Я решил вам рассказать, как все обстоит на самом деле, — сказал Сердар-бей.

Ка с ясностью разума и оптимизмом, которых не чувствовал уже много лет, сразу понял, что главная тема разговора вызывает стеснение. В течение многих лет, в Германии, и для него самого эта тема была главной, однако он стеснялся себе в этом признаться. А теперь он мог себе открыться, из-за того, что у него появилась надежда на счастье.

— Мы здесь все были добрыми друзьями, — сказал Сердар-бей так, словно выдавал тайну. — Но в последние годы каждый ясно, отчетливо и радостно стал говорить: «Я — азербайджанец», «Я — курд», «Я — туркмен». Конечно же, здесь есть люди всех национальностей. Туркмены-кочевники, мы их еще называем «кара-папаки» — братья азербайджанцев. Курдов мы считаем племенем, раньше никто не знал о том, что есть курды. Из тех местных, что жили здесь со времен Османской империи, никто не гордился тем, что он местный. Туркмены-кочевники, местные жители из окрестностей Карса, немцы, сосланные царем из России, все жили, и никто не гордился тем, что он тот, кто есть. Это высокомерие распространило коммунистическое радио Еревана и Баку, которые хотят разделить и разрушить Турцию. А сейчас все стали беднее и стали более высокомерными.

Решив, что Ка уже находится под впечатлением услышанного, Сердар-бей перевел разговор на другую тему:

— Сторонники введения религиозных порядков ходят от двери к двери, целой компанией приходят к вам в дом, раздают женщинам кухонную утварь, посуду, соковыжималки для апельсинов, мыло коробками, крупу, стиральный порошок, сразу становятся друзьями в кварталах бедняков, устраивают дружеские встречи женщин, булавками с крючками прикрепляют на плечи детям золотые кружочки. «Отдайте ваш голос за Партию благоденствия, которую называют Партией Аллаха, — говорят они, — наша бедность и нищета из-за того, что мы отвернулись от Пути Аллаха». Они разговаривают с мужчинами, с женщинами. Они завоевывают доверие гневных безработных, гордость которых ущемлена, они радуют жен безработных, которые не знают, что вечером варить в пустой кастрюле, а затем, пообещав новые подарки, убеждают голосовать за них. Они завоевывают уважение не только самых бедных, которых унижают с утра до вечера, но и уважение университетских студентов, в желудки которых только раз в день попадает порция горячего супа, уважение рабочих и даже ремесленников, потому что они самые трудолюбивые, честные и скромные.

Хозяин городской газеты «Граница» сказал, что прежнего главу муниципалитета ненавидели не за то, что ему взбрело в голову убрать старые повозки, потому что «они несовременны» (поскольку его убили, дело было сделано только наполовину), а из-за беспутства и взяток. Ни одна из правых или левых республиканских партий не смогли выдвинуть достойного кандидата на пост главы муниципалитета из-за того, что они были разобщены старыми кровными тяжбами, этническими различиями, национализмом и вели друг с другом уничтожающее соперничество.

— Люди верят только в порядочность кандидата от Партии Аллаха, — сказал Сердар-бей. — А это Мухтар-бей — бывший муж Ипек-ханым, дочери хозяина вашего отеля. Он не очень умен, но он курд. А курдов здесь — сорок процентов всего населения. Выборы в муниципалитет выиграет Партия Аллаха.

Все усиливающийся снег вновь пробудил в Ка чувство одиночества, нарастая, это чувство сопровождалось страхом, что пришел конец той части общества, в которой он воспитывался и рос в Стамбуле, и вообще конец европейскому образу жизни в Турции. В Стамбуле он увидел, что улицы, на которых он провел свое детство, были разорены, старые и изящные дома, оставшиеся с начала века, в некоторых из которых жили его друзья, были разрушены, деревья его детства засохли и были срублены, а кинотеатры в течение последних десяти лет закрылись и по очереди были переделаны в тесные и мрачноватые магазины одежды. Это означало конец не только мира его детства, но и конец его мечты о том, что однажды он снова будет жить в Стамбуле. Он подумал о том, что если в Турции будет сильная шариатская власть, то его сестра даже не сможет выйти на улицу, не покрыв голову. Глядя на медленно падающий в свете неоновых ламп городской газеты «Граница» большими снежинками, словно сказочный, снег, Ка представил, что они вернулись во Франкфурт с Ипек. Они вместе делают покупки в «Кауфхофе», на втором этаже, где продают женскую обувь, там он купил это пальто пепельного цвета, в которое плотно закутался.

— Это часть международного исламистского движения, которое хочет уподобить Турцию Ирану...

— И девушки-самоубийцы тоже? — спросил Ка.

— Мы получаем разные сведения о том, что девушек, к сожалению, убеждали совершать самоубийства, но мы об этом не пишем, понимая всю ответственность, поскольку девушки будут реагировать еще сильнее и случаев самоубийств станет еще больше. Говорят, что в нашем городе находится известный исламский террорист Ладживерт[1], желающий вразумить закрывающихся девушек, девушек-самоубийц.

— Разве исламисты не противники самоубийств?

Сердар-бей ничего не ответил. Типографская машина остановилась, и в комнате стало тихо, и Ка посмотрел на нереальный, падающий на улице снег. Действенным средством против усиливающегося беспокойства и страха из-за предстоящей встречи с Ипек было бы озаботиться бедами Карса. Но сейчас Ка, думая уже только об Ипек, хотел подготовиться к встрече, потому что было уже двадцать минут второго.

Сердар-бей разложил перед Ка первую страницу свеженапечатанной газеты, которую принес его стар-

---

[1] Дословно: светло-синий, лазоревый.

ший полный сын, словно вручал подарок, который старательно готовил. Глаза Ка, за многие годы привыкшие искать и находить в литературных журналах свое имя, сразу остановились на статье:

НАШ ИЗВЕСТНЫЙ ПОЭТ КА В КАРСЕ

Известный во всей Турции поэт КА вчера приехал в наш приграничный город. Наш молодой поэт, обладатель премии Бехчета Неджатигиля, завоевавший одобрение всей страны своими книгами «Зола и мандарины» и «Вечерние газеты», будет следить за ходом выборов от имени газеты «Джумхуриет». Поэт КА уже много лет изучает западную поэзию в городе Франкфурте, в Германии.

— Мое имя неправильно набрали, — сказал Ка. — «А» должна быть маленькой. — Сказав это, он сразу раскаялся. — Хорошо получилось, — сказал он, чувствуя себя обязанным.

— Мастер, мы искали вас потому, что не были уверены, правильно ли написали ваше имя, — ответил Сердар-бей. — Сынок, смотри, сынок, вы неправильно набрали имя нашего поэта, — совершенно безмятежным голосом сделал он выговор своим сыновьям. Ка почувствовал, что эту ошибку в наборе Сердар-бей замечает не в первый раз. — Немедленно исправьте...

— Зачем? — спросил Ка. На этот раз он увидел свое имя правильно набранным в последней строчке самой большой статьи:

ВЕЧЕР ТРИУМФА ТРУППЫ СУНАЯ ЗАИМА В НАЦИОНАЛЬНОМ ТЕАТРЕ

Вчерашнее вечернее представление в Национальном театре народной, написанной в духе Ататюрка и просветительской пьесы известной во всей Турции театральной труппой Суная Заима было встречено с большим волнением и интересом. Представление, которое продолжалось до полуночи и на котором присутствовали заместитель губернатора, заместитель главы муниципалитета и другие известные люди Карса, то и дело прерывалось бурными овациями и аплодисментами. Жители Карса, уже долгое время жаждавшие такого искусства, до отказа заполнили Национальный театр, а также смогли посмотреть пьесу и у себя дома, потому что телевизионный канал Карса «Граница» за свою двухлетнюю историю устроил первую прямую трансляцию и преподнес это великолепное зрелище всем жителям Карса. Таким образом, телевизионный канал «Граница» впервые провел прямую трансляцию телевизионной передачи вне студии. Поскольку у канала еще нет аппаратуры для прямых трансляций, из центра телевизионного канала «Граница» на проспекте Халит-паша до камеры в Национальном театре протянули кабель длиной в две улицы. Чтобы снег не повредил кабель, сознательные жители Карса разрешили провести кабель через свои дома. (Например, семья нашего зубного врача Фадыл-бея приняла шнур через окно переднего балкона и протянула до внутреннего сада.) Жители Карса хотят, чтобы эту удачную прямую трансляцию повторили при следующем удобном случае. Представители телевизионного канала «Граница» подчеркнули, что благодаря этой первой прямой трансляции, проведенной вне студии, все предприятия Карса разместили свою рекламу. В представлении, которое смотрел весь наш приграничный город, помимо пьес, написанных в духе Ататюрка, помимо самых красивых сцен из театральных произведений, которые являются плодом западной просвещенности, помимо сценок, критикующих рекламу, которая разъедает нашу культуру, помимо приключений известного вратаря национальной сборной Вурала, помимо стихов о родине и об Ататюрке и помимо самого последнего стихотворения «Снег», которое лично прочитал наш знаменитый поэт Ка, посетивший наш город, к тому же был инсценирован просветительский шедевр «Родина или чаршаф», сохранившийся со времен республики, в новой трактовке под названием «Родина или платок».

— У меня нет стихотворения под названием «Снег», а вечером я не пойду в театр. Ваша статья выйдет с ошибкой.

— Не будьте таким уверенным. Многие люди, которые недолюбливают нас за то, что мы сообщаем о событиях, которые еще не произошли, те, кто думает, что то, что мы делаем, — это не журналистика, а предсказание, не могут скрыть своего изумления, когда события развиваются так, как мы написали. Очень много событий произошло только потому, что мы заранее о них написали. Это современная журналистика. А вы, я уверен, чтобы не отнимать у нас наше право быть в Карсе современными и чтобы не огорчать нас, сначала напишете стихотворение «Снег», а затем пойдете и прочтете его.

Среди объявлений о предвыборных митингах, новостей о том, что в лицеях стали применять вакцину, привезенную из Эрзурума, что на два месяца откладывается взимание задолженностей за воду и что для жителей Карса это будет еще одной поблажкой, Ка прочитал еще одну статью, которую среди других сначала не заметил.

СНЕГ ПЕРЕРЕЗАЛ ДОРОГИ

Снег, который идет уже два дня, не прекращаясь, перерезал сообщение нашего города со всем миром. После перекрытой вчера утром дороги на Ардахан, в полдень была засыпана и дорога на Сарыкамыш. В зоне с непроходимыми дорогами из-за путей, закрытых для сообщения по причине чрезмерного количества снега и льда, автобус компании «Йылмаз», следовавший в Эрзурум, вернулся обратно в Карс. Метеослужба объявила, что холода, пришедшие из Сибири, и крупный снег не прекратятся еще три дня. Карс три дня будет жить собственными ресурсами, как это было в прошлые зимы. Это удобный момент для нас, чтобы привести себя в порядок.

Ка уже встал и выходил, когда Сердар-бей вскочил и придержал дверь, чтобы заставить Ка выслушать его последние слова.

— Кто знает, что расскажут Тургут-бей и его дочери обо всем, — сказал он. — Они сердечные люди, с которыми мы дружески общаемся по вечерам, но не забывайте: бывший муж Ипек-ханым — кандидат на пост главы муниципалитета от Партии Аллаха. А ее сестра Кадифе[1], которую они с отцом привезли сюда учиться, говорят, самая фанатичная из всех девушек, которые носят платок. А ведь их отец — старый коммунист! Никто в Карсе сегодня не может понять, почему четыре года назад, в самые тяжелые для Карса дни, они приехали сюда.

Хотя Ка за один миг услышал много нового, что вполне могло бы лишить его покоя, он не подал виду.

4

Ты и в самом деле приехал сюда из-за выборов и самоубийств?

Ка и Ипек в кондитерской «Новая жизнь»

Почему на лице Ка была неуловимая улыбка, когда он шел под снегом с проспекта Фаик-бея в кондитерскую «Новая жизнь», несмотря на плохие новости, которые узнал? Ему слышалась «Роберта» Пеппино ди Капри, он казался себе романтичным и печальным героем Тургенева, который идет на встречу с женщиной, образ которой он рисовал себе много лет. Ка любил Тургенева, с тоской и любовью мечтавшего в Европе о своей стране, которую, презирая, покинул, устав от ее нескончаемых проблем и первобытной дикости, он любил его изящные романы, но скажем правду: он не рисовал себе образ Ипек в течение многих лет, как это было в романах Тургенева. Он только представлял себе такую женщину, как Ипек; возможно, иногда вспоминая и ее. Но как только он узнал, что Ипек рассталась с мужем, он начал думать о ней, а сейчас ему захотелось вос-

---

[1] Дословно: бархат.

44

полнить настроением и романтизмом Тургенева недостаток того, что он не думал об Ипек столько, сколько было необходимо, чтобы установить с ней глубокие и серьезные отношения.

Однако, как только он пришел в кондитерскую и сел с ней за один столик, он утратил весь тургеневский романтизм. Ипек была красивее, чем показалось ему в отеле, красивее, чем она выглядела в университетские годы. Ка взволновало, что ее красота была подлинной, слегка подкрашенные губы, бледный цвет кожи, блеск ее глаз, искренность, которая сразу же будила в человеке сердечность. В какой-то момент Ипек вела себя так открыто, что Ка испугался, что он ведет себя неестественно. Больше всего в жизни, после страха написать плохие стихи, он боялся именно этого.

— По дороге я видела рабочих, которые протягивали кабель в Национальный театр из студии телевизионного канала Карса «Граница» для прямой трансляции, словно натягивали веревки для белья, — сказала она с волнением оттого, что начинает новую тему разговора. При этом она не улыбнулась, потому что стеснялась показаться презирающей недостатки провинциальной жизни.

Некоторое время они искали общие темы для разговора, которые можно было спокойно обсуждать, как люди, решившие договориться друг с другом. Когда одна тема была исчерпана, Ипек находила новую, улыбаясь, с видом человека создающего что-то новое. Падающий снег, бедность Карса, пальто Ка, то, что они оба очень мало изменились, невозможность перестать курить, люди, которых Ка видел в Стамбуле, таком далеком для них обоих… У обоих умерли матери, и то, что они были похоронены в Стамбуле на кладбище Фери-кёй, тоже сближало их друг с другом, как им и хотелось. С сиюминутным спокойствием, порождаемым доверием, которое они испытывали друг к другу — пусть и наигранно, — мужчина и женщина, понявшие, что они — одного знака Зодиака, они говорили о месте матерей в их жизни (коротко), о том, почему старый вокзал в Карсе был разрушен (немного дольше); о том, что на месте кондитерской, в которой они встретились, до 1967 года была православная церковь и что дверь разрушенной церкви сохранили в музее; об особом отделе, посвященном армянским погромам (по ее словам, некоторые туристы считали, что это место посвящено армянам, убитым турками, а затем понимали, что все было наоборот); о единственном официанте кондитерской, наполовину глухом, наполовину слабом и невзрачном как тень; о том, что в чайных Карса не продают кофе, потому что это дорого для безработных и они его не пьют; о политических взглядах журналиста, который сопровождал Ка, и настроениях других местных газет (все они поддерживали военных и существующее правительство); о завтрашнем номере городской газеты «Граница», который Ка вытащил из кармана.

Когда Ипек начала внимательно читать первую страницу газеты, Ка испугался, что для нее, точно так же как и для его старых друзей в Стамбуле, единственной реальностью является полный страдания убогий политический мир Турции, что она и на минуту не может представить себе жизнь в Германии. Он долго смотрел на маленькие руки Ипек, на ее изящное лицо, которое ему все еще казалось поразительно красивым.

— Тебя по какой статье осудили, на сколько лет? — спросила через некоторое время Ипек, нежно улыбаясь.

Ка сказал. Ближе к концу семидесятых в маленьких политических газетах Турции писать можно было обо всем, и всех за это судили, и все гордились тем, что их судили по этой статье уголовного кодекса, но в тюрьму никто не попадал, потому что полиция, решительно взявшись за это дело, тем не менее не могла найти переводчиков, писателей и редакторов, постоянно менявших адреса. Спустя некоторое время, когда произошел военный переворот, тех, кто скрывался, стали потихоньку ловить, и Ка, осужденный за политическую статью, которую он писал не сам и которую торопливо опубликовал, не читая, бежал в Германию.

— Тебе было трудно в Германии? — спросила Ипек.

— Меня спасло то, что я не смог выучить немецкий, — ответил Ка. — Мое существо сопротивлялось немецкому, и в конце концов я сберег свою душу и чистоту.

Боясь показаться смешным из-за того, что внезапно рассказал обо всем, но счастливый тем, что Ипек его слушает, Ка рассказал историю молчания, в котором он похоронил себя, историю о том, что он уже четыре года не может писать стихи, историю, которую никто не знал.

— По вечерам, в маленькой квартире, которую я снимаю недалеко от вокзала, с единственным окном, с видом на крыши Франкфурта, я в безмолвии вспоминал счастливое время, оставшееся позади, и это заставляло меня писать стихи. Спустя какое-то время меня стали приглашать почитать стихи турецкие эмигранты, узнавшие, что в Турции я был немного известен как поэт, муниципалитеты, библиотеки и третьеразрядные школы, желавшие привлечь турок, общины, хотевшие, чтобы их дети познакомились с поэтом, пишущим по-турецки.

Ка садился во Франкфурте на один из немецких поездов, постоянно поражавших его точностью расписания и порядком, и, проезжая мимо изящных колоколен церквей отдаленных городков, мимо темноты в сердце буковых рощ и мимо здоровых детей, возвращающихся домой со школьными сумками на спинах, сквозь затуманенные стекла окон ощущал все то же безмолвие, словно был дома, поскольку совсем не понимал языка этой страны, и писал стихи. Если он не ехал в другой город читать стихи, тогда он каждое утро выходил из дома в восемь и, пройдя по Кайзерштрассе, шел в муниципальную библиотеку на проспекте Цайля и читал. «Там было столько английских книг, что хва-

47

тило бы мне на двадцать жизней». Он, как дети, которые знают, что смерть очень далеко, спокойно читал все, что ему хотелось: романы XIX века, которые обожал, английских поэтов-романтиков, книги по истории инженерного дела, музейные каталоги. Ка переворачивал страницы книг в муниципальной библиотеке, смотрел старые энциклопедии, задерживался на какое-то время перед страницами с рисунками, вновь перечитывал романы Тургенева и, несмотря на то что он слышал шум города, внутри себя ощущал то же безмолвие, что и в поезде, сопровождавшее его по вечерам, когда, изменив маршрут, он брел вдоль реки Майн мимо Еврейского музея и когда по выходным он бродил с одного конца города в другой.

— Это безмолвие через некоторое время стало занимать в моей жизни так много места, что я перестал слышать беспокоящий шум, с которым мне нужно было бороться, чтобы писать стихи, — сказал Ка. — С немцами я вообще не разговаривал. А отношения с турками, которые считали меня и умником, и интеллектуалом, и полусумасшедшим, у меня были не очень хорошими. Я ни с кем не встречался, ни с кем не разговаривал и стихи тоже не писал.

— Но в газете пишут, что сегодня вечером ты прочитаешь свое самое последнее стихотворение.

— У меня нет самого последнего стихотворения, чтобы читать его.

В кондитерской кроме них и невзрачного моложавого человечка, сидевшего за столиком в темноте, у самого окна, на другом конце кондитерской, рядом с человеком средних лет, терпеливо пытавшимся что-то ему рассказать, был еще один — изящный и усталый. Из огромного окна у них за спинами на сыпавшийся в темноту хлопьями снег падал розоватый, из-за неоновых букв в названии кондитерской, свет, обрисовывавший еще двух человек, на улице, на дальнем от кондитерской углу, увлекшихся серьезной беседой, свет делал их похожими на отрывок из плохого черно-белого фильма.

— Моя сестра Кадифе неудачно сдала экзамены в университете за первый год, — сказала Ипек. — На второй год она выдержала экзамены в здешний педагогический институт. Изящный человек, сидящий вон там, за моей спиной, в самом углу, — директор института. Отец очень любит мою сестру, оставшись один после гибели матери в автомобильной катастрофе, он решил приехать сюда, к нам. После того как отец три года назад приехал сюда, я рассталась с Мухтаром. Мы начали жить все вместе. Здание отеля, наполненное призраками и вздохами умерших, принадлежит нам совместно с родственниками. В трех комнатах живем мы.

Ка и Ипек, должно быть, не были близко знакомы в университетские годы и в годы левых организаций. Когда в семнадцать лет она появилась в коридорах факультета литературы, где были высокие потолки, Ка, как и многие другие, сразу обратил внимание на красоту Ипек. На следующий год он знал ее уже как жену Мухтара, ее друга-поэта из одной организации: они оба были родом из Карса.

— Мухтар стал заниматься семейной торговлей, реализацией продукции компаний «Арчелик» и «Айгаз», — сказала Ипек. — Все эти годы, после того как мы вернулись сюда, у нас так и не было детей, он начал возить меня к врачам в Стамбул, в Эрзурум, и расстались мы потому, что детей не было. Но Мухтар, вместо того чтобы снова жениться, посвятил себя религии.

— Почему все посвящают себя религии? — спросил Ка.

Ипек не ответила, и какое-то время они смотрели черно-белый телевизор на стене.

— Почему в этом городе все совершают самоубийства? — спросил Ка.

— Не все, а молодые девушки и женщины совершают самоубийства, — ответила Ипек. — Мужчины посвящают себя религии, а женщины кончают с собой.

— Почему?

Ипек посмотрела на него так, что Ка в своем вопросе и в ее торопливом поиске ответа почувствовал нечто неуважительное и наглое. Они немного помолчали.

— Я должен встретиться с Мухтаром, чтобы сделать репортаж о выборах, — сказал Ка.

Ипек сразу встала и, подойдя к кассе, позвонила по телефону.

— До пяти часов, в областном отделении партии, — сказала она, вернувшись и усаживаясь. — Он тебя ждет.

Наступила пауза, и Ка почувствовал волнение. Если бы дороги не были засыпаны снегом, он бежал бы отсюда первым же автобусом. Ка почувствовал глубокую жалость к городу, с его вечерами и забытыми людьми. Он невольно взглянул на снег. Они оба долгое время смотрели на снег, как люди, у которых есть время и они могут не обращать внимания на течение жизни. Ка чувствовал себя беспомощным.

— Ты и в самом деле приехал сюда из-за выборов и самоубийств? — спросила Ипек.

— Нет, — ответил Ка. — Я узнал в Стамбуле, что ты развелась с Мухтаром. Я приехал сюда, чтобы на тебе жениться.

Сначала Ипек засмеялась, приняв это за шутку, но потом густо покраснела. После долгой паузы он почувствовал по глазам Ипек, что она воспринимает все как есть. «У тебя нет даже терпения, чтобы хоть ненадолго скрыть свое намерение, как-то сблизиться со мной, поухаживать за мной, — говорили глаза Ипек. — Ты приехал сюда не потому, что любишь меня и выделяешь меня, думаешь обо мне, а потому, что узнал, что я развелась, потому, что помнишь мою красоту и считаешь слабостью то, что я живу в Карсе».

Ка с твердым намерением наказать свое бесстыдное желание счастья, которого он уже изрядно стеснялся, представил, что еще более безжалостно о себе и о нем думает Ипек: «Нас объединяет то, что наши ожидания и мечты не сбылись». Но Ипек ответила совершенно не так, как ожидал Ка.

— Я всегда верила, что ты будешь хорошим поэтом. Поздравляю тебя за твои книги.

Как и во всех чайных, закусочных и холлах отелей в Карсе, здесь на стенах тоже висели не виды гор Карса, которыми жители очень гордились, а виды Швейцарских Альп. Пожилой официант, который недавно принес чай, сидел среди блюд, заполненных пирожками и шоколадом, сверкавших маслом и позолоченной бумагой в бледном свете ламп, рядом с кассой, лицом к ним и спиной к столам, с довольным видом смотрел черно-белый телевизор на стене. Ка, готовый смотреть на все, кроме глаз Ипек, сосредоточился на фильме. В фильме некая турецкая актриса, блондинка в бикини, убегала по песчаному берегу, а двое усатых мужчин ее ловили. Между тем маленький человек за темным столиком у стены встал и, направив пистолет, который держал в руке, на директора педагогического института, начал говорить что-то, что Ка не мог расслышать. Потом Ка понял, что, когда директор ему отвечал, тот выстрелил. Он понял это не по звуку выстрела, который слышал неотчетливо, а по тому, как директор упал со стула, сотрясаясь от удара, когда пуля вонзилась в его тело.

Ипек повернулась и наблюдала сцену, за которой следил и Ка.

Официанта на том месте, где только что видел его Ка, не было. Маленький человек поднялся с места и направил пистолет на директора, лежавшего на полу. Директор ему что-то говорил. Из-за того, что у телевизора был выключен звук, было непонятно, что он говорил. Маленький человек выстрелил еще три раза в тело директора и мгновенно исчез, выйдя в дверь, находившуюся за его спиной. Ка совсем не видел его лица.

— Пойдем, — сказала Ипек. — Не надо оставаться здесь.

— Ловите! — закричал Ка. — Давай позвоним в полицию, — сказал он после этого. Но не смог сдвинуться с места. И сразу же после этого побежал за Ипек. В двустворчатых дверях кондитерской «Новая жизнь» и на лестнице, по которой они быстро спустились, никого не было.

В один миг они оказались на покрытой снегом мостовой и быстро пошли. Ка думал: «Никто не видел, как мы оттуда вышли», это его успокаивало, потому что он чувствовал себя так, как будто сам совершил преступление. Его намерение жениться, в котором он теперь раскаивался, стыд от того, что сказал об этом, словно понесли заслуженное наказание. Теперь ему не хотелось ни с кем сталкиваться.

Они дошли до угла проспекта Казыма Карабекира, Ка боялся, но чувствовал счастье от молчаливой близости, родившейся между ними оттого, что они имели общую тайну. Его охватила тревога, когда он увидел у нее на глазах слезы в свете простой электрической лампочки, освещавшей ящики с апельсинами и яблоками у дверей делового центра Халит-паши и отражавшейся в зеркале соседней парикмахерской.

— Директор педагогического института не пускал на уроки студенток в платках, — проговорила она. — Поэтому его, бедного, и убили.

— Давай расскажем полиции, — сказал Ка, вспомнив, что когда-то левые ненавидели эти слова.

— Они все поймут и так. А может быть, они уже даже сейчас все знают. Областное отделение Партии благоденствия наверху, на втором этаже. — Ипек показала на вход в деловой центр. — Расскажи о том, что видел, Мухтару, чтобы он не удивлялся, когда к нему придут из НРУ[1]. И вот еще что: Мухтар хочет опять на мне жениться, не забудь об этом, когда будешь с ним разговаривать.

---

[1] Национальное разведывательное управление — турецкая служба разведки.

5

Учитель, я могу спросить?

*Первый и последний разговор
между убийцей и убитым*

На теле директора педагогического института, в грудь и голову которому выстрелил маленький человек, пока Ка и Ипек обменивались взглядами, был толстым пластырем прикреплен потайной диктофон. Этот импортный прибор марки «Грюндик» на тело директора педагогического института приклеили внимательные сотрудники Карсского отделения Национального разведывательного управления. И угрозы, которые он получал от людей в последнее время из-за того, что не пускал девушек с покрытой головой в институт и на занятия, и информация, полученная из религиозных кругов в Карсе штатными сотрудниками Министерства информации, вызвали необходимость защитных мер, но директор, хотя и был светским человеком, как истинно верующий человек верил в судьбу и посчитал, что если вместо охранников, похожих на медведей, которых бы к нему приставили, записать на пленку угрожавших ему и после этого их арестовать, это заставит тех, кто ему угрожает, изменить мнение. Увидев, что в кондитерской «Новая жизнь», куда он случайно зашел поесть сладких лепешек с грецкими орехами, которые очень любил, к нему приближается какой-то незнакомец, он включил диктофон, как делал это всегда в подобных ситуациях. Я получил от его вдовы, все еще скорбящей по нему спустя многие годы, и от его дочери, ставшей известной манекенщицей, запись разговора на пленке, извлеченной ничуть не пострадавшей из диктофона, который не смог спасти жизнь директору, хотя в него попали две пули.

«Здравствуйте, учитель, вы меня узнали?»/«Нет, не припоминаю». / «Я тоже так думаю, учитель. Потому что мы совсем не знакомы. Я пытался встретиться с вами вчера вечером и сегодня утром. Вчера полиция завернула меня от дверей института. Сегодня утром войти-то мне удалось, но к вам меня не пустила ваша секретарша. Я решил подойти к вам в дверях перед тем, как вы пойдете в аудиторию. Тогда вы меня видели. Помните, учитель?»/ «Не помню». / «Вы не можете вспомнить, видели ли вы меня?» / «О чем вы хотели поговорить со мной?»/ «Я ведь давно хочу говорить с вами обо всем. Вы очень уважаемый, образованный, просвещенный человек, вы профессор, специалист по сельскому хозяйству. Мы, к сожалению, люди неграмотные. Но одно я знаю хорошо. Об этом и хочу с вами поговорить. Учитель, простите, я не отнимаю у вас время, не так ли?» / «Ну что вы, что вы!»/ «Простите, вы не позволите мне сесть? Это требует обстоятельного разговора». / «Пожалуйста, прошу вас» (слышно, как выдвигают стул и садятся). / «Вы едите лепешку с орехом, учитель. У нас в Токате очень большие деревья с грецкими орехами. Вы не были в Токате?»/ «Сожалею, не был». / «Мне очень жаль, учитель. Если приедете, пожалуйста, останавливайтесь у меня. Всю свою жизнь, все свои тридцать шесть лет я прожил в Токате. Токат очень красив. Турция тоже очень красивая. (Пауза.) Но как жаль, что мы не знаем свою страну, не любим наших людей. И даже считается достоинством предавать, не уважать эту страну, эту нацию. Учитель, простите, я могу спросить, вы не атеист, не так ли?» / «Нет». / «Так говорят, но я не допускал, чтобы такой образованный человек, как вы, мог отрицать — боже упаси — Аллаха. Не надо говорить, но вы ведь не еврей, не так ли?» / «Нет»./ «Вы — мусульманин». / «Мусульманин, хвала Аллаху!» / «Учитель, вы смеетесь, но тогда, пожалуйста, серьезно ответьте вот на этот мой вопрос. Потому что для того, чтобы суметь получить от вас ответ на этот мой вопрос, я зимой, под снегом, приехал сюда из Токата»./ «Откуда вы слышали обо мне в Токате?»/ «Учитель, стамбульские газеты не пишут о том, как вы не пускаете на учебу наших закрывающих себя девушек, преданных Его религии и Его книге. Они заняты скандальными историями о стамбульских манекенщицах. Но в прекрасном Токате у нас есть мусульманское радио «Флаг», оно рассказывает о том, где в нашей стране притесняют правоверных». / «Я не притесняю правоверных, я тоже боюсь Аллаха». / «Учитель, я уже два дня в пути под снегом и ураганом; в автобусе я все время думал о вас и, поверьте, очень хорошо знал, что вы скажете: „Я боюсь Аллаха!" Тогда я все время представлял себе, что задам вам этот вопрос. Если ты боишься Аллаха, уважаемый профессор Нури Йылмаз, и если ты, уважаемый учитель, веришь, что *Священный Коран* — это слово Аллаха, тогда ну-ка, скажи мне, что ты думаешь о величии того прекрасного священного тридцать первого айата суры „Нур"[1]?» / «Да, в этом айяте очень ясно указывается, чтобы женщины покрывали голову и даже скрывали свое лицо». / «Ты очень хорошо и правильно сказал, молодец, учитель! Тогда я могу задать еще один вопрос? Как ты сочетаешь это повеление Аллаха с тем, что не пускаешь наших девушек на учебу?» / «Это приказ нашего светского государства: не пускать девушек с покрытыми головами в аудитории и даже на учебу». / «Учитель, простите, я могу задать вопрос? Что важнее: приказ государства или приказ Аллаха?» / «Хороший вопрос. Но это идет вразрез с законами светского государства». / «Вы очень правильно сказали, учитель, хочу поцеловать вашу руку. Не бойтесь, учитель, дайте, дайте, посмотрите, я много раз поцелую вашу руку. А сейчас, учитель, пожалуйста, разрешите мне спросить вас еще». / «Пожалуйста, прошу вас». / «Учитель, хорошо, значит, светскость означает безбожие?» / «Нет». / «Тогда почему, под предлогом светскости наших мусульманских девушек, выполняющих

---

[1] Сура «Свет», иначе — сура «Нур», 24-я сура Корана.

то, что предписывает их религия, не пускают на занятия?» / «Сынок, ей-богу, споры об этих вопросах ни к чему не приведут. Целыми днями на стамбульских телеканалах об этом говорят, ну и что? Ни девушки не снимают косынки, ни государство их в таком виде на занятия не пускает». / «Хорошо, учитель, я могу снова спросить вас? Великодушно меня простите, но разве лишать девушек, которые закрывают себе голову, этих наших трудолюбивых, благовоспитанных, послушных, с таким трудом выращенных девушек, права на образование соответствует нашей конституции, свободе образования и религии?» / «Если эти девушки такие послушные, то они и голову откроют. Сынок, как тебя зовут, где ты живешь, чем занимаешься?» / «Учитель, я работаю заварщиком чая в чайном доме „Шенлер", прямо по соседству с известной баней „Мотылек" в Токате. Там я отвечаю за печи, за чайники. Как зовут меня — не важно. И я весь день слушаю радио „Флаг". Иногда я запоминаю рассказы о несправедливости, причиненной мусульманам, и, учитель, поскольку я живу в демократическом государстве и поскольку я свободный человек, который поступает, как ему хочется, я сажусь в автобус и, где бы в Турции это ни находилось, еду туда, к человеку, о котором я слышал, и, глядя ему в глаза, спрашиваю об этой несправедливости. Поэтому, пожалуйста, ответьте на мой вопрос, учитель. Что важнее — приказ государства или приказ Бога?» / «Споры об этом ни к чему не приведут». / «В каком отеле ты остановился?» / «Ты донесешь в полицию?» / «Не бойся меня, учитель. Я не состою ни в какой религиозной организации. Я ненавижу терроризм и верую в борьбу мыслей и любовь Аллаха. И поэтому, хотя я и нервный, но после идейных сражений я и пальцем никого не трону. Я только хочу, чтобы ты ответил вот на этот вопрос. Учитель, извините, разве страдания этих девушек, которых вы тираните у дверей университета, не причиняют боль вашей совести, хотя в сурах

„Нур" и „Ахзап"[1] *Священного Корана*, который является словом Аллаха, все сказано ясно?» / «Сынок, *Священный Коран* говорит: „Отрежьте руку вору", но наше государство не отрезает. Почему ты ничего не возражаешь против этого?» / «Очень хороший ответ, учитель. Я поцелую вам руку. Но разве рука вора и честь наших женщин — одно и то же? Согласно исследованиям одного американского темнокожего профессора-мусульманина Марвина Кинга, в исламских государствах, где женщины закрывают себя, количество случаев изнасилования снижается вплоть до исчезновения, а случаи нападения на женщин почти не встречаются. Женщина, спрятанная под чаршафом, будто заранее говорит мужчинам своей одеждой: „Пожалуйста, не беспокойте меня!" Учитель, пожалуйста, разрешите мне спросить: выгоняя из общества покрывающую голову женщину, оставляя ее без образования и делая предметом всеобщего почитания бесстыдно оголившихся женщин, мы хотим сделать так, чтобы честь наших женщин гроша ломаного не стоила, как это произошло в Европе в конце эпохи сексуальной революции, а себя, простите великодушно, мы хотим опустить до положения сводников?» / «Сынок, я съел свою лепешку, извини, я ухожу». / «Сядь на свое место, учитель, сядь, или я воспользуюсь вот этим. Что это — видишь, учитель?» / «Пистолет». / «Да, учитель, не взыщите, я ради вас проделал такой путь, я не дурак, и подумал, что вы, может быть, даже слушать не станете, принял меры». / «Сынок, как вас зовут?» / «Вахит Сюзме, Салим Фешмекян, какая разница, учитель? Я безымянный защитник безымянных героев, которые терпят несправедливость и борются за свою веру в этой светской и материалистической стране. Я не состою ни в какой организации. Я уважаю права человека и совсем не люблю силу. Поэтому я кладу пистолет в карман и прошу

---

[1] Сура «Сонмы», 33-я сура Корана.

вас, чтобы вы ответили только на один вопрос». / «Хорошо». / «Учитель, по приказу, поступившему из Анкары, вы записали всех этих девушек, которых воспитывали годами, которые — свет очей для родителей, этих умных, трудолюбивых девушек, каждая из которых — первая отличница в своем классе, — отсутствующими. Если ее имя было записано в ведомости посещаемости, вы стирали его, потому что она носит платок. Если сидели семь студенток со своим преподавателем, и одна из них — в платке, то, считая девушку в косынке отсутствующей, вы просили принести им с плиты только шесть стаканов чаю. Вы довели до слез девушек, которых считали отсутствующими. И этого было недостаточно. По новому приказу, поступившему из Анкары, вы сначала не пустили их в классы и выгнали в коридор, а затем из коридора за дверь, на улицу. Когда горстка девушек-героинь, упрямо настаивающих на своем и не снимавших платок, дрожа от холода, ждала на крыльце, чтобы рассказать всем о своих бедах, вы позвонили и вызвали полицию». / «Мы не вызывали полицию». / «Учитель, побойся и не ври мне, потому что у меня в кармане пистолет. Вечером того дня, когда полиция увела девушек и задержала их, с какой совестью ты смог заснуть, вот что я спрашиваю». / «Конечно, проблема платка стала символом, политической игрой, и это еще сильнее огорчило наших девушек». / «Какая игра, учитель, к сожалению, девушка, выбирающая между учебой и честью, испытавшая нервный срыв, покончила с собой. Это игра?» / «Сынок, ты очень разгневан, но разве тебе не приходило в голову, что за тем, что вопрос о платке принял такую политическую окраску, стоят внешние силы, которые хотят ослабить Турцию, разделив ее?» / «Если ты пустишь этих девушек на учебу, то те, кто в повязанных платках, так девушками и останутся?» / «Разве это только мое желание, сынок? Это все желание Анкары. Моя жена тоже закрывает себя». / «Не хитри, учитель, а отвечай на мой вопрос, который я только что задал тебе». / «На какой вопрос?» / «Тебя совесть не мучает?» / «Я тоже отец, сынок, конечно же, я очень огорчаюсь из-за этих девушек». / «Послушай, я умею держать себя в руках, но я нервный человек. Как только я вскипаю, все, конец. В тюрьме я побил человека, который зевал, не закрывая рот; я всю камеру людьми сделал, все избавились от дурных привычек, стали совершать намаз. И ты сейчас не увиливай, а отвечай на мой вопрос. Что я только что сказал?» / «Что ты сказал, сынок, опусти пистолет». / «Я не спросил, есть ли у тебя дочь, ты огорчаешься из-за нее?» / «Извините, сынок, что ты спросил?» / «Не задобривай меня из-за того, что боишься пистолета. Вспоминай, что я спросил». (Пауза.) / «О чем вы спросили?» / «Я спросил, безбожник, не мучает ли тебя совесть». / «Мучает, конечно же». / «Тогда зачем ты так поступаешь, бесчестный?» / «Сынок, я преподаватель, который вам в отцы годится. Разве в *Священном Коране* приказывается: „Оскорбляйте тех, кто старше вас, направляя ружье“?» / «Ты даже не заикайся о *Священном Коране*, ладно? И по сторонам не смотри, как будто просишь о помощи, закричишь, не пожалею, убью. Теперь ты понял?» / «Понял». / «Тогда ответь вот на какой вопрос: какая польза этой стране будет от того, что девушки с покрытыми головами снимут платок? Назови причину, которую ты утаиваешь от своей совести, например, скажи, что, если они снимут платок, европейцы будут лучше к ним относиться, будут считать их за людей, по крайней мере, я пойму тебя и не убью, сразу положу пистолет». / «Уважаемый молодой человек. У меня тоже есть дочь, она ходит с непокрытой головой. Как я не вмешивался в привычки ее матери, которая носит платок, так не стал вмешиваться и в привычки дочери». / «Почему твоя дочь ходит без платка, она хочет стать артисткой?» / «Она мне такого не говорила. Она изучает в Анкаре связи с общественностью. Когда я стал заметен из-за этой проблемы с платками, когда у меня появились неприятности, и я переживал, когда сталкивался с клеветой, с угрозами, со злобой моих врагов или, как вы, справедливо разгневанных людей, моя дочь всегда поддерживала меня. Она звонила из Анкары…» / «И что она говорила — ой, папочка, держись, я стану актрисой?»/ «Нет, сынок, так она не говорит. Она сказала: „Я не решилась без платка войти в класс, в котором все девочки были в платках, мне пришлось нехотя надеть платок"»./ «Ну и что за вред ей будет, если она против своей воли наденет платок?» / «Ей-богу, я это не обсуждаю. Вы мне сказали назвать мотив». / «То есть, бесчестный, ты для того, чтобы твоя собственная дочь была довольна, ты подговариваешь полицию побить в дверях этих верующих, закрывающих себя, следующих воле Аллаха девушек и, издеваясь над ними, открываешь им путь к самоубийству?» / «Мотивы моей дочери — это в то же время мотивы многих других турецких женщин»./ «Пока девяносто процентов женщин закрывают себя, что за мотивы у каких-то других артисток, я не понимаю. Ты гордишься тем, что твоя дочь раздевается, ах ты, бесчестный деспот, но запомни вот что: я не профессор, но на эту тему знаю больше, чем ты». / «Сударь, пожалуйста, не направляйте на меня оружие, уберите его, вы нервничаете, а потом, если оно выстрелит, будете жалеть». / «О чем мне жалеть, я вообще-то отправился в двухдневный путь под снегом, в жуткую погоду, чтобы очистить неверного. _Священный Коран_ говорит, что убийство тирана, терзающего верующих, это благородное дело, которого требует шариат. Я вновь даю тебе последний шанс, потому что мне все же тебя жалко: назови мне хоть одну причину, по которой девушки в платках должны оголиться, которую примет твоя совесть, тогда, клянусь, я тебя не убью». / «Если женщина снимет свой платок, тогда она займет в обществе более достойное, более уважаемое место». / «Наверное, речь идет о твоей дочери, которая хочет стать артисткой. Однако закрывание себя, напротив, спасает женщину от приставаний, от изнасилований, от унижения и делает ее выход в общество более спокойным. Как указывают многие женщины, которые впоследствии стали закрываться, среди которых и бывшая танцовщица, исполнявшая танец живота, Меляхат Шандра, покрывало спасает женщину от положения несчастной вещи, которая взывает к животным чувствам мужчин на улице, соперничает с другими женщинами в том, кто привлекательнее и кто постоянно делает макияж. Как указывает американский темнокожий профессор-мусульманин Марвин Кинг, если бы знаменитая актриса Элизабет Тейлор последние двадцать лет своей жизни носила чаршаф, то она не попала бы в сумасшедший дом, стесняясь своей полноты, а была бы счастлива. Извините, учитель, я могу спросить: почему вы смеетесь, учитель, мои слова смешны? (Пауза.) Говори, ты, бесчестный атеист, над чем ты смеешься?» / «Уважаемый юноша, поверьте, я не смеюсь, а если уж и смеюсь, то смеюсь оттого, что нервничаю!» / «Нет, ты смеялся осознанно!» / «Уважаемый юноша, душа моя полна сострадания к несчастьям нашей страны, таким, как твои, как жалобы девушек в платках, к молодым людям, которые терпят унижения». / «Не подлизывайся понапрасну! Я вовсе не страдаю. А ты сейчас будешь страдать за то, что смеялся над девушками, совершающими самоубийство. Судя по тому, что ты смеешься, ты даже не собираешься раскаиваться. Раз так, я тебе сейчас сразу проясню ситуацию. Исламист Мюджахит Адалети давно осудил тебя на смерть, решение было принято единодушно пять дней назад в Токате в результате голосования, а меня отправили исполнять его. Если бы ты не смеялся, если бы раскаялся, может быть, я простил бы тебя. А теперь возьми этот лист, читай решение о смертной казни... (Пауза.) Не плачь, как баба, громко читай, давай, бесчестный ты человек, или же я немедленно убью тебя». / «Я, профессор атеист Нури Йылмаз, уважаемый юноша, я не атеист...»/ «Давай, читай». / «Молодой человек, пока я буду читать, вы меня убьете?»/ «Если ты не будешь читать — убью. Ну, давай, читай». / «Я так мучил религиозных, верующих девушек за то, что они не снимают платки, за то, что не нарушают то, что сказано в *Священном Коране*, будучи орудием тайного плана превратить мусульман светского государства Турецкой Республики в рабов Запада, лишить их уважения и религии, что в конце концов одна девушка-мусульманка, не выдержав страданий, покончила с собой... Уважаемый юноша, если позволите, здесь я возражаю; пожалуйста, сообщите это комиссии, которая вас прислала. Эта девушка повесилась не потому, что ее не пускали учиться, не из-за того, что у нее был строгий отец, а, как сообщило нам Национальное разведывательное управление, из-за любовных страданий, к сожалению». / «В письме, которое она оставила перед смертью, она пишет не так». / «Я говорю это, рассчитывая на ваше помилование, молодой человек, — пожалуйста, опустите ружье, — после того как эта неопытная девушка, не выйдя даже замуж, неразумно отдала свою невинность одному полицейскому на двадцать пять лет старше нее, этот человек сказал, что он, к сожалению, женат и вовсе не собирается жениться на ней...» / «Замолчи, бесстыжий. Это делает твоя шлюха-дочь». / «Не делай этого, сынок, не делай. Если ты меня убьешь, то и твое будущее станет черным». / «Скажи: „Я раскаялся!"»/ «Я раскаялся, сынок, не стреляй». / «Открой рот, я засуну тебе пистолет... Сейчас ты нажми на курок над моим пальцем. Как безбожник, но, по крайней мере, ты сдохнешь с честью». (Пауза.) / «Сынок, посмотри, до чего я дошел, в таком возрасте я плачу, умоляю, жалею не себя, а тебя. Жаль твою молодость, ты же станешь убийцей». / «Тогда сам спусти курок! И ты узнай, какая это боль — самоубийство». / «Сынок, я мусульманин, я против самоубийств!» / «Открой рот. (Пауза.) Не плачь так... Тебе раньше совсем не приходило в голову, что однажды придется ответить? Не плачь, а то выстрелю». / (Издалека голос пожилого официанта.) «Сударь, хотите принесу ваш чай на этот стол?»/ «Нет, он не хочет. Я сейчас встаю»./ «Не смотри на официанта, читай продолжение своего смертного приговора». / «Сынок, простите меня». / «Читай, я сказал». / «Я стесняюсь всего того, что сделал, я знаю, что заслужил смерть, и для того, чтобы Великий Аллах простил меня...» / «Давай, читай...» / «Уважаемый юноша, оставь старика ненадолго, пусть он поплачет. Оставь, я хочу подумать в последний раз о жене, о дочери». / «Подумай о девушках, над которыми ты издевался. У одной случилось нервное расстройство, четверых на третьем курсе выгнали с учебы, одна покончила с собой, все заболели и слегли от того, что дрожали у дверей, у всех жизнь пошла под откос». / «Уважаемый юноша, я очень раскаиваюсь. Но подумай, разве тебе стоит становиться убийцей, убив такого, как я?» / «Ладно. (Пауза.) Я подумал, учитель, слушай, что мне в голову пришло». / «Что?»/ «Для того чтобы тебя найти и исполнить смертный приговор, я два дня без дела бродил по этому убогому Карсу. И когда я, решив, что не судьба, купил обратный билет в Токат и в последний раз пил чай...»/ «Сынок, если ты думаешь, убив меня, сбежать из Карса на последнем автобусе, то дороги закрыты, шесть автобусов отменили, потом не жалей». / «Я как раз об этом думал, когда Аллах прислал тебя в эту кондитерскую „Новая жизнь“. То есть если Аллах тебя не прощает, мне тебя прощать, что ли? Говори свое последнее слово, читай „Аллах велик"[1]». / «Сядь на стул, сынок, это государство всех вас поймает, всех вас повесит». / «Молись»./ «Успокойся, сынок, подожди, присядь, подумай еще. Не спуская курок, подожди. (Звук выстрела, шум стула.) Не надо, сынок!» (Еще два выстрела. Тишина, стон, звук телевизора. Еще один выстрел. Тишина.)

---

[1] Название молитвы.

63

6

Любовь, религия и поэзия

Грустный рассказ Мухтара

Когда Ипек оставила его у дверей делового центра Халит-паша и вернулась в отель, Ка поднялся по лестнице на второй этаж, но не пошел сразу в областное отделение Партии благоденствия, а остался среди безработных, подмастерьев и других людей, слонявшихся без дела в коридорах центра. У него перед глазами все еще оживали сцены агонии директора педагогического института, он испытывал раскаяние и чувство вины, ему хотелось позвонить помощнику начальника службы безопасности, с которым он разговаривал утром, в Стамбул, в газету «Джумхуриет», какому-нибудь знакомому, но в деловом центре, кишащем чайными и мужскими парикмахерскими, он не смог найти уголок, откуда можно было бы позвонить.

С такими мыслями он вошел в комнату, на дверях которой была надпись «Общество любителей животных». Здесь был телефон, но он был занят. И к тому же Ка не был абсолютно уверен, хочет он позвонить или нет. Пройдя мимо приоткрытой двери, находившейся поодаль от «Общества», он вошел в зал, в центре которого находился маленький ринг, а на стенах висели фотографии петухов. В салоне для петушиных боев Ка с мучительным страхом вспомнил, что влюблен в Ипек, и почувствовал, что эта любовь определит оставшуюся часть его жизни.

Один из богатых любителей животных, увлекающийся петушиными боями, очень хорошо помнил, как в тот день и в то время Ка зашел в союз, сел, задумавшись, на одну из пустых скамеек для зрителей, стоявших у края ринга, выпил чаю и прочитал висевшие на стене правила боев, написанные крупными буквами.

**Петухов, выходящих на ринг,
без разрешения их хозяев брать на руки запрещается.**

**Если упавший один раз петух падает три раза подряд
и не клюется, он считается проигравшим.**

**Когда сломана шпора, перевязка делается в течение
3 минут, а если сломан коготь, то в течение 1 минуты.**

**Если в драке соперник петуха, упавшего во время
драки на пол, наступит ему на шею, то петуха
поднимают и бой продолжается.**

**Если выключится электричество, то ожидание длится
15 минут, если электричество не появляется,
бой отменяют.**

В пятнадцать минут третьего, выходя из «Общества
любителей животных», Ка размышлял о том, как сбежать из этого города Карса, похитив Ипек. Районный
центр Партии благоденствия был на том же этаже, через два магазина от адвокатского бюро, прежнего главы муниципалитета от Народной партии Музаффер-бея, лампы которого сейчас не горели. (Между ними
были чайная «Друзья» и «Зеленый портной».) Утренний визит к адвокату теперь казался Ка таким далеким
прошлым, что он вошел в кабинет партии, удивляясь,
что это было в том же здании, в том же коридоре.

Последний раз Ка видел Мухтара двенадцать лет назад. После того как они обнялись и поцеловались, он
заметил, что у Мухтара появился животик, а волосы поседели и выпали, но вообще-то именно этого он и ожидал. Как и в университетские годы, в Мухтаре не было
ничего особенного, и во рту у него, как и тогда, была сигарета, которую он все время курил.

— Убили директора педагогического института, —
сказал Ка.

— Он не умер, сейчас по радио сказали, — ответил
Мухтар. — А ты откуда знаешь?

— Он, как и мы, сидел в кондитерской «Новая жизнь», откуда Ипек тебе звонила, — ответил Ка. Он рассказал о том, как все произошло.

— Вы звонили в полицию? — спросил Мухтар. — Что вы делали потом?

Ка сказал, что Ипек вернулась домой, а он пошел прямо сюда.

— До выборов осталось пять дней, и по мере того как становится понятно, что мы победим, власть строит нам всяческие козни, — сказал Мухтар. — Заступиться за наших сестер в платках — это политика нашей партии по всей Турции. А сейчас этого убогого, не пускавшего девушек к дверям педагогического института, убивают, и свидетель, находившийся на месте происшествия, не известив полицию, приходит прямо сюда в наш партийный центр. — Он напустил на себя любезный вид. — Пожалуйста, позвони отсюда в полицию и расскажи все, — проговорил он, протянув Ка телефонную трубку, словно хозяин дома, который гордится своим угощением. Когда Ка взял трубку, Мухтар набрал номер, заглянув в какую-то тетрадь.

— Я знаком с помощником начальника службы безопасности, Казым-беем, — сказал Ка.

— Откуда ты его знаешь? — спросил Мухтар с явным подозрением, которое раздражало Ка.

— Журналист Сердар-бей отвел меня утром к нему, — произнес Ка, и в этот момент девушка на телефонной станции соединила его с помощником начальника службы безопасности.

Ка рассказал, как произошло все, чему он стал свидетелем в кондитерской «Новая жизнь». Мухтар сделал два торопливых, забавных и неуклюжих шага и, неловко подвернув ногу, придвинул ухо к трубке и стал вместе с Ка слушать разговор. А Ка, чтобы ему было хорошо слышно, отодвинул трубку от своего уха и придвинул к нему. Сейчас они чувствовали дыхание друг друга. Ка не знал, почему он дает ему слушать свой разговор с помощником начальника службы безопасности, но понял, что так будет лучше. Он еще два раза подробно описал помощнику начальника службы безопасности не лицо, которого совсем не видел, а маленькую фигуру нападавшего.

— Как можно скорее приходите сюда, мы запишем ваши показания, — проговорил комиссар голосом, полным добрых намерений.

— Я в Партии благоденствия, — сказал Ка. — Я сразу приду, не буду сильно задерживаться.

Наступила пауза.

— Секунду, — сказал комиссар.

Ка и Мухтар слышали, как он, отодвинув телефон ото рта, с кем-то говорил шепотом.

— Извините, я попросил патрульную машину, — сказал комиссар. — Этот снег никогда не кончится. Мы через некоторое время отправим машину, пусть вас заберут оттуда.

— Хорошо, что ты сообщил, что находишься здесь, — сказал Мухтар, когда Ка повесил трубку. — Как бы то ни было, скорее всего, они все знают. Они всех прослушивают. Я не хочу, чтобы ты понял меня неправильно из-за того, что я только что разговаривал с тобой так, будто тебя обвинял в чем-то.

В какой-то момент Ка ощутил гнев, близкий к тому, какой он чувствовал к любителям политики, считавшим его буржуа из Нишанташы. В лицейские годы они шутили друг над другом, вели себя как гомосексуалисты и постоянно пытались в шутку друг друга «отыметь». В последующие годы вместо этого появилась своеобразная игра — называть друг друга, а еще чаще своих политических противников агентами полиции. Ка из боязни попасть в положение такого доносчика, который из полицейской машины указывает на дом, где необходимо произвести обыск, всегда держался подальше от политики. Несмотря на то что Мухтар десять лет назад совершил поступок, которого мог стыдиться, став кандидатом религиозной партии сторонников введения шариата, приносить извинения и подыскивать предлоги опять пришлось Ка.

Зазвонил телефон, Мухтар с видом ответственного лица снял трубку и начал жестко торговаться с сотрудником телевизионного канала «Граница» о стоимости рекламы его магазинчика по продаже бытовой техники, которая должна была выйти вечером, во время прямой трансляции.

Когда он повесил трубку и они оба замолчали, как обиженные дети, которые не знают, о чем им говорить, Ка представил себе, как бы они могли поговорить обо всем, о чем не говорили уже двенадцать лет.

Сначала они сказали бы друг другу: «Раз мы оба сейчас в некотором роде ведем жизнь ссыльных и поэтому не можем быть очень успешными, благополучными и счастливыми, значит, жизнь — это сложная штука! Оказывается, и поэтом быть недостаточно... Поэтому мы оказались настолько вовлечены в политику». Как только это было бы произнесено, оба мысленно сказали бы: «Когда поэзия не приносит счастья, появляется потребность в грязи политической». Сейчас Ка еще больше презирал Мухтара.

Ка напомнил себе, что Мухтар доволен, потому что его ожидает победа на выборах, а он сам отчасти доволен славой среднего поэта в Турции, потому что это все же лучше, чем ничего. Но подобно тому, как они оба никогда не признались бы в том, что довольны собой, они никогда не смогли бы сказать друг другу о самом главном, о том, что на самом деле не довольны жизнью. И хуже всего то, что они оба приняли свое поражение в жизни и привыкли к безжалостной несправедливости мира. Ка испугало то, что обоим, чтобы спастись, нужна была Ипек.

— Говорят, что ты сегодня вечером прочитаешь свое самое последнее стихотворение, — сказал Мухтар, слегка улыбнувшись.

Ка враждебно посмотрел в красивые карие глаза человека, когда-то женатого на Ипек, в которых не было никакой улыбки.

— Ты видел Фахира в Стамбуле? — спросил Мухтар, на этот раз улыбнувшись более дружелюбно.

На этот раз Ка смог улыбнуться ему в ответ. В их улыбках теперь было что-то нежное и уважительное. Фахир был их ровесником; уже двадцать лет он был несгибаемым поклонником западной модернистской поэзии. Он учился в Сен-Жозефе[1], раз в году ездил в Париж на деньги своей богатой и сумасшедшей бабушки, о ней говорили, что она аристократического происхождения; забив чемодан книгами, которые он покупал в книжных лавках в квартале Сен-Жермен, он привозил все это в Стамбул и издавал эти книги в турецком переводе, свои стихи и стихи турецких поэтов-модернистов в журналах, которые сам выпускал, и в поэтических сериях издательств, которые он создавал и доводил до банкротства. В противоположность этой его деятельности, вызывавшей у всех уважение, его собственные стихи, написанные под влиянием поэтов, переведенных им на чисто турецкий, искусственный язык[2], были лишены вдохновения, плохи и непонятны.

Ка сказал, что в Стамбуле Фахира не видел.

— Я бы очень хотел, чтобы когда-нибудь стихи Фахира стали популярными, — сказал Мухтар. — Но он всегда презирал таких, как я, за то, что мы занимаемся не поэзией, а фольклором, «местными красотами». Прошли годы, были военные перевороты, мы все побывали в тюрьме, и я, как и все, скитаясь то там, то тут, не мог найти себе пристанища. Люди, которые были для меня примером, изменились, те, кому хотелось нра-

---

[1] Одна из французских школ-интернатов в Стамбуле, популярных в XX веке в Турции.

[2] Понятие чисто турецкого искусственного языка подразумевает язык, свободный от арабо-персидских заимствований. Новые слова, как правило, разрабатывались на базе исконно тюркских слов.

виться, исчезли, не осуществилось ничего из того, чего я хотел добиться в жизни и в творчестве. Вместо того чтобы вести несчастливую, беспокойную и безденежную жизнь в Стамбуле, я вернулся в Карс. Я унаследовал от отца магазин, чего прежде стеснялся. Но и это не сделало меня счастливым. Я пренебрегал здешними людьми, воротил нос, увидев их, как это делал Фахир, когда видел мои стихи. В Карсе и город, и люди — словно ненастоящие. Здесь все хотят или умереть, или уехать отсюда навсегда. Но у меня даже не осталось места, куда можно уехать. Я оказался словно выброшенным за рамки жизни, за рамки цивилизации. Современная жизнь была так далеко, что я не мог ей даже подражать. Аллах не дал мне даже ребенка, который, как мечталось, сделал бы то, чего не смог сделать я, однажды став европеизированным человеком, свободным и современным.

Ка нравилось, что Мухтар может посмеяться над собой, слегка улыбаясь и светясь изнутри каким-то светом.

— По вечерам я пил и, чтобы не ссориться с моей прекрасной Ипек, приходил домой поздно. Это была одна из ночей в Карсе, когда замерзает все, даже перелетные птицы. В поздний час я последним вышел из пивной «Зеленая страна» и шел домой на проспект Армии, где мы тогда жили с Ипек. Дорога не длилась и десяти минут, но по меркам Карса это было довольно большое расстояние. Поскольку я перебрал раки, то в два счета заблудился. На улицах абсолютно никого не было. Карс был похож на покинутый всеми город, как всегда бывает в холодные ночи; дома, в которые я стучался, были бывшими домами армян, где уже восемьдесят лет никто не жил или же их обитатели спали под грудами одеял, как спят животные в зимней спячке, не выходя из нор, в которые спрятались.

Внезапно мне стало нравиться то, что весь город словно покинут, что в нем никого нет. От спиртного и холода по всему моему телу разливалась сладкая сонливость. Я решил тихонько покинуть эту жизнь, кое-как прошел несколько шагов и, вытянувшись под деревом на обледенелой мостовой, стал ждать сна и смерти. Умереть на таком холоде в пьяном виде дело трех-пяти минут. Пока нежный сон растекался по моим венам, у меня перед глазами появился мой ребенок, который никак не мог родиться. Я очень обрадовался: это был мальчик, он вырос, завязал галстук; он выглядел не как наши служащие в галстуках, а как европеец. Только он собрался что-то мне сказать, как вдруг остановился и поцеловал руку какому-то старику. От этого старика исходил свет. А там, где я лежал, мне в глаза вдруг ударил свет, разбудив меня. С раскаянием и надеждой я встал на ноги. Посмотрел: немного поодаль открылась дверь, кто-то входил и выходил. Слыша внутри себя голос, я пошел за ними. Они взяли меня с собой, пустили в светлый и жаркий дом. Здесь были не удрученные жизнью люди, потерявшие всякую надежду в жизни, подобно жителям Карса, здесь были счастливые лица, к тому же все они были жителями Карса, и кое-кто был даже знаком мне. Я догадался, что этот дом был тайной обителью глубокочтимого Саадеттина, курдского шейха, о котором ходили легенды. От приятелей-служащих я слышал, что шейх спустился в Карс из одной горной деревни по приглашению богатых последователей, число которых день ото дня увеличивалось; он призывал несчастных, бедных и безработных жителей Карса на богослужения в свою обитель, но я не придавал этим слухам значения, потому что полиция запрещала эти враждебные республике действия. А сейчас, проливая слезы, я поднимался по лестнице к этому шейху. Произошло то, чего я многие годы втайне боялся, что считал слабостью и отсталостью в годы своего атеизма: я возвращался к религии. На самом деле я всегда боялся одетых в мантии шейхов-реакционеров с окладистыми бородами, которых рисовали на карикатурах, но сейчас, поднимаясь по лестнице по собственной воле, я заплакал навзрыд. Шейх был хорошим человеком. Он спросил у меня, почему я плачу. Конечно же, я не собирался говорить, что я плачу из-за того, что оказался среди шейхов-реакционеров и их последователей. К тому же я очень стеснялся запаха раки, шедшего от меня, как из трубы. Я сказал, что потерял ключ. Мне сразу же пришло в голову, что я уронил связку ключей там, где хотел умереть. Льстивые ученики, бывшие рядом с ним, бросились указывать, что ключи имеют символическое значение, а он послал их на улицу разыскивать мои ключи. Когда мы остались одни, он мне ласково улыбнулся. Я успокоился, осознав, что это был тот самый добрый старик, которого я только что видел во сне.

Поскольку мне захотелось это сделать, я поцеловал руку этому великому человеку, который казался мне святым. Он сделал то, что меня очень удивило. Он тоже поцеловал мне руку. Я ощутил внутренний покой, которого не чувствовал много лет. Я сразу понял, что могу говорить с ним обо всем, расскажу ему всю свою жизнь. А ему предстояло открыть для меня Путь Великого Аллаха, о существовании которого я мало что знал в годы атеизма. Это предчувствие делало меня счастливым. Они все-таки нашли мой ключ. Вернувшись в ту ночь домой, я сразу уснул. Утром я устыдился своего эксперимента. О том, что со мной произошло, я помнил смутно, да и не хотел вспоминать. Я поклялся себе, что больше не пойду в обитель. Я боялся встретиться где-нибудь с его последователями, видевшими меня в обители, стеснялся. Но когда я в следующую ночь возвращался из трактира «Зеленая страна», ноги сами привели меня в обитель. Несмотря на раскаяние, которое я испытывал днем, в последующие ночи все это повторялось. Шейх сажал меня ближе всех к себе и, выслушав мои беды, заполнял мое сердце любовью к Аллаху. Я все время плакал и от этого обретал покой. Чтобы скрыть свои посещения обители, которые я скрывал как великую тайну, днем я брал в руки самую светскую из газет, которую знал, «Джумхуриет», и жаловался, что везде развелись сторонники религиозного порядка, враги республики, и повсюду спрашивал: почему не проводятся собрания в «Союзе единомышленников Ататюрка».

Эта двойная жизнь продолжалась до тех пор, пока однажды вечером Ипек не спросила у меня: «У тебя другая женщина?» Со слезами я признался ей во всем. А она заплакала: «Ты что, стал верующим и заставишь меня голову закрыть?» Я поклялся, что не буду этого требовать. Поскольку я чувствовал, что произошедшее с нами похоже на внезапную бедность, я, чтобы успокоить ее, рассказал, что в магазине дела идут хорошо и, несмотря на отключения электричества, новые электрические печи «Арчелик» очень хорошо продаются. На самом деле я был счастлив, что теперь смогу совершать намаз дома. В книжном магазине я купил себе самоучитель по совершению намаза. Мне предстояла новая жизнь.

Как только я немного пришел в себя, однажды вечером, почувствовав внезапное вдохновение, я написал большое стихотворение. В нем я рассказал о своем стеснении, стыде, о любви к Аллаху, которая поднималась во мне, о покое, о том, как первый раз поднимался по благословенной лестнице моего шейха, о символическом и реальном значении ключей. В этом стихотворении не было недостатков. Я клянусь, что оно было не хуже стихотворений самых модных и новых западных поэтов, которые переводил Фахир. Я сразу отослал стихотворение ему. Я ждал шесть месяцев, но оно так и не было напечатано в журнале «Чернила Ахиллеса», который он тогда выпускал. В ожидании я написал еще три стихотворения. И все отправил в журнал поочередно, с интервалом в два месяца. Я ждал с нетерпением целый год, и опять ни одно из них не было опубликовано.

В тот период самое большое несчастье для меня было не в том, что у нас все еще нет детей, не в том, что Ипек противится предписаниям ислама, и не в том, что мои прежние лево- и светски настроенные друзья презирали меня за то, что я стал набожным. Они не обращали на меня особенного внимания, потому что было достаточно случаев воодушевленного обращения людей к исламу. Больше всего меня потрясло то, что не были изданы эти стихи, отправленные в Стамбул. Я не мог дождаться выхода очередного номера, который появлялся в начале каждого месяца, и, успокаивая себя, всякий раз думал, что в конце концов хоть одно мое стихотворение в этом месяце будет опубликовано. Реалистичность в моих стихах можно было сравнить только с реалистичностью западной поэзии. А это в Турции, как я думал, может сделать только один Фахир.

Глубина моего гнева от несправедливости, которой я подвергся, начала отравлять счастье, которое давал мне ислам. Теперь, совершая намаз в мечети, куда я начал ходить, я думал о Фахире; и опять был несчастлив. Однажды вечером я решил рассказать о своем горе шейху, но он не понял, что такое модернистские стихи, кто такой Рене Шар, что за понятие «предложение, разбитое посередине», кто такие Малларме и Жубер и что такое «пауза пустой строки».

Это поколебало мое доверие к шейху. Долгое время он не делал ничего, кроме того что повторял мне: «Держи сердце чистым», «С помощью любви Аллаха, дай бог, ты выйдешь из этого ущелья» и еще несколько подобных фраз. Я не хочу искажать истину, он не был обычным человеком; он был человеком с ограниченными знаниями. Внутри меня опять начал шевелиться дьявол атеизма, который был наполовину рационалистом, наполовину прагматиком. Такие люди, как я, находят покой только в спорах с себе подобными по какому-нибудь вопросу на партийном собрании. Так я понял, что приход в партию даст мне более глубокую и значительную духовную жизнь, чем обитель. Партийный опыт, полученный мною в марксистские годы, очень помог моему делу в партии, которая придает важное значение религии и духовности.

— Например? — спросил Ка.

Отключили электричество. Наступила долгая пауза.

— Отключили электричество, — проговорил Мухтар загадочным голосом.

Ка не ответил ему и сидел, не шевелясь, в темноте.

7

Политические исламисты — так нас называют сторонники светского общества и западного образа жизни

В отделении партии, в Управлении безопасности и снова на улице

В том, что они сидели в темноте, молча, было нечто тревожащее, но Ка предпочитал эту взволнованность неискреннему разговору двух старых приятелей при свете. Единственное, что сейчас связывало его с Мухтаром, была Ипек, и Ка и хотел поговорить о ней, и боялся дать понять, что влюблен в нее. Боялся он еще и того, что Мухтар начнет рассказывать о чем-то другом, и что он станет считать его еще большим глупцом, чем сейчас, боялся, что его восхищение, которое он хотел чувствовать по отношению к Ипек, пострадает от того, что она была многие годы замужем за таким человеком.

Поэтому, когда Мухтар, не зная, о чем еще поговорить, повел речь о прежних приятелях, придерживавшихся левых взглядов, о политических ссыльных, сбежавших в Германию, Ка успокоился. В ответ на один вопрос Мухтара он, улыбнувшись, сказал, что слышал о том, что Туфан из Малатьи, у которого были вьющиеся волосы и который когда-то писал статьи в журнале о странах третьего мира, сошел с ума. Ка сказал, что видел его в последний раз на центральном вокзале в Штутгарте с длинной палкой в руке, к концу которой была привязана мокрая тряпка, и, насвистывая, он бежал и вытирал землю. Потом Мухтар спросил о Махмуде, который постоянно получал нагоняи из-за того, что не умел молчать. Ка сказал, что он вступил в общину сторонника шариата Хайруллаха-эфенди и сейчас со страстью, с которой когда-то, будучи левым, вступал в споры, спорит о том, в какой мечети в Германии какая община будет главной. Еще один человек, о котором, опять улыбнувшись, вспомнил Ка, приветливый и симпатичный Сулейман, так затосковал в маленьком городке Траунштайн в Баварии, где он жил на деньги фонда одной церкви, раскрывающей свои объятия политическим ссыльным из стран третьего мира, что, сознавая, что его посадят в тюрьму, все же вернулся в Турцию. Они вспомнили Хикмета, который работал в Берлине шофером и был убит при странных обстоятельствах, Фадыла, который женился на пожилой немке, вдове нацистского офицера, и вместе с ней открыл пансион, и теоретика Тарыка, который работает на турецкую мафию в Гамбурге и уже разбогател. Садык, который когда-то вместе с Мухтаром, Ка, Танером и Ипек собирал только что вышедшие из типографии журналы, сейчас стал главарем банды, которая контрабандным путем через Альпы переправляет в Германию рабочих. Говорили, что обидчивый Мухаррем вел счастливую жизнь под землей вместе со своей семьей на одной из станций-призраков в берлинском метро, которыми совершенно не пользовались из-за холодной войны и Берлинской стены. Когда поезд быстро проезжал между станциями «Кройцберг» и «Александрплатц», находившиеся в вагоне турецкие социалисты-пенсионеры на мгновение почтительно вставали, подобно бывшим мафиози Стамбула, которые всякий раз, когда проходили на теплоходе через Арнавут-кёй[1], глядя на течение, приветствовали одного легендарного гангстера, некогда исчезнувшего там со своей машиной. Даже если в момент этого приветствия находящиеся в вагоне политические ссыльные не были знакомы, они разглядывали своих попутчиков, приветствующих легендарного, но проигравшего свою битву героя. Так Ка в Берлине, в вагоне метро, случайно встретил Рухи, который когда-то постоянно критиковал своих друзей левых взглядов за то, что они не интересуются психологией, и узнал, что он участвует в экспериментах, изучающих, как воздействует реклама нового сорта пиццы с бастурмой, которую собирались продавать мигрантам-рабочим с самым низким уровнем доходов в одном районе. Самым счастливым из политических ссыльных, которых Ка знал в Германии, был Ферхат, он вступил в РПК и с националистическим рвением нападал на офисы турецких авиалиний, его показывало Си-эн-эн, когда он бросал «коктейль Молотова» в здания турецких консульств и учил курдский, мечтая о стихах, которые он однажды напишет. Других людей, о которых со странным любопытством спрашивал Мухтар, Ка или давно забыл, или слышал, что они исчезли, как и многие другие из тех, кто вступил в маленькие банды, кто работал на секретные службы, кто занялся темными делами, пропали или, вероятно, были тихонько убиты и брошены в воду.

В пламени спички, которую зажег его старинный приятель, Ка увидел призрачные силуэты предметов в областном отделении партии, старый журнальный столик, газовую печку. Он встал, подошел к окну и стал с восторгом смотреть на падающий снег.

---

[1] Бывший городок на европейском берегу Босфора, ныне один из районов Стамбула.

Снег шел очень медленно, в виде больших восхитительных снежинок. В том, как медленно и обильно он сыпал, в его белизне, столь явной в неясном голубоватом свете, непонятно откуда исходившем, было что-то придающее покой и силу, было странное изящество, восхищавшее Ка. Он вспомнил снежные вечера своего детства в Стамбуле — когда-то от снега и сильного ветра тоже отключалось электричество, в доме слышались пугающие перешептывания, заставлявшие сильнее колотиться детское сердце Ка, и восклицания «Сохрани, Аллах!», а Ка чувствовал счастье оттого, что у него есть семья. Он с грустью наблюдал за лошадью, запряженной в повозку, которая с трудом передвигалась под снегом. В темноте можно было заметить, как животное напряженно крутит головой вправо и влево.

— Мухтар, ты все еще ходишь к шейху?

— К глубокочтимому Саадеттину? — спросил Мухтар. — Иногда! А что?

— Что это тебе дает?

— Немного дружелюбия и, пусть и хоть немного, сострадания. Он мудрый человек.

Но Ка почувствовал в голосе Мухтара не радость, а разочарование.

— В Германии я веду очень одинокую жизнь, — сказал он, упрямо продолжая разговор. — Когда по ночам я смотрю на крыши Франкфурта, то чувствую, что весь этот мир, моя жизнь — не напрасны. Мне слышатся некие голоса.

— Какие голоса?

— Возможно, это происходит потому, что я постарел и боюсь умереть, — ответил Ка, смутившись. — Если бы я был писателем, я бы написал о себе: «Снег напоминал Ка о Боге!» Но я не знаю, было бы это правдой. Безмолвие снега приближает меня к Богу.

— Религиозные люди, люди правых взглядов, мусульмане-консерваторы этой страны… — проговорил Мухтар, поспешно предаваясь обманчивой надежде, —

после всех тех лет, когда я был атеистом и придерживался левых взглядов, оказали очень хорошее влияние на меня. Ты найдешь их. Я уверен, что и они окажутся тебе полезными.

— Действительно?

— К тому же эти набожные люди скромные, мягкие, понимающие. Они не начинают презирать людей, как те, кто европеизировался; они умеют понимать и чутко относиться к людям. Узнав тебя, они тебя любят и никогда не важничают.

Ка с самого начала знал, что в Турции верить в Аллаха означало в первую очередь вступить в общину, быть причастным к определенному кругу людей, а совсем не то, что человек в одиночку может столкнуться с самыми возвышенными мыслями, с великим Творцом, и то, что Мухтар говорил о пользе общины, не говоря ничего об Аллахе и о вере каждого человека в отдельности, создавало у Ка впечатление, что Мухтар разочарован. Он почувствовал, что за это презирает Мухтара. Но, глядя в окно, к которому он прислонился лбом, и повинуясь какому-то внутреннему чувству, он сказал Мухтару совсем другое:

— Мухтар, мне кажется, что, если я поверю в Бога, ты разочаруешься во мне и даже станешь меня презирать.

— Почему?

— Тебя пугает одинокий европейски настроенный человек, в одиночку верящий в Бога. Ты считаешь более надежным неверующего человека, но живущего в общине, нежели верующего человека, отдельную личность. Одинокий человек для тебя хуже и презреннее, чем неверующий.

— Я очень одинок, — сказал Мухтар.

Из-за того, что он смог сказать это так искренне и убедительно, у Ка появилось желание сделать ему больно и чувство жалости к нему. Сейчас он ощущал, что темнота в комнате создала у него самого и у Мухтара какое-то пьянящее чувство причастности к тайне.

— Я не собираюсь этого делать, но знаешь, почему тебя особенно испугало бы, если бы я стал набожным человеком, который пять раз совершает намаз? Ты сможешь ухватиться только за общину и религию, если такие, как я, мирские безбожники займутся делами государства и торговли. Человек в этой стране не может молиться со спокойной душой, не имея возможности быть уверенным в трудолюбии безбожника, который по праву, данному ему государством, будет вести торговлю с Западом, политику и дела вне религии.

— Но ты не тот человек, который занимается государством и торговлей и не верит в Бога. Я отведу тебя к глубокочтимому Саадеттину, когда захочешь.

— Кажется, полиция приехала! — сказал Ка.

Оба безмолвно наблюдали сквозь замерзшие окна за двумя людьми в штатском, медленно, под снегом, вышедшими из полицейской машины, припарковавшейся внизу, у двери делового центра.

— Я хочу кое о чем тебя попросить, — сказал Мухтар. — Через какое-то время эти люди придут наверх, отвезут нас в управление. Тебя они не будут задерживать, запишут твои показания и отпустят. Ты вернешься в отель, а вечером хозяин отеля Тургут-бей позовет тебя на ужин, и ты пойдешь. Там, конечно же, будут и его любопытные дочери. Тогда, я прошу тебя, скажи Ипек вот что. Ты слушаешь меня? Скажи Ипек, что я опять хочу на ней жениться! Моя ошибка была в том, что я просил ее закрываться, одеваться так, как предписывает ислам. Скажи ей, что я больше не буду вести себя с ней как ограниченный, ревнивый провинциальный муж, что я раскаиваюсь и стыжусь того, что обижал ее в то время, когда мы были женаты!

— Разве ты этого не говорил Ипек раньше?

— Я говорил, но не помогло. Может, она мне не верит, потому что я стал председателем областного отделения Партии благоденствия. Ты совсем другой человек, ты приехал из Стамбула, из Германии. Если ты ей об этом скажешь, она поверит.

— Разве ты не окажешься в затруднительном положении как председатель областного отделения Партии благоденствия, если твоя жена будет ходить незакрытая?

— Через четыре дня я с помощью Аллаха выиграю выборы и стану главой муниципалитета, — сказал Мухтар. — Но важнее этого то, чтобы ты рассказал Ипек о моем раскаянии. Тогда я, возможно, все еще буду задержан. Ты сделаешь это для меня, брат?

Ка несколько мгновений колебался.

— Сделаю, — проговорил он.

Мухтар обнял Ка и поцеловал его в обе щеки. Нечто среднее между состраданием и отвращением испытывал к Мухтару Ка и презирал самого себя за то, что он не такой искренний и простодушный, как Мухтар.

— Я очень прошу тебя, чтобы ты лично отдал Фахиру в Стамбуле это мое стихотворение, — сказал Мухтар. — Это стихотворение, о котором я рассказывал, «Лестница».

Когда Ка в темноте прятал стихотворение к себе в карман, вошли трое в штатском; двое держали большие фонари. Они были полны готовности и внимания, и по их виду было понятно, что они очень хорошо знали, чем занимались здесь Ка и Мухтар. Ка понял, что они из НРУ. И все же они спросили Ка, что он здесь делает, рассматривая его удостоверение личности. Ка сказал, что приехал из Стамбула, чтобы написать статью в газету «Джумхуриет» о выборах в муниципалитет и о женщинах, совершивших самоубийство.

— Вообще-то они совершают самоубийства именно потому, что вы пишете об этом в стамбульских газетах! — сказал один из сотрудников.

— Нет, не поэтому, — строптиво ответил Ка.

— А почему?

— Они совершают самоубийства, потому что несчастны.

— Мы тоже несчастны, но не кончаем с собой.

В боковом свете ламп, которые они держали в руках, они открывали шкафы областного центра партии, вытаскивали ящики и высыпали на столы их содержимое, искали что-то в папках. Они перевернули стол Мухтара, разыскивая там оружие, выдвинули один из шкафов и заглянули за него. С Ка они обращались намного лучше, чем с Мухтаром.

— Почему после того, как вы видели убийство директора, вы пошли не в полицию, а сюда?

— У меня была назначена встреча.

— Для чего?

— Мы старые друзья по университету, — сказал Мухтар извиняющимся голосом. — А хозяйка отеля «Снежный дворец», в котором он остановился, — моя жена. Незадолго до убийства они позвонили мне сюда, в партийный центр, и назначили встречу. Вы можете это проверить, потому что сотрудники Разведывательного управления информации прослушивают телефоны нашей партии.

— Откуда ты знаешь, что мы прослушиваем ваши телефоны?

— Извините, — сказал Мухтар, совершенно не испугавшись. — Я не знаю, я предположил. Может быть, я ошибся.

Ка ощутил в Мухтаре хладнокровие и подавленность человека, который привык принимать как само собой разумеющееся то, что полиция и власть — безжалостны, что электричество выключается, дороги всегда грязные, привык покорно разговаривать с полицейскими, грубо с ним обращавшимися, и не считать проблемой своей чести то, что его оскорбляют и толкают, и Ка испытывал к нему уважение уже за то, что сам он не обладал этими полезными способностями и умением идти на компромисс.

Они сидели рядом, словно наказанные дети, на заднем сиденье полицейской машины, куда их посадили после того, как долго обыскивали областной центр партии, перевернули все шкафы и папки, перевязав часть этих папок веревками, заполнили ими мешки, а также после того, как составили протокол об обыске. Ка вновь увидел беспомощность Мухтара, посмотрев на его большие белые руки, которые он смирно держал на коленях и которые были похожи на толстых и старых собак. Пока полицейская машина медленно ехала по заснеженным и темным улицам Карса, они грустно смотрели на бледные желтоватые огни, просачивающиеся из окон армянских особняков с полуоткрытыми занавесками, на стариков, медленно бредущих по обледенелым мостовым с полиэтиленовыми сумками в руках, на фасады одиноких, как призраки, пустых и старых домов. На досках объявлений Национального театра были развешаны афиши о вечернем представлении. Рабочие, проводившие по улицам кабель для прямой трансляции, все еще работали. Из-за того, что дороги были закрыты, в автобусных гаражах царила нервная атмосфера ожидания. Полицейская машина медленно ехала под сказочным снегом, снежинки которого казались Ка такими же большими, как снежинки внутри детской игрушки, заполненной водой, которая называлась «снежная буря». За время этого путешествия, которое, даже учитывая небольшое расстояние, продолжалось семь-восемь минут, поскольку водитель вел машину очень медленно и внимательно, Ка встретился взглядом с Мухтаром, сидевшим рядом, и по печальному и спокойному взгляду своего старинного приятеля, чувствуя одновременно стыд и облегчение, вдруг понял, что в Управлении безопасности Мухтара будут бить, а к нему не прикоснутся.

По глазам своего товарища, о которых он не забудет и долгие годы спустя, Ка почувствовал, что Мухтар думает о том, что заслужил побои, которые ему вскоре предстояло получить. Хотя он твердо верил в то, что победит на выборах на пост главы муниципалитета, которые состоятся через четыре дня, в глазах его было такое извиняющееся выражение безропотности и раскаяния от того, что это произойдет, что Ка понял мысли Мухтара: «Я знаю, что я заслужил эти побои, которые скоро получу за то, что все еще упорно настаиваю на том, чтобы жить в этом уголке мира, за то, что даже здесь я вызвал ярость власти, и которые постараюсь перенести без ущерба для собственной гордости, и поэтому я считаю себя ниже тебя. А ты, пожалуйста, не заставляй меня стыдиться, глядя прямо мне в глаза».

После того как полицейский микроавтобус остановился во внутреннем дворе Управления безопасности, Ка и Мухтара не разделили, но обращались с ними очень по-разному. Ка — известный журналист из Стамбула, влиятельный человек, который навлечет беды на их головы, если что-нибудь про них напишет, и они провели процедуру оформления показаний свидетеля, который готов сотрудничать с ними. А с Мухтаром обращались унизительно, словно говоря: «А, опять ты!»; повернувшись к Ка, они словно говорили: «Какие у вас могут быть дела с таким, как он?» Ка наивно подумал, что они унижали Мухтара частично из-за того, что считали его глупцом (неужели ты думаешь, что тебе поручат управлять этим государством!) и неудачником (ты сначала научился бы распоряжаться своей жизнью!). Но ему предстояло намного позже с горечью понять, что они намекали совершенно на другое.

На какое-то время Ка увели в соседнюю комнату и стали близко показывать черно-белые фотографии, собранные из архивов, чтобы он опознал невзрачного человечка, убившего директора педагогического института. Здесь были фотографии всех политических исламистов Карса и окрестностей, кто хотя бы раз попал в поле зрения сил безопасности. Большинство были молодые курды, крестьяне или безработные, но среди них встречались и уличные торговцы, один имам-хатиб[1], и даже студенты и преподаватели университета, а также турки-сунниты. Среди фотографий молодых людей, с гневом и печалью смотревших в фотокамеру Управления безопасности, Ка увидел лица двух молодых людей, которых он однажды видел на улицах Карса, однако ни на одной из черно-белых фотографий не было возможности обнаружить нападавшего человечка, который, как Ка считал, был постарше и пониже.

Вернувшись в другую комнату, он увидел, что у Мухтара, сидевшего сгорбившись на той же табуретке, течет кровь из носа и заплыл кровью один глаз. Мухтар, смутившись, сделал несколько движений, а затем тщательно закрыл лицо носовым платком. В тишине Ка на какой-то момент вообразил, что Мухтар доказал свою невиновность благодаря этим побоям, полученным за духовную подавленность и чувство вины, которые он испытывал из-за бедности и глупости своей страны. Спустя два дня Ка предстояло вспомнить то, что он вообразил, хоть он уже и тогда считал это глупым, перед тем как с горечью получить известие, которое делало его самым несчастным в жизни (на этот раз он сам оказался в положении Мухтара).

Через минуту после того, как они встретились с Мухтаром взглядами, Ка опять отвели в соседнюю комнату записать показания. Рассказывая молодому полицейскому, который использовал такую же печатную машинку марки «Ремингтон», как в детстве его отец-адвокат, стучавший на ней по вечерам, когда приносил работу домой, о том, как убили директора педагогического института, Ка подумал о том, что Мухтара ему показали, чтобы напугать.

Когда его через какое-то время отпустили, перед его глазами еще долгое время стояло окровавленное

---

[1] Имам — глава квартальной или сельской мусульманской общины, имеющий право читать пятничную проповедь в мечети, хутбу.

лицо Мухтара, оставшегося внутри. Раньше в провинциальных городах полиция так не издевалась над сторонниками старых порядков. Но Мухтар — это не центральная правая партия, вроде Партии Отечества; он был из тех, кто хотел считаться радикальными исламистами. И он опять почувствовал, что в этой ситуации есть что-то, связанное с личностью Мухтара. Ка долго шел под снегом, сел на забор в самом конце проспекта Армии и, глядя на детей, катавшихся при свете уличных ламп на санках с заснеженного спуска, покурил. Он чувствовал усталость от власти и нищеты, свидетелем которых стал днем, но в нем теплилась надежда, что с любовью Ипек можно начать совершенно новую жизнь.

Через какое-то время он вновь побрел под снегом и оказался напротив кондитерской «Новая жизнь». Огни стоявшей перед кондитерской с разбитой витриной полицейской машины мигали синим светом и мягко освещали толпу детей и взрослых, наблюдавших за полицейскими в кондитерской, и снег, с божественным терпением падавший на Карс. Ка подошел к толпе и увидел, что полицейские все еще о чем-то допрашивали пожилого официанта кондитерской.

Один человек робко толкнул его в плечо:

— Вы поэт Ка, не так ли?

Это был юноша с большими зелеными глазами и добрым детским лицом.

— Меня зовут Неджип. Я знаю, что вы приехали в Карс, чтобы написать статью в газету «Джумхуриет» о выборах и о девушках, совершивших самоубийство. Но в Карсе есть еще один важный человек, с которым вам необходимо увидеться.

— Кто?

— Отойдем в сторонку?

Ка понравился загадочный тон, который напустил на себя юноша. Они отошли к «Современному буфету», который, как гласила надпись, «был известен во всем мире своими шербетами и салепом[1]».

— Я уполномочен сказать вам, кто этот человек, только если вы согласитесь с ним встретиться.

— Если я не знаю, кто это, как я могу согласиться встретиться с ним?

— Это так, — сказал Неджип. — Но этот человек скрывается. От кого и почему он скрывается, я не могу вам сказать, пока вы не согласитесь с ним увидеться.

— Хорошо, я согласен с ним встретиться, — сказал Ка. И добавил как в дешевых детективных романах-комиксах: — Надеюсь, что это не ловушка.

— Если не доверять людям, то ничего в жизни не удастся сделать, — ответил Неджип, тоже как в детективном комиксе.

— Я вам доверяю, — сказал Ка. — Кто этот человек, которого мне необходимо увидеть?

— После того как ты узнаешь его имя, ты его увидишь. Но ты будешь держать в тайне то место, где он прячется. А сейчас еще раз подумай. Сказать тебе, кто он?

— Да, — произнес Ка. — Вы мне тоже должны верить.

Неджип, волнуясь, словно упоминал имя легендарного героя, сказал:

— Имя этого человека — Ладживерт. — Увидев, что Ка никак не реагирует, он огорчился. — Вы что, в Германии совсем о нем не слышали? Он очень известен в Турции.

— Я знаю, — проговорил Ка успокаивающе. — Я готов с ним встретиться.

— Но я не знаю, где он, — сказал Неджип. — И даже ни разу в жизни его не видел.

Какое-то время они рассматривали друг друга, недоверчиво улыбаясь.

---

[1] Турецкий национальный сладкий горячий напиток из молока буйволиц, который пьют с корицей и только зимой.

— К Ладживерту тебя отведет другой, — произнес Неджип. — Моя обязанность только свести тебя с человеком, который отведет тебя к нему.

Вместе они пошли вниз по Малому проспекту Казым-бея под маленькими предвыборными флагами и мимо предвыборных афиш. В нервных и детских движениях юноши, в его стройной фигуре Ка ощутил что-то, напоминавшее ему собственную молодость, и Неджип стал ему очень близок. В какой-то миг он даже поймал себя на том, что пытается смотреть на мир его глазами.

— Что вы слышали в Германии о Ладживерте? — спросил Неджип.

— Я читал в турецких газетах, что он политический исламист-борец, — ответил Ка. — Я читал о нем и другие нелестные отзывы.

Неджип торопливо перебил его:

— Так называет прозападная и светская пресса нас, мусульман, готовых сражаться за политическое возвышение ислама, — сказал он. — Вы светский человек, но, пожалуйста, не доверяйте лжи, которую пишет о нем светская пресса. Он никого не убивал. Даже в Боснии, куда он поехал, чтобы защитить своих братьев-мусульман, и в Грозном, где он стал инвалидом от русской бомбы.

На одном углу он остановил Ка.

— Видите магазинчик напротив, книжный магазин «Известие». Он принадлежит последователям Вахдетчи[1], но все исламисты Карса встречаются здесь. Полиция, как и все, знает это. Среди продавцов есть их шпионы. Я учусь в лицее имамов-хатибов. Нам туда входить запрещено, будет дисциплинарное взыскание, но я подам знак, что мы пришли. Через три минуты из магазина выйдет высокий молодой человек с бородой, в красной тюбетейке. Идите за ним. Через две улицы,

---

[1] Одна из религиозных сект мусульман-традиционалистов Турции.

если за вами не будет полицейского в штатском, он подойдет и отведет тебя туда, куда должен отвести. Ты понял? Да поможет тебе Аллах.

Неджип вдруг исчез в густом снегу. Ка почувствовал к нему необъяснимую нежность.

8

Тот, кто совершает самоубийство, — грешник
Рассказ Ладживерта и Рустема

Снег пошел еще сильнее, пока Ка ждал перед книжным магазином «Известие». Устав стряхивать с головы снег и ждать, он уже собирался вернуться в отель, как вдруг заметил, что на противоположной мостовой, в бледном свете уличных ламп показался высокий молодой человек с бородой. Когда Ка увидел, что красная тюбетейка на голове юноши стала белой от снега, сердце его забилось сильнее, и он пошел за ним.

Они прошли весь проспект Казым-паши, который кандидат на пост главы муниципалитета от партии «Отечество» пообещал сделать пешеходной зоной, в подражание Стамбулу; повернули на проспект Фаик-бея и, спустившись еще на две улицы вниз, повернули направо и дошли до Вокзальной площади. Памятник Казыму Карабекиру в центре площади совсем исчез под снегом и в темноте стал похож на большое мороженое. Ка увидел, что юноша с бородой вошел в здание вокзала, и побежал следом за ним. В залах ожидания никого не было. Догадавшись, что юноша вышел на перрон, Ка пошел туда. В конце перрона он, казалось, увидел юношу, впереди в темноте, и со страхом пошел вдоль железной дороги. Как только ему пришло в голову, что если его здесь внезапно ударят и убьют, то труп до весны никто не сможет найти, он столкнулся лицом к лицу с бородатым молодым человеком в тюбетейке.

— За нами никого нет, — сказал юноша. — Но если хочешь, ты все еще можешь передумать. Если пойдешь со мной, то после этого будешь держать язык за зубами. Никогда не проговоришься, как попал сюда. Конец предателя — смерть.

Но даже последние слова юноши не испугали Ка, потому что у него был до смешного писклявый голос. Они прошли вдоль полотна и мимо зернохранилища, и, повернув на улицу Яхнилер, которая была совсем рядом с военными казармами, писклявый юноша показал Ка дом, в который ему надо было войти, и объяснил, в какой звонок надо позвонить.

— Веди себя с Учителем уважительно! — сказал он. — Не перебивай его, а как закончишь говорить, немедленно уходи.

Так, изумившись, Ка узнал, что еще одно прозвище Ладживерта — Учитель. Вообще-то Ка знал о Ладживерте не больше того, что он известный политический исламист. Из турецких газет, попавших к нему в руки в Германии, он узнал, что тот много лет назад оказался причастен к какому-то преступлению. Было известно, что существовало очень много политических исламистов, которые убивали людей, — ни один из них не был известным человеком. Ладживерта сделало известным то, что он утверждал, что убил одного, одетого в одежду кричащей расцветки женоподобного хлюста, постоянно унижавшего «невежд» и использовавшего при этом обычные пошлые шутки, — был ведущим интеллектуальной игры с денежным призом, проводившейся на одном из мелких телевизионных каналов. Этот язвительный ведущий по имени Пюнер Бенер, с лицом в родинках, во время одной из передач в прямом эфире шутил над одним из глуповатых и бедных участников игры и случайно сказал неподобающие слова о пророке Мухаммеде, а когда эта шутка, разгневавшая нескольких набожных людей, в полудреме смотревших программу, уже почти забылась,

Ладживерт написал во все газеты Стамбула письмо, извергающее угрозы, и потребовал, чтобы ведущий в той же программе покаялся и извинился, иначе он его убьет. Стамбульская пресса, привыкшая к таким угрозам, может быть, и не обратила бы никакого внимания на это письмо; но маленький телевизионный канал, проводивший провокационную светскую политику, пригласил Ладживерта в свою программу, чтобы продемонстрировать общественному мнению, как распоясались эти вооруженные исламисты, и тот повторил свои угрозы в эфире, усилив их; после успеха этой программы ее показали на других телевизионных каналах, где он был представлен в роли «остервенелого исламиста с большим ножом». В это же время Ладживерта разыскивала прокуратура по обвинению в угрозе жизни, и, прославившись так, он начал скрываться, а Гюнер Бенер, увидевший, что этот случай пробудил интерес общественности, в своем ежедневном прямом эфире выступил с неожиданным вызовом, сказав, что «не боится ненормальных реакционеров — врагов Ататюрка и республики», и через день был задушен цветным галстуком с узорами в виде пляжных мячиков, который он надевал на передачу, в номере «люкс» измирского отеля, куда он приехал для съемок программы. Несмотря на то что Ладживерт доказывал, что в этот день и в это время он был в Манисе, где выступал с лекцией в поддержку девушек, которые носят платки, он продолжал убегать и скрываться от прессы, которая распространила по всей стране весть об этом событии и усилила славу Ладживерта. По причине того, что в те дни часть исламистской прессы показывала политический ислам с окровавленными руками, а он сам стал игрушкой в руках светской прессы, из-за того, что ему так нравилось, что им заинтересовались средства массовой информации, и нравилась популярность, что вовсе не подобало исламисту, а также из-за того, что на него нападала светская пресса, делая выводы о том, что он — агент ЦРУ, Ладживерт надолго исчез из виду. В кругах исламистов распространились слухи о том, что в это время он героически сражался против сербов в Боснии, против русских в Грозном, но были и те, кто говорил, что все это — неправда.

Те, кто интересуется тем, что Ладживерт думал по этим вопросам, могут посмотреть его собственную краткую автобиографию, которая начинается словами «двадцатого февраля, в тот день, когда пойдет речь о моей казни» на странице тридцать пятой главы «Ка и Ладживерт в камере», в нашей книге под названием «Я НЕ ЯВЛЯЮСЬ НИЧЬИМ АГЕНТОМ», но я не уверен и в том, что все, что говорит там наш герой, — правда. То, что о нем говорилось много неправды и что многие слухи стали своего рода легендами, укреплялось загадочной атмосферой, окружавшей Ладживерта. А молчание, за которым он хотел спрятаться впоследствии, может толковаться также как признание Ладживертом правоты тех, кто в исламских кругах критиковал его первый успех, и тех, кто придерживался мнения, что мусульманин не должен так часто показываться в светской сионистской буржуазной прессе, но, как вы увидите из нашего рассказа, Ладживерт все-таки любил общаться с представителями прессы.

Большая часть слухов, появившихся из-за того, что он поехал в Карс, не сходятся друг с другом, как это и случается со слухами, мгновенно расползающимися в маленьких городках. Некоторые говорили, что Ладживерт приехал в Карс для того, чтобы обеспечить секретность и сохранить основные структуры одной исламистской курдской организации, руководство которой в Диярбакыре было разгромлено государственными силами, но у организации, о которой шла речь, в Карсе фактически не было других последователей, кроме одного-двух фанатиков. Поборники мира и доброй воли с обеих сторон предполагали, что он приехал для того, чтобы положить конец войне, развивавшейся и усиливавшейся в последнее время между курдскими национал-марксистами и курдами-исламистами. Трения между курдами-исламистами и курдскими национал-марксистами, начавшиеся в виде словесных перепалок, брани, драк и уличных столкновений, во многих городах переросли в резню и поножовщину, а в последние месяцы стороны стали расстреливать друг друга, а также похищать людей и допрашивать их с применением пыток (обе стороны применяли такие методы: капали на кожу расплавленный нейлон или сдавливали мошонку), а после допросов — душить. Говорилось также, что Ладживерт, путешествуя из городка в городок, вступил на путь миссии тайного примирителя, чтобы положить конец этой войне, которую очень многие считали выгодной властям, однако, как считали его враги, темные пятна в его прошлом и молодой возраст не подходят для этой трудной и почитаемой миссии. Молодые исламисты распространяли слухи о том, что он приехал в Карс для того, чтобы очистить души диджеев и «блистательных» ведущих городского телевизионного канала Карса «Граница», одетых в блестящую одежду, и хотя верхняя часть тела была у них тщательно закрыта, шутили они неподобающим образом и насмехались над исламом, поэтому один из ведущих по имени Хакан Озге, азербайджанец по происхождению, в своих последних программах начал говорить об Аллахе и напоминать о времени намаза. Были и те, кто думал, что Ладживерт связывает Турцию с международной исламистской террористической сетью. Органам информации и безопасности Карса сообщали даже, что эта организация, имеющая поддержку в Саудовской Аравии, планировала акции устрашения тысяч женщин, приезжавших в Турцию на работу проститутками из республик бывшего Советского Союза, предлагал некоторых из них убить. Ладживерту и в голову не приходило опровергать подобные утверждения или разговоры о том, что он приехал ради женщин-самоубийц, девушек в платках или выборов в муниципалитет. Он ничего не отвечал на упреки в том, что он нигде не появляется, и это усиливало загадочность, которая так нравилась молодым людям, учившимся на имамов-хатибов. Он не показывался на улицах Карса, чтобы не попасть в полицию и чтобы не развеять свою легендарность, поэтому и возникали сомнения, в городе он или нет.

Ка позвонил в звонок, указанный ему юношей в красной тюбетейке, и когда невысокий человек, открывший дверь квартиры, пригласил его войти, он сразу понял, что это был тот, кто полтора часа назад застрелил директора педагогического института в кондитерской «Новая жизнь». Сердце у него забилось, как только он увидел этого человека.

— Извините, — сказал невысокий человечек, подняв руки вверх так, что видны были ладони. — За последние два года нашего Учителя три раза пытались убить, я вас обыщу.

По привычке, оставшейся с университетских лет, Ка поднял руки, чтобы его обыскали. Когда маленький человечек маленькими руками внимательно ощупывал его рубашку впереди и за спиной в поисках оружия, Ка испугался, что тот заметит, как сильно бьется у него сердце. Сердце сразу забилось ровно, и Ка понял, что ошибся. Нет, этот человек вовсе не был убийцей директора педагогического института. Этот приятный мужчина средних лет, похожий на Эдварда Г. Робинсона, выглядел недостаточно решительным и крепким, чтобы кого-нибудь убить.

Ка услышал, как заплакал маленький ребенок и мягкий голос матери, успокаивавший его.

— Мне снять обувь? — спросил он и, не дожидаясь ответа, начал снимать туфли.

— Мы здесь гости, — сказал в тот же миг какой-то голос. — Не хотим утруждать наших хозяев.

Тогда Ка заметил, что на маленьком диване сидит другой человек. Он понял, что это Ладживерт, но подспудно продолжал сомневаться, потому что приготовился к более впечатляющей сцене встречи. Вслед за Ладживертом он вошел в бедную комнату с включенным черно-белым телевизором. В комнате был маленький ребенок, он засунул ручку в рот до самого запястья и с очень серьезным и довольным видом наблюдал за своей матерью, которая, говоря что-то нежное по-курдски, меняла ему пеленку, — сначала он уставился на Ладживерта, а затем на идущего следом Ка. Коридора не было, как в старых русских домах: они тут же перешли во вторую комнату.

Все мысли Ка были заняты Ладживертом. Он увидел кровать, застеленную с военной строгостью, аккуратно сложенную на краю подушки синюю в полосочку пижаму, на ней пепельницу с надписью «Эрсин Электрик», на стене календарь с видом Венеции, окно с открытыми створками, обращенное на печальные огни заснеженного города Карса. Ладживерт, закрыв окно, повернулся к Ка.

Его глаза были такого синего цвета, что их цвет приближался к лазоревому, невероятно редкому для турка. У него были светло-каштановые волосы и не было бороды, он был гораздо моложе, чем Ка себе представлял, кожа его была удивительно бледной и белоснежной, а нос с горбинкой. Он выглядел сверхъестественно красивым. В нем была притягательная сила, происходившая от доверия, которое к нему испытывали. В его облике, манере держаться и во всем его виде не было ничего, напоминающего бородатого провинциального поборника шариата, с четками в одной руке и оружием — в другой, как изображала его светская пресса.

— Не снимайте пальто, пока печь не согреет комнату... Красивое пальто. Где вы его купили?

— Во Франкфурте.

— Франкфурт... Франкфурт, — проговорил Ладживерт и, вперив взгляд в потолок, погрузился в свои мысли.

Он сказал, что «некогда» был осужден по 163-й статье за то, что распространял идеи о создании государственного строя, основанного на шариатском праве, и поэтому бежал в Германию.

Наступила тишина. Ка чувствовал, что нужно что-то сказать, чтобы проявить дружеское расположение, и волновался, потому что ему ничего не приходило в голову. Он почувствовал, что Ладживерт говорил, чтобы успокоить его.

— В каком бы городе Германии я ни был и куда бы ни пошел с визитом в мусульманские общества, во Франкфурте, в Кёльне, между собором и вокзалом, или в богатые кварталы Гамбурга, где бы я ни шел, через какое-то время я мысленно выделял какого-нибудь немца, которого встречал по дороге, отделив его от других, и сосредотачивался на нем. Важным для меня было не то, что я думал о нем; я пытался разгадать, что он думает обо мне, посмотреть его глазами на мою одежду, мои движения, мою походку, мою историю, откуда я пришел и куда иду, кто я. Грязное это было чувство, но я привык; я не унижался: я понимал, как унижаются мои братья... Чаще всего европейцы не унижают. Мы наблюдаем за ними и унижаем себя сами. Эмигрируют не для того, чтобы убежать от домашних проблем, а для того, чтобы добраться до глубин своей души. И однажды непременно возвращаются назад, чтобы защитить тех, кто не смог уехать, потому что не нашел в себе смелости, и тех, кто участвовал в содеянном. Ты почему приехал?

Ка молчал. Его беспокоили простота и бедность комнаты, непокрашенные стены с осыпавшейся штукатуркой, яркий свет, слепивший глаза из лампы без абажура, висевшей на потолке.

— Я не хочу беспокоить тебя надоедливыми вопросами, — сказал Ладживерт. — Покойный мулла Касым

Ансари чужакам, прибывшим навестить его туда, где на реке Тигр располагалось на ночлег его племя, прежде всего говорил так: «Я рад с вами познакомиться, интересно, на кого вы шпионите?»

— На газету «Джумхуриет», — ответил Ка.

— Это я знаю. Но меня страшно беспокоит, с чего бы они так заинтересовались Карсом и прислали сюда человека.

— Я вызвался добровольно, — сказал Ка. — К тому же я слышал, что здесь мой старый друг Мухтар и его жена.

— Разве ты не знал, что они уже развелись? — поправил его Ладживерт, внимательно глядя в глаза Ка.

— Я знал, — сказал Ка, густо покраснев. Внезапно он почувствовал ненависть к Ладживерту, решив, что тот догадывается, о чем Ка думает.

— В управлении Мухтара избили?

— Избили.

— Он заслужил побои? — странно спросил Ладживерт.

— Нет, конечно же не заслужил, — волнуясь, ответил Ка.

— А тебя почему не избили? Ты собой доволен?

— Я не знаю, почему меня не избили.

— Ты знаешь, ты — стамбульский буржуа, — ответил Ладживерт. — Это сразу понятно по цвету твоей кожи, по твоим взглядам. Непременно наверху есть влиятельные знакомые, — как бы чего не вышло, решили они. А у Мухтара, понятно, таких связей, такой силы у него нет, и они это знают. Мухтар вообще-то пошел в политику, чтобы стать таким же благонадежным, как ты. Но даже если он и выиграет выборы, для того чтобы сесть в должностное кресло, ему нужно доказать, что он из тех, кто сможет вынести побои, полученные от властей. Поэтому он даже доволен, что его избили.

Ладживерт совсем не улыбался, на его лице было грустное выражение.

— Никто не может быть доволен тем, что его бьют, — сказал Ка и почувствовал себя заурядным и поверхностным человеком в сравнении с Ладживертом.

У Ладживерта на лице появилось выражение, словно он говорил: «Давайте поговорим о нашем главном деле».

— Ты встречался с семьями девушек, которые совершили самоубийство, — сказал он. — Зачем ты с ними разговаривал?

— Затем, что я, может быть, напишу об этом статью.

— В западных газетах?

— В западных газетах, — внезапно ответил Ка с приятным чувством превосходства. Между тем у него не было знакомых, чтобы опубликовать свою статью в немецкой газете. — А в Турции — в «Джумхуриет», — добавил он, смутившись.

— Турецким газетам, пока этим не заинтересуются европейцы, безразличны нищета и страдания собственного народа, — произнес Ладживерт. — Они ведут себя так, что о бедности, о самоубийствах говорить стыдно, как будто это вчерашний день. Тебе придется опубликовать свою статью в Европе. Поэтому я и захотел встретиться с тобой: смотри, ни в Турции, ни за рубежом не пиши о девушках-самоубийцах! Самоубийство — большой грех! Если к этому проявляют интерес, болезнь распространяется! И даже слухи о том, что последняя девушка, совершившая самоубийство, была мусульманкой, «упрямо желавшей носить платок», будут смертоноснее, чем яд.

— Но это правда, — сказал Ка. — Девушка, перед тем как покончить с собой, совершила омовение и намаз. Говорят, что девушки, не желающие снять платок, сейчас испытывают к ней большое уважение.

— Та, которая покончила с собой, — даже не мусульманка! — сказал Ладживерт. — И то, что они борются за платок, — это неправда. Если ты распространишь эту ложь, разойдется слух о том, что она испугалась дав-

98

ления полиции и родителей, побоялась оказаться среди тех несчастных, которые носят парик, и в числе оставленных на второй год, тех, кто упорно отказывается снимать платок. Ты для этого сюда приехал? Не подстрекай никого к самоубийству. Эти студентки, из-за любви к Аллаху, оказались между учебой и семьей, они несчастны и одиноки и поэтому сразу начинают подражать этой великомученице-самоубийце.

— Заместитель губернатора тоже сказал мне, что я преувеличиваю роль самоубийств в Карсе.

— Зачем ты встречался с заместителем губернатора?

— Я и с полицией встречался, чтобы меня не беспокоили весь день.

— Они будут довольны статьей под названием «Закрытые платком девушки, которых выгнали с занятий, кончают жизнь самоубийством»! — воскликнул Ладживерт.

— Я напишу о том, что узнал, — сказал Ка.

— Ты сейчас противостоишь не только губернатору, государственному человеку светских нравов, но и мне. К тому же ты хочешь дать мне понять, что и светский губернатор, и политические исламисты не хотят, чтобы писали о девушках-самоубийцах.

— Да.

— Та девушка покончила собой не из-за того, что ее не пускали учиться, а из-за несчастной любви. Если ты разоблачишь тот факт, что это было рядовое любовное самоубийство закрывавшей себя девушки, и напишешь, что она совершила грех, на тебя очень рассердятся молодые исламисты из школы имамов-хатибов. Карс — маленький город.

— Я хочу спросить об этом у оставшихся девушек.

— Ты очень хорошо сделаешь! — сказал Ладживерт. — Ну-ка, давай, спроси у девушек, хотят ли они, чтобы в немецкой газете написали, что они умирают как грешницы, покончив с собой, боясь того, что с ними произойдет, если они будут настаивать, чтобы ходить закрытыми, выполняя волю Аллаха.

— Спрошу! — ответил Ка упрямо и тем не менее испуганно.

— Я позвал тебя, чтобы сказать еще одну вещь, — сказал Ладживерт. — Только что на твоих глазах был убит директор педагогического института… Это результат гнева мусульман в ответ на притеснения закрывающих себя девушек. Но этот случай — провокация государства. Сначала они использовали бедного директора для издевательств, а потом приказали какому-то сумасшедшему его убить, чтобы обвинить мусульман.

— Вы осуждаете это событие или воспринимаете его как должное? — спросил Ка с внимательностью журналиста.

— Я приехал в Карс не ради политики, — ответил Ладживерт. — Я приехал в Карс для того, чтобы остановить самоубийства. — Внезапно он схватил Ка за плечи, притянул к себе и поцеловал в обе щеки. — Ты скромный человек, отдавший годы тяжелому труду поэзии. Ты не можешь быть орудием тех, кто хочет навредить мусульманам и угнетенным. Как я тебе доверился, так и ты мне доверился, придя сюда под снегом. Чтобы отблагодарить тебя, я расскажу поучительный рассказ. — Он полушутя, полусерьезно посмотрел Ка в глаза. — Рассказать?

— Расскажите.

— Рассказывают, что в очень давние времена в Иране жил великий герой, неутомимый воин. Его знали и любили все. Сегодня мы зовем его Рустем, как и те, кто его любил. Однажды Рустем охотился и сбился с пути, ночью, пока спал, потерял и своего коня. Сказав себе, что найдет своего коня Ракша, он пошел в земли врагов, в Туран. Слава о нем летела быстрее, чем он шел, его узнавали и приветливо встречали. Шах Турана принял его как гостя и устроил пир. После пира он прошел в комнату, приготовленную для него, туда вошла дочь шаха и призналась Рустему в любви. И сказала, что хочет от него сына. Она очаровала его своими речами и красотой; они возлегли. Утром Рустем оставил для ребенка, который должен был родиться, свой нарукавник и вернулся на родину. Родившегося ребенка назвали Сухраб, мы тоже его так назовем, через много лет он узнал от своей матери, что его отец — легендарный Рустем, и сказал так: «Я отправлюсь в Иран, прогоню с трона тирана Кейкавуса, шаха Ирана, а на его место посажу своего отца… А затем вернусь сюда в Туран, прогоню с трона тирана Эфрасиаба, шаха Турана, и сам займу его место! Тогда мой отец Рустем и я будем справедливо управлять Ираном и Тураном, то есть всем миром». Так сказал простодушный и добрый Сухраб, но он не знал, что его враги хитрее и коварнее его. Шах Турана Эфрасиаб оказал ему поддержку, потому что он воевал с Ираном, хотя и знал о его намерениях, но к его войску приставили шпионов, чтобы он не узнал своего отца. После обманов врагов, игры злой судьбы и случайных событий, предопределенных Великим Аллахом, легендарный Рустем и его сын Сухраб со своими войсками за спиной сошлись на поле боя, не узнав друг друга, потому что были в доспехах. Рустем в доспехах все время скрывал, кто он, чтобы воин перед ним не использовал всю свою силу. Наивный, как ребенок, Сухраб не видел перед глазами ничего, кроме своего отца на троне, вообще не обращал внимания, с кем сражается. Так два добросердечных, великих воина, отец и сын, ринувшись вперед, вытащили мечи на глазах у своих воинов.

Ладживерт замолчал. Не глядя в глаза Ка, он сказал, совсем как ребенок:

— Хотя я читал этот рассказ сотни раз, всегда, когда дохожу до этого места, меня охватывает ужас. Не могу понять, почему я каждый раз отождествляю себя с Сухрабом, который вот-вот убьет своего отца. Кто хочет убить своего отца? Чья душа может вынести боль такого преступления, груз подобного греха? И уж в особенности такой наивный, как ребенок, Сухраб, с которым я себя отождествляю. Тогда самый лучший способ убить своего отца — убить, не осознавая этого.

Пока я так размышляю, два воина в доспехах вступают в бой и после многочасовой схватки отступают, обливаясь потом и кровью, не сумев одолеть друг друга. Когда я, как и Сухраб, думаю о его отце и читаю продолжение рассказа, я волнуюсь каждый раз, будто читаю это впервые, и с надеждой представляю себе, как ночью этого первого дня отец и сын, не сумевшие одолеть друг друга, каким-то образом узнают друг друга.

На второй день войска снова выстраиваются друг напротив друга, вновь отец и сын бросаются вперед и безжалостно сражаются. После долгой схватки в тот день удача улыбается Сухрабу (удача ли это?), он, сбив с лошади Рустема, повергает его наземь. Выхватив свой кинжал, он вот-вот нанесет своему отцу смертельный удар, как вдруг кто-то говорит следующее: «В Иране не принято в первом сражении убивать побежденного врага. Не убивай его, зрелые воины так не поступают». И Сухраб не убил своего отца.

Когда я читаю это место, я всегда расстраиваюсь. Потому что я полон любви к Сухрабу. Какой смысл в такой судьбе, которую Аллах уготовил отцу и сыну? На третий день схватка, о которой я рассказал, заканчивается совсем не так, как я ожидал. Рустем сбивает Сухраба с ног и, одним махом вонзив свой меч ему в грудь, убивает. Поражает стремительность произошедшего и ужас содеянного. Узнав нарукавник, Рустем узнает, что убил своего сына, он падает на колени, обнимает окровавленное тело сына и плачет.

В этом месте рассказа я тоже каждый раз плачу: я плачу не потому, что разделяю горечь Рустема, а потому, что понимаю, что означает смерть бедного Сухраба, убитого собственным отцом и действовавшего ради любви к своему отцу. В этом месте мое восхищение любовью по-детски доброго Сухраба к отцу сменяется глубоким и зрелым чувством сожаления о Рустеме, который был связан обычаями и правилами. В течение всего рассказа моя любовь и восхищение мятежным и человечным Сухрабом перешли на сильного Рустема, которого связывало чувство долга.

Ладживерт замолчал, и Ка позавидовал тому, что он может рассказать любую историю с такой убежденностью.

— Но я тебе рассказал все это не для того, чтобы продемонстрировать, как я с его помощью истолковываю свою жизнь, а для того, чтобы сказать, что эту историю забыли, — сказал Ладживерт. — Этому рассказу из «Шахнаме» Фирдоуси по меньшей мере тысяча лет. Когда-то миллионы людей от Тебриза до Стамбула, от Боснии до Трабзона знали эту историю и, вспоминая ее, они осознавали смысл своей жизни. Как те, кто сегодня на Западе думает об отцеубийстве, описанном у Эдипа, и предается навязчивой идее Макбета о троне и смерти. Но сейчас все забыли эту историю из-за того, что восхищаются Западом. Старые рассказы исключили из учебников. Сейчас в Стамбуле даже нет книжного магазина, где можно было бы купить «Шахнаме»! Почему?

Они немного помолчали.

— Знаю, что ты думаешь, — проговорил Ладживерт. — Разве человек убьет другого человека ради красивой истории? Разве не так?

— Я не знаю, — ответил Ка.

— Тогда подумай, — сказал Ладживерт и вышел из комнаты.

9

Простите, вы атеист?

Безбожник, который не хотел убивать себя

Ладживерт неожиданно вышел из комнаты, и Ка какое-то время колебался. Сначала он подумал, что Ладживерт сразу вернется; вернется для того, чтобы спросить у Ка о том, о чем он предложил ему подумать. Но затем он понял, что это не так: ему что-то сообщили, но в вычурной и странной форме. Была ли это угроза?

Однако Ка в этом доме не чувствовал себя тем, кому грозит опасность, скорее чужим. Он не встретил мать и ребенка в соседней комнате и, не замеченный никем, вышел на улицу. Ему вдруг захотелось спуститься по лестнице бегом.

Снег шел так медленно, что, казалось, снежинки повисли в воздухе. Эта замедленность создавала впечатление, что время остановилось, и почему-то заставляла Ка думать, что прошло много времени и многое изменилось, между тем встреча с Ладживертом заняла только двадцать минут.

Он вернулся на вокзал той же дорогой, которой и пришел, пройдя вдоль железнодорожного полотна, мимо зернохранилища, которое под снегом напоминало огромную белую тень. Когда он проходил по грязному и пустому вокзалу, к нему подошел пес, дружески помахивая свернутым в колечко хвостом. Пес был черный, но на лбу у него было совершенно круглое белое пятно. Ка увидел в зале ожидания троих парней, кормивших пса бубликом. Один из них был Неджип, он прежде своих товарищей подбежал к Ка.

— Смотрите не заложите меня перед моими школьными друзьями, я не знал, что встречу вас здесь, — сказал он. — Мой самый близкий друг хочет задать вам один очень важный вопрос. Если у вас есть время, если бы вы уделили одну минуту Фазылу, он был бы очень счастлив.

— Хорошо, — ответил Ка и пошел прямо к скамейке, на которой сидели двое юношей.

Пока на плакатах за их спинами Ататюрк напоминал о важности железных дорог, а государство пугало девушек, желающих совершить самоубийство, молодые люди поднялись и пожали Ка руку. Но сейчас они были явно смущены.

— До того как Фазыл задаст свой вопрос, Месут расскажет историю, которую слышал сам, — сказал Неджип.

— Нет, я не расскажу, — волнуясь, сказал Месут. — Пожалуйста, расскажи за меня.

Ка, слушая рассказ Неджипа, наблюдал за черным псом, радостно носившимся по пустому, грязному и полутемному зданию вокзала.

— История произошла в стамбульском лицее имамов-хатибов, как я слышал, — начал Неджип. — Директор одного лицея имамов-хатибов в одном из окраинных кварталов пошел по делам службы в один из высоких небоскребов, которые были недавно построены в Стамбуле и которые мы видели по телевизору. Он зашел в большой лифт и поднимался наверх. В лифте находился высокий человек моложе его, он подошел к директору и показал ему книгу, которую держал в руках, и, чтобы разрезать страницы, вытащил из кармана нож с перламутровой ручкой и что-то сказал. Когда лифт доехал до девятнадцатого этажа, директор вышел. Но в последующие дни он стал странно себя чувствовать. Он стал бояться смерти, ему не хотелось ничего делать, он все время думал о человеке в лифте. Он был очень набожным человеком и отправился в одну обитель ордена Джеррахи, чтобы найти средство от своих страданий. Один известный шейх, до утра послушав рассказ о его переживаниях, как больному поставил диагноз: «Ты утратил веру в Аллаха, и к тому же, хоть ты и не замечаешь этого, ты этим гордишься! Этот недуг перешел к тебе от человека в лифте. Ты стал атеистом». Директор вздумал было со слезами на глазах отрицать это, но в глубине души он честно признавал, что слова уважаемого шейха были правдой. Он поймал себя на мысли о том, что уже давно пристает к маленьким красивым ученикам, пытается остаться наедине с матерями учеников, ворует деньги у одного из учителей, которому завидует. К тому же директор гордился, что грешит: собрав всю школу, он говорил, что все дозволено, что люди из-за слепых суеверий и глупых обычаев не так свободны, как он, вставлял множество европейских слов в свою речь, на ворованные деньги покупал и носил самую модную европейскую одежду. Все это он делал с таким видом, как будто презирал всех и всех считал отсталыми. А школьники в его школе изнасиловали своего красивого одноклассника, избили пожилого учителя Корана, появились случаи неповиновения. Директор и дома плакал, и хотел покончить с собой, но не осмеливался сделать это и ждал, что его убьют другие. С этой целью в присутствии самых религиозных учеников школы он оскорблял Великого Пророка (да простит меня Аллах!). Но его не тронули, решив, что он сошел с ума. Он вышел на улицу и начал говорить, что Аллаха не существует (да простит меня Аллах!), что нужно мечети переделать в дискотеки и что все мы разбогатеем как европейцы, только если станем христианами. Молодые исламисты хотели убить его, но он спрятался. Не найдя выхода своему желанию покончить с собой и освободиться от чувства безнадежности, он вернулся в тот же небоскреб и в лифте встретился с тем же высоким человеком. Человек ему улыбнулся, дав понять, что знает обо всем, что с ним случилось, и показал обложку книги, которая была у него в руках; оказывается, средство от атеизма заключалось в ней. Директор дрожащими руками потянулся к книге, но высокий человек, перед тем как лифт остановился, вонзил в сердце директору нож с перламутровой ручкой для разрезания бумаги.

Ка вспомнил, что похожую историю слышал от турок-исламистов в Германии. Загадочная книга из рассказа Неджипа так и осталась неопознанной, но Месут наряду с именами нескольких еврейских писателей, о которых Ка никогда не слышал и которые способны подтолкнуть людей к атеизму, вспомнил имена нескольких второстепенных литераторов из числа главных врагов политического ислама (один из которых будет убит спустя три года).

— Обольщенные дьяволом атеисты, как и несчастный директор, бродят среди нас в поисках счастья и покоя, — сказал Месут. — Вы согласны с этим?

— Не знаю.

— Как это вы не знаете? — спросил Месут, слегка рассердившись. — Вы сами разве не атеист?

— Не знаю, — ответил Ка.

— Скажите мне тогда: верите ли вы, что весь этот мир, этот снег, хлопьями падающий на улице, все создал Всевышний Аллах, или нет?

— Снег напоминает мне о Боге, — сказал Ка.

— Да, но вы верите, что Аллах создал снег? — настойчиво спросил Месут.

Наступила пауза. Ка увидел, что черный пес выскочил из двери, открытой на платформу, радостно носится под снегом в бледном свете неоновых ламп.

— Ты не можешь ответить, — сказал Месут. — Если человек знает и любит Аллаха, он никогда не сомневается в его существовании. И это означает, что ты атеист, но не можешь в этом признаться, потому что стыдишься. Вообще-то мы это знали. А я, от имени Фазыла, хочу спросить вот о чем: страдаешь ты, как несчастный атеист в этом рассказе? Ты хочешь убить себя?

— Как бы я ни страдал, я боюсь самоубийства, — ответил Ка.

— По какой причине? — спросил Фазыл. — Из-за того, что это запрещают власти, или из-за того, что человек — высшее существо? Они неверно говорят, утверждая, что человек — это шедевр Аллаха. Скажите, пожалуйста, почему вы боитесь самоубийства.

— Будьте снисходительны к настойчивости моего друга, — сказал Неджип. — Этот вопрос для Фазыла имеет особый смысл.

— То есть ты не хочешь убивать себя из-за того, что жизнь твоя лишена покоя и счастья? — спросил Фазыл.

— Нет, — ответил Ка раздраженно.

— Пожалуйста, не надо все скрывать от нас, — проговорил Месут. — Мы не причиним вам вреда из-за того, что вы атеист.

Наступило напряженное молчание. Ка поднялся. Он вовсе не хотел, чтобы все видели, что его охватил страх. Он пошел.

— Вы ухо́дите, подождите, пожалуйста, не уходите, — сказал Фазыл.

Ка остановился и замер, ничего не говоря.

— Я расскажу вместо него, — сказал Неджип. — Мы все трое влюблены в «девушек в платках», которые жертвуют своей жизнью ради своей веры. Светская пресса называет их — «девушки в платках». Для нас они — мусульманские девушки, и все мусульманские девушки должны быть готовы положить свою жизнь за свою веру.

— И мужчины тоже, — сказал Фазыл.

— Конечно, — ответил Неджип. — Я люблю Хиджран, Месут любит Ханде, Фазыл был влюблен в Теслиме, но Теслиме умерла. Точнее, покончила с собой. Но мы не верим, что мусульманская девушка, готовая пожертвовать жизнью ради веры, могла покончить с собой.

— Может быть, страдания, которые она испытывала, оказались для нее невыносимыми, — сказал Ка. — А ее семья требовала, чтобы она сняла платок, и из института ее выгнали.

— Никакое принуждение не может заставить истинно верующего человека совершить самоубийство, — сказал с волнением Неджип. — Мы не можем заснуть по ночам, переживая, что совершим грех, опаздывая на утренний намаз. Каждый раз мы бежим в мечеть как можно быстрее. Человек, который верит с таким воодушевлением, сделает все, чтобы не совершить греха, если надо, согласится даже на то, чтобы с него заживо содрали кожу.

— Мы знаем, вы встречались с семьей Теслиме, — выпалил Фазыл. — Они верят, что она сама покончила с собой?

— Верят. Сначала она смотрела с родителями «Марианну», затем совершила омовение и намаз.

— Теслиме никогда не смотрит сериалы, — тихо сказал Фазыл.

— Вы были с ней знакомы? — спросил Ка.

— Я никогда не был с ней знаком, мы никогда не разговаривали, — сказал, смущаясь, Фазыл. — Один раз я видел ее издалека, она была полностью закрыта. Но духовно я, конечно же, знаю ее: человек знает того, кого любит больше всего. Я понимал ее, как себя. Теслиме, которую я знал, не могла совершить самоубийство.

— Может быть, вы не знали ее в достаточной степени.

— А может быть, тебя сюда прислали европейцы, чтобы ты прикрыл убийцу Теслиме, — нахально сказал Месут.

— Нет-нет, — проговорил Неджип. — Мы вам доверяем. Наши преподаватели сказали, что вы — бедный и скромный человек, поэт. Мы захотели вас спросить о том, что огорчает нас больше всего, потому что мы вам доверяем. Фазыл просит у вас за Месута прощения.

— Прошу прощения, — сказал Фазыл. Лицо у него было совсем красным. На глазах вдруг показались слезы.

Месут, не говоря ни слова, уклонился от примирения.

— Мы с Фазылом как братья, — сказал Неджип. — Мы часто одновременно думаем об одном и том же, мы оба знаем, что думает каждый из нас. В противоположность мне Фазыл совершенно не интересуется политикой. А сейчас у него и у меня есть к вам просьба. На самом деле мы оба не верим в то, что Теслиме покончила с собой, совершив грех в ответ на давление со стороны родителей и власти. Это очень горько, но Фазыл иногда думает: «Девушка, которую я любил, совершила грех и убила себя». Но если Теслиме на самом деле тайная атеистка, если она несчастная атеистка, которая не знала, что она атеистка, как в рассказе, и если она покончила с собой, потому что была атеисткой, это будет катастрофой для Фазыла. Тогда это будет означать, что он был влюблен в атеистку. Только вы можете разрешить наши сомнения, только вы можете успокоить Фазыла. Вы поняли, что мы имеем в виду?

— Вы — атеист? — спросил Фазыл, глядя умоляюще. — Если вы атеист, вы хотите убить себя?

— Даже в те дни, когда я был больше всего уверен, что я — атеист, я всерьез никогда не думал о самоубийстве, — ответил Ка.

— Большое спасибо, что вы честно ответили нам, — сказал Фазыл, успокоившись. — У вас доброе сердце, но вы боитесь верить в Аллаха.

Ка увидел, что Месут смотрит на него враждебно, и захотел уйти. Но его мысли словно застыли. Он ощущал, что глубоко внутри него трепещет какое-то желание и связанное с ним видение, но из-за того, что вокруг него что-то происходило, он не мог сосредоточиться на этом видении. Позже он будет вспоминать об этих минутах и поймет, что это состояние было взлелеяно тоской по Ипек, такой тоской, что можно было умереть и утратить веру в Аллаха.

— Пожалуйста, не поймите нас неправильно, — сказал Неджип. — Мы не против, чтобы кто-нибудь был атеистом. В исламском обществе всегда были атеисты.

И к тому же Месут в последний момент добавил:

— Но кладбища должны быть раздельными. Души мусульман будут неспокойны, если рядом с ними на одном кладбище будут лежать безбожники. Некоторые атеисты не могут верить в Аллаха, но с успехом скрывают это на протяжении всей жизни и не только лишают верующих покоя в этом мире, но и тревожат после смерти. Будто нам мало мучений, того, что до

Судного дня мы лежим с ними на одном кладбище, так еще и в Судный день, когда мы все встанем с ними на одном кладбище, испытаем отвращение от того, что увидим перед собой злополучных атеистов... Поэт Кабей, вы уже не скрываете, что когда-то были атеистом. Может быть, вы все еще им остаетесь. Скажите тогда, кто заставляет идти этот снег, какая тайна кроется в этом снеге?

Все они посмотрели из пустого здания вокзала на улицу, на падающий в свете неоновых ламп на пустые рельсы снег.

«Что я делаю в этом мире? — подумал Ка. — Какими жалкими кажутся снежинки издалека, какая жалкая моя жизнь. Человек живет, изнашивается, исчезает». Ему казалось, что он и существует, и нет: он любил себя и с любовью и грустью оценивал путь, по которому, как снежинка, летела его жизнь. Он вспоминал запах, который появлялся, когда брился его отец. Замерзающие в тапках ноги матери, готовившей на кухне завтрак, пока он вдыхал этот запах, щетку для волос, сладкий розовый сироп от кашля, которым его поили, когда он ночью просыпался, закашлявшись, ложку у себя во рту, все эти мелочи, составлявшие жизнь, единство всего, снежинку...

Так Ка услышал тот зов, который слышали настоящие поэты, которые умели быть счастливыми только в моменты вдохновения. Так, впервые за четыре года, у него в голове появилось стихотворение: он был так уверен в существовании стихотворения, в его настроении и манере, что сердце его наполнилось счастьем. Сказав молодым людям, что торопится, он вышел из пустого полутемного здания вокзала. Размышляя под падающим снегом о стихотворении, которое напишет, Ка быстро вернулся в отель.

10

Почему это стихотворение красивое?
Снег и счастье

Войдя в комнату в отеле, Ка снял пальто. Он открыл тетрадь в клеточку с зеленой обложкой, которую купил во Франкфурте, и начал записывать стихотворение, которое рождалось в его уме слово за словом. Он чувствовал себя спокойно, словно записывал стихи, которые ему шептал на ухо кто-то другой, однако, не отвлекаясь, отдался тому, что писал. Он раньше не писал стихи с таким вдохновением, не останавливаясь, и поэтому немного сомневался в ценности того, что писал. Однако, по мере того как появлялись строки, он отчетливо понимал, что это стихотворение совершенно, и это усиливало его волнение и счастье. Так, почти не останавливаясь и оставляя в некоторых местах пустоты, словно не расслышав некоторых слов, Ка записал тридцать четыре строки.

Стихотворение вместило в себя все, о чем он только что думал: падающий снег, кладбища, черный пес, весело бегающий по зданию вокзала, множество детских воспоминаний и Ипек, оживавшая перед его глазами, пробуждая чувство радости и беспокойства, все то время, пока он, ускоряя шаги, шел в отель. Он назвал стихотворение «Снег». Потом, когда он будет вспоминать о том, как он написал это стихотворение, ему вспомнится снежинка, и он решит, что насколько эта снежинка изображает в определенной форме его жизнь, так и это стихотворение должно быть в том месте снежинки, которое объясняло бы логику его жизни, в месте, близком к его сути. Трудно сказать, какая часть его решений была принята в тот момент, а какая их часть была результатом скрытой симметрии его жизни (точно так же, как и это стихотворение), тайны которой пытается раскрыть эта книга.

Почти закончив писать стихотворение, Ка подошел к окну и стал безмолвно наблюдать за снегом, который красиво падал снаружи огромными снежинками. Было такое чувство, что если наблюдать за снегом, то стихотворение будет закончено как надо. В дверь постучали, Ка открыл и тут же забыл две последние строчки стихотворения, которые должны были вот-вот прийти ему в голову, чтобы никогда больше не вспомнить их в Карсе.

В дверях стояла Ипек.

— Тебе письмо, — сказала она, протянув конверт.

Ка взял письмо и, не глядя на него, положил в сторону.

— Я очень счастлив, — сказал он. Он верил в то, что только заурядный человек может так говорить: «Я очень счастлив!», но сейчас он этого совершенно не стеснялся. — Входи, — сказал он Ипек. — Ты очень красивая.

Ипек вошла, как человек, который знает комнаты отеля как свой дом. Ка показалось, что пролетевшее время еще больше сблизило их друг с другом.

— Я не знаю, как это случилось, — сказал Ка. — Возможно, это стихотворение пришло ко мне из-за того, что есть ты.

— Говорят, директор педагогического института в тяжелом состоянии, — сказала Ипек.

— Если тот, кого считают умершим, жив — это хорошая новость.

— Полиция устраивает облавы. В университетском общежитии, в отелях. К нам тоже приходили, смотрели регистрационные книги, спросили о каждом, кто остановился в отеле.

— Что ты сказала обо мне? Ты сказала, что мы поженимся?

— Ты милый. Но я думаю не об этом. Они забрали Мухтара, избили. А затем отпустили.

— Он просил передать тебе, что готов на все, чтобы опять жениться на тебе. Он ужасно раскаивается из-за того, что требовал, чтобы ты закрывала голову.

— Вообще-то Мухтар говорит мне это каждый день, — сказала Ипек. — Что ты делал после того, как полиция тебя отпустила?

— Я бродил по улицам… — сказал Ка в нерешительности.

— Говори.

— Меня отвели к Ладживерту. Я никому не должен об этом говорить.

— Не должен, — ответила Ипек. — А ему не должен говорить о нас, о моем отце.

— Ты с ним не знакома?

— Когда-то Мухтар им восхищался, он бывал у нас дома. Но когда Мухтар решил обратиться к более демократичному и сдержанному исламу, он от него отдалился.

— Он приехал сюда ради девушек, совершавших самоубийства.

— Бойся его и не разговаривай с ним, — сказала Ипек. — Большая вероятность, что там, где он остановился, полиция установила прослушивание.

— Тогда почему они не могут его поймать?

— Когда им понадобится, поймают.

— Давай убежим с тобой из этого Карса, — сказал Ка. В нем усиливался страх того, что несчастье и безнадежность находятся где-то рядом, это было то ощущение, которое появлялось именно тогда, в детстве и в молодости, когда он был невероятно счастлив.

Ка всегда хотелось в смятении укоротить счастливые моменты, чтобы несчастье, которое придет потом, не было бо́льшим. Поэтому он считал, что Ипек, которую в тот момент он обнял больше от смятения, нежели от любви, его оттолкнет, возможность сближения между ними будет уничтожена за один миг, и, когда счастье, которого он не заслужил, завершится отказом и унижением, которые он заслужил, он успокоится.

Все произошло совсем наоборот. Ипек тоже его обняла. Наслаждаясь тем, что они держат друг друга в объятиях, они с большим желанием поцеловались и упали на кровать рядом друг с другом. За этот короткий миг Ка почувствовал такое потрясающее желание, что в противоположность пессимизму, который только что владел им, он с оптимизмом и желанием, не ведающим границ, представил, как они снимут друг с друга одежду и начнут долго любить друг друга.

Но Ипек встала.

— Ты очень приятный, я тоже очень хочу заняться с тобой любовью, но у меня три года никого не было, я не готова, — сказала она.

«Я тоже четыре года ни с кем не занимался любовью», — сказал Ка про себя. Он почувствовал, что Ипек прочитала это по его лицу.

— Даже если бы я была готова, — сказала Ипек, — я не могу заниматься любовью, когда мой отец так близко, в одном доме.

— Тебе, чтобы раздеться и лечь со мной в постель, нужно, чтобы твой отец ушел из отеля? — спросил Ка.

— Да. Он очень редко выходит из отеля. Он не любит обледеневшие улицы Карса.

— Хорошо, давай сейчас не будем, но еще поцелуемся, — сказал Ка.

— Давай.

Ипек наклонилась к Ка, сидевшему на краю кровати, и, не позволяя ему приблизиться, очень долго и серьезно его целовала.

— Я прочитаю тебе мои стихи, — сказал Ка затем, почувствовав, что целоваться они больше не будут. — Тебе интересно?

— Прочитай сначала это письмо, его принес к дверям один юноша.

Ка раскрыл письмо и прочитал вслух:

«Сынок, господин Ка. Извините, что я называю вас сынок. Вчера ночью я видел вас во сне. В моем сне шел снег, и каждая снежинка спускалась на мир в виде света. Это — к добру, и вот как раз после полудня тот снег, который я видел во сне, пошел за моим окном. Вы прошли мимо двери дома вашего покорного слуги, под номером 18 по улице Байтархане. Господин Мухтар, которого Великий Аллах подверг испытанию, передал мне, какое значение вы придаете этому снегу. Наш путь общий. Я вас жду, сударь. Подпись: Саадеттин Джевхер».

— Это Шейх Саадеттин, — сказала Ипек. — Немедленно иди к нему. А вечером придешь к нам, поужинаем вместе с отцом.

— Зачем мне встречаться со всеми чокнутыми в Карсе?

— Я сказала тебе, бойся Ладживерта, но не считай его сумасшедшим. А Шейх — хитрый, но не глупый.

— Я хочу забыть обо всех. Прочитать тебе сейчас мое стихотворение?

— Прочитай.

Ка сел на подставку и начал доверительно, с волнением читать стихотворение, которое только что написал, но сразу остановился.

— Пересядь сюда, — сказал он Ипек. — Я хочу во время чтения видеть твое лицо.

Он вновь начал читать, краем глаза поглядывая на Ипек.

— Как? — через какое-то время спросил Ка.

— Красивое! — ответила Ипек.

Ка почитал еще и опять спросил:

— Красивое?

Ипек опять сказала:

— Красивое.

Закончив читать, он спросил:

— Какое место ты считаешь самым красивым?

— Не знаю, — ответила Ипек. — Но стихотворение очень красивое.

— Мухтар читал тебе такие стихи?

— Не читал.

Ка снова, волнуясь, прочитал свое стихотворение и снова в тех же самых местах спросил:

— Красиво?

И еще несколько раз сказал:

— Не правда ли, очень красиво?

Ипек ответила:

— Да, очень красиво.

Ка был так счастлив, что светился от счастья «приятным и странным светом», как он написал в одном своем раннем стихотворении, написанном для одного ребенка, и, видя, что часть этого света отражается в Ипек, чувствовал себя счастливым. Следуя правилам момента, когда «не действовало земное притяжение», он вновь обнял Ипек, но женщина изящно высвободилась.

— Послушай меня: немедленно иди к Шейху. Он очень важный здесь человек, и даже важнее, чем ты думаешь: в городе к нему многие ходят, даже люди светских взглядов. Говорят, что к нему ходит и командир дивизии, и жена губернатора, к нему ходят и кое-кто из богатых и из военных. Он — сторонник официальной власти. Когда он сказал, что девушки-студентки, закрывающиеся платками, должны снять платки на занятиях, никто из Партии благоденствия и слова не сказал. Ты не можешь отказать, если в таком месте, как Карс, тебя приглашает столь влиятельный человек

— Несчастного Мухтара к нему тоже ты отправила?

— Ты что, волнуешься, что он, обнаружив твой внутренний страх перед Богом, запугав, сделает тебя набожным?

— Я сейчас очень счастлив, мне не нужна религия, — сказал Ка. — Я не для этого приехал в Турцию.

Единственное, что может привести меня туда, — твоя любовь... Мы поженимся?

Ипек села на край кровати.

— Тогда иди туда, — проговорила она. Чарующим и нежным взглядом она посмотрела на Ка. — Но будь осторожен. Никто лучше него не умеет найти в душе человека уязвимое и слабое место и, подобно демону, проникнуть в душу.

— Что он мне сделает?

— Он будет разговаривать с тобой и внезапно падет перед тобой ниц. Он будет утверждать, что в обычных словах, которые ты сказал, содержится очень большая мудрость, что ты — святой. Некоторые даже сначала думают, что он над ними смеется! Но как раз в этом и заключается сила Светлейшего Высокочтимого Шейха. Он так это делает, что ты решишь, что он и в самом деле верит в твою мудрость всем сердцем. Он будет вести себя с тобой так, как будто в тебе заключен кто-то значительнее и важнее тебя. Через какое-то время ты сам увидишь эту свою внутреннюю красоту: ты будешь чувствовать, что красота внутри тебя — это красота Аллаха, а поскольку раньше ты этого не замечал, ты станешь счастливым. И действительно, когда ты рядом с ним, мир прекрасен. И ты полюбишь Высокочтимого Шейха, который дарит тебе это счастье. Все это время другая часть твоего разума будет нашептывать тебе, что все это — игра Шейха, а ты на самом деле убогий, несчастный глупец. Но насколько я поняла по словам Мухтара, у тебя уже нет силы верить в эту убогую и дурную часть самого себя. Чувствуя себя таким жалким и несчастным, ты будешь думать, что спасет тебя только Аллах. В это время твой разум, которому не знакомы желания твоей души, еще слегка сопротивляется. Постепенно ты встанешь на путь, который тебе укажет Шейх, и окажется, что только с его помощью ты сможешь выстоять в этом мире. Уверить убогого человека, сидящего напротив, что он на самом деле гораздо благороднее и возвышеннее, — самое большое искусство Светлейшего Высокочтимого Шейха, потому что большинство мужчин в этом городе Карсе считают, что в Турции нет никого ничтожнее, беднее и неудачливее их. Таким образом, в конце концов ты поверишь своему шейху, а затем поверишь и в ислам, который тебя заставили забыть. А это, как утверждают светские интеллектуалы, появившиеся из Германии, не плохо. Ты будешь как все, станешь похож на народ, пусть хоть ненадолго, избавишься от чувства безнадежности.

— Я не несчастен, — сказал Ка.

— Тот, кто настолько несчастлив, на самом деле не несчастлив. У здешних людей есть надежда, есть утешение, за которые они крепко держатся. Здесь нет язвительных атеистов из Стамбула. Здесь все гораздо проще.

— Я сейчас пойду, потому что ты этого хочешь. Какой номер дома на улице Байтархане? Сколько мне там оставаться?

— Оставайся до тех пор, пока не обретешь покой! — сказала Ипек. — И не бойся верить. — Она помогла Ка, надевавшему пальто. — Ты что-нибудь помнишь об исламе? — спросила она. — Ты помнишь молитвы, которые учил в начальной школе? Чтобы потом не стыдиться.

— В детстве служанка водила меня в мечеть Тешвикие, — сказал Ка. — Скорее не за тем, чтобы помолиться, а чтобы встретиться с другими служанками. Пока они долго сплетничали, ожидая намаз, я кувыркался и играл с детьми на коврах. В школе я очень хорошо выучивал наизусть все молитвы, чтобы понравиться учителю, который заставлял нас учить фатиху[1], давая нам пощечины, и, держа за волосы, бил нас головой о «религиозную» книгу, лежавшую открытой на парте. Я выучил все, чему учат в школе об исламе, но все забыл. Кажется, единственное, что я знаю сегодня об исламе, — это фильм «Зов» с Энтони Куином в главной

---

[1] Сура «Фатиха», «Открывающая», первая сура Корана.

роли, — улыбаясь, проговорил он. — Не так давно, в Германии, его почему-то показали на немецком по турецким каналам. Ты вечером будешь здесь, не так ли?

— Да.

— Я хочу еще раз прочитать тебе свое стихотворение, — сказал Ка, положив тетрадь в карман пальто. — По-твоему, оно красиво?

— На самом деле красиво.

— А в каком месте?

— Не знаю, но очень красиво, — сказала Ипек, открыв дверь и выходя.

Ка быстро обнял ее и поцеловал в губы.

11

В Европе есть другой Бог?

Ка и Высокочтимый Шейх

Есть те, кто видел, как Ка, выйдя из отеля, побежал прямо к улице Байтархане, под снегом и флагами с предвыборной агитацией. Он был так счастлив, что в кинотеатре его воображения от волнения начались одновременно два фильма, как это бывало с ним в детстве в те минуты, когда он был чрезвычайно счастлив. В первом фильме, где-то в Германии, но не в его доме во Франкфурте, они занимались с Ипек любовью. Эту фантазию он видел постоянно, и иногда местом, где они занимались любовью, была комната отеля в Карсе. В другом фильме, в его разуме проигрывались слова и образы, связанные с двумя последними строчками стихотворения «Снег».

В закусочную «Зеленая страна» он зашел, чтобы спросить адрес. А затем, с решимостью человека, который очень торопится, он сел за стол и заказал двойную порцию раки, брынзу и каленый горох, потому что бутылки, стоявшие на полках рядом с портретом Ататюрка и снежными видами Швейцарии на стене, при-

120

давали ему решимости. Телевизионный ведущий сообщил, что для первой в истории Карса прямой трансляции, которая должна произойти сегодня вечером, несмотря на обильный снегопад, все приготовления будут закончены с минуты на минуту, он вкратце рассказал о некоторых местных и национальных новостях. Заместитель губернатора к этому времени позвонил и запретил рассказывать в новостях об убитом директоре педагогического института, чтобы не раздувать дело еще больше и не усиливать неприязнь. До того как Ка обратил на все это внимание, он залпом выпил две порции двойного ракы, словно воду.

Выпив третий стакан ракы, он дошел до обители за четыре минуты, дверь открылась автоматически. Поднимаясь по крутой лестнице, Ка вспомнил стихотворение Мухтара под названием «Лестница», которое все еще носил у себя в кармане. Он был уверен, что все пройдет хорошо, но чувствовал себя как испуганный ребенок, который дрожит, входя в кабинет врача, даже зная, что врач не будет делать ему укол. Как только он поднялся, он пожалел, что пришел: несмотря на ракы, его душу охватил глубокий страх.

Как только Высокочтимый Шейх увидел Ка, он сразу почувствовал его страх. А Ка понял, что Шейх видит его страх. Но в Шейхе было что-то такое, что Ка не было стыдно за свой страх. На площадке лестницы, по которой он поднялся, на стене было зеркало в резной раме из орехового дерева. Сперва он увидел Шейха в зеркале. Людей в доме было как сельдей в бочке. Комната согрелась от дыхания и человеческого тепла. Вдруг Ка заметил, что целует Шейху руку. Ка не обратил внимания ни на то, что было вокруг, ни на толпу в комнате, все это произошло в мгновение ока.

В комнате собралось более двадцати человек, чтобы принять участие в обычном богослужении, которое проводилось по вторникам вечером, и для того, чтобы рассказать о своих несчастьях. Хозяева молочных ферм, которые были счастливы оказаться рядом с шейхом каждый удобный момент, несколько человек из числа ремесленников и хозяев чайных, наполовину парализованный юноша, косоглазый директор одной из автобусных фирм со своим пожилым другом, ночной сторож электрической компании, швейцар, уже сорок лет работающий в больнице Карса, и другие люди…

Шейх, прочитав по лицу Ка обо всех его сомнениях, показным жестом поцеловал его руку. Выразив свое уважение, он в то же время сделал это как человек, который целует приятную ручку маленького ребенка. Ка изумился, хотя точно знал, что Шейх это сделает. Они заговорили под взглядами окружающих, сознавая, что все внимательно их слушают.

— Молодец, что согласился принять мое приглашение, — сказал Шейх. — Я видел тебя во сне. Шел снег.

— Я тоже видел вас во сне, Светлейший Шейх, — ответил Ка. — Я пришел сюда для того, чтобы стать счастливым.

— Мы счастливы, что у тебя родилась мысль, будто счастье твое — здесь, — сказал Шейх.

— Мне страшно здесь, в этом городе, в этом доме, — проговорил Ка. — Все от меня очень далеки. Потому что подобного я всегда боялся. Я бы не хотел никому целовать руку и не хотел бы, чтобы мне кто-то целовал руку.

— Ты раскрыл свою внутреннюю красоту перед нашим братом, Мухтаром, — сказал Шейх. — Что тебе напоминает этот благословенный снег, который сейчас идет?

Ка заметил, что человек, сидевший на софе, справа от Шейха, у окна, был Мухтар. На лбу и на носу у него был пластырь. Он надел черные очки с широкими стеклами, чтобы скрыть синяки под глазами, как старики, ослепшие от оспы. Он улыбался Ка, но смотрел недружелюбно.

— Снег напомнил мне о Боге, — сказал Ка. — Снег напомнил мне, как прекрасен и загадочен этот мир и что жизнь на самом деле — счастье.

122

Замолчав на мгновение, он заметил, что взгляды всех устремлены на него. Шейх был этим доволен, что раздражало Ка.

— Зачем вы позвали меня? — спросил он.

— Ну что вы! — сказал Шейх. — Из рассказа Мухтара-бея мы решили, что вы ищете друга, с которым захотите побеседовать и открыть свое сердце.

— Хорошо, давайте побеседуем, — сказал Ка. — Прежде чем прийти сюда, я от страха выпил три рюмки раки.

— Почему вы боитесь нас? — спросил Шейх, широко раскрыв глаза, словно в изумлении. Он был полным и миловидным человеком, и Ка увидел, что все вокруг него искренне улыбаются. — Вы не скажете, почему вы нас боитесь?

— Скажу, но я не хочу, чтобы вы обижались, — произнес Ка.

— Мы не обидимся, — ответил Шейх. — Пожалуйста, садитесь рядом со мной. Нам очень важно узнать о вашем страхе.

Шейх говорил полушутя, полусерьезно, что в любой момент могло рассмешить его последователей. Ка, едва сев, почувствовал, что хочет поддаться этому настроению, которое ему понравилось.

— Я всегда искренне, как ребенок, хотел, чтобы моя страна возрождалась, чтобы люди стали свободными и современными, — сказал он. — Мне всегда казалось, что наша религия против этого. Может быть, я ошибаюсь. Извините. А может быть, я сейчас сильно пьян и потому могу в этом признаться.

— Бог с вами!

— Я вырос в Стамбуле, в Нишанташы, в светских кругах. Я хотел жить как европейцы. Моя жизнь прошла вдалеке от религии, потому что я понял, что не смогу одновременно быть европейцем и верить в Аллаха, который запихивает женщин в чаршаф и приказывает им закрывать лица. Уехав в Европу, я узнал, что может быть другой Аллах, а не тот, о котором рассказывают бородатые реакционные провинциалы.

— В Европе существует другой Бог? — спросил Шейх шутливо, гладя Ка по спине.

— Я хочу Бога, перед которым мне не надо снимать обувь, не надо вставать на колени и целовать кому-то руку. Бога, который поймет мое одиночество.

— Бог — един, — сказал Шейх. — Он все видит, всех понимает. И твое одиночество тоже. Если бы ты в Него верил и знал, что Он видит и твое одиночество, ты бы не чувствовал себя одиноким.

— Очень верно, досточтимый Шейх-эфенди, — сказал Ка, почувствовав, что тот говорит со всеми присутствующими в комнате. — Я не могу верить в Аллаха, потому что я один, и не могу спастись от одиночества, потому что я не верю в Аллаха. Что мне делать?

Несмотря на то что Ка был пьян и что совершенно неожиданно получил огромное удовольствие оттого, что смело говорил настоящему шейху о том, что чувствовал, он вдруг испугался того, что Шейх молчит, потому что осознал, что зашел слишком далеко.

— Ты и в самом деле хочешь моего совета? — спросил Шейх. — Мы — люди, которых вы называете бородатыми, реакционными провинциалами. И даже если мы сбреем бороды, провинциальность никуда не денется.

— Я тоже из провинции, и даже больше, я хочу быть провинциалом, быть забытым в неизвестном уголке мира, где идет снег, — проговорил Ка.

Шейх опять поцеловал ему руку. Ка это понравилось, он заметил, что Шейх делал это не против собственной воли. Но в глубине души понимал, что Ка все еще хотел быть европейцем, совершенно другим человеком, и почувствовал, что из-за этого презирает себя.

— Простите меня, перед тем как прийти сюда, я выпил, — повторил он снова. — Всю жизнь я чувствовал вину, что не верю в Аллаха бедняков и безграмотных, в которого верят тети в завязанных платках и дяди с четками. В моем неверии было что-то надменное. Но сейчас я хочу верить в Бога, который заставляет падать этот прекрасный снег. Есть Бог, который сделает людей более цивилизованными, более деликатными, который внимательно наблюдает за скрытой симметрией мира.

— Конечно есть, сынок, — сказал Шейх.

— Но этот Бог не здесь, не среди вас. Он снаружи, в снеге, который падает в сердце пустой темной ночи на одиноких скитальцев.

— Если ты собираешься в одиночку прийти к Богу, то иди, пусть снег в ночи наполнит твое сердце любовью к Нему. Мы не будем преграждать тебе путь. Но не забудь, что самовлюбленные спесивцы остаются одни. Бог не любит самодовольных. Дьявола прогнали из рая за то, что он был высокомерным.

Ка опять почувствовал тот же страх, которого потом будет стыдиться. Ему совсем не нравилось, что, когда он уйдет отсюда, о нем будут говорить.

— Что мне делать, досточтимый Шейх? — спросил он. Тот хотел было вновь поцеловать его руку, но раздумал. Ка понимал, что его нерешительность и опьянение все заметили и за это его презирают. — Я хочу поверить в Аллаха, в которого верите вы, и стать, как и вы, простым гражданином, но я запутался, из-за европейца, который сидит во мне.

— Для начала хорошо уже то, что у тебя такие благие намерения, — сказал Шейх. — Сначала научись быть смиренным.

— А что мне для этого надо делать? — спросил Ка. В нем снова сидел насмешливый чертенок.

— Все, кто хочет поговорить по вечерам, садятся в этот угол тахты, куда я усадил тебя, — произнес Шейх. — Все друг другу братья.

Ка понял, что все, кто сидел на стульях и на тюфяках на полу, выстроились в очередь, чтобы сесть на этот угол тахты. Он поднялся, потому что понял, что Шейх больше уважает эту невидимую очередь, нежели его самого, и самым правильным будет встать в конец этой очереди и терпеливо ждать; Шейх, поцеловав ему руку еще раз, усадил его на самый дальний тюфяк.

Рядом с ним был приятный человек невысокого роста, у которого боковые зубы были золотыми, владелец чайной на проспекте Инёню. Человек был таким маленьким, а в голове у Ка все так запуталось, что он вдруг решил, будто этот человек пришел к Шейху для того, чтобы тот подсказал ему, что делать с его ростом. Во времена его детства в Нишанташы жил очень изящный карлик, который каждый день, под вечер, покупал у цыган на площади Нишанташы букет фиалок или одну гвоздику. Маленький человечек сказал Ка, что видел его, когда тот проходил мимо его чайной, но, к сожалению, не зашел, и что он ждет его завтра. Между тем в разговор вмешался косоглазый директор автобусной фирмы; он тоже шепотом сказал, что сам временами очень грустил из-за одной девушки, часто выпивал, был таким безбожником, что не признавал Аллаха, но потом все прошло и забылось. Ка хотел спросить: «Вы женились на девушке?», но тут косоглазый директор сказал:

— Мы поняли, что девушка нам не подходит.

Шейх снова завел речь против самоубийств: все слушали молча, некоторые покачивали головами, а трое все перешептывались друг с другом.

— Есть еще другие самоубийства, — рассказал маленький человечек, — но государство скрывает это, как метеорологи скрывают то, что погода будет гораздо холоднее, чтобы не портить настроение; девушек из-за денег выдают за пожилых служащих, за мужчин, которых они не любят.

Директор автобусной фирмы произнес:

— Моя жена, познакомившись со мной, больше никого не любила.

Причинами самоубийств считались безработица, дороговизна, безнравственность, безбожие. Ка считал себя лицемерным, потому что признавал правоту каждого говорившего. Косоглазый директор разбудил своего пожилого товарища, когда тот начал клевать носом. Наступило долгое молчание, и Ка почувствовал, что в нем нарастает ощущение покоя: они находятся так далеко от центра мира, что, казалось, никому и в голову не придет приехать сюда, и под влиянием падающих снежинок, которые казались повисшими в воздухе, это создавало впечатление, что земное притяжение отсутствует.

Им никто не интересовался, и у Ка родилось новое стихотворение. Его тетрадь была рядом, и по опыту первого стихотворения он полностью сосредоточился на голосе, все громче звучавшем внутри, на этот раз он, не отвлекаясь, одним усилием записал тридцать шесть строчек стихотворения. В голове у него был туман из-за раки, и он не слишком был уверен в совершенстве стихотворения. Он поднялся, чувствуя новое воодушевление, попросил у Шейха разрешения выйти, бросился наружу, сел на лестницу обители с высокими ступенями и начал писать стихотворение, убедившись, что оно было таким же безупречным, как и первое.

Стихотворение было написано под впечатлением того, что Ка только что пережил, чему он был свидетелем: в четырех строках содержался разговор с Шейхом о бытии Бога, и в том, что Ка обвинял «Аллаха бедняков», содержалось одиночество и скрытый смысл мира, здесь были и рассуждения об устройстве жизни; там же был человек с золотыми зубами и косоглазый, и изящный карлик с гвоздикой в руке, и все это напоминало ему его жизнь и присутствовало в стихотворении. «Какой смысл во всем этом?» — подумал он, изумляясь красоте того, что сам написал. Он считал стихотворение красивым, потому что мог читать его так, будто оно написано кем-то другим. И материал стихотворения, и вся его жизнь казались ему удивительными из-за того, что стихотворение казалось ему красивым. Что означала эта красота?

Автоматические пробки на лестнице щелкнули, и стало темно. Он нашел выключатель и включил свет, и, когда еще раз заглянул в тетрадь, которую держал в руках, у него родилось название стихотворения. «Скрытая симметрия» — он написал его сверху. Позже он покажет, что то, что он так быстро нашел это название, является доказательством того, что эти стихотворения не были его собственным замыслом, как и мир, и это стихотворение поместит на кристалл логики, как и первое.

12

Что такое Аллах, или В чем смысл того, что люди испытывают такие страдания?

Рассказ Неджипа о разлуке

Возвращаясь под снегом из обители Шейха в отель, Ка думал о том, что скоро снова увидит Ипек. Когда он был на проспекте Халит-паши, он вдруг оказался среди предвыборной толпы Народной партии, а затем среди студентов, выходивших с подготовительных курсов для поступления в университет: они говорили о вечерней телевизионной трансляции, о том, как преподавателя химии легко обмануть в карты, и точно так же, как Ка и я в таком же возрасте, безжалостно друг друга подкалывали. В дверях одного жилого дома он увидел маленькую девочку со слезами на глазах, которая выходила со своей бабушкой, державшей ее за руку, из приемной дантиста, располагавшейся в верхнем этаже дома. По их одежде он сразу понял, что живут они, еле сводя концы с концами, но все-таки отвели девочку не к государственному врачу, которого она боялась, а к частному, который, как они считали, сделает не слишком больно. Из открытой двери лавки, в которой продавались женские чулки, катушки ниток, цветные карандаши, батарейки и кассеты, он услышал «Роберту», песню Пеппино ди Капри, которую слушал в детстве по радио, когда они с дядей зимой по утрам ездили на Босфор гулять, и, решив, что этот настрой — это новое стихотворение, он вошел в первую попавшуюся чайную, сел за свободный столик и вынул карандаш и тетрадь.

Какое-то время Ка смотрел на пустую страницу увлажнившимися глазами и вскоре понял, что стихотворения не будет, но его оптимистический настрой не исчез. На стенах чайной, битком набитой безработными и студентами, помимо видов Швейцарии он увидел театральные афиши, вырезанные из газет карикатуры и статьи, объявление об условиях конкурса по набору сотрудников и расписание матчей, которые проведет в этом году «Карс-спорт». Большая часть матчей закончилась поражением, и их результаты были выделены карандашом другого цвета, а рядом с матчем с «Эрзурум-спортом», который закончился поражением 6:1, были написаны строки, одна из которых целиком войдет в стихотворение «Все человечество и звезды», его Ка напишет на следующий день, сидя в чайной «Удачливые братья»:

Если наша мать выйдет из рая и захочет нас обнять,
И ее отец-безбожник хоть сегодня перестанет
                                        избивать,
Все равно это все — ерунда, дерьмо твердеет,
                        душа черства, надежда слаба!
Спусти воду, пусть уходит тот, кто умудрился
                                в Карс попасть.

Когда Ка, шутливо посмеиваясь, записывал это четверостишие себе в тетрадь, от одного из столиков к нему подсел Неджип, на лице его было выражение радости, которое Ка никак не ожидал увидеть.

— Я очень рад, что тебя увидел, — сказал Неджип. — Ты пишешь стихотворение? Я прошу извинить моего друга, который назвал тебя атеистом. Они впервые в жизни видят атеиста. Но ты не можешь быть атеистом, потому что ты очень хороший человек.

Он сказал еще кое-что, что Ка сначала не мог уяснить: они с друзьями убежали из школы, чтобы посмотреть вечернее представление, но собирались сесть на задних рядах, потому что не хотели, чтобы, когда по телевидению будет идти прямая трансляция, директор их «обнаружил». Они были очень рады, что сбежали из школы, собирались встретиться с друзьями в Национальном театре. Они знали, что Ка будет читать там стихи. В Карсе все писали стихи, но Ка был первым поэтом, стихи которого издавали и которого они встречали в жизни. Можно ли предложить Ка чай? Ка сказал, что торопится.

— Тогда я задам тебе один-единственный вопрос, последний вопрос, — сказал Неджип. — Я не ставлю себе целью обидеть тебя, как мои друзья. Мне просто очень любопытно.

— Хорошо.

Сперва он дрожащими руками зажег сигарету:

— Если нет Аллаха, то, значит, нет и рая. Тогда миллионы людей, которые живут в нужде, нищете и страданиях, не смогут даже в рай попасть. В таком случае, какой смысл в том, что бедняки так много страдают? Для чего мы живем и зачем так много и напрасно страдаем?

— Аллах есть. И рай есть.

— Нет, ты говоришь это, чтобы меня утешить, из-за того, что сочувствуешь нам. Когда ты вернешься в Германию, ты опять, как и раньше, начнешь думать, что Аллаха не существует.

— Я впервые за многие годы очень счастлив, — сказал Ка. — Почему бы мне не поверить в то, во что веришь ты?

130

— Потому что ты из высшего общества Стамбула, — ответил Неджип. — А они не верят в Аллаха. Они считают себя выше простых людей из-за того, что они ценят то, что ценят европейцы.

— Может быть, я и из высшего общества Стамбула, — сказал Ка, — но в Германии я был чужаком, которого никто ни во что не ставил. Это было оскорбительно.

Когда Неджип смотрел своими красивыми глазами как бы в себя, Ка ощутил, что юноша в один момент проанализировал и оценил особое положение Ка.

— Тогда зачем же ты рассердил власть и убежал в Германию? — Он увидел, что Ка стал печальным, и сказал: — Ну и ладно! Вообще-то, если бы я был богат, мне было бы стыдно и я бы еще сильнее верил в Аллаха.

— Даст бог, когда-нибудь мы все разбогатеем, — проговорил Ка.

— Не думай, что я полагаю, что все так же просто, как и ты. И я не так прост, и к тому же богатым быть не хочу. Я хочу быть поэтом, писателем. Я пишу научно-фантастический роман. Может быть, его напечатают в одной из газет Карса, в «Копье» например, но я хочу, чтобы роман опубликовали не в газете, которая издается в семидесяти пяти экземплярах, а в стамбульских газетах, которые выходят тысячными тиражами. Краткое изложение моего романа у меня с собой. Если я прочитаю, вы сможете мне сказать, можно ли издать его в Стамбуле?

Ка посмотрел на часы.

— Очень быстро! — сказал Неджип.

Как раз в этот момент выключилось электричество и весь Карс погрузился в темноту. Неджип при свете печки сбегал и взял с прилавка свечу, зажег ее, покапал воском на тарелку, приклеил свечу и поставил на стол. Дрожащим голосом, то и дело запинаясь от волнения, он начал читать помятые листки бумаги, которые вытащил из кармана.

В 3579 году на планете Газзали, которая сейчас еще неизвестна, люди были очень богатыми, а жизнь была гораздо спокойнее, чем сейчас, но в противоположность тому, как считают материалисты, люди не перестали обращать внимание на свою духовность, говоря, что уже стали богатыми. Наоборот, все очень интересовались вопросами бытия и небытия, взаимодействия человека и мира, Аллахом и его рабами. Поэтому в самом удаленном уголке этой красной планеты открылся Лицей исламских наук и ораторского искусства, куда принимали только самых способных и трудолюбивых учеников. В этом лицее было два закадычных друга: эти два посвященных в одну тайну приятеля, с воодушевлением взявшие себе прозвища Неджип и Фазыл по имени Неджипа Фазыла, книги которого, написанные 1600 лет назад, но все еще очень актуальные из-за злополучных вопросов Востока и Запада, они читали с восторгом, по многу раз прочитывали самое большое произведение великого мастера «Великий Восток», встречались втайне от всех по ночам на самой верхней койке Фазыла и, забравшись под одеяло и вытянувшись бок о бок, пока в это время на стеклянную крышу над ними падали и исчезали синие снежинки, наблюдали за ними, сравнивая каждую из них с исчезающей планетой, шептались о смысле жизни и о том, что будут делать в будущем.

Эта чистая дружба, которую пытались завистливыми шутками запятнать люди с черным сердцем, однажды омрачилась. Оба в один день влюбились в невинную девушку по имени Хиджран[1], которую с помощью луча направили в удаленный городок. Они узнали, что отец Хиджран был атеистом, но это не спасло их от безнадежной любви, а, наоборот, усилило страсть. Они быстро и всем сердцем поняли, что эта красная планета предназначена только для одного из них и что один из них должен умереть, но прежде пообещали друг другу: кто бы из них ни умер, он вернется после того, как окажется в другом мире, на каком бы расстоянии световых лет он ни находился, и расскажет о том, что их больше всего волновало, о жизни после смерти.

Они не решили, кто и как умрет, потому что оба знали, что самым главным счастьем для обоих было пожертвовать

---

[1] Дословно: разлука.

собой ради счастья другого. Если, например, Фазыл говорил, что давай, мол, голыми руками одновременно возьмемся за обнаженный электрический провод, то Неджип сразу же понимал, что это хитрый обман, который Фазыл придумал, чтобы пожертвовать собой и умереть, потому что с его стороны в проводе не было напряжения. Эта неопределенность, длившаяся многие месяцы, приносила обоим огромные страдания; однажды вечером эта неопределенность разрешилась: Неджип, вернувшийся с вечерних занятий, нашел труп своего любимого друга, безжалостно застрелившего себя, на своей койке.

На следующий год Неджип женился на Хиджран и в брачную ночь рассказал ей о том, о чем они договорились с другом, сказав, что однажды призрак Фазыла обязательно вернется. А Хиджран ему ответила, что на самом деле она любила Фазыла, и плакала навзрыд целыми днями после его смерти, и вышла замуж за Неджипа только потому, что он — друг Фазыла и похож на него. Они не стали отдаваться друг другу и запретили себе любовь до тех пор, пока из мира иного не вернется Фазыл.

Но по мере того, как проходили годы, сначала их души, а потом и их тела начали страстно желать друг друга. Однажды вечером, когда с помощью луча их отправили в маленький город Карс, на Землю, для наблюдений, они не выдержали и отдались друг другу как сумасшедшие. Они словно забыли Фазыла, который мучил их тела, словно зубная боль. Однако в сердцах их росло увеличивающееся чувство вины, и это их испугало. В один момент они оба поднялись на кровати, решив, что задохнутся от этого странного чувства, смешанного со страхом. В этот момент телевизионный экран напротив них загорелся сам собой, и там показали Фазыл в виде сверкающего и сияющего призрака. У него на лбу и под нижней губой все еще были свежие, кровавые раны от пуль, полученных в день гибели.

— Я страдаю, — сказал Фазыл. — В загробном мире не осталось места, не осталось уголка, где бы я не побывал. (Я с воодушевлением во всех деталях опишу эти путешествия с Газзали и Ибни Араби, сказал Неджип.) Я удостоился самой большой благосклонности ангелов Аллаха, поднялся на самые высоты неба, которые считаются недосягаемыми, я видел ужасные наказания, которым подвергаются в аду атеисты в галстуках и высокомерные позитивисты с колониальными замашками, насмехающиеся над верой народа, но все же не стал счастливым, потому что мысленно был здесь, с вами.

Муж с женой в изумлении и страхе слушали слова несчастного призрака.

— То, что огорчало меня многие годы, — это не то, что вы когда-нибудь оба будете счастливыми, какими я вижу вас сегодня вечером. Напротив, я больше своего собственного счастья хочу, чтобы Неджип был счастлив. Из-за того, что мы оба так любили друг друга, так дружили, мы никак не могли убить ни себя, ни друг друга. Мы словно бы укрылись броней бессмертия из-за того, что больше ценили жизнь друг друга, нежели свою собственную. Какое это было счастливое чувство! Но моя смерть доказала мне, что я ошибался, веря в это чувство.

— Нет, — воскликнул Неджип. — Я никогда не ценил свою собственную жизнь больше твоей.

— Если бы это было правдой, я бы никогда не умер, — проговорил призрак Фазыла. — А ты никогда не женился бы на прекрасной Хиджран. Я умер потому, что ты тайно, даже втайне от себя, желал моей смерти.

Неджип вновь пытался резко возражать, но призрак его не слушал.

— В загробном мире мне не давало покоя не подозрение о том, что ты желал моей смерти, а мысль о том, что ты приложил руку к вероломному убийству и я погиб от выстрела из твоих рук в лоб и сюда, когда ночью в темноте спал на своей койке, и страха, что ты стал иметь дела с врагами шариата, — сказал призрак.

Неджип замолчал и теперь не возражал.

— У меня есть только один способ избавиться от этих тревог и попасть в рай, а у тебя — избавить себя от подозрения в совершении этого ужасного преступления, — промолвил дух. — Найди того, кто меня убил. Уже семь лет и семь месяцев они не могут найти ни одного подозреваемого. Я хочу возмездия для того, кто имел хотя бы намерение меня убить или имел отношение к моей смерти. Пока этот презренный не будет наказан, мне в этом мире, в этом временном мире, который вы считаете настоящим миром, нет покоя.

Пораженные и рыдающие супруги не могли ничего ответить, как вдруг призрак внезапно исчез с экрана.

— Ну, а что было дальше? — спросил Ка.

— Я еще не решил, чем закончится, — ответил Неджип. — Если я допишу этот рассказ, он, по-твоему, будет продаваться? — Увидев, что Ка не отвечает, он тут же добавил: — Вообще-то я пишу о том, во что верю всем сердцем. По-твоему, о чем этот рассказ? Что ты чувствовал, когда я читал?

— Я, содрогнувшись, понял, что ты всем сердцем веришь в то, что эта жизнь — всего лишь подготовка к жизни в ином мире.

— Да, я верю в это, — ответил Неджип, волнуясь. — Но этого недостаточно. Аллах желает, чтобы мы были счастливы и в этом мире. А это так сложно!

Они замолчали, думая об этой сложности.

В этот момент включили свет, но те, кто был в чайной, молчали, словно все еще было темно. Владелец чайной стал стучать кулаком по не работавшему телевизору.

— Мы сидим уже двадцать минут, — сказал Неджип. — Наши уже, конечно, лопнули от любопытства.

— Наши — это кто? — спросил Ка. — Фазыл тоже среди них? Это ваши настоящие имена?

— Конечно, это мое ненастоящее имя, как и у Неджипа в рассказе. Не задавай вопросов, как в полиции! А Фазыл никогда не ходит в такие места, — ответил Неджип с загадочным видом. — Самый ярый мусульманин среди нас — это Фазыл, и он же — тот человек, которому я больше всего в жизни доверяю. Но он боится, что, если он будет замешан в политику, это попадет в его личное дело и его выгонят из школы. В Германии у него есть дядя, и он позднее попросит его забрать к себе, но мы очень любим друг друга, как в рассказе, и если кто-нибудь убьет меня, я уверен, он за меня отомстит. На самом-то деле мы еще ближе, чем я изобразил в рассказе, и, как бы далеко мы ни были друг от друга, мы знаем, что делает в тот или иной момент каждый из нас.

— Что делает сейчас Фазыл?

— Хммм, — ответил Неджип. Он странно посмотрел на Ка. — Читает в общежитии.

— Кто такая Хиджран?

— Как и у нас, ее настоящее имя — другое. Но не она сама себя Хиджран назвала, а это мы ее так назвали. Некоторые постоянно пишут ей любовные письма и стихи, но боятся отправить. Если бы у меня была дочь, я бы хотел, чтобы она была такая же красивая, умная и смелая, как она. Она — лидер девушек в платках, ничего не боится и очень яркая личность. На самом деле вначале, под влиянием своего отца-атеиста, она тоже не верила в Аллаха, работала моделью в Стамбуле, показывала по телевизору свой зад и ноги. Сюда она приехала ради рекламы шампуня, которую должны были показать по телевизору. Она шла по самой бедной и грязной, но самой красивой улице Карса — по проспекту Гази Ахмет Мухтар-паши, внезапно останавливаясь перед камерой, одним движением распуская свои великолепные светло-каштановые, до талии, волосы, и, взмахнув ими, словно флагом, говорила: "Хотя прекрасный город Карс и грязный, мои волосы всегда сияют благодаря „Блендаксу"". Рекламу, видимо, должны были показать по всему миру, и весь мир должен был смеяться над нами. Две девушки из педагогического института, в котором тогда еще только начиналась война из-за платков, узнали ее, потому что видели по телевизору и по фотографиям в «желтых газетах», которые писали об ее скандальных историях с богатыми парнями в Стамбуле, и втайне восхищались ею; они пригласили ее на чай. Хиджран пошла, чтобы посмеяться над ними. Там ей сразу стало скучно, и она сказала: «Раз уж, говорит, ваша религия — да, так и сказала, не наша религия, а ваша религия — запрещает, чтобы волосы были видны, а власть запрещает их закрывать, вы тогда сделайте как этот — тут она назвала имя иностранной рок-звезды — побрейтесь налысо, а в нос повесьте железное колечко! Тогда весь мир обратит на вас внимание!» Наши девушки так растерялись, что вместе с ней стали смеяться над этой шуткой! Хиджран от этого осмелела и сказала: «Снимите тот кусок тряпки, который ведет вас в темноту Средневековья, с ваших красивых голов!» — и попыталась протянуть руку к платку самой растерянной из девушек и снять его, и в этот миг ее рука осталась неподвижной. Она сразу же бросилась на землю и попросила прощения у девушки — ее брат, самый глупый из глупых, учится в нашем классе. На следующий день она снова пришла, и потом опять, и наконец присоединилась к ним и в Стамбул больше не вернулась. Поверь мне, это она — та святая женщина, которая превратила платок в политический флаг угнетаемых мусульманок Анатолии, поверь мне!

— Тогда почему ты в своем рассказе ничего о ней не сказал, кроме того, что она была девственницей? — спросил Ка. — Почему Неджип и Фазыл, прежде чем убить друг друга, не догадались спросить у Хиджран, что она думает?

Наступило напряженное молчание, во время которого Неджип смотрел в сторону улицы, на медленно падающий из темноты снег, похожий на струящиеся стихи, своими прекрасными глазами, один из которых через два часа и три минуты будет выбит пулей.

— Вот она. Вот! — прошептал затем Неджип.

— Кто?

— Хиджран! На улице!

137

13

Я не буду обсуждать свою религию с атеистом

Прогулка под снегом Ка и Кадифе

Она входила с улицы. На ней был легкий плащ лилового цвета, на глазах темные очки, которые делали ее похожей на героиню фантастического романа, а на голове помимо повязки, ставшей символом политического ислама, самый обычный платок, который Ка видел с самого детства на тысячах женщин. Заметив, что молодая женщина идет прямо к нему, Ка встал, словно ученик, который встает, когда в класс входит учитель.

— Я сестра Ипек, Кадифе, — сказала женщина, мягко улыбаясь. — Вас все ждут на ужин. Отец попросил, чтобы я вас привела.

— Откуда вы знали, что я здесь? — спросил Ка.

— В Карсе все всегда обо всем знают, — сказала Кадифе совершенно серьезно. — Лишь бы это было в Карсе.

На ее лице появилось горькое выражение: Ка не смог этого понять.

— Мой друг, поэт и писатель, — представил Неджипа Ка.

Они смерили друг друга взглядом, но руки не пожали. Ка объяснил это настороженностью. Когда, намного позже, он вновь будет восстанавливать в памяти все происшедшее, то сделает вывод, что двое исламистов не пожали друг другу руки из-за «необходимости женщине прятать свое тело от мужчин». Неджип, с бледным лицом, смотрел, не отрываясь, на Хиджран, пришедшую из космоса, но Кадифе с виду была такой обычной, что из всех мужчин в кофейне на нее даже никто не обернулся и не посмотрел. К тому же она не была такой красивой, как старшая сестра.

Но когда Ка шел с ней под снегом по проспекту Ататюрка, он чувствовал себя очень счастливым. Он находил привлекательной и ее, потому что мог разговаривать с ней, глядя на ее простое и чистое лицо, обрамленное платком, и не такое красивое, как лицо ее сестры, в ее карие, как у сестры, глаза и думал о том, что в этот момент он предает ее старшую сестру.

Сначала они разговаривали о погоде, с совершенно неожиданными для Ка подробностями. Кадифе была в курсе даже таких нюансов, которые могли знать только пожилые люди, делившие и заполнявшие свой день, лишь слушая новости по радио. Она рассказала, что еще два дня продержится холодный низкоатмосферный циклон, пришедший из Сибири, что если этот снегопад продлится, то дороги еще два дня нельзя будет откопать, что в Сарыкамыше высота снежного покрова достигла 160 сантиметров, и жители Карса не верят метеорологам; самая распространенная здесь сплетня — власть всегда завышает температуру воздуха на 5–6 градусов, чтобы у людей не портилось настроение (но Ка не должен никому рассказывать об этом). В детстве, в Стамбуле, они с Ипек всегда хотели, чтобы снега было побольше: снег пробуждал в них ощущение того, что жизнь — прекрасна и скоротечна, и заставлял их чувствовать, что на самом деле, несмотря на всю враждебность, люди симпатизируют друг другу, и что вселенная и время — широки, а мир человека — узок. Поэтому, когда шел снег, люди прижимались друг к другу. Снег словно бы прикрывал собой злобу, алчность, вражду и сближал людей.

Они немного помолчали. Они не встретили никого, когда безмолвно шли по проспекту Шехита Дженгиза Топеля, где уже закрылись все магазины. Ка почувствовал, что ему и нравится идти пешком под снегом рядом с Кадифе, и он почему-то волнуется. Он вперил взгляд в свет витрины в конце улицы, словно боясь, что если повернется и еще подольше посмотрит в лицо Кадифе, то влюбится и в нее тоже. Был ли он влюблен в ее сестру? Умом он хотел влюбиться как сумасшедший и сознавал это. Дойдя до конца улицы, они увидели, что вся театральная труппа во главе с Сунаем Заимом выпивает перед спектаклем, за двадцать минут до начала представления, в маленькой и узкой пивной «Радость», за светящейся витриной, на которой было написано: «По причине вечернего театрального представления вечерняя встреча с кандидатом от партии „Свободная Отчизна" господином Зихни Севюком переносится»; они пили жадно, так, словно пили в последний раз в жизни.

Ка, увидев среди предвыборных афиш, развешанных в витрине пивной, отпечатанный на желтой бумаге призыв «Человек — это шедевр Аллаха, а самоубийство — кощунство», спросил у Кадифе, что она думает по поводу самоубийства Теслиме.

— Теперь ты сможешь интересно написать о Теслиме в стамбульских газетах и в Германии, — произнесла Кадифе слегка разгневанно.

— Я только узнаю Карс, — ответил Ка. — И чем больше его узнаю, тем больше я понимаю, что никому за его пределами не смогу рассказать о том, что здесь происходит. Я растроган до слез хрупкостью человеческой жизни и бессмысленностью переживаемых страданий.

— Только атеисты, которые никогда не страдали, думают, что страдания напрасны, — сказала Кадифе. — Потому что атеисты, которые хотя бы немного страдали, в конце концов тоже начинают верить, потому что не могут долго выдержать безбожие.

— Однако Теслиме умерла как безбожница, покончив с собой, когда боль достигла предела, — ответил Ка с упрямством, которое ему придавал алкоголь.

— Да, если Теслиме умерла, покончив с собой, это означает, что она умерла, совершив грех. Потому что благородный двадцать девятый айат суры «Ниса»[1] запрещает самоубийства. Но то, что наша подруга покончила с собой и совершила грех, не означает, что в нашем сердце стало меньше той глубокой нежности к ней, которая была близка к любви.

— Можем ли мы все же любить всем сердцем несчастную, совершившую то, что осуждает религия? — сказал Ка, пытаясь повлиять на Кадифе. — Ты хочешь сказать, что мы верим в Бога не сердцем, а разумом, как европейцы, которым он теперь не нужен?

— *Священный Коран* — это приказ Аллаха. А ясные и твердые приказы — это не то, что можно обсуждать нам, рабам, — уверенно ответила Кадифе. — Это, конечно же, не означает, что в нашей религии ничего не обсуждается. Но я не хочу обсуждать свою религию с атеистом и даже с человеком мирских взглядов, пожалуйста, не обижайтесь на меня.

— Вы правы.

— Также я не отношусь к тем бессовестным мусульманам, которые пытаются рассказывать светски настроенным людям, что ислам — это светская религия, — добавила Кадифе.

— Вы правы, — сказал Ка.

— Вы уже дважды сказали, что я права, но я не думаю, что вы и в самом деле в это верите, — произнесла Кадифе, улыбнувшись.

— И все же вы правы, — сказал Ка, не улыбаясь.

Некоторое время они шли молча. Мог бы он влюбиться в нее вместо ее сестры? Ка очень хорошо знал, что не будет чувствовать влечения к женщине, которая носит платок на голове, но он все же не смог удержаться, чтобы не развлечься этой тайной мыслью.

Когда они влились в толпу на проспекте Карадаг, он сначала заговорил о поэзии, неуклюже добавил, что

---

[1] Сура «Женщины», 4-я сура Корана.

141

Неджип тоже поэт, и спросил, знает ли она, что у нее много почитателей в лицее имамов-хатибов, которые поклоняются ей, называя именем Хиджран.

— Каким именем?

Ка вкратце рассказал и другие истории, которые рассказывались о Хиджран.

— Все это — неправда, — сказала Кадифе. — И я ни разу не слышала об этом от знакомых студентов из лицея имамов-хатибов.

Через несколько шагов, улыбнувшись, она произнесла:

— Но историю с шампунем я слышала и раньше. — Она напомнила, что девушкам в платках побриться налысо, чтобы привлечь к себе внимание западной прессы, впервые посоветовал один богатый журналист, которого ненавидели в Стамбуле, чтобы показать, что платок — это основное из того, что его заставляли считать правильным. — В этом рассказе правда только одна: да, я в первый раз пошла к своим приятельницам, которых называют «девушки в платках», чтобы посмеяться над ними! И еще, мне было любопытно. Ну ладно, я пришла с любопытством и с желанием посмеяться.

— А что случилось потом?

— Я приехала сюда потому, что набрала нужное количество баллов для поступления в педагогический институт, да и моя сестра была в Карсе. В конце концов, эти девушки были моими однокурсницами, и даже если ты не веришь в Аллаха, но тебя приглашают домой, надо идти. Даже с точки зрения моих прошлых взглядов я чувствовала, что они правы. Так их воспитали родители. Их поддерживала даже власть, которая обеспечивала религиозное образование. Девушкам, которым многие годы говорили закрыть голову, сказали: «Снимите платок, так требует власть». Однажды я тоже закрыла голову, в знак политической солидарности. Мне было страшно от того, что я делала, и в то же время я улыбалась. Может быть, потому, что я вспомнила, что я — дочь своего отца-атеиста, вечно противостоящего власти. Когда я шла туда, я была уверена, что сделаю это только один раз: приятное воспоминание о причастности к политике, которое через много лет можно будет вспомнить как шутку, «жест свободы». Но власть, полиция и здешние газеты так по мне прошлись, что я не смогла отнестись к этому легко и выпутаться из этой истории. Под предлогом того, что мы без разрешения устроили демонстрацию, нас забрали. Если бы через день, выйдя из тюрьмы, я сказала: «Все, я передумала и с самого начала не была верующей», весь Карс плюнул бы мне в лицо. А сейчас я знаю, что все эти страдания ниспослал мне Аллах, чтобы я нашла истинный путь. Когда-то я тоже была атеисткой, как ты, не смотри на меня так, я знаю, что ты меня жалеешь.

— Я не жалею тебя.

— Жалеешь. Я не чувствую, что я смешнее тебя. Но я не чувствую себя и выше тебя, знай это.

— Что твой отец говорит обо всем этом?

— Мы пока справляемся с ситуацией. Но положение постепенно становится таким, что его невозможно будет контролировать, и мы очень боимся, потому что очень любим друг друга. Отец сначала гордился мной, в тот день, когда я закрыла голову и пошла в институт, он вел себя так, будто это совершенно особый метод борьбы. Глядя вместе со мной в зеркало в латунной раме, оставшееся от мамы, он посмотрел, как сидит на моей голове платок, и поцеловал меня. Мы очень мало говорили, но было ясно: то, что я делала, заслуживало уважения не потому, что было исламистским поступком, а потому, что было поступком, направленным против власти. Мой отец был уверен, что такой поступок достоин его дочери, но втайне боялся так же, как и я. Я знаю, что, когда нас арестовали, он был испуган и раскаивался. Он заявил, что политическую полицию интересую не я, а все еще он. Когда-то сотрудники НРУ заносили в картотеку имена крикливых левых и демократов, а сейчас они занимаются учетом сторонников введения шариата; было ясно, что они начали свое дело с дочери старого вояки. Из-за этого я вынуждена была отступать, а отец вынужден был меня поддерживать в каждом моем шаге, но постепенно это стало невозможно. Знаешь, есть старики, уши которых слышать-то слышат: звуки в доме, треск печи, нескончаемую болтовню своей жены, скрип дверных петель, но на самом деле слушают только то, что хотят, — мой отец теперь так же реагирует на нашу борьбу. Если кто-нибудь из девушек приходит к нам домой, то он ведет себя по-свински, как атеист, и в конце концов разговор переходит в антигосударственную перепалку. Так как я считаю проявлением зрелости то, что девушки, не оставаясь в долгу, могут ответить моему отцу, я провожу дома собрания. Сегодня вечером тоже придет одна из них, Ханде. После самоубийства Теслиме Ханде решила уступить давлению своей семьи и открыть голову, но у нее не получается выполнить своего решения. Отец иногда говорит, что все это напоминает ему прежние коммунистические дни. Коммунисты бывают двух видов: самодовольные, которые начинают заниматься политикой для того, чтобы превратить народ в настоящих людей и возродить государство; и идейные, которые начинают заниматься этим из чувства справедливости и равенства. Первые помешаны на власти, всех поучают, от них исходит только вред. А идейные вредят только себе, но именно этого-то они и хотят. И когда из чувства вины хотят разделить с бедными их страдания, начинают жить еще хуже. Мой папа был учителем, со службы его выгнали, пытали и содрали один ноготь, держали в тюрьме. Многие годы он с мамой держал магазин канцелярских товаров, они делали ксерокопии, и даже случалось, что он переводил с французского романы и торговал энциклопедией в рассрочку, ходя от двери к двери. В те дни, когда мы очень несчастны, когда мы терпим нужду, — иногда без всякой причины, он вдруг внезапно обнимает нас и плачет. Он очень боится, что с нами случится что-нибудь плохое. Когда после убийства директора педагогического института в отель пришла полиция, он испугался. Он лепетал перед ними. До меня дошел слух, что вы виделись с Ладживертом. Не говорите этого моему отцу.

— Я не скажу, — ответил Ка. Он остановился и стряхнул снежинки с головы. — Разве мы шли не сюда, к отелю?

— Можно пройти и здесь. И снег не прекращается, и то, о чем стоит поговорить, не кончается. Я покажу вам район Касаплар[1]. Что хотел от вас Ладживерт?

— Ничего.

— Он ничего не говорил о нас, об отце, о сестре?

Ка увидел взволнованное выражение на лице Кадифе.

— Я не помню, — сказал он.

— Все его боятся. Мы тоже боимся. Все эти магазины — это все известные здешние мясные лавки.

— Как ваш отец проводит свой день? — спросил Ка. — Он никогда не выходит из отеля — вашего дома?

— Отелем управляет он. Он командует всеми, управляющим, уборщиками, прачками, служащими. Мы с сестрой тоже занимаемся отелем. Отец очень редко выходит на улицу. Вы кто по знаку Зодиака?

— Близнецы, — сказал Ка. — Близнецы много обманывают, но я не знаю как.

— Вы не знаете, много ли вы обманываете, или вообще не знаете, как обманывать?

---

[1] Дословно: мясники, мясные магазины.

— Если вы верите звездам, то вы сразу должны суметь понять, что у меня сегодня — особенный день.

— Да, сестра сказала, что вы сегодня написали стихотворение.

— Ваша сестра вам обо всем говорит?

— Здесь у нас только два развлечения. Рассказывать обо всем и смотреть телевизор. И включив телевизор, мы разговариваем. Моя сестра очень красивая, не так ли?

— Да, очень красивая, — почтительно ответил Ка. — Но вы тоже красивая, — учтиво добавил он. — Сейчас вы ей и это расскажете?

— Не скажу, — ответила Кадифе. — Пусть это будет нашей тайной. Тайна — лучшее начало для хорошей дружбы.

Она стряхнула снежинки, скопившиеся на ее длинном плаще лилового цвета.

14

Как вы пишете стихи?

Разговор за ужином о любви, о необходимости закрывать себя и о самоубийствах

Они увидели толпу, ожидавшую перед Национальным театром «представление», которое вскоре должно было начаться. Несмотря на снег, который шел не прекращаясь, молодые люди в пиджаках и рубашках, пришедшие из своих домов, общежитий, безработные тунеядцы, собравшиеся для того, чтобы развлечься во что бы то ни стало, и сбежавшие из дома дети — все стояли на тротуаре перед дверью здания, построенного сто десять лет назад. Были и семьи, пришедшие в полном составе. Ка впервые увидел в Карсе открытый черный зонт. Кадифе знала, что в программе запланировано выступление Ка, но Ка не стал говорить об этом, сказав, что не пойдет туда, да и времени у него нет.

Он почувствовал, что подступает новое стихотворение. Он быстро шел к отелю, стараясь не разговаривать. Перед ужином он быстро поднялся в свою комнату под тем предлогом, что хочет привести себя в порядок, снял пальто и, сев за маленький стол, начал быстро записывать. Главной темой стихотворения была дружба и общие тайны. Мотивы снега, звезд и особенно счастливого дня и некоторые слова, сказанные Кадифе, входили в стихотворение, как есть, и Ка с волнением и удовольствием, будто глядя на картину, наблюдал, как строчки выстраиваются одна под другой. Его разум, движимый скрытой логикой, развил то, о чем они говорили с Кадифе, в стихотворении под названием «Дружба звезд», где говорилось, что у каждого человека есть звезда, у каждой звезды есть подруга-звезда, и что у каждого человека есть двойник, звезда которого похожа на его звезду, и что этого двойника человек хранит внутри себя, как посвященного в его тайны. Позднее он объяснит отсутствие некоторых строк и слов в стихотворении тем, что хоть он и слышал про себя музыку стихотворения и понял все его совершенство, но думал об Ипек и об ужине, на который опаздывал, и от этого был чрезмерно счастлив.

Закончив стихотворение, он торопливо прошел через холл отеля в маленькую квартиру хозяев. Тут во главе стола, накрытого посреди широкой комнаты с высоким потолком, сидел Тургут-бей, а по обеим сторонам от него дочери — Ипек и Кадифе. С другого края стола сидела третья девушка, и по элегантному лиловому платку на ее голове Ка сразу же понял, что это подруга Кадифе, Ханде. Напротив нее он увидел журналиста Сердар-бея. По странной красоте и неубранности стола, стоявшего перед этой маленькой компанией, которая выглядела счастливой от того, что они все вместе, по ловким и радостным движениям курдской служанки Захиде, которая за их спинами быстро ходила в кухню и обратно, он сразу же почувствовал, что Тургут-бей и его дочери сделали своей привычкой долго сидеть по вечерам за этим столом.

— Я думал о вас целый день, я беспокоился о вас целый день, где вы были? — произнес Тургут-бей, подымаясь. Внезапно он приблизился к Ка и так его обнял, что Ка решил, что тот заплачет. — В любой момент может случиться что-нибудь плохое, — сказал он трагическим голосом.

После того как Ка сел туда, куда ему указал Тургут-бей, на другой конец стола, как раз напротив него самого, и, волнуясь, с аппетитом съел горячий чечевичный суп, поставленный перед ним, и после того как двое других мужчин за столом начали пить ракы, интерес всех собравшихся переключился на экран телевизора, стоявшего у него за спиной, а Ка сделал то, что хотел сделать уже давно, — вдоволь насмотреться на прекрасное лицо Ипек.

Так как он впоследствии во всех подробностях написал в своей тетради о своем необъятном, безграничном счастье, которое чувствовал в тот момент, я совершенно точно знаю, что он чувствовал: он постоянно шевелил руками и ногами, как счастливый ребенок, и дрожал он нетерпения, словно они с Ипек должны были сесть на ближайший поезд, который увезет их во Франкфурт. Он представил, как свет, похожий на свет, падавший от лампы с абажуром, стоявшей на рабочем столе Тургут-бея, на котором лежали вперемешку книги, газеты, гостиничные книги регистрации и счета, в ближайшем будущем будет падать на лицо Ипек от лампы с абажуром на его рабочем столе в маленькой квартире во Франкфурте, где они будут жить вместе.

Сразу после этого он увидел, что Кадифе смотрит на него. Когда Ка встретился с ней взглядом, на ее лице, не таком красивом, как лицо сестры, на какой-то момент словно появилось выражение ревности, но Кадифе сразу удалось это скрыть, хитро улыбнувшись.

Сидевшие за столом время от времени краем глаза поглядывали на телевизор. Трансляция спектакля из Национального театра только что началась, и долговязый, похожий на палку актер из театральной труппы, которую видел Ка, в первый вечер выходя из автобуса, кланяясь то вправо, то влево, начал представление, как вдруг Тургут-бей взял пульт дистанционного управления и изменил изображение. Они долго смотрели на мутное черно-белое изображение с непонятными белыми мушками.

— Папа, — сказала Ипек, — и зачем вы сейчас на это смотрите?

— Здесь идет снег... — проговорил ее отец. — По крайней мере, это правдивое изображение, достоверная новость. Ты же знаешь, когда я смотрю долго какой-нибудь канал, это задевает мое чувство собственного достоинства.

— Тогда, отец, пожалуйста, выключите телевизор, — сказала Кадифе. — Раз уж это задевает наше чувство собственного достоинства.

— Расскажите нашему гостю, — сказал ее отец, смутившись. — Меня беспокоит, что он не знает.

— Меня тоже, — сказала Ханде. У нее были сверхъестественно красивые, огромные, полные гнева глаза. Все сразу же замолчали.

— Расскажи ты, Ханде, — сказала Кадифе. — Здесь нечего стесняться.

— Как раз наоборот, здесь много чего стоит стесняться, и поэтому я хочу рассказать, — сказала Ханде. Внезапно ее лицо засветилось странной радостью. Улыбнувшись, словно вспомнив что-то приятное, она произнесла: — Сегодня сорок дней, как покончила с собой наша подруга Теслиме. Теслиме была среди нас самой верующей девушкой, сражавшейся ради слова Аллаха. Для нее платок означал не только любовь Аллаха, но также и собственную веру и честь. Никому бы и в голову не пришло, что она покончит с собой. На нее безжалостно давили учителя в институте и отец дома, чтобы она сняла платок, но она упорствовала. Ее вот-вот должны были выгнать из института, в котором она училась уже три года и который скоро должна была закончить. Однажды люди из Управления безопасности прижали ее отца в его бакалейной лавке и сказали: «Если твоя дочь придет на учебу, не сняв платок, мы закроем твой магазин, а тебя выгоним из Карса». В ответ на это отец сначала пригрозил Теслиме, что выгонит ее из дома, а когда это не подействовало, решил выдать ее замуж за сорокалетнего вдовца-полицейского. И полицейский даже стал приходить в бакалейную лавку с цветами. Теслиме чувствовала такое отвращение к этому человеку, которого она называла «человек с металлическими глазами», что сказала нам, что решила снять платок, чтобы не выходить за него замуж, однако это решение никак не могла выполнить. Некоторые из нас одобрили ее поступок, чтобы она не выходила замуж за этого — с металлическими глазами, а некоторые сказали: «Пригрози отцу, что покончишь с собой!» Больше всех советовала это я. Потому что я не хотела, чтобы Теслиме сняла платок. Сколько раз я говорила ей: «Теслиме, покончить с собой лучше, чем снять платок». Я говорила это просто так. Мы думали, что слова о самоубийстве испугают ее отца, полагая, что самоубийства женщин, о которых мы читали в газетах, были совершены от безбожия, от зависимости от материального достатка или от безнадежной любви. Я вовсе не предполагала, что Теслиме покончит с собой, так как она была верующей девушкой. Но когда я услышала, что она повесилась, я поверила первой. Я сразу же почувствовала, что если бы я была на месте Теслиме, то могла бы покончить с собой.

Ханде заплакала. Все молчали. Ипек подошла к Ханде, поцеловала ее и погладила. Кадифе тоже подошла; девушки обнялись, и Тургут-бей, держа издали в руках пульт дистанционного управления, начал говорить ей утешительные слова, они все стали шутить, чтобы она не плакала. Тургут-бей, словно отвлекая маленького ребенка, показал ей жирафов на экране, и, более того, Ханде словно ребенок, готовый к тому, чтобы его отвлекли, заплаканными глазами посмотрела на экран телевизора: все они долго, почти забыв о своей собственной жизни, смотрели на пару жирафов, двигавшихся с довольным видом, словно в замедленной съемке, где-то очень далеко, наверное в сердце Африки, в местности с тенистыми деревьями.

— После самоубийства Теслиме Ханде, чтобы еще больше не огорчать своих родителей, решила снять платок и пойти на учебу, — сказала затем Кадифе Ка. — Они вырастили ее словно единственного сына, без каких-либо трудностей и бедности. Ее родители все время мечтают о том, что в дальнейшем дочь будет заботиться о них, Ханде очень умная. — Она говорила очень нежно, словно бы шепотом, но так, чтобы Ханде слышала, а девушка с заплаканными глазами слушала ее, вместе со всеми глядя на экран. — Мы, девушки в платках, сначала пытались ее переубедить, чтобы она не прекращала нашу борьбу, но, поняв, что снять платок лучше, чем совершить самоубийство, решили помогать Ханде. Для девушки, которая считала платок повелением Аллаха и знаменем ислама, сложно потом снять его и выйти на люди. Ханде на много дней закрылась дома и пыталась сконцентрироваться на этом решении.

Ка, как и другие, съежился от чувства вины, но когда его рука коснулась руки Ипек, внутри его разлилось чувство счастья. Пока Тургут-бей быстро перескакивал с канала на канал, Ка прижал свою руку к руке Ипек, с желанием того же ощущения счастья. Когда Ипек сделала то же самое, он забыл о грусти, царившей за столом. На экране телевизора появился спектакль в Национальном театре. Долговязый, похожий на палку человек рассказал, что для него почетно участвовать

151

в первой в истории Карса прямой трансляции. Пока оглашали программу спектакля, среди душещипательных рассказов, откровений голкипера национальной сборной, позорных тайн нашей политической истории, сценок из Шекспира и Виктора Гюго, неожиданных признаний, скандальных историй, имен незабвенных ветеранов истории турецкого театра и кино, шуток, песен и страшных сюрпризов Ка услышал, как прочитали его имя, назвав его «наш самый великий поэт, спустя многие годы тихо вернувшийся в нашу страну». Под столом Ипек взяла его за руку.

— Значит, вы не хотите вечером идти туда, — проговорил Тургут-бей.

— Мне очень хорошо здесь, я очень счастлив, сударь, — ответил Ка, еще сильнее сжимая руку Ипек.

— Вообще-то я вовсе не хочу портить ваше счастье, — сказала Ханде. Все вдруг почти испугались этого. — Но сегодня вечером я пришла сюда из-за вас. Я не читала ни одной из ваших книг, но мне хватит уже того, что вы — поэт, который доехал до самой Германии и видел мир. Скажите, пожалуйста, в последнее время вы писали стихи?

— В Карсе ко мне пришло множество стихотворений, — ответил Ка.

— Я подумала, что вы сможете рассказать мне, как можно сконцентрироваться на этом. Скажите мне вот что, пожалуйста: как вы пишете стихи? Вы концентрируетесь?

Это был вопрос, который чаще всего задают женщины поэтам на поэтических вечерах, устраиваемых в Германии для турецких читателей, но на этот раз он вздрогнул, как это было каждый раз, когда задавали какой-то особенный вопрос.

— Я не знаю, как пишутся стихи, — ответил он. — Хорошее стихотворение словно приходит извне, откуда-то издалека. — Он увидел, что Ханде смотрит на него с сомнением. — Скажите, пожалуйста, что означает для вас понятие «сконцентрироваться»?

— Я прилагаю усилия целый день на то, что хочу представить себя без платка, но ничего не получается. Вместо этого у меня перед глазами появляется то, что я хочу забыть.

— Что, например?

— Когда число девушек в платках увеличилось, из Анкары прислали женщину, чтобы она убедила нас снять платки. Эта убеждавшая нас много часов женщина разговаривала в комнате с каждой из нас в отдельности. Она задавала сотни вопросов, такие, как: «Твой отец бьет маму? Сколько у тебя братьев и сестер? Сколько твой отец зарабатывает в месяц? Что ты носила до платка? Тебе нравится Ататюрк? Какие рисунки висят у тебя дома на стенах? Сколько раз в месяц ты ходишь в кино? По-твоему, мужчина и женщина — равны? Кто важнее — Аллах или государство? Сколько ты хочешь иметь детей? Тебе мешают в семье?» — записывала наши ответы на бумагу, заполняла о нас анкеты. У нее были крашеные волосы и накрашенные губы, голова у нее была непокрыта, она была очень изящно одета, как в модных журналах, но, как бы это сказать, на самом деле она была очень проста в общении. Хотя некоторые ее вопросы доводили нас до слез, потом мы ее полюбили… Среди нас были те, кто думал, что, слава богу, она не замаралась грязью Карса. Потом я стала видеть ее во сне, но сначала не придала этому значения. А сейчас, когда я пытаюсь представить, как сниму с головы платок, распущу волосы и буду ходить среди людей, я вижу себя в роли этой убеждавшей нас женщины. Как будто я тоже стала такой же шикарной, как она, я ношу туфли на тонких каблуках и открытые платья. Мужчины обращают на меня внимание. Мне это и нравится очень, и очень смущает.

— Ханде, если хочешь, не рассказывай о том, что тебя смущает, — сказала Кадифе.

153

— Нет, я расскажу. Потому что я стесняюсь в моих фантазиях, но не стесняюсь самих фантазий. На самом деле я не верю, что если я сниму платок, то стану женщиной, которая будет провоцировать мужчин и мечтать только о своих желаниях. Потому что я сниму платок, не веря в то, что я делаю. Но я знаю, что человека может охватить сильное желание, хотя он сначала может в это и не верить, и может охватить даже тогда, когда, как он думает, ему этого не хочется. И мужчины, и женщины, все мы по ночам в своих снах совершаем грехи, которые, как полагаем, совершенно не хотим совершать в реальной повседневной жизни. Это правда, разве не так?

— Довольно, Ханде, — сказала Кадифе.

— Разве не так?

— Не так, — ответила Кадифе. Она повернулась к Ка. — Два года назад Ханде должна была выйти замуж за очень красивого молодого курда. Но парень ввязался в политику, и его убили...

— Это никак не связано с тем, что я не могу снять платок, — рассердившись, сказала Ханде. — Причина того, что я не снимаю платок, в том, что я не могу сосредоточиться и представить себя с непокрытой головой. Каждый раз, когда я пытаюсь представить это, я в воображении превращаюсь в таких, как женщина, убеждавшая нас снять платок, либо в женщину, мечтающую о страсти. Если я хотя бы разок смогу представить себе, как с непокрытой головой вхожу в двери института, иду по коридорам и вхожу в аудиторию, я, даст бог, найду в себе силы сделать это и тогда стану свободной. Потому что я открою голову по своей воле и по собственному желанию, а не под давлением полиции. Но я не могу сосредоточиться на этом.

— Не придавай этому столько значения, — сказала Кадифе. — Если даже в тот момент ты не выдержишь, ты все равно всегда будешь нашей милой Ханде.

— Нет, — сказала Ханде. — Про себя вы меня вините и презираете из-за того, что я отделилась от вас и решила открыть голову. — Она повернулась к Ка. — Иногда девушка, оживающая у меня перед глазами, с непокрытой головой входит в институт, движется по коридорам, входит в наш класс, по которому я очень соскучилась, я даже вспоминаю иногда запах коридоров, тяжелый воздух в аудитории. Именно в этот момент в зеркале, отделяющем аудиторию от коридора, я вижу эту девушку и, поняв, что та, кого я вижу, — не я, а другая, начинаю плакать.

Все решили, что Ханде опять заплачет.

— Я не слишком боюсь быть другой, — сказала Ханде. — Меня пугает то, что я не смогу вернуться в свое нынешнее состояние, и даже то, что я его забуду. Вот из-за этого человек может покончить с собой. — Она повернулась к Ка. — Вы никогда не хотели покончить с собой? — спросила она кокетливо.

— Нет, но после поступков женщин в Карсе начинаешь думать об этом.

— Для многих девушек в нашем положении желание умереть означает стать свободной, хозяйкой собственного тела. Девушки, которых обманули и лишили невинности, девственницы, которых выдают замуж за человека, за которого они не хотят выходить, только поэтому совершают самоубийство. Они расценивают самоубийство как стремление к невинности и чистоте. Вы не писали стихотворений о самоубийствах? — Интуитивно она повернулась к Ипек. — Я не очень утомила вашего гостя? Хорошо, пусть он скажет, откуда появляются стихи, которые «пришли» к нему в Карсе, и я оставлю его в покое.

— Когда я чувствую, что подходит стихотворение, меня переполняет благодарность к тому, кто его послал, потому что я становлюсь очень счастливым.

— Тот, кто заставляет вас концентрироваться на стихотворении, тоже он? Кто он?

— Я чувствую, что стихи мне посылает он, хотя я и не верю.

— Вы не верите в Аллаха или в то, что стихи посылает вам он?

— Стихи посылает мне Бог, — сказал Ка с воодушевлением.

— Он увидел, как здесь поднялось движение сторонников введения шариата, — произнес Тургут-бей. — Может быть, они ему пригрозили... Он испугался и начал верить в Аллаха.

— Нет, это искренне, — сказал Ка. — Я хочу здесь быть как все.

— Вы испугались, я осуждаю вас.

— Да, я боюсь! — в тот же миг воскликнул Ка. — И к тому же очень боюсь.

Он вскочил, словно на него нацелили пистолет. Это повергло в изумление сидевших за столом.

— Что такое? — закричал Тургут-бей, словно почувствовав направленное на них оружие.

— Я не боюсь и ни на что не обращаю внимания, — сказала Ханде сама себе.

Однако она тоже, как и другие, смотрела в лицо Ка, чтобы суметь определить, откуда исходит опасность. Спустя много лет журналист Сердар-бей скажет мне, что лицо Ка в тот момент стало бледным как полотно, но вместо выражения лица человека, которому стало плохо от страха или от головокружения, у него на лице появилось выражение глубокого счастья. Он настойчиво говорил мне, что служанка проходила мимо, как вдруг комнату внезапно заполнил свет и все утонуло в свете. С того дня Ка предстал в его глазах святым. Кто-то из находившихся в комнате в тот момент сказал: «Пришло стихотворение», и все восприняли это с еще большим страхом и волнением, чем если бы на них было направлено оружие.

Позднее, описывая произошедшее в тетради, которую вел, Ка сравнит напряженное ожидание, царившее в комнате, с теми страшными моментами ожидания, которые в детстве были во время сеансов призывания духов. Двадцать пять лет назад мы вместе с Ка, а также вместе с несчастливыми домохозяйками, пианистом, у которого были парализованы пальцы, с раздражительной кинозвездой средних лет (о ней мы спрашивали: «Она тоже придет?») и ее сестрой, которая то и дело падала в обморок, с отставным генералом, который «заигрывал» с увядшей кинозвездой, и нашим другом, который тихонько проводил нас в зал из дальней комнаты, принимали участие в этих вечерах, устраивавшихся оставшейся с юных лет вдовой и сильно располневшей матерью этого нашего приятеля у нее дома, на одной из окраинных улиц Нишанташи. В моменты напряженного ожидания кто-нибудь говорил: «О дух, если ты пришел, подай голос!» — и наступала долгая тишина, а затем слышалось неясное шуршание, скрип стула, стон, а иногда грубый удар ногой о ножку стола, и кто-нибудь в страхе говорил: «Дух пришел». Но Ка был не из тех, кто встречается с духами, и он пошел прямо к двери кухни. На лице его было счастливое выражение.

— Он много выпил, — сказал Тургут-бей. — Помогите ему. — Он сказал это, чтобы выглядело так, будто он посылает к Ка бегущую за ним Ипек. Ка рухнул на один из стульев рядом с кухонной дверью. Он достал из кармана свою тетрадь и ручку.

— Я не могу писать, когда все встали и наблюдают за мной, — сказал он.

— Давай я отведу тебя в другую комнату, — сказала Ипек.

Ипек — впереди, Ка — следом, они прошли через кухню с приятным ароматом, где Захиде поливала хлебный кадаиф[1] сахарным сиропом, и холодную комнату и вошли в полутемную дальнюю комнату.

— Ты сможешь здесь писать? — спросила Ипек и зажгла лампу.

Ка увидел чистую комнату и две застеленные кровати. Он увидел тюбики с кремом, губную помаду, одеколон на подставке, которую сестра Ипек использовала вместо стола и комода, скромную коллекцию бутылок из-под миндального масла и алкогольных напитков, книги, сумку на молнии, коробку из-под швейцарского шоколада, заполненную щетками, ручками, синими камушками от сглаза, бусами и браслетами; Ка сел на кровать, стоявшую у заледеневшего окна.

— Здесь я могу писать, — сказал он. — Не уходи, не бросай меня.

— Почему?

— Я не знаю, — сказал сначала Ка. — Мне страшно, — затем проговорил он.

В этот момент он начал писать стихотворение, начинавшееся описанием коробки из-под шоколада, который в детстве привозил его дядя из Швейцарии. На крышке коробки были виды Швейцарии, как и на стенах чайных в Карсе. Судя по записям, которые потом стал вести Ка, чтобы понять стихотворения, «приходившие» к нему в Карсе, распределить и упорядочить их, из коробки в стихотворении сначала показались игрушечные часы, которые, как через два дня узнает Ка, остались с детства Ипек. И Ка предстоит подумать о том, что она, отправляясь в путь по этим детским часам, говорила что-то о времени в детстве и о времени в жизни.

— Я хочу, чтобы ты от меня совсем не уходила, — сказал Ка Ипек, — потому что я ужасно в тебя влюблен.

---

[1] Кондитерское изделие из теста с сахарным сиропом.

— Ты же меня не знаешь, — сказала Ипек.

— Есть два типа мужчин, — сказал Ка поучительно. — Первому до того, как влюбиться, нужно узнать, как девушка ест бутерброды, как расчесывает волосы, какие глупости ее беспокоят, почему она сердится на своего отца, и другие истории и легенды, которые о ней рассказывают. А второй тип — и я из таких — должен очень мало знать о девушке, чтобы влюбиться.

— То есть ты влюблен в меня потому, что совсем меня не знаешь? И ты считаешь, что это и в самом деле — любовь?

— Такой бывает любовь, за которую человек может отдать все, — сказал Ка.

— Твоя любовь закончится после того, как ты увидишь, как я ем бутерброды и о чем думаю.

— Но тогда близость между нами станет глубже и превратится в желание, охватывающее наши тела, в счастье и воспоминания, связывающие нас друг с другом.

— Сядь, не вставай с кровати, — сказала Ипек. — Я не могу ни с кем целоваться под одной крышей с отцом.

Она сначала не сопротивлялась поцелуям Ка, но потом, оттолкнув его, сказала:

— Когда отец дома, мне это не нравится.

Ка еще раз насильно поцеловал ее в губы и сел на кровать.

— Нужно, чтобы мы как можно скорее поженились и вместе сбежали отсюда. Ты представляешь, как мы будем счастливы во Франкфурте?

Наступила тишина.

— Как ты в меня влюбился, если ты совсем меня не знаешь?

— Потому что ты красивая... Потому что я представлял себе, как мы будем счастливы с тобой... Потому что я могу тебе, не стесняясь, говорить обо всем. Я все время представляю, как мы занимаемся любовью.

— Что ты делал в Германии?

— Я был занят стихами, которые не мог писать, и все время онанировал… Одиночество — это вопрос гордости; человек самодовольно погружается в свой собственный запах. Проблема настоящего поэта — то же самое. Если он долго будет счастлив, то станет заурядным. А если он долго будет несчастен, то не сможет найти в себе силы сохранить свои стихи полными живых чувств… Настоящая поэзия и счастье могут быть вместе очень недолго. Через какое-то время либо счастье делает стихи и поэта заурядными, либо настоящая поэзия уничтожает счастье. Я теперь очень боюсь вернуться во Франкфурт и стать счастливым.

— Оставайся в Стамбуле, — сказала Ипек.

Ка внимательно посмотрел на нее.

— Ты хочешь жить в Стамбуле? — прошептал он. Он очень хотел сейчас, чтобы Ипек у него что-нибудь попросила.

Женщина почувствовала это.

— Я ничего не хочу, — сказала она.

Ка осознал, что торопится. Он чувствовал, что сможет оставаться в Карсе очень недолго, что скоро не сможет здесь дышать и что другого выхода, кроме как торопиться, нет. Они прислушались к неясным голосам, доносившимся издалека, к скрипу повозки, проехавшей перед окном, приминая снег. Ипек стояла на пороге, держала в руках щетку и задумчиво вычищала ее от застрявших волос.

— Здесь такая нищета и безнадежность, что можно, как ты, разучиться чего-нибудь хотеть, — сказал Ка. — Человек здесь может мечтать не о жизни, а только о смерти… Ты поедешь со мной?.. — Ипек не ответила. — Если ты собираешься ответить отрицательно, ничего не говори, — попросил Ка.

— Я не знаю, — сказала Ипек, не отрывая взгляда от щетки. — Нас ждут в комнате.

— Там назревает какой-то заговор, я это чувствую, но не могу понять, что случилось, — сказал Ка. — Расскажи мне.

Выключилось электричество. Пока Ипек стояла, не двигаясь, Ка захотел ее обнять, но его охватил страх, что он вернется в Германию один; он не шелохнулся.

— Ты не можешь писать стихи в этой темноте, — проговорила Ипек. — Пойдем.

— Что ты хотела больше всего, чтобы я сделал для того, чтобы ты меня полюбила?

— Будь собой, — сказала Ипек. Встала и вышла из комнаты.

Ка был так счастлив, что сидит в этой комнате, что с трудом поднялся. Какое-то время он сидел в холодной комнате перед кухней и там, в дрожащем свете свечи, записал в зеленую тетрадь пришедшее ему на ум стихотворение под названием «Коробка из-под шоколада».

Когда он встал, то оказался за спиной Ипек, и, едва он сделал порывистое движение, чтобы обнять ее и зарыться лицом в ее волосы, внезапно в голове у него все перемешалось, будто он окунулся в темноту.

На кухне, в свете свечи, Ка увидел обнявшихся Ипек и Кадифе. Они обнимали друг друга за шею и прижимались друг к другу, как влюбленные.

— Отец попросил, чтобы я за вами присмотрела, — сказала Кадифе.

— Хорошо, дорогая.

— Он не написал стихотворение?

— Написал, — отозвался Ка, выступая из темноты. — Но сейчас я бы хотел к вам присоединиться.

На кухне, куда он вошел при дрожащем свете свечи, он никого не увидел. Налив в стакан раки, он залпом выпил, не разбавляя водой. Когда из глаз полились слезы, он торопливо налил себе стакан воды.

Выйдя из кухни, он вдруг обнаружил себя в кромешной тьме. Увидев обеденный стол, освещенный одной свечкой, он подошел к нему. Огромные тени на стенках повернулись к Ка вместе с теми, кто сидел за столом.

— Вы смогли написать стихотворение? — спросил Тургут-бей. До этого, помолчав несколько секунд, он хотел сделать вид, что не обращает на Ка внимания.

— Да.

— Поздравляю. — Он дал в руку Ка стакан с ракы и наполнил его. — О чем?

— С кем бы здесь я ни встретился, ни поговорил, я признаю его правоту. А сейчас у меня в душе тот страх, который в Германии, бродит снаружи по улицам.

— Я вас очень хорошо понимаю, — проговорила Ханде знающе.

Ка благодарно ей улыбнулся. Ему захотелось сказать: «Не открывай голову, милая».

— Раз уж вы сказали, что поверили в Аллаха рядом с Шейхом, так как вы верите всякому, с кем бы ни встретились, я хочу это поправить. Глубокочтимый Шейх не является представителем Аллаха в Карсе! — произнес Тургут-бей.

— А кто представляет здесь Аллаха? — грубо спросила Ханде.

Но Тургут-бей не рассердился на нее. Он был упрямец и спорщик, но у него было такое доброе сердце, что он не мог быть неуступчивым атеистом. Ка почувствовал, насколько Тургут-бея беспокоило то, что его дочери несчастливы, настолько он боялся и того, что то, что было привычно его миру, обрушится и будет утрачено. Это беспокойство не было связано с политикой, это было беспокойство человека, который может потерять свое место во главе стола, человека, ссорившегося и часами спорившего каждый вечер со своими дочерьми и гостями о политике и о существовании или несуществовании Аллаха, у которого в жизни это было единственным развлечением.

Дали свет, в комнате внезапно стало светло. В городе так привыкли к тому, что свет внезапно выключается и включается, что, когда дали свет, не было радостных криков, как было в детстве Ка в Стамбуле, никто не волновался и не говорил: «Ну-ка, глянь, как бы не испортилась стиральная машина» или «Свечи я задую», люди вели себя так, как будто ничего не произошло. Тургут-бей включил телевизор и опять пультом управления начал переключать один канал за другим. Ка прошептал девушкам, что Карс сверхъестественно тихое место.

— Это потому, что мы боимся здесь даже собственного голоса, — сказала Ханде.

— Это безмолвие снега, — сказала Ипек.

Все, охваченные этим чувством поражения, долгое время смотрели телевизор, где медленно переключались каналы. Когда они под столом взялись с Ипек за руки, Ка подумал о том, что смог бы счастливо провести здесь всю свою жизнь, дремать днем на маленькой работе, а по вечерам смотреть телевизор, привязанный к антенне-тарелке, держась за руки с этой женщиной.

15

У каждого из нас есть то, чего мы хотим больше всего в жизни

В Национальном театре

Сердце Ка сильно стучало, когда он бежал под снегом, словно в одиночку шел на войну, чтобы принять участие в представлении в Национальном театре, ровно через семь минут после того, как подумал, что сможет провести в Карсе с Ипек всю жизнь и быть счастливым. За эти семь минут все, по сути, развилось с закономерной скоростью.

Сначала Тургут-бей включил на экране прямую трансляцию из Национального театра, и по сильному шуму, который они услышали, все поняли, что там происходит что-то необычное. Это и будило в них желание вырваться за рамки провинциальной жизни, хоть на одну ночь, и пугало их возможностью того, что происходит что-то нехорошее. По крикам и аплодисментам нетерпеливой толпы все почувствовали, что между первыми лицами города, сидевшими в первых рядах, и молодежью на задних рядах нарастает напряжение. Камера не показывала весь зал, и поэтому всем было любопытно, что там происходит.

На сцене стоял голкипер национальной сборной, которого когда-то знала вся Турция, он успел рассказать еще только о первом из одиннадцати голов, что получил от англичан во время трагического матча национальной сборной пятнадцать лет назад, как на экране появился тонкий человек, похожий на палку, ведущий этого представления, и голкипер сборной, поняв, что будет рекламная пауза, в точности как на общенациональном телевидении, замолчал. Ведущий, взявший микрофон, сумел уместить в несколько секунд два рекламных объявления, которые он прочитал по бумаге (в бакалейную лавку «Тадал» на проспекте Февзи-паши привезли бастурму из Кайсери и школа Билим начинает запись на вечерние подготовительные курсы в университет), еще раз зачитал насыщенную программу спектакля, назвал имя Ка, сказав, что он будет читать стихи, и, печально глядя в камеру, добавил:

— Однако жителей Карса очень огорчает, что мы все еще не можем увидеть среди нас нашего великого поэта, приехавшего в приграничный город прямо из Германии.

— Если вы и после этого не пойдете, будет очень стыдно! — сразу сказал Тургут-бей.

— Но меня не спрашивали, приму ли я участие в представлении, — сказал Ка.

— Здесь такой обычай, — ответил Тургут-бей. — Если бы вас позвали, вы бы не пошли. А теперь вы должны идти, чтобы не ставить людей в неловкое положение.

— А мы будем на вас смотреть, — проговорила Ханде с неожиданным расположением.

В тот же миг открылась дверь, и мальчик, который по вечерам сидел на ресепшн, сказал:

— Директор педагогического института умер в больнице.

— Бедный дурень... — сказал Тургут-бей. Затем он пристально посмотрел на Ка. — Сторонники религиозных порядков стали убирать нас по одному. Если вы хотите спастись, то будет хорошо, если вы как можно быстрее еще сильнее поверите в Аллаха. Потому что я опасаюсь, что скоро в Карсе будет недостаточно сдержанной религиозности для спасения шкуры старого атеиста.

— Вы правы, — ответил Ка. — Я в общем-то уже решил впустить в свою жизнь любовь к Аллаху, присутствие которого я начал чувствовать в глубине своего сердца.

Все поняли, что он сказал это в насмешку, однако находчивость Ка, который, как они были уверены, изрядно выпил, заставила сидевших за столом заподозрить, что он, возможно, придумал эту фразу заранее.

В это время Захиде взгромоздила на стол огромную кастрюлю, которую она умело держала в одной руке, а в другой — алюминиевый половник, ручка которого отражала свет лампы, и, улыбаясь, как ласковая мать, сказала:

— На донышке осталось супа на одного человека, жалко выкидывать; кто из девочек хочет?

Ипек, которая говорила, чтобы Ка не ходил в Национальный театр, потому что она боится, и Ханде вместе с Кадифе тотчас же повернулись и улыбнулись курдской служанке. Если Ипек скажет: «Я!», то она поедет со мной во Франкфурт и мы поженимся, подумал в этот момент Ка. Тогда я пойду в Национальный театр и прочитаю мое стихотворение «Снег».

— Я! — сразу после этого сказала Ипек и протянула свою чашку, совсем не весело.

Под снегом, падавшим на улице огромными снежинками, Ка в какой-то миг почувствовал, что он чужой в Карсе, что, как только уедет, сможет забыть о городе, но это ощущение было недолгим. Чувство предопределенности завладело им; он в полную силу ощущал существование скрытой геометрии жизни, в логике которой он не мог разобраться, и ощущал желание непременно разобраться в этом и стать счастливым, но в тот момент понимал, что не настолько силен, чтобы желать такого счастья.

Покрытая снегом широкая улица, ведущая к Национальному театру, на которой развевались флаги с предвыборной пропагандой, была совершенно пустой. Широта обледенелых карнизов старых зданий, красота дверей и барельефов на стенах, строгие, но видавшие виды фасады зданий наводили Ка на мысль, что когда-то кто-нибудь, наверно (армяне, торговавшие в Тифлисе? османские генералы, собиравшие налоги с владельцев молочных ферм?), вел и здесь счастливую, спокойную и даже яркую жизнь. Все эти армяне, русские, османы, турки периода ранней республики, все они привносили в город скромные черты своих культур и все они потихоньку ушли, а улицы стояли совсем пустые, словно потому, что на место этих людей никто не пришел, однако, в отличие от какого-нибудь заброшенного города, эти пустынные улицы не будили страх. Ка в изумлении смотрел, как свет, падавший от желтоватых бледных уличных фонарей и от бледных неоновых фонарей за обледеневшими витринами, отражается на электрических столбах, по краям которых свисали огромные сосульки, и на снежной массе, скопившейся на ветках диких маслин и платанов. Снег шел в волшебной, почти священной тишине, Ка не слышал ничего, кроме приглушенных звуков собственных шагов и своего учащенного дыхания. Не лаяла ни одна собака. Словно это было место, где заканчивался мир, и сейчас весь мир, все, что было перед глазами Ка, сосредоточилось на том, что идет снег. Ка наблюдал за снежинками вокруг уличного фонаря и за тем, как несколько снежинок решительно поднимались вверх, в темноту, пока некоторые из них медленно опускались вниз.

Он встал под карниз большой фотомастерской «Айдын» и очень внимательно смотрел на снежинку, опустившуюся на рукав его пальто, в красноватом свете, исходившем от покрытой льдом вывески.

Подул ветер, возникло какое-то движение, и когда красный свет вывески фотомастерской «Айдын» внезапно погас, дикая маслина напротив как будто тоже потемнела. Он увидел толпу у входа в Национальный театр, полицейский микроавтобус, ожидавший поодаль, и тех, кто наблюдал за толпой из кофейни напротив, стоя внутри, у порога.

Не успел он войти в театр, как от стоявшего там шума и движения у него закружилась голова. В воздухе стоял густой запах алкоголя, человеческого дыхания и сигарет. Очень многие расположились в боковых проходах; в одном из углов, за чайным прилавком, продавали газированную воду и бублики. Ка увидел молодых людей, перешептывающихся в дверях вонючей уборной, прошел мимо полицейских в синей форме, ожидавших в стороне, и людей в штатском с рацией в руках, расставленных дальше. Какой-то ребенок держал своего отца за руку и внимательно, не обращая внимания на шум, смотрел за тем, как в бутылке с газированной водой плавает каленый горох, который он туда бросил.

Ка увидел, что один из тех, кто стоял в стороне, взволнованно машет рукой, но Ка не был уверен, что он машет именно ему.

— Я узнал вас еще издалека, по пальто.

Ка увидел совсем рядом лицо Неджипа и ощутил прилив нежности. Они крепко обнялись.

— Я знал, что вы придете, — сказал Неджип. — Я очень рад. Я могу сразу кое о чем спросить? Я думаю о двух очень важных вещах.

— Об одной или о двух?

— Вы очень умный, настолько, чтобы понимать, что ум — это еще не все, — сказал Неджип и отошел в удобное место, где можно было спокойно поговорить с Ка. — Вы сказали Хиджран, или Кадифе, что я влюблен в нее, что она — единственный смысл моей жизни?

— Нет.

— Вы ведь вместе с ней ушли из чайной. Вы совсем обо мне не говорили?

— Я сказал, что ты из лицея имамов-хатибов.

— А еще? Она ничего не сказала?

— Не сказала.

Наступило молчание.

— Понимаю, почему вы на самом деле больше обо мне не говорили, — произнес Неджип напряженно. Он запнулся в нерешительности. — Кадифе старше меня на четыре года, она меня даже не заметила. Вы, наверное, говорили с ней на сокровенные темы. И, возможно, на тайные темы, связанные с политикой. Я об этом не буду спрашивать. Сейчас меня интересует только одно, и для меня это очень важно. Оставшаяся часть моей жизни связана с этим. Даже если Кадифе меня не заметит (а существует большая вероятность того, что, чтобы она меня заметила, потребуются долгие годы, и до этого она уже выйдет замуж), от того, что вы скажете сейчас, я или буду любить ее всю жизнь, или забуду сейчас же. Поэтому ответьте на мой вопрос правдиво, не раздумывая.

— Я жду, спрашивайте, — произнес Ка официальным тоном.

— Вы совсем не разговаривали о незначительном? О телевизионных глупостях, о не имеющих значениях сплетнях, о ерунде, которую можно купить за деньги? Вы понимаете меня? Кадифе — глубокий человек, какой она показалась мне, она действительно ни во что не ставит поверхностные мелочи, или я напрасно в нее влюбился?

— Нет, мы не говорили ни о чем незначительном, — ответил Ка.

Он видел, что его ответ произвел сокрушительное впечатление на Неджипа, и прочитал по его лицу, что тот старается нечеловеческим усилием собрать всю свою волю.

— Вы заметили, что она необычный человек?

— Да.

— А ты мог бы в нее влюбиться? Она очень красивая. И красивая, и такая самостоятельная, я еще ни разу не видел такой турчанки.

— Ее сестра красивее, — сказал Ка. — Если все дело в красоте.

— А в чем тогда дело? — спросил Неджип. — В чем же заключается смысл того, что Великий Аллах все время заставляет меня думать о Кадифе?

Он широко, по-детски, что изумило Ка, раскрыл свои огромные зеленые глаза, один из которых через пятьдесят одну минуту будет выбит.

— Я не знаю, в чем смысл, — сказал Ка.

— Нет, ты знаешь, но не можешь ответить.

— Я не знаю.

— Смысл в том, чтобы иметь возможность говорить о важном, — сказал Неджип, будто бы помогая ему. — Если бы я мог быть писателем, я бы хотел иметь возможность говорить только то, о чем еще не говорилось. Ты хоть разок можешь мне сказать все, как есть?

— Спрашивай.

— У каждого из нас есть что-нибудь, чего мы хотим больше всего в жизни, не так ли?

— Да.

— А чего хочешь ты?

Ка замолчал и улыбнулся.

— А у меня все просто, — сказал Неджип с гордостью. — Я хочу жениться на Кадифе, жить в Стамбуле и стать первым научно-популярным писателем-исламистом. Я знаю, что это невозможно, но все же хочу этого. Я не обижаюсь из-за того, что ты не можешь открыться мне, я тебя понимаю. Ты — мое будущее. Я это сейчас понимаю и по тому, как ты смотришь мне в глаза: ты видишь во мне свою молодость и поэтому меня любишь.

В уголках его рта появилась хитрая, счастливая улыбка, и Ка этого испугался.

— Тогда ты — это я двадцать лет назад?

— Да. В научно-популярном романе, который я когда-нибудь напишу, будет в точности такая сцена. Извини, можно я положу руку тебе на лоб?

Ка слегка наклонил голову вперед. Неджип спокойно, как человек, который делал это и раньше, прикоснулся ладошкой ко лбу Ка:

— Сейчас я скажу, о чем ты думал двадцать лет назад.

— Так, как ты делал с Фазылом?

— Мы с ним думаем одновременно и об одном и том же. А с тобой нас разделяет время. Сейчас, пожалуйста, слушай: однажды зимним днем ты был в лицее, шел снег, а ты был в раздумьях. Ты слышал внутри себя голос Аллаха, но старался Его забыть. Ты чувствовал, что все в мире является одним целым, но ты думал о том, что если ты не будешь обращать внимание на того, кто заставляет тебя это чувствовать, то станешь еще несчастнее, но и умнее. Ты был прав. Потому что ты догадывался, что только несчастливые и умные могут писать хорошие стихи. Ты героически решился на страдания безверия, чтобы писать хорошие стихи. Тебе тогда еще не приходило в голову, что, потеряв этот внутренний голос, ты можешь остаться один в целом мире.

— Ладно, ты прав, я так думал, — сказал Ка. — А ты сейчас думаешь так же?

— Я знал, что ты сразу об этом спросишь, — поспешно ответил Неджип. — Ты тоже не хочешь верить в Аллаха? Или все-таки хочешь, правда? — Внезапно он убрал со лба Ка свою холодную руку, от которой Ка чувствовал озноб. — Об этом я могу тебе многое рассказать. Я слышу внутри себя голос, который твердит мне: «Не верь в Аллаха». Потому что верить в существование чего-либо с такой любовью возможно только тогда, когда беспокоишься, сомневаясь, что этого, может быть, не существует, понимаешь? Я понимаю, что могу продолжать жить и верить в существование моего Прекрасного Аллаха — точно так же, как в детстве я думал о том, что было бы, если бы мои родители умерли; иногда я думаю о том, что было бы, если бы Его не существовало. Тогда у меня перед глазами оживает одна картина. Так как я знаю, что эта картина берет силу из любви к Аллаху, то я ее не боюсь, а с любопытством рассматриваю.

— Расскажи мне об этом видении.

— Ты напишешь об этом в своих стихах? Ты можешь даже упомянуть мое имя в стихотворении. А за это я прошу тебя только об одном.

— О чем?

— За последние шесть месяцев я написал Кадифе три письма. И ни одно из них не отправил. Не потому, что я стесняюсь, а из-за того, что на почте откроют и прочтут. Потому что половина Карса — полицейские в гражданском. И здесь половина собравшихся такие же. Все они наблюдают за нами. А еще и наши за нами наблюдают.

— Ваши — это кто?

— Все молодые исламисты Карса. Им очень любопытно, о чем мы говорим. Они пришли сюда, чтобы здесь что-нибудь устроить. Дело в том, что они знают, что сегодняшний спектакль превратится в демонстрацию силы светских и военных. Говорят, они исполнят эту известную старую пьесу под названием *Чаршаф*, унизят девушек в платках. На самом деле я ненавижу политику, но мои друзья бунтуют по праву. Во мне они сомневаются, потому что я не такой горячий, как они. Письма я тебе не могу отдать. То есть прямо сейчас не могу, когда все смотрят. Я прошу, чтобы ты отдал их Кадифе.

— Сейчас никто не смотрит. Давай мне письма сейчас, а потом расскажи о видении.

— Письма здесь, но не у меня. Я боялся, что будет обыск при входе. И друзья могут тоже меня обыскать. Давай встретимся снова ровно через двадцать минут в уборной в конце коридора, в него можно попасть через боковую дверь сцены.

— А о видении ты мне тогда расскажешь?

— Один из них идет сюда, — сказал Неджип и отвел взгляд. — Я его знаю. Не смотри в ту сторону, сделай вид, как будто мы просто беседуем как малознакомые люди.

— Хорошо.

— Всему Карсу любопытно, почему ты сюда приехал. Они думают, что ты послан сюда нашей властью и западными силами с какой-то тайной миссией. Мои друзья послали меня сюда, чтобы я спросил тебя об этом. Слухи верны?

— Нет.

— Что мне им ответить? Для чего ты сюда приехал?

— Я не знаю, для чего.

— Знаешь, но от смущения опять не можешь сказать. — Наступила пауза. — Ты приехал сюда оттого, что ты несчастен, — сказал Неджип.

— Почему ты так решил?

— По твоим глазам: я никогда не видел человека с таким грустным взглядом… И я сейчас тоже несчастлив, но я молод. Несчастье придает мне силы. Я предпочитаю быть несчастным, пока я молод, вместо того чтобы быть счастливым. В Карсе счастливыми могут быть только глупцы или плохие люди. А вот когда я буду в твоем возрасте, я хочу быть совершенно счастливым.

— Моя несчастливость защищает меня от жизни, — сказал Ка. — За меня не волнуйся.

— Хорошо. Ты не рассердился на меня, не так ли? В твоем лице есть что-то хорошее, и я понимаю, что могу рассказать тебе обо всем, что приходит мне в голову, даже о ерунде. А если я скажу что-то такое моим друзьям, они сразу начнут смеяться.

— И даже Фазыл?

— Фазыл другой. Он мстит тем, кто меня обижает, и знает мои мысли. А сейчас скажи что-нибудь ты. На нас смотрит человек.

— Какой? — спросил Ка. Он посмотрел на людей, собравшихся за спинами сидящих: человек с головой, похожей на грушу, два прыщавых подростка, бедно одетые юноши с насупленными бровями, все они сейчас стояли, повернувшись к сцене, и некоторые из них покачивались как пьяные.

— Сегодня вечером не один я выпил, — пробормотал Ка.

— Они пьют оттого, что несчастливы, — сказал Недjip. — А вы выпили для того, чтобы опереться на счастье, скрытое внутри вас.

Но к концу своей фразы он внезапно скрылся в толпе. Ка не был уверен в том, что услышал сказанное правильно. Однако голова его успокоилась, как будто он слушал приятную музыку, несмотря на весь шум и грохот в зале. Кто-то помахал ему рукой, в рядах было несколько свободных мест, оставленных для «актеров», и рабочий сцены из труппы, с полублагородными и получванливыми манерами усадил Ка на свободное место.

То, что Ка в тот вечер видел на сцене, я спустя много лет смотрел на видеопленке, которую извлек из архивов телевизионного канала Карса «Граница». На подмостках разыгрывали маленькую сценку, высмеивавшую рекламу какого-то банка, но Ка много лет не смотрел в Турции телевизор и поэтому не мог понять, где в ней юмор, а где подражание рекламе. И все же ему удалось понять, что человек, пришедший в банк вложить деньги, был изящным щеголем, чрезмерно любившим все европейское. В некоторых отдаленных городках меньше Карса и в чайных, куда не заходили женщины и важные представители власти, театральная труппа Суная Заима, состоявшая из любителей Брехта и Бахтина, играла эту сцену с еще более неприличным смыслом, и изящество щеголя, получавшего карту для банкомата, переходило в ужимки гомосексуалиста, что заставляло зрителей задыхаться от хохота. В другой сценке Ка узнал в последний момент, что усатым мужчиной в облике женщины, наносившей на волосы шампунь и кондиционер «Келидор», был Сунай Заим. Сунай в образе женщины сделал вид, что запихивает в заднее отверстие длинную бутылку шампуня «Келидор», и одновременно неприлично ругался, как делал это тогда, когда хотел успокоить «антикапиталистическим катарсисом», то есть «очищением от капиталистов, как от грязи», толпу недовольных и бедняков в мужских чайных на окраинах городов. Потом жена Суная, Фунда Эсер, подражая рекламе всеми любимой колбасы, взяла и взвесила в руке круг колбасы, неприлично весело произнесла: «Это от лошади или от осла?» — и убежала со сцены.

Вслед за ней на сцену вышел известный в 1960-е годы вратарь Вурал и рассказал, как он пропустил во время матча национальной сборной с англичанами в Стамбуле одиннадцать голов, примешивая к рассказу любовные истории с известными актрисами, и сообщил о спортивных сговорах, в которых он участвовал. То, что он рассказывал, все слушали, посмеиваясь, получая непонятное удовольствие от чьих-то страданий и от убогости обычных турецких развлечений.

16

Место, где нет Аллаха

*Образ, который видел Неджип,
и стихотворение Ка*

Когда прошло двадцать минут, Ка вошел в уборную в конце холодноватого коридора и сразу же увидел, что Неджип подошел к тем, кто стоял у писсуаров. Некоторое время они подождали перед запертыми дверьми кабинок, находившихся в глубине, словно двое незнакомых людей. Ка увидел лепнину в виде розы с листьями на высоком потолке уборной.

Одна из кабинок освободилась, и они вошли внутрь. Ка обратил внимание, что их заметил один беззубый старик. Неджип, спустив в кабинке воду, сказал: «Нас никто не видел». И радостно обнял Ка. Ловким движением Неджип встал на выступ в стене, мгновенно приподнялся и, протянув руку, извлек конверты, лежавшие на бачке. Он спустился вниз и очистил их, аккуратно сдув с них пыль.

— Я хочу, чтобы ты сказал кое-что Кадифе, когда будешь отдавать ей эти письма, — сказал он. — Я много размышлял над этим. С того момента, когда она прочтет письма, в моей жизни не останется никакой надежды или ожиданий, связанных с Кадифе. Я хочу, чтобы ты очень ясно сказал об этом Кадифе.

— Почему же ты хочешь, чтобы она узнала о твоей любви, если тогда, когда она узнает о ней, она узнает, что у тебя нет никакой надежды?

— Я не боюсь, как ты, жизни и своих страстей, — сказал Неджип, забеспокоившись, что Ка расстроился. — Эти письма для меня единственный выход: я не могу жить, страстно не любя кого-нибудь, какую-нибудь красоту. А для счастья мне нужно любить кого-нибудь другого. Но сначала мне нужно избавиться от любви к Кадифе. Ты знаешь, кому я отдам всю свою страсть после Кадифе?

175

Он отдал письма Ка.

— Кому? — спросил Ка, пряча письма в карман пальто.

— Аллаху.

— Расскажи мне о своем видении.

— Сначала открой это окно! Здесь очень плохо пахнет.

Ка открыл маленькое окно уборной, надавив на заржавевшие задвижки. Они с восторгом, словно были свидетелями какого-то чуда, наблюдали за снежинками, безмолвно и медленно падавшими в темноте.

— Как прекрасен мир! — прошептал Неджип.

— По-твоему, что самое прекрасное в жизни? — спросил Ка.

Наступило молчание.

— Все! — прошептал Неджип, словно раскрывая какую-то тайну.

— Но разве не жизнь делает нас несчастными?

— Да, но в этом только наша вина. Не мира и не его Творца.

— Расскажи мне о видении.

— Сначала положи руку мне на лоб и расскажи мне о моем будущем, — попросил Неджип. Он широко раскрыл свои глаза, один из которых через двадцать шесть минут будет размозжен вместе с его мозгом. — Я хочу жить очень долго и в богатстве и знаю, что в моей жизни произойдет много прекрасного. Но я не знаю, о чем буду думать через двадцать лет, и мне это интересно.

Ка приложил ладонь своей правой руки к тонкой коже на лбу Неджипа.

— О господи! — Он в шутку отдернул руку, словно дотронулся до чего-то горячего. — Здесь очень много активности.

— Говори.

— Через двадцать лет, то есть тогда, когда тебе исполнится тридцать семь, ты в конце концов поймешь, что причиной всего зла на земле, того, что нищие такие нищие и глупые и что богатые такие богатые и умные, причиной глупости, силы и бездушия, причиной всего того, что пробуждает в тебе желание умереть и обнажает чувство вины, является то, что все думают одинаково, — сказал он. — Поэтому ты чувствуешь, что в этом мире, где каждый, кто проявил себя нравственным человеком, стал глупым и умер, можно жить, только став злым и безнравственным. Но ты поймешь, что это закончится ужасно. Потому что я чувствую этот конец под своей дрожащей рукой...

— Какой конец?

— Ты очень умен и уже сегодня знаешь, какой. И поэтому я хочу, чтобы ты сказал о нем первым.

— О чем?

— Я знаю, что чувство вины, которое ты испытываешь из-за страданий и несчастий бедняков, ты на самом деле чувствуешь из-за этого конца.

— Так что же, я не буду верить в Аллаха, упаси Бог? — спросил Неджип. — Тогда я умру.

— Это не произойдет за одну ночь, как у бедного директора, ставшего атеистом в лифте! Это произойдет так медленно, что ты даже не заметишь. Это будет как с человеком, который заметил, что постепенно умирал, много лет находясь в ином мире, но заметил это однажды утром, выпив слишком много ракы.

— Как было с тобой?

Ка убрал руку с его лба:

— Как раз наоборот. Уже много лет, как я понемногу начинаю верить в Аллаха. Это происходило так медленно, что я понял это, только приехав в Карс. Поэтому я здесь счастлив и могу писать стихи.

— Сейчас ты мне кажешься таким счастливым и умным, — сказал Неджип, — что я опять задам тебе вопрос. Человек и в самом деле может узнать будущее? А даже если и не узнает, может ли чувствовать себя спокойно, поверив в то, что знает? Я использую это в своем первом фантастическом романе.

— Некоторые люди знают... — проговорил Ка. — Владелец городской газеты «Граница» Сердар-бей знает; он выпустил свою газету, сообщив в ней о том, что произойдет сегодня вечером.

Они вместе посмотрели в газету, которую Ка вытащил из кармана: «...сценки местами прерывались бурными овациями и аплодисментами».

— Это, должно быть, то, что называется счастьем, — сказал Неджип. — Если бы мы сначала писали в газетах о том, что с нами будет, а потом с изумлением проживали то прекрасное, о чем написали, то были бы творцами своей собственной жизни. Газета пишет, что ты прочитал свое последнее стихотворение. Какое?

В дверь кабинки постучали. Ка попросил Неджипа немедленно рассказать о «том видении».

— Сейчас расскажу, — сказал Неджип. — Но ты никому не скажешь, что слышал это от меня. Всем не нравится, что я слишком близко с тобой общаюсь.

— Я никому не скажу, — сказал Ка. — Сейчас же рассказывай.

— Я очень люблю Аллаха, — восторженно сказал Неджип. — Иногда я, вовсе не желая этого, спрашиваю себя, что было бы, если бы — упаси Бог! — не было Аллаха, и перед глазами у меня встает картина, которая меня пугает.

— И?

— Я смотрю на этот вид ночью, в темноте, из какого-то окна. Снаружи — две белые стены, высокие и глухие, как стены крепости. Две крепости — одна напротив другой! Я со страхом смотрю на узкий проход между ними, который протянулся передо мной как улица. В том месте, где нет Аллаха, улица покрыта снегом и грязью, как в Карсе, но она лилового цвета! В середине улицы есть что-то, что говорит мне: «Стой!», а я смотрю в конец улицы, в конец этого мира. Там дерево, оно без листьев, последнее голое дерево. От моего взгляда оно внезапно краснеет и загорается. Я начинаю испытывать чувство вины, так как заинтересовался местом, где не существует Аллаха. Красное дерево в ответ на это вдруг становится темным, как прежде. Больше не буду смотреть, говорю я себе, и, не сдержавшись, смотрю опять, и опять одинокое дерево в конце мира внезапно краснеет и загорается. Это продолжается до утра.

— Почему это тебя пугает? — спросил Ка.

— Потому что иногда дьявол нашептывает мне, что это видение может относиться к нашему миру. Но то, что я вижу, — мои фантазии. Потому что если бы такое место, как я рассказываю, было бы в этом мире, то тогда, упаси Господи, это означало бы, что Аллаха не существует. А раз это неправда, остается единственное предположение: я теперь не верю в Аллаха. А это хуже смерти.

— Понимаю, — произнес Ка.

— Я посмотрел в энциклопедию, слово «атеист» происходит от греческого *атхос*. Это слово обозначает не человека, который не верит в Бога, а одинокого человека, которого покинули боги. А это означает, что человек в этом мире никогда не сможет быть атеистом. Потому что Аллах нас никогда здесь не покидает, даже если мы этого хотим. Чтобы быть атеистом, нужно прежде всего стать европейцем.

— Я бы хотел и быть европейцем, и стать верующим, — произнес Ка.

— Даже если человек каждый вечер идет в кофейню и, пересмеиваясь, играет с друзьями в карты, если каждый день в классе хохочет и развлекается со своими приятелями, проводит все дни, беседуя со знакомыми, такой человек все равно совершенно одинок, потому что его покинул Бог.

— И все же у него может быть какое-то утешение, настоящая любовь, — сказал Ка.

— Нужно, чтобы эта любовь была взаимной.

В дверь вновь постучали. Неджип обнял Ка и, словно ребенок поцеловав его в щеки, вышел. Ка увидел, что кто-то ждет, пока освободится кабинка, но человек именно в этот момент убежал в другую. Ка вновь закрыл на задвижку дверь кабинки и закурил сигарету, глядя на великолепный снег, падавший снаружи. Он понял, что вспоминает сцену, о которой рассказал Неджип, слово за словом, так, словно вспоминает стихотворение, и если из Порлока никто не приедет, он сможет записать как стихотворение в свою тетрадь видение, о котором рассказал Неджип.

Человек, приехавший из Порлока! В последние годы лицея в те дни, когда мы с Ка говорили о литературе до полуночи, это была одна из наших любимых тем. Каждый, кто хоть немного знал английскую поэзию, знает о примечании, которое написал Кольридж в заголовке стихотворения «Хубилай-хан». В начале этого стихотворения, подзаголовком которого является фраза «Образ, увиденный во сне, стихотворный отрывок», Кольридж рассказывает, что он заснул под воздействием лекарства, которое он принимал из-за болезни (на самом деле он для удовольствия курил опиум), а предложения из книги, которую он читал перед тем как уснуть, в его чудесной фантазии, в глубоком сне, словно бы превратились в предметы, и все это вместе сложилось в стихи. Словно это было чудесное стихотворение, которое складывалось само собой, без каких-либо умственных усилий! К тому же, как только Кольридж проснулся, оказалось, что он слово в слово помнит это дивное стихотворение. Он берет бумагу, перо и чернила и с любопытством начинает быстро записывать стихотворение, строчка за строчкой. Он записал было строчки знаменитого стихотворения, которое хорошо известно, как вдруг послышался стук в дверь, он встал и открыл: это был человек, приехавший по поводу задолженности из города Порлока, находившегося неподалеку. Когда Кольридж избавился от этого человека, он торопливо вернулся к столу и понял, что оставшуюся часть стихотворения забыл, а в памяти у него остались только настроение и отдельные слова.

Так как никто из Порлока не отвлекал Ка, то когда его позвали на сцену, он все еще мог удерживать в памяти свое стихотворение. На сцене он был выше всех. Немецкое пальто пепельного цвета, надетое на нем, выделяло его среди всех, кто был там.

Гул в зале внезапно смолк. Яростные студенты, безработные, протестовавшие политические исламисты молчали, так как не знали, над чем смеяться и на что реагировать. Чиновники, сидевшие в передних рядах, полицейские, следившие за Ка весь день, заместитель губернатора, помощник начальника службы безопасности и студенты знали, что он поэт. Высокорослого ведущего тишина испугала. Он задал Ка вопрос, который обычно задавали на телевидении в программах по культуре: «Вы поэт, вы пишете стихи. Трудно писать стихи?» Каждый раз, когда я просматриваю видеокассету с записью этого вечера, я вижу, что в конце этого короткого вымученного разговора все, кто был в зале, поняли не то, трудно ли писать стихи или нет, а то, что Ка приехал из Германии.

— Как вам наш прекрасный Карс? — спросил ведущий.

Поколебавшись, Ка ответил:

— Очень красивый, очень бедный, очень печальный.

Двое лицеистов имамов-хатибов из задних рядов рассмеялись.

— Бедная у тебя душа! — закричал кто-то другой.

Несколько человек, которым это придало смелости, поднялись и закричали. Половина из них издевалась, а что говорили другие, никто не мог понять. Тургут-бей рассказал мне, когда я впоследствии приехал в Карс, что после этих слов Ханде начала плакать у телевизора в отеле.

— Вы представляли в Германии турецкую литературу, — сказал ведущий.

— Пусть скажет, зачем сюда приехал! — проорал один.

— Я приехал, потому что очень несчастлив, — ответил Ка. — Здесь я счастливее. Пожалуйста, послушайте, сейчас я прочитаю свои стихи.

После некоторой растерянности и выкриков из зала Ка начал читать. Через много лет, когда ко мне в руки попала видеозапись того вечера, я с любовью и восхищением смотрел на своего друга. Я впервые видел его читающим стихотворения перед толпой. Он продвигался вперед, погрузившись в свои мысли, как человек, который идет вперед внимательно и очень спокойно. Как он был далек от неискренности! Без остановок и усилий он прочитал свое стихотворение, будто вспоминая что-то, два раза запнувшись.

Заметив, что источником стихотворения является его «видение», о котором он только что рассказал, и что в стихотворение слово в слово вошло то, что он сказал о «месте, где нет Аллаха», Неджип словно зачарованный встал оттуда, где сидел, а Ка все продолжал читать так же медленно, как падает снег. Послышалось несколько хлопков. Кто-то из задних рядов встал и что-то закричал, другие последовали за ним. Была ли это реакция на строки стихов или же им просто стало скучно — не понятно. Если не считать тени Ка, которая через какое-то время должна была упасть на зеленый фон, это изображение вполне могло бы стать последним изображением моего друга, которое я потом смог бы увидеть, друга, с которым я дружил уже двадцать семь лет.

17

«Родина или платок»

Пьеса о девушке, которая сожгла свой чаршаф

После Ка ведущий, делая размашистые движения и растягивая слова, поскольку это было самое главное в представлении, объявил название пьесы, которую должны были сыграть: «Родина или платок».

Из рядов сзади и посередине, где сидели студенты лицея имамов-хатибов, послышались протестующие крики, несколько раз свистнули, послышался легкий шум, оттого что несколько людей сказали: «Фу!», а среди чиновников из передних рядов раздалось несколько одобряющих хлопков. Толпа людей, битком набившая зал, наблюдала за происходящим отчасти с любопытством, отчасти с уважением, ожидая, что произойдет. Предыдущие «фривольности» актеров, неприличные пародии на рекламу Фунды Эсер, ее танец живота по поводу и без повода, то как она вместе с Сунаем Заимом изобразила женщину, бывшего премьер-министра и ее мужа-взяточника, не вызвали у людей неприязни, как у некоторых чиновников из первых рядов, а, напротив, развлекли их.

«Родина или платок» тоже развеселила толпу, однако постоянные протесты со стороны студентов из лицея имамов-хатибов, их бесконечные выкрики были удручающими. Из-за шума в зале диалоги на сцене совсем невозможно было разобрать. Но у этой незатейливой и «немодной» пьесы продолжительностью в двадцать минут была такая точная драматическая структура, что даже глухие и немые все понимали.

1. Женщина в черном-пречерном чаршафе шла по улицам, разговаривала сама с собой, размышляла. Отчего-то она была несчастлива.

2. Сняв чаршаф, женщина объявляла о своей свободе. Сейчас она была без чаршафа и была счастлива.

3. Ее семья, ее жених, ее близкие, бородатые мужчины-мусульмане хотели опять заставить женщину надеть чаршаф, по разным причинам выступая против ее освобождения. В ответ на это женщина в минуту гнева сжигала свой чаршаф.

4. В ответ на это мракобесы с окладистыми бородами и четками в руках реагировали свирепо, и когда они уже собрались ее убить и тащили за волосы...

5. Ее спасали молодые солдаты республики.

Эта короткая пьеса очень много раз игралась в лицеях и Народных домах[1] Анатолии в период с середины 1930-х годов до Второй мировой войны, демонстрируя поощрение европейски настроенных властей, желавших отдалить женщин от чаршафа и от религиозного давления, а после 1950 года, когда сила кемалистской эпохи и демократия вместе ослабли, она была забыта. Фунда Эсер, изображавшая женщину в чаршафе, рассказала мне, когда много лет спустя я разыскал ее в Стамбуле, в одной студии звукозаписи, что гордится тем, что ее мать играла ту же роль в 1948 году в лицее Кютахьи, но, к сожалению, не смогла испытать ту же заслуженную радость из-за событий, которые произошли позже. Я очень настойчиво просил, чтобы она рассказала мне о том, что произошло в тот вечер, несмотря на то что она все забыла, что, впрочем, было характерно для запуганных, усталых и износившихся от наркотиков актеров. Я расспрашивал очень многих людей, которые были свидетелями того вечера, и поэтому я рассказываю о произошедшем подробно.

Зрители Карса, заполнившие Национальный театр, во время первой картины были в замешательстве. Название «Родина или платок» подготовило их к тому, что они увидят современную и политизированную пьесу, никто не ожидал увидеть женщину в чаршафе, кроме нескольких стариков, помнивших содержание этой старой пьесы. Они ожидали увидеть платок — символ политического ислама. Увидев загадочную женщину в чаршафе, решительно ходившую туда-сюда, многие обратили внимание на ее горделивую и несколько высокомерную походку. Даже «радикальные» чиновники, презирающие религиозные одеяния, почувствовали к ней уважение. Один бойкий подросток из лицея имамов-хатибов догадался, кто в чаршафе, и расхохотался, так что разозлил передние ряды.

---

[1] Культурные заведения, призванные проводить в жизнь культурную политику Ататюрка, аналог домов культуры советского времени.

Во время второй картины женщина в порыве жажды свободы и просвещения начала снимать с себя черный платок, и в первый момент все этого испугались! Этот страх можно объяснить тем, что светские сторонники европеизации испугались результатов своих идей. В действительности они давно были согласны, чтобы в Карсе все шло по-прежнему, потому что они боялись политических исламистов. Им и в голову не приходило, заставлять кого-то снимать чаршаф при помощи силы власти, как это было в первые годы республики, и думали только: «Лишь бы те, кто не носит чаршаф, испугавшись исламистов, не закрылись чаршафами, как в Иране, и этого будет достаточно».

Позднее Тургут-бей сказал Ка: «На самом деле все эти сторонники Ататюрка в передних рядах — не сторонники, а трусы!» Все испугались того, что женщина в чаршафе на сцене выставит себя напоказ и это взбесит не только религиозных людей, но и безработных, и всех, кто стоял в зале. И все же именно в этот момент один учитель, сидевший в переднем ряду, встал и начал аплодировать Фунде Эсер, снимавшей чаршаф изящным, но решительным движением. Некоторые посчитали это не политическим поступком в поддержку европеизации, а решили, что он сделал это из-за того, что ему понравились обнаженные и полные руки актрисы, ее прекрасная шея вскружила ему голову, одурманенную алкоголем. Этому одинокому и бедному учителю гневно ответила горстка молодых людей из последних рядов.

Это также не понравилось и республиканцам в передних рядах. Появление из чаршафа, вместо деревенской девушки в очках, с просветленным лицом и твердым намерением учиться, Фунды Эсер, исполнявшей, извиваясь, танец живота, заставило растеряться и их. Это означало, что чаршаф снимут только проститутки, безнравственные женщины? Тогда спектакль был посланием исламистов. В передних рядах услышали, как заместитель губернатора вскричал: «Это неправильно, неправильно». Остальные сделали то же самое, что и он, возможно, из подхалимства, но это не вразумило Фунду Эсер. Пока передние ряды с волнением и одобрением наблюдали за просвещенной девушкой республики, защитившей собственную свободу, из толпы молодых людей из числа имамов-хатибов послышались угрозы, но это никого не испугало. Сидевшие в передних рядах заместитель губернатора, смелый и трудолюбивый помощник начальника Управления безопасности Касым-бей, который в свое время уничтожил основной состав РПК, другие крупные чиновники, начальник Кадастрового управления области, начальник Управления культуры, в обязанности которого входило организовать сбор кассет с курдской музыкой и отправить их в Анкару (он пришел со своей женой, двумя дочерьми, четырьмя сыновьями, которых он заставил надеть галстуки, и тремя племянниками), некоторые офицеры в штатском со своими женами совершенно не испугались шума, который подняли несколько безрассудных молодых людей из лицея имамов-хатибов с намерением устроить провокацию. Они, видимо, полагались на полицейских в штатском, рассредоточенных по всему залу, на полицейских в форме, стоявших по бокам, на солдат, которые, как говорили, находились за сценой. Но самым важным было то, что трансляция спектакля по телевидению давала им ощущение того, что их смотрит вся Турция и Анкара, хотя это была местная передача. Государственные чиновники в первых рядах, как и все в зале, наблюдали за происходившим на сцене, помня о том, что это показывают по телевизору, и только поэтому банальности, политические ссоры и глупости на сцене казались им изящнее и очаровательнее, чем они были на самом деле. Были те, кто стоял, забившись в самые дальние уголки зала, даже не двигаясь на своих местах, боясь, что на них смотрит объектив телекамеры, и те, кто, то и дело поворачиваясь, смотрели в камеру, чтобы понять, работает ли она все еще или нет, как и те, кто махал руками с задних рядов, чтобы их увидели в кадре. У большинства жителей Карса «показ» вечера местным телевидением вызвал гораздо большее желание пойти в театр и понаблюдать за тем, как происходила съемка, нежели следить по телевизору за происходящим на сцене, сидя дома.

Фунда Эсер положила чаршаф, который только что сняла, словно белье в медный таз, стоящий на сцене, аккуратно вылила на него бензин, словно воду со стиральным порошком, и начала тереть. Бензин по случайности был налит в бутылку из-под средства для стирки белья «Акиф», которым в то время часто пользовались домохозяйки в Карсе, и поэтому не только весь зал, но и весь Карс решил, что свободолюбивая девушка-мятежница передумала и благоразумно стирает свой чаршаф, и все странным образом успокоились.

— Стирай, доченька, хорошенько три! — прокричал кто-то с задних рядов.

Послышались смешки, чиновники впереди обиделись, но это было мнение всего зала.

— Три как в той рекламе «Омо»! — прокричал кто-то другой.

Это были молодые люди из лицея имамов-хатибов, но так как они смешили зал настолько, насколько и беспокоили его, на них особенно не сердились. Большинство в зале, вплоть до государственных чиновников в передних рядах, хотели, чтобы эта немодная, затасканная, якобинская и провокационная политическая пьеса поскорее закончилась без неприятностей. Очень многие люди, с которыми я разговаривал спустя много лет, говорили, что испытывали те же чувства: от чиновника до нищего курдского студента — большинство жителей Карса, находившихся в Национальном театре в тот вечер, хотели пережить какое-то разнообразие, как обычно в театре, и немного развлечься.

Возможно, некоторые студенты лицея имамов-хатибов что-то и планировали и собирались испортить всем наслаждение от спектакля, но пока их не так уж боялись.

А Фунда Эсер продолжала свою работу, как домохозяйка, для которой стирка стала удовольствием, что мы часто видим в рекламе. Через какое-то время она вытащила мокрый черный чаршаф из таза и показала его зрителям, развернув как флаг и сделав вид, что собирается повесить на веревку. Под изумленными взглядами толпы, пытавшейся понять, что происходит, она подожгла с краю черный чаршаф зажигалкой, которую вытащила из кармана. На мгновение наступила тишина. Слышались шорох и потрескивания языков пламени, объявших чаршаф. Весь зал осветился странным и пугающим светом.

Многие в ужасе вскочили.

Этого никто не ожидал. Испугались даже самые неуступчивые сторонники светской жизни. Когда женщина бросила охваченный огнем чаршаф на пол, некоторые испугались, что огонь перейдет на пол сцены, которому было сто пятьдесят лет, на грязный заплатанный бархатный занавес, сохранившийся со времен самых богатых лет Карса. Однако большинство присутствующих в зале охватил ужас, потому что они ясно почувствовали, что стрела была выпущена из лука. Теперь могло произойти все.

Среди студентов лицея имамов-хатибов раздался шум, грохот. Слышались крики: «Позор!», «Долой!», гневные возгласы.

— Безбожники, враги религии! — прокричал кто-то. — Безбожники-атеисты.

Передние ряды все еще пребывали в растерянности. Тот же одинокий и смелый учитель встал и сказал: «Замолчите, смотрите спектакль!», но его никто не слушал. Подул ветер тревоги, когда стало понятно, что возгласы «Долой!», крики и скандирование не прекратятся и что инцидент разрастается. Начальник здравоохранения области доктор Невзат тут же поднял своих сыновей в пиджаках и галстуках, дочь с косичками и свою жену, одетую лучше всех, в платье из крепа цвета павлиньего пера, и направился к выходу. Торговец изделиями из кожи Садык-бей, из старых зажиточных людей Карса, приехавший из Анкары, чтобы посмотреть, как обстоят его дела в городе, и его друг-одноклассник по начальной школе, член Народной партии, адвокат Сабит-бей поднялись вместе. Ка увидел, что страх охватил передние ряды, но в нерешительности остался на своем месте, так как боялся, что из-за грохота забудет стихотворение, которое держал в памяти и все еще не записал в зеленую тетрадь, но уже подумал подняться. К тому же ему хотелось уйти из театра и вернуться к Ипек. В то же время к сцене приблизился Реджаи-бей, начальник Телефонного управления, к знаниям и манере поведения которого весь Карс испытывал уважение.

— Дочка, — проговорил он. — Нам очень понравилась ваша пьеса, защищающая идеи Ататюрка. Но теперь пусть она закончится. Смороите, все волнуются, и народ разбушевался.

Брошенный на пол чаршаф быстро погас, и Фунда Эсер сейчас читала в дыму монолог, которым автор пьесы «Родина или чаршаф», полный текст которой я найду впоследствии среди изданий Народных домов, вышедших в 1936 году, гордился больше всего. Автор пьесы «Родина или чаршаф», которого я нашел в Стамбуле через четыре года после описанных событий в возрасте девяноста двух лет все еще очень крепким, рассказал мне, одновременно ругая проказливых внуков (в основном мальчиков), которые скакали по нему, как в этом месте пьесы (он ничего не знал о постановке в Карсе и тамошних событиях), которая, к сожалению, была забыта в ряду других его произведений («Едет

Ататюрк», «Пьесы Ататюрка для лицеев», «Воспоминания о нем» и т. д.), в 1930-х годах лицеистки и служащие аплодировали стоя, со слезами на глазах.

А теперь от восклицаний, угроз и гневных выкриков студентов лицея имамов-хатибов ничего не было слышно. Несмотря на то что передние ряды зала испуганно и виновато молчали, мало кто мог расслышать слова Фунды Эсер. Нельзя сказать, что хорошо было слышно, почему рассерженная девушка сожгла свой чаршаф; и что главная ценность не только людей, но и всей нации заключается не во внешнем облике, а в духовном содержании, и что теперь всем необходимо стремиться к европейским ценностям вместе с цивилизованными и современными нациями, освободившись от чаршафа, платка, фески и чалмы, которые повергают во тьму наш дух и являются символом отсталости; но гневный ответ, прозвучавший с задних рядов, был услышан во всем зале.

— Ты тоже беги голяком в свою Европу, голяком беги!

Смех и одобрительные хлопки раздались даже из передних рядов зала. Это повергло сидевших впереди в разочарование и еще больше испугало их. В этот момент Ка вместе со многими другими людьми поднялся со своего места. Каждый что-то говорил, задние ряды гневно кричали, некоторые, продвигаясь к двери, пытались смотреть назад, а Фунда Эсер все еще читала монолог, который мало кто слушал.

18

Не стреляйте, ружья заряжены!

Революция на сцене

Затем все произошло очень быстро. На сцене показались двое грубых «мракобесов в тюбетейках», с окладистыми бородами. В руках у них были ножи и веревки, и по всему их виду было понятно, что они хотели наказать Фунду Эсер, бросавшую вызов повелениям Аллаха, снявшую и сжигавшую свою накидку.

Схваченная ими Фунда Эсер, чтобы спастись, изогнулась в дразнящем полусексуальном движении.

Она повела себя не как героиня просвещения, а как «женщина, над которой надругались», что она часто изображала, гастролируя в провинциальных театрах. Она привычно склонила голову, словно жертва, но ее умоляющие взгляды, взывающие к их мужским качествам, не вызвали, как она ожидала, никакой реакции. Один из «бородатых мракобесов» схватил ее за волосы и бросил на пол, а другой, движением, которое напоминало изображения на картинах эпохи Возрождения, например жертвоприношение Авраамом своего сына, приставил к ее горлу кинжал (это был актер, который только что играл ее отца и который наспех наложил грим бородатого мракобеса). Во всей этой сцене было много позаимствовано из тех страшных фантазий о «восстании реакционеров и сторонников введения шариата», распространявшихся среди европеизировавшихся интеллигентов и служащих в первые годы республики. Первыми, вместе с пожилыми служащими на передних рядах, испугались пожилые консерваторы, сидевшие позади.

Двое «ревнителей шариата» вместе с Фундой Эсер стояли, не шелохнувшись и не меняя свою величественную позу, ровно восемнадцать секунд. Толпа в зале в это время разбушевалась, и позднее многие жители Карса, с которыми я говорил, рассказали мне, что эти трое стояли, не двигаясь, гораздо дольше. Студентов лицея имамов-хатибов взбесило не только показное уродство «набожных мракобесов», поднявшихся на сцену, не то, что они были плохими, не то, что каждый из них был карикатурой, и не то, что изображались страдания той, кто снимала чаршаф, а не девушек, носивших его. Они почувствовали, что вся пьеса является смело инсценированной провокацией. И в ответ на происходящее они дали выход своему гневу, кричали и кидали на сцену куски апельсинов, напольные подушки, при этом понимая, что все сильнее застревают в этой провокации, рассчитанной на них, и от безысходности злились еще больше. И поэтому невысокий и широкоплечий студент последнего курса по имени Абдуррахман Оз (его отец, который спустя три дня приехал из Сиваса забрать тело своего сына, попросил записать его настоящее имя), у которого был самый большой опыт политических действий, попытался успокоить своих друзей, заставить их замолчать и сесть на свои места, но у него ничего не вышло. Аплодисменты и крики любопытных из других частей зала придали еще больше смелости разгневанным студентам. Гораздо важнее было то, что молодые исламисты, до тех пор бездействовавшие в отличие от соседних с Карсом областей, тем вечером впервые могли заставить всех услышать свои смелые и слитые воедино голоса и с изумлением и радостью увидели, что им удалось породить страх среди государственных чиновников и военных, сидящих впереди. А сейчас, когда телевидение показывало происходящее на весь город, они уже не могли отказаться от удовольствия продемонстрировать свою силу. Впоследствии все забыли, что за шумом и криками, которые быстро усиливались, стояло также и обычное желание развлечься. Я множество раз смотрел запись и видел, что некоторые студенты даже смеялись, выкрикивая ругательства и девизы, а аплодисменты и выкрики, придавшие им смелости, исходили от обычных граждан, желавших немного повеселиться в конце непонятного «театрального» представления и дать понять при этом, что им стало скучно. Я слышал слова тех, кто говорил: «Если бы передние ряды не начали волноваться, слишком серьезно восприняв этот пустой шум и крики, не произошло бы ничего из того, что случилось потом», а также тех, кто говорил, что «высокопоставленные служащие и состоятельные люди, которые через восемнадцать секунд в ужасе ушли, на самом деле знали, что произойдет, а поэтому они вместе со своими семьями удалились», «что все было заранее спланировано в Анкаре».

Ка, в страхе понимавший, что из-за этого шума забывает стихотворение, которое он держал в голове, также в этот момент вышел из зала. А на сцене тем временем показался тот долгожданный человек, который должен был спасти Фунду Эсер от рук нападавших реакционеров с окладистыми бородами: это был Сунай Заим; на голове у него была папаха такая же, как те, что надевал Ататюрк и герои Освободительной войны, одет в военную форму 1930-х годов. Как только он вышел на сцену с верными людьми (было совсем не заметно, что он слегка хромает), бородатые и набожные реакционеры испугались и бросились на пол. Все тот же одинокий пожилой учитель встал и изо всех сил зааплодировал Сунаю. «Ура, да здравствует!» — прокричали несколько человек. Когда Суная Заима осветил яркий свет, он показался всем жителям Карса чудесным существом, пришедшим из другого мира.

Все заметили его красоту и интеллигентность. Его хрупкая и даже немного женская красота наряду с трагическим, решительным и твердым характером, который вместе с его ролями Че Гевары, Робеспьера и мятежника Энвер-паши делал его в 1970-х годах очень популярным в глазах студентов, придерживавшихся левых взглядов, совсем не износилась и не поблекла в мучительных турне по Анатолии, во время которых он повредил ногу. Поднеся изящным движением указательный палец правой руки в белой перчатке не к губам, а к подбородку, он сказал: «Замолчите».

В этом не было необходимости, потому что и зал замолчал, и в пьесе этих слов не было. Те, кто стоял, сразу же сели и услышали другие слова.

— Страдает!

Наверное, это была только часть фразы, потому что никто не мог понять, кто же страдал. Раньше, слыша эти слова, народ понимал, о чем речь в пьесе; а сейчас жители Карса не поняли, кто страдает: те, на кого они смотрели весь вечер, или они сами, или Фунда Эсер, или же республика. Но все же чувство, о котором говорила эта фраза, было правильным. Зал, объятый страхом, погрузился в смущенное молчание.

— Уважаемая и драгоценная турецкая публика! — произнес Сунай Заим. — Никто не сможет вернуть тебя из того великого и благородного путешествия, в которое ты отправилась по пути просвещения. Не беспокойся. Мракобесы, нечистые и отсталые люди никогда не смогут вставить палки в колеса истории. Те, кто протягивает руки к республике, свободе, просвещению, погибнут.

Он услышал насмешливый ответ, который произнес смелый и взволнованный приятель Неджипа, сидевший через два кресла от него. А в зале между тем царили глубокая тишина и страх, смешанный с удивлением. Все сидели не двигаясь, как свечи, все ждали приятных и строгих слов спасителя, который объяснит смысл этого скучного спектакля, ждали, что он расскажет несколько мудрых историй, которые все будут обсуждать дома. Но в кулисах с обеих сторон показалось по одному солдату. Затем к ним присоединились еще трое, которые вошли через заднюю дверь, прошли между кресел и поднялись на сцену. Сначала жителей Карса встревожило, что актеры прошли между зрителями, как это было в современных пьесах, а потом позабавило. В тот же момент на сцену бегом поднялся мальчишка-газетчик в очках, зрители его сразу же узнали и заулыбались. Это был Очкарик, симпатичный и смышленый племянник владельца главной газетной лавки Карса, находившейся напротив Национального театра, Очкарика знал весь Карс, так как он каждый день стоял в лавке. Он подошел к Сунаю Заиму и, когда тот наклонился, что-то прошептал ему на ухо.

Весь Карс увидел, что услышанное очень огорчило актера.

— Нам стало известно, что директор педагогического института скончался в больнице, — сказал Сунай Заим. — Это низкое преступление будет последним нападением на республику, на светские порядки, на будущее Турции!

Зал еще не переварил эту новость, как солдаты на сцене спустили ружья с плеч, взвели курки и нацелились на зрителей. Сразу поднялся сильный шум, и они выстрелили по разу.

Можно было подумать, что это шутливое устрашение, знак, посланный из выдуманного театрального мира пьесы тем печальным событиям, которые происходили в жизни. Жители Карса, оказавшиеся в рамках театрального эксперимента, решили, что это — модная сценическая новинка, пришедшая с Запада.

И все же по рядам прошло сильное движение, волнение. Те, кто испугался звуков выстрелов, истолковали это волнение как страх других. Несколько человек попытались снова встать со своих мест, а «бородатые реакционеры» на сцене сжались от страха еще сильнее.

— Никому не двигаться! — сказал Сунай Заим.

Солдаты снова зарядили ружья и еще раз нацелились прямо на толпу. Как раз в этот момент смелый низкорослый студент, сидевший через два кресла от Неджипа, вскочил и прокричал:

— Будь прокляты светские безбожники, будь прокляты безбожные фашисты!

Солдаты выстрелили опять.

Вместе с грохотом выстрелов по залу опять пронеслось дуновение ужаса и страха.

После этого все увидели, что студент, сидевший на задних рядах и только что кричавший, рухнул в свое кресло, потом, вскочив опять, непонятно дергает руками. Несколько человек, смеявшихся весь вечер над странным и вызывающим поведением студентов лицея имамов-хатибов, посмеялись и над этим, и над тем, как, совершая еще более странные движения, студент упал между рядами как мертвый.

Чувство того, что по ним и в самом деле стреляют, появилось в некоторых частях зала только после третьего залпа. Зрители не просто услышали выстрел, как бывает, когда стреляют холостыми, а почувствовали его нутром, как было в те ночи, когда солдаты ловили на улице террористов. Из огромной немецкой печи, облицованной богемской плиткой, которая вот уже сорок четыре года обогревала зал, послышался странный звук, и поскольку в ее жестяной трубе появилось отверстие, из него повалил дым, словно из носика раскочегарившегося чайника. Теперь все заметили, что у человека, который вскочил в одном из средних рядов и шел к сцене, голова была в крови, ощутили и запах пороха. Видно было, что начиналась паника, но большинство находившихся в зале все еще не двигались и безмолвствовали как идолы. В зал проникло обостренное чувство одиночества, которое испытывает человек, когда видит страшный сон. И все же преподавательница литературы Нурие-ханым, которая сделала своей привычкой во время каждой своей поездки в Анкару смотреть все пьесы Национального театра, в первый раз встала со своего места в переднем ряду и начала аплодировать тем, кто был на сцене, так как была поражена натуральностью театральных спецэффектов. И Неджип в это же самое время встал как студент, который, волнуясь, хочет что-то сказать.

Солдаты сразу же выстрелили в четвертый раз. Согласно рапорту, над которым в течение многих недель тщательно и тайно работал инспектор-майор, направленный впоследствии из Анкары для расследования происшедшего, во время этого залпа от выпущенных пуль погибли два человека. Первым из них был Неджип, пули вонзились ему в лоб и глаз, но я не могу сказать, что он умер именно в тот момент, так как слышал на эту тему другие мнения. Если и был единственный момент, на котором сходились все, кто сидел и в середине и впереди, так это то, что Неджип заметил пули, летевшие в воздухе после третьего залпа, но истолковал это совершенно по-другому. За две секунды до гибели он встал и сказал то, что слышали многие люди (но чего не было на пленке):

— Остановитесь, не стреляйте, ружья заряжены!

Так было сказано то, что уже поняли все в зале, но никто не хотел осознать. Одна из пяти выпущенных пуль попала в гипсовые лавровые листья над ложей, где четверть века назад смотрел кино вместе со своей собакой последний советский консул Карса. Стрелявший из своего ружья курд из Сиирта[1] не хотел никого убивать. Другая пуля вонзилась в потолок театра, сопровождаемая таким же желанием и неуклюжестью, на этот раз куски извести и штукатурки стодвадцатилетней давности, посыпавшиеся оттуда, падали на встревоженную толпу людей внизу как снег. Еще одна пуля вонзилась под возвышение, сооруженное в дальнем конце зала, на котором стояла камера для прямой трансляции, в деревянный парапет, за который когда-то держались нищие и мечтательные армянские девушки, которые по дешевым билетам, стоя, смотрели выступления театральных трупп, приезжавших из Москвы, выступления канатоходцев, слушали камерные оркестры. Четвертая пуля продырявила спинку кресла в дальнем углу от телевизионной камеры, прошла сквозь нее и вонзилась в плечо Мухиттин-бея, торговца запасными частями для тракторов и сельскохозяйственного оборудования, сидевшего сзади со своей женой и свояченицей-вдовой, он посмотрел наверх и решил, что на него что-то упало с потолка, как только что упавшие куски извести. Пятая пуля разбила левое стекло в очках одного старика, приехавшего из Трабзона повидать своего внука, служившего солдатом в Карсе, и сидев-

---

[1] Горная провинция на востоке Турции.

шего немного позади от студентов-исламистов, вошла ему в мозг, беззвучно убила старика, который и так дремал и даже не заметил, что умер, вышла из затылка и, пройдя сквозь спинку кресла, осталась в одном из яиц, сваренных вкрутую, лежавших в сумке двенадцатилетнего курдского мальчика, который, продавая яйца и лаваш, протягивал между рядов сдачу.

Я описываю происшедшее столь подробно, чтобы объяснить, почему большая часть толпы в Национальном театре сидела не шелохнувшись, несмотря на то что по ним стреляли. Когда солдаты выстрелили во второй раз, все решили, что студент, которому до этого попали в висок, шею и сердце, был забавной частью страшной пьесы, из-за того, что проявлял слишком много смелости. Одна из других двух пуль попала в грудь студента лицея имамов-хатибов, который сидел сзади и не подавал голос (его двоюродная сестра стала первой девушкой-самоубийцей), а другая — в покрытый пылью и паутиной циферблат часов на стене, вот уже шестьдесят лет не работавших, в двух метрах от проектора. Пуля, попавшая во время третьего залпа в то же место, доказывала инспектору-майору, что один из солдат-снайперов, выбранных на вечер, не сдержал клятву, которую он приносил на Коране, и уклонился от убийства человека. Подобной же проблемой оказалось то, как в своем рапорте изложил майор, что еще один убитый во время третьего залпа студент, горячий исламист, в то же время был трудолюбивым и ревностно исполнявшим свой долг агентом карсского отделения НРУ, и в скобках майор указал, что поэтому не было причины выплачивать его семье, подавшей в суд на государство, денежную компенсацию. Трудно объяснить, почему большая часть зрителей, не двигаясь, смотрела на солдат, которые вновь заряжали свои ружья, несмотря на то что две последние пули убили Рыза-бея, любимого всеми сторонниками религии и старых обычаев в Карсе, приказавшего построить источник в квартале Кале-ичи, и его слугу, который был опорой старику, потому что ему уже трудно было ходить, и несмотря на то что эти два верных друга стонали, мучаясь в агонии по-среди зала.

— Мы, те, кто сидел в задних рядах, поняли, что про-исходит нечто страшное, — сказал спустя много лет владелец одной молочной фермы, до сих пор не разре-шивший назвать себя. Мы боялись, что если двинемся с места, если привлечем к себе внимание, то несчастье постигнет и нас, и поэтому наблюдали за происходя-щим, не издавая ни звука!

Куда попала одна из пуль, выпущенных во время четвертого залпа, не смог установить даже инспектор-майор. Одна из пуль ранила молодого продавца, при-ехавшего из Анкары в Карс, чтобы организовать про-дажу в кредит энциклопедий и оборудования для клуб-ных игр (через два часа он умрет от потери крови). Еще одна пуля проделала огромную дыру в полу част-ной ложи, в которой в начале 1900-х годов располагал-ся со своей семьей, в мехах, один из богатых армян-ских торговцев кожей, Киркор Чизмеджян, в те вечера, когда приходил в театр. Другие две пули, вошедшие — одна в зеленый глаз Неджипа, а другая в его широкий и чистый лоб, — как, преувеличивая, утверждают, сразу его не убили, и, судя по тому, что рассказывалось впо-следствии, юноша, взглянув на сцену, сказал: «Я вижу!»

После этих последних выстрелов бегущие к дверям, кричавшие и вопившие люди спрятались. Режиссер прямой трансляции, должно быть, лег на пол у стены; его камера, которая постоянно двигалась то вправо, то влево, теперь была неподвижна. Зрители Карса могли видеть на экранах только безмолвствующих и уважае-мых зрителей на передних рядах и людей на сцене. И все же большая часть города поняла по звукам вы-стрелов, крикам и шуму, слышавшимся с экрана, что в Национальном театре происходит что-то странное. Даже те, кто ближе к полуночи заскучал и начал дремать у телевизоров, уставились на экран после звуков разрывающихся выстрелов, которые звучали уже восемнадцать секунд.

Сунай Заим был достаточно опытным, чтобы почувствовать момент всеобщего интереса. «Солдаты-герои, вы выполнили свой долг!» Изящным движением он повернулся к Фунде Эсер, все еще лежавшей на полу, и, манерно склонившись, протянул ей руку. Женщина поднялась на ноги, опираясь на руку своего спасителя.

Пенсионеры-служащие в передних рядах поднялись и зааплодировали им. К ним присоединились еще несколько человек из передних рядов. С задних рядов тоже раздалось несколько хлопков, от страха или из привычки хлопать вместе со всеми. Оставшаяся часть зала была безмолвна, как снег. Все словно протрезвели; некоторые, хотя и видели людей, бившихся в агонии, начали слегка посмеиваться со спокойствием людей, решивших, что все, что происходит на сцене, является частью сценического мира, а другие едва приподняли головы из углов, куда попрятались, как их снова напугал голос Суная Заима.

— Это не пьеса, это — начавшаяся революция, — сказал он назидательным тоном. — Мы сделаем все для нашей родины. Верьте славному турецкому войску! Солдаты, уведите их.

Двое солдат увели двух бородатых «реакционеров», стоявших на сцене. И, когда другие солдаты перезаряжали ружья и направляли их на зрителей, на сцену выскочил какой-то странный человек. Он был странным, потому что по его торопливым и некрасивым движениям, которые совершенно не годились для сцены, было понятно, что он не актер и не солдат. Многие жители Карса посмотрели на него с надеждой, ожидая, что он скажет, будто все было шуткой.

— Да здравствует республика! — закричал он. —

200

Да здравствует армия! Да здравствует турецкая нация! Да здравствует Ататюрк!

Занавес начал медленно закрываться. А этот человек вместе с Сунай Заимом сделали два шага вперед и остались перед зрительным залом. В руке у него был пистолет марки «кырык-кале», он был в штатском, но в солдатских сапогах.

— Будь прокляты мракобесы! — сказал он и по лестнице спустился в зрительный зал. Следом за ним показались еще двое человек с ружьями в руках. Пока солдаты держали под наблюдением студентов лицея имамов-хатибов, эти трое вооруженных людей, не причинив никакого вреда зрителям, в страхе смотревшим на них, решительно выкрикивая лозунги, бросились прямо к входной двери.

Они были очень счастливы, очень взволнованы. Потому что в последний момент после длительных споров и переговоров было решено устроить в Карсе маленькое восстание, было решено, что они примут участие в этой пьесе. Так как Сунай Заим, которого познакомили с ними в первый вечер его приезда в Карс, полагал, что «произведение искусства», которое он хотел поставить, будет запятнано такими вооруженными искателями приключений, замешанными в темных делах, он весь день упорствовал, но в последний момент не смог противостоять справедливым возражениям о том, что понадобятся люди, которые смогут использовать оружие против стоявшей на ногах толпы, ничего не смыслившей в искусстве. В последующие часы также будут говорить, что он сильно раскаивался в своем решении, что испытывал муки совести от того, что эти люди с видом бродяг пролили кровь, но, как и многое другое, это тоже были только слухи.

Спустя много лет я поехал в Карс, и хозяин магазина Мухтар-бей, показывавший мне Национальный театр, половина которого была разрушена, а другая половина — превращена в склад магазина, торговавшего продукцией «Арчелик», рассказал мне, чтобы избежать моих вопросов об ужасе той ночи и последующих дней, что со времени армян до настоящего времени в Карсе было совершено довольно много преступлений, чинилось зло и беззаконие. Но если я хочу немного обрадовать бедных людей, живущих здесь, то я должен написать, когда вернусь в Стамбул, не о грехах прошлого Карса, а о том, как прекрасен свежий воздух, и о том, что люди в Карсе — добрые. В зале театра, превращенного в темный и покрывшийся плесенью склад, среди холодильников, стиральных машин и призрачных остатков печей он показал мне единственный след, оставшийся от того вечера: это была огромная дыра, проделанная пулей, попавшей в пол ложи, из которой смотрел когдато спектакли Киркор Чизмеджян.

19

Как же прекрасно падал снег
Ночь мятежа

Человек, который шел впереди этих троих счастливых мужчин, выбежавших, когда занавес в театре опустился, с криками на улицу, с ружьями и пистолетами в руках, сопровождаемый испуганными взглядами толпы, был бывшим коммунистом и журналистом по прозвищу З. Демиркол. В 1970-е годы в коммунистических организациях, ориентированных на Советский Союз, он слыл писателем, поэтом и более всего «защитником». Он был крупного телосложения. После военного переворота 1980 года он бежал в Германию, а после разрушения Берлинской стены вернулся в Турцию по особому разрешению, чтобы защищать современное государство и республику от курдских партизан и «сторонников шариата». Двое человек рядом с ним были из турецких националистов, в ряды которых в 1979–1980-х годах вошел З. Демиркол, для вооруженной борьбы по ночам на улицах Стамбула, но сейчас вместе с идеей защиты демократического государства их объединяла и любовь к приключениям. По мнению некоторых, все они были агентами правительства. А те, кто в страхе быстро спускался по лестнице, чтобы как можно быстрее покинуть Национальный театр, отнеслись к ним так, словно это было продолжение пьесы, поскольку совсем не знали, кто это такие.

Когда З. Демиркол вышел на улицу и увидел, как много выпало снега, он обрадовался, как ребенок, подпрыгивая от радости, два раза выстрелил в воздух и прокричал: «Да здравствует турецкая нация, да здравствует республика!» Толпа, находившаяся перед дверью, разошлась по сторонам. Некоторые, боязливо улыбаясь, смотрели на них. А другие остановились, словно извиняясь за то, что раньше обычного возвращаются домой. З. Демиркол и его друзья побежали вверх по проспекту Ататюрка. Они выкрикивали лозунги, разговаривали и кричали, словно пьяные. Старики, которые шли, то и дело проваливаясь в снег и опираясь друг на друга, и отцы семейств с детьми, прижавшимися друг к другу, захлопали им в некоторой нерешительности.

Веселая троица догнала Ка на углу Малого проспекта Казым-бея. Они увидели, что Ка их заметил, но отошел на тротуар, под дикие маслины, словно давая дорогу автомобилю.

— Господин поэт, — произнес З. Демиркол. — Пока они тебя не убили, тебе надо их убить. Ты понял?

В этот миг Ка забыл стихотворение, которое он все еще не написал и которое впоследствии назовет «Место, где нет Аллаха».

З. Демиркол и его товарищи шли вверх по проспекту Ататюрка. Поскольку Ка не хотел идти за ними следом, он повернул на проспект Карадаг и заметил, что в голове у него от стихотворения уже ничего не осталось.

Он ощутил то чувство вины, которое испытывал в молодости, выходя с политических собраний. Ка стеснялся не из-за того, что на тех политических собраниях были только обеспеченные дети буржуа, жившие в Нишанташы, а от того, что в большей части их разговоров было слишком много по-детски чрезмерно преувеличенного. Он решил продолжить путь и не возвращаться в отель, надеясь, что забытое стихотворение вспомнится.

Он увидел, что несколько любопытных выглядывали в окна, обеспокоенные увиденным по телевизору. Трудно сказать, насколько Ка был в курсе тех ужасных событий, которые произошли в театре. Выстрелы начались до того, как он покинул театр, возможно, и эти залпы, и З. Демиркола он посчитал частью постановки.

Он сосредоточил все свое внимание на забытом стихотворении. Почувствовав, что на его место пришло другое стихотворение, он стал придерживать его где-то в уголке своей памяти, чтобы оно развилось и стало более совершенным.

Издалека послышалось два выстрела. Эти звуки исчезли в снегу, не отразившись эхом.

Как прекрасно падал снег! Какими огромными снежинками, как решительно, словно вовсе не собираясь останавливаться, и как безмолвно! Широкий проспект Карадаг представлял собой спуск, под снегом по колено исчезавший в темноте ночи. Он был белым и полным тайн! В красивом трехэтажном здании муниципалитета, оставшемся от армян, совершенно никого не было. Сосульки, свисающие с дикой маслины, соединились с сугробом, возвышающимся над автомобилем, которого под ним не было видно, и эти сосульки создали прозрачный занавес — наполовину изо льда, наполовину из снега. Ка прошел мимо окон одноэтажного пустого армянского дома, наглухо заколоченных досками. Слушая собственное дыхание и звуки своих шагов, он чувствовал, что способен решительно отвернуться от зова настоящей жизни и настоящего счастья, призыва, который будто слышал впервые.

В крошечном парке со статуей Ататюрка, напротив особняка губернатора, не было никого. Ка не заметил никакого движения и перед зданием Управления финансов, которое сохранилось со времен русских и было самым пышным зданием Карса. Семьдесят лет назад, после Первой мировой войны, когда войска царя и падишаха ушли из этого района, здесь находилось правительство независимого турецкого государства с парламентом. Напротив находилось старое здание армянской постройки, разрушенное английскими солдатами, поскольку оно было резиденцией правительства того же упраздненного государства[1]. Не приближаясь к зданию, которое строго охранялось, сейчас это была резиденция губернатора, Ка повернул направо и направился прямо к парку. Он уже было оказался перед другим армянским домом, таким же красивым и печальным, как и другие, как вдруг увидел на краю соседнего участка земли медленно и тихо, как во сне, приближающийся танк. Поодаль, рядом с лицеем имамов-хатибов, стоял военный грузовик. На нем было мало снега, и Ка понял, что грузовик приехал недавно. Раздался выстрел. Ка повернул назад. Он спустился по проспекту Армии, избегая полицейских, которые пытались согреться в будке с обледеневшими окнами перед особняком губернатора. Он понял, что сможет сохранить новое стихотворение у себя в голове и связанное с ним воспоминание, только если вернется в свою комнату в отеле, не выходя из состояния этого снежного безмолвия.

Он был на середине спуска, когда с противоположной стороны улицы послышался шум, и Ка замедлил шаг. Два человека пинали дверь Телефонного управления.

---

[1] Подразумевается Юго-Западная Кавказская Республика, провозглашенная на востоке Турции после поражения Османской империи в Первой мировой войне и просуществовавшая около года.

На снегу показался свет фар автомобиля, а затем Ка услышал приятный шорох гусениц танка. Из черной гражданской машины, подъехавшей к Телефонному управлению, вышел какой-то солидный человек, которого Ка видел недавно в театре, когда собирался уходить, и вместе с ним вооруженный человек в шерстяном берете.

Все они остановились перед дверью. Начался какой-то спор. По их голосам и тому, что было видно в свете уличного фонаря, Ка понял, что перед дверью стояли З. Демиркол и его спутники.

— Как это у тебя нет ключа! — сказал один. — Разве не ты главный начальник по телефонам? Разве тебя сюда привезли не для того, чтобы ты отрезал телефоны? Как это ты забываешь свои ключи?

— Городские телефоны можно перерезать не отсюда, а с новой станции, которая находится на Вокзальном проспекте, — сказал начальник.

— Это восстание, и мы хотим войти сюда, — сказал З. Демиркол. — А если захотим, пойдем и в другие места. Понятно? Где ключ?

— Сынок, этот снег через два дня прекратится, дороги вновь откроются, и государство призовет всех нас к ответу.

— То государство, которого ты боишься, — это мы, — ответил З. Демиркол, повысив голос. — Откроешь или нет?

— Я не открою, пока не получу письменного распоряжения!

— Сейчас посмотрим, — сказал З. Демиркол. Он вытащил револьвер и два раза выстрелил в воздух. — Ну-ка, возьмите и прижмите его к стене, если будет упорствовать, расстреляем, — сказал он.

Никто не поверил его словам, но все же вооруженные ружьями люди З. Демиркола приставили Реджаи-бея к стене Телефонного управления. Они слегка подтолкнули его вправо от окон, чтобы не испортить окна, которые оказались у него за спиной. Снег в том углу был мягким, и начальник упал. Они извинились и, взяв за руки, подняли его на ноги. Они развязали его галстук и связали ему руки сзади. В это время они разговаривали между собой и пообещали, что до утра уберут всех предателей родины в Карсе.

По приказу З. Демиркола они зарядили ружья и выстроились напротив Реджаи-бея, как палачи. Как раз в это время издалека послышались звуки выстрелов. (Это был предупредительный залп, который сделали солдаты в саду общежития лицея имамов-хатибов.) Все замолчали и стали ждать. Снег, падавший весь день, почти прекратился. Стояла необычайно красивая, волшебная тишина. Через какое-то время один из них сказал, что у старика (тот вовсе не был стариком) есть право выкурить последнюю сигарету. Они вставили Реджаи-бею в рот сигарету, сверкнули зажигалкой и, заскучав, пока начальник курил, начали ломать дверь Телефонного управления прикладами ружей и ногами в солдатских ботинках.

— Жаль государственного имущества, — сказал начальник, стоя в стороне. — Развяжите меня, я открою.

Они вошли внутрь, а Ка продолжил свой путь. То и дело слышались редкие звуки выстрелов, но он обращал на них внимание не больше, чем на вой собак. Все его внимание было сосредоточено на совершенно неподвижной красоте ночи. На какое-то время он остановился перед старым пустым армянским домом. Затем с почтением наблюдал за сосульками, свесившимися с веток, похожих на призраки деревьев в саду и на развалины какой-то церкви. В мертвом свете уличных бледно-желтых городских фонарей все выглядело так, будто появилось из печального сна, и Ка охватило чувство вины. С другой стороны, его сердце было полно благодарности к этому безмолвному и забытому краю, который вновь наполнил его душу стихами.

Поодаль на тротуаре стоял юноша, который сказал: «Пойду посмотрю, что происходит», из окна появилась его рассерженная мать, она ругала его и звала домой. Ка прошел между ними. На углу проспекта Фаик-бея он увидел двух мужчин своего возраста, в волнении выходивших из лавки сапожника, один был довольно крупным, а второй — хрупким, как подросток. Это были двое влюбленных, которые вот уже двенадцать лет, говоря своим женам: «Я иду в чайную», тайно встречались в этой пахнущей клеем лавке; узнав из новостей по телевизору, постоянно включенному у соседа наверху, что выходить на улицы запрещено, они были охвачены волнением. Ка повернул на проспект Фаик-бея и, спустившись на две улицы вниз, заметил напротив лавки танк, стоявший рядом с дверью, около которой Ка был утром, и эта дверь была открыта в сторону прилавка, где лежала форель. Танк, как и улица, был словно мертвый и такой неподвижный и стоял в такой волшебной тишине, что Ка сначала решил, что в нем никого нет. Но люк открылся, оттуда показалась голова и сказала ему, чтобы он немедленно возвращался домой. Ка спросил, как пройти к отелю «Снежный дворец». Но солдат еще не успел ответить, как Ка заметил напротив темную типографию городской газеты «Граница» и понял, как вернуться.

Тепло отеля, свет в вестибюле наполнили его сердце радостью. По лицам постояльцев в пижамах, смотревших телевизор с сигаретами в руках, он понял, что произошло что-то необычное, но его разум свободно и легко скользил надо всем, подобно ребенку, который уходит от разговора, который ему не нравится. В контору Тургут-бея он вошел с этим чувством легкости. Все еще были за столом и смотрели телевизор. Завидев Ка, Тургут-бей встал и с упреком в голосе сказал, что они очень беспокоились из-за того, что он опоздал. Он говорил что-то еще, но Ка вдруг встретился взглядом с Ипек.

— Ты очень хорошо прочитал стихотворение, — сказала она. — Я тобой горжусь.

Ка сразу же понял, что это мгновение не сможет забыть до конца своих дней. Он был так счастлив, что из его глаз полились бы слезы, если бы не вопросы других девушек и если бы Тургут-бей не умирал от любопытства.

— Вероятно, военные что-то делают, — сказал Тургут-бей, с грустью человека, не решившего, радоваться ему, надеяться или огорчаться.

Стол был в ужасном беспорядке. Кто-то стряхнул пепел сигареты на очищенные шкурки от мандаринов, наверное, это сделала Ипек. То же самое, когда Ка был ребенком, делала далекая молодая родственница отца, тетя Мюнире, и мать Ка очень ее презирала за это, хотя, когда разговаривала с ней, в ее речи не отсутствовало слово «сударыня».

— Не выходите на улицу, объявили запрет, — сказал Тургут-бей. — Расскажите нам, что случилось в театре.

— Политика меня совершенно не интересует, — проговорил Ка.

Все, и прежде всего Ипек, поняли, что он сказал это, искренне повинуясь внутреннему голосу, но он все же почувствовал себя виноватым.

Сейчас ему хотелось долго сидеть здесь, ни о чем не разговаривая, и смотреть на Ипек, но ему доставляла беспокойство «атмосфера ночи восстания», царившая в доме, не из-за того, что он плохо помнил ночи военного переворота в детстве, а из-за того, что все у него о чем-то спрашивали. Ханде заснула в углу. Кадифе смотрела телевизор, который не хотел смотреть Ка, а Тургут-бей выглядел довольным, но взволнованным, потому что происходило что-то интересное.

Сев рядом с Ипек, Ка некоторое время держал ее за руку и сказал ей, чтобы она пришла наверх, в его комнату. Как только он стал страдать из-за того, что не может сблизиться с ней еще больше, он поднялся в свою комнату. Здесь пахло знакомым деревянным запахом. Он аккуратно повесил свое пальто на крючок за дверью. Он зажег маленькую лампу у изголовья кровати: усталость, словно гул, идущий из-под земли, охватила не только все его тело, веки, но и всю комнату и весь отель. Поэтому, когда он быстро записывал в свою тетрадь новое стихотворение, пришедшее ему в голову, он чувствовал, что у строчек, которые записывал, у кровати, на краю которой сидел, у здания отеля, у заснеженного города Карса и у всего мира есть какое-то продолжение.

Он назвал стихотворение «Ночь мятежа». Оно начиналось описанием того, как в детстве, по ночам, во время военного переворота, вся его семья, проснувшись, в пижамах слушала радио и марши, но затем все вместе они шли к праздничному столу. Именно поэтому через какое-то время он поймет, что это стихотворение родилось не под впечатлением от восстания, которое он сейчас пережил, а из воспоминаний о восстании, и, исходя из этого, он и расположит его на своей снежинке. Важным в стихотворении был вопрос: может ли поэт позволить себе не обращать внимания на происходящее, если в мире правит несчастье? Только поэт, который сумел бы это сделать, жил бы в реальности как в мечте: но это-то и было тем сложным делом, где поэту трудно добиться успеха! Закончив стихотворение, Ка зажег сигарету и выглянул из окна на улицу.

20

Да здравствует страна и нация!
Ночь, пока Ка спал, и утро

Ка проспал крепким и ровным сном ровно десять часов и двадцать минут. Во сне он видел, как идет снег. За какое-то время до этого снег вновь пошел на белой улице, которая виднелась в щель приоткрытой занавески; и в свете бледной лампы, освещавшей розовую вывеску с надписью «Отель „Снежный дворец"», снег выглядел необычайно мягким: возможно, из-за того, что мягкость этого загадочного, волшебного снега поглощала звуки выстрелов, раздававшиеся на улицах Карса, Ка смог спокойно проспать всю ночь.

Между тем общежитие лицея имамов-хатибов, на которое наступали танк и два грузовика, находилось двумя улицами выше. Столкновение произошло не у главной двери, которая все еще демонстрировала мастерство армянских железных дел мастеров, а у деревянной двери, которая открывалась в зал собраний и в спальни последнего курса. Солдаты для того, чтобы сначала напугать, выстрелили в темноту, вверх, из заснеженного сада. Самые воинственные из студентов, придерживающиеся политического ислама, пошли на спектакль в Национальном театре и там были арестованы, а те, кто остался в общежитии, были новичками или равнодушными к политике, однако после сцен, которые они увидели по телевизору, воодушевившись, устроили за дверьми баррикаду из столов и парт и, выкрикивая: «Аллах Акбар! Аллах Велик!», стали ждать. Несколько сумасшедших студентов додумались кидать в солдат из окон уборной вилки и ножи, которые они стащили в столовой, и играть единственным пистолетом, который оказался у них, и поэтому в конце этой схватки вновь были выстрелы, и один красивый стройный студент упал и умер, получив пулю в лоб. Когда в Управление безопасности, избивая, увозили на автобусах всех вместе: и учеников средних классов в пижамах, большинство которых плакали, и нерешительных, которые приняли участие в этом сопротивлении лишь бы что-нибудь сделать, и сражавшихся, лица которых были все еще в крови, очень мало кто в городе обратил внимание на происходящее из-за обильного снегопада.

Большинство жителей города были на ногах, но внимание было все еще обращено не на окна и улицы, а в телевизор. После того как в прямой трансляции из Национального театра Сунай Заим сказал, что это не спектакль, а переворот, солдаты начали усмирять шумевших в зале, и, когда уносили на носилках раненых и трупы, на сцену поднялся заместитель губернатора Умман-бей, его хорошо знал весь Карс, и обычным официальным, нервным голосом, который, однако, вызвал доверие, несколько скованно, поскольку впервые был на прямой трансляции, объявил, что на следующий день до двенадцати часов в Карсе запрещается выходить из домов. Так как на сцену, которую он приказал освободить, после него никто не поднялся, то в последующие двадцать минут жители Карса видели по телевизору занавес Национального театра, затем трансляция была прервана, а потом вновь появился тот же старый занавес на сцене. Через какое-то время он начал медленно раздвигаться, и вечер вновь повторили по телевизору.

У большинства зрителей в Карсе, сидевших у телевизоров и пытавшихся понять, что произошло в городе, это вызвало страх. Полупьяных и сонных людей охватывало чувство какой-то путаницы во времени, из которой невозможно было выбраться, а другим казалось, что этот вечер и эти выстрелы повторятся. Некоторые зрители, безразличные к политической стороне происходящего, восприняли это повторение вечера, так же как это сделаю и я спустя много лет, как возможность понять то, что произошло в Карсе той ночью, и принялись внимательно смотреть.

Таким образом, пока зрители Карса вновь смотрели на то, как Фунда Эсер изображает бывшую женщину премьер-министра и, плача, принимает клиентов из Америки, или на то, с какой искренней радостью она исполняет танец живота после насмешек над рекламными клипами, областное отделение Партии равенства

212

народов, находившееся в деловом центре Халит-паши, без единого звука было захвачено бригадой Управления безопасности, специализировавшейся на таких делах, и был задержан единственный человек, который был там, курдский уборщик, а все тетради и бумаги, которые были в ящиках и в шкафах, были конфискованы. Те же полицейские на бронированных машинах по очереди забрали членов комитета областного отделения партии, дорогу к домам которых они узнали во время обысков предыдущей ночью, задержав их по обвинению в курдском национализме и стремлении к сепаратизму.

Но не только они были курдскими националистами в Карсе. Три трупа, оказавшиеся в сожженном такси марки «Мурат», найденном рано утром в начале дороги на Дигор до того, как ее засыпало снегом — согласно сообщению сил Управления безопасности, — принадлежали к воинствующим сторонникам РПК. Эти трое молодых людей, предпринимавших попытки несколько месяцев назад проникнуть в город, испугались того, что произошло вечером, и решили на такси сбежать в горы, увидев, что дороги завалены снегом, потеряли присутствие духа, а когда между ними возникла ссора, один из них взорвал бомбу, и все погибли. К делу не было приложено заявление матери одного из погибших, которая работала уборщицей в больнице, о том, что ее сына в действительности увели неизвестные вооруженные люди, позвонившие в дверь, и заявление старшего брата водителя такси о том, что его брат не был не только курдским националистом, но и даже курдом.

По сути, именно в этот час весь Карс понял, что произошел переворот, что в городе, по улицам которого, как темные и степенные привидения, бродили два танка, по меньшей мере произошло что-то невероятное, но так как все произошло под аккомпанемент спектакля, показанного по телевизору, и под падающим безостановочно, словно в старой сказке, перед окнами снегом, чувства страха не было. Немного волновались лишь те, кто занимался политикой.

Так, например, журналист и исследователь фольклора Садуллах-бей, к которому весь Карс испытывал уважение и который за свою жизнь видел много военных переворотов, как только услышал по телевизору о запрете выходить на улицу, приготовился к аресту, который, как он решил, приближался. Положив в свой чемодан синие пижамы в клетку, без которых он не мог спать, лекарство от простатита и снотворное, шерстяной колпак и чулки, фотографию, на которой его дочь в Стамбуле улыбалась и обнимала его внука, наброски к книге о курдских плачах, которые он очень долго собирал, он выпил чая со своей женой и стал ждать, сидя у телевизора и глядя на второй танец живота Фунды Эсер. Уже было далеко за полночь, когда в дверь постучали, он попрощался с женой, взял чемодан и открыл дверь, но, не увидев никого, вышел на заснеженную улицу и, когда в волшебном свете уличных фонарей бледно-желтого цвета серы стал вспоминать, как в детстве катался на коньках по реке Карс, изумляясь красоте безмолвной улицы, покрытой снегом, был убит неизвестными, выстрелами в голову и в грудь.

Спустя много месяцев, когда снег подтаял, были найдены другие трупы, и стало понятно, что в ту ночь были совершены другие преступления, однако я, как это сделала и осторожная пресса Карса, постараюсь совершенно не упоминать об этом, чтобы не огорчать еще больше моих читателей. А слухи о том, что эти «нераскрытые преступления» были совершены З. Демирколом и его товарищами, были неверными, по крайней мере из тех, что произошли ранним вечером. Им все-таки удалось перерезать телефонную связь, они захватили карсское телевидение и уверились в том, что вещание поддерживает переворот, а к утру им запала в голову навязчивая мысль во что бы то ни стало найти певца героических приграничных народных песен с сильным зычным голосом. По радио и телевидению нужно было исполнять патриотические народные песни, чтобы этот переворот был настоящим.

Проснувшись утром, Ка услышал сочившийся сквозь занавески, гипсовое покрытие и сквозь стены из телевизора в холле отеля вдохновенный голос этого исполнителя, которого нашли в конце концов среди дежурных пожарных после того, как опросили всех в казармах, в больницах, в лицеях естественных наук и в утренних чайных, и которого считали сначала арестованным и даже расстрелянным, но потом привели прямо в студию. Сквозь полуоткрытые занавески, внутрь, в его безмолвную комнату с высоким потолком со сверхъестественной силой бил странный снежный свет. Ка очень хорошо выспался, отдохнул, но до того, как встать с кровати, он уже знал, что испытывает чувство вины, разбивавшее его силы и решимость. Он умылся, получая удовольствие от того, что, как обычный постоялец отеля, находится в незнакомой ванной и в незнакомом месте, побрился, разделся, оделся и, взяв свой ключ, привязанный к латунному брелку, спустился в холл отеля.

Увидев по телевизору певца народных песен и ощутив глубину безмолвия, в которое погрузился и отель и город (в холле разговаривали шепотом), он одно за другим осознал все то, что произошло вчера вечером, и все то, что скрывал от него его разум. Он холодно улыбнулся мальчику на рецепции и как торопливый путешественник, который вовсе не собирался терять время в этом городе, опустошавшем его своими навязчивыми идеями о политике и силе, сразу прошел в соседний зал, чтобы позавтракать. На кипевшем в углу самоваре стоял округлый чайник. Ка увидел тонко нарезанный карсский овечий сыр на тарелке, а в миске увядшие маслины, утратившие свой блеск.

Он сел за столик у окна и замер, глядя на покрытую снегом улицу, проглядывавшую во всей своей красе сквозь щель в тюлевой занавеске. В этой пустынной улице было что-то такое печальное, что Ка поочередно вспомнил перепись населения и регистрацию избирателей в детстве и в молодости, всеобщий розыск и военные перевороты, которые собирали всех у радиоприемников и телевизоров, потому что было запрещено выходить на улицу. Когда по радио исполнялись марши, а также звучали сообщения чрезвычайного правительства и запреты, Ка всегда хотелось оказаться на пустынной улице. В детстве Ка любил дни военного переворота, который сближал всех родственников и соседей друг с другом и когда все собирались по единственной причине, как некоторые любят развлечения во время рамазана. Стамбульские семьи состоятельных обывателей и среднего класса, среди которых Ка провел детство, тихонько посмеиваясь, говорили с иронией о дурацких предписаниях (таких, как покрыть все каменные тротуары Стамбула известкой, как в казарме, или силами военных и полиции забрать всех длинноволосых и длиннобородых людей на улице и насильно побрить), которые выходили после каждого переворота, чувствуя необходимость хотя бы немного скрыть, что они довольны военным переворотом, который сделал их жизнь более спокойной. Высшее общество в Стамбуле и очень боялось военных, и втайне презирало этих служилых людей, живших в постоянной дисциплине и в заботе о куске хлеба.

Когда на улицу, напоминавшую город, покинутый сотни лет назад, въехал грузовик, Ка моментально насторожился, как в детстве. Человек с внешностью скотобоя, вошедший в комнату, вдруг обнял Ка и расцеловал его в обе щеки.

— Поздравляю всех нас! Да здравствует страна и государство!

Ка вспомнил, что состоятельные взрослые люди так поздравляли друг друга после военных переворотов, так же как делали это некогда в дни старых религи-

216

озных праздников. Он тоже пробормотал человеку в ответ что-то вроде «Да здравствует!», смутившись.

Дверь, которая вела на кухню, открылась, и Ка почувствовал, что у него от лица в один миг отхлынула вся кровь. Из двери вышла Ипек. Они встретились взглядами, и Ка какое-то мгновение не знал, что делать, однако Ипек улыбнулась ему и направилась к человеку, который только что сел за столик. В руке у нее был поднос, а на нем чашка и тарелка.

Сейчас Ипек ставила на стол перед человеком тарелку и чашку. Как официантка.

Ка охватил пессимизм, чувство раскаяния и вины: он винил себя, что не поздоровался с Ипек, как надо, но было еще кое-что другое, и он сразу понял, что не сможет скрыть это даже от себя. Все было неправильно, все то, что было сделано вчера; внезапное предложение о женитьбе ей, чужой женщине, поцелуи (ладно, это как раз было замечательно), то, что все это до такой степени вскружило ему голову, то, что он держал ее за руку, когда они ели все вместе, и к тому же то, что он, не стесняясь, продемонстрировал всем вокруг, запьянев, как обычный турецкий мужчина, безумное влечение к ней. Он не мог понять сейчас, что сказать ей, и поэтому хотел, чтобы Ипек бесконечно «работала официанткой» у соседнего столика.

Человек с внешностью скотобоя грубо крикнул: «Чаю!» Ипек, освободив поднос, который держала в руках, от посуды, привычно направилась к самовару. Пока Ипек с чаем быстро шла к столу, Ка ощущал удары своего сердца у себя в носу.

— Что случилось? — спросила Ипек, улыбнувшись. — Ты хорошо спал?

Ка испугался этого напоминания о вчерашнем вечере и их вчерашнего счастья.

— Наверное, снег никогда не закончится, — с трудом проговорил он.

Какое-то время они пристально смотрели друг на друга. Ка понял, что не может ничего сказать, а если и заговорит, то это будет искусственно. Замолчав и давая понять, что это единственное, что он может сделать сейчас, Ка заглянул в самую глубину ее огромных карих слегка раскосых глаз. Ипек почувствовала, что у Ка сегодня совершенно другое настроение, нежели вчера, и поняла, что он сейчас совершенно другой. А Ка почувствовал, что Ипек ощутила его внутреннюю мрачность и даже встретила ее с пониманием. И еще почувствовал, что это понимание может привязать его к этой женщине на всю жизнь.

— Этот снег еще будет долго идти, — сказала Ипек осторожно.

— Хлеба нет, — сказал Ка.

— О, прошу прощения, — и тут же пошла к буфету, на котором стоял самовар. Положив поднос, она начала резать хлеб.

Ка сказал, что хочет хлеба, так как не мог вынести весь этот разговор. Сейчас он смотрел на спину женщины с таким выражением лица, словно говорил: «Я вообще-то мог бы сам пойти и нарезать».

На Ипек был белый шерстяной свитер, длинная коричневая юбка и довольно широкий пояс, который был в моде в семидесятых и какие давно никто не носил. У нее была тонкая талия, а бедра такие, как надо. По росту она подходила Ка. Ка понравились и ее щиколотки, и он понял, что если не вернется с ней во Франкфурт из Карса, то до конца жизни с болью будет вспоминать, как был счастлив, когда держал здесь ее за руку, целовал ее наполовину в шутку, наполовину всерьез и обменивался с ней шутками.

Рука Ипек, резавшая хлеб, остановилась, и Ка отвернулся до того, как она обернулась.

— Я кладу брынзу и маслины вам в тарелку, — громко сказала Ипек.

Ка понял, что она сказала «вы», чтобы напомнить, что в этом зале они не одни.

— Да, пожалуйста, — таким же тоном ответил он, глядя на других людей.

Встретившись с ней глазами, он понял по ее лицу, что она заметила, что за ней только что слишком пристально наблюдали сзади. Он испугался, решив, что Ипек слишком хорошо осведомлена об отношениях между мужчиной и женщиной, о дипломатических тонкостях этих отношений, которые ему самому никогда не удавались. Вообще-то он боялся и того, что она — единственная в его жизни возможность счастья.

— Хлеб недавно привез военный грузовик, — сказала Ипек, улыбаясь тем нежным взглядом, от которого у Ка так щемило сердце. — Так как Захиде-ханым не смогла прийти из-за запрета выходить на улицу, я занимаюсь кухней… Я очень испугалась, когда увидела солдат.

Потому что солдаты могли прийти, чтобы забрать Ханде или Кадифе. Или даже ее отца…

— Они увели из больницы дежурных медсестер, чтобы заставить их отмывать кровь в Национальном театре, — прошептала Ипек. Она села за стол. — Они захватили университетские общежития, школу имамовхатибов, партии…

Есть погибшие. Задержали сотни людей, но некоторых утром отпустили. То, что она начала разговаривать шепотом, как это было в периоды политического давления, напомнило Ка университетские столовые двадцатилетней давности, такие же истории об издевательствах и пытках, которые всегда рассказывали шепотом, и разговоры обо всем этом, полные и гнева, и грусти, и странной гордости. В те времена он, подавленный чувством вины, хотел забыть о том, что живет в Турции, вернуться домой и читать книги. А сейчас он уже заготовил фразу: «Ужасно, очень ужасно!», чтобы помочь Ипек закончить разговор, она уже вертелась у него на языке, но каждый раз, когда он собирался ее произнести, передумывал, чувствуя, что она прозвучит искусственно, и, переживая свою вину, ел хлеб с брынзой.

Пока Ипек шепотом рассказывала о том, что машины, отправленные в курдские деревни для того, чтобы родители опознали своих сыновей из школы имамов-хатибов, застряли по дороге, что всем дали один день для того, чтобы сдать государству оружие, что запретили курсы Корана и деятельность политических партий, Ка смотрел на ее руки, в ее глаза, на прекрасную кожу ее длинной шеи, на то, как ее светло-каштановые волосы падают ей на шею. Мог бы он ее полюбить? Он пытался представить себе, как они однажды будут идти по Кайзерштрассе во Франкфурте и как вернутся домой, сходив вечером в кино. Но его быстро охватывал пессимизм. Сейчас у него никак не выходило из головы, что женщина нарезала хлеб, лежавший в корзине, толстыми ломтями, как это делали в домах бедняков, и, что еще хуже, из этих толстых кусков сложила пирамиду, как это делалось в дешевых закусочных, где можно сытно поесть.

— Пожалуйста, расскажи мне сейчас о другом, — попросил Ка осторожно.

Ипек рассказывала о человеке, которого поймали по доносу, когда он проходил по заднему двору, за два здания от отеля, и понимающе замолчала.

Ка увидел в ее глазах страх.

— Я вчера был очень счастлив, ты же знаешь, я спустя много лет впервые стал писать стихи, — объяснил Ка. — Но сейчас я не могу слушать эти рассказы.

— Твое вчерашнее стихотворение было очень красивым, — сказала Ипек.

— Ты мне поможешь сегодня, пока меня еще не охватило ощущение того, что я несчастлив?

— Что мне нужно делать?

— Я сейчас поднимусь в свою комнату, — сказал Ка. — Приходи через какое-то время и положи мне на голову руки. Немного, не слишком долго.

Пока он говорил, он понял по испуганным глазам Ипек, что она не сможет этого сделать, и встал. Она была провинциалкой, она была из здешних мест; она была чужой для Ка, и он просил у нее о том, что посторонний человек не может понять. Он с самого начала не должен был делать этого глупого предложения, чтобы не видеть на ее лице непонимания. Поднимаясь по лестнице, он винил себя в том, что убедил себя, что влюблен в эту женщину. Он вошел в свою комнату, бросился на кровать и прежде всего подумал, какую глупость сделал, что приехал сюда из Стамбула, а затем о том, что сделал ошибку, приехав из Франкфурта в Турцию. Если бы его мать, которая двадцать лет назад пыталась держать его подальше от литературы и стихов, чтобы сын жил нормальной жизнью, узнала, что в сорок два года он связал свое счастье с женщиной из Карса, которая занимается кухней и режет хлеб толстыми ломтями, что бы она сказала? Что бы сказал отец, если бы услышал, что его сын, встав в Карсе на колени перед шейхом из деревни, говорит со слезами на глазах о вере в Аллаха? Огромные печальные частички снега, который опять начался на улице, медленно проплывали перед окном.

В дверь постучали, он с надеждой вскочил и открыл. Это была Ипек с изменившимся лицом: она сказала, что приехала военная машина и два человека, вышедшие из нее, один из которых был военным, спрашивают Ка. Она ответила им, что он здесь и сообщит ему.

— Понятно, — сказал Ка.

— Если хочешь, я сделаю тебе этот массаж, — сказала Ипек.

Ка притянул ее в комнату, закрыл дверь, поцеловал один раз, а затем усадил у изголовья кровати. Сам лег на кровать и положил голову ей на руки. Так они оставались молча какое-то время, смотрели из окна на улицу, на ворон, прогуливавшихся по снегу на крыше здания муниципалитета, построенного сто десять лет назад.

— Ладно, достаточно, спасибо, — сказал Ка. Он осторожно снял с крючка свое пальто пепельного цвета и вышел. Спускаясь по лестнице, он вдохнул запах пальто, оно напоминало ему Франкфурт, и на мгновение ощутил тоску по своей жизни в Германии со всеми ее оттенками. В той жизни был светловолосый продавец, звали его Ханс Хансен, он помогал ему, когда он покупал в Кауфхофе пальто, и которого видел еще раз, когда через два дня ему укорачивали пальто. Ка осознал, что тот припомнился ему ночью, в перерывах между сном, возможно из-за его слишком немецкого имени и светлой кожи и волос.

21

Но я никого из них не знаю

Ка в холодных и страшных комнатах

Чтобы забрать Ка, они послали один из старых грузовиков для перевозки людей, которые уже и тогда мало использовались в Турции. Моложавый белокожий человек в штатском, с носом, похожим на клюв, встретивший Ка, посадил его в кабину грузовика, посередине. А сам сел сбоку, у двери, словно для того, чтобы Ка не открыл дверь и не убежал. Однако он вел себя довольно вежливо, называл его «господин», поэтому Ка сделал вывод, что человек этот не полицейский в штатском, а офицер из Национального разведывательного управления и, может быть, с ним не будут плохо обращаться.

Они медленно проехали по совершенно пустым белоснежным улицам города. Место водителя в военном грузовике, оборудованное несколькими неработающими автомобильными приборами со сломанными стрелками, располагалось довольно высоко, и Ка через открытые занавески в окнах некоторых домов видел комнаты. Везде были включены телевизоры, но весь

Карс задернул занавески и затаился. Они ехали по тем же улицам города, но совершенно изменившимся, и Ка показалось, что и водитель, и человек с птичьим носом были околдованы красотой улиц, казавшихся сном, красотой старых русских домов петербургской архитектуры, диких маслин, покрытых снегом, которые они видели из-за дворников, с трудом успевавших счищать снег.

Они остановились перед Управлением безопасности и быстро вошли внутрь, потому что довольно сильно замерзли в грузовике. По сравнению со вчерашним днем внутри было так много народу и так много движения, что Ка на какой-то момент испугался, хотя и знал, что так будет. Здесь царила та странная суматоха и сумятица, которая всегда бывает в тех местах, где собралось вместе много турок. Ка вспомнил коридоры суда, проходы на футбольный стадион, автовокзалы. Однако здесь присутствовала и атмосфера смерти и ужаса, которая царила в пахнущих йодом больницах. Мысль о том, что где-то рядом кого-то пытают, наполнила его сердце чувством вины и страхом.

Вновь поднимаясь по лестнице, по которой вчера вечером они поднимались с Мухтаром, он интуитивно попытался перенять манеру поведения людей, работавших здесь, их спокойствие. Через открытые двери он услышал стук печатных машинок, крики разговаривавших по рации и тех, кто звал разносчика чая с лестницы. На скамейках, поставленных перед дверьми, он увидел закованных в наручники кое-как одетых молодых людей с синяками на лицах, ожидавших в очереди на допрос, и постарался не пересекаться с ними взглядом.

Его привели в комнату, похожую на ту, в которой они вчера сидели с Мухтаром, и сказали, что на этот раз он сможет опознать среди задержанных студентов-исламистов, находившихся на первом этаже, убийцу директора педагогического института, которого он не смог опознать вчера по фотографиям, хотя он вчера сказал, что не видел лица убийцы. Ка понял, что после «переворота» полиция перешла под контроль людей из НРУ и что между этими двумя ведомствами существует неприязнь.

Некий сотрудник управления с круглым лицом спросил у Ка, где он был вчера около четырех часов.

Внезапно Ка побледнел. Он произнес было: «Мне сказали, что будет хорошо увидеть шейха Саадеттина-эфенди», как вдруг круглолицый перебил его:

— Нет, до этого!

Увидев, что Ка молчит, он напомнил ему, что он встречался с Ладживертом. Он делал вид, что вообще все знает изначально и расстраивается из-за того, что смутил Ка. Ка и в этом попытался углядеть их доброе намерение. Если бы это был обычный полицейский комиссар, он стал бы утверждать, что Ка скрывает эту встречу, и, хвалясь тем, что полиции все известно, грубо ударил бы его по лицу.

Круглолицый сотрудник управления рассказал о том, какой Ладживерт жестокий террорист, какой великий заговорщик и какой заклятый враг республики, получающий средства от Ирана, таким тоном, будто говорил «Выздоравливайте!». Совершенно очевидно, что именно он убил телевизионного ведущего, и поэтому было принято решение его арестовать. Он разъезжал по всей Турции и организовывал сторонников введения шариата.

— Кто помог вам с ним встретиться?

— Некий студент из лицея имамов-хатибов, имени которого я не знаю, — ответил Ка.

— Сейчас попытайтесь опознать и его, — сказал круглолицый сотрудник управления. — Будьте внимательнее, вы будете смотреть через наблюдательные окошки в дверях камер. Не бойтесь, они вас не узнают.

Они отвели Ка вниз по широкой лестнице. Когда сто с лишним лет назад это красивое длинное здание было больницей одного армянского благотворительного фонда, комнаты внизу использовались как спальни медсестер и дровяной склад. Затем, когда в 1940-х годах здание было приспособлено под государственный лицей, стены разрушили и здесь расположилась столовая. В последующие годы многие молодые люди из Карса, которые станут потом марксистами и врагами всего западного, в 1960-е годы, в детстве, глотали здесь айран, приготовленный из сухого молока, присланного ЮНИСЕФ, и первые в своей жизни таблетки с рыбьим жиром, испытывая тошноту из-за их ужасного запаха. Часть этого широкого подвала была теперь превращена в четыре маленькие камеры, выходившие в коридор.

Полицейский, по движениям которого было понятно, что он и раньше это делал, осторожно надел на голову Ка офицерскую фуражку. Сотрудник НРУ с носом, похожим на клюв, который забирал Ка из отеля, со всезнающим видом сказал:

— Они очень боятся офицерской шапки.

Когда Ка приблизился к первой двери справа, полицейский резким движением открыл маленькое окно на железной двери камеры и изо всех сил закричал: «Внимание, офицер!» Ка заглянул внутрь через окошко шириной с ладонь.

В камере размером с большую кровать Ка увидел пятерых человек. Может быть, их было и больше: они сидели друг на друге. Все сидели, прижавшись к грязной стене напротив; они неуклюже построились, так как еще не служили в армии, и закрыли глаза, как их до этого с угрозами научили делать. (Ка почувствовал, что некоторые из них смотрят на него сквозь опущенные веки.) Несмотря на то что с того момента, как произошел переворот, прошло только одиннадцать часов, все они были острижены под ноль и у всех лица распухли от побоев. В камерах было светлее, чем в коридоре, но Ка они показались похожими друг на друга. Он растерялся: его охватило сострадание, страх и стыд. Он обрадовался, что не увидел среди них Неджипа.

Увидев, что он не может никого опознать ни во втором, ни в третьем окошке, сотрудник Национального разведывательного управления с птичьим носом сказал:

— Нечего бояться. И вообще, когда дороги откроются, вы отсюда уедете навсегда.

— Но я не могу никого узнать, — сказал Ка с легким упрямством.

Потом он узнал нескольких человек: он очень хорошо помнил, как первый кричал что-то задиристое Фунде Эсер, когда она была на сцене, и другого, который постоянно выкрикивал политические лозунги. Он подумал, что если он донесет на них, то докажет, что намерен сотрудничать с полицией, и сможет сделать вид, что не знает Неджипа, если они столкнутся (потому что, как бы то ни было, преступления этих молодых людей не были серьезными).

Но он ни на кого не донес. В одной камере некий юноша с лицом, залитым кровью, стал умолять Ка:

— Господин офицер! Не надо сообщать матери.

Очень возможно, что этих юношей избили кулаками и сапогами, под влиянием первого порыва восстания, не используя специальных приспособлений. И в последней камере он не увидел человека, похожего на убийцу директора педагогического института. Он успокоился, что не увидел здесь Неджипа.

Наверху он понял, что круглолицый человек и те, кто отдают ему приказы, твердо решили как можно скорее найти убийцу директора педагогического института и представить его жителям Карса как первый успех переворота, а может быть, и сразу повесить его. В комнате сейчас был еще какой-то отставной майор. Он нашел возможность каким-то образом прийти в Управление безопасности, несмотря на запрет выходить на улицу, он просил отпустить своего племянника, которого задержали. Он просил, чтобы его молодого родственника, по меньшей мере, не пытали и чтобы общество

226

его не обижало, и рассказывал, что нищая мать парня, поверив в ложь, что государство раздает шерстяные пальто и пиджаки бесплатно всем государственным студентам, записала своего сына в училище имамов-хатибов, но на самом деле все они — сторонники Республики и Ататюрка. Круглолицый человек перебил отставного майора.

— Господин майор, здесь ни с кем плохо не обращаются, — сказал круглолицый и отвел Ка в сторону: убийца директора и люди Ладживерта (Ка почувствовал, что тот предположил, что это одни и те же люди), возможно, наверху в городе, среди задержанных на ветеринарном факультете.

Ка вновь посадили в тот же военный грузовик вместе с человеком, забиравшим Ка из отеля, нос у которого был похож на птичий клюв. В дороге Ка почувствовал, что счастлив от красоты пустых улиц, от того, что в конце концов смог выйти из Управления безопасности, и от удовольствия, которое доставляла ему сигарета. Часть его разума говорила ему, что он втайне радуется тому, что произошел военный переворот и что власть не оказалась в руках сторонников религиозных порядков. Он поклялся, чтобы таким образом успокоить свою совесть, не сотрудничать с военными и полицейскими. В следующий момент ему в голову пришло новое стихотворение, с такой силой и таким странным оптимизмом, что он спросил у носатого сотрудника НРУ:

— Можно остановиться в какой-нибудь чайной и выпить чаю?

Большая часть встречавшихся в городе на каждом шагу чайных домов для безработных была закрыта, но они увидели одну работающую чайную на Канальной улице, где работал заварщик, и рядом с которой можно было бы оставить военный грузовик, не привлекая внимания. Внутри кроме мальчика-официанта, который ждал окончания запрета выходить на улицы, было трое юношей, сидевших в углу. Они напряглись, увидев, что вошли два человека, на одном из которых была офицерская фуражка, а другой был в штатском.

Человек с птичьим носом сразу же достал из пальто пистолет и с профессионализмом, вызвавшим у Ка уважение, приставил молодых людей к стене, на которой висела огромная картина со швейцарским пейзажем, обыскал их и взял их удостоверения личности. Ка, решивший не воспринимать происходящее всерьез, сел за стол, стоявший рядом с негоревшей печью, и спокойно записал стихотворение, появившееся в голове.

Главной темой стихотворения, которое Ка впоследствии назовет «Улицы мечты», были заснеженные улицы Карса, но в этих тридцати шести строчках много говорилось и о старых улицах Стамбула, о городе-призраке Ани[1], оставшемся после владычества Армении, о пустых, страшных и удивительных городах, которые Ка видел в своих снах.

Закончив писать стихотворение, Ка увидел по черно-белому телевизору, что вместо утреннего исполнителя народных песен показывают беспорядки в Национальном театре. Судя по тому, что вратарь Вурал вновь начал рассказывать о своих любовных романах и о пропущенных голах, он вспомнил, что через двадцать минут он сможет увидеть себя по телевизору читающим стихи. Ка хотел вспомнить то стихотворение, которое не смог записать в тетрадь и забыл.

Через заднюю дверь в чайную вошли еще четыре человека, — сотрудник НРУ с птичьим носом, вытащив пистолет, выстроил у стенки и их. Курд, управлявший чайной, рассказывал сотруднику НРУ, обращаясь к нему «мой командир», что эти люди не могли нарушить

---

[1] Древняя столица Армении, располагавшаяся на территории Турции в первые века нашей эры.

запрет выходить на улицу и поэтому пришли с заднего двора, пройдя через сад.

Сотрудник НРУ на всякий случай решил проверить правдивость этих слов, да и у одного из этих людей не было при себе удостоверения личности, и он дрожал от страха. Сотрудник НРУ сказал ему, чтобы он тем же путем отвел его к себе домой. С молодыми парнями у стены он оставил водителя, которого вызвал из машины. Ка, положивший свою тетрадь со стихами в карман, отправился следом за ними; через заднюю дверь чайной они вышли во двор, покрытый снегом и льдом, затем, перебравшись через низкий забор, поднялись по трем обледенелым ступенькам и, сопровождаемые лаем собаки, спустились в подвал неокрашенного и осыпавшегося, как большинство домов в Карсе, бетонного здания. Здесь стоял тяжелый воздух, пахло углем и несвежими телами. Человек, идущий впереди, отошел в угол и встал рядом с гудящим котлом водяного отопления, отгороженным пустыми картонными коробками и ящиками из-под овощей: Ка увидел на кровати, сделанной на скорую руку, спящую белолицую молодую женщину невероятной красоты и интуитивно обернулся. В это время человек без удостоверения личности дал носатому сотруднику НРУ паспорт. Ка из-за гула котла парового отопления не мог расслышать, о чем они говорили, но в полутьме он увидел, что человек достал второй паспорт.

Это были супруги, приехавшие из Грузии в Турцию на заработки. Они вернулись в чайную, и молодые безработные, поставленные к стене, которым сотрудник НРУ отдавал обратно их паспорта, сразу же сообщили: у женщины был туберкулез, однако она занималась проституцией с владельцами ферм, приезжавших с гор в город, и с торговцами кожей. А ее муж, готовый работать за полцены, как и другие грузины, лишал турок работы, когда «раз в сорок лет» появлялась какая-то работа. Они были такими нищими и такими скупыми, что даже не жили в отеле, а жили в этой котельной, «давая на лапу» уборщику управления водного хозяйства пять американских долларов в месяц. Они говорили, что, вернувшись в свою страну, собираются купить дом и не работать до конца жизни. В коробках были кожаные вещи, которые они купили здесь дешево, они продадут их, вернувшись в Тбилиси. Их несколько раз высылали, но им все же удавалось найти способ каждый раз возвращаться в «их дом» в котельной. Таких паразитов, которых никак не могли извести взяточники-полицейские, должна была уничтожить в Карсе военная власть.

Так, пока они пили чай, который владелец чайной был очень рад им предложить, эти нищие и безработные парни, робко севшие за их стол после подбадриваний сотрудника НРУ, рассказали, что ждали военного переворота, — вместе со своими просьбами и жалобами на прогнивших политиков они поведали очень много похожих на донос рассказов: о незаконном забое скота, о случаях подделки продукции на складах государственной монополии «Текель»[1], о том, как из Армении в грузовиках с мясом привозят нелегальных рабочих и селят их в бараках, что некоторые подрядчики платят рабочим меньше, а другие заставляют людей работать целый день и вовсе не платят деньги… Эти молодые безработные словно совсем не заметили, что «военный переворот» был направлен против «сторонников религиозных порядков», которые должны были вот-вот выиграть выборы в муниципалитет, и против курдских националистов. Они вели себя так, будто все события, которые произошли в Карсе со вчерашнего вечера, должны были покончить с безработицей, с безнравственностью в городе и обеспечить их работой.

В военном грузовике Ка в какой-то момент заметил, что сотрудник НРУ с птичьим носом вытащил

---

[1] Государственное монопольное предприятие по производству алкогольной продукции, крепких спиртных напитков.

паспорт грузинки и смотрит на ее фотографию. От этого Ка странным образом заволновался и смутился.

Как только Ка вошел в здание, он понял, что положение на ветеринарном факультете гораздо серьезнее, чем в Управлении безопасности. Проходя по коридорам этого холодного, как ледник, здания, он сразу же понял, что здесь ни у кого нет времени кому-либо сочувствовать. Сюда привезли курдских националистов и задержанных левых террористов, которые время от времени в разных местах бросали бомбы и оставляли записки, и других людей, которые по бумагам НРУ проходили как их сторонники. Полицейские, военные и прокуроры устраивали строгие допросы тем, кто принимал участие в действиях этих двух групп, тем, кто помогал курдским партизанам проникнуть в город, и разным другим подозреваемым, с использованием более жестоких и более безжалостных методов, нежели те, которые они применяли против сторонников политического ислама.

Высокий, крупный полицейский взял Ка под руку, словно бы заботливо помогая старику, которому трудно идти, и провел его по трем аудиториям, в которых творились ужасные дела. Я постараюсь не рассказывать много о том, что видел мой приятель в тех комнатах, как это сделал и он, в тетрадях, которые стал вести.

Ка вошел в первую аудиторию, и в течение нескольких секунд смотрел на находившихся там подозреваемых, и впервые подумал, как короток путь человека в этом мире. В то время как он смотрел на подозреваемых, которых уже допросили, у него перед глазами появились, как во сне, какие-то мечты и возникло желание попасть в другие эпохи, оказаться в далеких цивилизациях и странах, в которых никто не бывал. Ка и те, кто были в комнате, остро чувствовали, что данная им жизнь иссякает, как свеча, сгоревшая до конца. В своей тетради Ка назовет эту аудиторию желтой комнатой.

Ка показалось, что во второй аудитории он находился гораздо меньше. Здесь он встретился взглядом с какими-то людьми, вспомнил, что видел их в какой-то чайной, когда вчера гулял по городу, и отвел глаза, испытывая вину. Сейчас он чувствовал, что они находятся в очень далекой стране грез.

В третьей аудитории Ка, среди стонов, слез и в глубоком безмолвии, охватывающем всю его душу, ощутил, что сила, которая знает обо всем, повелела превратить жизнь на этой земле в страдание, не посвящая нас, людей, в это знание. В этой комнате ему удалось не столкнуться ни с кем взглядом. Он смотрел, но видел не то, что было у него перед глазами, а какой-то цвет, который был у него в голове. Поскольку этот цвет походил больше всего на красный, позднее он назовет эту аудиторию красной комнатой. То, что он ощутил в первых двух аудиториях, и чувство того, что жизнь — коротка, а человек — виновен, слились здесь в единое целое и успокоили Ка, несмотря на весь ужас картины, которую он видел.

Он заметил, что то, что он никого не опознал и на ветеринарном факультете, вызвало некоторые сомнения и недоверие. Его так успокоило то, что он не столкнулся с Неджипом, что, когда человек с птичьим носом сказал, что хочет, чтобы Ка взглянул напоследок с целью опознания на трупы в морге больницы социального страхования, Ка захотел поехать туда как можно скорее.

В морге больницы социального страхования, который находился в подвале, Ка прежде всего показали труп самого подозрительного. Это был воинствующий исламист, который упал, получив три пули, когда выкрикивал лозунги во время второго залпа солдат. Но Ка его совсем не знал. Он осторожно подошел к трупу и смотрел на него так, будто приветствовал его движением, полным напряжения и почтительности. Второй труп, лежавший на мраморе, словно замерзая, принадлежал маленькому пожилому мужчине. После того как его левый глаз был вырван пулей, он превратился в совершенно черную дыру с вытекшей кровью. Полицейский показывал его, потому что не смог установить, что он приехал из Трабзона повидать своего внука, который служил в армии, и из-за того, что его маленький рост вызывал подозрение. Когда Ка подходил к третьему трупу, он с удовольствием думал об Ипек, которую скоро увидит. У этого трупа тоже был выбит один глаз. В какой-то момент он внезапно подумал, что именно это и случилось со всеми мертвецами в морге. Когда он подошел ближе и посмотрел на белое лицо мертвого юноши, внутри у него что-то оборвалось.

Это был Неджип. То же детское лицо. Те же вытянутые вперед губы, как у ребенка, который задает вопросы. Ка ощутил холод и одиночество больницы. Те же юношеские прыщики. Тот же нос с горбинкой. Тот же грязный ученический пиджак. В какой-то момент Ка решил, что сейчас расплачется, и заволновался. Это волнение отвлекло его, слезы не закапали. Посреди лба, к которому он двенадцать часов назад хотел прижать руку, была дырка от пули. О том, что Неджип мертв, говорила не иссиня-бледная белизна его лица, а то, что тело его вытянулось, как струна. Ка ощутил благодарность за то, что остался жив. Это отдалило его от Неджипа. Он наклонился и руками, которые до этого держал за спиной, взял Неджипа за плечи и поцеловал его в обе щеки. Щеки были холодными, но не твердыми. Зелень его единственного полуоткрытого глаза была обращена на Ка. Ка взял себя в руки и сказал человеку с птичьим носом, что этот «товарищ» остановил его вчера на дороге, сообщил, что является писателем научно-популярных книг, а затем отвел к Ладживерту. Он поцеловал его, потому что у этого «юноши» было очень чистое сердце.

22

Как раз такой человек
должен играть Ататюрка

*Служба Суная Заима в армии
и карьера в театре*

Результат опознания Ка в морге больницы социального страхования одного из трупов был записан в составленном на скорую руку и подписанном протоколе. Ка и человек с носом, похожим на клюв птицы, сели в тот же военный грузовик и проехали по совершенно пустым улицам, на которых были развешаны плакаты против самоубийств и предвыборные афиши и где на них смотрели трусливые собаки, жавшиеся к обочинам. Пока они ехали, Ка мог видеть, как раздвигаются закрытые занавески, как играющие дети и их любопытные отцы смотрят на проезжающий грузовик, но его мысли были далеко. У него перед глазами все стояло лицо Неджипа, то, как странно он лежал. Он мечтал, что когда приедет в отель, Ипек его утешит, но грузовик, проехав пустую городскую площадь, спустился вниз по проспекту Ататюрка и остановился за две улицы от Национального театра, немного поодаль от какого-то здания, построенного девяносто лет назад и сохранившегося со времен русских.

Это был одноэтажный особняк, который огорчил Ка в первый вечер его приезда в Карс своей красотой и заброшенностью. После того как город перешел в руки турок и в первые годы Республики здесь двадцать три года жил с пышностью один из известных купцов, торговавший кожей и дровами с Советским Союзом, Маруф-бей и его семья — вместе с поварами, слугами, запряженными лошадьми санями и повозками. В конце Второй мировой войны, когда началась холодная война, Управление национальной безопасности обвинило известных и богатых людей Карса, торговавших с Советским Союзом, в шпионаже, арестовало их и измывалось над ними, и они исчезли, чтобы никогда больше не вернуться, а особняк из-за судебных тяжб по наследству примерно двадцать лет простоял пустой. В середине 1970-х одна марксистская фракция с дубинами в руках захватила этот дом и использовала его как свой центр, здесь планировались некоторые политические преступления (мэр города, адвокат Музаффер-бей, был ранен, но спасся), а после военного переворота 1980 года здание опустело и позднее превратилось в склад бойкого продавца печей и холодильников, купившего маленький магазинчик по соседству, а три года назад было превращено в швейное ателье на деньги, накопленные одним предпринимателем и фантазером-портным, который поработал портным в Стамбуле и арабских странах и вернулся в родные места.

Как только Ка вошел внутрь, в мягком свете оранжевых обоев с розами он увидел машины для пришивания пуговиц, каждая из которых выглядела как странный пыточный аппарат, большие швейные машины старых моделей и огромные ножницы, развешанные по стенам на гвоздях.

Сунай Заим ходил взад-вперед по комнате. На нем было поношеное пальто и свитер, в которых он был два дня назад, когда его впервые увидел Ка, на ногах — солдатские сапоги, в руке он держал сигарету без фильтра. Его лицо озарилось, когда он увидел Ка, будто увидел старого и любимого друга, — подбежав, он обнял и поцеловал его. В том, как он поцеловал Ка, было нечто от человека с внешностью скотобоя в отеле, словно он говорил: «Да будет переворот во благо государству!», и нечто чересчур дружелюбное, что показалось Ка странным. Позднее Ка объяснит это дружеское расположение тем, что они оба были стамбульцами и встретились в таком отдаленном и нищем месте, как Карс, в таких трудных условиях, но теперь он знал, что часть этих трудностей создал Сунай Заим.

— Черный орел печали каждый день раскрывает крылья в моей душе, — сказал Сунай с загадочной гордостью. — Но не позволю себя увлечь, ты тоже держи себя в руках. Все будет хорошо.

В снежном свете большого окна Ка увидел людей с рациями в руках, стоявших в просторной комнате с лепниной в углах высокого потолка и огромной печью, не скрывавшей, что когда-то она видела и лучшие дни, двух охранников огромного телосложения, пристально разглядывавших его, карту на столе, который стоял рядом с дверью, открывавшейся в коридор, оружие, пишущую машинку и папки и сразу же понял, что здесь был центр управления «переворотом», а сейчас в руках Суная большая сила.

— Когда-то и у нас были плохие времена, — сказал Сунай, прохаживаясь по комнате взад и вперед, — в самых далеких, в самых убогих и самых позорных провинциальных городах я узнавал, что у нас не только нет места, где мы сможем поставить нашу пьесу, но что мы не сможем найти хотя бы одну комнату в отеле, где можно было бы прилечь и поспать ночью, или когда я узнавал, что мой старый друг, про которого говорили, что он в городе, уже давно уехал оттуда, тоскливое чувство, которое называется грустью, начинало медленно шевелиться во мне. Чтобы не поддаваться ему, я бегал и ходил по докторам, адвокатам и учителям, чтобы узнать, есть ли в городе кто-нибудь, кому будет интересно современное искусство и мы, его вестники, прибывшие из современного мира. Узнав, что по единственному известному мне адресу никого нет, или поняв, что полиция не даст нам разрешения устроить представление, или когда глава местной администрации, к которому я хотел попасть на прием, чтобы — последняя надежда — получить разрешение, меня не принимал, я в страхе понимал, что мне уже не избавиться от мрачности. Тогда орел тоски, дремавший у меня в груди, медленно раскрывал свои крылья и поднимался в воздух, чтобы задушить меня. И я играл свою пьесу в самой жалкой чайной на свете, а если и ее не было, то играл на пандусе при въезде в автовокзалы, иногда на вокзале, благодаря начальнику, который положил глаз на одну из наших девочек, в гаражах пожарных частей, в классах пустых начальных школ, во временных столовых, в витрине парикмахерской, на лестницах деловых центров, в конюшнях, на тротуарах, я не поддавался тоске.

Когда в дверь, открывшуюся в коридор, вошла Фунда Эсер, Сунай перешел с «я» на «мы». Между парой было такое взаимопонимание, что этот переход не показался Ка искусственным. Торопливо и изящно приблизив свое большое тело, Фунда Эсер пожала Ка руку, шепотом переговорила о чем-то с мужем и, повернувшись, ушла с тем же видом занятого человека.

— То были наши самые плохие годы, — сказал Сунай. — О том, что мы потеряли любовь общества, стамбульских и анкарских дурней, писали все газеты. В тот день, когда я поймал самую большую удачу в своей жизни (которая приходит только к удачливым людям, обладающим гениальностью), да, в тот день, когда я со своим искусством должен был войти в историю, земля внезапно выскользнула у меня из-под ног и за одно мгновение я оказался в самой ничтожной грязи. Но и тогда я не испугался, сражался с отчаянием. Я вовсе не потерял веру в то, что даже если погружусь в эту грязь еще больше, то среди невежества, нищеты, позора и нечистот я смогу найти настоящий сценический материал, как большой драгоценный камень. Чего же ты боишься?

Из коридора показался доктор в белом халате, с сумкой в руках. Когда он, с несколько наигранным беспокойством, доставал и приспосабливал аппарат измерения давления, Сунай с таким «трагическим» видом смотрел на белый свет, лившийся из окна, что Ка вспомнил его «падение в глазах общества», которое произошло в начале 1980-х. Но Ка лучше помнил роли Суная

1970-х годов, которые сделали его знаменитым. В те годы, когда лево настроенный, политизированный театр переживал свой золотой век, в ряду многих маленьких театров имя Суная выделяло его лидерские качества, божий дар, который в некоторых пьесах, где он играл главную роль, находил в нем зритель, наряду с трудолюбием и актерским талантом. Молодой турецкий зритель очень любил те пьесы, где Сунай играл роли сильных исторических личностей, наделенных властью, Наполеона, Ленина, Робеспьера или революционеров вроде якобинцев и Энвер-паши или местных народных героев, уподобленных им. Студенты лицеев, «передовые» люди из университетов смотрели глазами, полными слез, и отвечали аплодисментами на то, как он громким и впечатляющим голосом переживал за страдающий народ, как он, получив оплеуху от тирана, гордо поднимал голову и говорил: «Однажды вы непременно нам за это заплатите», как он, в самые тяжелые дни (его обязательно должны были бросить один раз в тюрьму) с болью стиснув зубы, обнадеживал своих друзей, но, когда надо, мог ради счастья народа безжалостно использовать силу, даже если его душа разрывалась. Говорили, что когда в конце пьесы в его руки переходила власть, в решимости, которую он демонстрировал, наказывая плохих, особенно проявляются следы военного образования, которое он получил. Он учился в военном лицее «Кулели»[1]. Ему взбрело в голову, бежав на лодке в Стамбул, развлекаться в театрах Бейоглу и тайно поставить в школе пьесу под названием «Пока не растаял лед», поэтому его выгнали с последнего курса.

Военный переворот 1980 года запретил левонастроенный, политизированный театр, и государство в честь столетия со дня рождения Ататюрка решило снять большой фильм «Ататюрк», который должны

---

[1] Крупное среднее военное учебное заведение в Стамбуле.

были показывать по телевидению. Никто и не помышлял о том, что этого светловолосого, голубоглазого великого героя европеизации сможет сыграть какой-нибудь турок, и в главных ролях этих великих национальных фильмов, которые никогда не были сняты, всегда видели таких западных актеров, как Лоуренс Оливье, Курт Юргенс или Чарлтон Хестон. На этот раз газета «Хюрриет», разобравшись в вопросе, заставила общественное мнение согласиться с тем, что какой-нибудь турок «уже» сможет сыграть Ататюрка. К тому же было объявлено, что актера, который будет играть Ататюрка, выберут читатели, которые вырежут и пришлют купон из газеты. Стало понятно, что среди кандидатов, указанных жюри, еще с первого дня народного голосования, начавшегося после того, как актеры долгое время демократично сами себя представляли, с заметным превосходством выходит вперед Сунай. Турецкий зритель сразу почувствовал, что красивый, величественный и внушающий доверие Сунай, много лет игравший якобинцев, сможет сыграть Ататюрка.

Первой ошибкой Суная стало то, что он слишком серьезно воспринял, что его выбрал народ. То и дело он выступал на телевидении и в газетах и делал громкие заявления, заставил напечатать фотографии об их счастливой семейной жизни с Фундой Эсер. Рассказывая о своем доме, о повседневной жизни, о своих политических взглядах, он стремился показать, что достоин Ататюрка и что некоторые его пристрастия и черты характера похожи на него (раки, танцы, элегантность, изящество), и он постоянно перечитывал его слова, позируя с томом «Речь»[1]. (Когда один мелкий журналист-

---

[1] Речь, произнесенная Ататюрком в Великом Национальном Собрании в Турции по случаю победы в Национальной освободительной войне 1919–1923 гг., считается самой длинной речью политика в мире, т. к. Ататюрк произносил ее несколько заседаний подряд, в 1931–1932 гг. была издана на русском языке, «Путь новой Турции».

паникер, рано начавший нападать на него, стал смеяться над тем, что он читал не саму книгу «Речь», а ее адаптированный вариант на современном турецком языке, Сунай сфотографировался в библиотеке с полным изданием «Речи», но, к сожалению, эти фотографии, несмотря на все его усилия, не были напечатаны.) Он приходил на открытия выставок, на концерты, на важные футбольные матчи и делал доклады: Ататюрк и живопись, Ататюрк и музыка, Ататюрк и турецкий спорт, давая интервью журналистам из третьеразрядных газет, спрашивающим обо всем всех и всегда. Желая быть любимым всеми, что совершенно не сочеталось с «поведением якобинца», он сделал репортажи в газетах сторонников религиозных порядков, врагов Запада. В одной из них, отвечая на не слишком провокационный вопрос, он сказал: «Конечно же, однажды, если народ сочтет меня достойным, я смогу сыграть Великого Пророка Мухаммеда». Это роковое заявление стало первым из ряда выступлений, которые все испортили.

В маленьких журналах сторонников политического ислама написали, что никто не сможет — упаси Бог! — сыграть пророка Мухаммеда. В газетные колонки этот гнев попал сначала в виде фраз: «Он повел себя неуважительно по отношению к нашему пророку», а затем: «Он оскорбил Его». Когда заставить замолчать сторонников политического ислама не смогли и военные, гасить огонь выпало Сунаю. Надеясь успокоить общественность, он взял в руки Священный Коран и стал рассказывать читателям-традиционалистам, как он любит Нашего Великого Пророка Мухаммеда и о том, что вообще-то и пророк — современен. А это предоставило удобную возможность мелким писателям-кемалистам, обиженным тем, что он ведет себя как «избранный Ататюрк», писать, что Ататюрк никогда не заискивал перед сторонниками религиозных порядков, перед мракобесами. В газетах постоянно перепечатывали фотографии официального сторонника военного переворота, позирующего с одухотворенным видом, с Кораном в руках, и задавали вопрос: «Это и есть Ататюрк?» В ответ на это и исламская пресса перешла в нападение, скорее из желания защитить себя, нежели из желания заниматься им. Они начали перепечатывать фотографии, на которых Сунай пил ракы под заголовками «Он тоже любитель ракы, как Ататюрк!» или «Это — наш Великий Пророк?». Таким образом, ссора между сторонниками светских и религиозных порядков, разгоравшаяся раз в два месяца в стамбульской прессе, на это раз началась из-за него, но продолжалась очень недолго.

За одну неделю в газетах появилось очень много фотографий Суная: он с жадностью пьет пиво в одном рекламном клипе, который был снят много лет назад, и та, где он получал пощечину в фильме, в котором снялся в молодости, и та, где он сжимал кулак перед флагом с серпом и молотом, где он смотрит, как жена-актриса по роли целуется с другим мужчиной-актером... Перепечатывались статьи, где рассказывалось, что его жена лесбиянка, что сам он все еще коммунист, как и раньше, что они снимались дублерами в нелегальных порнофильмах, что за деньги он сыграет не только Ататюрка, но и кого угодно, что пьесы Брехта они на самом деле ставят на деньги, присланные из Восточной Германии, что они жаловались на Турцию после военного переворота, рассказывая, что «проводятся пытки над женщинами из Шведского общества, которые приехали в Турцию, чтобы провести исследования», и множество других сплетен о них. В те же дни «офицер высокого ранга», пригласив Суная в Генеральный штаб, кратко сообщил ему, что вся армия решила, что он должен снять свою кандидатуру. Этот офицер не был задумчивым добросердечным человеком, который вызвал бы в Анкару высокомерных стамбульских журналистов, высоко возомнивших о себе и намеками критиковавших вмешательство военных в политику, и который, увидев, что журналисты вначале получили сильный нагоняй, были обижены и плакали, угощал бы их шоколадом. В действительности он был шутником-военным, более решительным, чем отдел по связям с общественностью. Увидев, что Сунай расстроен и испуган, он не смягчился, а, наоборот, стал смеяться над тем, как он говорил о своих политических взглядах, играя роль «избранного Ататюрка». За два дня до этого Сунай был с кратким визитом в городке, в котором родился, и там его встретили, как любимого политика, с автомобильным эскортом и овациями тысяч безработных и производителей табака, и он, забравшись на статую Ататюрка на городской площади, под аплодисменты собравшихся пожал ему руку. В ответ на вопрос одного популярного журнала, заданный в Стамбуле после этого случая: «Вы когда-нибудь перейдете в политику со сцены?», он ответил: «Если захочет народ!» А аппарат премьер-министра сообщил, что «в настоящий момент» фильм об Ататюрке откладывается.

Сунай был достаточно опытен, чтобы выйти из этого ужасного поражения не дрогнув, но настоящий удар ему нанесли дальнейшие события: ему перестали предлагать дублировать роли, потому что он так часто появлялся на телевидении в течение месяца, чтобы закрепить за собой роль, что теперь все воспринимали его хорошо знакомый голос как голос Ататюрка. Телевизионные рекламисты, которые прежде предлагали ему роли практичного отца семейства, который умеет выбрать хороший, надежный товар, также отвернулись от него, так как неудачливый Ататюрк смотрелся бы странно, занимаясь окраской стен с банкой краски в руках или рассказывая о том, как он доволен своим банком. Но самым ужасным было то, что народ, свято веривший всему, что написано в газетах, поверил в то, что он является и врагом Ататюрка, и врагом религии; а другим не понравилось, что он молча воспринимает то, что его жена целуется с другими мужчинами. Все были настроены по меньшей мере на то, что дыма без огня не бывает. Все эти быстро развивавшиеся события сократили и количество зрителей, приходивших на его спектакли. Очень многие, останавливая его на улице, говорили: «Стыдно!» Один молодой студент из лицея имамов-хатибов, поверивший в то, что Сунай порочил пророка, и мечтавший, чтобы о нем написали газеты, напал однажды вечером на театр и бросился с ножом на актеров, плюнув нескольким из них в лицо. Все это произошло в течение пяти дней. Супруги исчезли.

О том, что произошло потом, ходит множество разговоров: например, то, что они поехали в Берлин и стали учиться терроризму под видом театрального образования в ансамбле любителей Брехта, или что на стипендию, полученную от министерства культуры Франции, они легли во французскую психиатрическую лечебницу «Мир» в районе Шишли[1]. На самом деле они укрылись в доме матери Фунды Эсер, которая была художницей, на Черноморском побережье. Только на следующий год они нашли работу «аниматоров» в обычном отеле в Анталии. По утрам они играли в волейбол на песке с мелкими торговцами из Германии и туристами из Голландии, после обеда развлекали детей в образе Карагёза и Хадживата[2], коверкая немецкий язык, по вечерам выходили на сцену в костюмах падишаха и его наложницы из гарема, танцевавшей танец живота. Это было началом карьеры исполнительницы танца живота, это искусство Фунда Эсер в последующие десять лет будет развивать в маленьких городках. Сунай смог терпеть все это шутовство только три месяца и избил на глазах охваченных ужасом туристов одного парикмахера из Швейцарии, который, не ограничившись шутками над турками с фесками и гаре-

---

[1] Район в северо-восточной, европейской части Стамбула.
[2] Основные персонажи народного теневого театра «Карагёз».

мами на сцене, хотел продолжить это на пляже и заигрывал с Фундой Эсер. Известно, что после этого они нашли себе работу в свадебных салонах, в качестве ведущих развлекательных вечеров, танцовщицы и «актера» в Анталии и ее окрестностях. Сунай представлял дешевых певцов, фанатично подражавших стамбульским оригиналам, фокусников, глотавших огонь, третьеразрядных комедиантов, Фунда Эсер, вслед за краткой речью об институте брака, Республике и Ататюрке, исполняла танец живота, затем они оба, в атмосфере строгой дисциплины, в течение нескольких минут играли что-нибудь вроде сцены убийства короля из «Макбета», и им аплодировали. Эти представления были зародышем театральной труппы, которая впоследствии будет ездить по Анатолии.

После того как ему измерили давление и он по рации, принесенной охранниками, отдал каким-то людям распоряжения, Сунай прочитал какую-то бумагу, которую ему только что доставили, и, с отвращением сморщив лицо, сказал:

— Все доносят друг на друга.

Он сказал, что в течение многих лет ставил пьесы в отдаленных городках Анатолии и видел, как все мужчины этой страны прекращали что-либо делать из-за чувства тоски.

— Целыми днями напролет они сидят в чайных, ничего не делая, — рассказывал он. — В каждом городишке сотни, а во всей Турции сотни тысяч, миллионы безработных, безуспешных, потерявших надежду, бездействующих, несчастных мужчин. Мои братья не в состоянии даже привести себя в порядок, у них нет силы воли, чтобы пришить пуговицы на свои засаленные и заляпанные пиджаки, у них нет энергии, которая заставила бы их руки работать, у них нет внимания, чтобы до конца дослушать рассказ, они не в состоянии посмеяться над шуткой.

Он рассказал, что большинство из них не могут спать, потому что несчастны, получают удовольствие от

244

сигарет, потому что курение их убивает; многие из них из них бросают недочитанное наполовину предложение, которое начали читать, поняв, что дочитывать бесполезно; телевизионные передачи они смотрят не потому, что они им нравятся или они их развлекают, а потому, что они не могут выносить тоску и скуку окружающих их людей; в действительности эти мужчины хотят умереть, но считают, что недостойны самоубийства, на выборах голосуют за самых позорных кандидатов самых убогих партий, чтобы получить от них заслуженное наказание; предпочитают политиков, которые совершили военный переворот, и постоянно говорят о наказаниях, политикам, которые постоянно дают обещания и всех обнадеживают.

Вошедшая в комнату Фунда Эсер добавила, что у них есть несчастные жены, присматривающие за детьми, которых они произвели на свет намного больше, чем нужно, которые даже не знают, где находятся их мужья, и зарабатывают на жизнь несколько курушей, работая либо служанками, либо на производстве табака или ковров, либо медсестрами. Если бы не было этих женщин, привязанных к жизни, постоянно плачущих и кричащих на детей, то миллионы этих похожих друг на друга небритых, печальных, безработных мужчин в грязных рубашках, не имеющих никакого занятия, заполонивших Анатолию, исчезли бы навсегда, как попрошайки, замерзнув на углу в морозную ночь, как пьяные, которые вышли из пивной и пропали, упав в открытый канализационный люк, как впавшие в детство дедушки, которые в тапочках и пижаме отправились в бакалейную лавку купить хлеба и заблудились. А между тем их слишком много, как мы видели, в «этом несчастном городе Карсе», и единственное, что любят эти мужчины, — издеваться над своими женами, которым они обязаны жизнью и которых они любят, стесняясь признаться в этом.

— Десять лет своей жизни в Анатолии я посвятил тому, чтобы мои несчастные собратья перестали грустить и тосковать, — сказал Сунай, совершенно не растрогавшись. — Множество раз нас упекали в тюрьму, пытали, били, считая нас коммунистами, западными агентами, помешанными, свидетелями Иеговы, сутенером и проституткой. Нас пытались изнасиловать, бросали в нас камнями. Но они же научились любить свободу и счастье, которые дарили им мои пьесы и моя труппа. А сейчас, когда в моей жизни представился удобный случай, я не поддамся слабости.

В комнату вошли два человека, один вновь протянул рацию Сунаю. Ка из разговоров, доносившихся из включенной рации, услышал, что в квартале Сукапы окружили одну из лачуг, что из нее стреляют, а в доме находится один из курдских партизан и какая-то семья. В разговорах по рации звучал голос военного, который отдавал приказы и к которому обращались «мой командир». Спустя какое-то время тот же военный о чем-то сообщил Сунаю, а затем спросил его мнение, словно разговаривал на этот раз не с лидером восстания, а с одноклассником.

— В Карсе есть маленькая военная база, — сказал Сунай, заметив внимание Ка. — Со времен холодной войны государство сосредоточило основные силы, которые должны будут сражаться против вторжения русских, в Сарыкамыше. Но сколько бы здесь ни было солдат, их сил хватило бы на то, чтобы отбить первую атаку русских. А сейчас они находятся здесь в основном для того, чтобы защищать границу с Арменией.

Сунай рассказал, что после того, как два вечера назад вышел вместе с Ка из автобуса, он встретился в закусочной «Зеленая страна» со своим приятелем Османом Нури Чолаком, с которым дружил уже тридцать с лишним лет. Они были однокурсниками в военном лицее «Кулели». В те времена Сунай был единственным, кто знал, кто такой Пиранделло и что собой представляют пьесы Сартра.

— Ему не удалось, как мне, дать повод отчислить себя из школы из-за несоблюдения дисциплины, но и на службе в армии он особого рвения не проявлял. Так он не смог стать офицером высшего звена. Некоторые шептали, что он не сможет стать генералом из-за маленького роста. Он злился и расстраивался; но, по-моему, не из-за профессиональных неудач, а из-за того, что его бросила жена, забрав ребенка. Ему надоело одиночество, безработица и сплетни маленького города, но он, конечно же, сплетничает больше всех. В закусочной он первым заговорил о таких признаках вырождения, как незаконная торговля скотом, незаконное использование кредитов Сельскохозяйственного банка и открытие курсов Корана, которые я прикрыл после восстания. Он довольно много пил. Увидев меня, он обрадовался, потому что страдал от одиночества. Как бы извиняясь и слегка хвалясь, он сказал, что этой ночью военным комендантом и властью в Карсе является он и поэтому, к сожалению, надо рано вставать. Капитан Тугай из-за ревматизма жены уехал в Анкару, а его помощника-офицера вызвали на срочное собрание в Сарыкамыше, губернатор был в Эрзуруме. Вся власть была у него в руках. Снег все еще не прекратился, и было ясно, что дороги будут несколько дней закрыты, как это бывает каждую зиму. Я сразу же понял, что это самая большая удача в моей жизни, и попросил для своего друга еще одну порцию двойного раки.

Согласно расследованию, проведенному впоследствии инспектором-майором, направленным из Анкары, приятель Суная по военному лицею, полковник Осман Нури Чолак (или просто Чолак, как называл его Сунай), голос которого Ка слышал по рации, воспринял эту странную идею военного переворота сначала просто как шутку, как развлечение, о котором они помечтали, сидя за столом с раки, и даже в споре первым сказал, что для дела хватит и двух танков. Позднее он принял участие в этом деле по настоянию Суная, чтобы не запятнать свою честь и так как поверил в то, что после всего того, что будет сделано, Анкара будет довольна, а не из-за какой-либо ненависти, гнева или выгоды, свойственной человеку. (Согласно отчету майора, он, к сожалению, преступил и этот принцип и приказал напасть на дом одного зубного врача в квартале Республики, сторонника идей Ататюрка, из-за какой-то женщины.) В восстании принимали участие только половина роты солдат, которых использовали для нападений на дома и школы, четыре грузовика и два танка модели Т-1, которые нужно было очень осторожно заводить, так как у них не хватало некоторых запасных частей. Если не считать «частную команду» З. Демиркола и его друзей, которая приняла на себя «нераскрытые преступления», большая часть работы была проделана некоторыми трудолюбивыми сотрудниками НРУ и Управления безопасности, которые годами заносили информацию обо всех жителях Карса в картотеку и использовали каждого десятого жителя города как своего осведомителя, в сущности только потому, что наступил чрезвычайный период. Эти сотрудники, только узнав о планах переворота, были так счастливы, распространяя по городу сплетни о представлении, которое покажут в Национальном театре сторонники светских порядков, что отправили официальные телеграммы своим коллегам, находившимся в отпусках за пределами Карса, чтобы они как можно скорее вернулись и не пропустили веселья.

Из разговоров, которые в тот момент вновь начались по рации, Ка понял, что столкновение в квартале Сукапы перешло в новую стадию. Сначала из рации донеслись три выстрела из стрелкового оружия, а через несколько секунд Ка услышал наяву эти звуки, приглушенные снегом, и решил, что звук, преувеличенный рацией, гораздо красивее.

— Не будьте жестокими, — сказал Сунай рации, — но заставьте их почувствовать, что восстание и власть сильны и не отступят ни перед чем.

Он задумчиво взялся большим и указательным пальцами левой руки за подбородок особым театральным движением, и Ка вспомнил, как он произносил эту же фразу в одной исторической пьесе в середине 1970-х. Сейчас он уже не был таким красивым, как раньше, а был усталым, потрепанным и бледным. Он взял со стола военный бинокль, сохранившийся с сороковых годов. Он надел толстое поношенное суконное пальто, которое уже десять лет носил, разъезжая по Анатолии, и, нахлобучив папаху, взял Ка за руку и вывел его на улицу. Холод на мгновение поразил Ка, и он почувствовал, как же малы и ничтожны человеческие желания и мечты, политика и ежедневная суета по сравнению с холодом Карса. Одновременно он заметил, что Сунай хромает на левую ногу гораздо сильнее, чем казалось. Пока они шли по заснеженному тротуару, пустота белоснежных улиц и то, что во всем городе шли только они одни, наполнили его душу ощущением счастья. Это было не только желание любить и получать удовольствие от жизни, навеянное прекрасным городом в снегу и старыми пустыми особняками: Ка сейчас получал удовольствие от того, что был близок к власти.

— Здесь самое красивое место в Карсе, — сказал Сунай. — Это мой третий приезд в Карс с театральной труппой за десять лет. Каждый раз, когда вечером темнеет, я прихожу сюда, под тополя и дикие маслины, и, слушая ворон и сорок, предаюсь тоске и созерцаю крепость, мост и баню, которой четыре сотни лет.

Сейчас они стояли на мосту над покрытой льдом речушкой Карс. Сунай указал на одну из лачуг, стоявших в отдалении на холме слева напротив них. Немного ниже Ка увидел танк, который стоял чуть выше дороги, а подальше от него военную машину.

— Мы вас видим, — проговорил Сунай в рацию, а затем посмотрел в бинокль.

Через какое-то время послышались два выстрела, сначала из рации. Потом они услышали звук выстрела, отразившийся эхом в долине реки. Это был привет, посланный им? Поодаль, у начала моста стояли два телохранителя, ожидавшие их. Они смотрели на квартал нищих, наскоро построенных лачуг, расположившихся спустя столетие на месте разрушенных русскими пушками особняков богатых османских генералов, на парк на противоположном берегу реки, в котором когда-то развлекались богатые буржуа Карса, и на город за ними.

— Гегель первым заметил, что история и театр созданы из одной материи, — сказал Сунай. — История, как и театр, заставляет помнить, что предоставляет возможность играть «роли». Появление смельчаков на исторической сцене, как и на сцене театральной, также…

Вся равнина сотряслась от взрывов. Ка понял, что в ход пошел пулемет на крыше танка. Танк нанес удар, но промахнулся. Последовавшие взрывы были взрывами ручных гранат, которые кидали солдаты. Лаяла собака. Дверь лачуги открылась, и наружу вышли два человека. Они подняли руки. Между тем Ка увидел, как из разбитого окна вырываются наружу языки пламени. Вышедшие с поднятыми руками легли на землю. Черный пес, с радостным лаем носившийся по сторонам во время всех этих действий, подбежал к лежащим на земле, размахивая хвостом. Затем Ка увидел, что сзади кто-то бежит, и услышал выстрелы солдат. Человек упал на землю, затем все звуки смолкли. Прошло много времени, и кто-то закричал, но Суная это уже не интересовало.

Они вернулись в ателье, за ними следом шли телохранители. Как только Ка увидел прекрасные обои старого особняка, он понял, что не может сопротивляться новому стихотворению, которое появилось у него, и отошел в сторонку.

23

Аллах справедлив настолько, что знает, что вопрос заключается не в проблеме разума и веры, а в проблеме жизни в целом

В штабе с Сунаем

Когда Сунай увидел, что Ка написал стихотворение, то встал из-за своего стола, заполненного бумагами, поздравил его и подошел к нему, прихрамывая.

— Стихотворение, которое ты читал вчера в театре, тоже было очень современным, — сказал он. — К сожалению, в нашей стране зритель не того уровня, чтобы понять современное искусство. Поэтому в свои произведения я включаю танец живота и приключения вратаря Вурала, которые понятны людям. Но затем, не делая совершенно никаких уступок, я использую самый современный «театр жизни», проникающий в саму жизнь. Я предпочитаю творить и убогое, и благородное искусство вместе с народом, вместо того чтобы играть в Стамбуле на деньги какого-то банка бульварные комедии в подражание европейским. А сейчас скажи мне по дружбе, почему ты не опознал виновных среди подозреваемых сторонников религии, которых тебе показывали в Управлении безопасности, а затем на ветеринарном факультете?

— Я никого не узнал.

— Когда стало понятно, как ты любил мальчика, который отвел тебя к Ладживерту, солдаты хотели задержать тебя. У них вызывало подозрение, что ты накануне переворота приехал из Германии и то, что, когда убили директора педагогического института, ты был там. Они хотели допросить тебя и под пытками узнать, что ты скрываешь, но я остановил их, поручившись за тебя.

— Спасибо.

— До сих пор непонятно, почему ты поцеловал того мертвого мальчика, который отвел тебя к Ладживерту.

— Я не знаю, — ответил Ка. — В нем было что-то очень честное и искреннее. Я думал, что он проживет сто лет.

— Хочешь, я прочитаю тебе, что за фрукт был этот Неджип, которого ты так жалеешь?

Он вытащил бумагу и прочитал, что Неджип в прошлом марте однажды сбежал из школы, был замешан в инциденте с разбитым стеклом в пивной «Радость» из-за того, что там продавали алкоголь в Рамазан, что какое-то время работал в областном отделении Партии Благоденствия по мелким поручениям, но его убрали оттуда или из-за его экстремистских взглядов, или из-за того, что он пережил нервный приступ, который всех напугал (в отделении партии действовали информаторы, и не один); что он захотел сблизиться с Ладживертом, которым восхищался, во время его приездов в Карс за последние восемнадцать месяцев, что написал рассказ, который сотрудники НРУ сочли «непонятным», и отдал его в одну религиозную газету Карса, которая выходила тиражом в семьдесят пять экземпляров, и после того, как его странным образом несколько раз поцеловал один аптекарь на пенсии, который в этой газете писал маленькие статьи, они со своим другом Фазылом строили планы его убить (оригинал письма с объяснениями, которое они собирались оставить на месте преступления, хранившийся в архиве НРУ, был украден и приобщен к делу), что они иногда прогуливались, смеясь, со своим приятелем по проспекту Ататюрка и в один из октябрьских дней делали неприличные знаки вслед проехавшей мимо них полицейской машине.

— Национальное разведывательное управление здесь работает очень хорошо, — проговорил Ка.

— Они знают, что ты ходил в дом глубокочтимого Шейха Саадеттина, где размещена подслушивающая аппаратура, и, подойдя к нему, целовал ему руку, со слезами на глазах объясняя, что веришь в Аллаха; что ты ставил себя в неприглядное положение перед всеми, кто в почтении стоял там, но они не знают, зачем ты все это делал. Ведь очень многие поэты этой страны, придерживающиеся левых взглядов, беспокоятся о том, как бы «стать верующими, пока исламисты не пришли к власти», и перешли в их ряды.

Ка густо покраснел. И смутился еще больше, так как почувствовал, что Сунай считает это смущение слабостью.

— Я знаю, то, что ты увидел сегодня утром, тебя расстроило. Полиция очень плохо обращается с молодыми людьми, среди них есть даже звери, которые избивают ради удовольствия. Но сейчас оставим это… — Он протянул Ка сигарету. — Я тоже, как и ты, в молодости ходил по улицам Нишанташы и Бейоглу, смотрел, как сумасшедший, западные фильмы, прочитал всего Сартра и Золя и верил, что наше будущее — это Европа. А сейчас я не думаю, что ты сможешь спокойно наблюдать, как этот мир рушится, как твоих сестер заставляют носить платок, как запрещают стихи за то, что их не одобряет религия, как в Иране. Потому что ты — из моего мира, в Карсе нет больше никого, кто читал стихи Т. С. Элиотта.

— Читал Мухтар, кандидат на пост главы муниципалитета от Партии Благоденствия, — сказал Ка. — Он очень интересуется поэзией.

— Нам уже даже не надо его арестовывать, — сказал Сунай, улыбнувшись. — Первому солдату, который постучал в его дверь, он вручил подписанную им бумагу, что снимает свою кандидатуру на пост мэра города.

Раздался взрыв. Оконные стекла и рамы задрожали. Они оба посмотрели туда, откуда послышался взрыв, в окна, выходившие в сторону речушки Карс, но, не увидев ничего, кроме покрытых снегом тополей и обледенелых карнизов обычного пустого дома на другой стороне дороги, подошли к окну. На улице не было никого, кроме охранника, стоявшего перед дверью. Карс даже в полдень был невероятно печален.

— Хороший актер, — произнес Сунай как на сцене, — выявляет силы, которые копились в истории за годы и столетия, силы, которые были спрятаны, которые не взорвались и не вырвались наружу, силы, о которых не говорили. Всю свою жизнь, в самых отдаленных уголках, на самых неизведанных путях, на самых маленьких сценах он ищет голос, который сможет даровать ему настоящую свободу. А когда он его находит, то должен, не боясь ничего, идти до конца.

— Через три дня, когда снег растает и дороги откроются, Анкара призовет вас к ответу за пролитую здесь кровь, — сказал Ка. — Не из-за того, что им не понравится, что пролилась кровь. А из-за того, что им не понравится, что это сделали другие люди. Жители Карса возненавидят тебя и эту твою странную пьесу. Что тогда ты будешь делать?

— Ты видел врача, у меня больное сердце, я дошел до конца своей жизни, мне наплевать, что будет, — ответил Сунай. — Послушай, мне пришло в голову вот что: говорят, если мы найдем какого-нибудь человека, например, того, кто убил директора педагогического института, и сразу повесим его и даже покажем это в прямой трансляции по телевидению, весь Карс станет податливым, как воск.

— Они уже сейчас как воск, — сказал Ка.

— Они готовят атаку террористов-смертников.

— Если вы кого-нибудь повесите, все будет еще ужасней.

— Ты боишься, что, если европейцы увидят, что мы здесь делаем, мне станет стыдно? Ты знаешь, сколько человек они повесили для того, чтобы построить тот современный мир, которым ты восхищаешься? Такого, как ты, либерального мечтателя с птичьими мозгами Ататюрк повесил бы еще в первый день. Запомни это хорошенько, — сказал Сунай. — Даже студентам лицея имамов-хатибов, которых ты видел сегодня, твое лицо врезалось в память, и оно больше никогда не забудется. Они могут кинуть бомбу везде, в каждого, лишь бы только их голос услышали. И кроме того, раз ты читал стихотворение прошлой ночью, значит, тебя считают участником заговора... Чтобы в этой стране могли дышать те, кто хоть немного европеизирован, в особенности эти задаваки-интеллигенты, презирающие народ, существует потребность в светской армии, или же сторонники религиозных порядков хладнокровно перережут их и их крашеных жен тупым ножом. Но эти умники считают себя европейцами и брезгливо воротят нос от военных, которые на самом деле их защищают. Неужели ты думаешь, что в тот день, когда они превратят эту страну в Иран, кто-нибудь вспомнит, что такой сердобольный либерал, как ты, проливает слезы из-за парней из лицея имамов-хатибов? В тот день они убьют тебя за то, что ты немного европеизирован, что от страха не читаешь басмалу[1], что ты щеголь, что ты завязываешь галстук или за то, что носишь пальто. Где ты купил это красивое пальто? Я могу его надеть на спектакль?

— Конечно.

— Я дам тебе охранника, чтобы в твоем пальто не появилась дырка. Через какое-то время я объявлю по телевидению, что выходить на улицу можно будет только с середины дня. Не выходи на улицу.

— В Карсе нет «религиозных» террористов, которых надо сильно бояться, — сказал Ка.

— Хватит и тех, кто есть, — ответил Сунай. — К тому же этим государством можно законно управлять, только посеяв в сердцах религиозный страх. И потом

---

[1] Сокращенная форма фразы «Во имя Аллаха, милостливого и милосердного!», которой начинаются все суры Корана.

станет ясно, что этот страх, как всегда, справедлив. Если народ испугается сторонников религии и не найдет защиты у власти и армии, то впадет в анархию и в отсталость, как это происходит в некоторых клановых государствах Среднего Востока и Азии.

Его речь, которую он произносил, стоя совершенно прямо, словно отдавая приказы, то, что он то и дело подолгу смотрел на воображаемую точку над зрителями, напомнило Ка его выступление на сцене театра двадцать лет назад. Но это его не развеселило; он чувствовал, что и сам играет в эту немодную игру.

— Теперь скажите мне, чего вы хотите от меня, — сказал Ка.

— Если меня не будет, тебе будет трудно выстоять в этом городе. Сколько бы ты ни угождал любителям религии, все равно тебе продырявят пальто. Я твой единственный защитник и друг в Карсе. Не забудь, если ты потеряешь мою дружбу, то застрянешь в одной из камер на нижнем этаже в Управлении безопасности и отведаешь пыток. Твои друзья в газете «Джумхуриет» поверят не тебе, а военным. Знай это.

— Я знаю.

— Тогда скажи мне, что ты этим утром скрывал от полицейских, что ты похоронил в углу своего сердца вместе с чувством вины.

— Кажется, здесь я начну верить в Бога, — сказал Ка, улыбнувшись. — Именно это я, может, все еще скрываю даже от себя.

— Ты заблуждаешься! Даже если ты поверишь, нет никакого смысла верить в одиночку. Нужно, например, верить так, как верят бедняки, и быть одним из них. Только если ты будешь есть то же, что они, и жить как они, смеяться над тем, над чем смеются они, и сердиться на то, что сердит их, тогда ты поверишь в их Бога. Ты не сможешь верить в того же Аллаха, что и они, если ты будешь вести совсем другую жизнь. Аллах справедлив настолько, чтобы знать, что вопрос заключается не в проблеме разума и веры, а в проблеме жизни в целом. Но это не то, о чем я сейчас спрашиваю. Через полчаса я выступлю по телевидению и обращусь к жителям Карса. Я хочу сообщить им благую весть. Я скажу им, что поймали убийцу директора педагогического института. Вполне вероятно, что этот же человек убил прежнего мэра. Я могу им сказать, что ты опознал этого человека сегодня утром? А затем по телевидению выступишь ты и все расскажешь.

— Но я же не смог никого опознать.

Сунай гневным движением, в котором не было ничего театрального, схватил Ка за руку, вытянул его из комнаты, провел по широкому коридору и втолкнул в белоснежную комнату, обращенную окнами во внутренний двор. Ка заглянул внутрь и испугался не того, что в комнате было грязно, а того, что увидел много интимных вещей, ему захотелось отвернуться. На веревке, натянутой между задвижкой на окне и гвоздем в стене, были развешаны чулки. В открытом чемодане у стены Ка увидел фен, перчатки, рубашки и такой большой бюстгальтер, какой могла носить только Фунда Эсер. Она сидела тут же, на стуле, одновременно перебирая предметы макияжа, помешивая что-то в миске, стоявшей на покрытом бумагой столе (Ка подумал: компот или суп?), и в то же время что-то читая.

— Мы здесь ради современного искусства... И неотделимы друг от друга, как ноготь с пальцем, — сказал Сунай, еще сильнее сжав руку Ка.

Ка, не понимая, что хочет сказать Сунай, терялся между театральной игрой и реальностью.

— Вратарь Вурал потерялся, — сказала Фунда Эсер. — Утром вышел из дома и не вернулся.

— Где-нибудь надрался и заснул, — сказал Сунай.

— Где ему надраться? — ответила жена. — Все закрыто. На улицы выходить нельзя. Солдаты уже начали его искать. Я боюсь, как бы его не похитили.

— Дай бог, чтобы похитили, — сказал Сунай. — Сдерут с него шкуру, отрежут язык, отделаемся от него наконец.

Несмотря на всю циничность того, как они выгляде-ли, и того, о чем заговорили, Ка почувствовал в разго-воре между супругами такой тонкий юмор и такое вза-имопонимание, что у него появилось к ним уважение, смешанное с завистью. Столкнувшись в этот момент взглядом с Фундой Эсер, он, повинуясь интуиции, по-приветствовал женщину, поклонившись ей до пола.

— Сударыня, вчера вы были чудесны, — сказал он театральным тоном, но с искренним восхищением.

— Ну что вы, сударь, — ответила женщина с легким смущением. — В нашем театре мастерство принадле-жит не актеру, а зрителю.

Она повернулась к мужу. Супруги быстро перегово-рили, как трудолюбивые король и королева, озабочен-ные государственными делами. Отчасти с изумлением, отчасти с восхищением, Ка слушал, как они в мгно-вение ока договорились о том, какой костюм наденет Сунай, когда вскоре будет выступать по телевидению (штатскую одежду, военную форму или костюм?); уже подготовлен письменный текст того, что он будет гово-рить (часть написала Фунда Эсер); о доносе хозяина отеля «Веселый Карс», в котором они останавливались в прошлые приезды в Карс, и о том, что он попросил за-щиты (он беспокоился из-за того, что солдаты то и дело заходили в его отель и устраивали обыски, поэтому сам донес на двух своих молодых подозрительных по-стояльцев); они прочитали послеобеденную программу передач карсского телеканала «Граница», которая была написана после выкуренной пачки сигарет (в четвер-тый и пятый раз показать спектакль в Национальном театре, три раза повторить речь Суная, героические и приграничные народные песни, научно-популярный фильм, представляющий туристам красоты Карса, и фильм местного производства «Розовощекая»).

— Что будем делать с нашим запутавшимся по-этом, который мыслями в Европе, а сердцем с воинствующими студентами лицея имамов-хатибов? — спросил Сунай.

— По твоему лицу видно, — сказала Фунда Эсер, улыбнувшись. — Он хороший парень. Он нам поможет.

— Но он проливает слезы из-за исламистов.

— Потому что он влюблен, — сказала Фунда Эсер. — Наш поэт слишком чувствителен в эти дни.

— А, наш поэт влюблен? — спросил Сунай с театральным жестом. — Только самые настоящие поэты во время восстания могут думать о любви.

— Он не настоящий поэт, он настоящий влюбленный, — сказала Фунда Эсер.

Безошибочно поиграв в эту игру еще какое-то время, супруги и разозлили Ка, и ошеломили. Потом они сидели друг против друга за большим столом в ателье и пили чай.

— Я говорю тебе, если ты решишь, что поможешь нам, это будет самым умным поступком, — сказал Сунай. — Кадифе — любовница Ладживерта. Ладживерт приезжает в Карс не ради политики, а ради любви. Этого убийцу не арестовывали, чтобы выявить молодых исламистов, с которыми он связан. Сейчас раскаиваются. Потому что вчера он исчез в мгновение ока, перед нападением на общежитие. Все молодые исламисты в Карсе восхищаются им и связаны с ним. Он, конечно, где-то в Карсе и непременно будет искать тебя. Тебе, возможно, будет трудно сообщить нам, но если они прикрепят на тебя один — или даже два — микрофона, как это было у покойного директора педагогического института, а на твое пальто прикрепят датчик, то, когда он тебя найдет, тебе не нужно будет слишком сильно бояться. Как только ты отойдешь, его сразу же поймают. — По лицу Ка он сразу понял, что ему не нравится эта мысль. — Я не настаиваю, — сказал он. — Ты это скрываешь, но по твоему сегодняшнему поведению становится понятно, что ты осторожный человек. Ты, конечно, умеешь защитить себя, но я все же скажу тебе, что тебе следует обратить внимание на Кадифе. Подозревают, что все, что она слышит, она тотчас сообщает Ладживерту; и должно быть, сообщает и то, о чем дома каждый вечер за обеденным столом разговаривают ее отец и гости. В некотором смысле из-за удовольствия предать своего отца. Но также и из-за того, что она связана любовью к Ладживерту. Что в этом человеке, по-твоему, такого удивительного?

— В Кадифе? — спросил Ка.

— В Ладживерте, конечно же, — сказал Сунай, сердясь. — Почему все восхищаются этим убийцей? Почему по всей Анатолии его имя — легенда? Ты разговаривал с ним, ты можешь мне сказать это?

Когда Фунда Эсер вытащила пластмассовую расческу и начала нежно и старательно расчесывать выцветшие волосы мужа, Ка, которому было очень трудно сосредоточиться, замолчал.

— Послушай речь, с которой я выступлю на телевидении, — сказал Сунай. — Отвезем-ка мы тебя на грузовике в твой отель.

До окончания запрета выходить на улицы осталось сорок пять минут. Ка попросил разрешения вернуться в отель пешком, они разрешили.

На душе у него немного просветлело от пустоты широкого проспекта Ататюрка, от безмолвия соседних улиц под снегом, от красоты покрытых снегом старых русских домов и диких маслин, как вдруг он заметил, что за ним идет человек. Он прошел проспект Халитпаши и с Малого проспекта Казым-бея повернул налево. Шедший следом агент, охая, пытался поспеть за ним в рыхлом снегу. За ним следом пристроился и тот черный дружелюбный пес с белым пятном на лбу, который носился вчера по вокзалу. Ка спрятался в одной из мануфактурных лавок в квартале Юсуф-паши и стал наблюдать за ним, а затем внезапно вышел перед шпиком, который шел следом.

— Вы следите за мной для того, чтобы получить информацию или чтобы охранять меня?

— Ей-богу, сударь, как вам будет угодно.

Но человек был таким усталым и измученным, что был не в состоянии защитить не только Ка, но даже самого себя. Он выглядел, самое меньшее, лет на шестьдесят пять, лицо его было покрыто морщинами, голос был слабым, в глазах не было блеска, и он смотрел на Ка испуганно — не как полицейский в штатском, а, скорее, как человек, который боится полиции. Увидев, что носки его ботинок марки «Сюмербанк», которые носит вся гражданская полиция в Турции, расклеились, Ка пожалел человека.

— Вы полицейский, если у вас есть удостоверение личности, давайте попросим открыть здешнюю закусочную «Зеленая страна» и посидим немного.

Дверь трактира открылась, в нее не нужно было долго стучать. Они пили со шпиком, которого, как узнал Ка, звали Саффет, раки, ели пирожки, которыми он поделился с черным псом, и слушали речь Суная. Его речь ничем не отличалась от речи других лидеров, которые Ка слышал после прочих военных переворотов. Пока Сунай говорил, что сторонники курдского национализма и религиозных порядков, подстрекаемые нашими общими врагами, а также выродившиеся политики, которые делают все для того, чтобы получить голоса избирателей, привели Карс к краю пропасти, Ка даже заскучал.

Когда он пил вторую рюмку раки, шпик почтительно указал на Суная в телевизоре. С его лица исчезло служебное выражение, оно сменилось выражением несчастного гражданина, который подает прошение начальству.

— Вы с ним знакомы, и, кроме того, он вас уважает, — сказал он. — У нас будет небольшая просьба. Если вы у него попросите, я избавлюсь от этой адской жизни. Пожалуйста, пусть меня заберут с этих допросов по делу об отравлении и направят в другое место.

В ответ на вопросы Ка он встал и закрыл на задвижку дверь закусочной. Сел к нему за стол и рассказал о «допросах по делу об отравлении».

Довольно запутанный рассказ, — еще и потому, что и без того обалдевшая голова Ка моментально затуманилась, — начинался с того, что военные и разведывательные организации заподозрили, что шербет с корицей, который продавался в буфете под названием «Современный буфет», где торговали бутербродами и сигаретами и куда ходило очень много солдат, был отравлен. Первое происшествие, которое привлекло внимание, произошло с одним стамбульским офицером-пехотинцем в запасе. Два года назад, перед учениями, которые, как было понятно, будут весьма нелегкими, этот офицер начал дрожать от температуры так, что не мог стоять на ногах. В лазарете, куда его поместили, стало понятно, что он отравился, и солдат, решив, что умирает, в гневе обвинил горячий шербет, который пил, купив его в буфете на углу проспекта Казыма Карабекира и Малого проспекта Казым-бея из любопытства, как нечто новое. Об этом случае, о котором забыли бы, не придав ему значения, потому что это было обычное отравление, вспомнили опять, когда еще два отставных офицера через небольшой промежуток времени были помещены в лазарет с теми же симптомами. Они тоже дрожали, заикались от дрожи, от слабости не могли стоять на ногах и обвиняли тот же горячий шербет, который выпили из любопытства. Этот горячий шербет делала одна курдская тетушка у себя дома в квартале Ататюрка, утверждая, что изобрела его сама, а когда он всем понравился, начала продавать его в буфете, которым владели ее племянники. Эта информация была получена в результате тайного допроса, сразу же проведенного в то время в военном штабе Карса. Однако в результате исследования на ветеринарном факультете тайно взятых образцов тетушкиного шербета никакой яд обнаружен не был. Когда дело уже должны были вот-вот закрыть, генерал, рассказавший своей жене об этом деле, с ужасом узнал, что она каждый день пила по нескольку стаканов этого горячего шербета, решив, что он поможет против ее ревматизма. Многие жены офицеров да и многие офицеры часто пили шербет под предлогом того, что он полезен для здоровья, и просто от скуки. Когда короткий допрос установил, что офицеры и их семьи, солдаты, отпрашивающиеся на рынок, семьи солдат, приехавшие навестить своих сыновей, пили очень много этого шербета, который продавался в центре города, где они проходили по десять раз за день и который был единственным новым развлечением в Карсе, генерал испугался первой полученной информации и, волнуясь, как бы чего не вышло, передал дело в органы Разведывательного управления и в инспекцию Генерального штаба. В те дни, по мере того как армия, насмерть сражавшаяся на юговостоке с партизанами РПК, одерживала победы, среди некоторых безработных и потерявших надежду молодых курдов, мечтавших присоединиться к партизанам, распространялись странные и пугающие мечты о мести. Конечно же, различные шпионы управления, дремавшие в кофейнях Карса, знали об этих гневных мечтах, таких как бросить бомбу, украсть людей, разрушить статую Ататюрка, отравить воду в городе, взорвать мост. Поэтому дело восприняли всерьез, но из-за щекотливости вопроса сочли неудобным допрашивать владельцев буфета с применением пыток. Вместо этого, когда продажи возросли, на кухню довольной курдской тетушки и в буфет внедрили агентов из канцелярии губернатора. Агент в буфете снова указал, что никакой инородный порошок не попадал ни в напиток с корицей, который был собственным изобретением тетушки, ни в стеклянные стаканы, ни на тряпку для рук, намотанную на гнутую ручку жестяных черпаков, ни в коробку для мелких монет, ни на ржавые отвер-

263

стия в посуде и мойке, ни на руки работавших в буфете. А через неделю он был вынужден покинуть работу с теми же признаками отравления, мучаясь рвотой. А агент, которого внедрили в дом к тетушке в квартале Ататюрка, был намного более трудолюбивым. Каждый вечер он сообщал обо всем в письменных рапортах, начиная с тех, кто входил и выходил из дома, и вплоть до описания использованных при приготовлении блюд ингредиентов (морковь, яблоки, сливы и сушеные тутовые ягоды, цветы граната, шиповник и алтей). Через короткое время эти рапорты превратились в достойные похвалы рецепты горячего шербета, пробуждавшие аппетит. Агент пил в день по пять-шесть графинов шербета и рапортовал не о его вреде, а о том, что считает его полезным, что он хорошо помогает против болезней, что это настоящий «горный» напиток и что он как будто бы взят из знаменитой курдской народной повести «Мем и Зин». Специалисты, присланные из Анкары, потеряли доверие к этому агенту, потому что он был курдом, и из того, что от него узнали, сделали вывод, что напиток травит турок, но не действует на курдов, но из-за того, что это не соответствовало государственной установке о том, что между турками и курдами нет никакой разницы, никому не сообщили о своих соображениях. Группа врачей, приехавшая после этого из Стамбула, открыла особую санитарную часть в больнице социального страхования, чтобы исследовать эту болезнь. Но ее заполнили совершенно здоровые жители Карса, которые хотели, чтобы их осмотрели бесплатно, страдающие от обычных болезней, таких как выпадение волос, псориаз, грыжа и заикание, что бросило тень на серьезность исследования. Так что пока этот постепенно разрастающийся шербетный заговор, который, если это правда, уже сейчас оказывает смертельное воздействие на тысячи солдат, не подорвал ничье моральное состояние, вся работа по разоблачению вновь легла на службы Разведывательного управления Карса и на их трудолюбивых сотрудников, среди которых был и Саффет. Множество агентов было выделено для того, чтобы следить за теми, кто пьет шербет, который с радостью варила курдская тетушка. Теперь вопрос заключался не в том, чтобы установить, как действует на жителей Карса яд, а в том, чтобы точно понять, травятся жители города на самом деле или нет. Таким образом, агенты следили за всеми гражданами — и штатскими, и военными, любившими с аппетитом пить шербет с корицей, и иногда следили за каждым из них по отдельности, выслеживая их до дверей квартир. Ка дал слово этому агенту, у которого в результате этих дорогостоящих и утомительных действий иссякли силы и расползлись ботинки, рассказать обо всем Сунаю, все еще говорившему по телевизору.

Шпик так обрадовался этому, что, когда они уходили, в благодарность обнял и поцеловал Ка, а щеколду на двери открыл собственными руками.

24

Я, Ка

Шестиугольная снежинка

Ка шел в отель, наслаждаясь красотой заснеженных пустынных улиц, а черный пес — следом за ним. Джевиту на ресепшн он оставил записку для Ипек: «Приходи скорее». Пока он лежал на кровати и ждал ее, он думал о своей матери. Но это долго не продлилось, потому что скоро он задумался об Ипек, которая все не шла. Даже столь недолго ждать Ипек доставляло такую острую боль Ка, что он с раскаянием стал думать, что заболеть ею да ехать в Карс было глупостью. Уже прошло много времени, а Ипек все не приходила.

Спустя тридцать восемь минут после того, как Ка вошел в отель, пришла Ипек.

— Я ходила к угольщику, — сказала она. — Я подумала, что после окончания запрета выхода на улицы в лавке будет очередь, и без десяти двенадцать вышла через задний двор. А после полудня немного прогулялась по рынку. Если бы знала, то сразу же пришла бы.

Ка внезапно так обрадовался тому оживлению и бодрости, которое принесла в комнату Ипек, что сильно боялся омрачить момент, который сейчас переживал. Он смотрел на блестящие длинные волосы и на постоянно двигавшиеся маленькие ручки Ипек. (Ее левая рука за короткое время дотронулась до волос, которые она поправила, до носа, до пояса, до края двери, до красивой длинной шеи, до волос, которые она опять поправила, и до яшмовых бус, которые она, как заметил Ка, надела недавно.)

— Я ужасно влюблен в тебя и страдаю, — сказал Ка.

— Не беспокойся, любовь, которая так быстро разгорелась, так же быстро и погаснет.

Ка охватило беспокойство, и он попытался ее поцеловать. А Ипек, совсем наоборот, спокойно целовала Ка. Ка был ошеломлен, потому что чувствовал, как женщина держит его своими маленькими руками за плечи, и переживал всю сладость поцелуев. На этот раз он понял по тому, как Ипек прижималась к нему всем телом, что и она хотела бы заняться с ним любовью. Ка, благодаря способности быстро переходить от глубокого пессимизма к бурной радости, сейчас был так счастлив, что его глаза, разум, память раскрылись навстречу этому моменту и всему миру.

— Я тоже хочу заняться с тобой любовью, — сказала Ипек. Мгновение она смотрела перед собой. И сразу подняв свои слегка раскосые глаза, решительно посмотрела в глаза Ка: — Но я сказала, не под самым носом у моего отца.

— Когда твой отец выходит?

— Никогда, он не выходит, — ответила Ипек. Она открыла дверь, сказала: — Мне надо идти, — и удалилась.

Ка смотрел ей вслед до тех пор, пока она не исчезла из виду, спустившись по лестнице в конце полутемного коридора. Закрыв дверь и сев на кровать, он вытащил из кармана свою тетрадь и сразу начал писать на чистой странице стихотворение, которое назвал «Безвыходные положения, трудности».

Окончив стихотворение, он подумал, сидя на кровати, что впервые с того момента, как приехал в Карс, у него нет в этом городе никакого дела, кроме как распалять Ипек и писать стихи: это придавало ему и чувство свободы, и ощущение безысходности. Сейчас он знал, что если сможет уговорить Ипек покинуть Карс вместе с ним, будет счастлив с ней до конца жизни. Он был благодарен снегу, забившему дороги, который устроил совпадение времени, за которое Ка сможет убедить Ипек, и места, которое поможет этому делу.

Он надел пальто и, не замеченный никем, вышел на улицу. Он пошел не в сторону муниципалитета, а налево, вниз от проспекта Национальной независимости. Зайдя в аптеку «Знание», он купил витамин С в таблетках, с проспекта Фаик-бея повернул налево и, глядя в витрины закусочной, прошел немного и повернул на проспект Казым-паши. Агитационные флажки, которые вчера придавали проспекту оживление, были сняты, а все лавочки были открыты. Из маленького музыкально-канцелярского магазина доносилась громкая музыка. Толпы людей, с целью просто выйти на улицу, бродили туда-сюда по рынку, глядя друг на друга и на витрины и замерзая. Множество людей, которые раньше садились на микроавтобусы в центральных уездах и приезжали в Карс, чтобы провести несколько дней, дремля в чайной или за бритьем у парикмахера, не смогли приехать в город; Ка понравилось, что парикмахерские и чайные дома пусты. Его сильно развеселили дети на улице, которые заставили позабыть о страхе. Он увидел, что несколько мальчишек катались на санках, играли в снежки, бегали, ссорились и ругались, шмыгали носом, наблюдая за всем этим, на маленьких пустых участках земли, на площадях, покрытых снегом, в садах школ и государственных учреждений, на спусках, на мостах над рекой Карс. На некоторых были пальто, а на большинстве — школьные пиджаки, кашне и тюбетейки. Ка наблюдал за веселой толпой, с радостью встретившей военный переворот, потому что школы не работали, и, как только сильно замерзал, заходил в ближайшую чайную и, пока агент Саффет сидел за столом напротив, пил стакан чая и снова выходил на улицу.

Так как Ка уже привык к агенту Саффету, он его уже не боялся. Он знал, что если за ним действительно захотят следить, то приставят к нему малозаметного человека. Шпик, который заметен, годился для того, чтобы скрывать шпика, который не должен быть виден. Поэтому, когда Ка внезапно потерял Саффета из вида, он начал волноваться и искать его. Он нашел Саффета с полиэтиленовой сумкой в руке, который, запыхавшись, искал его на проспекте Фаик-бея, на том углу, где вчера ночью увидел танк.

— Очень дешевые апельсины, я не выдержал, — сказал агент. Он поблагодарил Ка за то, что тот его подождал, и добавил: то, что Ка не убежал и не исчез, доказывает его добрые намерения. — Теперь, если вы скажете, куда идете, мы не будем напрасно утомлять друг друга.

Ка не знал, куда пойдет. Когда позднее они сидели в другой пустой чайной с заледеневшими окнами, он, выпив две рюмки раки, понял, что хочет пойти к Глубокочтимому Шейху Саадеттину. Снова увидеть Ипек сейчас было невозможно, его душа сжималась от мыслей о ней и от боязни испытать любовные страдания. Ему хотелось рассказать Глубокочтимому Шейху о своей любви к Аллаху и повести изящную беседу об Аллахе и смысле мира. Но ему пришло в голову, что сотрудники Управления безопасности, оборудовавшие обитель подслушивающими устройствами, будут слушать его и смеяться.

И все же, когда Ка проходил мимо скромного дома Досточтимого Шейха на улице Байтар-хане, он на мгновение остановился. И посмотрел наверх, в окна.

Через какое-то время он увидел, что дверь в областную библиотеку Карса открыта. Он вошел и поднялся по грязной лестнице. На лестничной площадке, на доске объявлений были аккуратно прикреплены все семь местных газет Карса. Поскольку, как и городская газета «Граница», другие газеты тоже вышли вчера после обеда, они писали не о восстании, а о том, что представление в Национальном театре прошло успешно, и о том, что ожидается продолжение снегопада.

В читальном зале Ка увидел пять-шесть школьников, хотя школы не работали, и несколько пенсионеров и служащих, сбежавших от холода в домах. В стороне, среди потрепанных зачитанных словарей и наполовину разорванных детских иллюстрированных энциклопедий, он нашел тома старой «Энциклопедии жизни», которую очень любил в детстве. На последнем развороте каждого из этих томов были вклейки из цветных рисунков, листая которые можно было увидеть анатомические таблицы, где в отдельности, подробно были показаны органы человека, части кораблей и машин в разрезе. Повинуясь интуиции, Ка разыскал на задней обложке четвертого тома изображение матери и ребенка, лежавшего, словно в яйце, внутри ее располневшего живота, однако эти рисунки были вырваны, и он смог увидеть только место разрыва.

В том же томе (ИС-МА) на 324-й странице он внимательно прочитал одну статью.

СНЕГ. Твердая форма воды, которую она принимает, падая, перемещаясь или поднимаясь в атмосфере. Снег существует в виде красивых кристальных звездочек шестиугольной формы. У каждого кристалла неповторимая шестиугольная конструкция. Тайны снега с древних времен вызывали интерес и изумление человека. В 1555 году в шведском городе Упсала священник Олаус Магнус, заметив, что каждая снежинка обладает неповторимой шестиугольной конструкцией и, как было видно по форме...

Я не могу сказать, сколько раз в Карсе Ка читал эту статью и насколько вобрал в себя в то время рисунок этого снежного кристалла. Спустя много лет я пошел в их дом в Нишанташы и однажды, в тот день, когда мы долго говорили о нем со слезами на глазах с его всегда беспокойным и подозрительным отцом, я попросил разрешения посмотреть их старую домашнюю библиотеку. Я думал не о детской и молодежной библиотеке в комнате Ка, а о библиотеке его отца, находившейся в темном углу гостиной. Здесь, среди книг по юриспруденции в шикарных переплетах, переводных и турецких романов, оставшихся с 1940-х годов, и телефонных справочников я увидел эту «Энциклопедию жизни» в особом переплете и взглянул на анатомическое строение беременной женщины на задней обложке четвертого тома. Когда я небрежно раскрыл книгу, передо мной сама собой появилась 324-я страница. Там, рядом с той же статьей о снеге, я увидел промокашку тридцатилетней давности.

Глядя в энциклопедию перед собой, Ка, как ученик, выполняющий домашнее задание, вытащил из кармана свою тетрадь и начал писать десятое по счету стихотворение, которое пришло к нему в Карсе. Ка начал свое стихотворение с мысли о неповторимости каждой снежинки и образа ребенка в животе матери, изображение которых он не смог найти в томе «Энциклопедии жизни», и назвал это произведение, в котором он обосновал свое место и место своей жизни в этом мире, свои страхи, особенности и неповторимость, — «Я, Ка».

Он еще не закончил свое стихотворение, как почувствовал, что кто-то сел к нему за стол. Подняв голову от тетради, он поразился: это был Неджип. В нем проснулся не ужас и не изумление, а чувство вины от того, что он поверил в смерть того, кто не должен был умереть так легко.

— Неджип, — сказал он и захотел обнять и поцеловать его.

— Я Фазыл, — ответил юноша. — Я увидел вас по дороге и пошел следом за вами. — Он бросил прямой взгляд на стол, за которым сидел шпион Саффет. — Скажите мне быстро: это правда, что Неджип умер?

— Правда. Я видел собственными глазами.

— Тогда почему вы назвали меня Неджипом? Все-таки вы не уверены.

— Не уверен.

Лицо Фазыла мгновенно побледнело, но затем он усилием воли взял себя в руки.

— Он хочет, чтобы я за него отмстил. Поэтому я понимаю, что он умер. Но я хочу, когда откроются школы, как и раньше, учить свои уроки, а не вмешиваться в политику и мстить.

— И к тому же месть — страшная вещь.

— И все-таки, если он и в самом деле хочет, то я отомщу, — сказал Фазыл. — Он рассказывал мне о вас. Вы отдали Хиджран, то есть Кадифе, письма, которые он ей писал?

— Отдал, — ответил Ка. Он забеспокоился под взглядом Фазыла и подумал: «Поправиться, сказать: „Я собирался отдать?"» Но он уже опоздал. И к тому же его почему-то успокаивало лгать. Его обеспокоило выражение боли, проявившееся на лице Фазыла.

Фазыл закрыл лицо руками и всхлипнул. Но он так злился, что не пролил ни одной слезинки.

— Если уж Неджип умер, то кому мне надо мстить? — Увидев, что Ка молчит, он пристально посмотрел ему в глаза. — Вы знаете.

— Он говорил, что вы иногда одновременно думали об одном и том же, — сказал Ка. — Раз ты мыслишь, значит он существует.

— Меня наполняет горечью то, о чем хотел он, чтобы я думал, — сказал Фазыл. Ка впервые в его глазах увидел свет, который видел в глазах Неджипа. Ему показалось, что перед ним был призрак.

— О чем он заставляет тебя думать?

— О мести, — ответил Фазыл. И всхлипнул еще раз.

Ка сразу понял, что месть не была главным, о чем думал Фазыл. Он сказал об этом, увидев, что агент Саффет встал из-за стола, откуда внимательно смотрел на них, и подходит к ним.

— Предъявите ваше удостоверение личности, — сказал агент Саффет, строго глядя на Фазыла.

— Мой школьный билет на столе выдачи книг.

Ка увидел, что Фазыл сразу понял, что перед ним полицейский в штатском, и его охватил страх. Они вместе пошли к столу выдачи книг. Когда агент из школьного билета, который он выхватил из рук служащей, выглядевшей так, будто она боялась всего на свете, узнал, что Фазыл — ученик лицея имамов-хатибов, он взглянул на Ка обвиняющим взглядом, словно говоря: «Ну мы же знали». А затем положил школьный билет к себе в карман с видом взрослого, который забирает мяч у ребенка.

— Придешь в Управление безопасности и заберешь свой школьный билет, — сказал он.

— Господин сотрудник, — сказал Ка. — Этот мальчик ни во что не вмешивается, и к тому же он сейчас узнал о смерти своего самого любимого друга, отдайте его удостоверение.

Но Саффет не смягчился, хотя в полдень просил у Ка покровительства.

Ка верил, что сможет забрать удостоверение Фазыла у Саффета в каком-нибудь углу, где никто не увидит, и поэтому договорился с Фазылом в шесть часов встретиться в Демиркёпрю. Фазыл сразу ушел из библиотеки. Весь читальный зал забеспокоился, все решили, что будет проверка документов. Но Саффет этого не заметил, сразу вернулся за свой стол, и продолжил перелистывать номер журнала «Жизнь» начала 1960 года, и смотрел на фотографии грустной принцессы Сурейи, которой пришлось развестись, так как она не смогла родить ребенка иранскому шаху, и на последние фотографии бывшего премьер-министра Аднана Мендереса перед тем, как его повесили.

Ка, решив, что в библиотеке не сможет забрать удостоверение у агента, вышел из библиотеки. Увидев красоту заснеженных улиц и радость детей, воодушевленно игравших в снежки, он оставил все свои страхи позади. Ему захотелось побежать. На площади Правительства он увидел толпу грустных мужчин с матерчатыми сумками и с пакетами из газетной бумаги, перевязанными веревкой, замерзая, стоявших в очереди. Это были осторожные жители Карса, которые всерьез восприняли объявление чрезвычайного правительства и покорно пришли сдать оружие, которое было у них дома. Но власть им совершенно не доверяла, и поэтому хвост очереди не впускали в здание областной администрации, и они все мерзли на улице. Большая часть жителей города после этого объявления, открыв в полночь двери своих домов, закопали оружие в заледеневшую землю, туда, где искать никому не придет в голову.

Шагая по проспекту Фаик-бея, он встретил Кадифе и густо покраснел. Он только что думал об Ипек, и Кадифе ему показалась кем-то невероятно близким и прекрасным, связанным с Ипек. Если бы он не сдержал себя, то обнял бы девушку в платке и расцеловал.

— Мне нужно с вами очень срочно поговорить, — сказала Кадифе. — Но за вами идет тот человек, а говорить я хочу не тогда, когда он смотрит. Можете в два часа прийти в отеле в 217-й номер? Это последняя комната в конце того коридора, где находится ваша комната.

— Мы сможем там спокойно поговорить?

— Никому ни слова, — широко раскрыла глаза Кадифе, — если вы не скажете никому, даже Ипек, никто не будет знать о нашем разговоре. — И пожала руку Ка официальным жестом, чтобы это увидели люди, внимательно смотревшие на нее. — А сейчас осторожно посмотрите мне вслед, сколько за мной шпиков, один или два, потом скажете.

Ка, улыбнувшись краем губ, кивком головы ответил «да» и сам удивился хладнокровию, которое напустил на себя. Между тем его на какое-то мгновение ошеломила мысль встретиться с Кадифе в какой-нибудь комнате, втайне от ее сестры.

Он сразу понял, что не хочет, пусть даже случайно, встретить в отеле Ипек до встречи с Кадифе. Поэтому он побрел по улицам, чтобы убить время до встречи. Казалось, никто не жаловался на военный переворот; точно так же, как это было в его детстве, царила атмосфера перемен в жизни и начала чего-то нового. Женщины держали сумки и детей и принялись щупать и выбирать фрукты в бакалейных и фруктовых лавках, торговаться, а множество усатых мужчин встали на углах улиц и, куря сигареты без фильтра, стали рассматривать прохожих и сплетничать. Не было на своем месте попрошайки, прикидывавшегося слепым, которого Ка видел вчера два раза под карнизом пустого здания между базаром и гаражами. Ка не увидел и легких грузовых автомобилей, которые парковались на близлежащих улицах и торговали яблоками и апельсинами. Движение транспорта, и так редкого, сильно сократилось, но было трудно понять, из-за военного переворота или из-за снега. В городе было увеличено число полицейских в штатском (один из них был поставлен в ворота детьми, игравшими в футбол в нижней части проспекта Халит-паши), а также на неопределенное время была запрещена темная деятельность двух отелей рядом с гаражами, которые были публичными домами (Отель «Пан» и гостиница «Свобода»), было запрещено устраивать петушиные бои и незаконный забой скота. Жители Карса уже привыкли к звукам взрывов, которые то и дело доносились из кварталов, застроенных лачугами, и это никого не смущало. И поскольку Ка остро ощущал в себе чувство свободы, которое придавала эта музыка безразличия, он купил в «Современном буфете» на углу проспекта Казыма Карабекира и Малого проспекта Казым-бея горячий шербет с корицей и с удовольствием выпил.

25

Единственное время свободы в Карсе
Кадифе и Ка в комнате отеля

Через шестнадцать минут Ка вошел в комнату отеля номер 217, он боялся, что кто-нибудь его увидит, и, чтобы начать веселый и непринужденный разговор, рассказал Кадифе о шербете, слегка терпкий привкус которого еще чувствовал во рту.

— Одно время говорили, что в этот шербет разгневанные курды бросали яд, чтобы отравить личный состав армии, — сказала Кадифе. — А чтобы расследовать это дело, государство прислало секретных инспекторов.

— Вы верите в эти рассказы? — спросил Ка.

— Все образованные и европеизированные приезжие люди, попавшие в Карс, — проговорила Кадифе, — как только слышат эти рассказы, желая доказать, что они не верят в эти сплетни, идут в буфет и пьют немного шербета — и травятся самым глупым образом. Потому что то, что говорят, — это правда. Некоторые курды настолько страдают, что даже забыли Аллаха.

— Как же власть позволяет подобное?

— Как и все европеизированные интеллигенты, вы, сами того не замечая, больше всего полагаетесь на наше государство. НРУ знает и об этом деле, так же как оно знает обо всем, но не вмешивается.

— Хорошо, а они знают, что мы находимся здесь?

— Не бойтесь, сейчас совершенно точно не знают, — улыбнувшись, сказала Кадифе. — Но однажды непременно узнают, а до этого времени мы здесь свободны в своих действиях. Единственное время свободы в Карсе — это время, которое длится недолго. Цените его, пожалуйста, снимите ваше пальто.

— Это пальто спасает меня от неприятностей, — сказал Ка. Он увидел выражение страха на лице Кадифе. — К тому же здесь холодно, — добавил он. Это была половина маленькой комнаты, которая когда-то использовалась как кладовая, с узким окошком, выходившим во внутренний двор, в комнате была маленькая постель, на которую они сели, стесняясь, и стоял душный запах влажной пыли, свойственный плохо проветриваемым гостиничным номерам. Кадифе потянулась и попыталась повернуть кран батареи, но он был сильно закручен, и она бросила это занятие. Увидев, что Ка нервно встал на ноги, она попыталась улыбнуться.

Внезапно он понял, что Кадифе получает удовольствие от того, что находится здесь вместе с ним. Ему и самому было приятно после долгих лет одиночества находиться в одной комнате с красивой девушкой, но для Кадифе эта встреча не была «легким» развлечением, а чем-то более глубоким и разрушительным, он видел это по ее лицу.

— Не бойтесь, потому что за вами не было другого полицейского, кроме того бедолаги с сумкой апельсинов. А это говорит о том, что власти вас не боятся, а хотят только немного попугать. А кто был у меня за спиной?

— Я забыл посмотреть вам вслед, — сказал Ка стыдливо.

— Как это? — Кадифе внезапно с иронией посмотрела на него. — Вы влюблены, ужасно влюблены! — сказала она. И сразу же взяла себя в руки. — Извините, мы все очень боимся, — проговорила она, и лицо ее опять обволокло совершенно другое выражение. — Сделайте счастливой мою сестру, она очень хороший человек.

— По-вашему, она меня любит? — спросил Ка почти шепотом.

— Любит, должна любить; вы очень приятный человек, — сказала Кадифе.

Увидев, что Ка вздрогнул от этих слов, он сказала:

— Потому что вы по гороскопу Близнецы. — Она стала вслух рассуждать о том, почему мужчина-Близнецы и женщина-Дева должны подходить друг другу. У Близнецов, наряду с двойственностью личности, есть своеобразная легкость и поверхностность, а женщина-Дева, которая все воспринимает всерьез, может быть и счастлива с таким мужчиной, и питать к нему отвращение. Вы оба заслуживаете счастливой любви, — добавила она утешительным тоном.

— Сложилось у вас впечатление из разговоров с вашей сестрой, что она сможет поехать со мной в Германию?

— Она считает вас очень симпатичным, — сказала Кадифе. — Но она не может вам полностью доверять. Для этого нужно время. Потому что такие нетерпеливые, как вы, думают не о том, чтобы полюбить женщину, а о том, чтобы заполучить ее.

— Она так вам сказала? — спросил Ка и удивленно поднял брови. — В этом городе у нас нет времени.

Кадифе бросила взгляд на часы.

— Прежде я хочу поблагодарить вас за то, что вы пришли сюда. Я позвала вас из-за очень важного дела. Есть обращение, которое Ладживерт отдаст вам.

— На этот раз они сразу найдут его, проследив за мной, — сказал Ка. — И всех нас будут пытать. Тот дом, где мы были, захватили. Полиция все прослушала.

— Ладживерт знал, что его прослушивают, — сказала Кадифе. — До этого переворота это было философское послание, предназначенное вам и через вас — Западу. Оно предупреждало: не суйте нос в наши самоубийства. А сейчас все изменилось. Поэтому он хочет отменить прежнее заявление. Но еще важнее вот что: есть совершенно новое обращение.

Кадифе настаивала, Ка сомневался.

— В этом городе невозможно пройти незамеченным из одного места в другое, — сказал он позже.

— Есть лошадиная повозка. Каждый день она подъезжает к кухонной двери во дворе, чтобы оставить воду в бутылках, уголь, баллоны «Айгаз». В ней развозят все это и по другим местам и, чтобы спрятать все, что в повозке, от снега, сверху набрасывают брезент. Возничему можно доверять.

— И я, как вор, должен спрятаться под брезентом?

— Я много раз пряталась, — сказала Кадифе. — Очень приятно проехать по городу, никем не замеченной. Если вы пойдете на эту встречу, я искренне помогу вам с Ипек. Потому что я хочу, чтобы она вышла за вас замуж.

— Почему?

— Каждая сестра хочет, чтобы ее сестра была счастлива.

Но Ка совершенно не поверил этим словам не только потому, что всю жизнь видел между турецкими братьями и сестрами искреннюю ненависть и помощь, которую оказывали через силу, а потому, что в каждом движении Кадифе он видел неискренность (ее левая бровь незаметно для нее поднялась, приоткрылся рот, как у невинного ребенка, который сейчас расплачется, — это она переняла из плохих турецких фильмов, и она нагнулась вперед). Но когда Кадифе, взглянув на часы, сказала, что через семнадцать минут приедет повозка с лошадью, и, если он сейчас даст слово поехать вместе с ней к Ладживерту, поклялась все рассказать Ипек, Ка тут же ответил:

— Даю слово, еду. Но прежде всего скажите, почему вы мне так доверяете?

— Вы, как оказалось, простой и скромный человек, так говорит Ладживерт, он верит, что Аллах создал вас безгрешным с рождения до самой смерти.

— Ладно, — сказал Ка торопливо. — А Ипек знает об этом?

— Откуда ей знать? Это слова Ладживерта.

— Расскажите мне, пожалуйста, все, что обо мне думает Ипек.

— Вообще-то я уже рассказала обо всем, о чем мы с ней разговаривали, — сказала Кадифе. Увидев, что Ка разочарован, она немного подумала или сделала вид, что подумала — Ка не мог разобрать этого от волнения, — и сказала: — Она находит вас занятным. Вы приехали из Европы, можете многое рассказать!

— Что мне сделать, чтобы убедить ее?

— Женщина даже не с первого раза, а за первые десять минут сразу понимает, по меньшей мере, что собой представляет мужчина и кем он может стать для нее, сможет она полюбить его или нет. Чтобы точно понять и знать то, что она чувствует, нужно, чтобы прошло время. По-моему, пока это время проходит, мужчине особенно нечего делать. Если вы и вправду верите, что любите ее, то расскажите ей о своих прекрасных чувствах. Почему вы ее любите, почему хотите на ней жениться?

Ка замолчал. Кадифе, увидев, что он смотрит в окно, как грустный маленький ребенок, сказала, что Ка и Ипек могут быть счастливы во Франкфурте, а Ипек будет счастлива, стоит ей только покинуть Карс, и сказала, что может живо представить себе, как они вечером, смеясь, пойдут по улицам Франкфурта в кино.

— Как называется кинотеатр, куда вы можете пойти во Франкфурте? — спросила она. — Любой.

— «Фильмфорум Хёхст», — ответил Ка.

— У немцев нет таких названий кинотеатров, как «Эльхамра», «Мечта», «Волшебный»?

— Есть. «Эльдорадо»! — сказал Ка.

Пока они оба смотрели во двор, по которому нерешительно прогуливались снежинки, Кадифе сказала, что в те годы, когда она играла в университетском театре, двоюродный брат ее однокурсника предложил ей роль девушки с покрытой головой в совместной турецко-германской постановке, но она отказалась от роли; а теперь Ка и Ипек будут очень счастливы в Германии; она рассказала, что сестра была создана для того, чтобы быть счастливой, но до настоящего времени счастлива не была, потому что не умела быть счастливой; и что Ипек горько, что у нее нет ребенка; что больше всего она расстраивается, что ее сестра такая красивая, такая изящная, такая чувствительная и такая честная и, наверное, потому такая несчастная (тут ее голос еще раз дрогнул); что с такими прекрасными качествами и такой красотой сестра все время чувствует себя плохой и уродливой, она скрывает свою красоту, чтобы сестра не чувствовала всего этого. (Сейчас она плакала.) Со слезами и вздохами она, дрожа, рассказала, что, когда они учились в средней школе («Мы были в Стамбуле и тогда не были таким бедными», — проговорила Кадифе, и Ка сказал, что «вообще-то и сейчас» они не бедные. «Но мы живем в Карсе», — быстро ответила она), учительница биологии, Месуре-ханым, однажды спросила у Кадифе, которая опоздала тем утром на первый урок: «Твоя умная сестра тоже опоздала?» и сказала: «Я пускаю тебя на урок, потому что очень люблю твою сестру». Ипек, естественно, не опоздала.

Повозка въехала во двор.

На боковых бортиках были нарисованы красные розы, белые ромашки и зеленые листья, это была обычная старая повозка. Из покрытых льдом ноздрей старой усталой лошади валил пар. Пальто и шапка коренастого и слегка горбатого возничего были покрыты снегом. Ка с бьющимся сердцем увидел, что и парусина покрыта снегом.

— Смотри не бойся, — сказала Кадифе. — Я тебя не убью.

Ка увидел в руках у Кадифе пистолет, но даже не осознал, что он направлен на него.

— Я не сошла с ума, — сказала Кадифе. — Но если ты мне сейчас что-нибудь устроишь, поверь, я тебя убью... Мы подозреваем журналистов, которые идут разговаривать с Ладживертом, подозреваем всех.

— Это же вы меня искали, — сказал Ка.

— Верно, но даже если ты и не собирался доносить, сотрудники НРУ, они, может быть, закрепили на тебе микрофон, предположив, что мы будем искать встречи с тобой. И я сомневаюсь потому, что ты только что отказался снять свое любимое пальтишко. Сейчас быстро снимай пальто и клади его на кровать.

Ка сделал то, что ему сказали. Кадифе быстро обыскала каждый уголок пальто своими маленькими, как у сестры, руками. Не найдя ничего, она сказала:

— Извини. Снимай пиджак, рубашку и майку. Они имеют обыкновение приклеивать пластырем микрофоны даже на спину или на грудь. В Карсе, наверное, сотня людей постоянно ходит с микрофонами на себе.

Ка, сняв пиджак, как ребенок, показывающий живот врачу, задрал рубашку и майку до самого верха.

Кадифе посмотрела.

— Повернись спиной, — сказала она. Наступила пауза. — Хорошо. Извини за пистолет... Но если уж они прикрепляют микрофон, то не дают возможности обыскать человека и не будут спокойно ждать... — Однако пистолет свой она не опустила. — Слушай сейчас вот что, — сказала она угрожающим тоном. — Ты ничего не скажешь Ладживерту о нашем разговоре, нашей дружбе. — Она говорила как врач, который предостерегает больного после осмотра. — Ты ничего не скажешь об Ипек и о том, что влюблен в нее. Ладживерту такая грязь вовсе не понравится... Если вздумаешь говорить об этом, если он тебя после этого не погубит, то будь уверен, это сделаю я. Поскольку он проницателен, как дьявол, он может попытаться выведать у тебя все. Сделай вид, что только видел Ипек, вот и все. Понятно?

— Понятно.

— Веди себя с Ладживертом почтительно. Смотри не вздумай унижать его своим самовлюбленным видом и тем, что ты видел Европу. Если про себя и подумаешь о подобной глупости, не улыбайся… Не забывай, европейцам, которым ты подражаешь, восхищаясь, даже дела до тебя нет… Но Ладживерта и таких, как он, они очень боятся.

— Я знаю.

— Я твой друг, будь со мной откровенен, — сказала Кадифе, улыбнувшись, как в плохом фильме.

— Возничий поднял брезент, — сказал Ка.

— Возничему доверяй. В прошлом году его сын погиб во время столкновения с полицией. И насладись путешествием.

Сначала вниз спустилась Кадифе. Когда она вошла в кухню, Ка увидел, что повозка подъехала к подворотне, отделяющей внутренний двор старинного русского дома от улицы, и, как они и договорились, он вышел из комнаты и спустился вниз. Не увидев никого на кухне, он заволновался, но перед дверью во двор его уже ждал возничий. Ка тихонько лег на свободное место между баллонами «Айгаз», рядом с Кадифе.

Путешествие, которое, он сразу понял, никогда не забудется, продолжалось только восемь минут, но Ка показалось, что оно длилось гораздо дольше. Ему было любопытно, в какой части города они находятся, и Ка слушал скрип телеги, разговоры жителей Карса, когда они проезжали мимо них, дыхание вытянувшейся рядом с ним Кадифе. В какой-то момент его испугала стайка детей, ухватившихся за задний бортик повозки, чтобы проскользить по снегу. Но ему так понравились милые улыбки Кадифе, что он почувствовал себя таким же счастливым, как те дети.

26

Причина нашей привязанности к Аллаху — не наша нищета

Заявление Ладживерта для всего Запада

Ка лежал в телеге, резиновые колеса которой приятно пружинили на снегу, и как только ему в голову начали приходить новые строки, телега вздрогнула, поднимаясь на высокий тротуар, и, проехав немного, остановилась. Возничий поднял брезент после той тишины, во время которой Ка нашел новые строки, и он увидел двор, покрытый снегом, внутри которого были авторемонтные мастерские, сварочные аппараты и сломанный трактор. Черный пес на цепи в углу тоже увидел выбравшихся из повозки и несколько раз гавкнул.

Они вошли в дверь орехового дерева, и Ка, пройдя через вторую дверь, обнаружил Ладживерта, который смотрел из окна на заснеженный двор. Его каштановые волосы с легкой рыжиной, веснушки на лице и светлосиний цвет глаз, как и в первый раз, поразили Ка. Простота и пустота комнаты, те же предметы (та же щетка для волос, та же полураскрытая сумка и та же пластмассовая пепельница, на которой было написано «Эрсин Электрик» и по краям которой были османские узоры) готовы были создать впечатление, что Ладживерт ночью не поменял пристанища. Но на его лице Ка увидел хладнокровную улыбку, говорившую о том, что он уже смирился с произошедшими со вчерашнего дня событиями, и Ка догадался, что он поздравляет себя с тем, что сбежал от тех, кто устроил переворот.

— Теперь ты не напишешь о девушках-самоубийцах, — сказал Ладживерт.

— Почему?

— Военные не хотят, чтобы о них писали.

— Я не говорю от лица военных, — ответил Ка осторожно.

— Я знаю.

Какое-то время они натянуто и напряженно смотрели друг на друга.

— Вчера ты сказал мне, что можешь опубликовать в западной прессе статью о девушках-самоубийцах, — сказал Ладживерт.

Ка стало стыдно этой маленькой лжи.

— В какой западной газете? — спросил Ладживерт. — В какой из немецких газет у тебя есть знакомые?

— Во «Франкфуртер рундшау», — ответил Ка.

— Кто?

— Один немецкий журналист-демократ.

— Как его зовут?

— Ханс Хансен, — сказал Ка, заворачиваясь в свое пальто.

— У меня есть заявление для Ханса Хансена о военном перевороте, — сказал Ладживерт. — У нас немного времени, и я хочу, чтобы ты записал его сейчас.

Ка начал записывать на обороте своей тетради со стихами. Ладживерт сказал, что с момента военного переворота, начавшегося в театре, до настоящего времени были убиты, по меньшей мере, восемьдесят человек (настоящее количество погибших было семнадцать, включая убитых в театре), рассказал о захвате домов и школ, сообщил, что сожжены девяносто лачуг, в которые въехали танки (на самом деле четыре), о студентах, погибших под пытками, об уличном столкновении, о котором не знал Ка, и, не останавливаясь особо на страданиях курдов, в то же время немного преувеличил страдания сторонников религиозных порядков; он сообщил, что глава муниципалитета и директор педагогического института были убиты властями, потому что это создавало почву для военного переворота. С его точки зрения, все это было сделано, «чтобы воспрепятствовать победе исламистов на демократических выборах». Пока Ладживерт, чтобы доказать этот факт, рассказывал о других деталях, как, например, о том, что была запрещена деятельность политических партий и союзов и так далее, Ка посмотрел в глаза слушавшей его с волнением Кадифе и сделал на полях страниц тетради рисунки и наброски, свидетельствовавшие о том, что он думал об Ипек, которые он потом вырвет из своей тетради: шею и волосы женщины, а за ней из игрушечной дымовой трубы игрушечного домика выходящий игрушечный дым… Ка задолго до поездки в Карс говорил мне, что настоящий поэт должен принимать лишь непреложные истины, которые он признает, но которых боится из-за того, что они могут исказить его стихи, и окажется, что тайная музыка этого противоречия станет его искусством.

И к тому же слова Ладживерта уже нравились Ка настолько, чтобы записать их в свою тетрадь слово в слово. «Причина того, что мы здесь так сильно привязаны к Аллаху, не в том, что мы такие убогие, как считают европейцы, а из-за того, что нам больше всего интересно, что нам следует делать на этом свете и что мы будем делать на том».

В заключительных словах Лаживерт, вместо того чтобы вернуться к истокам этого любопытства и объяснить, что нам суждено делать в этом мире, воскликнул, как бы обращаясь к Западу:

— Выступит ли Запад, который с виду верит больше в демократию, в свои собственные достижения, нежели в слова Бога, против этого военного переворота в Карсе, направленного против демократии? — спросил он с демонстративным жестом. — Или же важна не демократия, свобода и права человека, а то, чтобы остальной мир, как обезьяны, подражали Западу? Может ли Запад смириться с демократией, которой добились его враги, совершенно непохожие на него? К тому же я хочу обратиться с воззванием к тем, кто не относится к Западу: братья, вы не одиноки… — На мгновение он замолчал. — Но ваш друг во «Франкфуртер рундшау» напечатает обращение?

— Нехорошо говорить все время «Запад, Запад», будто там есть только один человек и только одна точка зрения, — сказал Ка осторожно.

— И все же я в это верю, — сказал Ладживерт в самом конце. — Запад един и точка зрения у него одна. А другую точку зрения представляем мы.

— И все же на Западе живут не так, — сказал Ка. — В отличие от того, что принято здесь, там люди не хвалятся тем, что думают, как все. Все, даже самый заурядный бакалейщик, горды тем, что имеют личное мнение. Поэтому, если вместо слова «Запад» написать «демократы Запада», мы сможем глубже задеть совесть тамошних людей.

— Хорошо, сделайте так, как вы считаете нужным. Есть у вас еще исправления, необходимые для издания?

— Вместе с последним обращением получилось очень интересное заявление, которое содержит в себе гораздо больше, чем обычная статья, — сказал Ка. — И подпишут его вашим именем… И, может быть, будет еще несколько слов о вас…

— Я об этом подумал, — сказал Ладживерт. — Пусть они напишут, что автор — один из передовых исламистов Турции и Среднего Востока, и достаточно.

— В таком виде Ханс Хансен не сможет это напечатать.

— Почему?

— Потому что публикация в социально-демократической «Франкфуртер рундшау» заявления отдельно взятого турецкого исламиста будет означать, что они поддерживают его, — сказал Ка.

— Если господин Ханс Хансен не возьмет на себя это дело, значит, он осторожный человек, — сказал Ладживерт. — Что нужно сделать, чтобы его убедить?

— Даже если немецкие демократы выступят против какого-либо военного переворота в Турции — не театрального, а настоящего, — они в конце концов будут обеспокоены тем, что люди, которых они решили поддержать, — исламисты.

— Да, они все нас боятся, — сказал Ладживерт.

Ка не смог понять, сказал он это с гордостью или с болью, что их неверно понимают.

— Поэтому, — продолжил он, — если это заявление подпишет какой-нибудь старый коммунист, либерал и какой-нибудь курдский националист, то «Франкфуртер рундшау» спокойно издаст его.

— То есть как это?

— Вы сейчас должны подготовить совместное заявление еще с двумя людьми, которых нужно найти в Карсе, — сказал Ка.

— Я не могу пить вино, чтобы быть приятным европейцам, — сказал Ладживерт. — Я не могу из кожи вон лезть, чтобы стать похожим на них, для того чтобы они меня не боялись и поняли, что я делаю. Я не могу упасть ниц перед этим европейским господином Хансом Хансеном, чтобы они нам посочувствовали вместе с атеистами-безбожниками. Кто этот господин Ханс Хансен? Почему ставит столько условий? Он еврей?

Наступило молчание. Ладживерт почувствовал, что Ка думает о том, что Ладживерт сказал что-то неправильное, и в какой-то миг он посмотрел на Ка с ненавистью.

— Евреев в этом мире угнетают больше всех, — добавил он. — До того как вносить в мое заявление какие-либо изменения, я хочу познакомиться с этим Хансом Хансеном. Как вы познакомились?

— Один приятель-турок сказал мне, что во «Франкфуртер рундшау» выйдет обзор, посвященный Турции, и что автор хочет поговорить с кем-нибудь, кто знает о турецких делах.

— Почему Ханс Хансен задал эти вопросы тебе, а не твоему приятелю-турку?

— Мой приятель-турок интересовался этими вопросами меньше меня...

— Знаю я, что это за вопросы такие, — сказал Ладживерт. — Это такие унижающие нас проблемы, как пытки, издевательства, тюремное заключение.

— Известно о случае, когда в Малатье студенты лицея имамов-хатибов убили одного атеиста, — сказал Ка.

— Я не могу вспомнить такого случая, — сказал Ладживерт, внимательно рассматривая собеседника. — Насколько низки так называемые исламисты, которые ради славы убивают одного несчастного атеиста и, выступая на телевидении, гордятся этим, настолько же жалки и газетные обозреватели событий, происходящих на Востоке, раздувающие эти события, чтобы унизить исламское движение во всем мире, говоря, что погибло десять-пятнадцать человек. Если господин Ханс Хансен такой же, забудем о нем.

— Ханс Хансен спрашивал у меня кое-что о Евросоюзе и о Турции. Я ответил на его вопросы. Через неделю он позвонил. И пригласил меня вечером к себе домой на ужин.

— Ни с того ни с сего?

— Да.

— Очень подозрительно. И что ты увидел в его доме? Он познакомил тебя со своей женой?

Ка увидел, что Кадифе, сидевшая рядом с раздвинутыми занавесками, слушает с большим вниманием.

— Семья Ханса Хансена — прекрасная, счастливая семья, — сказал Ка. — Однажды вечером перед выходом газеты Ханс Хансен забрал меня с вокзала. Через полчаса мы прибыли в красивый светлый дом в саду. Они очень хорошо меня приняли. Мы ели картошку с курицей, запеченные в духовке. Его жена сначала сварила картошку, а потом запекла в духовке.

— Какая у него жена?

Ка представил себе продавца Ханса Хансена из «Кауфхофа» и сказал:

— Ханс Хансен светлый и широкоплечий, и такие же светлые и красивые Ингеборга и их дети.

— На стене был крест?

— Не могу вспомнить, не было.

— Был, конечно же, но ты, наверное, не обратил внимания, — сказал Ладживерт. — В противоположность тому, что представляют себе наши восторгающиеся Европой атеисты, все европейские интеллигенты привязаны к своей религии, к кресту. Но наши турки, вернувшись в Турцию, об этом не упоминают, потому что озабочены необходимостью доказать, что технологическое превосходство Запада является победой атеизма… Расскажи, что ты видел, о чем вы говорили.

— Хотя господин Ханс Хансен занимается зарубежными новостями во «Франкфуртер рундшау», он — любитель литературы. Разговор перешел на поэзию. Мы говорили о поэтах, о рассказах, о разных странах. Я не заметил, как пролетело время.

— Они жалели тебя? Они сочувствовали тебе из-за того, что ты — турок, несчастный, одинокий и бедный политический ссыльный, из-за того, что ради развлечения молодые, скучающие, пьяные немцы оскорбляют таких сиротливых турок, как ты?

— Я не знаю. Ко мне никто не приставал с расспросами.

— Даже если они и не стали приставать к тебе с расспросами и показывать, что сочувствуют тебе, у каждого человека есть внутреннее желание, чтобы его пожалели. В Германии живут десятки тысяч турецких и курдских интеллигентов, которые превратили в деньги это желание.

— Семья Ханса Хансена, его дети, оказались очень хорошими людьми. Они были тактичными, мягкими. Может быть, именно благодаря тактичности они не дали мне почувствовать, что жалеют меня. Я полюбил их. Даже если бы они и пожалели меня, я уже не обратил бы на это внимания.

— То есть эта ситуация совсем не задела твою гордость?

— Может быть, и задевала, но все же в тот вечер я был очень счастлив с ними. Лампы по краям стола светили приятным оранжевым светом... Вилки и ножи были такие, каких я никогда не видел, но не настолько незнакомые, чтобы доставлять беспокойство... Телевизор был включен, они время от времени смотрели его, и это позволяло мне чувствовать себя как дома. Увидев, что мне иногда не хватает моего немецкого, они объясняли что-то по-английски. После еды дети спросили у своего отца, когда им завтра на уроки, и родители поцеловали детей перед тем, как те легли спать. Я чувствовал себя так комфортно и спокойно, что даже взял второй кусочек пирожного и прилег после еды. Этого никто не заметил, но если бы заметили, то восприняли бы это естественно. Потому что я потом об этом много думал.

— Что это было за пирожное? — спросила Кадифе.

— Это было венское пирожное с шоколадом и инжиром.

Наступило молчание.

— Какого цвета были занавески? — спросила Кадифе. — Какой был на них рисунок?

— Беловатые или кремовые, — ответил Ка, сделав вид, что пытается вспомнить. — На них были маленькие рыбки, цветы, медведи и разноцветные фрукты.

— То есть как ткань для детей?

— Нет, и кроме того была еще и очень серьезная атмосфера. Я должен сказать вот что: они выглядели счастливыми, но не смеялись, как это принято у нас, где надо и не надо. Они были очень серьезны. Может быть, поэтому они и были счастливыми. Жизнь для них — важное дело, которое требует ответственности. Не слепое занятие, как у нас, не болезненное испытание. Но эта серьезность была полна жизни, была чем-то положительным. Их счастье было разноцветным, как медведи и рыбы на занавесках, и размеренным.

— Какого цвета была скатерть? — спросила Кадифе.

— Я забыл, — сказал Ка и задумался, словно пытаясь вспомнить.

— Сколько раз ты ходил туда? — спросил Ладживерт, слегка разозлившись.

— Мне так хорошо было у них тем вечером, что очень хотелось, чтобы они еще раз меня пригласили. Но Ханс Хансен больше ни разу меня не позвал.

Собака на цепи во дворе очень протяжно залаяла. Сейчас Ка видел на лице Кадифе огорчение, а на лице Ладживерта — гневное презрение.

— Я много раз собирался им позвонить, — упрямо продолжал рассказывать он. — Иногда я думал, что Ханс Хансен звонил мне еще раз, чтобы позвать меня на ужин, но не смог меня найти, и я с трудом сдерживал себя, чтобы не побежать домой, выйдя из библиотеки. Я очень хотел еще раз увидеть то красивое зеркало с этажеркой, кресла, я забыл какого они были цвета, кажется лимонно-желтого, то, как они, нарезая хлеб на доске за столом, спрашивали у меня «так хорошо?» (вы знаете, европейцы едят намного меньше хлеба, чем мы); те прекрасные виды Альп на стенах, где не было крестов, все это я хотел увидеть еще раз.

Сейчас Ка видел, что Ладживерт смотрит на него с откровенной ненавистью.

— Спустя три месяца один приятель привез из Турции новые известия, — сказал Ка. — Я позвонил Хансу Хансену под предлогом сообщения о постыдных пытках, угнетении и притеснении. Он внимательно выслушал меня и опять был очень тактичен, очень вежлив. В газете вышла маленькая статья. Мне не было никакого дела до той статьи о пытках и смерти. Я хотел, чтобы он мне позвонил. Но он больше ни разу не позвонил. Мне иногда хочется написать Хансу Хансену письмо, чтобы спросить, в чем моя ошибка, почему он больше мне не позвонил.

Ка сделал вид, что сам смеется над собственным состоянием, но это не успокоило Ладживерта.

— Теперь у вас будет новый предлог, чтобы ему позвонить, — сказал он насмешливо.

— Но для того, чтобы статья вышла в газете, нам нужно переделать ее под немецкие стандарты и подготовить совместное сообщение, — сказал Ка.

— Кто будет либеральным коммунистом и курдским националистом, с которыми я должен написать сообщение?

— Если вы беспокоитесь, что может появиться полиция, выберите людей сами, — сказал Ка.

— Есть много молодых курдов, сердца которых наполнены гневом из-за того, что сделали с их одноклассниками из лицея имамов-хатибов. Без сомнения, в глазах европейского журналиста курдский националист более приемлем, если он атеист, а не исламист. В этом сообщении курдов может представлять какой-нибудь молодой студент.

— Хорошо, тогда поищите этого молодого студента, — сказал Ка. — Я могу обещать ему, что «Франкфуртер рундшау» будет согласна.

— Да, как бы то ни было, вы представляете Запад, — сказал Ладживерт насмешливо.

Ка не обратил на это никакого внимания.

— А для старого коммуниста — нового демократа больше всех подходит Тургут-бей.

— Мой отец? — с волнением спросила Кадифе.

Когда Ка предложил его кандидатуру, Кадифе сказала, что ее отец никогда не выйдет из дома. Они заговорили все вместе. Ладживерт пытался рассказать, что Тургут-бей, как и все старые коммунисты, на самом деле не является демократом, что он доволен военным переворотом, потому что подавят исламистов, но, чтобы не опорочить свои левые взгляды, он делает вид, что против.

— Мой отец — не единственный притворщик! — сказала Кадифе.

По тому, как задрожал ее голос и по глазам Ладживерта, внезапно вспыхнувшим гневом, Ка сразу же догадался, что они на пороге одной из часто повторяющихся между ними ссор. Ка понял, что у них, как у пар, уставших от ссор, уже иссякло желание скрывать эти ссоры от других. Он заметил, что Кадифе хочет ответить любой ценой, желание, свойственное влюбленным и измотанным женщинам, а на лице Ладживерта вместе с высокомерным выражением заметил невероятную нежность. Но вдруг все изменилось, и в глазах Ладживерта сверкнула решимость.

— Твой отец — единственный притворщик, который ненавидит народ, как все позеры-атеисты, как интеллектуалы левых взглядов, восторгающиеся Европой! — сказал Ладживерт.

Кадифе схватила пластмассовую пепельницу компании «Эрсин Электрик» и бросила в Ладживерта. Но, видимо, она специально плохо прицелилась: пепельница ударилась о вид Венеции на календаре, висевшем на стене, и беззвучно упала на пол.

— И к тому же твой отец делает вид, что не знает, что его дочь — тайная любовница радикального исламиста, — сказал Ладживерт.

Кадифе легонько ударила двумя руками плечо Ладживерта и заплакала. Когда Ладживерт усаживал ее на стул у стены, оба говорили такими искусственными голосами, что Ка готов был поверить, что все это спектакль, который был разыгран, чтобы повлиять на него.

— Возьми свои слова обратно, — сказала Кадифе.

— Я беру свои слова обратно, — ответил Ладживерт, словно нежно успокаивал плачущего маленького ребенка. — И чтобы это доказать, я согласен подписать вместе с ним декларацию, не обращая внимания на то, что твой отец — человек, который утром и вечером произносит безбожные шутки. Но так как этот представитель Ханса Хансена, — он улыбнулся Ка, — возможно, подготовил нам ловушку, я не могу прийти в ваш отель. Понимаешь, дорогая?

— И мой отец из отеля не может выйти, — сказала Кадифе голосом избалованной девочки, который удивил Ка. — Бедность Карса портит ему настроение.

— Убедите его, пусть ваш отец выйдет на улицу, Кадифе, — сказал Ка, придав своему голосу официальный тон, который раньше он никогда себе не позволял, разговаривая с ней. — Снег закрыл все. — Он встретился с ней взглядом.

На этот раз Кадифе поняла.

— Хорошо, — сказала она. — Но до того, как мой отец выйдет из отеля, необходимо убедить какого-нибудь исламиста и курдского националиста подписать тот же текст. Кто это сделает?

— Я сделаю, — сказал Ка. — А вы поможете.

— А где они встретятся? — спросила Кадифе. — А если моего бедного отца поймают из-за этой ерунды и в таком возрасте он попадет в тюрьму?

— Это не ерунда, — сказал Ладживерт. — Если в европейских газетах выйдет несколько статей, Анкара вразумит здешних, они остановятся.

— Проблема, скорее, не в том, чтобы опубликовать в европейских газетах обращение, а в том, что там появится твое имя, — сказала Кадифе.

Когда Ладживерту удалось в ответ на это терпимо и мило улыбнуться, Ка почувствовал к нему уважение. Ему впервые пришло в голову, что если заявление выйдет во «Франкфуртер рундшау», то мелкие исламистские газеты Стамбула сообщат об этом, хвалясь и преувеличивая важность события. А это означало, что Ладживерта узнает вся Турция. Наступило молчание. Кадифе, достав платок, вытирала глаза. А Ка осознал, что, как только он выйдет, двое любовников сначала поссорятся, а потом займутся любовью. Возможно, они хотели, чтобы он как можно скорее встал и ушел? Высоко пролетел самолет. Все уставились на небо, видневшееся в верхней части окна, и прислушались.

— Вообще-то здесь никогда не летают самолеты, — сказала Кадифе.

— Происходит что-то необычное, — сказал Ладживерт, а потом улыбнулся своей подозрительности. Заметив, что Ка тоже улыбнулся, он вспылил. — Температура гораздо ниже, чем двадцать градусов, но государственные службы объявляют минус двадцать. — Он посмотрел на Ка, словно бросал ему вызов.

— Я бы хотела, чтобы у меня была нормальная жизнь, — сказала Кадифе.

— Ты отказалась от нормальной жизни обывателя, — сказал Ладживерт. — И это то, что делает тебя особенным человеком...

— Я не хочу быть особенной. Я хочу быть как все. Если бы не случилось переворота, я бы, может быть, уже сняла платок и стала бы как все.

— Здесь все носят платки, — сказал Ладживерт.

— Неправда. В моем кругу большинство образованных женщин платок не носят. Если вопрос в том, чтобы быть обычной, такой, как все, то я, покрыв голову, сильно отдалилась от себе подобных. В этом есть что-то высокомерное, и мне это не нравится.

— Тогда завтра сними платок, — сказал Ладживерт. — И все воспримут это как победу военного переворота.

— Все знают, что я не живу, как ты, мыслями о том, кто что подумает, — сказала Кадифе. Ее лицо покраснело от удовольствия, что она это сказала.

А Ладживерт мило улыбнулся в ответ, но Ка по его лицу увидел, что он собрал всю свою волю. А Ладживерт увидел, что Ка это заметил. Это поставило обоих мужчин в положение свидетелей близких отношений между Кадифе и Ладживертом, и им обоим не понравилось, что оба понимают это. Ка ощутил, что когда Кадифе полусварливым голосом грубит Ладживерту, на самом деле она демонстрирует близость их отношений и, раня его, ставит Ка в положение виноватого, потому что он становится свидетелем происходящего. Почему ему сейчас вспомнились любовные письма Неджипа к Кадифе, которые он со вчерашнего вечера носил в кармане?

— В газете не сообщают имен ни одной из женщин, которых обижали и выгнали из училища из-за платка, — сказала Кадифе с тем же ожесточением во взгляде. — В газетах вместо женщин, которых вынудили лишиться жизни из-за их платка, появляются портреты провинциальных придурковатых исламисток, выступающих от их имени. И к тому же мусульманская женщина попадает в газеты только в том случае, если ее муж — глава муниципалитета или что-то вроде этого, потому что на праздничных церемониях она должна быть рядом с ним. Поэтому я бы расстроилась не из-за того, что обо мне не сообщили в этих газетах, а из-за того, что что-то обо мне в них попало. Когда мы терпим страдания, чтобы защитить интимную сторону нашей жизни, я на самом деле сочувствую несчастным мужчинам, которые бьются, чтобы выставить себя напоказ. И с этой точки зрения, я думаю, и нужно написать статью про девушек-самоубийц. И к тому же я чувствую, что у меня есть право сделать заявление Хансу Хансену.

— Будет очень хорошо, — сказал Ка, совершенно не раздумывая. — Вы подпишетесь как представительница мусульманских феминисток.

— Я не хочу никого представлять, — сказала Кадифе. — Я хочу выступить перед европейцами только со своим собственным рассказом, одна, со всеми грехами и недостатками. Иногда хочется рассказать свою историю человеку, которого совершенно не знаешь и которого, ты уверен, больше никогда не увидишь… Когда я читала европейские романы, мне казалось, что герои таким образом рассказывают писателю свои истории. Я бы хотела, чтобы в Европе хоть несколько человек прочитали мою историю.

Где-то поблизости раздался взрыв, весь дом затрясся, стекла задребежали. Ладживерт и Ка, испугавшись, вскочили на ноги.

— Я схожу посмотрю, — сказала Кадифе. Среди них она выглядела самой хладнокровной.

Ка слегка приоткрыл занавеску на окне.

— Возничего нет, наверное, уехал, — сказал он.

— Здесь оставаться опасно, — сказал Ладживерт. — Когда будешь уходить, выйдешь через боковую калитку двора.

Ка почувствовал, что он сказал это, подразумевая «теперь уходи», но, чего-то ожидая, не мог двинуться с места. Они посмотрели друг на друга с взаимной ненавистью. Ка вспомнил страх, который он чувствовал, когда в университетские годы встречался в пустом темном коридоре с вооруженными радикально настроенными студентами-националистами, но тогда в воздухе не было еще и сексуального напряжения.

— Я могу выглядеть параноиком, — сказал Ладживерт. — Но это не означает, что ты не являешься западным шпионом. Это положение не меняет того, что ты и сам не знаешь, что являешься агентом и что у тебя вовсе нет такого намерения. Среди нас ты чужой. Это доказывает и то, хотя это странно и сомнительно, что ты заставил поверить тебе именно эту несчастную девочку, и она даже этого не заметила. Ты судил о нас со своей самовлюбленной европейской позиции, а может быть, в душе даже смеялся над нами... Я не обратил на это внимания, и Кадифе не обратила бы внимания, но ты простодушно пообещал нам счастье, если мы будем жить по-европейски, заставил нас растеряться. Я не сержусь на тебя, потому что, как и все хорошие люди, ты делаешь вид, что не замечаешь в себе плохого. Но раз уж я сейчас говорю тебе это, ты не сможешь считать себя и дальше безгрешным.

27

**Потерпи, доченька,
из Карса идет поддержка**

*Ка пытается уговорить Тургут-бея
присоединиться к заявлению*

Ка, выйдя из дома и не увидев никого во дворе, на который выходили двери ремонтных мастерских, прошел на рынок. Войдя в чулочно-музыкально-канцелярский магазинчик, где он вчера слышал «Роберту» Пеппино ди Капри, он, вынимая по одной странице из писем, которые Неджип написал Кадифе, дал их бледному, с насупленными бровями, юноше-продавцу и попросил снять с них ксерокопии. Для этого понадобилось вскрыть конверты. Потом, положив настоящие страницы в такие же блеклые и дешевые конверты, он, подделав почерк Неджипа, надписал на них «Кадифе Йылдыз».

Видя образ Ипек, стоявший у него перед глазами и призывавший его бороться за счастье, строить интриги и лгать, он быстрыми шагами пошел к отелю. Снег вновь падал большими хлопьями. На улицах Ка заметил обычную беспорядочную вечернюю спешку. На углу улицы Дворцовая дорога и проспекта Халит-паши, который стал узким из-за появившегося у обочины снежного сугроба, телега, груженная углем, которую тащила усталая лошадь, закупорила дорогу. Дворники грузовика, который ехал за ней, только-только успевали чистить лобовое стекло. В воздухе стояла грусть, свойственная свинцовым зимним вечерам его детства, когда все бежали с полиэтиленовыми сумками в руках в свои дома, к своему замкнутому счастью, но Ка чувствовал себя таким решительным, как будто только что начинал новый день.

Он сразу поднялся в свою комнату. Спрятал ксерокопии писем Неджипа на дно сумки. Он снял и повесил пальто. Странно тщательно вымыл руки. Повинуясь интуиции, почистил зубы (он делал это по вечерам) и, решив, что подступает новое стихотворение, долго смотрел из окна на улицу. От тепла батареи перед окном была определенная польза, и вместо стихотворения ему в голову приходили некоторые забытые им воспоминания детства и юности: «скверный человек», который увязался следом за ними в одно весеннее утро, когда они вышли с мамой в Бейоглу, чтобы купить пуговицы… На углу Нишанташы исчезло из виду такси, которое увезло папу с мамой в аэропорт, в путешествие по Европе… Как у него несколько дней от любви болел живот, после того как он много часов протанцевал с зеленоглазой, длинноволосой высокой девушкой, с которой познакомился на одной вечеринке в Бююк-ада, и не смог узнать, как найти ее еще раз… Между этими воспоминаниями не было никакой связи, и Ка сейчас очень хорошо понимал, что его жизнь, кроме тех моментов, когда он был влюблен и счастлив, представляет собой цепочку обычных бессмысленных событий, никак не связанных между собой.

Он спустился вниз и с решимостью человека, который наносил важный визит, планировавшийся много лет, и хладнокровием, которое его самого поразило, постучал в белую дверь, отделявшую квартиру хозяина отеля от холла. Ему показалось, что курдская служанка встретила его совсем как в романах Тургенева — «полууважительным, полузагадочным» настроением. Входя в зал, где они вчера ужинали, он увидел, что на длинном диване, спинкой повернутом к двери, перед телевизором сидят рядом Тургут-бей и Ипек.

— Кадифе, где ты была, уже начинается, — сказал Тургут-бей.

Эта широкая комната с высоким потолком в старинном русском доме, в бледном снежном свете, струившемся снаружи, выглядела совершенно иначе, не так, как вчера.

Отец и дочь, заметив, что вошедший — Ка, внезапно забеспокоились, как пары, близость которых нарушил посторонний. Сразу после этого Ка увидел, что глаза Ипек сияют каким-то блеском, и обрадовался. Сев в кресло, обращенное и к отцу с дочерью, и к телевизору, он с изумлением увидел, что Ипек гораздо красивее, чем он помнил. Это усиливало его внутренний страх, но сейчас он также верил, что в конце концов они с ней будут счастливы.

— Я каждый вечер в четыре часа сижу здесь со своими дочерьми и смотрю «Марианну», — сказал Тургут-бей с некоторым смущением, но в этих словах звучало: «Я ни перед кем не собираюсь отчитываться».

«Марианна» — мексиканский мелодраматический сериал, который пять раз в неделю показывал один из крупных стамбульских каналов и который очень любили в Турции. Марианна, приятная и кокетливая девушка невысокого роста с большими зелеными глазами, по имени которой был назван сериал, несмотря на свою белоснежную кожу, была бедной девушкой из низшего класса. Когда она попадала в трудные ситуации, когда ее несправедливо обвиняли, когда она была безответно влюблена или ее неправильно понимали, зритель вспоминал бедняцкое прошлое длинноволосой Марианны с невинным лицом, то, что она была одинокой, сиротой, и тогда Тургут-бей, сидевший, вжавшись в кресло, как кошка, и его дочери крепко обнимали друг друга, и когда дочери с двух сторон прислонялись головой к груди и к плечам отца, у них всех капали слезы. Так как Тургут-бей стеснялся того, что был так увлечен мелодраматическим сериалом, он то и дело подчеркивал бедность Мексики и Марианны и говорил, что эта девушка самостоятельно устроила войну против капиталистов, а иногда кричал экрану: «Потерпи, доченька, из Карса идет поддержка». Тогда его дочери слегка улыбались со слезами на глазах.

Сериал начался, и Ка уголками рта улыбнулся. Но, встретившись взглядом с Ипек, он понял, что ей это не нравится, и нахмурил брови.

Во время первого рекламного перерыва Ка быстро и уверенно рассказал Тургут-бею о совместном обращении, и ему удалось за короткое время вызвать у него интерес к этой теме. Больше всего Тургут-бей был доволен тем, что с ним считаются. Он спросил, кому принадлежит мысль написать это обращение и почему вспомнили о нем.

Ка сказал, что он самостоятельно принял решение, о котором идет речь, в свете встреч, которые он провел с демократическими журналистами в Германии. Тургут-бей спросил, каким тиражом выходит «Франкфуртер рундшау», является ли Ханс Хансен «гуманистом» или нет. Ка, чтобы подготовить Тургут-бея к разговору с Ладживертом, рассказал о нем как об опасном стороннике религиозных порядков, который осознал важность того, что необходимо стать демократом. Но тот не обратил на это никакого внимания и сказал, что у того, кто ударяется в религию, как и у бедных, один конец, и напомнил, что чувствует уважение к жалобам его дочери и ее друзей, даже если ему и не верят. Тем же тоном он объяснил, что чувствует уважение к молодому курдскому националисту, кем бы он ни был, и если бы он был в настоящее время молодым курдом в Карсе, то сам бы, по своей воле, стал курдским националистом. Он пришел в состояние воодушевления, будто поддерживал Марианну. Волнуясь, сказал: «Это ошибка — говорить столь опрометчиво, но я против военного переворота». Ка успокоил его, сказав, что это заявление не выйдет в Турции. А затем он сказал, что это собрание можно провести в безопасности только в неприметной маленькой комнатке на самом последнем этаже отеля «Азия», а в отель можно войти никем не замеченным со двора, в который можно пройти через заднюю дверь лавки по соседству с пассажем, выйдя из его задней двери.

— Необходимо продемонстрировать миру, что в Турции существуют настоящие демократы, — ответил ему Тургут-бей. Так как началось продолжение сериала, он заговорил торопливо. Еще до того, как Марианна показалась на экране, он, посмотрев на часы, спросил:

— Где Кадифе?

Ка, как и отец с дочерью, молча смотрел «Марианну».

В какой-то момент Марианна, сгорая от любовных мук, поднялась по лестнице и, убедившись, что ее никто не видит, бросилась на шею своему возлюбленному. Они не поцеловались, но сделали то, что производило гораздо более сильное впечатление на Ка: они прижались друг к другу изо всех сил. В долгом молчании Ка понял, что этот сериал смотрит весь Карс, мужья и их домохозяйки-жены, вернувшиеся домой с рынка, девочки из средней школы и старики-пенсионеры, и еще понял, что сериал — причина того, что совершенно пусты не только печальные улицы Карса, но и улицы всей Турции, и в тот же момент понял свою глупость, ведь из-за насмешек интеллектуалов, из-за политических невзгод и утверждений о культурном превосходстве он прожил свою жизнь совершенно всухую, без переживаний, вдали от чувственности, которую демонстрировал этот серил. Он был уверен, что Ладживерт и Кадифе сейчас, после минут любви, где-нибудь уединились и, лежа, обнявшись, смотрят на Марианну и ее возлюбленного.

Когда Марианна сказала своему любимому: «Я ждала сегодняшнего дня всю жизнь», Ка почувствовал, что эти слова выражают его собственные мысли, и это не случайно. Он попытался встретиться взглядом с Ипек. Его возлюбленная положила голову на грудь отцу и вперила огромные, затуманенные грустью и любовью глаза в экран, желая предаться тем чувствам, которые показывались в сериале.

— И все-таки я очень беспокоюсь, — сказал красивый, с открытым лицом, возлюбленный Марианны. — Моя семья не разрешит нам быть вместе.

— Пока мы любим друг друга, ничего не нужно бояться, — сказала оптимистка Марианна.

— Дочка, ведь этот тип — твой настоящий враг! — вмешался Тургут-бей.

— Я хочу, чтобы ты любил меня, не боясь ничего, — сказала Марианна.

Ка настойчиво посмотрел в глаза Ипек, и ему удалось встретиться с ней взглядом, но она сразу же отвела глаза. А когда показывали рекламу, она повернулась к отцу и сказала:

— Папочка, по-моему, вам опасно идти в отель «Азия».

— Не беспокойся, — сказал Тургут-бей.

— Это же вы уже много лет говорите, что в Карсе выход на улицу приносит несчастье.

— Да, но если я туда не пойду, то из принципа, а не из-за того, что боюсь, — сказал Тургут-бей. Он повернулся к Ка. — Вопрос вот в чем: я, как коммунист, сторонник модернизации, светский человек, демократ и патриот, должен прежде всего верить в просвещение или в волю народа? Если я до конца верю в просвещение и европеизацию, то должен поддерживать военный переворот, совершенный против сторонников религиозных порядков. А если воля народа прежде всего и я уже стал демократом «чистой воды», тогда я должен пойти и подписать это заявление. А вы во что верите?

— Примите сторону притесненных, пойдите и подпишите обращение, — сказал Ка.

— Мало быть угнетенным, нужно быть еще и правым. Большинство угнетенных неправы в мелочах. Во что будем верить?

— Он ни во что не верит, — сказала Ипек.

— Каждый во что-нибудь верит, — ответил Тургут-бей. — Расскажите, пожалуйста, что вы думаете.

Ка попытался объяснить, что если Тургут-бей подпишется под обращением, то в Карсе станет немного больше демократии. Сейчас он с беспокойством чувствовал, что сильна вероятность того, что Ипек не захочет поехать с ним во Франкфурт, и, хладнокровно убеждая Тургут-бея, он боялся, что тот все-таки не выйдет из отеля. Он ощутил головокружительное чувство свободы, которое позволяло ему говорить о том, во что он верил, и не верить в то, что он говорил. Бормоча всем известные вещи о пользе прав человека, воззвания, демократии, он увидел в глазах Ипек блеск, говоривший о том, что она совершенно не верит тому, что он говорит. Но этот блеск не был осуждающим, обличающим; как раз наоборот, он был полон сексуальности и был возбуждающим. «Я знаю, ты всю эту ложь говоришь из-за того, что хочешь меня», — говорил этот блеск. Таким образом, сразу после того как Ка решил, что мелодраматическая чувствительность важна, он понял, что открыл для себя еще одну важную истину, которую никогда в жизни не мог понять: мужчин, которые не верят ни во что, кроме любви, некоторые женщины могут находить очень привлекательными... Волнуясь из-за этого нового знания, он долго говорил о правах человека, о свободе мысли, о демократии и на другие подобные темы. Пока он повторял слова о правах человека, которые слегка глуповатые из-за чрезмерно добрых намерений европейские интеллигенты и те, кто подражал им в Турции, опошлили, постоянно говоря о них, он пристально смотрел в глаза Ипек, волнуясь от того, что будет возможность заняться с ней любовью.

— Вы правы, — сказал Тургут-бей, когда реклама закончилась. — Куда запропастилась Кадифе?

Во время фильма Тургут-бей был неспокоен, ему и хотелось пойти в отель «Азия», и было страшно. Пока он смотрел «Марианну», он медленно говорил о политике времен своей молодости, о своей боязни попасть в тюрьму, об ответственности человека и печали старика, затерявшегося среди своих воспоминаний и фантазий. Ка понял, что Ипек и сердится на него за то, что он вовлекает его в это беспокойство и страх, и в восторге от того, что он его убеждает. Он не обратил внимания на то, что она прячет глаза, и не расстроился, когда она, уже в конце фильма, обняла своего отца и сказала:

— Не ходите, если не хочется, вы достаточно пострадали из-за других.

Ка увидел тень на лице Ипек, но ему в голову пришло новое, счастливое стихотворение. Тихонько сев на стул рядом с кухонной дверью, на котором только что сидела Захиде-ханым и, проливая слезы, смотрела «Марианну», он с оптимизмом записал пришедшее стихотворение.

Пока Ка безупречно завершал стихотворение, которое он намного позднее, возможно с издевкой, назовет «Я буду счастлив», в комнату быстро вошла Кадифе, не заметив его. Тургут-бей вскочил с места, обнял и поцеловал ее, спросив, где она была и почему у нее такие холодные руки. Из его глаз капнула слезинка. Кадифе сказала, что ходила к Ханде. Не успела уйти вовремя и, так как не хотела пропускать «Марианну», то до конца посмотрела ее там.

— Ну, как наша девочка? — спросил Тургут-бей (он имел в виду Марианну), но, не слушая ответ Кадифе, перешел на другую тему, которая сейчас беспокоила все его существо, и быстро пересказал то, что сказал Ка.

Кадифе не только сделала вид, что впервые слышит об этом, но и, заметив в другом конце комнаты Ка, сделала вид, что очень удивлена, что он здесь.

— Я очень рада, что вижу вас здесь, — сказала она, пытаясь закрыть платком голову, но, не надевая платка, села перед телевизором и стала давать советы отцу. Изумление Кадифе было так убедительно, что, когда потом она взялась убеждать своего отца подписать обращение и пойти на собрание, Ка подумал, что она умудряется лицемерить и перед своим отцом. Это подозрение могло оказаться правильным, раз уж Лаживерт захотел, чтобы обращение стало достойным публикации за границей, но Ка по страху, появившемуся на лице Ипек, понял, что существует еще и другая причина.

— Я тоже пойду с вами в отель «Азия», папочка, — сказала Кадифе.

— Я вовсе не хочу, чтобы ты из-за меня попала в беду, — сказал Тургут-бей тоном, позаимствованным из сериала, который они смотрели вместе, и из романов, которые они когда-то вместе читали.

— Папочка, может быть, вмешавшись в это дело, вы попадете в опасность, — сказала Ипек.

Когда Ипек говорила с отцом, Ка почувствовал, что она о чем-то говорит и ему, что на самом деле говорит двусмысленно, как и все в комнате, и когда она иногда отводит взгляд или смотрит пристально, это направлено на то, чтобы усилить этот скрытый смысл. Гораздо позднее он заметит, что все, кого он встретил в Карсе, кроме Неджипа, с инстинктивным единодушием говорили вещи, имеющие второй смысл, и спросил себя, связано ли это с бедностью, со страхами, одиночеством или с простотой и однообразием жизни. Когда Ипек говорила: «Папочка, не ходите», Ка чувствовал, что она провоцирует его, и видел, что, когда Кадифе говорит об обращении и своей привязанности к отцу, она на самом деле проявляет свою привязанность к Ладживерту.

Таким образом, он предпринял то, что позже назовет «самым глубоким двусмысленным разговором в моей жизни». Он явственно ощутил, что если сейчас не сможет убедить Тургут-бея выйти из отеля, то никогда не сможет остаться наедине с Ипек, это он прочитал и по бросающим вызов глазам Ипек, и решил, что это последний шанс в его жизни стать счастливым. Когда он заговорил, то сразу осознал, что слова и мысли, необходимые для того, чтобы убедить Тургут-бея, в то же время являются мыслями, которые привели его к выводу о том, что его жизнь прошла впустую. А это разбудило в нем желание как-нибудь отомстить левым политическим идеалам его молодости, которые он сейчас забывал, даже не замечая этого. Когда он говорил о том, что необходимо сделать что-то для других, о чувстве ответственности за невзгоды и бедность страны, о своей решимости стать цивилизованным человеком и о неясном чувстве сплоченности, чтобы убедить Тургут-бея выйти из отеля, он неожиданно ощутил, что говорит искренне. Он вспомнил энтузиазм своей молодости, связанный с левыми политическими взглядами, свою решимость не стать, как другие, заурядным и скверным турецким обывателем, свою тоску по жизни среди книг и размышлений. Так, с волнением двадцатилетнего, он повторил Тургут-бею свои убеждения, которые так огорчали его мать, которая справедливо была против того, чтобы ее сын стал поэтом, и которые, уничтожив всю его жизнь, в конце концов сделали его ссыльным, в крысиной норе во Франкфурте. С другой стороны, он чувствовал, что сила в его словах означала для Ипек «с такой силой я хочу заниматься с тобой любовью». Он чувствовал, что эти слова сторонника левой точки зрения, ради которых он погубил всю свою жизнь, в конце концов помогут делу и благодаря этим словам он сможет заняться с Ипек любовью; и как раз именно тогда, когда он уже абсолютно в них не верил, когда считал самым большим счастьем в жизни, обняв красивую и умную девушку, иметь возможность писать стихи в каком-нибудь углу.

Тургут-бей сказал, что пойдет в отель «Азия» прямо сейчас. И он вместе с Кадифе удалился в свою комнату, приготовиться и переодеться.

Ка приблизился к Ипек, которая все еще сидела в углу, где она только что сидела вместе с отцом и смотрела телевизор. Она все еще сидела, словно прислонившись к отцу.

— Я буду ждать тебя в своей комнате, — прошептал Ка.

— Ты меня любишь? — спросила Ипек.

— Очень люблю.

— Это правда?

— Да, правда.

Какое-то время они помолчали. Ка, следуя за взглядом Ипек, посмотрел из окна на улицу. Снег начался снова. Уличный фонарь перед отелем вспыхнул, и, хотя он и освещал огромные снежинки, он выглядел так, будто горел понапрасну, поскольку еще до конца не стемнело.

— Поднимайся в свою комнату. Когда они уйдут, я приду, — сказала Ипек.

28

О том, что отделяет любовь
от боли ожидания
Ка и Ипек в комнате отеля

Но Ипек пришла не сразу. Это стало одной из самых больших пыток в жизни Ка. Он вспомнил, что боялся влюбляться из-за этой разрушающей боли, которую приносит ожидание. Как только он поднялся в комнату, он сначала бросился на постель, сразу встал, привел себя в порядок, вымыл руки, почувствовал, что от его рук и губ отхлынула кровь, дрожащими руками пригладил волосы, затем, посмотрев на себя, отражавшегося в зеркале, опять растрепал их руками и, увидев, что все это заняло мало времени, со страхом начал смотреть из окна на улицу.

Сначала он должен был увидеть из окна, как уйдут Тургут-бей и Кадифе. Может быть, они ушли, когда Ка был в уборной. Но если они ушли еще тогда, то Ипек к этому времени должна была уже прийти. А может быть, Ипек сейчас красилась и душилась, медленно готовясь в той комнате, которую он видел вчера вечером. Какой ошибкой было то, что она решила тратить время, которое они могли бы провести вместе, на такие дела! Неужели она не знает, как он ее любит? Ничто не стоит этой теперешней нестерпимой боли ожидания; он собирался сказать это Ипек, когда она придет, но придет ли она? С каждой минутой он все больше думал о том, что Ипек в последний момент передумала и не придет.

Он увидел, как телега с лошадью приближается к отелю, как Тургут-бея, который шел, опираясь на Кадифе, с помощью Захиде-ханым и Джавита, работавшего на ресепшн, усадили в телегу и опустили тряпку, закрывшую борта телеги. Но телега не двинулась. И стояла так, пока на накидке сверху скапливались снежинки, каждая из которых выглядела еще большей в свете уличных фонарей. Ка показалось, что время остановилось, он решил, что сойдет с ума. Между тем прибежала Захиде и протянула внутрь телеги что-то, что Ка не смог рассмотреть. Когда телега двинулась, сердце Ка забилось.

Но Ипек опять не пришла.

Что отличает любовь и боль ожидания? Как и любовь, боль ожидания начиналась в верхней части желудка Ка, где-то между мышцами живота, и распространялась из этого центра, захватывая грудь, верхнюю часть ног, лоб, вызывая оцепенение во всем теле. Слушая легкий шум отеля, он попытался представить, что сейчас делает Ипек. Ему показалось, что он увидел Ипек, когда заметил прошедшую по улице и совершенно не похожую на нее женщину. Как красиво падал снег! Как было замечательно на какой-то момент забыть о своем ожидании! Когда в детстве их приводили в школьную столовую, чтобы сделать прививку, и когда он ждал в очереди, засучив рукав, среди запахов йода и жареного мяса, у него точно так же болел живот и ему хотелось умереть. Ка хотелось оказаться дома, в своей комнате. Ему захотелось оказаться во Франкфурте, в своей отвратительной комнате. Какую огромную ошибку он совершил, что приехал сюда! Сейчас даже стихи не приходили ему в голову. От боли он не мог смотреть даже на улицу, на падающий снег. И все-таки было замечательно стоять перед этим жарким окном, когда шел снег; это состояние было гораздо лучше, чем умереть, потому что если Ипек не придет, он умрет.

Отключилось электричество.

Он воспринял это как знак, посланный ему. Может быть, Ипек не пришла, так как знала, что выключат электричество. Его глаза искали на темной улице под снегом хоть какое-нибудь движение, чтобы отвлечься. Что-нибудь, что могло объяснить, почему Ипек все еще не пришла. Он увидел грузовик, был ли это военный грузовик, нет, ему показалось, так же как и шаги на лестнице. Никто не придет. Он отошел от окна и бросился навзничь на кровать. Боль у него в животе превратилась в глубокое сильное страдание, в ощущение безвыходности, обремененное раскаянием. Он подумал, что вся его жизнь прошла впустую и что он умрет здесь от горя и одиночества. И не сможет найти в себе силы, чтобы вернуться в ту маленькую крысиную нору во Франкфурте. Страдания ему причиняло и ужасало не то, что он так несчастен, а то, что он понимал, что если бы на самом деле вел себя умнее, то мог бы прожить свою жизнь гораздо счастливее. Самое ужасное, что его несчастья и одиночества никто не замечал. Если бы Ипек заметила, пришла бы, не раздумывая. Если бы его мама увидела его в таком состоянии, то она единственная в мире, кто бы очень расстроился и утешил его, погладив по волосам. Из обледеневших по краям окон виднелись бледные огни Карса и желтоватый свет в домах. Ему захотелось, чтобы снег шел так стремительно многие дни и месяцы, чтобы он засыпал город Карс так, чтобы его больше никто не смог найти, чтобы уснуть на этой кровати, где он лежал, и проснуться в своем детстве, рядом с мамой, солнечным утром.

В дверь постучали. Кто-то с кухни, подумал Ка. Он вскочил и открыл дверь и почувствовал в темноте Ипек.

— Где ты была?

— Я долго?

Но Ка ее будто не слышал. Он сразу же изо всех сил обнял ее; и, засунув голову между ее шеей и волосами, стоял так, не шевелясь. Он почувствовал себя таким счастливым, что боль от ожидания показалась изрядной ерундой. И все-таки он устал из-за этой боли и из-за этого не мог возбудиться, как нужно. Поэтому, зная, что это неправильно, он потребовал у Ипек объяснения того, почему она задержалась, предъявил претензии. Но Ипек сказала, что пришла сразу, как только ее отец уехал: а, ну да, спустилась на кухню и сказала кое-что Захиде относительно ужина, но это продолжалось не дольше одной-двух минут; поэтому она совсем не думала, что Ка ее заждался. Так Ка почувствовал, что проиграл с точки зрения силы, показав еще в самом начале их отношений себя гораздо более страстным и ранимым. То, что он вынужден был скрывать боль ожидания, опасаясь этого бессилия, делало его неискренним. Между тем разве он не хотел полюбить ее, чтобы делить с ней все? Разве любовь — это не желание иметь возможность говорить абсолютно все? И внезапно он быстро пересказал Ипек все цепочку своих мыслей, волнуясь от признания.

— Забудь сейчас обо всем, — сказала Ипек. — Я пришла сюда, чтобы заняться с тобой любовью.

Они поцеловались и с мягкостью, которая понравилась Ка, повалились на кровать. Для Ка, у которого не было никого четыре года, это был момент невероятного счастья. Поэтому он скорее был полон мыслей о том, как прекрасен этот момент, нежели отдавался телесным удовольствиям мига, который переживал. Как это было при первых любовных опытах в годы его молодости, он больше думал о том, как он занимается любовью, а не о любви как таковой. Это спасло Ка от чрезмерного воодушевления в самом начале. В то же время у него перед глазами стали быстро проноситься фрагменты из порнографических фильмов, страстным любителем которых он был во Франкфурте, и некая

311

поэтическая логика, тайну которой он не мог разгадать. Но это не было попыткой представить порнографические сцены, чтобы сильнее поощрить себя во время любви; как раз наоборот, он словно бы праздновал возможность существования части некоторых порнографических видений, которые в виде фантазии постоянно присутствовали в его уме. Поэтому Ка чувствовал, что огромное воодушевление, которое он переживал, направлено не на Ипек, а на женщину из порнографических фильмов в его воображении, на чудо того, что эта женщина лежит здесь, в постели. Ипек он заметил только тогда, когда раздел ее, даже, может быть, с несколько дикой грубостью и неумением, снимая с нее одежду и разбрасывая ее в разные стороны. Грудь у нее была огромной, а кожа вокруг плеч и шеи очень мягкой и пахла чем-то странным и чужим. Он смотрел на нее в снежном свете, падающем с улицы, и испугался ее глаз, которые то и дело вспыхивали. В ее глазах было выражение большой уверенности в себе; а еще Ка боялся узнать, что Ипек была недостаточно хрупкой. Поэтому он больно потянул ее за волосы, и, получив от этого удовольствие, упрямо потянул еще сильнее, и заставил ее делать то, что сочеталось с порнографическими картинками в его голове, и, с какой-то внутренней музыкой, стал действовать жестко. Почувствовав, что ей это нравится, его внутреннее чувство победы превратилось в чувство братства. Он обнял ее изо всех сил, будто хотел защитить от убогости Карса и Ипек, и себя. Но, решив, что не сможет вызвать ее достаточную реакцию, отдалился от нее. В это время частью своего разума он контролировал гармоничность в выполнении своих сексуальных акробатических движений с равновесием, которого не ожидал сам от себя. Отчетливо осознавая момент, он смог изрядно отдалиться от Ипек, затем с силой приблизился к ней и захотел помучить ее. Судя по некоторым заметкам, которые сделал Ка об этой любовной сцене, о которой, я верю, совершенно необходимо было рассказать моим читателям, после этого они с огромной силой сблизились друг с другом, и остальной мир остался где-то далеко. Опять же, согласно запискам Ка, Ипек вполголоса вскрикивала до конца их любовного соития, а Ка из подсознания, открытого для страха и паранойи, вдруг появилась мысль о том, что эта комната в самом отдаленном уголке отеля с самого начала была дана ему именно по этой причине, и с неким чувством одиночества осознал, что они оба получают удовольствие от той боли, которую причиняют друг другу. Между тем этот дальний коридор отеля и комната у него в мыслях отделились от отеля и оказались в окраинном квартале пустого города Карса. И в этом пустом городе тоже шел снег, который напоминал о безмолвии, которое будет после конца мира.

Они долго лежали вместе в постели и, не говоря ни слова, смотрели на падавший снаружи снег. Ка иногда видел падавший снег и в глазах Ипек.

29

О том, чего во мне не хватает
Во Франкфурте

В маленькую квартиру, где Ка провел последние восемь лет своей жизни во Франкфурте, я пошел через сорок два дня после его смерти, через четыре года после его поездки в Карс. Стоял февральский день с ветром, дождем и снегом. Франкфурт, куда я прилетел утром на самолете из Стамбула, оказался гораздо более неприятным городом, чем он выглядел на открытках, которые мне уже шестнадцать лет присылал Ка. Улицы были совершенно пустыми, и на них не было ничего, кроме быстро проносившихся темных автомобилей, трамваев, которые то появлялись, то исчезали, как призраки, и торопливо шедших домохозяек с зонтиками в руках. Погода была такой мрачной и темной, что в полдень горел мертвенно-желтый свет уличных фонарей.

И все же меня обрадовали существовавшие вокруг центрального вокзала, который был неподалеку, на тротуарах, закусочные торговцев кебабами, бюро путешествий, мороженицы и секс-шопы, следы той бессмертной энергии, которая сохраняла большие города. После того как я разместился в отеле и поговорил по телефону с молодым немецким турком, любителем литературы, который по моему собственному желанию пригласил меня для того, чтобы я провел встречу в Народном доме, я встретился с Таркутом Ольчюном в итальянском кафе на вокзале. Я взял его телефон в Стамбуле, у сестры Ка. Этот добродушный усталый человек лет шестидесяти был знаком с Ка ближе всех в годы его жизни во Франкфурте. Он сообщил необходимые полиции сведения во время расследования его смерти, связался с его семьей, позвонив в Стамбул, и помогал переправить его останки в Турцию. В те дни я думал о том, что среди его вещей в Германии были черновики книги его стихов, которую, как он говорил, он закончил только через четыре года после возвращения из Карса, и я спрашивал, что стало с его вещами, доставшимися после его смерти его отцу и сестре.

Таркут Ольчюн был одним из первых эмигрантов, приехавших во Франкфурт в начале шестидесятых. Он много лет работал консультантом и преподавателем в турецких культурных обществах и в благотворительных организациях. У него были дочь и сын, которые родились в Германии, фотографии которых он мне сразу показал, и он гордился ими, тем, что отправил их учиться в университет, и пользовался уважением среди турок во Франкфурте, но даже на его лице я увидел чувство поражения и это неповторимое одиночество, которое я наблюдал у турок первого поколения, живущих в Германии, и политических ссыльных.

Сначала Таркут Ольчюн показал мне маленькую дорожную сумку, которая была при Ка, когда его убили.
Полиция отдала ему ее под расписку. Я сразу открыл ее
и с жадностью перерыл в ней все. Я нашел в ней его пижамы, которые он восемнадцать лет назад забрал из
Нишанташи, его зеленый свитер, зубную щетку и брит-
венный станок, чистое белье и носки и литературные
журналы, которые я присылал ему из Стамбула, но не
зеленую тетрадь.

Потом, когда мы пили кофе, наблюдая за двумя пожилыми турками, которые, пересмеиваясь и разговаривая, стелили на землю среди толпы на вокзале ковро-
вые дорожки, он сказал мне:

— Орхан-бей, ваш друг Ка был одиноким человеком.
Никто во Франкфурте, включая меня, не знал того, что
он делает. — И все же он дал мне слово рассказать все,
что знал.

Сначала мы пошли в дом неподалеку от Гутлёйтштрассе, где Ка жил последние восемь лет, миновав
фабричные здания за вокзалом, построенные сто лет
назад, и старые военные казармы. Мы не смогли найти
хозяина дома, который открыл бы нам квартиру Ка и
входную дверь этого жилого дома, выходившего на площадь и на детскую площадку. Мы ждали под мокрым
снегом, пока старая дверь с облупившейся краской от-
кроется, а я смотрел на маленький заброшенный парк,
о котором он рассказывал в письмах и изредка в наших
телефонных разговорах (Ка не любил разговаривать по
телефону с Турцией, потому что — с параноидальным
подозрением — думал, что его подслушивают), на бакалейную лавку в стороне, на темную витрину киоска, где
торговали алкоголем и газетами, словно это были мои
собственные воспоминания. На скамейках, рядом с ка-
челями и качалками на детской площадке, где Ка жар-
кими летними вечерами сидел вместе с итальянскими
и югославскими рабочими и пил пиво, сейчас лежал
слой снега толщиной в палец.

Мы пошли на привокзальную площадь, следуя тем же путем, что и Ка, когда каждое утро в последние годы он шел в муниципальную библиотеку. Как делал и Ка, которому нравилось идти среди торопливых людей, шедших на работу, мы вошли через дверь вокзала и прошли через рынок под землей, мимо секс-магазинов на Кайзерштрассе, ларьков с сувенирами, мимо кондитерских и аптек, и по трамвайным путям дошли до площади Хауптвахе. Пока Таркут Ольчюн здоровался с некоторыми турками и курдами, которых он видел в закусочных, где продавали денер[1], кебаб, и в овощных магазинах, он рассказал, что все эти люди приветствовали Ка, который каждое утро в одно и то же время проходил здесь в библиотеку: «Доброе утро, профессор!» Так как я заранее спросил его о том месте, он указал мне на большой магазин на углу площади: «Кауфхоф». Я сказал ему, что Ка здесь купил пальто, которое носил в Карсе, но отказался от предложения зайти внутрь.

Здание Муниципальной библиотеки Франкфурта, куда каждое утро ходил Ка, было современным и безликим зданием. Внутри находились типичные посетители библиотек: домохозяйки, старики, убивающие время, безработные, один-два араба и турок, школьники, хихикавшие и пересмеивавшиеся, делая домашнее задание, и неизменные завсегдатаи этих мест; очень толстые люди, инвалиды, сумасшедшие и умственно отсталые люди. Один юноша, изо рта которого текла слюна, поднял голову от страницы книги с картинками, которую он рассматривал, и показал мне язык. Моего провожатого, заскучавшего среди книг, я усадил в кафе на нижнем этаже и, подойдя к полкам, где были книги английских поэтов, стал искать имя моего друга в карточках выдачи, прикрепленных к задней обложке: Оден, Браунинг, Кольридж... Всякий раз, когда я встречал

---

[1] Мясо, которое готовят, зажаривая в вертикальном положении, и постепенно срезают, заворачивая в лепешку.

подпись Ка, мне на глаза наворачивались слезы, от того что мой друг в этой библиотеке растратил всю свою жизнь.

Я быстро закончил свое исследование, которое повергло меня в сильную печаль. С моим другом-сопровождающим мы теми же улицами вернулись обратно. Свернув налево в одном месте посреди Кайзерштрассе, перед магазинчиком с дурацким названием «Мировой центр секса», мы пошли через улицу, на Мюнхенерштрассе. Здесь я увидел турецкие овощные магазины, закусочные, продававшие кебаб, пустую парикмахерскую. Я уже давно понял, что мне хотели показать; сердце мое сильно билось, но глаза уставились на апельсины и лук-порей в овощном магазине, на одноногого попрошайку, на автомобильные фары, отражавшиеся в наводящих тоску витринах отеля «Эден», на неоновой букве К, сверкавшей в пепельном свете спускавшегося вечера розовым цветом.

— Вот здесь, — сказал Таркут Ольчюн. — Да, как раз здесь нашли тело Ка.

Я посмотрел отсутствующим взглядом на мокрый тротуар. Один из двоих детей, которые, толкаясь, внезапно выскочили из магазинчика, наступил на камни мокрого тротуара, куда упал Ка, получив три пули, и прошел перед нами. Красные фары какого-то грузовика, стоявшего поодаль, отражались на асфальте. Ка умер на этих камнях, в течение нескольких минут корчась от боли, «скорая» не успела приехать. На какой-то миг я поднял голову и посмотрел на кусочек неба, которое видел он, когда умирал: среди уличных фонарей, электрических проводов и старых темных зданий, нижние этажи которых были турецкими закусочными, туристическими фирмами, парикмахерскими и пивными, виднелся узкий кусочек неба. Ка был убит незадолго до полуночи. Таркут Ольчюн сказал мне, что в это время по тротуару, туда-сюда, одна-две проститутки, но прохаживаются. Основной центр «проституции» находился через улицу, на Кайзерштрассе, но в оживленные вечера, во время выходных и во время работы выставок, «женщины» прохаживались и здесь. «Они ничего не нашли», — сказал он, увидев, что я смотрю по сторонам так, будто ищу улики. Немецкая полиция на турецкую полицию не похожа, работают хорошо.

Когда я стал заходить в магазинчики вокруг, он начал помогать мне с искренней нежностью. Девушки в парикмахерской узнали Таркут-бея, осведомились о том, как его дела, и, конечно же, их не было в парикмахерской во время убийства и они вообще не слышали об этом. «Турецкие семьи учат своих дочерей только парикмахерскому искусству, — сказал он мне на улице. — Во Франкфурте сотни турецких женщин-парикмахеров».

Курды же в овощном магазине были слишком хорошо осведомлены о преступлении по допросу полиции, проведенному после убийства. Может быть, по этой причине они не слишком нам обрадовались. Добросердечный официант закусочной «Байрам кебаб», вытиравший в ночь убийства столы из искусственного дерева той же грязной тряпкой, что держал в руках и сейчас, слышал звуки выстрелов и, подождав какое-то время, вышел на улицу и стал последним человеком, которого видел в своей жизни Ка.

Выйдя из закусочной, я вошел в первый встречный проход между домами, прошел его быстро и вышел на задний двор темного здания. Мы спустились по лестнице двумя этажами ниже, как показал Таркут-бей, прошли в какую-то дверь и оказались в страшном месте, величиной с ангар, который, как было ясно, использовался в свое время как склад. Здесь был подземный мир, простиравшийся под зданием до противоположного тротуара улицы. По молельным коврикам и группе из пятидесяти-шестидесяти человек, собравшихся для вечернего намаза, было понятно, что это место использовалось как мечеть. Все вокруг было окружено грязными темными ларьками, как в подземных переходах в Стамбуле: ювелирный ларек, витрина которого даже не была освещена, почти что карликовый овощной магазин, совсем рядом с ним мясной магазин, где было довольно много покупателей, и крошечная бакалейная лавка, продавец которой смотрел телевизор в соседнем кафе и одновременно продавал круги колбасы. В стороне были киоски, продававшие сок, привезенный из Турции, турецкие макароны и консервы, прилавок, где продавались религиозные книги, и кофейня, в которой народу было больше, чем в мечети. Несколько человек, вышедших из толпы усталых мужчин, сосредоточившихся на турецком фильме, который шел по телевизору в кофейне, где стоял плотный табачный дым, направлялись к фонтанчикам, питавшимся из большого пластмассового бидона у стены, чтобы совершить омовение. «По праздникам и во время пятничных намазов здесь бывает около двух тысяч человек, — сказал Таркут-бей. — По лестницам они даже перетекают в задний двор». Только для того, чтобы что-нибудь сделать, я купил в газетно-журнальном киоске какой-то журнал «Сообщение».

Мы сели в пивной, обустроенной в стиле старого Мюнхена, которая располагалась как раз над подземной мечетью. Показывая на пол, Таркут Ольчюн сказал: «Там мечеть Сулейманджи. Они сторонники религиозных порядков, но к терроризму не причастны. Они не замешаны в борьбе с Турецким государством как члены „Национального взгляда" или сторонники Джемалеттина Капланджи»[1]. И все же он, должно быть, нервничал из-за сомнения в моих глазах, из-за того, как я перелистывал журнал «Сообщение», словно искал какую-то улику, и поэтому он рассказал мне все, что знал об убийстве Ка, то, что узнал от полиции и из прессы.

---

[1] Современные оппозиционные националистические организации Турции.

Сорок два дня назад, в первую пятницу нового года, в 11.30, Ка вернулся из Гамбурга, где принимал участие в одном поэтическом вечере. После поездки на поезде, длившейся шесть часов, он вышел через южную дверь вокзала и, вместо того чтобы идти коротким путем в свой дом рядом с Гутлёйтштрассе, пошел как раз в обратную сторону, на Кайзерштрассе, и двадцать пять минут бродил среди толпы холостых мужчин, туристов и пьяных, среди все еще открытых секс-магазинов и проституток, ожидавших своих клиентов. Через полчаса он повернул направо от «Мирового центра секса» и, как только перешел на другую сторону Мюнхенерштрассе, был убит. Очень вероятно, что перед тем, как вернуться домой, он хотел купить мандарины в овощном магазине «Прекрасная Анталья», находившемся через два магазина. Это был единственный овощной магазин в окрестности, открытый до полуночи, и его продавец помнил, что Ка приходил по вечерам и покупал мандарины.

Полиция не нашла никого, кто бы видел человека, убившего Ка. Официант закусочной «Байрам кебаб» слышал звуки выстрелов, но из-за телевизора и шума клиентов не смог понять, сколько раз стреляли. Из запотевших окон пивной над мечетью улица просматривалась с трудом. То, что продавец овощного магазина, в который, как полагали, шел Ка, сказал, что ни о чем не знал, вызвало у полицейских беспокойство, продавца задержали на одну ночь, но никакого результата не было. Одна проститутка, на соседней улице, курила, ожидая клиентов, и рассказала, что видела, как в те же минуты прямо к Кайзерштрассе бежал какой-то человек низкого роста, в темном пальто, смуглый, как турок, но она не смогла связно описать человека, которого видела. «Скорую помощь» вызвал один немец, который случайно вышел на балкон своего дома после того, как Ка упал на тротуар, но он тоже никого не видел. Первая пуля вошла Ка в затылок и вышла через левый глаз.

Другие две пули разорвали сосуды вокруг сердца и легких и запачкали кровью его пальто пепельного цвета, которое они продырявили на спине и на груди.

— Судя по тому, что стреляли со спины, за ним кто-то специально следил, — сказал пожилой болтливый детектив. — Может быть, он преследовал его из Гамбурга. Полиция высказала и другие предположения: такие, как любовная ревность, политические счеты между турками. Ка не был связан с подземным миром в окрестностях вокзала. Продавцы сказали, что он иногда прогуливался по секс-магазинам и бывал в маленьких комнатках, где показывали порнофильмы. Поскольку об убийстве не поступило ни правильных, ни ложных сведений от осведомителей и поскольку со стороны прессы и каких-либо других влиятельных кругов не было оказано давления — «Найдите убийцу!» — через какое-то время полиция оставила это дело.

Пожилой подкашливавший детектив вел себя так, словно его целью было не расследовать преступление, а заставить о нем забыть, договаривался о встрече со знакомыми Ка и встречался с ними, но во время допроса гораздо больше рассказывал сам. Таркут Ольчюн благодаря этому добродушному и любившему турок детективу узнал о двух женщинах, которые вошли в жизнь Ка за восемь лет, предшествовавших поездке Ка в Карс. Я тщательно записал к себе в тетрадь телефоны этих двух женщин, одна из которых была турчанкой, а другая — немкой. В последовавшие после поездки в Карс четыре года у Ка не было никаких отношений с женщинами.

Не разговаривая, под снегом, мы вернулись к дому Ка и нашли полную, приветливую, но все время жаловавшуюся хозяйку дома. Открывая холодноватую мансарду, где пахло сажей, она сказала, что скоро нужно вносить плату за квартиру, и если мы не заберем все вещи и не уберем всю эту грязь, она все выбросит, и ушла.

Когда я вошел в темную, сплющенную и маленькую квартиру, где Ка провел восемь лет своей жизни, я почувствовал его неповторимый запах, который был знаком мне с детства, и растрогался до слез. Это был запах, который шел от шерстяных свитеров, их вручную вязала его мать, из его школьной сумки и из его комнаты, когда я приходил к ним домой; я думаю, что это был запах какого-нибудь турецкого мыла, марки которого я не знаю и спросить о которой не догадался.

В первые годы в Германии Ка работал носильщиком на рынке, перевозчиком грузов при переездах, преподавателем английского языка для турок и чистильщиком обуви, а после того как его официально признали в статусе «политэмигранта», он начал получать «пособие эмигранта» и разорвал отношения с коммунистами, собиравшимися при турецком Народном доме, где он находил работу. Турецкие коммунисты в ссылке считали Ка слишком замкнутым и «буржуазным». Последние два года другим источником доходов Ка были выступления, где он читал свои стихи, вечера встреч, которые он устраивал в муниципальных библиотеках, домах культуры и турецких обществах. Если он проводил эти чтения, на которые приходили только турки, хотя бы три раза в месяц (а их число редко превышало двадцать) и таким образом зарабатывал пятьсот марок, и получал четыреста марок пособия, это позволяло ему дотянуть до конца месяца, но это случалось очень редко. Стулья, пепельницы были старыми и ветхими, а электрическая печь — ржавой. Сначала я нервничал из-за докучливости хозяйки и собирался заполнить старый чемодан и сумки, которые были в комнате, всеми вещами моего друга и унести их: подушку, которая хранила запах его волос, галстук и ремень, который, я помнил, он носил и в лицее, его ботинки марки «Балли», которые он «носил по дому, как тапки», хотя носки их продырявились от его ногтей, о чем он написал мне в одном своем письме, его зубную щетку и грязный стакан, в котором она стояла, примерно триста пятьдесят книг, старый телевизор и видеомагнитофон, о котором он мне никогда не говорил, поношенный пиджак, рубашки и пижамы, которые он привез из Турции и которым было восемнадцать лет. Я утратил самообладание, не увидев на его столе главное, что я надеялся найти, и то, ради чего приехал во Франкфурт, — это я понял, едва войдя в комнату.

В своих последних письмах, которые он слал мне из Франкфурта, Ка с радостью писал, что после четырехлетних усилий закончил новую книгу своих стихов. Книга называлась «Снег». Большую часть из них он записал в Карсе в зеленую тетрадь, при взрывах внезапно «пришедшего» вдохновения. После того как он вернулся из Карса, почувствовал, что в книге заключался некий глубокий и загадочный порядок, который он сам до этого не замечал, и четыре года во Франкфурте он восполнял недостатки книги. Это усилие было изнурительным и вызывавшим страдание. Потому что строки, приходившие в Карсе с такой легкостью, будто ему их шептал кто-то, во Франкфурте Ка совершенно не мог услышать.

Поэтому он стремился найти скрытую логику книги, большую часть которой написал в Карсе с воодушевлением, и совершенствовал написанное, следуя этой логике. В последнем письме, которое он мне отправил, он написал, что наконец все эти усилия увенчались результатом, что он опробует стихотворения, прочитав их в некоторых немецких городах, написал также, что в конце концов все, как надо, расположилось по своим местам, и он отпечатал книгу, которую писал в единственной тетради, и отправит одну копию мне, а другую — своему издателю в Стамбуле. Не мог бы я написать несколько слов для обложки книги и отправить ее нашему общему другу Фазылу, издателю книги?

Рабочий стол Ка, настолько аккуратный, что было неожиданно для поэта, был обращен на крыши Франкфурта, исчезавшие в снегу и вечерней темноте. В правой части стола, покрытого зеленым сукном, лежали тетради, в которых он комментировал дни, проведенные в Карсе, и свои стихотворения, а слева лежали книги и журналы, которые он в тот момент читал. На мысленной линии, точно проведенной прямо посередине стола, на одинаковом расстоянии были поставлены лампа с бронзовым основанием и телефон. Я в панике заглянул в ящики, среди книг и тетрадей, в коллекцию газетных вырезок, которые он собирал, как многие турки в изгнании, в платяной шкаф, в его кровать, в маленькие шкафчики в ванной и на кухне, в мешочки в холодильнике и маленькие сумочки для белья, в каждый угол в доме, где можно было спрятать тетрадь. Я не верил, что эта тетрадь могла исчезнуть, и пока Таркут Ольчюн молча курил и смотрел на Франкфурт под снегом, я вновь искал в одних и тех же местах. Если она была не в сумке, которую он взял с собой в поездку в Гамбург, то она должна была быть здесь, в доме. Пока Ка полностью не закончил книгу, он не делал копии ни одного стихотворения, говорил, что это дурной знак, но он мне писал, что уже закончил книгу.

Через два часа, вместо того чтобы согласиться с тем, что зеленая тетрадь, в которой Ка записывал в Карсе свои стихотворения, исчезла, я заставил себя поверить в то, что она или, по крайней мере, стихотворения находятся у меня перед глазами, но от волнения я этого не замечаю. Когда хозяйка дома постучала в дверь, я уже заполнил попавшие мне в руки полиэтиленовые пакеты всеми тетрадями, которые смог найти в ящиках, всеми бумагами, на которых был почерк Ка. Видеомагнитофоном и в беспорядке брошенными порнокассетами (доказательство того, что в дом Ка гости никогда не приходили) я заполнил полиэтиленовую сумку, на которой было написано «Кауфхоф». Я искал для себя последнюю память о Ка, как путешественник, который перед тем, как отправиться в долгое путешествие, берет с собой одну из обычных вещей своей жизни. Но как обычно я поддался одному из приступов нерешительности и положил в сумки не только пепельницу с его стола, его пачку сигарет, нож, который он использовал для вскрытия конвертов, часы, стоявшие у изголовья, его жилет, которому было двадцать пять лет, разорванный в клочья и носивший его запах, так как зимой по ночам он надевал его поверх пижамы, его фотографию вместе с сестрой на набережной Долмабахче, но и многое другое, начиная с его грязных носков и до ни разу не использованного носового платка в шкафу, от вилок на кухне до пачки из-под сигарет, которую я вытащил из мусорного ведра, — и еще многим другим я с любовью музейного сотрудника заполнил сумки. Во время одной из наших последних встреч в Стамбуле Ка спросил меня, какой роман я собираюсь написать, и я поведал ему о рассказе «Музей невинности», который тщательно скрывал от всех.

Как только я, расставшись со своим проводником, удалился в свой номер в отеле, я начал перебирать вещи Ка. Между тем я решил на тот вечер забыть о моем друге, чтобы избавиться от сокрушительной грусти, которую испытывал из-за него. Первым делом я взглянул на порнокассеты. В номере отеля не было видео, но по заметкам, которые мой друг своей рукой сделал на кассетах, я понял, что он испытывал особый интерес к одной американской порнозвезде по имени Мелинда.

Тогда я начал читать тетради, в которых он комментировал стихотворения, пришедшие к нему в Карсе. Почему Ка скрыл от меня весь этот ужас и любовь, которые он пережил там? Ответ на это я получил из примерно сорока любовных писем, появившихся из одной папки, которую я нашел в ящиках и бросил в сумку. Все они были написаны Ипек, ни одно из них не было отправлено, и все начинались одними и теми же словами: «Дорогая, я очень много думал, писать тебе или нет». Во всех этих письмах содержалось одно-два наблюдения, кратко резюмировавших другие воспоминания Ка о Карсе, другие болезненные и вызывающие слезы подробности о том, как они с Ипек занимались любовью, о том, как посредственно проходят во Франкфурте дни Ка. (О хромой собаке, которую он видел в парке Фон Бетманна, или о навевающих грусть цинковых столах из Еврейского музея он писал и мне.) Судя по тому, что ни одно из писем не было сложено, стало понятно, что Ка не хватило решимости даже положить их в конверт.

В одном письме Ка написал: «Я приеду по одному твоему слову». В другом письме он написал, что «никогда не вернется в Карс, потому что не позволит, чтобы Ипек еще больше неверно поняла его». Одно письмо касалось какого-то утраченного стихотворения, а другое создавало у читающего впечатление, что было написано в ответ на письмо Ипек. «Как жаль, что ты и письмо мое неверно поняла», — написал Ка. Поскольку в тот вечер я разложил все, что было в сумках, на полу и на кровати гостиничного номера, я был уверен, что от Ипек для Ка не пришло ни одного письма. И все же, когда через много недель я поехал в Карс и встретился с ней, я спросил у нее и точно узнал, что она не писала писем Ка. Почему Ка в своих письмах, которые он знал, что не отправит, еще когда писал их, вел себя так, будто отвечал на письма Ипек?

Возможно, мы дошли до самого сердца нашего рассказа. Насколько возможно понять боль, любовь другого человека? Насколько мы можем понять тех, кто живет с болью, более глубокой, чем наша, среди пустоты жизни и унижений? Если понять означает суметь поставить себя на место тех, кто отличается от нас, то разве смогут когда-нибудь богачи, правители и судьи мира понять миллиарды бедняков и бродяг, оказавшихся на обочине жизни? Насколько точно может писатель Орхан почувствовать темноту тяжелой и горькой жизни его друга-поэта?

«Всю свою жизнь я провел с сильным чувством потери и с чувством того, что чего-то недостает, испытывая боль, словно раненое животное. Если бы я не был так сильно привязан к тебе, если бы я в самом конце так сильно не рассердил тебя, я бы не вернулся туда, откуда начал, утратив равновесие, которое обрел за двенадцать лет», — написал Ка. «Сейчас я вновь ощущаю в себе то невыносимое чувство потери и того, что я покинут, оно заставляет кровоточить все во мне. Иногда я думаю, что мне не хватает не только тебя, а и всего мира», — написал он. Я читал все это, но понимал ли я?

Выпив достаточно много виски, которое я достал из мини-бара в номере, я вышел на улицу поздно вечером и направился к Кайзерштрассе, выяснить насчет Мелинды.

У нее были большие, очень большие, грустные и слегка раскосые глаза оливкового цвета. Кожа ее была белой, ноги длинными, а губы, которые поэты Дивана[1] сравнили бы с черешней, маленькими, но мясистыми. Она была довольно известна: после двадцатиминутного исследования в открытом круглосуточно отделе кассет «Центра секса» я наткнулся на шесть кассет, на которых было написано ее имя. Из этих фильмов, которые я позднее увез в Стамбул и посмотрел, я увидел те качества Мелинды, которые могли подействовать на Ка. Каким бы уродливым и грубым ни был мужчина, завалившийся у нее между ног, на бледном лице Мелинды проявлялось выражение подлинной нежности, свойственное матерям, пока мужчина, постанывая от удовольствия, пребывал в экстазе. Насколько она была возбуждающей в одежде (страстная деловая женщина, домохозяйка, жаловавшаяся на бессилие своего мужа, похотливая стюардесса), настолько же она была ранимой без нее. Как мне сразу станет понятно, когда позднее я поеду в Карс, ее большие глаза, крупное крепкое

---

[1] В Османской империи собрание падишаха и государственных чиновников самого высокого ранга. «Диванная» литература, сформировавшаяся с XIII по XIX век, сложилась под воздействием арабских и персидских традиций стихосложения.

тело, все в ее облике и манере держаться очень напоминало Ипек.

Я знаю, что мой рассказ о том, что мой друг в последние годы своей жизни тратил очень много времени на то, чтобы смотреть такого рода кассеты, может вызвать гнев у тех, кто со страстью к героическим преданиям и мечтательностью, свойственным несчастным и обделенным людям, желает видеть в Ка безупречного священномученика-поэта. Когда я прогуливался в «Центре секса» среди одиноких, как привидения, мужчин, чтобы найти другие кассеты с Мелиндой, я почувствовал, что единственное, что объединяет одиноких и несчастных мужчин всего мира, — это то, что они прячутся в уголок и с чувством вины смотрят порнокассеты. Все то, что я видел в кинотеатрах, в Нью-Йорке на 42-й улице, во Франкфурте на Кайзерштрассе или в кинотеатрах на окраинных улочках в Бейоглу, доказывало (настолько, что это опровергало все эти националистические предрассудки и антропологические теории), что все эти одинокие и несчастные мужчины были похожи друг на друга, когда с чувством стыда, обделенности или с ощущением потерянности смотрели фильм и когда в перерывах между фильмами старались не сталкиваться друг с другом взглядом в убогом холле. Выйдя из «Центра секса» с кассетами Мелинды в черной полиэтиленовой сумке в руках, я возвратился в свой отель по пустым улицам, под падающим в виде больших снежинок снегом.

Я выпил в устроенном в холле баре еще две порции виски и подождал, пока напиток подействует, глядя из окна на улицу на падающий снег. Я полагал, что если я хорошенько выпью перед тем, как поднимусь в комнату, то сегодня вечером не прикоснусь к Мелинде или к тетрадям Ка. Но как только я вошел в комнату, я схватил наобум одну из тетрадей Ка, не раздеваясь, бросился на кровать и начал читать. Через три-четыре страницы передо мной появилась вот эта снежинка.

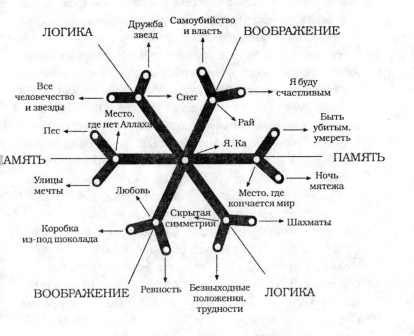

ЛОГИКА

Дружба звезд

Самоубийство и власть

ВООБРАЖЕНИЕ

Все человечество и звезды

Снег

Я буду счастливым

Место, где нет Аллаха

Рай

Быть убитым, умереть

Пес

Я, Ка

АМЯТЬ

ПАМЯТЬ

Улицы мечты

Ночь мятежа

Любовь

Место, где кончается мир

Скрытая симметрия

Шахматы

Коробка из-под шоколада

ВООБРАЖЕНИЕ

Ревность

Безвыходные положения, трудности

ЛОГИКА

30

Когда мы еще встретимся?

Счастье, длившееся недолго

После того как Ка и Ипек любили друг друга, они лежали какое-то время в обнимку, не двигаясь. Весь мир
был таким безмолвным, а Ка был таким счастливым,
что ему показалось, что это длилось очень долго. Именно по этой причине его охватило нетерпение и он, вскочив с кровати, посмотрел из окна на улицу. Позднее он
будет думать, что это долгое безмолвие было самым
счастливым моментом в его жизни, и он спросит себя,
зачем он высвободился из рук Ипек и завершил этот
момент неповторимого счастья. Из-за какого-то бес-

покойства, ответит он сам себе впоследствии, словно за окном, на заснеженной улице, что-то должно было случиться и ему нужно было успеть.

А между тем за окном не было ничего, кроме падающего снега. Электричество все еще было выключено, свет свечи, горевшей на кухне, струился на улицу через обледеневшее окно и освещал медленно опускавшиеся снежинки легким оранжевым светом. Впоследствии Ка подумает и о том, что быстро прервал самый счастливый миг в своей жизни из-за того, что не мог вынести слишком много счастья. Но сначала, когда он лежал между рук Ипек, он не знал о том, насколько счастлив; внутри у него ощущался покой, и это было так естественно, что он словно забыл, почему провел свою жизнь с чувством, средним между скорбью и беспокойством. Это спокойствие было похоже на безмолвие, предшествовавшее стихотворению, но до того, как приходило стихотворение, сначала полностью обнажался весь смысл мира, и он чувствовал воодушевление. А в этот момент счастья он не ощущал внутри себя такого просветления; было простое ощущение детской безгрешности, словно ему предстояло тут же сказать о смысле мира, подобно ребенку, который только что выучил слова.

Ему вспомнилось все то, что он читал после полудня в библиотеке о строении снежинки. Он пошел в библиотеку для того, чтобы быть готовым, если придет еще одно стихотворение о снеге. Но сейчас у него в голове не было стихотворения. По-детски наивная шестиугольная конструкция снежинки, о которой Ка прочитал в энциклопедии, показалась ему похожей на гармонию приходивших к нему по одному, как снежинки, стихотворений. В тот момент он подумал, что нужно указать на скрытый смысл всех стихотворений.

— Что ты там делаешь? — спросила в этот момент Ипек.

— Я смотрю на снег, милая.

Ему казалось, что Ипек ощутила, что в геометрической конструкции снежинок он увидел еще какой-то смысл, помимо красоты, но в глубине души он знал, что этого не может быть. А Ипек беспокоило то, что Ка интересуется чем-то, кроме нее. Ка чувствовал себя слишком беззащитным перед Ипек, потому что очень сильно желал ее, и он был доволен этим и понял, что их близость позволила ему завоевать хоть некоторую, но власть.

— О чем ты думаешь? — спросила Ипек.

— О моей маме, — ответил Ка и внезапно не смог понять, почему он так ответил, потому что он не думал о матери, хотя она и умерла недавно. Но позднее, когда он будет вспоминать этот момент, он добавит, что думал о маме постоянно во время своего путешествия в Карс.

— Что именно ты думаешь о своей маме?

— Когда однажды зимним вечером мы смотрели из окна на падающий снег, она гладила меня по волосам.

— Ты был счастлив, когда был ребенком?

— Когда человек счастлив, он не знает, что он счастлив. Спустя много лет я решил, что, когда был ребенком, я был счастлив, но на самом деле не был. Но и несчастен, как в последующие годы, тоже не был. Я не думал в детстве о том, чтобы быть счастливым.

— А когда ты начал над этим задумываться?

— Никогда, — собирался ответить Ка, но это было и неправдой, и слишком самоуверенно. И все же в какой-то миг ему захотелось сказать это и произвести впечатление на Ипек, но то, чего он сейчас ждал от Ипек, было гораздо серьезнее, чем видеть, какое впечатление он на нее произвел.

— Когда я уже не смог ничем заниматься потому, что был несчастлив, я начал думать о счастье, — сказал Ка. Хорошо ли он сделал, что сказал это? Он начал волноваться в этом безмолвии. Если он расскажет о том, что одинок и беден во Франкфурте, как он сможет убедить Ипек приехать туда? На улице подул беспокойный ветер, вмиг разметавший снежинки, и Ка охватило беспокойство, которое он почувствовал, когда встал с постели, и сейчас он с большей силой ощутил боль ожидания и любовь, от которой у него болел живот. Он только что был так счастлив, что мысль о том, что он может потерять это счастье, лишала его рассудка. А это, в свою очередь, неожиданно заставляло его усомниться в счастье. «Ты поедешь со мной во Франкфурт?» — хотелось спросить ему Ипек, но он боялся, что она ответит не так, как ему хочется.

Он вернулся к кровати и со всей силой обнял сзади Ипек.

— На рынке есть магазинчик, — сказал он. — Там играла очень старая мелодия Пеппино ди Капри под названием «Роберта». Где они ее нашли?

— В Карсе есть старые семьи, которые все еще не смогли покинуть город, — сказала Ипек. — Когда в конце концов умирают родители, дети продают их вещи и уезжают, и в продажу попадают странные вещи, которые не сочетаются с нынешней нищетой города. Когда-то был один старьевщик, который осенью приезжал из Стамбула и скупал за бесценок эти старые вещи. Теперь и он не приезжает.

Ка решил, что он внезапно снова обрел то бесподобное счастье, которое только что испытал, но это уже было не то. Внезапно в нем вырос страх, что он больше не сможет обрести тот миг, и это чувство превратилось в смятение, которое захватывало и увлекало за собой все: он со страхом почувствовал, что никогда не сможет убедить Ипек поехать с ним во Франкфурт.

— Ну что, дорогой мой, я уже встаю, — сказала Ипек.

Ка не успокоило даже то, что она сказала «дорогой мой» и, когда вставала, обернулась и нежно поцеловала его.

— Когда мы встретимся еще раз?

— Я беспокоюсь за отца. Возможно, за ними следила полиция.

— И я уже беспокоюсь за них... — сказал Ка. — Но сейчас я хочу знать, когда мы снова увидимся.

— Когда мой отец в отеле, я в эту комнату прийти не могу.

— Но теперь все по-другому, — сказал Ка. И внезапно в страхе подумал, что для Ипек, ловко и тихо одевавшейся в темноте, все может остаться по-прежнему.

— Давай я перееду в другой отель, и ты сразу придешь туда, — сказал он.

Наступило ужасающее молчание. Тревога, питаемая ревностью и ощущением безвыходности, охватила Ка. Он подумал, что у Ипек есть другой возлюбленный. Конечно, отчасти он понимал, что это обычная ревность неопытного влюбленного, но гораздо более сильное чувство внутри него говорило ему, что нужно изо всех сил обнять Ипек и сразу же напасть на возможные между ними препятствия. Он почувствовал, что то, что он сделает наспех, чтобы еще больше и быстрее сблизиться с Ипек, и то, что он скажет, поставит его в трудное положение, и он остался молчать в нерешительности.

31

Мы не дураки, а только бедные

Тайное собрание в отеле «Азия»

То, что в последний момент положила Захиде в телегу, которая должна была отвезти Тургут-бея и Кадифе в отель «Азия», и то, что видел, но не разглядел смотревший из окна Ка, ожидая Ипек, было парой старых шерстяных рукавиц. Тургут-бей, чтобы решить, что он наденет на собрание, разложил на кровати два своих пиджака, один черный, а другой светло-серый, фетровую шляпу, которую он брал с собой на празднование Дня Республики и в дни проверок, галстук в клеточку, который многие годы надевал только сын Захиде, чтобы поиграть, и долго смотрел на свою одежду и в шкафы. Кадифе, увидев, что ее отец в нерешительности, словно мечтательная женщина, которая не может решить, что она наденет на бал, сама выбрала, что ему надеть, собственными руками застегнула ему рубашку и надела на него пиджак и пальто, и в последний момент насильно надела отцу на его маленькие руки белые перчатки из собачьей кожи. В это время Тургут-бей вспомнил о своих старых шерстяных рукавицах и стал твердить: «Найдите». Ипек с Кадифе заглянули во все шкафы и сундуки, в суматохе обыскали весь дом, а когда варежки нашлись, он, увидев, что они были изъедены молью, отбросил их в сторону. А в телеге Тургут-бей стал твердить: «Без них я не поеду» — и рассказал, что когда много лет назад он оказался в тюрьме за приверженность левым взглядам, его покойная жена связала и принесла ему эти рукавицы. Кадифе, которая знала своего отца гораздо лучше, чем он сам, сразу же почувствовала, что он очень боится, потому что это желание было связано с воспоминаниями. После того как эти варежки появились и телега поехала под снегом, Кадифе, слушая с широко открытыми глазами, словно в первый раз, тюремные воспоминания своего отца (как он проливал слезы над письмами жены, как самостоятельно учил французский, как спал зимними ночами в этих рукавицах), сказала: «Папочка, вы очень смелый человек!» Каждый раз, когда он слышал от своих дочерей эти слова (в последние годы он слышал их редко), глаза Тургут-бея увлажнялись, и, обняв свою дочь, он, дрожа, поцеловал ее. На улицах, куда только что заехала повозка, свет отключен не был.

Сойдя с телеги, Тургут-бей спросил:

— Что это здесь за лавочки открылись? Подожди, давай посмотрим на эти витрины.

Поскольку Кадифе поняла, что отец идет с неохотой, то она не стала слишком сильно настаивать. Когда Тургут-бей сказал, что хочет выпить чашечку липового чая и что, если за ними следит шпик, они поставят его в затруднительное положение, они вошли в какую-то чайную и молча сидели там, глядя на сцену погони по телевизору. Выходя, они встретили старого парикмахера Тургут-бея, опять вошли и посидели.

— Может быть, мы опоздали, будет стыдно, а может, мы совсем не пойдем? — прошептал Тургут-бей своей дочери, сделав вид, что слушает толстого парикмахера. Кадифе взяла его под руку и пошла не на задний двор, а в магазинчик канцелярских товаров, и долго выбирала ручку светло-синего цвета. Когда они вышли через заднюю дверь магазина «Сантехнические и электротехнические товары Эрсин» во внутренний дворик и направились к темной задней двери отеля «Азия», Кадифе увидела, что ее отец побледнел.

Около черного входа отеля было тихо, отец с дочерью, сильно прижавшись друг к другу, подождали. За ними никто не следил. Через несколько шагов внутри стало так темно, что Кадифе только на ощупь смогла найти лестницу, которая вела в холл.

— Не отпускай мою руку, — сказал Тургут-бей.

Холл, высокие окна которого были закрыты плотными занавесками, был в полутьме. Мертвый свет, струившийся от бледной и грязной лампы, горевшей на рецепции, кое-как освещал лицо небритого и потрепанного секретаря. В темноте они заметили только одного-двух человек, которые прохаживались по холлу и спускались с лестницы. Большинство из этих теней были либо гражданской полицией, либо из тех, кто занимается незаконным забоем скота и рубкой дров и теми «тайными» делами, вроде незаконной перевозки рабочих через границу. В отеле, в котором восемьдесят лет назад останавливались богатые русские торговцы, а позднее турки, приехавшие из Стамбула, чтобы торговать с Россией, и английские агенты аристократического происхождения, работавшие на две страны, которые засылали в Советский Союз через Армению шпионов, сейчас останавливались женщины, приехавшие из

Украины и Грузии, чтобы заниматься проституцией и челночной торговлей. Когда мужчины, приезжавшие из окрестных деревень Карса, которые сначала снимали номера этим женщинам, а потом в этих номерах жили с этими женщинами своего рода полусемейной жизнью, по вечерам на последнем микроавтобусе возвращались в свои деревни, женщины выходили из своих комнат и в темном баре отеля пили чай с коньяком. Тургут-бей и Кадифе, поднимаясь по деревянной лестнице, когда-то покрытой красным ковром, встретились с одной из этих светловолосых усталых женщин, Тургут-бей прошептал своей дочери:

— «Гранд-отель» в Лозанне, где останавливался Исмет-паша[1], тоже был таким же космополитичным, — и вытащил из кармана свою ручку. — Я тоже, как генерал Исмет в Лозанне, подпишу обращение совершенно новой ручкой, — сказал он.

Кадифе не могла понять, для чего ее отец подолгу останавливается на лестничных пролетах — чтобы отдохнуть или чтобы опоздать. Перед дверью в номер 307 Тургут-бей сказал:

— Мы сразу же подпишем и выйдем.

Внутри было так много народу, что в первый момент Кадифе решила, что они ошиблись комнатой. Увидев, что у окна сидит Ладживерт и два молодых воинствующих исламиста с недовольными лицами, она отвела отца туда и усадила. Несмотря на лампочку без абажура, горевшую на потолке, и лампу в форме рыбы на треножнике, комната была плохо освещена. В глазу этой рыбы-бакелита, стоявшей на хвосте и державшей во рту лампочку, был спрятан микрофон.

Фазыл тоже был в комнате; как только он увидел Кадифе, он встал, но не сел сразу же вместе с остальными, вставшими из уважения к Тургут-бею, и какое-то

---

[1] Речь идет об Исмете Инёню, втором президенте Турецкой Республики с 1938 года, участвовавшем в 1923 году в подписании Лозаннского мирного договора, который ознаменовал международное признание независимости Турции.

время смотрел изумленно, как зачарованный. Несколько человек в комнате решили, что он что-нибудь скажет, но Кадифе его даже не заметила. Все ее внимание было сосредоточено на настороженности, появившейся в первый же момент между Ладживертом и ее отцом.

Ладживерт был убежден в том, что если человек, который в качестве курдского националиста подпишет обращение, которое будет издано во «Франкфуртер рундшау», будет атеистом, это повлияет на европейцев. Но изящный молодой человек с бледным лицом, который поддавался убеждению с большим трудом, расходился во мнении со своими товарищами по сообществу, по поводу фраз, которые нужно было написать в обращении. А сейчас они все трое напряженно сидели и ждали своей очереди выступить. После переворота этих молодых людей стало трудно найти, потому что эти сообщества, которые собирались дома у одного из главных членов и где встречались молодые безработные курды, полные гнева, восхищавшиеся курдскими партизанами в горах, то и дело закрывали, а их председателей постоянно арестовывали, избивали и пытали. Другой проблемой было то, что этих молодых людей борцы с гор обвиняли в том, что те развлекались в теплых городских комнатах и договаривались с Турецкой Республикой. Эти обвинения в том, что сообщество уже не может подготовить необходимое количество желающих стать партизанами, сильно подорвали моральное состояние нескольких членов этого сообщества, все еще не попавших в тюрьму.

В собрании приняли участие и двое тридцатилетних «социалистов» из предшествующего поколения. Они узнали, что в немецкой прессе будет опубликовано обращение от курдских юношей из обществ, которые рассказали об этом, чтобы похвастаться и немного посоветоваться. Вооруженные социалисты в Карсе уже не были сильны, как раньше, и они могли совершать такие действия, как грабежи, убийства полицейских, подкладывание пакетов с бомбами, и все это они могли делать только с помощью и по разрешению курдских партизан, а поэтому эти рано состарившиеся воинствующие борцы были в несколько подавленном состоянии. Они пришли на собрание без приглашения, сказав, что в Европе все еще очень много марксистов. Сидевший рядом, с ясным лицом и спокойным взглядом, друг бывшего социалиста, который находился на полу у стены, с таким видом, будто ему скучно, чувствовал особое волнение из-за того, что сообщит властям подробности этого собрания. Он делал это не из-за дурных намерений, а для того, чтобы помешать полиции без надобности разгонять курдские организации. Слегка смущаясь, он доносил властям о действиях, которые презирал и большинство из которых впоследствии будет считать бесполезными, а с другой стороны, гордился тем, что принимает участие в этих действиях по зову сердца, и с гордостью рассказывал всем о расстрелах, о похищении и избиении людей, о подброшенных бомбах, об убийствах.

Все были настолько уверены в том, что полиция прослушивает комнату и что среди собравшихся размещено по меньшей мере несколько осведомителей, что вначале никто не говорил. А те, кто держал речь, говорили, глядя в окно на улицу, что все еще идет снег, либо предостерегали друг друга: «Не тушите на полу сигареты». До тех пор пока тетя одного из молодых курдов, не привлекавшая к себе внимания в комнате, не встала и не начала рассказывать, как исчез ее сын (однажды вечером постучали в дверь и забрали его), царило молчание. От этого рассказа о пропавшем юноше, который Тургут-бей слушал вполуха, он заволновался. Подобно тому как он считал отвратительным то, что курдского юношу похитили среди ночи и убили, он с каким-то внутренним чувством злился и на то, что его называли «безгрешным». Кадифе, держа своего отца за руку, пыталась прочитать, что было написано на удрученном и насмешливом лице Ладживерта. Ладживерт думал, что попал в ловушку, но нехотя продолжал сидеть, потому что ему было неприятно думать, что если он уйдет, все будут говорить об этом. Потом: 1. Молодой исламист, сидевший рядом с Фазылом и который, как спустя много месяцев было доказано, был связан с убийством директора педагогического института, пустился доказывать, что это преступление совершил какой-то государственный агент. 2. Повстанцы дали обширную информацию относительно голодовки, которую устроили в тюрьме их друзья. 3. Трое молодых курдов из содружества, краснея, внимательно прочитали довольно длинный текст о месте курдской культуры и литературы во всемирной истории, с угрозой, что если текст не будет опубликован во «Франкфуртер рундшау», они заберут свои подписи.

Когда мать пропавшего спросила, где немецкий журналист, который примет ее прошение, Кадифе встала и успокаивающе сказала, что Ка находится в Карсе и что он не пришел на собрание, чтобы не ставить под сомнение «нейтральность» обращения. Те, кто были в комнате, не привыкли, чтобы на политических собраниях женщина вставала и так уверенно говорила; в какой-то миг все почувствовали к ней уважение. Мать пропавшего обняла Кадифе и заплакала. А Кадифе взяла у нее бумагу, где было написано имя ее пропавшего сына, пообещав, что сделает все, чтобы это было опубликовано в газете в Германии.

Воинствующий левый, который из добрых побуждений работал осведомителем, в этот момент вытащил написанный от руки на листке из тетради первый черновой набросок обращения и прочитал его, встав в странную позу.

Черновик был озаглавлен «Обращение к общественному мнению Европы относительно событий в Карсе». Это сразу же всем понравилось. Позднее Фазыл с улыбкой расскажет Ка, что он почувствовал в тот момент: «Я впервые ощутил, что мой собственный маленький город однажды сможет принять участие в мировой истории!», и это войдет в стихотворение Ка под названием «Все человечество и звезды». А Ладживерт тут же инстинктивно выступил против этого и объяснил: «Мы не взываем к Европе, мы взываем ко всему человечеству. Пусть наших друзей не смущает то, что мы можем опубликовать наше обращение не в Карсе или Стамбуле, а во Франкфурте. Европейское общественное мнение — нам не друг, а враг. Не из-за того, что мы им враги, а из-за того, что они интуитивно нас презирают».

Человек левых взглядов, написавший черновик обращения, сказал, что нас презирает не все человечество, а европейские буржуа. Бедняки и рабочие наши братья. Но ему никто не поверил, кроме его умудренного опытом друга.

— В Европе нет таких бедных, как мы, — сказал один из трех молодых курдов.

— Сынок, ты когда-нибудь был в Европе? — спросил Тургут-бей.

— У меня еще не было удобного случая, но мой зять — рабочий в Германии.

В ответ на это все слегка рассмеялись. Тургут-бей выпрямился на стуле.

— Я никогда не был в Европе, несмотря на то что для меня это очень важно, — сказал он. — И это не смешно. Пожалуйста, пусть поднимут руки те среди нас, кто был в Европе. — Руки не поднял никто, включая Ладживерта, который много лет жил в Германии.

— Но все мы также знаем, что означает Европа, — продолжал Тургут-бей. — Европа — наше будущее в человечестве. Поэтому если господин, — он указал на Ладживерта, — говорит обо всем человечестве вместо Европы, то мы можем изменить заголовок нашего обращения.

— Европа — не мое будущее, — сказал Ладживерт, улыбаясь. — Я вовсе не собираюсь, пока я живу, подражать им и принижать себя из-за того, что я не похож на них.

— В этом государстве существует национальная честь не только у исламистов, но и у сторонников Республики… — сказал Тургут-бей. — Что меняется, если написать вместо Европы все человечество?

— Сообщение всему человечеству о событиях в Карсе! — прочитал автор текста. — Получилось слишком претенциозно.

Подумали о том, чтобы, как предлагал Тургут-бей, вместо «человечество» написать «Запад», но против этого выступил один из прыщавых юношей, сидевших рядом с Ладживертом. Договорились о том, чтобы использовать только выражение «Обращение», по предложению одного из молодых курдов с писклявым голосом.

Черновик обращения был очень коротким, в отличие от того, как это обычно бывало в подобных случаях. Никто уже было ничего не возразил против первых предложений, которые рассказывали о том, что когда стало ясно, что выборы в Карсе выиграют именно кандидаты от исламистов и курдов, «был инсценирован» военный переворот, но вдруг Тургут-бей возразил: он рассказал о том, что в Карсе не существует того, что европейцы называют опросом общественного мнения, здесь обычное дело — голосовать за другую партию, а не за ту, о которой думал, изменив при этом свою точку зрения по глупой причине, за одну ночь до выборов или даже утром, направляясь к избирательной урне, и поэтому никто не может предсказать, какой кандидат выиграет выборы.

Военизированный осведомитель левых взглядов, подготовивший черновик сообщения, ответил ему:

— Все знают, что переворот был устроен до выборов и против ожидаемых результатов выборов.

— В конце концов, они — театральная труппа, — сказал Тургут-бей. — Им так повезло потому, что снег перекрыл дороги. Через несколько дней все вернется на свои места.

— Если вы не против переворота, то зачем сюда пришли? — спросил другой юноша.

Было непонятно, услышал или нет Тургут-бей слова этого непочтительного юноши с красным, как свекла, лицом, сидевшего рядом с Ладживертом. В то же время встала Кадифе (она была единственной, кто вставал, когда говорил, и никто, включая ее саму, не замечал, что это странно) и, гневно сверкая глазами, сказала, что ее отец из-за своих политических взглядов много лет просидел в тюрьме и что всегда был против притеснений государства.

Отец сразу же усадил ее, потянув за пальто.

— Это мой ответ на ваш вопрос, — сказал он. — Я пришел на это собрание, чтобы доказать европейцам, что в Турции есть демократы и здравомыслящие люди.

— Если бы известный немецкий журналист выделил мне пару строк, я никогда не пытался бы доказывать именно это, — сказал краснолицый насмешливо и, кажется, собирался сказать еще что-то, но Ладживерт взял его за руку и сделал ему предупреждение.

Этого хватило, чтобы Тургут-бей стал раскаиваться в том, что пришел на это собрание. Он сразу же убедил себя в том, что зашел сюда по пути, проходя мимо. Он уже встал и сделал несколько шагов по направлению к двери, с видом человека, голова которого занята другими делами, как вдруг его взгляд упал на снег, падающий снаружи на проспект Карадаг, и он пошел к окну. А Кадифе взяла его под руку, словно без этой поддержки отец совсем не сможет идти. Отец и дочь, словно дети, которые хотят забыть свои беды и чувствуют чью-то поддержку, долго смотрели на телеги с лошадьми, проезжавшие по заснеженной улице.

Один из трех молодых курдов из сообщества, тот, что с писклявым голосом, не смог сдержать любопытства, подошел к окну и стал смотреть вместе с отцом и дочерью вниз, на улицу. Люди в комнате следили за ними наполовину с уважением, наполовину с тревогой, чувствовалось, что все боялись вторжения полиции, ощущалось беспокойство. В этой тревоге стороны очень быстро достигли договоренности по оставшейся части обращения.

В обращении была одна фраза, говорившая о том, что военный переворот провела горстка авантюристов. Ладживерт возразил против этого. Предложенные вместо этого более емкие определения были встречены с сомнением, потому что могли создать у европейцев впечатление, что военный переворот был проведен во всей Турции. Таким образом, согласились на фразу «местный переворот, поддержанный Анкарой». Коротко сказали и о курдах, которые были убиты в ночь переворота и которых по одному забрали из домов и убили, и об издевательствах и пытках, которым подверглись студенты лицея имамов-хатибов. Выражение «тотальная атака на народ» приняло форму «наступление на народ, его моральные устои и его веру». Перемены, сделанные в последнем предложении, призывали уже не только европейское общественное мнение, но и весь мир выразить свой протест государству Турецкая Республика. Тургут-бей, читая про себя эту фразу, почувствовал, что Ладживерт, с которым он на какой-то миг столкнулся взглядом, счастлив. Он пожалел, что находится здесь.

— Если ни у кого не осталось никаких возражений, пожалуйста, давайте сразу же подпишем, — сказал Ладживерт. — На это собрание в любой момент может нагрянуть полиция.

Все начали препираться в центре комнаты, чтобы как можно скорее подписаться под обращением, в котором было трудно разобраться из-за исправлений и вставок со стрелочками, и ускользнуть. Несколько человек уже подписались и выходили, как вдруг Кадифе воскликнула:

— Подождите, мой отец собирается что-то сказать!

Это усилило переполох. Ладживерт отправил краснолицего юношу к двери и приказал стоять около выхода.

— Пусть никто не выходит, — заявил он. — Послушаем возражения Тургут-бея.

— У меня нет возражений, — сказал Тургут-бей. — Но перед тем как я подпишусь, я кое о чем попрошу этого молодого человека. — Он некоторое время размышлял. — Я прошу об этом не только его, но и всех присутствующих здесь. — Он сделал знак юноше с красным лицом, который только что с ним спорил, а сейчас придерживал дверь, чтобы никто не сбежал. — Если сейчас, сначала этот юноша, а потом все вы не ответите на мой вопрос, я не подпишу обращение. — И он повернулся к Ладживерту, чтобы посмотреть, увидел ли тот, насколько решительно он настроен.

— Пожалуйста, задавайте ваш вопрос, — сказал Ладживерт. — Если в наших силах на него ответить, мы с удовольствием это сделаем.

— Вы недавно смеялись надо мной. А сейчас скажите все: если бы в большой немецкой газете вам дали несколько строк, что каждый из вас сказал бы тогда европейцам? Сначала пусть скажет он.

Юноша с красным лицом был сильным и крепким и имел суждение по каждому вопросу, но к такому вопросу он не был готов. Еще сильнее схватившись за ручку двери, он взглядом попросил помощи у Ладживерта.

— Давай, немедленно говори все, что тебе хочется, даже если это будет на пару строк, и пойдем, — сказал Ладживерт, через силу улыбаясь. — Или же сюда нагрянет полиция.

Глаза краснолицего юноши смотрели то вдаль, то перед собой, словно бы он пытался на очень важном экзамене вспомнить ответ на вопрос, который раньше хорошо знал.

— Тогда сначала я скажу, — проговорил Ладживерт. — Европейским господам до нас нет дела... Я бы сказал, например, что пусть бы они не очерняли меня, и этого будет достаточно... Но мы ведь, как известно, живем в тени.

— Не помогайте ему, пусть он скажет то, что идет из его сердца, — сказал Тургут-бей. — Вы скажете самым последним. — Он улыбнулся краснолицему юноше, мучавшемуся в нерешительности. — Принять решение трудно. Потому что это поразительный вопрос. На него невозможно ответить, стоя на пороге.

— Это предлог, предлог! — сказал кто-то за спиной. — Он не хочет подписывать сообщение.

Каждый задумался о своем. Несколько человек подошли к окну и задумчиво посмотрели на телеги с лошадьми, проезжавшие по заснеженному проспекту Карадаг. Когда Фазыл впоследствии будет рассказывать Ка об этой «зачарованной тишине», он скажет: «Словно в тот миг мы стали друг другу еще больше братьями, чем обычно». Первым тишину нарушил звук самолета, пролетавшего в вышине сквозь темноту. Пока все внимательно слушали самолет, Ладживерт прошептал:

— Сегодня это второй пролетевший самолет.

— Я выхожу! — закричал кто-то.

Это был тридцатилетний человек с бледным лицом и в выцветшем пиджаке. Он был одним из троих человек в комнате, кто имел работу. Он был поваром в больнице и то и дело поглядывал на часы. Он пришел вместе с семьей пропавшего юноши. И впоследствии рассказывали, что его старший брат, интересовавшийся политикой, однажды ночью был увезен в полицейский участок для взятия показаний и больше не вернулся. По слухам, этот человек захотел жениться на красивой жене пропавшего старшего брата и захотел взять у властей свидетельство о смерти. Его прогнали из Управления безопасности, из Разведывательного управления и из военного гарнизона, куда он обратился с этой целью через год после того как его брат был похищен, и он вот уже два месяца как присоединился к семьям пропавших, не столько потому, что хотел отомстить, а потому, что мог поговорить только с ними.

— Вы назовете меня в спину трусом. Трусы — это вы. Трусы — это ваши европейцы. Напишите, что я им сказал, — он хлопнул дверью и вышел.

В это время спросили, кто такой господин Ханс Хансен. В противоположность тому, чего боялась Кадифе, Ладживерт на этот раз очень вежливо сказал, что он — один благонамеренный немецкий журналист, который искренне интересуется «проблемами» Турции.

— Тебе нужно бы бояться истинных благонамеренных немцев! — сказал кто-то сзади.

Человек в темном пиджаке, замерший у окна, спросил, будут ли опубликованы, помимо обращения, и частные заявления. Кадифе сказала, что это возможно.

— Друзья, давайте не будем ждать друг друга, чтобы взять слово, как трусливые дети из младших классов, — сказал кто-то.

— Я учусь в лицее, — начал другой молодой курд из сообщества. — И еще раньше я думал о том, что скажу.

— Вы думали о том, что однажды сделаете заявление в какой-нибудь немецкой газете?

— Да, именно так, — ответил юноша спокойным тоном, но со страстным видом. — Как и все вы, я тоже втайне думал, что когда-нибудь мне представится удобный случай и я смогу рассказать миру о своих мыслях.

— Я никогда не думал о таких вещах…

— То, что я скажу, — очень просто, — сказал страстный юноша. — Пусть франкфуртская газета напишет: мы не глупцы! Мы только бедные! И наше право — желать, чтобы наши суждения разделяли.

— Ну что вы! Конечно! Бог с вами!

— Кто мы, о ком вы сказали, сударь? — спросили за спиной. — О турках, о курдах, о местных, о кочевниках-туркменах, об азербайджанцах, о черкесах, о туркменах, о жителях Карса?.. О ком?

— Дело в том, что самое большое заблуждение человечества, — продолжил страстный юноша из сообщества, — самый большой обман, которому тысячи лет: все время смешивают понятия «глупость» и «бедность».

— Пусть объяснит и то, что значит быть глупым.

— На самом деле, люди религии, которые заметили эту постыдную путаницу в славной истории человечества и говорили, что у бедняков есть мудрость, есть человечность, есть разум и сердце, оказались самыми нравственными людьми. Если господин Ханс Хансен увидит бедного человека, то пожалеет его. Этот, наверное, сразу не подумает о том, что бедняк — это дурак, упустивший все удобные случаи, безвольный пьяница.

— Я не знаю господина Хансена, но теперь все так думают, когда видят бедняка.

— Пожалуйста, послушайте, — сказал страстный курдский юноша. — Я не буду говорить слишком много. По отдельности беднякам, может быть, и сочувствуют, но когда бедна целая нация, весь мир первым делом думает, что эта нация глупая, безголовая, ленивая, грязная и неумелая. Вместо того чтобы посочувствовать им, мир смеется. Их культура, их традиции и обычаи кажутся ему смешными. Потом, иногда, мир начинает стесняться этих мыслей и перестает смеяться, и когда эмигранты этой нации подметают землю, работают на самых отвратительных работах, то, чтобы те не роптали, делают вид, будто слышали об их культуре, и даже начинают считать ее интересной.

— Пусть он уже скажет, о какой нации он говорит.

— Я еще вот что добавлю, — вмешался другой курдский юноша. — К сожалению, человечество уже даже смеяться не может над теми, кто убивает друг друга, кто умерщвляет и издевается друг над другом. Я понял это по рассказам моего зятя из Германии, когда прошлым летом он приехал в Карс. Теперь мир уже не терпит наций-угнетателей.

— То есть вы нам угрожаете от имени европейцев?

— Таким образом, — продолжил страстный курдский юноша, — когда европеец встречает кого-то из бедной нации, сначала он чувствует интуитивное презрение к этому человеку. Этот человек такой бедный потому, что принадлежит к глупой нации, думает европеец сразу. Очень вероятно, что голова этого человека забита той же ерундой и глупостью, которые делают бедной и несчастной всю его нацию, думает он.

— Ну так это же и нельзя считать несправедливым…

— Если и ты считаешь наших людей глупыми, как этот самовлюбленный журналист, говори это открыто. По крайней мере, тот безбожный атеист, перед тем как умереть и отправиться в ад, выступил в прямом эфире на телевидении и смог смело сказать, глядя нам в глаза, что считает нас всех дураками.

— Извините, но тот, кто выступает по телевидению в прямом эфире, не может видеть глаз тех, кто смотрит на него.

— Сударь не сказал «видел», он сказал «смотрел», — сказала Кадифе.

— Друзья, пожалуйста, давайте не будем спорить друг с другом, словно мы на дебатах, — сказал участник собрания, придерживающийся левых взглядов, который вел записи. — Давайте будем говорить медленно и каждый в отдельности.

— Пока он смело не скажет, о какой нации он говорил, я не замолчу. Давайте будем помнить о том, что публикация в какой-либо немецкой газете заявления, которое нас унижает, является предательством родины.

— Я не предатель родины. Я думаю точно так же, как и вы, — сказал страстный курдский юноша и встал. — Поэтому я хочу, чтобы написали, что если однажды представится удобный момент и даже если мне дадут визу, я в Германию не поеду.

— Такому, как ты, тунеядцу никто не даст немецкую визу.

— До визы ему наши власти паспорт не выдадут.

— Да, не выдадут, — смиренно сказал страстный юноша. — И все же если дадут и если я поеду, даже если первый европеец, которого я встречу на улице, окажется хорошим человеком и даже не будет меня унижать, беспокоиться я буду уже потому, что он европеец, и буду думать, что он меня презирает. Потому что в Германии сразу видно тех, кто приехал из Турции, по всему... Тогда единственное, что можно сделать, чтобы тебя не унижали, — как можно скорее доказать им, что ты думаешь так же, как и они. А это и невозможно, и обидно для самолюбия.

— Сынок, начало твоей речи было плохим, но в конце ты хорошо сказал, — сказал старый азербайджанский журналист. — И все-таки давайте не будем печатать это в немецкой газете, они будут смеяться над нами... — Некоторое время он молчал, а затем внезапно хитро спросил: — О какой нации ты говорил?

Когда юноша из сообщества сел на свое место, ничего не ответив, сын пожилого журналиста, сидевший рядом с ним, закричал:

— Боится!

— Он прав, что боится, он не работает, как вы, на государство, — ответили ему, но ни пожилой журналист, ни его сын не обиделись на это. Разговоры в один голос, то и дело звучавшие шутки и насмешки объединили всех находившихся в комнате, создав шутливую атмосферу. Ка, который потом будет слушать рассказ Фазыла о происшедшем, записал в свою тетрадь, что такого рода политические собрания могут продолжаться часами, и поэтому главным условием является то, чтобы толпа курящих усатых мужчин со сросшимися бровями развлекалась, не осознавая этого.

— Мы не сможем быть такими, как европейцы, — надменно сказал еще один молодой исламист. — Те, кто насильно пытается переделать нас по их образцу, в конце концов, может быть, и смогут это сделать, убивая нас танками и ружьями. Но они никогда не смогут изменить нашу душу.

— Вы можете получить мое тело, но мою душу — никогда, — насмешливо сказал один из курдских юношей голосом, напомнившим один из турецких фильмов.

Все засмеялись. Говоривший юноша тоже снисходительно засмеялся вместе со всеми.

— Я тоже кое-что скажу, — выпалил один из молодых людей, сидевших рядом с Ладживертом. — Что бы наши друзья ни говорили, подобно бесчестным приверженцам Запада, все же здесь присутствуют настроения, словно мы извиняемся за то, что мы не европейцы, будто просим прощения. — Он повернулся к человеку в кожаном пиджаке, который делал записи. — Дорогой, не пиши, пожалуйста, то, что я только что сказал! — сказал он с видом вежливого буяна. — А сейчас пиши: я испытываю гордость за себя, за свою душу, которая не является европейской. Я горжусь всем тем в себе, что европеец считает детским, жестоким и первобытным. Если они красивые, я останусь уродом, если они умные, я буду дураком, если они современные, я останусь простодушным.

Никто не одобрил эти слова. Все лишь немного улыбнулись, потому что отвечали шуткой на все, что говорилось в комнате. Кто-то вставил: «Да ты вообще-то и так дурак!», но так как именно в этот момент пожилой из двоих левонастроенных и человек в темном пиджаке зашлись в приступе сильного кашля, было непонятно, кто это сказал.

Краснолицый юноша, дежуривший у двери, вскочил и начал читать стихотворение, оно начиналось словами: «Европа, ах, Европа! / Ну-ка, взглянем мы туда. / Это с нами лишь мечта. / Дьяволу мы не чета». Продолжение Фазыл не расслышал из-за кашля, разных словечек и смеха. И все же он передал Ка, что стихотворение намекало не на него, а на возражения, адресованные ему, и эти три пункта вошли и в бумагу, в которой в двух строках были записаны ответы, чтобы передать их в Европу, и в стихотворение «Все человечество и звезды», которое Ка напишет впоследствии:

1. «Давайте не будем бояться Европы, там нечего бояться», — закричал бывший воинствующий левый среднего возраста.

2. После того как старый журналист азербайджанского происхождения, который то и дело спрашивал: «Какую нацию вы имеете в виду», сказал: «Давайте не будем забывать о нашей религии и о том, что мы турки», и начал долго и детально говорить о крестовых походах, о геноциде евреев, об истребленных краснокожих в Америке, о мусульманах, убитых французами в Алжире, провокатор в толпе коварно спросил: «А где миллионы армян из Карса и Анатолии?», и информатор, который все записывал, не стал записывать, кто это был, так как пожалел его.

3. «Такое длинное и дурацкое стихотворение никто переводить не будет, и будет прав, и господин Ханс Хансен не опубликует его в своей газете», — сказал кто-то. А это дало повод поэтам, находившимся в комнате (их было трое), сетовать на злосчастное одиночество турецкого поэта в мире.

Когда краснолицый юноша, обливаясь потом, закончил читать стихотворение, с глупостью и примитивностью которого согласились все, несколько человек насмешливо захлопали. Все говорили, что если это стихотворение издать в немецкой газете, то это поспособствует тому, что над «нами» будут смеяться еще больше, как вдруг молодой курд, зять которого был в Германии, пожаловался:

— Когда европейцы пишут стихи и поют песни, они говорят от имени всего человечества. Они — люди, а мы лишь мусульмане. А если мы пишем стихотворение, это считают этнической поэзией.

— Мое послание вот какое. Пишите, — сказал человек в темном пиджаке. — Если европейцы правы и у нас нет иного будущего и спасения, кроме как стать похожими на них, то наша деятельность, когда мы развлекаем себя ерундой, делающей нас достойными самих себя, — не что иное, как глупая потеря времени.

— Вот слова, которые больше всего выставят нас дураками перед европейцами.

— Теперь скажите, пожалуйста, смело, какая нация будет выглядеть дураками.

— Господа, мы ведем себя так, будто мы гораздо умнее европейцев, гораздо почитаемее, но я клянусь, что если бы сегодня немцы открыли в Карсе консульство и раздавали бы всем бесплатно визы, весь Карс опустел бы за неделю.

— Это ложь. Только что наш друг сказал, что если ему дадут визу, то он не поедет. И я не поеду, а останусь здесь, с чувством собственного достоинства.

— И другие останутся, господа, знайте это. Если поднимут руки те, кто не поедет, мы сможем увидеть их.

Несколько человек серьезно подняли руки. Несколько молодых людей, смотревших на это, стояли в нерешительности.

— Почему тех, кто уезжает, считают бесчестными, пусть сначала это объяснят, — спросил человек в темном пиджаке.

— Это трудно объяснить тому, кто этого не понимает, — сказал кто-то загадочно.

Сердце Фазыла, который увидел, что Кадифе грустно направила взгляд из окна на улицу, в этот момент быстро забилось. «Господи, защити мою безгрешность, сохрани меня от путаницы в мыслях», — подумал он. Ему пришло в голову, что Кадифе понравились бы эти слова. Он хотел попросить послать их в немецкую газету, но каждый что-то говорил, и это не вызвало бы интереса.

Весь этот шум смог перекричать только курдский юноша с писклявым голосом. Он решил попросить записать для немецкой газеты свой сон. В начале своего сна, который он рассказывал, временами вздрагивая, он смотрел в одиночестве фильм в Национальном театре. Фильм был европейским, все говорили на каком-то иностранном языке, но это не доставляло ему никакого беспокойства, потому что он чувствовал, что понимает все, что говорится. А потом он увидел, как оказался внутри этого фильма, который смотрел: кресло в Национальном театре оказалось креслом в гостиной христианской семьи из фильма. Он увидел большой накрытый стол, ему захотелось есть, но он не подходил к столу, так как боялся сделать что-нибудь неправильно. Потом его сердце забилось, он увидел очень красивую светловолосую женщину и внезапно вспомнил, что был влюблен в нее много лет. А женщина отнеслась к нему неожиданно мягко и мило. Она расхваливала его внешность и одежду и то, как он вел себя, она поцеловала его в щеку и гладила его волосы. Он был очень счастлив. Потом женщина вдруг обняла его и показала еду на столе. И тогда он со слезами на глазах понял, что он еще ребенок и поэтому понравился ей.

Этот сон встретили с грустью, близкой к страху, а также со смешками и шутками.

— Он не мог видеть такой сон, — нарушил молчание пожилой журналист. — Этот курдский юноша придумал его для того, чтобы хорошенько унизить нас в глазах немцев. Не пишите это.

Юноша из сообщества, чтобы доказать, что он видел этот сон, признался в одной подробности, которую он пропустил вначале: он сказал, что каждый раз, когда просыпается, вспоминает женщину из сна. Он впервые увидел ее пять лет назад, когда она выходила из автобуса, заполненного туристами, приехавшими посмотреть на армянские церкви. На ней было синее платье на бретельках, которое потом было на ней в снах и в фильме.

Над этим еще больше засмеялись.

— Мы ни европейских баб не видели, ни дьявола не слушались в своих фантазиях, — сказал кто-то.

И тут вдруг возникла непринужденная неприличная беседа о европейских женщинах, полная тоски и гнева. Один высокий, стройный и достаточно красивый молодой человек, которого до сих пор никто не замечал, начал рассказывать:

— Однажды мусульманин и европеец встретились на одном вокзале. Поезд не приходил. Впереди на перроне очень красивая француженка тоже ждала поезда…

Это, как мог предположить любой мужчина, закончивший мужской лицей или отслуживший в армии, был рассказ о налаживании связей между нациями и культурами при помощи физической силы. Неприличные слова не использовались, а грубая сущность рассказа была скрыта пеленой намеков. Но через короткое время в комнате создалось такое настроение, которое Фазыл назовет: «Меня охватил стыд!»

Тургут-бей встал.

— Все, сынок, хватит. Принеси, я подпишу обращение, — сказал он.

Тургут-бей подписал обращение новой ручкой, которую вытащил из кармана. Он устал от шума и табачного дыма, он уже собирался встать, но Кадифе его удержала. А затем сама встала.

— Послушайте сейчас минуточку и меня, — сказала она. — Вам не стыдно, но мое лицо пылает от того, что я слышу. Я завязываю себе это на голову, чтобы вы не видели мои волосы, но из-за этого мне еще больнее за вас…

— Не ради нас! — скромно прошептал какой-то голос. — Ради Аллаха, ради твоего собственного морального состояния.

— Я тоже хочу сказать кое-что для немецкой газеты. Запишите, пожалуйста. — Она ощутила интуицией актера, что за ней наблюдали наполовину с гневом, наполовину с восторгом. — Девушка из Карса, для которой из-за ее религии платок стал знаменем, нет, запишите, как мусульманка из Карса внезапно перед всеми сняла платок из-за отвращения, которое ее охватило. Это хорошая новость, которая понравится европейцам. И теперь Ханс Хансен издаст наши речи. Когда она снимала платок, она сказала следующее: «О мой Аллах, прости меня, потому что я теперь должна быть одна. Этот мир такой омерзительный, и я так разгневана и бессильна, что твоей...»

— Кадифе, — внезапно вскочил на ноги Фазыл. — Не снимай платок. Мы все, все мы сейчас здесь. Включая Неджипа и меня. Из-за этого мы все, все умрем.

Внезапно все растерялись от этих слов. Кто-то сказал: «Не занимайся глупостями», «Конечно, пусть она не снимает платок», но большинство смотрело с надеждой, ожидая, с одной стороны, скандальную историю, какое-нибудь происшествие, а с другой стороны, пытаясь понять, что это за провокация и чья это игра.

— Вот какие два предложения я хочу опубликовать в немецкой газете, — сказал Фазыл. Шум в комнате усиливался. — Я говорю не только от собственного имени, но и от имени моего покойного друга Неджипа, жестоко убитого и погибшего как борец за веру в ночь мятежа: Кадифе, мы очень тебя любим. Смотри, если ты снимешь платок, я покончу с собой, не снимай.

Как считают некоторые, Фазыл сказал Кадифе не «любим», а «люблю». Может быть, это было придумано для того, чтобы объяснить последовавшие действия Ладживерта.

Ладживерт изо всех сил закричал:

— Чтоб никто в этом городе не говорил о самоубийствах! — затем вышел из комнаты и ушел из отеля, даже не взглянув на Кадифе, это сразу завершило собрание, а те, кто был в комнате, быстро разошлись, хоть и не очень тихо.

32

Я не могу вынести, когда у меня две души

*О любви, о том, как быть незначительным,
и об исчезновении Ладживерта*

Ка вышел из отеля «Снежный дворец» без четверти
шесть, до того как Тургут-бей и Кадифе вернулись из
отеля «Азия». До встречи с Фазылом было еще пятнадцать минут; но ему захотелось пройтись по улицам,
ощущая счастье. Повернув налево, он ушел с проспекта Ататюрка и, прогуливаясь и глядя на толпу, запол-
нившую чайные дома, на включенные телевизоры, на
бакалейные магазинчики и фотомастерские, дошел до
речушки Карс. Он поднялся на мост и, не обращая внимания на холод, выкурил одну за другой две сигареты
«Мальборо» и представил себе то счастье, которое ждет
его во Франкфурте вместе с Ипек. На противоположном берегу реки в парке, где когда-то по вечерам богатые
жители Карса смотрели на тех, кто катался на коньках, сейчас была пугающая темнота.

На какое-то мгновение Ка опять спутал Фазыла с Неджипом, который пришел на железный мост с опозданием. Они вместе пошли в чайный дом «Удачливые братья», и Фазыл в мельчайших подробностях рассказал
Ка о собрании в отеле «Азия». Он как раз дошел до того
места, когда он почувствовал, что его родной маленький город принимает участие в мировой истории, и тут
Ка попросил его замолчать, словно выключил на какое-
то время радио, и написал стихотворение «Все человечество и звезды».

Впоследствии в записках, которые Ка будет вести,
он свяжет это стихотворение скорее не с печалью жизни в забытом городе, вне истории, а с началом некоторых голливудских фильмов, которые он видел в детстве и начало которых ему каждый раз очень нравилось.
Когда кончались титры, камера вначале показывала
медленно вращающийся земной шар, медленно при-

ближалась к нему, а потом показывалась какая-то страна, и в собственном фильме, который Ка снимал с самого детства в своих мечтах, это страна, конечно же, была Турцией; в это время показывалась синева Мраморного моря, появлялось Черное море и Босфор, а когда камера приближалась еще больше, появлялся Стамбул, Нишанташы, где Ка провел детство, дорожная полиция на проспекте Тешвикие, улица Поэта Нигяр, крыши и деревья (как здорово видеть их сверху!), а потом развешенное белье, реклама консервов фирмы Тамек, ржавые водосточные трубы, глухие боковые стены, покрытые мазутом, и медленно появлялось окно Ка. Камера, смотревшая через окно в комнату, продвигалась по комнатам, полным книг, вещей, пыли и ковров, а затем показывала Ка, который сидел за столом перед другим окном и писал статью, камера переходила на кончик ручки, которая дописывала на бумаге, лежавшей перед ним, последние буквы, и можно было прочесть: МОЙ АДРЕС, ПО КОТОРОМУ Я ВОШЕЛ В ИСТОРИЮ МИРОВОЙ ПОЭЗИИ: ПОЭТ Ка, УЛ. ПОЭТА НИГЯР, 16/8, НИШАНТАШЫ, СТАМБУЛ, ТУРЦИЯ. Внимательные читатели, конечно же, предположат, что этот адрес, который, как я считал, был заключен и в стихотворении, будет находится где-то в снежинке на оси логики, наверху, там, где действуют законы воображаемого притяжения.

В конце своего рассказа Фазыл поведал и свое настоящее горе: сейчас он ужасно беспокоился из-за того, что сказал, что покончит с собой, если Кадифе снимет платок. «Я беспокоюсь не только из-за того, что совершить самоубийство означает, что человек потерял веру в Аллаха, но и из-за того, что это не то, во что я верю. Почему я сказал о том, во что не верю?» После того как Фазыл сказал Кадифе, что убьет себя, если она снимет платок, он проговорил: «Прости, Господи!», но когда в дверях встретился с ней взглядом, задрожал перед ней как осиновый лист.

— Может, Кадифе подумала о том, что я в нее влюблен? — спросил он у Ка.

— А ты влюблен в Кадифе?

— Ты же знаешь, я был влюблен в покойную Теслиме, а мой покойный друг — в Кадифе. Я стесняюсь влюбляться в ту же девушку, когда еще и дня не прошло после его смерти. И знаю, что это — единственный предлог. И это меня пугает. Расскажи мне, откуда ты знаешь, что Неджип умер?

— Я держал его за плечи и целовал его мертвым, в лоб ему попала пуля.

— Возможно, душа Неджипа живет во мне, — сказал Фазыл. — Послушай: вчера вечером я и театром не интересовался, и телевизор не смотрел. Я рано лег спать и уснул. И во сне понял, что с Неджипом случилось что-то ужасное. Когда солдаты напали на наше общежитие, у меня не осталось никаких сомнений. А когда я увидел тебя в библиотеке, я уже знал, что Неджип умер, потому что его душа вошла в мое тело. Это произошло рано утром. Солдаты, опустошавшие общежитие, ко мне не притронулись, а я провел ночь на Рыночной Дороге, в доме армейского друга моего отца из Варто. Через шесть часов после того, как убили Неджипа, рано утром, я почувствовал его у себя внутри. Лежа в кровати, в гостях, где я ночевал, я сразу почувствовал, что у меня закружилась голова, а затем я ощутил сладостную обогащенность, какую-то глубину; мой друг был рядом со мной, у меня в душе. Как говорили старые книги, душа покидает тело через шесть часов после смерти. По словам философа Суюти, душа в этот момент очень подвижна, как ртуть, и ей нужно ждать до Судного дня в Берзахе[1]. Но душа Неджипа вошла в мое тело. Я в этом уверен. И я боюсь, потому что такого места нет в Коране. Но иначе я не мог бы так быстро влю-

---

[1] Место, согласно мусульманской мифологии, между земным и потусторонним миром, где души умерших будут находиться, ожидая Судного дня.

биться в Кадифе. И даже мысль о том, чтобы из-за нее покончить собой, — не моя. По-твоему, может быть так, что во мне живет душа Неджипа?

— Если ты в это веришь, — осторожно сказал Ка.

— Я говорю это только тебе. Неджип рассказывал тебе тайны, о которых не говорил никому. Я умоляю, скажи мне правду: Неджип мне никогда не говорил, что в нем зарождаются атеистические сомнения. Но тебе он мог рассказать об этом. Тебе Неджип никогда не говорил, что сомневается (помилуй, Аллах!) в существовании Аллаха?

— Он поведал не о том сомнении, о котором говоришь ты, а о кое-чем другом. Неджип сказал, что когда человек представляет себе смерть своих родителей, и начинает плакать, и от этой грусти получает удовольствие, и, подобно этому, он сам волей-неволей думал о том, что Аллаха, которого он очень любил, не существует.

— Сейчас и со мной происходит то же самое, — выпалил Фазыл. — И у меня нет никакого сомнения в том, что это сомнение посеяла во мне душа Неджипа.

— Но это сомнение не означает атеизм.

— Но теперь я признаю правоту девушек, совершивших самоубийство, — с грустью сказал Фазыл. — Я только что сказал, что мог бы сам совершить самоубийство. Я не хочу называть покойного Неджипа атеистом. Но сейчас я слышу в себе некий атеистический голос и очень этого боюсь. Какой вы, я не знаю, но вы были в Европе и вы, конечно же, познакомились со всеми этими образованными, пьющими и употребляющими наркотики людьми. Пожалуйста, расскажите, что чувствует атеист?

— Такого, чтобы человек постоянно хотел совершить самоубийство, не бывает.

— Не постоянно, но иногда мне хочется себя убить.

— Почему?

— Потому что я все время думаю о Кадифе и в голове у меня больше ничего нет! Она постоянно у меня перед глазами. Когда я занимаюсь уроками, когда смотрю телевизор, когда жду, чтобы наступил вечер, в самом нейтральном месте, все напоминает мне Кадифе, и мне очень больно. Я чувствовал это и до смерти Неджипа. На самом деле я всегда любил не Теслиме, а Кадифе. Но я похоронил в себе все, потому что это была любовь моего друга. Эту любовь заронил во мне Неджип, все время говоря о Кадифе. Когда солдаты напали на общежитие, я понял, что они могли убить Неджипа, и обрадовался, да. Не из-за того, что могу выплеснуть наружу мою любовь к Кадифе, а из-за ненависти к Неджипу, который напоил меня этой любовью. Сейчас Неджип умер, теперь я свободен, но это не привело ни к чему, кроме того, что я еще больше влюбился в Кадифе. Я думаю о ней с самого утра и постепенно теряю способность думать о чем-то другом. О Господи, что мне делать?

Фазыл закрыл обеими руками лицо и заплакал навзрыд. Ка зажег сигарету «Мальборо», и ощутил в себе эгоистическое безразличие. Он долго гладил голову Фазыла.

В этот момент к ним подошел агент Саффет, который одновременно смотрел телевизор и наблюдал за ними.

— Пусть юноша не плачет, я не понес его удостоверение в центр, оно у меня, — сказал он.

Все еще плакавший Фазыл не проявил интереса, и Ка потянулся и взял удостоверение, которое он протягивал, вытащив из кармана.

— Почему он плачет? — спросил шпик с беспокойством отчасти человеческим, отчасти присущим агенту.

— От любви, — ответил Ка.

Он тут же успокоил шпика. Ка смотрел ему вслед до тех пор, пока тот не вышел из чайной и не ушел.

Потом Фазыл спросил, как он может вызвать интерес Кадифе. В это время он сказал и о том, что весь

Карс знает, что Ка влюблен в сестру Кадифе Ипек. Страсть Фазыла показалась Ка такой безнадежной и невозможной, что в какой-то момент он испугался, что любовь, которую он испытывал к Ипек, может оказаться настолько же безнадежной. Фазылу, который уже переставал всхлипывать, он без воодушевления повторил предложение Ипек: «Будь собой».

— Но я не могу этого сделать, пока во мне две души, — сказал Фазыл. — И к тому же атеистическая душа Неджипа постепенно захватывает меня. После того как я многие годы думал о том, что молодые товарищи, которые занимаются политикой, совершают ошибку, сейчас мне хочется вместе с исламистами сделать что-нибудь против военного переворота. Но я чувствую, что сделаю это для того, чтобы обратить на себя внимание Кадифе. Меня пугает то, что у меня в голове нет ничего, кроме Кадифе. Не оттого, что я ее совсем не знаю. Из-за того, что я вижу, что теперь не верю ни во что, кроме любви и счастья, совсем как атеист.

Пока Фазыл плакал, Ка колебался, сказать ему или нет, чтобы он никому не рассказывал о своей любви к Кадифе и что ему надо бояться Ладживерта. Он думал, что, судя по тому, что Фазыл знает о его отношениях с Ипек, он уж точно знает об отношениях Кадифе и Ладживерта. Но если он знает об этом, то ему не следует любить ее из-за иерархии в их политической организации.

— Мы бедны и так мало значим, вся проблема заключается в этом, — сказал Фазыл со странным гневом. — Нашим жалким жизням нет никакого места в истории человечества. И в конце концов все мы, кто живет в это жалком городе Карсе, в один прекрасный день сдохнем и исчезнем. Никто о нас не вспомнит, никто нами не заинтересуется. Мы останемся не имеющими никакого значения людьми, которые режут друг другу горло из-за того, что женщинами нужно надевать на голову, людьми, которые задыхаются в своих маленьких и ерундовых ссорах. Все забудут о нас. Когда я вижу, что мы уйдем из этого мира, прожив такую глупую жизнь и не оставив никакого следа, я с негодованием понимаю, что в жизни нет ничего, кроме любви. И тогда мне делается больно от того, что я чувствую к Кадифе, от того факта, что в этом мире я могу утешиться, только обняв ее, и она не выходит у меня из головы.

— Да, это мысли, которые к лицу атеисту, — сказал Ка безжалостно.

Фазыл снова заплакал. А Ка не вспомнил и не записал никуда, о чем они говорили позже. По телевизору скрытая камера показывала маленьких американских детей, которые переворачивались со стульев, разбивали аквариумы, падали в воду, падали на пол, споткнувшись, наступив на свой подол, и все это сопровождалось искусственным смехом. Вместе с людьми в чайной Фазыл и Ка долго смотрели на американских детей, улыбаясь и забыв обо всем.

Когда в чайную вошла Захиде, Ка и Фазыл смотрели по телевизору на грузовик, который загадочным образом продвигался по какому-то лесу. Захиде отдала Ка желтый конверт, который не вызвал у Фазыла никакого интереса. Ка прочитал записку, лежавшую внутри: она была от Ипек. Кадифе и Ипек хотели видеть Ка через двадцать минут, в семь часов, в кондитерской «Новая жизнь». Захиде узнала от Саффета, что они в чайном доме «Удачливые братья».

Фазыл сказал вслед Захиде:

— Ее племянник в нашем классе.

— Он ужасный любитель карт. Он никогда не пропускает петушиные бои, собачьи бои на ставки.

Ка отдал ему ученический билет, который забрал у полицейского.

— Меня ждут в отеле на обед, — сказал он и поднялся.

— Ты увидишь Кадифе? — без всякой надежды спросил Фазыл.

И ему стало неудобно из-за выражения скуки и жалости на лице Ка. «Я хочу убить себя». Когда Ка выходил из чайной, он прокричал ему вслед:

— Если увидишь ее, скажи, если она снимет платок, я убью себя. Но я сделаю это не из-за того, что она сняла платок, а из-за удовольствия убить себя ради нее.

Поскольку до встречи в кондитерской еще было время, Ка свернул на боковые улицы. Проходя по Канальной улице, он увидел чайную, где утром написал стихотворение «Улицы мечты», и вошел внутрь, но на ум ему пришло не новое стихотворение, как ему хотелось, а желание выйти через черный ход полупустой чайной, заполненной сигарным дымом, на улицу. Он прошел заснеженный двор, в темноте перелез через низкий забор и, поднявшись на три ступеньки вверх, под лай той же собаки на цепи спустился в подвал.

Здесь горела бледная лампа. Внутри кроме запаха угля и запаха несвежего воздуха Ка почувствовал еще и запах раки. Рядом с гудевшим котлом парового отопления были несколько человек, отбрасывавших тень. Увидев, что среди картонных коробок сидят и пьют раки сотрудник НРУ с птичьим носом, больная туберкулезом грузинка и ее муж, он вовсе не удивился. Казалось, они тоже не удивились появлению Ка. На голове у больной женщины Ка увидел шикарную красную шляпку. Женщина угостила Ка сваренным яйцом и лепешкой, а ее муж стал наливать Ка рюмку раки. Когда Ка чистил скорлупу яйца, сваренного вкрутую, сотрудник НРУ с птичьим носом сказал, что эта квартира в котельной — самое теплое место в Карсе, просто рай.

Стихотворение, которое Ка написал в последовавшей тишине, без всяких неприятностей и не пропустив ни одного слова, называлось «Рай». То, что оно было размещено как раз на оси фантазии, далеко от центра снежинки, не означало, что рай — это воображаемое будущее; для Ка это означало то, что воспоминания о рае могли остаться живыми только в воображении.

Вспоминая это стихотворение в последующие годы, Ка перечислил некоторые воспоминания по отдельности: летние каникулы в детстве, дни, когда он сбегал из школы, когда они с сестрой забирались на постель, где лежали родители, некоторые рисунки, которые он рисовал в детстве, встреча и поцелуй с девочкой, с которой он познакомился на школьной вечеринке.

Когда он шел к кондитерской «Новая жизнь», он думал обо всем этом столько же, сколько и об Ипек. В кондитерской Кадифе и Ипек уже ждали его. Ипек была такой красивой, что Ка в какой-то момент показалось (также и под влиянием раки, которую он выпил на пустой желудок), что он сейчас заплачет от счастья. Сидеть за одним столом с двумя красивыми сестрами и разговаривать с ними — это придавало Ка ощущение не только счастья, но и гордости: ему хотелось бы, чтобы его с этими двумя женщинами увидели престарелые турецкие торговцы во Франкфурте, которые каждый день улыбались ему и здоровались, но в кондитерской, где вчера убили директора педагогического института, сейчас совершенно никого не было, кроме пожилого официанта. Пока они сидели в кондитерской «Новая жизнь» вместе с Ипек и Кадифе (пусть даже одна из них и была с закрытой головой), в сознании Ка все время присутствовал образ фотографии, снятой с улицы, на которой он был бы изображен за столом с двумя красивыми женщинами, словно в зеркале заднего вида, в котором постоянно видна идущая сзади машина.

Сидевшие за столом женщины, в отличие от Ка, вовсе не испытывали беспокойства. Поскольку Ка рассказал, что узнал о том, что было на собрании в отеле «Азия», от Фазыла, Ипек была краткой.

— Ладживерт покинул собрание в гневе. Кадифе сейчас очень раскаивается в том, что сказала там. Мы отправили туда, где он прячется, Захиде, но там его не оказалось. Мы не можем найти Ладживерта.

Ипек начала говорить, как старшая сестра, которая пытается помочь младшей найти выход из ее неприятностей, но сейчас и она сама выглядела слишком встревоженной.

— Если вы найдете его, что вы у него попросите?

— Сначала мы хотим убедиться, что он жив и что его не поймали, — сказала Ипек. Он бросила взгляд на Кадифе, которая, казалось, вот-вот расплачется. — Принеси нам новости о нем. Скажи ему, что Кадифе сделает все, что он пожелает.

— Вы знаете Карс намного лучше меня.

— Вечером, в темноте, мы только женщины, — сказала Ипек. — Ты узнал город. Иди в чайные дома «Лунный старец»[1] и «Светлый путь» на проспекте Халит-паши, куда ходят студенты-исламисты из лицея имамов-хатибов. Там, конечно, сейчас кишит полиция, но они тоже сплетники, если с Ладживертом случилось что-то плохое, ты узнаешь об этом.

Кадифе вытащила носовой платок и собиралась вытереть нос. Ка решил, что она расплачется.

— Принеси нам новости от Ладживерта, — сказала Ипек. — Если мы задержимся, отец будет за нас волноваться. Он также ждет тебя на ужин.

— Посмотрите и в чайных в квартале Байрам-паши! — сказала Кадифе, вставая.

В беспокойстве и грусти девушек было что-то такое хрупкое, такое привлекательное, что Ка прошел с ними полпути из кондитерской до отеля «Снежный дворец», потому что не мог расстаться с ними. Насколько Ка привязывал к ним страх, что он может потерять Ипек, настолько же и загадочное общее чувство вины, которое он испытывал (они все вместе делали что-то втайне от их отца). Ему подумалось о том, что когда-нибудь они поедут с Ипек во Франкфурт, что при-

---

[1] Чайная названа в честь персонажа тюркского фольклора, ясновидящего, творившего чудеса.

едет и Кадифе, что они все втроем пойдут по Берлинскому проспекту, заходя в кофейни и глядя на витрины.

Он совсем не верил в то, что сможет выполнить данное ему задание. Чайная «Лунный старец», которую он нашел без труда, была такой заурядной и постной, что Ка, почти забыв, для чего пришел сюда, какое-то время в одиночестве смотрел телевизор. Вокруг было несколько юношей студенческого возраста, но, несмотря на его усилия завязать беседу (он заговорил о футбольном матче по телевизору), никто к нему не подошел. А Ка между тем сразу приготовил пачку сигарет, чтобы угостить их, и положил на стол зажигалку, чтобы кто-нибудь попросил разрешения воспользоваться ею. Поняв, что не сможет ничего узнать и от косоглазого продавца, он вышел и пошел в чайный дом «Светлый путь», который был неподалеку. Здесь он увидел несколько юношей, смотревших тот же футбольный матч. Если бы он не заметил газетные вырезки на стенах и таблицу встреч Карсспорта за этот год, он бы не смог вспомнить, что вчера разговаривал здесь с Неджипом о существовании Аллаха и о смысле мира. Он увидел, что рядом со стихотворением, которое он читал вчера вечером, другой поэт написал и повесил пародию, и он начал переписывать ее в свою тетрадь:

Ясно: мама из Рая не выйдет, не сможет нас обнять,
И отец наш никогда ее не перестанет избивать,
Все равно будет сердце теплеть, а душа — оживать.
Потому что это судьба; утопая в дерьме, будем Карс мы
                                              как Рай вспоминать.

— Ты пишешь стихи? — спросил мальчик-продавец, стоявший напротив.

— Молодец, — сказал Ка. — Ты умеешь читать вверх ногами?

— Нет, братец, я и нормально читать не умею. Я бросил школу. А потом я уже вырос, грамоте так и не смог научиться, а теперь уже поздно.

— Кто написал это новое стихотворение на стене?

— Те парни, которые приходят сюда, — поэты.

— Почему их нет сегодня?

— Вчера их всех забрали солдаты. Остальные — кто в тюрьме, кто спрятался. Спроси вот у этих, они полицейские в штатском, они знают.

Там, куда он показывал, сидели два юноши, бурно разговаривавшие о футболе, но Ка не стал подходить к ним и что-то спрашивать, он сразу вышел из чайной.

Ему приятно было увидеть, что снег начался вновь. Он вовсе не верил, что найдет след Ладживерта в чайных домах квартала Байрам-паши. Сейчас, вместе с грустью, которую он чувствовал в тот вечер, когда приехал в Карс, он ощущал внутри себя и счастье. Ожидая, что придет новое стихотворение, он медленно, словно во сне, прошел мимо уродливых и бедных бетонных зданий, мимо заснеженных парковок, мимо обледенелых витрин чайных, парикмахерских и бакалейных магазинчиков, мимо дворов, в которых со времен русских лаяло несколько собак, мимо магазинчиков, где продавались запчасти для тракторов, все необходимое для телег и магазинчиков, где продавали брынзу. Он чувствовал, что все, что он видел: предвыборные афиши партии «Отечество», маленькие окна с плотно задернутыми занавесками, реклама «Появилась вакцина от японского гриппа», повешенная много месяцев назад в заледеневшую витрину аптеки «Знание», и отпечатанные на желтой бумаге призывы против самоубийств — не забудет до конца своей жизни. В нем с такой силой поднялась эта невероятная ясность восприятия всех подробностей момента, который он переживал, чувство, что «в этот миг все связано между собой, и он сам — неотделимая часть этого глубокого и прекрасного мира», что он, думая, что подступает новое стихотворение, вошел в какую-то чайную на проспекте Ататюрка. Но стихотворение ему в голову не пришло.

33

Безбожник в Карсе

Страх быть убитым

Как только Ка вышел из чайной, на заснеженном тротуаре он столкнулся взглядом с Мухтаром. Мухтар, в задумчивости куда-то спешивший, увидел его, но под густым крупным снегом он в какой-то момент словно не заметил Ка, а Ка сначала захотел от него улизнуть. Оба одновременно сделали рывок навстречу и обнялись, как старые друзья.

— Ты передал Ипек то, что я просил? — спросил Мухтар.

— Да.

— Что она сказала? Иди сюда, давай посидим в этой чайной, расскажешь.

Несмотря на военный переворот, на побои, полученные от полиции, на то, что провалилось дело с его назначением главой муниципалитета, он вовсе не выглядел пессимистично настроенным.

— Почему меня не арестовали? Потому что выборы в муниципалитет будут проведены, пусть только снег закончится, пусть дороги откроются, пусть солдаты уберутся, расскажи это Ипек! — сказал он, когда они сидели в чайной.

Ка кинул. И спросил, нет ли новостей о Ладживерте.

— Я первый позвал его в Карс. Раньше он всегда, когда приезжал сюда, останавливался у меня, — сказал Мухтар с гордостью. — С тех пор как стамбульская пресса причислила его имя к террористам, он уже не ищет нас, когда приезжает, чтобы не нанести вред нашей партии. Я самым последним узнаю о том, что он делает. Что Ипек сказала в ответ на мои слова?

Ка сказал, что Ипек не дала конкретного ответа на новое предложение Мухтара о замужестве. А Мухтар отреагировал на это с таким многозначительным видом, будто это был какой-нибудь особенный ответ, и сказал, что хочет, чтобы Ка знал, какая чувствительная, какая тактичная и какая понимающая женщина его бывшая жена. Он очень раскаивался сейчас, что в кризисный период своей жизни неправильно вел себя с ней.

— Когда ты вернешься в Стамбул, ты отдашь собственноручно Фахиру стихи, которые я тебе дал, не так ли? — спросил он потом.

Получив одобрение Ка, его лицо приобрело выражение жалостливого и грустного простачка. Смущение, которое Ка испытывал по отношению к Мухтару, сменялось чувством, чем-то средним между отвращением и жалостью, и вдруг он увидел, что тот достал из кармана газету.

— Если бы я был на твоем месте, я бы так спокойно не гулял по улицам, — сказал Мухтар с удовольствием.

Ка выхватил у него из рук и одним махом прочитал завтрашний номер городской газеты «Граница», в которой еще не высохла краска: «Успех актеров-революционеров»...

— «Спокойные дни в Карсе», «Выборы были перенесены», «Граждане довольны восстанием...»

Потом он прочитал на первой странице статью, на которую указал Мухтар:

ОДИН БЕЗБОЖНИК В КАРСЕ

О всеобщем интересе к тому, что делает так называемый поэт Ка в эти сложные дни в нашем городе Наш вчерашний номер, рассказавший о так называемом поэте, вызвал бурный отклик у жителей Карса

Мы слышали очень много разговоров о так называемом поэте Ка, который вчера, в середине пьесы в духе Ататюрка, которую вчера представил на сцене великий актер Сунай Заим и его друзья при воодушевленном участии народа и которая принесла в Карс мир и спокойствие, прочитал свое непонятное и неприятное стихотворение, испортившее людям настроение. Внезапное появление, будто шпиона, среди нас этого запятнанного человека, который, сбежав из Турции, уже много лет живет в Германии, в наши

369

дни, когда мы, жители Карса, духовно близкие и много лет жившие душа в душу, оказались втянуты внешними силами в братскую распрю, когда наше общество искусственно разделено надвое и стали разделять сторонников религии и сторонников светских порядков, курдов, турок и азербайджанцев, когда ожили утверждения об армянском погроме, который уже необходимо забыть, это привело к тому, что у народа появились вопросы. Правда ли, что этот поэт сказал, встретившись два дня назад на нашем вокзале с юношами из лицея имамов-хатибов, которые, к сожалению, сильно поддаются различным провокациям: «Я атеист, я не верю в Аллаха, но и совершать самоубийство не собираюсь, и вообще Аллаха нет» (Да простит Аллах!)? Когда он говорит: «Дело интеллектуала — злословить о святынях нации», это и есть европейское свободомыслие, состоящее в том, чтобы отрицать Аллаха? То, что ты кормишься на немецкие деньги, не дает тебе права попирать веру нации! Или же ты прячешь свое настоящее имя, потому что стесняешься, что ты — турок, и используешь в подражание европейцам псевдоним «Ка»? Как с сожалением сообщили позвонившие в нашу редакцию читатели, этот безбожник, подражающий Западу, приехал в наш город в эти трудные дни с целью посеять смуту между нами, он подстрекал народ к бунту, стучался в самые бедные двери в самых нищих кварталах и даже замахнулся на то, чтобы порочить Ататюрка, который даровал нам эту родину, эту Республику. Всему Карсу интересно, почему этот так называемый поэт, который остановился в отеле «Снежный дворец», приехал в наш город. Молодежь Карса покажет богохульникам, отрицающим Аллаха и Пророка (Да благословит его Аллах и приветствует!) их место!

— Двадцать минут назад, когда я проходил мимо, оба сына Сердара еще только печатали газету, — сказал Мухтар не как человек, который не разделяет страх и огорчение Ка, а как человек, получающий удовольствие от того, что нашел предмет для развлечения.

Ка почувствовал себя очень одиноким и еще раз внимательно прочитал статью.

Когда-то, когда Ка мечтал о будущей блестящей литературной карьере, он думал, что вследствие модернистской новизны, которую он привнесет в турецкую поэзию (сейчас это националистическое понятие казалось Ка смешным и жалким), он подвергнется множеству нападок и обширной критике и эта враждебность и непонимание сделают его известным. Сейчас Ка задело выражение «так называемый поэт», поскольку с такой агрессивной критикой он столкнулся впервые, несмотря на то что был известен многие годы.

Мухтар предупредил Ка, чтобы он не ходил в открытую, как мишень, и оставил его одного в чайной. Страх быть убитым охватил все существо Ка. Он вышел из чайной и задумчиво побрел под огромными снежинками, падающими с чарующей скоростью, как в замедленной съемке.

В годы ранней молодости умереть ради политической или интеллектуальной идеи, отдать свою жизнь за написанное человеком было для Ка высшей ступенью духовного совершенства, которое только можно достичь. В тридцать лет глупость жизней многих его друзей и знакомых, которые, следуя глупым и дурным принципам, умирали во время пыток, а других уничтожали на улицах террористы, некоторые погибали при столкновениях во время грабежа банков или, что еще хуже, взрывали в своих руках бомбы, сделанные ими самими, отдалили Ка от этих пустых мыслей. Многолетняя ссылка в Германии по политическим взглядам, которые он теперь не поддерживал, основательно разорвала в сознании Ка связь между политикой и самопожертвованием человека. Когда он, будучи в Германии, читал в турецких газетах, что такой-то мелкий журналист был убит по политическим причинам и, очень возможно, сторонниками политического ислама, Ка чувствовал гнев из-за произошедшего и уважение к убитому, но он никогда особенно не восторгался умершим.

И все же на углу проспекта Халит-паши и проспекта Казыма Карабекира он представил себе, что из обледеневшего отверстия в глухом заборе на него нацелено призрачное дуло, что его тут же убьют и он умрет на покрытом снегом тротуаре, и попытался предположить, что напишут стамбульские газеты. Весьма вероятно, что канцелярия губернатора и местные органы НРУ, чтобы не раздувать события и чтобы не выяснилось, что они несут ответственность, утаят политическую подоплеку произошедшего, а стамбульские журналисты, не обратив внимания на то, что он поэт, может быть, опубликуют сообщение о его смерти, а может быть и нет. Даже если его друзья-поэты и те, кто работает в «Джумхуриет», попытаются представить политическую окраску события, это либо уменьшит важность статьи с общей оценкой его стихов, (кто бы написал эту статью? Фахир? Орхан?), или же поместят известие о его смерти на страницу новостей культуры, куда обычно никто не заглядывает. Если бы журналист по имени Ханс Хансен и в самом деле существовал и Ка был бы с ним знаком, он, возможно, опубликовал бы статью во «Франкфуртер рундшау», но больше ни одна западная газета не взялась бы за это. Ка в качестве утешения представил себе, что, возможно, его стихи будут переведены на немецкий и опубликованы в журнале «Акцент», он со всей ясностью понимал, что если его внезапно убьют из-за этой статьи в городской газете «Граница», это будет, что называется, «захлебнуться в дерьме», и боялся не смерти, а боялся умереть в тот момент, когда появилась надежда на счастливую жизнь во Франкфурте вместе с Ипек.

И опять у него перед глазами возникли некоторые писатели, погибшие в последние годы от пуль политических исламистов: Ка показались наивными (даже если он и ощущал в себе любовь, которая заставляла его глаза увлажняться) позитивистское воодушевление одного бывшего проповедника, который, став впоследствии атеистом, постарался указать «непродуманные места» в Коране (ему выстрелили в голову сзади); гнев одного главного редактора, который в маленьких статьях насмешливо отзывался о девушках с покрытыми головами и женщинах в чаршафах, как о «чеченских вдовах» (его расстреляли поутру вместе с его шофером); или же твердая воля одного малоизвестного журналиста, доказывавшего связь турецких исламистов с Ираном (он взлетел вместе со своей машиной на воздух, повернув ключ зажигания). Он приходил в ярость скорее не из-за того, что западная и стамбульская пресса совершенно не интересовалась жизнью этих горячих журналистов и газетчиков, которым по разным, но сходным причинам пускали пули в голову на окраинных улицах отдаленных провинциальных городов, а из-за культуры, которая через короткое время навсегда забывала о своих писателях, убитых при невыясненных обстоятельствах, и он с изумлением сознавал, насколько умным поступком было бы удалиться в какой-нибудь уголок и там найти свое счастье.

Когда он подошел к редакции городской газеты «Граница» на проспекте Фаик-бея, увидел, что завтрашняя газета вывешена изнутри, в углу витрины, очищенной ото льда. Он еще раз прочитал статью о себе и вошел внутрь. Старший из двух работящих сыновей Сердар-бея перевязывал нейлоновой веревкой часть отпечатанных газет. Чтобы его заметили, он снял шапку и похлопал по плечам, засыпанным снегом.

— Отца нет! — сказал младший сын, вошедший с тряпкой в руках, которой он вытирал машину. — Чаю хотите?

— Кто написал обо мне статью в завтрашней газете?

— О вас есть статья? — спросил младший мальчик, насупив брови.

— Есть, — сказал его старший брат, у которого были такие же полные губы, дружелюбно и с довольным видом улыбаясь. — Все статьи сегодня написал мой отец.

— Если вы утром распространите эту газету, — сказал Ка. На какой-то момент он задумался. — Мне будет очень плохо.

— Почему? — спросил старший мальчик. У него была очень мягкая кожа и слишком невинные глаза, невозможно было не поверить, что он смотрит с простодушной искренностью.

Ка понял, что если будет как ребенок задавать простые вопросы, дружелюбным тоном, сможет у них все узнать. Таким образом, он узнал от крепких пареньков, что до настоящего времени газету, уплатив деньги, покупают только Мухтар-бей, мальчик, который приходит из областного отделения Партии «Отечество», и учительница литературы на пенсии, которая заходит каждый вечер, Нурие-ханым, что газеты, которые они передадут в автобус, который должен отправиться в Стамбул и Анкару, если бы дороги были открыты, будут ждать вместе со вчерашними пакетами, а оставшаяся часть газет будет распространена двумя сыновьями завтра утром в Карсе, и если их отец захочет, то тогда, конечно же, они до вечера смогут изготовить новый тираж, но что их отец недавно вышел из редакции и домой на ужин не придет. Сказав, что он не может подождать, чтобы выпить чаю, Ка взял газету и вышел в холодную и убийственную карсскую ночь.

Беспечный и невинный вид детей немного успокоил Ка, и когда он шел среди медленно падавших снежинок, он спросил себя, не слишком ли он боится, ощутив при этом чувство вины. Где-то в душе мелькнула мысль, что многие злосчастные писатели, получившие пули в грудь и голову, или те, которые принимали пакет с бомбой, пришедший по почте, за коробку с лукумом, присланную восторженными читателями, и открывали его, попадали в такую же ловушку гордости и смелости, и им пришлось попрощаться с этим миром. Например, поэт Нуреттин, преклонявшийся перед Европой и не интересовавшийся подобными темами: когда его статья, которую он написал много лет назад на тему религии и искусства, наполовину «научная», а больше — полная ерунды, была издана политической исламистской газетой в искаженном виде и со словами: «Он надругался над нашей религией!», то только для того, чтобы не выглядеть трусом, он с жаром стал повторять свои прежние мысли, и это было превращено светской прессой, горячие кемалистские взгляды которой поддерживались военными, в героическую историю, с преувеличениями, которые нравились и ему самому, а однажды утром взрывом бомбы, привязанной в полиэтиленовом пакете к переднему колесу его машины, его разорвало на множество маленьких кусочков и поэтому толпа и показная похоронная процессия шли за пустым гробом. Ка знал из маленьких и спокойных новостей на последних страницах турецких газет, которые он перелистывал в библиотеке во Франкфурте, что для того, чтобы убить бывших местных журналистов левых взглядов, которые поддаются на такого рода провокации в маленьких провинциальных городах, беспокоясь, как бы их не сочли трусами, и мечтают, что «может быть, я, как Салман Ружди, привлеку к себе интерес всего мира», а также врачей-материалистов и претенциозных критиков религии, не то что никто не воспользуется хитро спланированной в большом городе бомбой, но и даже обычным пистолетом не воспользуется, что разгневанные молодые исламисты или задушат таких голыми руками на темной улице, или же зарежут. Пытаясь решить, что он скажет по этому поводу, если будет возможность опубликовать ответ в городской газете «Граница», чтобы и пулю не получить, и чувство собственного достоинства спасти (я атеист, но, конечно же, не поносил Пророка? Или — я не верю, но неуважения к религии не проявляю?), он услышал за спиной чьи-то увязающие в снегу и приближающиеся шаги и, вздрогнув, обернулся. Это был директор автобусной фирмы, которого он вчера видел в обители Глубокочтимого

Шейха Саадеттина. Ка подумал, что этот человек может засвидетельствовать, что он не атеист, и устыдился.

Он медленно спустился по проспекту Ататюрка, сильно замедляясь на покрытых льдом углах тротуаров, поражаясь невероятной красоте снега, падавшего крупными хлопьями, который придавал чувство чего-то вновь испытанного, волшебного и даже обычного. В последующие годы он спросит у себя, почему все время хранит в себе красоту снега в Карсе, виды, которые он наблюдал, когда бродил вниз и вверх по заснеженным тротуарам города (пока внизу трое детей толкали наверх спуска санки, в темных витринах фотомастерской «Айдын» отражался зеленый свет единственного светофора в Карсе), словно печальные открытки, которые невозможно забыть.

В дверях бывшего швейного ателье, которое Сунай использовал как свой штаб, стояли двое солдат-караульных и один военный грузовик. Когда он несколько раз повторил стоявшим, укрываясь от снега, на крыльце солдатам, что хочет увидеть Суная, Ка попросили отойти, словно бы отталкивая несчастного крестьянина, пришедшего из деревни подать прошение начальнику Генерального штаба. А он все время думал о том, как бы увидеться с Сунаем и остановить распространение газеты.

Волнение и гнев, которые он испытал потом, стоит оценивать с точки зрения этого разочарования. Ему хотелось бегом по снегу вернуться в отель, но он еще не дошел до первого угла, как оказался в кофейне «Единство», которая находилась слева, куда приходили почитать газеты. Он сел за столик между печкой и зеркалом и написал стихотворение под названием «Быть убитым, умереть».

Ка разместит это стихотворение, главной темой которого, как он напишет, был страх, между кристаллами памяти и фантазии на шестиугольной снежинке и смиренно обойдет молчанием то пророчество, которое в нем содержалось.

Написав стихотворение, Ка вышел из кофейни «Единство», и когда вернулся в отель «Снежный дворец», было двадцать минут девятого. Он бросился на постель и стал смотреть на большие снежинки, медленно падающие в свете уличных фонарей и розовой буквы «К», и, строя планы о том, как они будут счастливы с Ипек в Германии, попытался успокоить внутреннее волнение. Через десять минут, ощутив нестерпимое желание увидеть Ипек как можно скорее, он спустился вниз, и увидел, что Захиде ставит на середину стола, вокруг которого собралась вся семья вместе с каким-то гостем, кастрюлю с супом, и с радостью заметил, как блестят каштановые волосы Ипек. Когда он садился туда, куда ему указали, рядом с Ипек, он на какой-то момент с гордостью ощутил, что все, кто были за столом, знают об их любви с Ипек, и заметил, что гость, сидевший напротив, — хозяин городской газеты «Граница» Сердар-бей.

Сердар-бей так по-дружески ему улыбнулся и пожал руку, что Ка даже на мгновение засомневался в том, что он прочитал в газете, лежавшей у него в кармане. Ка протянул миску и взял суп, и вложил под столом свою руку в руки Ипек, подвинувшись к ней, ощутил ее запах и ее присутствие, и на ухо прошептал ей, что, к сожалению, ничего не узнал о Ладживерте. Он тут же встретился взглядом с Кадифе, сидевшей рядом с Сердар-беем, и понял, что Ипек за это короткое время уже сообщила ей об этом. Кадифе была полна гнева и возмущения, но все же смогла выслушать его жалобы по поводу собрания, проведенного в отеле «Азия»: Тургут-бей сказал, что все это собрание было провокацией и что полиция, конечно же, в курсе.

— Но я вовсе не раскаиваюсь в том, что принял участие в этом историческом собрании, — сказал он. — Я рад, что собственными глазами увидел, насколько низок уровень молодого и пожилого человеческого материала, занимающегося политикой в Карсе. Я понял, что с этими глупыми разгильдяями и несчастными людьми города никакую политику сделать не получится, на этом собрании, куда я пошел, чтобы выступить против военного переворота, я почувствовал, что на самом деле военные хорошо сделали, что не вверили этим бандитам будущее Карса. Я призываю всех вас, и прежде всего Кадифе, еще раз подумать, прежде чем интересоваться политикой в этой стране. К тому же, тридцать пять лет назад в Анкаре все знали, что даже у бывшего министра иностранных дел Фатина Рюштю Зорлу, которого казнили, любовницей была та самая крашеная пожилая певица, которую вы видели вращающей колесо на «Колесе судьбы».

Прошло больше двадцати минут, как Ка сел за стол, и все это время за столом царила тишина, которую нарушал только включенный телевизор, когда он сказал, что против него была написана статья, показав сидевшим за столом городскую газету «Граница», вытащив ее из кармана.

— Я тоже собирался об этом сказать, но не мог решиться, потому что вы поймете меня неверно и обидитесь, — сказал Сердар-бей.

— Сердар, Сердар, от кого и какой приказ ты опять получил? — спросил Тургут-бей. — Стыдно перед нашим гостем, не так ли? Дайте ему, пусть он прочитает чепуху, которую написал.

— Я хочу, чтобы вы знали, что я не верю ни слову из того, что написал, — сказал Сердар-бей, взяв газету, которую ему протягивал Ка. — Если вы подумаете, что я в это верю, вы меня обидите. И ты ему скажи, Тургут-бей, что это — не личное, что в Карсе журналист вынужден писать такие статьи по заказу.

— Сердар всегда получает приказ из канцелярии губернатора и всегда кого-нибудь поливает грязью, — сказал Тургут-бей. — Ну-ка, прочитай это.

— Но я ни во что не верю, — с гордостью сказал Сердар-бей. — И наши читатели не поверят. Поэтому бояться нечего.

378

Сердар-бей прочитал статью, делая в некоторых местах драматические и насмешливые акценты и смеясь.

— Как мы видим, бояться нечего! — сказал он после этого.

— Вы атеист? — спросил Тургут-бей Ка.

— Папа, речь не об этом, — сказала Ипек с гневом. — Если эту газету распространят, то завтра его убьют на улице.

— Сударыня, ничего не будет, — сказал Сердар-бей. — Всех политических исламистов в Карсе, всех реакционеров забрали солдаты. — Он повернулся к Ка. — По вашим глазам я понимаю, что вы не обижаетесь и знаете: я очень высоко ценю ваше искусство и вашу человечность. Не осуждайте меня по европейским правилам, которые нам совершенно не подходят! Дураков, которые в Карсе считают, что они в Европе, и Тургут-бей это хорошо знает, здесь убивают за три дня в каком-нибудь углу и забывают о них. Пресса Восточной Анатолии в очень затруднительном положении. Обычные граждане в Карсе нас не покупают и не читают. На мою газету подписаны только государственные организации. И конечно, мы будем сообщать те новости, о которых хотят знать наши подписчики. Везде в мире, и даже в Америке, газеты прежде всего сообщают новости, которые интересуют их читателей. Если читатель хочет от вас статью, лживую статью, то нигде в мире никто не будет писать правду, снижая уровень продаж. Если это повышает уровень продаж моей газеты, то зачем мне писать правду?! И к тому же нам полиция не разрешит писать правду. В Анкаре и Стамбуле у нас есть сто пятьдесят читателей из Карса. И мы много пишем о них, преувеличивая, расхваливая их, какого они успеха там добились, какими стали богатыми, для того чтобы они продлевали подписку. Да, после этой лжи они начинают в себя верить, но это другой разговор. — Он рассмеялся.

— Скажи вот что: кто заказал эту статью, — произнес Тургут-бей.

— Сударь, известно, что самое важное правило в европейской журналистике — тайна источника информации!

— Мои дочери полюбили этого гостя, — сказал Тургут-бей. — Если ты завтра распространишь эту газету, они тебя никогда не простят. А если нашего друга убьют остервеневшие сторонники введения шариата, ты что, не будешь чувствовать ответственности?

— Вы так боитесь? — улыбнулся Сердар-бей Ка. — Если вы так боитесь, то совсем не выходите завтра на улицу.

— Вместо того чтобы ему не показываться на улицах, пусть лучше газеты не покажутся, — сказал Тургут-бей. — Не распространяй газету.

— Это обидит подписчиков.

— Хорошо, — сказал Тургут-бей с каким-то воодушевлением. — Дай эту газету тому, кто ее заказал. А оставшиеся номера газеты издай заново, убрав оттуда эту лживую и провокационную статью о нашем госте.

Ипек и Кадифе поддержали эту идею.

— То, что мою газету воспринимают с такой серьезностью, заставляет меня гордиться, — сказал Сердар-бей. — Но тогда вы должны сказать, кто покроет расходы на это новое издание.

— Мой отец как-нибудь пригласит вас и ваших сыновей на ужин в закусочную «Зеленая страна», — сказала Ипек.

— Если и вы придете, тогда годится, — сказал Сердар-бей. — После того как дороги откроются и мы избавимся от этих актеров! И Кадифе-ханым придет. Кадифе-ханым, вы можете сделать заявление в поддержку переворота в театре для статьи, которую я выпущу в освободившемся месте, нашим читателям это очень понравится.

— Не сделает, не сделает, — сказал Тургут-бей. — Ты что, совсем не знаешь мою дочь?

— Кадифе-ханым, вы можете сказать, что после военного переворота, устроенного актерами, в Карсе снизилось количество самоубийств? Это также очень понравится нашим читателям. К тому же вы были против самоубийств мусульманок.

— Теперь я не против самоубийств! — отрезала Кадифе.

— Но разве это не ставит вас в положение атеистки? — сказал Сердар-бей и попытался было продолжить развивать новую тему разговора, но был достаточно рассудителен, чтобы понять, что сидевшие за столом смотрят на него неодобрительно.

— Хорошо, я даю слово, что не буду распространять эту газету, — сказал он.

— Вы сделаете новое издание?

— Когда уйду отсюда и перед тем, как уйти домой!

— Благодарим вас, — сказала Ипек.

Настало долгое, странное молчание. Ка это понравилось: впервые за многие годы он чувствовал себя частью одной семьи; он понимал, что то, что называется семьей, построено на удовольствии волей-неволей вести свою линию, будучи частью одного целого, несмотря на невзгоды и проблемы, и жалел, что упустил это в жизни. Мог ли он быть счастлив с Ипек до конца жизни? Он искал не счастья, он понял это очень хорошо, после того как выпил третью рюмку раки, и можно было даже сказать, что он предпочел бы несчастье. Важно было создать это безнадежное единство, важно было создать единение двух людей, которое останется за пределами всего мира. Он чувствовал, что сможет построить это, целые месяцы напролет занимаясь любовью с Ипек. Ка делало невероятно счастливым то, что он сидел этим вечером за одним столом с двумя сестрами, одной из которых он обладал, чувствовать их близость, мягкость их кожи, знать, что когда вернешься вечером домой, не будешь одиноким, верить в то, что газету не распространят, и во все это обещание физического счастья.

От переполнявшего его слишком огромного счастья он выслушал рассказы и слухи за столом не как новости о несчастьях, а как слова старой страшной сказки: один из мальчиков, работавших на кухне, рассказал Захиде, что на футбольный стадион, где из-под снега была видна лишь половина ворот, привели очень многих арестованных, весь день держали их на морозе, чтобы большинство из них простудились под снегом и даже замерзли и умерли, и что он слышал, как нескольких из них расстреляли у входа в раздевалки, в назидание остальным. Свидетели террора, который весь день раздували в городе З. Демиркол и его друзья, возможно, все приукрашивали рассказы: было совершено нападение на общество «Месопотамия», где некоторые молодые курдские националисты занимались исследованиями «фольклора и литературы», и так как никого там не нашли, то сильно избили не интересовавшегося политикой старика, который подавал чай в Обществе, а по ночам спал там. После того как до утра избивали двух парикмахеров и одного безработного, которым шесть месяцев назад устроили допрос, но не стали задерживать, после того как статуя Ататюрка перед входом в деловой центр Ататюрка была облита водой с краской и помоями, они признали свою вину и прочие свои враждебные идеологии Ататюрка действия (разбитый молотком нос статуи Ататюрка в саду профессионально-технического лицея; непристойные надписи на плакате с портретом Ататюрка, висевшим на стене в кофейне «Пятнадцать стульев», где читали газеты; планы по разрушению топором статуи Ататюрка напротив резиденции местных властей). Один из двух молодых курдов, которых обвиняли в том, что они после театрального переворота писали лозунги на стенах домов на проспекте Халит-паши, был убит, а другого, арестовав, избили до потери сознания, а когда безработный юноша, которого привели, чтобы он стер лозунги на стенах лицея имамов-хатибов, побежал, стали стрелять ему ногам. Всех, кто говорил непристойности о военных и актерах, и тех, кто распространял необоснованные сплетни, арестовали благодаря доносчикам в чайных домах, но все равно ходило очень много преувеличенных сплетен, как это всегда бывает во времена катастроф и разгула преступности, говорили о молодых курдах, которые взрывали в руках бомбы и умирали, о девушках с покрытыми головами, совершивших самоубийства в знак протеста против военного переворота, или о грузовике с динамитом, который остановили, когда он уже подъезжал к полицейскому участку в квартале Инёню.

Ка уже и раньше слышал о нападениях с участием смертников на грузовике со взрывчаткой и поэтому не делал ничего и спокойно сидел весь вечер рядом с Ипек, не обращая никакого внимания на эти разговоры.

Поздно вечером, когда Тургут-бей и его дочери вслед за Сердар-беем встали, чтобы удалиться в свои комнаты, Ка пришло в голову позвать Ипек к себе. Но, чтобы не нарушить ощущения счастья, если ему откажут, он вышел из комнаты, даже не кивнув Ипек.

34

Да и Кадифе не согласится
Посредник

Ка выкурил сигарету, глядя из окна на улицу. Снег уже прекратился; на пустынных улицах, покрытых снегом, под бледным светом уличных фонарей повисла неподвижность, придававшая чувство покоя. Ка прекрасно знал, что чувство покоя, которое он ощущал, было связано скорее не с красотой снега, а с любовью и счастьем. И к тому же его успокаивало то, что здесь, в Турции, он был окружен множеством людей, похожих на него, подобных ему. И он был счастлив настолько, что признался себе в том, что это чувство покоя усиливается от чувства превосходства над этими людьми, которое ощущалось само собой, поскольку он приехал из Германии и из Стамбула.

В дверь постучали, и Ка был поражен, увидев перед собой Ипек.

— Я все время думаю о тебе, не могу уснуть, — сказала она, входя.

Ка сразу понял, что они будут любить друг друга до утра, не обращая внимания на Тургут-бея. Иметь возможность обнимать Ипек, не испытывая до этого никакой боли от ожидания, — в это невозможно было поверить. Пока они были всю ночь близки, Ка понял, что существует некое место по ту сторону счастья и что ему самому не хватает его жизненного и любовного опыта, который был у него до того дня, чтобы чувствовать это пространство вне времени и вне страстной любви. Впервые в жизни он чувствовал себя настолько спокойно. Он забыл сексуальные образы, которые держал наготове в уголке своего сознания, когда прежде занимался любовью с женщинами, забыл желания, позаимствованные из порнографических журналов и фильмов. Пока он телом любил Ипек, он услышал в себе музыку, не зная раньше, что она скрыта у него внутри, и двигался в гармонии с ней. Он то и дело начинал дремать, видел, что бежит во сне, в котором царит райская атмосфера летних каникул, что он бессмертен, видел, что ест нескончаемое яблоко в падающем самолете, и, почувствовав пахнущую яблоком жаркую кожу Ипек, просыпался, с очень близкого расстояния в бледном желтоватом свете уличных фонарей и снежном свете, падающем с улицы, смотрел в глаза Ипек и, увидев, что женщина проснулась и безмолвно смотрит на него, чувствовал, что они лежат, словно два бок о бок отдыхающих кита на отмели, и замечал тогда, что их руки сплетены.

В тот миг, когда она проснулась, они встретились взглядами и Ипек сказала:

— Я поговорю с отцом. Я поеду с тобой в Германию.

Ка не мог уснуть. Он просматривал всю свою жизнь, словно счастливый фильм.

В городе раздался взрыв. Кровать, комната, отель внезапно покачнулись. Издалека послышались звуки пулеметных выстрелов. Снег, укрывший город, смягчал шум. Они прижались друг к другу и молча стали ждать.

Позже, когда они проснулись, звуки выстрелов уже прекратились. Ка два раза вставал из жаркой постели и курил, ощущая на влажной от пота коже холодный как лед воздух, идущий от окна. В голову не приходило ни одного стихотворения. Он был счастлив так, как никогда в жизни.

Утром он проснулся от стука в дверь. Ипек рядом не было. Он не мог вспомнить, когда уснул в последний раз, о чем они в последний раз разговаривали с ней, когда прекратились звуки выстрелов.

В дверях стоял Джавит, работавший на ресепшн. Он сказал, что в отель пришел какой-то офицер, который сообщил, что Сунай Заим приглашает Ка в штаб, и сейчас ждет его внизу. Ка не стал торопиться и побрился.

Пустые улицы Карса показались ему еще более чарующими и красивыми, чем вчера утром. В верхней части проспекта Ататюрка, в одном месте он увидел дом, где была разбита дверь, выбиты стекла и весь фасад был в дырах и выбоинах.

В швейном ателье Сунай сказал, что в том доме был проведен теракт с участием террориста-смертника.

— Бедняга додумался по ошибке войти не сюда, а в один из домов в верхней части города, — сказал он. — Его разорвало на части. До сих пор не смогли понять, кто он — исламист или из РПК?

Ка видел в Сунае проявление той детской черты, свойственной известным актерам, слишком всерьез воспринимать роли, которые они играют. Он побрился и выглядел чистым, свежим и бодрым.

— Мы поймали Ладживерта, — сказал он, глядя в глаза Ка.

Ка интуитивно захотелось спрятать радость, которую принесла ему эта весть, но это не укрылось от взгляда Суная.

— Он плохой человек, — сказал он. — Совершенно ясно, что это он приказал убить директора педагогического института. С одной стороны, он рассказывает всем, что против самоубийств, а с другой стороны, организовывает глупых, несчастных парней, чтобы устраивать террористические атаки с участием смертников. Управление национальной безопасности уверено, что он приехал сюда со взрывчаткой, которой хватит, чтобы на воздух взлетел весь Карс! В ночь переворота он сделал так, что они потеряли его след. Спрятался так, что никто не знал. Ты, конечно же, знаешь о том смешном собрании, которое вчера вечером было проведено в отеле «Азия».

Ка картинно покачал головой, словно они участвовали в какой-то пьесе.

— Моя задача в жизни вовсе не заключается в том, чтобы наказать этих преступников, радикалов и террористов, — сказал Сунай. — Есть пьеса, которую я мечтаю поставить уже много лет, и я сейчас здесь для этого. Есть один английский писатель по имени Томас Кид. Шекспир стащил своего «Гамлета» у него. Я открыл одну несправедливо забытую пьесу Кида под названием «Испанская трагедия». Эта пьеса о кровной обиде и кровной мести. Мы с Фундой уже пятнадцать лет ждем подходящего случая, чтобы сыграть ее.

Ка картинно поприветствовал Фунду Эсер, вошедшую в комнату, склонившись в три погибели, и увидел, что женщине, курившей сигарету через длинный мундштук, это понравилось. Ка даже не успел спросить, о чем пьеса, как муж с женой кратко рассказали о ней.

— Я упростил пьесу, чтобы она понравилась и была в назидание нашим людям, — сказал затем Сунай. — Когда мы будем ее играть завтра в Национальном театре, ее увидят зрители и весь Карс в прямой трансляции.

— Я бы тоже хотел посмотреть, — сказал Ка.

— Мы хотим, чтобы в пьесе играла и Кадифе... Фунда будет ее коварной соперницей... Кадифе выйдет на сцену с покрытой головой. А затем внезапно откроет перед всеми голову, восстав против глупых обычаев, ставших причиной кровной вражды. — Сунай сделал наигранное движение, словно с волнением скидывал с головы мнимый платок.

— Опять будут беспорядки! — сказал Ка.

— Об этом не беспокойся! Сейчас у нас есть военная сила.

— Да ведь и Кадифе не согласится, — сказал Ка.

— Мы знаем, что Кадифе влюблена в Ладживерта, — сказал Сунай. — Если Кадифе откроет голову, я сразу отпущу Ладживерта. Они вместе убегут куда-нибудь далеко и будут счастливы.

На лице Фунды Эсер появилось то покровительственное и нежное выражение, свойственное добросердечным тетушкам, радующимся за счастье сбежавших вместе молодых влюбленных из мелодраматических фильмов местного производства. Ка на какой-то миг представил себе, что женщина с той же любовью могла бы отнестись и к его отношениям с Ипек.

— И все же я сомневаюсь, что Кадифе сможет снять платок во время прямой трансляции, — сказал он потом.

— Мы подумали, что в создавшейся ситуации один ты сможешь ее убедить, — сказал Сунай. — Для нее заключить с нами сделку будет означать заключить сделку с самым большим дьяволом. Между тем она знает, что ты признаешь правоту девушек-самоубийц. И еще ты влюблен в ее старшую сестру.

— Нужно убедить не только Кадифе, но и Ладживерта. Но сначала нужно поговорить с Кадифе, — сказал Ка. Из головы у него никак не выходила простота и грубость фразы «И еще ты влюблен в ее сестру».

— Все это ты сделай так, как тебе хочется, — сказал Сунай. — Я предоставляю тебе различные полномочия и военную машину. Ты можешь заключить сделку и выдвинуть любые условия, как тебе хочется, от моего имени.

Наступило молчание. Сунай заметил, что Ка задумался.

— Я не хочу вмешиваться в это дело, — сказал Ка.

— Почему?

— Возможно, потому, что я трус. Я сейчас очень счастлив. Я не хочу становиться мишенью для сторонников введения шариата. Скажут, что этот атеистический тип устроил так, чтобы Кадифе открыла голову и чтобы студенты на это смотрели, и даже если я сбегу в Германию, однажды вечером они застрелят меня на улице.

— Сначала убьют меня, — с гордостью сказал Сунай. — Но мне понравилось и то, что ты сказал, что ты трус. И я тоже из трусов, поверь мне. В этой стране выживают только трусы. Но, как и все трусы, любой человек все время представляет себе, что однажды совершит что-нибудь героическое, не так ли?

— Я сейчас очень счастлив. Я вовсе не хочу быть героем. Мечта о героизме — утешение несчастливых людей. Вообще-то такие, как мы, либо убивают кого-нибудь, считая, что совершили героизм, либо убивают себя.

— Хорошо, но разве ты в глубине сознания не понимаешь, что это счастье долго не продлится? — упрямо спросил Сунай.

— Зачем мы пугаем нашего гостя? — спросила Фунда Эсер.

— Никакое счастье долго не длится, я знаю это, — сказал Ка осторожно. — Но я не собираюсь давать повод убить себя, совершая героический поступок из-за этой преждевременной вероятности стать несчастливым.

— Если ты не станешь в этом участвовать, то тебя убьют не в Германии, а здесь! Ты видел сегодняшнюю газету?

— Там пишут, что я сегодня умру? — спросил Ка, улыбаясь.

Сунай показал Ка последний номер городской газеты «Граница», который он видел вчера вечером.

— Безбожник в Карсе! — прочитала Фунда Эсер как в театре.

— Это вчерашнее первое издание, — сказал Ка уверенно. — Потом Сердар-бей решил сделать новый выпуск и исправить положение.

— Он не выполнил своего решения и утром распространил первое издание, — сказал Сунай. — Никогда нельзя доверять словам журналистов. Но мы тебя защитим. Сторонники введения шариата, которым не хватает сил, чтобы справится с военными, первым делом захотят убить атеиста, прислужника Запада.

— Это ты захотел, чтобы Сердар-бей написал эту статью? — спросил Ка.

Сунай бросил на него полный обиды взгляд, подняв брови и поджав губы, словно честный человек, которого оскорбили, а Ка заметил, что он очень счастлив оттого, что находится в положении сметливого политика, занимающегося мелкими интригами.

— Если ты дашь слово охранять меня до конца, то я буду посредником, — сказал Ка.

Сунай пообещал и, обняв, поздравил Ка с тем, что он вступил в ряды якобинцев, сказал, что два телохранителя никогда не будут отходить от Ка.

— Если понадобится, они тебя и от самого себя защитят! — добавил он с воодушевлением.

Они сели, чтобы поговорить о деталях посредничества и о том, что нужно сделать, чтобы убедить Кадифе, а также выпили ароматный утренний чай. Фунда Эсер была так рада, словно к театральной труппе примкнул знаменитый и блестящий актер. Сунай немного поговорил о силе «Испанской трагедии», но Ка совершенно об этом не думал, он смотрел на удивительный белый свет, лившийся с улицы из высокого окна швейного ателье.

Уходя из ателье, Ка увидел, что к нему приставили двух огромных вооруженных солдат, и испытал разочарование. Ему хотелось, чтобы по меньшей мере один из них был офицером либо шикарно одетым полицейским в штатском. Он видел однажды известного писателя, который выступил на телевидении, сказав, что турецкий народ — дураки и что он вовсе не верит в ислам, а рядом с ним были шикарно одетые и подготовленные телохранители, которых в последние годы его жизни предоставили ему власти. Они не только несли его сумку, но и торжественно открывали дверь перед ним, что, как верил Ка, известный писатель-оппозиционер заслужил, а также держали его под руку на лестнице и ограждали его от слишком любопытных почитателей и врагов.

А солдаты, которые сидели рядом с Ка в военной машине, вели себя так, как будто они его не охраняют, а задержали.

Как только Ка вошел в отель, он вновь ощутил чувство счастья, охватившее всю его душу, и хотя ему захотелось немедленно увидеть Ипек, ему сначала нужно было найти какой-то способ поговорить с Кадифе наедине, поскольку скрывать что-то от Ипек означало, пусть и небольшое, но предательство их любви. Однако, встретив Ипек в холле, он забыл о своих намерениях.

— Ты красивее, чем я тебя помню! — сказал он, с восхищением глядя на Ипек. — Меня позвал Сунай, хочет, чтобы я был посредником.

— В чем?

— Вчера вечером был пойман Ладживерт! — сказал Ка. — Почему ты отворачиваешься: нам ничего не грозит. Да, Кадифе расстроится. Но что касается меня, это меня успокоило. — Он быстро рассказал ей о том, что слышал от Суная, и объяснил, что это был взрыв и звуки выстрелов, которые они слышали ночью. — Ты ушла утром, не разбудив меня. Не бойся, я разберусь с этим, никто не пострадает. Мы поедем во Франкфурт и будем счастливы. Ты поговорила с отцом?

Он сказал ей, что будет заключена сделка и для этого Сунай отправит его самого к Ладживерту, главным условием является, что он сначала поговорит с Кадифе. Чрезмерное беспокойство, которое он видел в глазах Ипек, означало, что она волнуется из-за него, и это ему понравилось.

— Через какое-то время я пришлю к тебе в комнату Кадифе, — сказала Ипек и ушла.

Поднявшись в комнату, он увидел, что постель застелили. Вещи, среди которых он вчера провел самую счастливую ночь в своей жизни, бледная лампа на треножнике, выцветшие занавески сейчас были в совершенно ином снежном свете и безмолвии, но он все еще мог вдыхать запах, оставшийся в комнате после ночи любви. Он бросился на кровать и, глядя в потолок, попытался понять, какие беды могут его постигнуть, если он не сможет убедить Кадифе и Ладживерта.

Как только вошла Кадифе, она сказала:

— Расскажи, что ты знаешь об аресте Ладживерта. Его мучили?

— Если бы его мучили, то меня бы к нему не отвели, — сказал Ка. — Скоро отведут. Его поймали после собрания в отеле, а больше я ничего не знаю.

Кадифе посмотрела из окна на улицу, на заснеженный проспект.

— Сейчас ты счастлив, а я теперь несчастлива, — сказала она. — Как все изменилось после нашей встречи в кладовой.

Ка вдруг вспомнил, как вчера после полудня они встречались в 217-м номере отеля и как перед выходом из комнаты Кадифе вытащила пистолет и разделя его, словно это был очень старый и сладкий миг, связывавший их друг с другом.

— Это не все, Кадифе, — сказал Ка. — Люди из окружения Суная убедили его в том, что Ладживерт замешан в убийстве директора педагогического института. В Карс даже прислали дело, в котором есть доказательства, что именно он убил в Измире телевизионного ведущего.

— Кто эти люди, которые окружают его?

— Несколько сотрудников Разведывательного управления в Карсе… И несколько военных, связанных с ними… Но Сунай не находится полностью под их влиянием. У него есть свои цели, связанные с искусством. Это его слова. Сегодня вечером он хочет сыграть одну пьесу в Национальном театре и дать тебе роль. Не кривись, слушай. Будет прямая трансляция по телевидению, будет смотреть весь Карс. Если ты согласишься сыграть, а Ладживерт убедит студентов лицея имамов-хатибов и они придут на спектакль, будут сидеть тихо, прилично, смотреть и хлопать там, где надо, Сунай тут же отпустит Ладживерта. Все будет забыто, никто не пострадает. Он послал меня в качестве посредника.

— Что за пьеса?

Ка рассказал об «Испанской трагедии» Томаса Кида и сказал, что Сунай предупредил, что изменил и адаптировал пьесу.

— Уже многие годы во время турне по Анатолии он адаптировал Корнеля, Шекспира и Брехта на свое усмотрение, соединяя пьесы с танцем живота и с неприличными песнями.

— Должно быть, во время прямой трансляции я буду женщиной, которую изнасилуют, чтобы началась кровная вражда.

— Нет. Ты будешь девушкой-мятежницей, которая, закрывая голову, как испанская дама, устает от кровной вражды и однажды, в момент гнева, сбрасывает свой платок.

— Здесь, для революционности, необходимо не снимать платок, а надеть его.

— Это пьеса, Кадифе. И ты сможешь снять платок, так как это спектакль.

— Я поняла, чего они хотят от меня. Даже если это и пьеса и даже если в пьесе будет пьеса, я не сниму платок.

— Послушай, Кадифе, через два дня снег прекратится, дороги откроются и осужденный в тюрьме попадет в руки безжалостных людей. И тогда ты не увидишь Ладживерта до конца своих дней. Ты подумала об этом?

— Я боюсь, что если подумаю, то соглашусь.

— К тому же под платок ты наденешь парик. Никто не увидит твоих волос.

— Если бы я собиралась надеть парик, я бы сделала это давно, как другие, чтобы попасть в институт.

— Сейчас вопрос не в том, чтобы сохранить чувство собственного достоинства при входе в институт. Ты сделаешь это для того, чтобы спасти Ладживерта.

— Интересно, а захочет ли Ладживерт, чтобы я устроила его освобождение, открыв голову?

— Захочет, — ответил Ка. — То, что ты откроешь голову, не нанесет вред чувству собственного достоинства Ладживерта. Потому что о ваших отношениях никто не знает.

По гневу в ее глазах он понял, что смог попасть в больное место Кадифе, и потом Ка увидел, что она

393

странно улыбнулась, и испугался этого. Его охватил страх и ревность. Он боялся, что Кадифе скажет ему что-нибудь сокрушительное об Ипек.

— У нас немного времени, Кадифе, — сказал он, охваченный все тем же странным страхом. — Я знаю, что ты понимающая и умная девушка и сможешь с радостью выйти из этой ситуации. Я говорю тебе это как человек, многие годы живший жизнью политического ссыльного. Послушай меня: жизнь проживают не для принципов, а для того, чтобы быть счастливым.

— Но без принципов и веры никто не может быть счастлив, — сказала Кадифе.

— Верно. Но в таком тираническом государстве, как наше, где люди не имеют никакой цены, уничтожать себя ради того, во что веришь, — неразумно. Великие принципы, верования — все это для людей из богатых стран.

— Как раз наоборот. В бедной стране людям не за что ухватиться, кроме их веры.

Ка не сказал то, что подумал: «Но то, во что они верят, — неправда!» Он сказал:

— Но ты не из бедных, Кадифе. Ты приехала из Стамбула.

— И поэтому я поступлю согласно тому, во что верю. Я не могу внешне отрекаться от своей веры. Если я сниму платок, то сниму его по убеждению.

— Хорошо, что ты скажешь на это: никого не впустят в зрительный зал. Пусть жители Карса смотрят происходящее только по телевизору. Тогда камера сначала покажет, что ты в минуту гнева хватаешься рукой за платок. А затем мы сделаем монтаж и покажем со спины, как волосы открывает другая, похожая на тебя девушка.

— Это еще хитрее, чем надеть парик, — сказала Кадифе. — И в конце концов все подумают, что я сняла платок после военного переворота.

— Что важно? То, что предписывает религия, или то, что подумают все? Таким образом, получится, что ты ни разу не снимешь платок. А если тебя беспокоит, что скажут, когда все эти глупости закончатся, расскажем, что это был монтаж в фильме. Когда станет известно, что ты согласилась на все это, чтобы спасти Ладживерта, молодые люди из лицея имамов-хатибов почувствуют к тебе еще больше уважения.

— Ты когда-нибудь думал о том, что когда изо всех сил стараешься кого-либо убедить, — сказала Кадифе совершенно изменившимся тоном, — на самом деле говоришь то, во что никогда не верил сам?

— Может быть. Но сейчас мне так не кажется.

— И когда тебе в конце концов удастся уговорить этого человека, ты испытываешь чувство вины, что ты уговорил его, не так ли? Из-за того, что не оставил ему иного выхода.

— То, что ты видишь, — это не безвыходное положение для тебя, Кадифе. Ты, как умный человек, видишь, что больше ничего не остается делать. Люди, окружающие Суная, повесят Ладживерта, и рука у них не дрогнет, и ты не можешь на это согласиться.

— Скажем, я сняла перед всеми платок, приняла поражение. Откуда будет ясно, что они отпустили Ладживерта? Зачем мне верить словам этой власти?

— Ты права. Я поговорю с ними об этом.

— С кем и когда ты поговоришь?

— После того как увижусь с Ладживертом, я опять пойду к Сунаю.

Они оба помолчали некоторое время. Таким образом, стало совершенно ясно, что Кадифе приняла эти условия как есть. И все же Ка, чтобы убедиться в этом, посмотрел на часы, показывая их Кадифе.

— Ладживерт в руках НРУ или военных?

— Я не знаю. Но в любом случае особенной разницы нет.

— Военные могут и не пытать, — сказала Кадифе. Она немного помолчала. — Я хочу, чтобы ты отдал это ему. — Она протянула Ка красную пачку «Мальборо» и выполненную в стиле ретро зажигалку, инкрустированную перламутром. — Зажигалка моего отца. Ладживерту нравится прикуривать от нее.

Ка взял сигареты, а зажигалку не взял.

— Если я отдам ему зажигалку, Ладживерт поймет, что я заходил к тебе.

— Пусть поймет.

— Тогда он поймет, что мы разговаривали, и спросит о твоем решении. А между тем я не смогу ему сказать, что я сначала повидал тебя и что ты согласилась снять платок, чтобы спасти его.

— Из-за того, что он на это не согласится?

— Нет. Ладживерт умен и обладает здравым смыслом настолько, чтобы согласиться на то, чтобы ты сняла платок для его спасения, и ты знаешь об этом. Но с чем он не согласится — это с тем, что об этом спросили сначала не у него, а у тебя.

— Но это не только политический вопрос, это и вопрос человеческих отношений, связанных со мной. Ладживерт поймет это.

— Ты же знаешь, Кадифе, что даже если он и поймет, то захочет быть первым, кто примет решение. Он турецкий мужчина. И к тому же политический исламист. Я не могу пойти к нему и сказать: «Кадифе решила снять платок, чтобы тебя освободили». Он должен думать, что сам принял решение. Тогда я расскажу ему о предварительном решении снять платок, которое будет заключаться в том, что ты притворно наденешь парик, или о телевизионном монтаже. Он сразу же заставит себя поверить в то, что ты спасешь свое достоинство и что это будет выходом из ситуации. Он не может даже вообразить себе те темные места, где не совпадает твое понимание чести, не терпящее никакой фальши, с его практическим представлением о чести. Он вовсе не захочет услышать, что если ты снимешь платок, ты сделаешь это честно, не прикидываясь.

— Ты завидуешь Ладживерту, ты его ненавидишь, — сказала Кадифе. — Ты не хочешь даже считать его человеком. Ты как те люди светских взглядов, которые считают, что те, кто не европеизировался, примитивны, безнравственны, низший класс, и с помощью побоев пытаются сделать из них людей. Тебя обрадовало то, что я склоню голову перед военной силой, для того чтобы спасти Ладживерта. Ты даже не пытаешься спрятать этой аморальной радости. — В ее глазах была ненависть. — Раз уж по этому вопросу сначала должен принять решение Ладживерт, то почему ты, еще один турецкий мужчина, после Суная не пошел прямо к Ладживерту, а сначала пошел ко мне? Хочешь, я скажу? Потому что ты хотел сначала увидеть, как я по собственному желанию склоню голову. А это дало бы тебе превосходство перед Ладживертом, которого ты боишься.

— Правда, я боюсь Ладживерта. Но то, что ты сказала, несправедливо, Кадифе. Если бы я сначала пошел к Ладживерту и, как приказ, сообщил тебе его решение, чтобы ты сняла платок, ты бы не последовала этому его решению.

— Ты уже не посредник, ты человек, который сотрудничает с тиранами.

— Кадифе, я не верю ни во что, кроме необходимости без проблем уехать из этого города. И ты теперь ни во что не верь. Ты всему Карсу доказала, что ты умная, гордая и смелая. Как только мы выберемся отсюда, мы уедем с твоей сестрой во Франкфурт. Для того чтобы стать там счастливыми. Я говорю, делай то, что тебе нужно, чтобы быть счастливой. Вы с Ладживертом сможете жить весьма счастливо как политические ссыльные в каком-нибудь европейском городе, выбравшись отсюда. Я уверен, что и твой отец приедет следом. А для этого прежде всего тебе необходимо мне доверять.

Пока он говорил о счастье, слезы, переполнявшие глаза Кадифе, закапали ей на щеки. Улыбаясь так, что это пугало Ка, Кадифе быстро стерла слезы ладонью.

— Ты уверен, что моя сестра уедет из Карса?

— Уверен, — сказал Ка, хотя он вовсе не был уверен.

— Я не настаиваю, чтобы ты отдал зажигалку и чтобы ты сказал, что сначала видел меня, — сказала Кадифе надменно и снисходительно, как принцесса. — Но я хочу быть совершенно точно уверенной в том, что когда я сниму платок, Ладживерта отпустят. Гарантий Суная или какого-нибудь другого человека недостаточно. Все мы знаем турецкое государство.

— Ты очень умна, Кадифе. Ты — человек, который больше всех в Карсе заслуживает счастья! — сказал Ка. Вдруг ему захотелось сказать: «И еще Неджип заслуживал», но он тотчас об этом забыл. — И отдай мне зажигалку. Может быть, если будет удобно, я отдам ее Ладживерту. Доверься мне.

Когда Кадифе протягивала ему зажигалку, они неожиданно обнялись. В какой-то момент Ка с нежностью ощутил в своих руках тело Кадифе, более легкое и изящное, чем у ее сестры, и с трудом сдержался, чтобы не поцеловать ее. В тот же миг в дверь быстро постучали и он подумал: «Хорошо, что я сдержался».

В дверях стояла Ипек, она сказала, что приехала военная машина, чтобы забрать Ка. Чтобы понять, что происходит в комнате, она долго, мягко и задумчиво смотрела в глаза Ка и Кадифе. Ка вышел, не поцеловав ее. Обернувшись в конце коридора с чувством вины и победы, он увидел, что сестры обнялись.

35

Я не являюсь ничьим агентом

Ка и Ладживерт в камере

Долгое время Ка не покидал образ Ипек и Кадифе, обнимавшихся в конце коридора. Когда военная машина, где он сидел рядом с водителем, остановилась на углу проспекта Ататюрка и проспекта Халит-паши, перед единственным в Карсе светофором, Ка с высокого сиденья увидел на втором этаже старого армянского дома, поодаль, сквозь щель между непокрашенной створкой окна, открытой для свежего воздуха, и занавеской, колыхавшейся от легкого ветра, вмиг увидел, как в рентгеновском свете, все детали тайного политического собрания, проводившегося внутри, и, когда взволнованная белокожая женщина отодвинула рукой занавеску и в гневе закрыла окно, с поразительной правильностью предположил, что происходит в освещенной комнате: два опытных воинствующих курдских националиста-предводителя в Карсе пытались убедить одного официанта из чайной, старший брат которого был убит во время вчерашних ночных налетов и который сейчас обливался потом рядом с печью, из-за обвязавшей все его тело изоляционной ленты марки Газо, что он сможет легко войти в Управление безопасности на проспекте Фаик-бея через боковую дверь и взорвать бомбу, которая была на нем.

В противоположность тому, что предположил Ка, военный грузовик не свернул ни к этому Управлению безопасности, ни к пышному зданию Центра национальной безопасности, сохранившемуся с первых лет Республики, который находился чуть впереди, а, не сворачивая с проспекта Ататюрка и проехав проспект Фаик-бея, приехал в военный штаб, расположившийся прямо в центре города. Этот участок, где в 1960-х годах проектировался большой парк в центре города, после военного переворота в 1970-е годы был обнесен стеной и превращен в центр, застроенный жилищами военных, вокруг которых дети, которым негде было играть, катались на велосипедах среди чахлых тополей, новыми штабными строениями и учебными полосами, и таким образом дом, в котором останавливался Пушкин во время своего путешествия в Карс, и конюшни, которые спустя сорок лет после этого царь приказал построить для казачьей кавалерии, были спасены от разрушения (о чем написала близкая военным газета «Свободная родина»).

Камера, в которой держали Ладживерта, была совсем рядом с этими историческими конюшнями. Военный грузовик высадил Ка перед старым, прекрасной архитектуры каменным зданием у склонившихся от тяжести снега ветвей старой дикой маслины. Внутри два вежливых человека, которые, как правильно понял Ка, были сотрудниками НРУ, прикрепили ему на грудь изоляционной лентой марки Газо примитивный диктофон, который по меркам 1990-х годов можно будет считать примитивным, и показали кнопку, чтобы включать его. В то же время они советовали вести себя так, будто он был расстроен из-за того, что сидевший внизу задержанный попал сюда, вести себя так, будто он хочет ему помочь, и совершенно без всяких шуток внушили ему, чтобы он заставил задержанного признаться в преступлениях, которые он совершал и организовал, записывая эти признания на пленку. Ка даже не подумал о том, что эти люди могли не знать главную причину, из-за которой его прислали сюда.

На нижнем этаже маленького каменного здания, использовавшегося в царские времена в качестве штаба русской кавалерии, куда спускались по холодной каменной лестнице, была довольно большая, без окон камера, где несли наказание те, кто совершил дисциплинарные нарушения. Эта камера, которая в республиканский период какое-то время использовалась как маленький склад, а в 1950-е годы как образец убежища, которое может быть использовано в случае атомной атаки, показалась Ка гораздо более чистой и удобной, нежели он себе представлял.

Хотя комната была довольно хорошо согрета электрическим обогревателем фирмы «Арчелик», который некогда подарил военным для удобства главный торговый представитель фирмы Мухтар, Ладживерт лежал на кровати, где он читал книгу, натянув на себя чистое военное одеяло. Увидев Ка, он встал с кровати, надел ботинки, из которых были вытащены шнурки, и с официальным видом, но все же улыбаясь, пожал ему руку и указал на столик из искусственного дерева у стены, с решимостью человека, готового к деловым переговорам. Они сели на стулья по краям маленького стола. Ка, увидев на столе оцинкованную пепельницу, до краев заполненную окурками, вытащил из кармана пачку «Мальборо» и протянул Ладживерту, сказав ему, что он выглядит совершенно спокойным. Ладживерт сказал, что его не пытали, и спичкой зажег сначала сигарету Ка, а потом свою.

— На кого на этот раз вы шпионите, сударь? — спросил он, мило улыбнувшись.

— Я бросил занятие шпиона, — ответил Ка. — Теперь я занимаюсь посредничеством.

— Это гораздо хуже. Шпионы за деньги приносят различные ерундовые сведения, большая часть которых ни на что не годится. А посредники, из-за своей нейтральности, с умным видом вмешиваются во все дела. В чем твоя выгода?

— Уехать целым и невредимым из этого ужасного города Карса.

— Атеисту, приехавшему с Запада шпионить, сегодня только Сунай может дать такие гарантии.

Так Ка понял, что Ладживерт видел последний номер городской газеты «Граница». Он возненавидел смешок Ладживерта из-под усов. Как мог быть этот воинствующий сторонник введения шариата таким веселым и спокойным, после того как попал в руки турецких властей (и к тому же с делами по двум преступлениям), на безжалостность которых так жаловался? Кроме того, Ка сейчас смог понять, почему Кадифе так влюблена в него. Ладживерт показался ему сейчас красивее, чем обычно.

— В чем вопрос посредничества?

— В том, чтобы тебя отпустили, — сказал Ка и спокойно кратко изложил предложение Суная.

Он совсем не рассказал о том, что Кадифе может надеть парик, когда будет снимать платок, или о других хитростях прямой трансляции, чтобы остался предмет для торга. Рассказывая о тяжести условий и говоря, что безжалостные люди, оказывающие давление на Суная, хотят при первом же удобном случае повесить Ладживерта, Ка чувствовал, что получает удовольствие и из-за этого испытывает чувство вины. Он добавил, что Сунай из чокнутых и что, когда снег растает и дороги откроются, все вернется на свои места. Впоследствии он спросит себя, сказал ли он это, чтобы чем-то понравиться сотрудникам НРУ, или нет.

— Становится понятным, что единственной возможностью спасения для меня является придурковатость Суная, — сказал Ладживерт.

— Да.

— Тогда скажи ему: я отказываюсь от его предложения. А тебя благодарю за то, что ты взял на себя труд прийти сюда.

В какой-то момент Ка подумал, что Ладживерт встанет, пожмет ему руку и выставит его за дверь. Наступила тишина.

Ладживерт спокойно раскачивался на задних ножках своего стула.

— Если ты не сможешь выбраться целым и невредимым из этого отвратительного города Карса, так как роль посредника тебе не удалась, это будет не из-за меня, а из-за того, что ты болтал, хвалясь своим атеизмом. В этой стране человек может хвалиться своим атеизмом, только если у него за спиной стоят солдаты.

— Я не тот, кто хвалится атеизмом.

— Тогда хорошо.

Они вновь помолчали и покурили. Ка почувствовал, что не остается ничего, кроме как встать и уйти.

— Ты не боишься смерти? — спросил он потом.

— Если это угроза: не боюсь. Если дружеское любопытство: да, боюсь. Но чтобы я теперь ни сделал, эти тираны меня повесят. Делать нечего.

Ладживерт улыбнулся, нежно глядя на Ка взглядом, который его терзал. Его взгляды говорили: «Смотри, я в более трудном положении, чем ты, но все же спокойнее, чем ты!» Ка со стыдом почувствовал, что с тех пор, как влюблен в Ипек, его волнение и беспокойство связаны с надеждой на счастье, которую он носил внутри себя как сладкую боль. Неужели у Ладживерта не было такой надежды? «Я досчитаю до девяти, встану и уйду», — сказал он себе. «Один, два…» Досчитав до пяти, он решил, что если не сможет переубедить Ладживерта, то не сможет увезти Ипек в Германию.

Он какое-то время вдохновенно говорил о том о сем. Он говорил о невезучих посредниках из черно-белых американских фильмов, которых он видел в детстве, о том, что сообщение, появившееся на собрании в отеле «Азия», можно будет издать в Германии (если его привести в порядок); о том, что когда люди ради упрямства и сиюминутных желаний принимают в своей жизни неверные решения, то потом могут сильно раскаяться, например, когда он сам был в лицее, с таким же гневом покинул баскетбольную команду и больше не вернулся, о том, что в тот день пошел на Босфор и долго смотрел на море, о том, как он любит Стамбул, о том, какая красота весной под вечер в бухте Бебек[1], и еще о многом другом. Он старался не теряться под взглядами Лад-

---

[1] Населенный пункт в черте современного Стамбула, на европейском берегу Босфора.

живерта, смотревшего на него с хладнокровным выражением лица, и не замолчать, и все это делало эту встречу похожей на последнюю встречу перед смертной казнью.

— Даже если мы сделаем самое невозможное из того, что они хотят, они не сдержат данного ими слова, — сказал Ладживерт. Он показал на пачку бумаги и ручку на столе. — Они хотят, чтобы я написал рассказ своей жизни, о своих преступлениях, обо всем, что хочу рассказать. Тогда, по их словам, если они увидят мою добрую волю, может быть, простят меня по закону о признании вины и раскаянии. Я всегда жалел глупцов, которые в свои последние дни поддавались этой лжи, отворачивались от своих принципов и предавали всю свою жизнь. Но раз уж мне суждено умереть, то я хотел бы, чтобы те, кто будет после меня, узнали обо мне некоторые правдивые факты. — Он взял один лист из пачки бумаги для письма. На лице у него появилось выражение чрезмерной серьезности, которое было, когда он делал заявление для немецкой газеты: — Двадцатого февраля, в тот день, когда пойдет речь о моей смертной казни, я хочу сказать, что я не раскаиваюсь ни в чем, что совершил до сегодняшнего дня по политическим соображениям. Я второй ребенок моего отца, который был проработавшим всю жизнь в Управлении финансов Стамбула секретарем на пенсии. Детство мое и юность прошли в смиренном и тихом мире моего отца, который втайне продолжал посещать обитель Джеррахи. В юности я взбунтовался против него и стал атеистом левых взглядов, когда я был в университете, стал последователем воинствующей молодежи и забрасывал камнями моряков, сходивших с американских авианосцев. Тогда я женился, развелся, пережил кризис. Много лет ни перед кем не показывался. Я был инженером электроники. Из-за гнева, который я испытывал по отношению к Западу, я почувствовал уважение к революции в Иране. Я вновь стал мусульманином и поверил в мысль имама Хомейни: «Защитить сегодня ислам намного важнее, чем совершать намаз и соблюдать пост». Меня воодушевляло то, что писал Франц Фанон о силе, мысли Сейида Кутуба об эмиграции и о перемене места жительства в ответ на притеснения, а также меня вдохновлял Али Шериати. Чтобы сбежать от военного переворота, я укрылся в Германии. Вернулся назад. Из-за раны, которую я получил, сражаясь вместе с чеченцами против русских в Грозном, я хромаю на правую ногу. Во время осады сербов я поехал в Боснию, и боснийская девушка Мерзука, на которой я там женился, приехала вместе со мной в Стамбул. Поскольку из-за моей политической деятельности и веры в идею о переселении я ни в одном городе не оставался больше двух недель, я разошелся и со второй своей женой. После того как я разорвал отношения с мусульманскими группировками, которые отвезли меня в Чечню и Боснию, я проехал по Турции вдоль и поперек. Хотя я верил в необходимость убивать врагов ислама, я до сегодняшнего дня не убил никого и не приказывал никого убивать. Бывшего мэра Карса убил сумасшедший курдский извозчик, рассердившийся на его намерение убрать старые повозки в городе. Я приехал в Карс из-за юных девушек, совершавших самоубийства. Самоубийство — самый большой грех. Я хочу, чтобы мои стихи после моей смерти остались в память обо мне и чтобы их издали. Все они у Мерзуки. Вот так.

Наступило молчание.

— Ты не обязан умирать, — сказал Ка. — Я здесь для этого.

— Тогда я расскажу еще кое-что, — сказал Ладживерт.

Он был уверен, что его внимательно слушают, и зажег еще одну сигарету. Заметил ли он, что у Ка на боку беззвучно работал диктофон, словно трудолюбивая домохозяйка?

— Когда я был в Мюнхене, там был кинотеатр, где ночью, по субботам, по очень дешевому билету показывали два фильма, я туда ходил, — сказал Ладживерт. — Есть один итальянец, который снял фильм под названием «Война в Алжире», который показывает издевательства французов в Алжире, показали последний фильм этого итальянца, «Квемада». Фильм рассказывает об аферах английских колонизаторов на одном острове в Атлантике, где выращивали сахарный тростник, перевороты, которые они устраивали. Сначала они находят одного темнокожего лидера и провоцируют восстание против французов, а затем, разместившись на острове, захватывают положение. После неудачи первого восстания темнокожие поднимают восстание еще раз, на этот раз против англичан, но когда англичане сжигают весь остров, они терпят поражение. Темнокожий лидер обоих восстаний пойман, и его вот-вот повесят утром. Именно в этот момент Марлон Брандо, который с самого начала его нашел, уговаривал его поднять восстание, много лет все это устраивал и в конце концов подавил второе восстание в пользу англичан, приходит в палатку, где этого темнокожего держали в плену, разрезает веревки и отпускает его на свободу.

— Зачем?

Ладживерта это немного разозлило.

— Как это зачем?.. Чтобы его не повесили! Он очень хорошо знает, что если его повесят, то темнокожий лидер станет легендарным, а местные жители на много лет сделают его имя своим революционным знаменем. Но темнокожий понимает, что Марлон разрезал его веревки именно поэтому, и он отказывается от освобождения и не убегает.

— Его повесили? — спросил Ка.

— Да, но сцену казни не показали, — ответил Ладживерт. — Вместо этого показали, как агента Марлона Брандо, который предлагал темнокожему свободу, точно так же, как и ты мне сейчас, убивает, пырнув ножом, один из местных жителей, как раз тогда, когда он уже собирается покинуть остров.

— Я не агент! — воскликнул Ка, не сумев сдержать обиду.

— Не зацикливайся на слове «агент»: я вот — агент ислама.

— Я не являюсь ничьим агентом, — ответил Ка, не смущаясь на сей раз своей обидчивости.

— То есть в эту пачку «Мальборо» не положили никакого особого вещества, которое меня отравит, лишит меня воли? Самое лучшее, что подарили американцы миру, — это красная пачка «Мальборо». Я могу курить «Мальборо» всю жизнь, до конца своих дней.

— Если ты поведешь себя разумно, ты еще сорок лет будешь курить «Мальборо»!

— Когда я говорю «агент», я подразумеваю именно это, — сказал Ладживерт. — Одна из задач агентов — убеждать людей.

— Я только хочу сказать тебе, что будет очень неразумно, если ты будешь убит здесь этими остервенелыми фашистами, руки которых в крови. И к тому же имя твое не будет ни для кого знаменем или чем-то подобным. Этот кроткий народ привязан к религии, но в конце концов он выполняет не повеления религии, а приказы государства. От всех этих шейхов-повстанцев, от тех, кто возмущается, что теряет власть над верующими, от всех этих боевиков, обученных в Иране, не останется даже могил, даже если они хоть немного знамениты, как Саид Нурси[1]. В этой стране тела религиозных

---

[1] Беддуиззаман Саид Нурси, он же Саид Курди, родился в Бедлисе, в Турецком Курдистане в 1873 году, умер в Урфе в 1960 году. С молодых лет подвергался преследованиям за свое вольнодумство в области религии. Является основателем суфийского течения Нурджчу («Сторонники света»), которое, в частности, провозглашает, что единственным истинным государством является государство, построенное на принципах шариата, где основным законом является Коран. Руководство государства, которое это отрицает, — недействительно. В настоящее время это суфийское течение строго запрещено в Турции, но имеет своих последователей практически во всех слоях общества и во многих институтах власти.

лидеров, чьи имена могут стать знаменем, помещают в самолет и выбрасывают в море в неизвестном месте. Ты все это знаешь. В Батмане могилы членов группировки Хизбуллах, превращенные в место поклонения, исчезли за одну ночь. Где сейчас эти могилы?

— В сердце народа.

— Пустые слова, из этого народа только двадцать процентов голосует за исламистов. Но и они — за партию, которая ведет себя сдержанно.

— Скажи тогда, если эти исламисты, за которых голосуют, умеренные, то почему их боятся и устраивают военные перевороты?! Вот в чем заключается твое нейтральное посредничество.

— Я нейтральный посредник, — Ка интуитивно повысил голос.

— Нет. Ты — агент Запада. Ты раб европейцев, который не принимает освобождения, и, как все настоящие рабы, даже не знаешь о том, что ты раб. Поскольку ты в своем Нишанташы слегка европеизировался и научился искренне презирать религию и обычаи народа, ты ведешь себя, словно ты господин этого народа. По-твоему, в этой стране путь хороших и нравственных людей проходит через подражание Западу, а не через религию, Аллаха, жизнь одной жизнью с народом. Может быть, ты скажешь несколько слов против притеснений исламистов и курдов, но сердце твое втайне одобряет военный переворот.

— Вот что я могу устроить для тебя: Кадифе под платок наденет парик, так что, когда она снимет его, никто не увидит ее волос.

— Вы не заставите меня пить вино! — закричал Ладживерт. — Я не буду ни европейцем, ни тем, кто подражает им. Я буду жить в своей истории и буду сам собой. Я верю, что человек может быть счастлив, не подражая европейцам, не являясь их рабом. Помнишь, есть такие слова, которые часто говорят поклонники Запада, чтобы принизить нашу нацию: они говорят, что для того, чтобы стать европейцем, сначала нужно стать личностью, индивидуальностью, но в Турции индивидуальностей нет. Смысл моей казни в этом. Я выступаю против европейцев как личность, я не буду подражать им, поскольку я — личность.

— Сунай так верит в эту пьесу, что я могу устроить и вот что: Национальный театр будет пустым. Камера во время прямой трансляции сначала покажет, как Кадифе подносит руку к платку, а затем при помощи хитрого монтажа покажут волосы другой девушки, снявшей платок.

— Вызывает сомнения то, что ты так бьешься, чтобы спасти меня.

— Я очень счастлив, — сказал Ка, чувствуя вину, как человек, который лжет. — Я никогда в жизни не был так счастлив. Я хочу защитить это счастье.

— Что делает тебя счастливым?

Ка не сказал, как впоследствии очень много раз думал: «Потому что я пишу стихи». И не сказал: «Потому что я верю в Бога». Он выпалил:

— Потому что я влюбился! Моя возлюбленная поедет со мной во Франкфурт.

Внезапно он ощутил радость от того, что может рассказать о своей любви кому-то непричастному.

— Кто твоя возлюбленная?

— Сестра Кадифе Ипек.

Ка увидел, что Ладживерт изменился в лице. Он тут же раскаялся в том, что его охватил порыв. Наступило молчание.

Ладживерт зажег еще одну сигарету «Мальборо».

— Такое счастье, которое хочется разделить с человеком, который идет на смертную казнь, — это милость Аллаха. Предположим, что я принял предложение, которое ты принес, чтобы тебе спастись и уехать из этого города, и твое счастье не пострадало, Кадифе приняла участие в пьесе в подходящей форме, которая не оскорбила бы чувство ее достоинства, чтобы не испортить счастья своей сестры, откуда тебе знать, что они сдержат свое слово и отпустят меня?

— Я знал, что ты это скажешь! — ответил Ка, волнуясь.

Он немного помолчал. Он поднес палец к губам и сделал знак Ладживерту, который означал: «Молчи и смотри внимательно!» Он расстегнул пуговицы своего пиджака и, показав диктофон, выключил его через свитер.

— Я ручаюсь, прежде они отпустят тебя, — сказал он. — А Кадифе выйдет на сцену после того, как ей сообщат из того места, где ты спрячешься, что тебя отпустили. Но для того, чтобы убедить Кадифе согласиться на это, нужно, чтобы ты вручил мне письмо, в котором будет написано, что ты согласился на эту договоренность. — В тот момент он думал обо всех этих деталях. — Я устрою так, что тебя отпустят на твоих условиях и туда, где тебе захочется быть, — прошептал он. — До тех пор пока дороги не откроются, ты спрячешься там, где тебя никто не сможет найти. И в этом мне доверься.

Ладживерт протянул ему один из листов бумаги, лежавших на столе.

— Напиши здесь о том, что ты, Ка, являешься посредником и гарантом того, что меня отпустят, и я смогу целым и невредимым уехать из Карса в обмен на то, что Кадифе, не запятнав своей чести, выйдет на сцену и снимет платок. Если ты не сдержишь своего слова и если и меня приведут на пьесу, каким будет наказание поручителя?

— Пусть со мной случится то же, что и с тобой! — сказал Ка.

— Тогда так и напиши.

Ка тоже протянул ему лист бумаги.

— Ты тоже напиши, что согласен на сделку, о которой я говорил, что известие об этой сделке было передано Кадифе мною и что она приняла решение. Если Кадифе согласится, то напишет это на листе бумаге со своей подписью, а тебя освободят подходящим образом, прежде чем она снимет с себя платок. Напиши это. Где и как тебя должны освободить, реши не со мной, а с человеком, которому ты больше доверяешь в таком деле. В этом вопросе я советую тебе брата по крови покойного Неджипа, Фазыла.

— Мальчишку, который писал Кадифе любовные письма?

— Это был Неджип, он умер. Он был особенным человеком, которого ниспослал Аллах, — сказал Ка. — Фазыл тоже хороший человек, каким был и тот, другой.

— Раз ты так говоришь, я поверю, — сказал Ладживерт и начал писать на листе бумаги, лежавшем перед ним.

Первым закончил писать Ладживерт. Когда Ка закончил писать свое поручительство, он увидел, что Ладживерт смотрит на него, насмешливо улыбаясь, но не обратил на это внимания. Он был невероятно счастлив из-за того, что уладил дело, что они смогут уехать из города с Ипек. Не говоря ни слова, они обменялись бумагами. Ка увидел, что Ладживерт сложил бумагу, которую дал ему Ка, не читая, и положил ее в карман, и поэтому сам сделал то же самое и опять включил диктофон, нажав на кнопку так, чтобы Ладживерт это заметил.

Наступила тишина. Ка вспомнил последние слова, которые он сказал перед тем, как выключить диктофон.

— Я знал, что ты это скажешь, — произнес он. — Но если стороны не доверяют друг другу, то никакую договоренность заключить невозможно. Тебе нужно верить, что власть будет верна слову, которое она даст тебе.

Они улыбнулись, глядя друг другу в глаза. Впоследствии, многие годы вспоминая этот момент, Ка, размышляя об этом моменте, с раскаянием поймет, что его собственное счастье помешало ему почувствовать ненависть Ладживерта, и он подумает, что если бы он почувствовал эту злость, то не задал бы такого вопроса:

— Кадифе последует этому соглашению?

— Да, — ответил Ладживерт, гневно сверкая глазами. Они немного помолчали.

— Раз уж ты хочешь заключить соглашение, которое свяжет меня с жизнью, то расскажи мне о своем счастье, — сказал Ладживерт.

— Я никого в жизни так не любил, — сказал Ка. Собственные слова показались ему наивными и глупыми, но все же он это сказал. — Для меня в жизни нет другой возможности стать счастливым, кроме как с Ипек.

— Что такое счастье?

— Найти мир, где ты забудешь всю эту пустоту и подавленность. Иметь возможность держать кого-то, словно целый мир... — сказал Ка. Он собирался сказать еще, но Ладживерт внезапно встал.

В тот же момент к Ка стало подступать стихотворение, которое он назовет «Шахматы». Он взглянул на Ладживерта, стоявшего на ногах, вытащил из кармана тетрадь и начал быстро писать. Пока Ка записывал строки стихотворения, рассказывавшие о счастье и власти, о мудрости и страсти, Ладживерт, пытаясь понять, что случилось, смотрел из-за плеча Ка на бумагу. Ка почувствовал этот взгляд внутри себя, а потом увидел, что записывает в стихотворение то, что подразумевал этот взгляд. Он смотрел на свою руку, записывавшую стихи, словно на руку другого человека. Он понял, что Ладживерт этого не сможет заметить; ему захотелось, чтобы он хотя бы ощутил иную силу, заставлявшую его руку двигаться. Но Ладживерт сел на край кровати и, как настоящий осужденный на смерть, с угрюмым лицом закурил сигарету.

Ка вновь захотелось раскрыть перед ним свое сердце, поддавшись некой непонятной силе притяжения, о которой он потом часто будет думать.

— Я уже много лет не мог писать стихи, — сказал он. — А сейчас, в Карсе открылись все дороги, ведущие к стихам. Я связываю это с любовью к Богу, которую я здесь чувствую.

— Я не хочу тебя обижать, но твоя любовь — это любовь к Богу, почерпнутая из западных романов, — сказал Ладживерт. — Если ты будешь верить здесь в Бога как европеец, ты будешь смешным. И тогда никто не сможет поверить в то, что ты действительно веруешь. Ты не принадлежишь этой стране, ты словно не турок. Сначала попытайся стать таким, как все, а потом поверишь в Аллаха.

Ка в глубине души почувствовал, что его все не любят. Он взял несколько листов бумаги на столе, сложив их пополам. Он постучал в дверь камеры, говоря, что ему как можно скорее нужно увидеть Суная и Кадифе. Когда дверь открылась, он повернулся к Ладживерту и спросил, нет ли у него специального послания для Кадифе. Ладживерт улыбнулся и сказал:

— Будь внимателен. Чтобы тебя никто не убил.

36

Сударь, вы на самом деле не умрете, не так ли?

Сделка между жизнью и игрой, искусством и политикой

Пока на верхнем этаже сотрудники НРУ медленно отклеивали пластырь, фиксировавший на груди Ка диктофон, выдирая ему волоски, Ка с каким-то внутренним чувством удовлетворения перенял их насмешливый и профессиональный настрой и заговорил о Ладживерте пренебрежительно. При этом он совсем ничего не сказал о враждебности, которую тот к нему испытывал.

Он сказал водителю военного грузовика что нужно ехать в отель и ждать его там, а сам прошел весь гарнизон из конца в конец с двумя солдатами-охранниками рядом. На широкой заснеженной площади, которую образовывали офицерские общежития, под тополями, мальчишки шумно играли в снежки. В стороне худенькая девочка, одетая в пальто, напомнившее Ка черно-красное шерстяное пальто, которое ему купили, когда он учился в третьем классе начальной школы, а чуть подальше две ее подружки, катившие огромный снежный шар, лепили снеговика. Погода была ясной, и солнце впервые хоть немного начало греть окрестности после утомительной бури.

В отеле он сразу же нашел Ипек. Она была на кухне, и на ней был жилет и передник, который долгие годы в Турции носили все девушки из лицеев. Ка, счастливый, посмотрел на нее, захотел обнять, но они были не одни: он кратко изложил все произошедшее с утра и рассказал, что и для них, и для Кадифе дела складываются хорошо. Он сказал, что газету распространили, но он не боится, что его убьют! Они хотели еще поговорить, но вошла Захиде и сказала о двух солдатах-охранниках у дверей. Ипек сказала, чтобы их пустили внутрь и дали им чая. Они тут же договорились с Ка встретиться наверху, в комнате.

Как только Ка поднялся в комнату, он повесил пальто и начал ждать Ипек, глядя в потолок. Хотя он очень хорошо знал, что она придет, не церемонясь, потому что им надо о многом поговорить, он очень быстро позволил черным мыслям увлечь себя. Сначала он представил, что Ипек не смогла прийти, так как встретилась со своим отцом; потом со страхом начал думать, что она не хочет прийти. Он вновь ощутил ту самую боль, которая распространялась от его живота по всему телу, словно яд. Если это то же самое, что другие называют любовной болью, то в этом не было ничего, что делало бы счастливым. Он заметил, что по мере того, как его любовь к Ипек усиливалась, эти приступы недоверия и пессимизма стали появляться гораздо чаще. Он подумал, что то, что все называли любовью, было этим чувством недоверия, страхом быть обманутым и разочароваться, но судя по тому, что все говорили об этом не как о поражении и нужде, а как о чем-то положительном и даже иногда как о чем-то таком, чем можно было бы гордиться, его собственное положение, должно быть, было немного другим. Что еще хуже, насколько он поддавался параноидальным мыслям, по мере того как ждал (Ипек не приходит, Ипек на самом деле вообще не хочет приходить, Ипек приходит ради каких-то интриг или ради какой-то тайной цели, все — Кадифе, Тургут-бей и Ипек — разговаривают между собой и считают Ка врагом, которого надо удалить из их круга), настолько же и думал, что эти мысли являются параноидальными и больными. В то же время он позволял себе поддаться этим навязчивым мыслям, например, он думал, чувствуя боль в животе, что сейчас у Ипек есть еще другой возлюбленный, с болью представлял это себе, а другой частью своего разума знал, что то, о чем он думает, — нездоровые мысли. Иногда, для того чтобы боль прекратилась и чтобы плохие сцены (например, Ипек могла сейчас отказаться видеть Ка и поехать с ним во Франкфурт) перед его глазами исчезли, он изо всех сил заставлял работать ту часть своего рассудка, где было больше всего логики и где любовь не нарушила равновесие (конечно же, она меня любит, если бы не любила, то зачем ей быть такой страстной), и избавлялся от недоверия и пугающих мыслей, но через какое-то время вновь отравлял себя новым беспокойством.

Услышав шаги в коридоре, он подумал, что это не Ипек, а кто-то, кто идет сказать, что Ипек не может прийти. Увидев в дверях Ипек, он посмотрел на нее и радостно, и враждебно. Он ждал ровно двенадцать минут и устал от ожидания. Он с радостью увидел, что Ипек сделала макияж и накрасила губы помадой.

— Я поговорила с отцом, сказала ему, что еду в Германию, — сказала Ипек.

Ка до такой степени успел поддаться черным мыслям, что сначала почувствовал досаду; он не смог осознать то, что сказала Ипек. А это породило у Ипек сомнения, что известие, которое она сообщила, не было встречено с радостью; и к тому же это разочарование дало повод для Ипек отступить. Но с другой стороны, она знала, что Ка в нее сильно влюблен, что сейчас он к ней привязан, как беспомощный пятилетний ребенок, который никогда не сможет расстаться со своей мамой. Она знала, что одна из причин того, что Ка хочет увезти ее в Германию, в том, что во Франкфурте есть дом, в котором он уже чувствует себя счастливым, и что к тому же в еще большей степени он надеется целиком и полностью обладать Ипек там, вдалеке от всех.

— Милый, что с тобой?

В последующие годы, мучаясь от любовной боли, Ка сотни раз вспомнит ту мягкость и нежность, с которой Ипек задала этот вопрос. Он рассказал Ипек о своем беспокойстве, о страхе быть брошенным, о самых ужасных сценах, которые представлял себе.

— Раз ты так преждевременно боишься любовной боли, значит, какая-то женщина заставила тебя очень сильно страдать.

— Мне было немного больно, но меня уже сейчас пугает боль, которую я могу испытать из-за тебя.

— Я не причиню тебе никакой боли, — сказала Ипек. — Я влюблена в тебя, я поеду с тобой в Германию, все будет очень хорошо.

Она изо всех сил обняла Ка, и они стали любить друг друга, что придало Ка невероятное ощущение покоя. Ка нравилось быть с ней грубым, прижиматься к ней изо всех сил, он получал удовольствие от белизны ее тонкой кожи, но оба заметили, что обладают друг другом не так сильно и страстно, как вчера ночью.

Все помыслы Ка были заняты посредничеством. Он впервые в жизни верил, что сможет быть счастлив, если поведет себя умно и выберется целым и невредимым со своей возлюбленной из Карса, и это счастье будет постоянным. Почувствовав, что, когда он смотрел в окно и курил, а разум его был занят расчетами, подступает новое стихотворение, он изумился. Пока Ипек наблюдала за ним с любовью и изумлением, он быстро записал стихотворение так, как оно пришло ему в голову. Это стихотворение под названием «Любовь», Ка впоследствии прочитает шесть раз на чтениях, которые он устраивал в Германии. Те, кто слышал его, говорили мне, что то, о чем рассказывается в этом стихотворении, проистекало больше не от любви и страсти, а от напряженности между покоем и одиночеством или между доверием и страхом; проистекало и от особого интереса, который автор испытывал к какой-то женщине (только один человек позднее спросил меня о том, кто была эта женщина), и в той же степени из темных мест, которые Ка не понял в своей жизни. Большая часть записей, которые сделал Ка об этом стихотворении, говорили о воспоминаниях, связанных с Ипек, о тоске по ней, о мелких второстепенных намеках в ее одежде и движениях. Одна из причин того, что Ипек произвела такое впечатление на меня, когда я встретился с ней впервые, в том, что я читал эти записки множество раз.

Ипек быстро оделась и сказала, что пришлет свою сестру, и сразу после того, как она вышла, пришла Кадифе. Ка, чтобы успокоить беспокойство Кадифе, широко раскрывшей свои огромные глаза, рассказал, что беспокоиться не о чем, что с Ладживертом обращаются хорошо. Он отметил, что очень много всего сказал, чтобы убедить Ладживерта на это соглашение, и верит, что он очень смелый человек, и с неожиданным воодушевлением стал развивать детали той лжи, которую придумал заранее: сначала он сказал, что гораздо сложнее было убедить Ладживерта в том, что Кадифе согласилась на эту сделку. Он рассказал, что Ладживерт сказал, что договор, который он заключил с ним, является проявлением неуважения по отношению к Кадифе, что Ладживерт сказал, что нужно сначала поговорить с Кадифе, и, чтобы придать всему этому подлинность и глубину, когда Кадифе от изумления подняла брови, сказал, что думает, что Ладживерт сказал это неискренне. В этом месте он добавил, что Ладживерт долго спорил с ним из-за чести Кадифе, хотя это все и будет понарошку, что это (то есть уважение, которое он продемонстрировал к решению женщины) будет положительным для Ладживерта, хотя он и делал это с таким видом, будто хочет это соглашение отложить подальше. Ка был сейчас доволен тем, что с наслаждением сочинял эту ложь этим несчастным людям, занимавшимся глупейшими политическими ссорами в этом дурацком городке Карсе, где он пусть и поздно, но узнал, что единственной истиной в жизни является счастье. Но с другой стороны, он горевал, поскольку чувствовал, что Кадифе, которую он считал намного смелее и самоотверженнее себя, глотает эту ложь, и чувствовал, что в конце концов будет несчастен. Поэтому он прервал свой рассказ с последней безвредной ложью: он добавил, что Ладживерт шепотом передал Кадифе привет, и, повторив ей еще раз условия соглашения, спросил ее мнения.

— Я сниму платок, как я решила, — сказала Кадифе.

Ка, чувствуя, что, если он совсем не затронет эту тему, совершит ошибку, сказал, что Ладживерт счел разумным, чтобы Кадифе надела парик или прибегла к другим подобным способам, но, увидев, что Кадифе рассердилась, замолчал. Согласно договоренности, сначала отпустят Ладживерта, он спрячется в надежном месте, а потом Кадифе любым способом снимет платок. Могла бы Кадифе прямо сейчас написать бумагу о том, что она это знает, и подписать ее? Ка протянул ей бумагу, которую взял у Ладживерта, чтобы она внимательно ее прочитала и взяла себе за образец. Увидев, что Кадифе расчувствовалась только от вида почерка Ладживерта, он почувствовал к ней нежность. Кадифе, читая письмо, в один момент попыталась незаметно для Ка вдохнуть запах бумаги. Ка чувствовал, что она колеблется, и поэтому сказал, что использует бумагу, чтобы убедить Суная и его окружение отпустить Ладживерта. Возможно, военные и власть были разгневаны на Кадифе из-за вопроса с платком, но, как и весь Карс, поверили бы в ее смелость и ее слову. Когда Кадифе увлеченно начала писать на чистом листке бумаге, протянутом Ка, он какое-то время смотрел на нее. С позапрошлой ночи, когда они шли вместе по району мясных лавок и говорили о предсказаниях по звездам, Кадифе повзрослела.

Положив бумагу, взятую у Кадифе, в карман, Ка сказал, что, если он убедит Суная, проблемой будет найти место, где Ладживерт сможет надежно спрятаться, когда его отпустят. Кадифе готова помочь, чтобы спрятать Ладживерта?

Кадифе с важным видом утвердительно кивнула головой.

— Не беспокойся, — сказал Ка. — В конце концов мы все будем счастливы.

— Совершать то, что является правильным, не всегда делает человека счастливым! — ответила Кадифе.

— Правда — это то, что может сделать нас счастливыми, — сказал Ка. Он представлял себе, что в скором времени Кадифе приедет во Франкфурт и увидит, как они счастливы с ее сестрой. Ипек купит для Кадифе в «Кауфхофе» шикарный плащ, они вместе пойдут в кино, а потом в одной из закусочных на Кайзерштрассе будут есть сосиски и пить пиво.

Ка надел пальто, вышел следом за Кадифе и сел в военную машину. Два солдата-охранника сидели прямо за его спиной. Ка спросил себя, является ли слишком большой трусостью думать, что если он будет ходить один, то подвергнется нападению. Улицы Карса, на которые он смотрел с водительского места в грузовике, вовсе не были пугающими. Он увидел женщин, вышедших на рынок с сетками для продуктов в руках; глядя на детей, играющих в снежки, на стариков, которые, чтобы не поскользнуться, шли, держась друг за друга, он представил, как они с Ипек будут смотреть фильм в кинотеатре во Франкфурте, держась за руки.

Сунай был со своим другом, организатором переворота, полковником Османом Нури Чолаком. Ка разговаривал с ними с оптимизмом, который придавали ему его мечты о счастье: он сказал, что все устроил, что Кадифе согласна играть и снять платок, что Ладживерт жаждет, чтобы его освободили. Он почувствовал, что между Сунаем и полковником есть понимание, свойственное разумным людям, которые в молодости читали одни и те же книги. Он осторожно, но вовсе не смущаясь, сказал, что рассматриваемый вопрос является крайне щепетильным. «Сначала я тешил гордость Кадифе, а потом Ладживерта», — сказал он. Ка отдал бумаги, которые взял у них, Сунаю. Пока Сунай читал их, Ка почувствовал, что тот уже пьян, хотя еще не наступило обеденное время. В какой-то момент, приблизив лицо к лицу Суная, он уверился в этом, ощутив запах раки.

— Этот тип хочет, чтобы его отпустили до того, как Кадифе выйдет на сцену и снимет платок, — сказал Сунай. — Очень сообразительный.

— Кадифе хочет того же, — сказал Ка. — Я очень старался, но договорится смог только об этом.

— Зачем нам, как представителям власти, верить им? — спросил полковник Осман Нури Чолак.

— Они тоже утратили веру в государство, — сказал Ка. — Если это недоверие продолжится, ничего не выйдет.

— Разве Ладживерту совсем не приходит в голову, что его могут повесить в назидание, и то, что потом этот случай может иметь для нас плохие последствия, из-за переворота, устроенного этим пьяным актером и обиженным полковником? — спросил полковник.

— Он очень хорошо умеет вести себя так, будто не боится смерти. Поэтому я не могу понять, о чем он думает на самом деле. Он также намекнул, что хочет стать человеком-символом, великомучеником, если его повесят.

— Допустим, что прежде мы отпустим Ладживерта, — сказал Сунай. — Можем ли мы быть уверены, что Кадифе сдержит свое слово и будет играть в пьесе?

— Мы можем верить слову Кадифе по крайней мере больше, чем слову Ладживерта, потому что она — дочь Тургут-бея, который погубил свою жизнь, некогда подчинив ее гордости и приверженности борьбе. Но если ей сейчас сказать, что Ладживерта отпустили, то она сама вряд ли будет знать, выйдет она вечером на сцену или нет. У нее есть свойство поддаваться внезапному гневу и внезапным решениям.

— Что ты предлагаешь?

— Я знаю, что вы совершили этот переворот не только ради политики, но также и ради красоты и искусства, — сказал Ка. — Из всей жизни Сунай-бея я делаю вывод, что он творил политику ради искусства. А сейчас, если вы хотите совершить заурядные политические действия, то вам не нужно отпускать Ладживерта и подвергать себя опасности. Но вы, конечно же, чувствуете, что снятие платка Кадифе перед всем Карсом будет и искусством, и очень важным политическим моментом.

— Если она снимет платок, мы отпустим Ладживерта, — сказал Осман Нури Чолак. — А для вечерней пьесы соберем весь город.

Сунай обнял своего старинного друга по армии и поцеловал его. После того как полковник вышел, Сунай, сказав: «Я хочу, чтобы ты все это сказал моей жене!», взял Ка за руку и отвел во внутреннюю комнату. В холодной комнате без вещей, которую пытались согреть электрической печкой, Фунда Эсер с показным торжественным видом читала текст, который держала в руках. Она увидела, что Ка и Сунай смотрят на нее через открытую дверь, но, не обращая на них внимания, продолжила читать. Ка, уставившийся на тени, которые она накрасила вокруг глаз, на жирную и яркую помаду, на открытую одежду, показывавшую верхнюю часть ее большой груди, и на ее искусственные, преувеличенные жесты, совсем не смог обратить внимание на то, что она сказала.

— Трагическая речь женщины-мстительницы, которую изнасиловали в «Испанской трагедии» Кида! — сказал Сунай с гордостью. — Она изменена вставками из пьесы Брехта «Лучший человек Сезуана» и по большей части созданными силой моего воображения. Когда Фунда вечером будет читать ее, Кадифе-ханым краем платка, который она все еще не осмелится снять, будет вытирать слезы в глазах.

— Если Кадифе-ханым готова, то давайте сразу же начнем репетировать, — сказала Фунда Эсер.

Полный желания голос женщины напомнил Ка не только о любви к театру, но и об утверждениях о лесбиянстве, которое повторяли те, кто хотел забрать у Суная роль Ататюрка. Сунай тоном, свойственным скорее не военному и революционеру, а гордому театральному продюсеру, указал, что еще не достигнуто решение по поводу того, что Кадифе «будет исполнять роль», и после этого вошел его посыльный и сказал, что привезли владельца городской газеты «Граница», Сердар-бея. Ка, увидев этого человека перед собой, почувствовал сильное желание, которое часто испытывал в последние годы, живя в Турции, ему вдруг ужасно захотелось ударить его кулаком в лицо. Однако их пригласили за стол, и было видно, что он был тщательно накрыт задолго до этого, на столе стояла ракы и брынза, и они стали говорить о делах мира, выпивая ракы и закусывая, с уверенностью, внутренним спокойствием и безжалостностью обличенных властью, считавших естественным управлять судьбами других людей.

В ответ на пожелание Суная Ка повторил Фунде Эсер то, что он до этого говорил об искусстве и политике. Когда журналист захотел написать эти слова, которые с восторгом были восприняты Фундой Эсер, в своей газете, Сунай грубо отругал его. Прежде всего он захотел, чтобы он исправил ту ложь, которая вышла в его газете про Ка. Сердар-бей пообещал подготовить и опубликовать на первой странице очень положительную статью, которая позволит забыть и без того забывчивым жителям Карса неверное впечатление о Ка.

— Но на шапке должна быть пьеса, которую мы сыграем сегодня вечером, — сказала Фунда Эсер.

Сердар-бей сказал, что напишет в своей газете статью так, как они хотят, и, конечно же, опубликует в том формате, в каком они хотят. Но у него было мало сведений относительно классического и современного театра. Он сказал, что если Сунай-бей сейчас сам поможет написать, что будет в пьесе вечером, то есть эту статью, то завтрашняя первая страница выйдет без ошибок. Он вежливо напомнил, что он в течение своей жизни журналиста сообщал многие новости в самом правильном виде, поскольку научился писать об очень многих событиях еще до того, как они произошли. Сдача газеты в печать из-за условий переворота перенесена на четыре часа после полудня, и поэтому на эту работу есть еще четыре часа.

— Я не заставлю тебя долго ждать событий этого вечера, — сказал Сунай. Ка заметил, что не успел он сесть за стол, как опрокинул в себя рюмку раки. Пока он еще быстрее выпил вторую рюмку, Ка увидел в его глазах боль и страсть.

— Пиши, журналист! — сказал потом Сунай, глядя на Сердара-бея, будто угрожая ему. — Шапка: СМЕРТЬ НА СЦЕНЕ. (Он подумал какое-то время.) Подзаголовок: (Немного подумал.) ИЗВЕСТНЫЙ АКТЕР СУНАЙ ЗАИМ БЫЛ УБИТ ВЫСТРЕЛОМ ВО ВРЕМЯ ВЧЕРАШНЕГО ПРЕДСТАВЛЕНИЯ. Еще один подзаголовок.

Он говорил с грубостью, которая изумляла Ка. Пока Ка почтительно, не улыбаясь, слушал Суная, тот помогал журналисту в тех местах, которые он не понял.

Написание всей статьи вместе с подзаголовком заняло примерно час вместе с обдумыванием и перерывами на питье раки. В Карсе, куда я поехал спустя многие годы, я взял эту статью целиком у Сердар-бея, владельца городской газеты «Граница»:

СМЕРТЬ НА СЦЕНЕ

Известный актер Сунай Заим был убит выстрелом
во время вчерашнего представления

Вчера вечером во время исторического спектакля в Национальном театре девушка в платке — Кадифе, охваченная огнем просвещения, сначала открыла голову, а затем направила пистолет на Суная Заима, изображавшего плохого человека и открыла по нему огонь. Жители Карса, смотревшие за происходящим в прямой трансляции, были охвачены ужасом.

Приехавший три дня назад в наш город Сунай Заим, принесший своими революционными и созидательными пьесами, перешедшими со сцены в жизнь, в Карс порядок и свет просвещения, и его театральная труппа еще раз удивили жителей Карса во время своего второго спектакля, показанного вчера вечером. В этом произведении, адаптированном на основе произведения несправедливо забытого английского писателя Кида, которое повлияло даже на Шекспира, Сунай Заим довел в конце концов до совершенства свою любовь к просветительскому театру, которую он вот уже двадцать лет пытался оживить в забытых городках Анатолии, на ее пустых сценах или в ее чайных домах. Упрямый лидер девушек в платках, Кадифе, с воодушевлением в этой современной и потрясающей драме, хранящей следы театра французских и английских якобинцев, внезапно приняв решение, открыла голову на сцене и под изумленными взглядами всего Карса выпустила содержимое пистолета, который держала в руках, в великого человека театра Суная Заима, потерпевшего несправедливость, точно как Кид, и игравшего отрицательного героя. Жители Карса, которые помнили, что два дня назад на представлении выстрелы из оружия были настоящими, и на этот раз пережили ужас из-за того, что Сунай Заим и на самом деле был убит. Смерть на сцене великого турецкого актера Суная Заима, таким образом, нашла в сердцах окружающих больший отклик, чем его жизнь. Зритель Карса, очень хорошо осознавший в пьесе освобождение человека из плена обычаев и религии, никак не мог понять, погиб ли на самом деле Сунай Заим, который до конца верил в ту роль, которую играл, истекая кровью, даже когда в его тело вонзились пули. Но они поняли последние слова актера перед смертью, поняли, что никогда не забудут, как он отдал жизнь за искусство.

Сердар-бей еще раз прочитал сидевшим за столом статью, которая приобрела окончательный вид вместе с поправками Суная.

— Конечно же, я опубликую это, как есть, по вашему приказу в завтрашней газете, — сказал он. — Но среди десятков новостей, о которых я написал и которые опубликовал до того, как они произошли, я впервые молюсь, чтобы одна из них оказалась неверной! Вы на самом деле не умрете, не так ли, сударь?

— Я пытаюсь достичь легенды, уровня, которого должно достигнуть в конце концов настоящее искусство, — сказал Сунай. — К тому же, когда завтра утром снег растает и дороги откроются, моя смерть не будет иметь никакого значения для жителей Карса.

В какой-то момент он встретился взглядом со своей женой. Супруги посмотрели друг другу в глаза с таким глубоким взаимопониманием, что Ка позавидовал им. Будет ли у них с Ипек счастливая жизнь, в которой они будут делиться друг с другом таким же глубоким взаимопониманием?

— Господин журналист, вы теперь идите и подготовьте вашу газету к публикации, — сказал Сунай. — Пусть мой ординарец выдаст вам образец моей фото-

425

графии для этого исторического номера. — Как только журналист ушел, он оставил тот насмешливый тон, который Ка приписывал слишком большому количеству раки. — Я принимаю условия Ладживерта и Кадифе, — сказал он. Он объяснил удивленно поднявшей брови Фунде Эсер, что сначала отпустят Ладживерта, согласно договоренности о том, что Кадифе во время пьесы откроет голову.

— Кадифе-ханым очень мужественный человек. Я знаю, что на репетициях мы сразу поймем друг друга, — сказала Фунда Эсер.

— Езжайте к ней вместе, — сказал Сунай. — Но сначала нужно отпустить Ладживерта и спрятать его куда-нибудь и сообщить Кадифе-ханым, что он заставил потерять его след. А на это нужно время.

Сунай, не придавая особого значения желанию Фунды Эсер немедленно начать репетиции с Кадифе, начал обсуждать с Ка способы отпустить Ладживерта на свободу. В этом месте я делаю вывод из записок Ка, что он в некоторой степени верил в искренность Суная. То есть, с точки зрения Ка, у Суная вовсе не было плана, отпустив Ладживерта, приказывать следить за ним, выяснять, где он спрятался, и, после того как Кадифе на сцене снимет платок, вновь приказывать его ловить. Это была идея, которую развили сотрудники Разведывательного управления, которые, по мере того как им становилось известно о происходящем, пытались понять происходящее при помощи расставленных повсюду микрофонов и шпионов, работающих на обе стороны, а также привлечь на свою сторону полковника Османа Нури Чолака. У сотрудников из Разведывательного управления не было достаточной военной силы, чтобы перехватить этот переворот у Суная, обиженного полковника и их нескольких друзей-офицеров, бывшими с ними заодно; однако они при посредничестве своих людей, находившихся повсюду, пытались ограничить помешательство Суная на искусстве. Не успел еще Сердар-бей сдать в набор ту статью, которую он набросал, сидя за столом с раки, как в карсском отделении НРУ возникло опасение по поводу того, в своем ли Сунай уме и можно ли ему доверять, из-за того, что Сунай стал читать эту статью по рации своим друзьям из НРУ. И никто до последнего момента не знал, насколько они в курсе намерения Суная отпустить Ладживерта.

Но сегодня я думаю, что эти детали не окажут серьезного влияния на окончание нашего рассказа. Поэтому я не буду входить в детали плана освобождения Ладживерта. Сунай и Ка решили, что этот вопрос решат Фазыл и ординарец Суная из Сиваса. Через десять минут после того, как Сунай взял его адрес у сотрудников управления, военный грузовик, который он послал, привез Фазыла. Фазыл, выглядевший испуганным и на этот раз не похожий на Неджипа, уходя вместе с ординарцем Суная в центральный гарнизон, вышли через заднюю дверь швейного ателье, чтобы избавиться от шпиков, которые шли за ними следом. Несмотря на то что сотрудники Национального разведывательного управления подозревали, что Сунай сможет сделать какую-либо глупость, они не были готовы повсюду расставить своих людей. Впоследствии Ка узнает, что Ладживерта вывели из камеры в центральном гарнизоне, посадили в военный грузовик с предупреждением Суная, чтобы не было никакого подвоха, ординарец из Сиваса остановил грузовик на краю железного моста над речкой Карс, как заранее указал Фазыл, Ладживерт вышел из грузовика и, как ему было сказано, вошел в бакалейную лавку, в витрине которой были выставлены пластмассовые мячи, коробки со стиральным порошком и реклама колбасы, сразу же лег в телегу под брезент среди газовых баллонов «Айгаз», которая подошла к бакалейной лавке сзади, и с успехом скрылся. Относительно того, куда телега увезла Ладживерта, никто, кроме Фазыла, ничего не знал.

Устроить и провести все это заняло полтора часа. Примерно в половине четвертого, когда тени каштанов и диких маслин стали нечеткими, когда на пустые улицы Карса спускались, как призраки, первые сумерки, Фазыл сообщил Кадифе, что Ладживерт спрятался в надежном месте. Через дверь кухни, открывавшуюся на задний двор, он смотрел на Кадифе, как на существо, пришедшее из космоса, но Кадифе не заметила его, точно так же, как не замечала и Неджипа. Кадифе вдруг радостно встрепенулась и побежала к себе в комнату. В это время Ипек уже час как находилась наверху, в комнате Ка, и уже выходила оттуда. Я хочу рассмотреть этот час, когда мой любимый друг думал, что счастлив от обещаний счастья, в начале нового раздела.

37

Единственная тема этого вечера — волосы Кадифе

Приготовления к последней пьесе

Я уже касался того, что Ка был из тех людей, которые боятся счастья, потому что потом можно испытать боль. И теперь мы знаем, что он испытывал счастье не в те моменты, когда переживал его, а тогда, когда верил, что оно не исчезнет. Выпив раки и встав из-за стола Суная, пешком возвращаясь обратно в отель «Снежный дворец» с двумя солдатами-охранниками за спиной, Ка все еще был счастлив, потому что верил в то, что все в порядке и что он снова увидит Ипек, но в душе у него все сильнее нарастал страх потерять это счастье. И говоря о стихотворении, которое мой друг написал в четверг, в комнате отеля, примерно в три часа, мне хотелось бы поточнее описать двойственное состояние его души. Стихотворение, которое он назовет «Пес», написано сразу после встречи с псом угольно-черного цвета, которого Ка видел на обратном пути из швейного ателье. Через четыре минуты после этого он вошел в свою комнату, и, пока по его телу распространялась, словно яд, любовная боль, нечто среднее между ожиданием огромного счастья и страхом потерять его, он написал стихотворение. В стихотворении были воспоминания о том, как он боялся собак в детстве, воспоминание о серой собаке, которая поймала его в парке Мачка, когда ему было лет шесть, и об одном отвратительном приятеле по кварталу, который спускал на всех свою собаку. Позднее Ка подумалось, что боязнь собак была тем наказанием, которое было ему дано за счастливые часы детства. Но еще больший интерес вызывало одно противоречие: детские удовольствия, такие как игра в футбол в переулках, сбор шелковицы или коллекционирование фотографий футболистов на вкладышах к жвачке и игра в них, как в карты, были более притягательными из-за боязни собак, ведь они превращали в ад те места, где он всем этим наслаждался.

Ипек поднялась в комнату Ка спустя семь или восемь минут после того, как узнала, что он вернулся в отель. Момент ожидания, когда он еще не мог понять, знает ли Ипек, что он вернулся, или нет, дал Ка возможность порассуждать о том, что он задумал известить ее о своем приходе и стал еще счастливее, поскольку впервые они могли встретиться еще до того, как у него появилась удобная возможность подумать, что она опаздывает и, может быть, решила его покинуть. К тому же на лице Ипек было счастливое выражение, которое было трудно изменить. Ка сказал ей, что все в порядке, а она сказала Ка о том же. В ответ на вопрос Ипек Ка сказал, что Ладживерта через какое-то время отпустят. Это обрадовало Ипек, как и все другое. Как слишком счастливые пары, эгоистично, со страхом отвергающие тот факт, что кто-нибудь расстраивается и несчастлив, потому что эти беды могут повредить их собственному счастью, они не остановились на том, чтобы просто убедить себя в том, что все войдет в норму, но и с бесстыдством почувствовали, что готовы тут же забыть пролитую кровь и огромную перенесенную боль, лишь бы это не омрачило их собственное счастье. Они много раз обнимались и нетерпеливо целовались, но не стали падать на кровать и заниматься любовью. Ка сказал, что в Стамбуле они смогут получить немецкую визу для Ипек за один день, что в консульстве у него есть знакомый, что для получения визы им не нужно немедленно жениться, что они смогут пожениться во Франкфурте когда захотят. Они поговорили о том, что Кадифе и Тургут-бей уладят дела и приедут во Франкфурт, договорились даже о том, в каком отеле те смогут остановиться. О некоторых подробностях, о которых они раньше стеснялись даже подумать, потому что это было только мечтой, теперь, закусив удила, они говорили с жаждой счастья и головокружением, как вдруг Ипек упомянула, что отца беспокоит политическая ситуация и о том, что кто-нибудь может отомстить, бросив бомбу, а Ка нужно пореже выходить на улицу, при этом они дали друг другу слово вместе уехать из города при первой же возможности. В поездке им предстояло, держась за руки, подолгу смотреть из окна на заснеженные горные дороги.

Ипек сказала, что начала собирать чемодан. Ка сначала решил, что ей ничего брать не нужно, но у Ипек оказалось много вещей, которые хранились с детства и вдалеке от которых она не могла чувствовать себя уютно. Пока влюбленные, застыв перед окном, смотрели на улицу, лежащую под снегом (пес, который стал героем стихотворения, то появлялся, то исчезал из виду), Ипек, по настоянию Ка, назвала некоторые из вещей, которые никак не могла оставить: игрушечные наручные часы, которые мама купила дочерям, когда они жили в Стамбуле, и ставшие для Ипек еще более важными, после того как Кадифе свои потеряла; свитер светло-голубого цвета из ангорской шерсти хорошего качества, который когда-то привез ей покойный дядя, живший в Германии, и который она никак не могла носить в Карсе, от того что он был обтягивающим и очень тесным; скатерть, отделанная серебряными нитями, которую мать заказала для ее приданого и которую никогда не стелили, потому что Мухтар сразу закапал ее вареньем; семнадцать маленьких бутылочек из-под духов и алкогольных напитков, которые Ипек начала коллекционировать просто так и теперь не сможет бросить, потому что они постепенно превратились в своеобразную коллекцию амулетов от сглаза и охраняют ее; детские фотографии, на снимках она на руках у отца с матерью (Ка очень захотелось на них тут же посмотреть); черное вечернее платье из хорошего бархата, которое они с Мухтаром купили в Стамбуле, но Мухтар позволял надевать его только дома из-за слишком открытой спины, и шаль из атласного шелка, обшитая кружевами, которую она купила потому, что убедила Мухтара, что шаль закрывает декольте на платье; замшевые туфли, которые она не могла носить, опасаясь, что грязь в Карсе их испортит, и наконец большая подвеска из яшмы, которую она достала и показала Ка, была у нее с собой.

Если я расскажу, что спустя четыре года с того дня Ипек сидела как раз напротив меня во время ужина, который давал мэр Карса, и у нее на шее, на атласном черном шнурке был подвешен этот большой кусок яшмы, не надо считать, что я вышел за рамки темы. Как раз наоборот, мы сейчас подходим к самому главному: Ипек была настолько красива, что до этого момента ни я, ни вы, кто с моей помощью следит за этим рассказом, не могли себе это представить. Я впервые увидел ее на том ужине, и меня охватила зависть, растерянность, и мысли мои смешались. Рассказ, составленный из отрывков стихов из потерянной книги моего

431

любимого друга, в один миг обратился в моих глазах совершенно другой историей, освещенной глубокой страстью. Должно быть, именно в тот потрясающий момент я решил написать эту книгу, которую вы держите в своих руках. Но в тот миг я не знал, что в душе принял подобное решение, и меня тянуло к записям, навеянным невероятной красотой Ипек. Все мое существо было объято чувством безысходности, растерянности и нереальности происходящего, которое охватывает душу человека, находящегося перед сверхъестественно красивой женщиной. Я очень хорошо понимал, что люди за столом, все жители Карса, желавшие посплетничать по какому-нибудь поводу или обмолвиться парой слов с писателем, приехавшим в город, притворялись и играли свои роли и что все это делалось для того, чтобы можно было скрыть от самих себя и от меня красоту Ипек, которая была главной и единственной темой всех этих пустых разговоров. С другой стороны, меня точила сильная ревность, которая, как я боялся, может превратиться в любовь: пусть даже и ненадолго, я бы тоже хотел, как мой покойный друг Ка, пережить любовь с такой красивой женщиной! Моя тайная вера в то, что последние годы жизни Ка прошли впустую, в один миг преобразилась в уверенность в том, что «только человек с такой глубокой душой, как у Ка, может завоевать любовь такой женщины!». Мог ли, например, я соблазнить Ипек и увезти ее в Стамбул? Я бы сказал ей, что мы поженимся, и она бы была моей тайной любовницей до тех пор, пока все не пойдет прахом, и тогда я бы хотел умереть вместе с ней! У нее был широкий решительный лоб, затуманенный взор, огромные глаза, похожие на глаза Мелинды, изящный рот, на который я не мог не смотреть с жадностью... Интересно, что она думала обо мне? Когда-нибудь они с Ка разговаривали обо мне? Я еще не выпил ни рюмки, но голову уже потерял. В какой-то миг я почувствовал на себе негодующие взгляды Кадифе, сидевшей неподалеку. Но я должен вернуться к моему рассказу.

Пока они стояли у окна, Ка взял яшму, надел Ипек на шею и нежно ее поцеловал, и, не думая ни о чем, повторил, что они будут очень счастливы в Германии. В этот момент Ипек увидела, что Фазыл быстро вошел в калитку двора, подождала какое-то время, спустилась вниз и у кухонной двери встретила свою сестру: должно быть, Кадифе сообщила ей благую весть о том, что Ладживерта освободили. Две сестры скрылись в своей комнате. Я не знаю, о чем они разговаривали, что делали. Ка в своей комнате наверху был до того переполнен новыми стихами и счастьем, которое теперь внушало ему доверие, что впервые перестал мысленно следить за перемещениями обеих сестер по отелю «Снежный дворец».

Позднее из записей метеорологических сводок я узнал, что в тот момент погода ощутимо смягчилась. Солнце, светившее целый день, растопило сосульки, свисавшие с карнизов и веток, и задолго до того, как стемнело, по городу разошлись слухи, что в городе этой ночью откроются дороги и «театральный» переворот закончится. Годы спустя те, кто не забыл детали событий, напомнили мне, что в те же минуты телевизионный канал Карса «Граница» стал зазывать жителей Карса на спектакль, который этим вечером сыграет в Национальном театре труппа Суная Заима. Боялись, что кровавые воспоминания двухдневной давности заставят жителей Карса избегать этого нового представления, поэтому самый молодой и любимый публикой ведущий телевидения, Хакан Озге, объявил, что никаких бесчинств по отношению к зрителям допущено не будет, силы безопасности примут меры, билеты будут продаваться в неограниченном количестве и жители Карса целыми семьями могут приходить на эту нравоучительную пьесу, тем не менее это не дало никакого результата, усилило страхи в городе и даже привело к тому, что улицы города рано опустели. Все чувствовали, что в Национальном театре опять будет насилие и безумие, и, кроме людей, фанатичных настолько, что они желали во что бы то ни стало быть в театре и стать свидетелями событий (я должен сказать здесь, что невозможно недооценивать размеры этой толпы, состоявшей из молодых бездельников, тоскующих, склонных к насилию левых активистов, престарелых и страстных любителей театра со вставными зубами, желавших в любом случае смотреть пьесу, даже когда убивают людей, а также восторженных почитателей Суная, разделявших идеи Ататюрка, без устали смотревших по телевизору передачи с участием Суная), жители Карса в большинстве своем хотели посмотреть спектакль в прямой трансляции, о которой было заранее объявлено. В эти часы Сунай и полковник Осман Нури Чолак встретились вновь и, чувствуя, что Национальный театр вечером останется пустым, приказали собрать студентов лицея имамов-хатибов и привезти их на военных грузовиках, обязав прийти в здание театра определенное количество учащихся и служащих в пиджаках и галстуках из лицеев, преподавательских общежитий и государственных учреждений.

Те, кто видел Суная после этой встречи, стали свидетелями того, как он заснул в пьяном виде, растянувшись в маленькой пыльной комнате ателье на обрезках ткани, упаковочной бумаге и пустых картонных коробках. Но это было не из-за алкоголя, Сунай верил, что мягкая постель заставляет его тело деградировать, и он уже много лет взял себе за правило перед серьезными спектаклями, которым придавал большое значение, засыпать, упав на твердую и грубую постель. Перед сном он на повышенных тонах поговорил с женой об отрывке пьесы, которому все еще не придал окончательную форму, а затем, чтобы иметь возможность приступить к репетициям, отправил ее на военном грузовике в отель «Снежный дворец», к Кадифе.

Фунда Эсер вошла в отель «Снежный дворец» и поднялась прямо в комнату сестер, с видом госпожи, считающей весь мир своим домом, звонким голосом, обращаясь на «ты», завела с женщинами беседу, очень быстро и успешно, что я могу объяснить ее способностями к актерской игре, которые вне сцены проявлялись еще сильнее. Ее сердце и глаза были, конечно, заняты чистой красотой Ипек, но думала она все время о роли Кадифе в вечернем спектакле. Я полагаю, что важность этой роли для нее состояла в той значимости, которую ей придавал ее муж. Ведь у Фунды Эсер, которая вот уже двадцать лет появлялась на сцене в Анатолии в роли скромной женщины, которую изнасиловали, была единственная цель: в образе жертвы взывать к эротическим чувствам мужчин! Из-за того, что она считала замужество женщины, ее развод, тот факт, что она открывает или не открывает голову, лишь средством представить себя в положении обиженной или сделать привлекательной, невозможно определить, до конца ли она понимала роли из просветительских пьес или пьес, прославлявших Ататюрка, которые играла, но мужчины-писатели, создававшие эти стереотипные персонажи, не обладали более глубоким и тонким, чем она, пониманием эротизма и общественного значения женщин-героинь. Фунда Эсер интуитивно привносила в жизнь вне сцены эту чувственность, которую изредка задумывали мужчины-писатели для этих ролей. И прошло совсем немного времени с того момента, как она вошла в комнату, а она уже открыла прекрасные волосы Кадифе, предложив назначить репетицию на вечер. Когда Кадифе, не слишком ломаясь, сняла платок, та сначала вскрикнула, а затем сказала, что ее волосы блестящие и живые и она не может отвести от них глаз. Усадив Кадифе перед зеркалом и медленно расчесывая ее волосы гребешком из минерала, имитирующего слоновую кость, Фунда объяснила, что главное не то, что скажут, а то, что увидят: «Брось, пусть твои волосы говорят, как им хочется, пусть мужчины теряют голову!» — сказала она и, поцеловала волосы Кадифе, у которой к этому времени все изрядно перемешалось в голове, успокоила ее. Она была сообразительна настолько, чтобы увидеть, что этот поцелуй заставит зародыши зла прорасти в душе Кадифе, и настолько опытна, чтобы смогла вовлечь и Ипек в эту игру: вытащив из своей сумки фляжку с коньяком, она начала наливать его в чайную чашку, которую принесла Захиде. Когда Кадифе стала возражать против коньяка, она поощрила ее: «Ты же сегодня вечером снимаешь платок!» Кадифе заплакала, а та расцеловала ее щеки, шею и руки маленькими и настойчивыми поцелуями. Потом, чтобы развлечь обеих сестер, прочитала «Тираду безгрешной стюардессы», которую она назвала «неизвестным шедевром Суная», но сестер это скорее расстроило, а не развеселило. Кадифе сказала: «Я хочу поработать над текстом», и Фунда Эсер ответила, что единственным текстом сегодня вечером будет сияние прекрасных и длинных волос Кадифе, на которые с восторгом будут смотреть все мужчины Карса. Важно и то, что даже женщины завистливо пожелают нежно прикоснуться к ее волосам. Во время разговора она наливала коньяк в чашки, свою и Ипек. Затем сказала, что читает на лице Ипек счастье, а в глазах Кадифе видит смелость и страсть. Она никак не могла понять, какая из сестер красивее. Это воодушевление Фунды Эсер продолжалось до тех пор, пока в комнату не вошел раскрасневшийся Тургут-бей.

— По телевизору только что сказали, что Кадифе, лидер девушек в платках, откроет волосы во время вечернего спектакля, — сказал он. — Это правда?

— Посмотрим на это по телевизору! — сказала Ипек.

— Сударь, позвольте представиться, — сказала Фунда Эсер. — Я спутница жизни известного актера и недавнего государственного деятеля Суная Заима, Фунда Эсер. Прежде всего я поздравляю вас, что вы вырастили этих двух чудесных, необыкновенных девушек. Я советую вам нисколько не бояться этого смелого решения Кадифе.

— Религиозные мракобесы в этом городе никогда не простят мою дочь, — сказал Тургут-бей.

Они прошли в столовую, чтобы вместе посмотреть телевизор. Фунда Эсер взяла Тургут-бея за руку и от имени своего мужа, правившего всем городом, дала ему слово, что все будет в порядке. Ка, услышавший шум в столовой, спустился вниз именно в этот момент и от счастливой Кадифе узнал, что Ладживерта освободили. Ка ничего не спросил, но Кадифе сказала ему, что остается верна слову, которое дала ему утром, и что они работают с Фундой-ханым, чтобы подготовиться к вечернему спектаклю. Впоследствии Ка не раз вспомнит последующие восемь-десять минут, считая их одними из самых счастливых минут своей жизни, все смотрели телевизор и говорили в один голос, а Фунда Эсер мило обрабатывала Тургут-бея, чтобы он не препятствовал выходу своей дочери вечером на сцену. Ка с оптимизмом верил в то, что будет счастливым, и уверенно представлял себя частью большой и веселой семьи. Еще не было четырех часов, когда, спускаясь в столовую с высоким потолком и стенами, покрытыми старыми темными обоями, словно в детском воспоминании, действующем на Ка успокаивающе, он подолгу смотрел в глаза Ипек и улыбался.

Именно в это время Ка увидел у двери, которая вела в кухню, Фазыла и захотел, уединившись с ним на кухне, чтобы никому не испортить настроения, расспросить его с пристрастием. Но юноша не позволил себя увести: сделав вид, что засмотрелся на что-то по телевизору, он застыл у приоткрытой двери кухни и рассматривал веселых собравшихся внутри людей наполовину изумленным, наполовину суровым взглядом.

Когда Ка чуть позже смог увести его на кухню, это заметила Ипек и пришла следом.

— Ладживерт хочет поговорить с вами еще раз, — сказал Фазыл, испытывая плохо скрываемое удовольствие от того, что портит общее веселье. — Он передумал насчет этого.

— Насчет чего?

— Он вам скажет. Телега, которая вас отвезет, через десять минут заедет во двор, — сказал он и вышел из кухни во двор.

Сердце Ка сильно забилось: не только потому, что сегодня он не хотел больше выходить из отеля, а из-за внутреннего страха.

— Смотри не езди! — сказала Ипек, озвучив мысли Ка. — Ведь и телегу уже выявили. Все погибнет.

— Нет, я поеду, — сказал Ка.

Почему он сказал, что поедет, хотя совершенно не хотел ехать? В его жизни часто случалось так, что он поднимал руку, чтобы ответить на вопрос учителя, на который не знал ответа, или покупал не тот свитер, который хотел купить, а гораздо хуже, за те же деньги, причем зная об этом. Может быть, от любопытства, а может быть, от боязни счастья. Когда они вышли из комнаты, чтобы скрыть от Кадифе то, что они узнали от Фазыла про решение Ладживерта, Ка захотелось, чтобы Ипек сказала что-нибудь особенное, что-нибудь созидательное, чтобы Ка мог передумать и со спокойным сердцем остаться в отеле. Но пока они вместе смотрели в комнате в окно, Ипек на разные лады повторяла одну и ту же мысль, одни и те же слова: «Не езди, не выходи сегодня из отеля, не подвергай опасности наше счастье и т. д. и т. п.».

Ка смотрел на улицу, слушая ее, словно зачарованный. Когда телега въехала во двор, его сердце сжалось от сознания преследующих его несчастий. Он вышел из комнаты, не поцеловав Ипек, но не забыв обнять ее и попрощаться, и, не показываясь двум «солдатам-охранникам», читавшим в холле газеты, прошел через кухню и лег под брезент в ненавистной телеге.

Не надо считать, что я пытаюсь подготовить читателей к тому, что путешествие на телеге, в которое отправился Ка, необратимо изменит всю его жизнь и то, что он принял вызов Ладживерта, станет для него поворотным пунктом. Я вовсе так не считаю: Ка еще представится удобный случай, чтобы суметь преодолеть происходящее с ним в Карсе и найти то, что он называл «счастьем». И все-таки многие годы спустя он с раскаянием размышлял о случившемся, уже после того как события приняли неизбежную и окончательную форму, и сотни раз думал, что если бы Ипек в комнате смогла сказать нужные слова, он отказался бы от поездки к Ладживерту.

Это доказывает, что наши мысли о Ка, как о человеке, склонившем голову перед своей судьбой, спрятавшись в телеге, будут верными. Он раскаивался, что оказался в телеге, и сердился на себя и на весь мир. Он мерз, боялся заболеть и не ждал ничего хорошего от Ладживерта. Как и во время первого путешествия на телеге, он сосредоточил свое внимание на звуках улицы и человеческих голосах, но его совершенно не интересовало, куда везет его телега.

Телега остановилась, извозчик легонько толкнул его, он выбрался из-под брезента и, не сумев определить, где находится, вошел в разрушенное здание, потерявшее цвет от ветхости и изношенности, подобные которому он видел много раз. Поднявшись по кривой узкой лестнице на второй этаж (когда ему будет весело, он вспомнит, что видел глаза хитрого ребенка у приоткрытой двери, перед которой в ряд была выстроена обувь), он вошел в открытую дверь и в дверях увидел Ханде.

— Я решила никогда не изменять себе, — сказала Ханде, улыбаясь.

— Важно, чтобы ты была счастлива.

— Я счастлива потому, что делаю здесь то, что хочу, — ответила Ханде. — Теперь я не испытываю страха от того, что в мечтах видела себя другой.

— Тебе не опасно здесь находиться? — спросил Ка.

— Опасно, но человек может сконцентрироваться на жизни, только когда ей угрожает опасность, — сказала Ханде. — Я поняла, что не могу сконцентрироваться на том, во что я не верю, на необходимости снять платок. А сейчас я так счастлива разделить здесь с Ладживерт-беем его борьбу. Вы можете здесь писать стихи?

То, что они с ней познакомились два дня назад, сидели и разговаривали за обеденным столом, все это показалось Ка таким далеким воспоминанием, что какое-то время он смотрел на нее, словно пытаясь вспомнить. Хотела ли Ханде указать на близость между собой и Ладживертом? Девушка открыла дверь в соседнюю комнату, Ка вошел и увидел Ладживерта у черно-белого телевизора.

— Я не сомневался, что ты придешь, — сказал Ладживерт, очень довольный.

— Я не знаю, почему я пришел, — сказал Ка.

— Оттого, что у тебя на душе неспокойно, — сказал всезнающий Ладживерт.

Они с ненавистью посмотрели друг на друга. Было совершенно очевидно, что Ладживерт доволен, а Ка раскаивается. Ханде вышла из комнаты и закрыла дверь.

— Я хочу, чтобы ты посоветовал Кадифе не участвовать в позоре, который планируется сегодня вечером, — сказал Ладживерт.

— Ты мог сообщить ей об этом через Фазыла, — сказал Ка. По лицу Ладживерта он понял, что тот не мог вспомнить, кто такой Фазыл. — Парень из лицея имамов-хатибов, который привел меня сюда.

— А, — сказал Ладживерт. — Кадифе не стала бы воспринимать его всерьез. Она никого не воспримет всерьез, кроме тебя. Кадифе поймет, насколько я решителен в этом вопросе, только услышав об этом от тебя. Может быть, она сама уже решила, что не нужно открывать голову. По меньшей мере, услышав, что кто-то отвратительно использовал ситуацию, объявляет о ней по телевизору.

— Когда я уходил из отеля, Кадифе начала репетировать, — сказал Ка с нескрываемым удовольствием.

— Ты скажешь ей, что ты против этого! Решение открыть голову Кадифе приняла не по своей воле, а для того, чтобы спасти мне жизнь. Она заключила сделку с властью, взявшей в залог политического заключенного, но сейчас она не обязана держать слово.

— Я скажу ей об этом, — сказал Ка. — Но я не знаю, что она сделает.

— Ты утверждаешь, что если Кадифе сделает по-своему, ты не будешь за это отвечать, не так ли? — Ка промолчал. — Если Кадифе вечером отправится в театр и откроет голову, ты ответишь за это. Эту договоренность заключил ты.

С тех пор как он приехал в Карс, Ка впервые почувствовал, что прав, и совесть его была спокойна: плохой человек в конце концов заговорил плохо, как говорят плохие люди, но это уже совершенно не сбивало его с толку. Чтобы успокоить Ладживерта, Ка сказал:

— Правильно, что тебя взяли в залог! — и задумался о том, как повести себя, чтобы уйти, не рассердив его.

— Отдай ей это письмо, — сказал Ладживерт и протянул конверт. — Может, Кадифе не поверит сообщению. — Ка взял конверт. — Если однажды ты найдешь способ вернуться обратно во Франкфурт, непременно попроси Ханса Хансена издать это воззвание, которое подписало так много людей, подвергших себя такой опасности.

— Конечно.

Во взгляде Ладживерта Ка увидел некую опустошенность, неудовлетворенность. Он был еще спокойнее, чем утром, в камере, словно осужденный на смерть. Он спас свою жизнь, но предчувствовал несчастье, как человек, который наверняка знает, что в оставшейся жизни уже не сможет испытать ничего, кроме гнева. Ка поздно сообразил, что Ладживерт почувствовал, что эту опустошенность заметили .

— Хоть здесь, хоть в своей любимой Европе, ты всегда будешь жить как нахлебник, подражая европейцам, — сказал Ладживерт.

— Мне достаточно просто быть счастливым.

— Хорошо, иди, иди! — закричал Ладживерт. — Тот, кому достаточно просто быть счастливым, не может быть счастлив, знай это.

38

На самом деле мы не собирались вас огорчать
Вынужденное пребывание в гостях

Ка был счастлив, что ушел от Ладживерта, отчетливо понимая, однако, что какие-то дьявольские, ненавистные узы связывают его с ним: эти узы были крепче, чем обычное любопытство и ненависть, и как только Ка вышел из комнаты, он, раскаявшись, понял, что будет тосковать по Ладживерту. Ханде, подошедшая к нему с доброжелательным и задумчивым видом, показалась ему сейчас наивной и неразумной, но это ощущение превосходства продлилось недолго. Ханде, с широко открытыми глазами, передала привет Кадифе и сказала, что хочет, чтобы Кадифе знала: снимет она платок во время телевизионной трансляции или нет, Ханде в любом случае все время всем сердцем будет вместе с ней (да, так прямо и сказала — не в театре, а по телевизору), а также посоветовала Ка, какую дорогу выбрать, выходя из квартиры, чтобы не привлечь внимание полицейских в штатском. Ка поспешно и в беспокойстве вышел, а когда спустился этажом ниже, к нему пришло стихотворение, он сел на первую же ступень перед входной дверью, где в ряд было выставлено много обуви, вытащил из кармана тетрадь и начал записывать.

Это было восемнадцатое стихотворение, написанное Ка в Карсе, и если бы не было заметок, которые он делал для себя, никто бы не понял, что это были послания разным людям, с которыми в жизни его связывали отношения любви или ненависти: так, когда он получал среднее образование в лицее «Прогресс» района Шишли[1], там учился избалованный мальчик из семьи очень богатого подрядчика, который был чемпионом Балкан по конным состязаниям, но был настолько независим, что сумел расположить к себе Ка; у его матери была подруга по лицею, родом из Белоруссии, и у той был таинственный белолицый сын, который вырос без отца и без братьев и сестер, который, еще будучи в лицее, стал употреблять наркотики, ни с чем не считался и знал обо всем, но понемногу; среди этих людей был красавчик, молчаливый и самодостаточный, который, находясь с Ка в военном учебном подразделении в Тузла[2], выбегал из строя в соседней роте и делал Ка маленькие гадости (например, прятал его фуражку). В стихотворении он размышлял над тем, что был привязан ко всем этим людям тайной любовью или открытой ненавистью, что за словом «Ревность», которое было названием этого стихотворения и которое объединяло оба чувства, он попытался утихомирить путаницу в своей голове, но проблема была гораздо глубже: Ка чувствовал, что души и голоса этих людей через какое-то время вошли в его собственную душу.

Выйдя из квартиры, он никак не мог определить, в каком месте Карса находится, но через некоторое

---

[1] Фешенебельный район на европейском берегу Стамбула.
[2] Местность в Восточной Анатолии.

время, спустившись с возвышенности, увидел, что пришел на проспект Халит-паши, и, машинально обернувшись, взглянул туда, где прятался Ладживерт.

Он почувствовал некоторое беспокойство оттого, что когда возвращался в отель, рядом с ним не было солдат-охранников. Когда перед зданием муниципалитета к нему подъехала гражданская машина и дверь открылась, он остановился.

— Ка-бей, не бойтесь, мы из Управления безопасности, садитесь, мы отвезем вас в отель.

Пока Ка пытался решить, что будет надежнее — вернуться в отель под контролем полиции или постараться, чтобы никто не видел, как он посреди города садится в полицейскую машину, двери машины вдруг открылись. Человек огромного телосложения, которого Ка где-то когда-то как будто встречал (может, это был его дальний дядюшка из Стамбула, да, дядя Махмуд), одним махом, грубо и с силой втащил Ка внутрь машины, что совсем не сочеталось с его недавней вежливостью. Как только машина тронулась, Ка почувствовал два сильных удара кулаком по голове. Или же он ударился головой, садясь в машину? Ему было очень страшно; а в машине было странно темно. Это был совсем не дядя Махмуд, а еще кто-то, сидевший впереди, который ужасно ругался. Когда Ка был ребенком, на улице Поэта Нигяр жил человек, и, когда к нему в сад залетал мяч, он так же ругался на детей.

Ка замолчал и вообразил, что он — ребенок, а машина утонула в темных улицах Карса, чтобы наказать злого ребенка (сейчас он припоминал, что это была широкая помпезная машина марки «шевроле», а не «рено», какими были машины гражданской полиции в Карсе), она выехала из темноты, немного покружила и заехала в какой-то внутренний дворик. «Смотри перед собой», — сказали ему. Держа за руки, его заставили пройти два лестничных пролета. Когда они пришли наверх, Ка уверился в том, что эти трое, вместе с водителем, не являются исламистами (откуда им найти такую машину?). Они были и не из НРУ, потому что те сотрудничали с Сунаем (по крайней мере отчасти). Одна дверь открылась, другая закрылась, и Ка обнаружил, что стоит перед окнами старого армянского дома с высоким потолком, выходившего на проспект Ататюрка. Он увидел в комнате включенный телевизор, грязные тарелки, апельсины и стол, заполненный газетами; индуктор, который, как он поймет позже, использовался для пыток током, одну-две рации, пистолеты, вазы, зеркала. Поняв, что попал в руки независимой группировки, он испугался, но, встретившись взглядом с З. Демирколом, находившимся в другом конце комнаты, успокоился: даже если это и убийца, все равно знакомое лицо.

З. Демиркол играл роль доброго следователя. Он выразил сожаление, что Ка привезли сюда таким способом. Ка предположил, что огромный дядюшка Махмуд будет изображать злого следователя, и поэтому стал внимательно слушать вопросы З. Демиркола.

— Что хочет делать Сунай?

Ка расписал и рассказал все, до мельчайших деталей, включая «Испанскую трагедию» Кида.

— Почему он отпустил этого чокнутого Ладживерта?

Ка рассказал, что это было сделано для того, чтобы заставить Кадифе снять платок во время спектакля и прямой трансляции. Поддавшись какому-то вдохновению, он с умным видом употребил шахматный термин: возможно, это было слишком смелой «жертвой фигуры» (послышались одобрительные восклицания). Но это был шаг, который спутает маневры политических исламистов в Карсе!

— Откуда известно, что девчонка сдержит слово?

Ка ответил, что Кадифе обещала, что выйдет на сцену, но в этом никто не может быть уверен.

— Где сейчас прячется Ладживерт? — спросил З. Демиркол.

Ка сказал, что понятия не имеет.

Они также спросили, почему рядом с Ка не было солдат-охранников, когда его забирали, и откуда он возвращался.

— С вечерней прогулки, — ответил Ка, и так как он продолжал настаивать на этом, З. Демиркол, как ожидал Ка, не говоря ни слова, вышел из комнаты, и перед ним появился дядюшка Махмуд, недобро глядевший на него. Он, как и человек, сидевший в машине на переднем сиденье, знал очень много отборных ругательств. Он обильно поливал ими всех вокруг, параллельно высказывая политические суждения, говорил о высоких государственных интересах и угрозах, которые были Ка не безразличны, бездумно, как дети поливают кетчупом все куски, не обращая внимания на то, соленые они или сладкие.

— Как ты думаешь, чего ты добьешься, скрывая место, где прячется исламский террорист, получающий деньги из Ирана, руки которого в крови? — сказал дядюшка Махмуд. — Если они придут к власти, ты ведь знаешь, что они сделают с такими мягкосердечными либералами, повидавшими Европу, как ты, не так ли?

Ка сказал, что, естественно, знает, но дядюшка Махмуд вновь рассказал, расписывая в подробностях и с восхищением, как муллы в Иране сжигали и поджаривали коммунистов и демократов, с которыми сотрудничали до того, как пришли к власти: «Они засунут либералам в задницы динамит и заставят их взлететь на воздух, расстреляют проституток и гомосексуалистов, запретят все книги, кроме религиозных, а таких хлюстов-интеллектуалов, как Ка, сначала побреют налысо, а потом возьмут их глупые книги со стихами…» — тут он вновь сказал нечто неприличное и еще раз скучающим тоном спросил у Ка, где прячется Ладживерт и откуда он возвращался вечером. Когда Ка ответил так же невыразительно, дядюшка Махмуд с тем же скучающим выражением лица надел на руки Ка наручники.

— Смотри, что я сейчас с тобой сделаю, — сказал он и без гнева, бесстрастно избил его, дав ему несколько затрещин и несколько раз ударив по лицу кулаком.

Я надеюсь, что если я напишу честно, что нашел в записях, которые Ка сделал позже, пять важных причин, свидетельствовавших, что он не очень расстроился из-за этих побоев, это не рассердит моих читателей.

1. Согласно представлению о счастье, которое было в голове у Ка, то количество хорошего и плохого, что могло случиться с ним, было равноценным, и побои, которые он получал сейчас, означали, что они смогут поехать с Ипек во Франкфурт.

2. Ка, с интуицией, свойственной правящим классам, предполагал, что допрашивавшие его члены независимой группировки отделяют его от бедноты Карса, от преступников и обездоленных, и что его не подвергнут тяжелым побоям и пыткам, которые оставят незаживающие следы и ненависть.

3. Он справедливо думал, что полученные им побои усилят нежность Ипек по отношению к нему.

4. Когда два дня назад, вечером во вторник, он увидел в Управлении безопасности окровавленное лицо Мухтара, он глупо представил себе, что побои, полученные от полиции, могут избавить человека от чувства вины, которое он испытывает из-за бедности своей страны.

5. Положение политического заключенного, который, несмотря на побои, не выдаст на допросе место, где скрывается другой человек, наполняло его гордостью.

Эта последняя причина двадцать лет назад обрадовала бы Ка гораздо больше, но сейчас, когда мода на все это прошла, он почувствовал, что попал в глупое положение. Из-за соленого вкуса крови в уголках губ и сочившейся у него из носа, он вспомнил свое детство. Когда у него последний раз текла кровь из носа? Когда дядюшка Махмуд и другие, забыв его в темном углу комнаты, собрались у телевизора, Ка вспомнил: в детстве, окна, ударившие ему по носу, бивший по носу футбольный мяч, удар кулаком в потасовке, когда он был в армии. Когда стемнело, З. Демиркол и его товарищи собрались вокруг телевизора и смотрели «Марианну», и Ка было приятно там находиться, с капающей из носа кровью, нравилось быть избитым, униженным и чувствовать себя забытым, словно ребенку. В какой-то момент он заволновался, что его обыщут и найдут письмо Ладживерта. Долгое время вместе с другими он молча смотрел «Марианну», виновато думая, что Тургут-бей и его дочери в это время тоже смотрят сериал.

Во время одного из перерывов на рекламу З. Демиркол встал со стула, взял со стола индуктор, показал Ка и спросил, знает ли он, для чего это используется, не получив ответа, объяснил, для чего, и на какой-то миг замолчал, как отец, который палкой пугает ребенка.

— Ты знаешь, почему я люблю Марианну? — спросил он, когда сериал опять начался. — Потому что она знает, чего хочет. Поскольку такие интеллигенты, как ты, не знают, чего хотят, они причиняют мне боль. Вы говорите «демократия», а потом сотрудничаете со сторонниками шариата. Вы говорите о правах человека, а потом устраиваете сделки с террористами и убийцами... Вы говорите «Европа» и умасливаете исламистов, врагов Запада... Вы говорите «феминизм», а поддерживаете мужчин, которые закрывают женщинам голову. Ты говоришь , что поступаешь так, как диктует тебе собственный разум и совесть, думаешь про себя: я поступлю так, как в этой ситуации повел бы себя европеец! Но ты даже европейцем быть не можешь! Ты знаешь, что сделает европеец? Если Ханс Хансен издаст ваше глупое воззвание, если европейцы воспримут это всерьез и пришлют в Карс делегацию, то эта делегация прежде всего поблагодарит военных за то, что они не отдали страну в руки политических исламистов. Вернувшись в Европу, эти педики, конечно же, пожалуются, что в Карсе нет демократии. Вы жалуетесь на военных и полагаетесь на военных, доверившись им, чтобы исламисты хладнокровно не перерезали вас всех. Я не буду тебя пытать, потому что ты это понимаешь.

Ка думал о том, что теперь наступила очередь «хорошего», что через какое-то время его освободят и что он успеет к Тургут-бею и его дочерям и досмотрит вместе с ними «Марианну».

— Но прежде чем отправить тебя обратно к твоей возлюбленной в отеле, я хочу сказать несколько слов об этом террористе-убийце, с которым ты заключил сделку, которого ты защищаешь, хочу, чтобы ты намотал себе на ус, — сказал З. Демиркол. — Но сначала заруби себе на носу вот что: ты в эту контору никогда не ходил. Да и мы, вообще-то, примерно через час освобождаем это здание. Новым местом нашего расположения будет последний этаж в лицее имамов-хатибов. Там мы будем тебя ждать. Может быть, ты вспомнишь, где скрывается Ладживерт и где ты только что совершал «вечернюю прогулку», и, может быть, захочешь поделиться с нами этой информацией. Сунай, когда был еще в своем уме, тебе наверняка сказал, что этот твой красивый герой, с глазами ярко-голубого цвета, повторяющего его имя, безжалостно убил телевизионного ведущего с куриными мозгами, который очернял нашего Пророка, и также организовал убийство директора педагогического института, удовольствие, которое ты удостоился видеть собственными глазами. Но существует еще кое-что, о чем подробно узнали трудолюбивые инженеры по прослушиванию из НРУ и о чем тебе до настоящего времени не говорили, чтобы не огорчать тебя, но теперь мы решили, что будет хорошо, если ты узнаешь об этом.

Мы сейчас добрались до того момента, о котором Ка в последующие четыре года, вспоминая свою жизнь, будто оператор в кино, перематывающий обратно пленку фильма, говорил, что лучше было бы, если бы то, что произошло потом, сложилось совсем иначе.

— Ипек-ханым, вместе с которой ты мечтаешь убежать во Франкфурт и стать счастливым, когда-то была любовницей Ладживерта, — сказал З. Демиркол мягким голосом. — Согласно делу, которое лежит передо мной, их связь началась четыре года назад. Тогда Ипекханым была замужем за Мухтар-беем, который добровольно снял свою кандидатуру на пост мэра города, и этот полоумный бывший левый и, извини, поэт, к сожалению, совершенно не замечал, что Ладживерт, которого он с восторгом и почестями принимал в своем доме, чтобы тот организовал молодых исламистов в Карсе, пока сам он продавал электрические печи в своем магазинчике бытовой техники, имеет очень тесные отношения с его женой, у него дома.

«Эти все вы придумали заранее, это неправда», — подумал Ка.

— Первым, кто заметил эту тайную любовь (конечно же, после сотрудников отдела прослушивания из управления), была Кадифе-ханым. Ипек-ханым, у которой были не очень хорошие отношения с мужем, под предлогом приезда сестры, которой предстояло начать учиться в институте, съехала вместе с ней в отдельный дом. Ладживерт по-прежнему то и дело приезжал в город, для того чтобы «организовывать молодых исламистов», вновь останавливался у Мухтара, который восхищался им, а когда Кадифе уходила на учебу, остервеневшие любовники встречались в этом новом доме. Это продолжалось до тех пор, пока в город не приехал Тургут-бей и отец и обе дочери не переселились в отель «Снежный дворец». После этого место старшей сестры заняла Кадифе, примкнувшая к девушкам в платках. У нас есть доказательства, что был даже своеобразный переходный период, когда наш голубоглазый Казанова справлялся одновременно с обеими сестрами.

Ка, собрав всю свою волю, отвел глаза, которые застилали слезы, от З. Демиркола и устремил их на печально дрожавшие фонари на заснеженном проспекте

Ататюрка, который, как Ка только что заметил, оттуда, где он сидел, можно было видеть насквозь.

— Я рассказываю обо всем этом только для того, чтобы убедить тебя, какой ошибкой является то, что ты скрываешь (по своей добросердечности) место, где прячется этот ужасный убийца, — сказал З. Демиркол, который, как и все члены независимых группировок, говорил все раскованнее по мере того, как причинял боль. — У меня никогда не было намерения тебя огорчать. Скорее всего, выйдя отсюда, ты будешь думать, что все то, что я тебе рассказал, не является информацией, полученной службой прослушивания, которая за последние сорок лет оборудовала весь Карс подслушивающими устройствами, и что это ерунда, которую я подстроил. Возможно, и Ипек-ханым убедит тебя поверить в то, что все это — ложь, чтобы не омрачить ваше будущее счастье во Франкфурте. У тебя мягкое сердце, оно может и не выдержать, но чтобы ты не сомневался в правдивости того, что я говорю, я, с твоего позволения, прочитаю тебе несколько убедительных любовных разговоров, которые наша власть записала, потратив так много средств, и потом приказала секретарям перепечатать.

«Милый, милый, дни, проведенные без тебя, — это не жизнь», — сказала, например, Ипек-ханым четыре года назад, 16 августа, жарким летним днем, возможно, тогда они в первый раз расставались… Через два месяца, когда Ладживерт приехал в город, чтобы сделать доклад на тему «Ислам и недозволенное», он позвонил ей за день восемь раз, из бакалейных лавок, чайных домов, и они говорили о том, как любят друг друга. Через два месяца, когда однажды Ипек-ханым захотела бежать с ним, но так и не решилась, он говорил, что «у каждого человека в жизни есть только один любимый человек и что у него это — она, Ипек». В другой раз она из ревности к его жене Мерзуке, оставшейся в Стамбуле, сказала Ладживерту, что не может заниматься с ним любовью, когда ее отец дома. Ну и в конце концов, за два последних дня он звонил ей еще три раза! Может быть, звонил и сегодня. Сейчас у нас нет записи их последнего разговора, не важно, о чем они говорили, об этом ты сам спросишь у Ипек-ханым. Прошу извинить меня, я вижу, что и так сказал достаточно, пожалуйста, не плачь. Друзья, снимите с него наручники, вытри лицо, и, если хочешь, тебя отвезут в отель.

39

Удовольствие плакать вместе

Ка и Ипек в отеле

Обратный путь Ка захотел пройти пешком. Он смыл кровь, капавшую из носа на подбородок, умыл лицо с большим количеством воды, словно человек, пришедший по своей воле в гости, вышел, сказав убийцам и бандитам в квартире «до свидания», и пошел, шатаясь, словно пьяный, под блеклым светом фонарей на проспекте Ататюрка, повернул, не думая ни о чем, на проспект Халит-паши и, услышав, что в галантерейном магазине снова играет «Роберта» Пеппино ди Капри, заплакал навзрыд. Именно в этот момент он встретил худого красивого крестьянина, рядом с которым сидел три дня назад в автобусе Эрзурум—Карс и на руки которому уронил голову, когда заснул. Пока весь Карс все еще смотрел «Марианну», Ка сначала столкнулся на проспекте Халит-паши нос к носу с адвокатом Музаффер-беем, а затем, повернув на проспект Казыма Карабекира, — с директором автобусной фирмы, с которым познакомился, когда первый раз ходил к Глубокочтимому Шейху Саадеттину, и с его пожилым другом. По взглядам этих людей он понял, что по его лицу все еще текут слезы, и пошел дальше, мимо заледеневших витрин, мимо которых ходил уже

452

несколько дней подряд, прогулялся по этим улицам взад-вперед, мимо заполненных народом чайных домов, фотомастерских, помнивших, что когда-то город знал лучшие времена, мимо дрожащего света уличных фонарей, витрин бакалейных лавок, в которых были выставлены круги овечьего сыра, мимо полицейских в штатском на углу проспектов Казыма Карабекира и проспекта Карадаг, но даже не увидев их, он все равно ощущал их присутствие.

Ка успокоил солдат-охранников, которых встретил сразу перед входом в отель, сказав, что все в порядке. Он поднялся в свою комнату, стараясь никому не попадаться на глаза, и, бросившись на кровать, опять зарыдал. Проплакав очень долго, он затих. Ка лежал, слушая звуки города, и через несколько минут, показавшиеся ему очень длинными, что напомнило ему нескончаемое ожидание в детстве, в дверь постучали; это была Ипек. От мальчика-секретаря она узнала, что с Ка произошло что-то странное, и сразу пришла. Говоря это, в свете лампы, которую зажгла, она увидела лицо Ка и, испугавшись, замолчала. Молчание длилось долго.

— Я узнал о твоих отношениях с Ладживертом, — прошептал Ка.

— Он сам тебе сказал?

Ка погасил лампу.

— Меня похитили З. Демиркол и его друзья, — прошептал он. — Оказывается, ваши телефонные разговоры прослушивают уже четыре года. — Он опять бросился на кровать. — Я хочу умереть, — сказал он и заплакал.

Рука Ипек, гладившая его волосы, заставила его заплакать еще сильнее. Но в душе у него был покой, как бывает у людей, которые решили, что вообще никогда не будут счастливы, и чувство потери смягчилось. Ипек легла на кровать и прижалась к нему. Какое-то время они плакали вместе, и это привязало их друг к другу еще сильнее.

В темноте комнаты, отвечая на вопросы Ка, Ипек все рассказала. Она сказала, что во всем виноват Мухтар: он не остановился на том, что пригласил Ладживерта в Карс и с почестями принимал его в доме, он захотел, чтобы политический исламист убедился в том, каким чудесным созданием была его жена. Кроме того, в те времена Мухтар очень плохо относился к Ипек, обвинял ее в том, что у них не было детей. Ка понимал, что в красноречивом Ладживерте было много такого, что могло привлечь несчастливую женщину и вскружить ей голову. Ипек очень старалась не попасть в положение дурной женщины, после того как завязались их отношения! Она хотела, чтобы Мухтар, которого она очень любила и которого вовсе не хотела расстраивать, ничего не заметил. И очень хотела избавиться от постепенно разгоравшейся любви. Прежде всего Ладживерта делало привлекательным его превосходство над Мухтаром; когда Мухтар начинал бессвязный разговор на темы, которых не знал, Ипек его стыдилась. Когда Ладживерта не было, Мухтар постоянно хвалил Ладживерта, говорил, что ему нужно чаще приезжать в Карс, и ругал Ипек, требуя, чтобы она обращалась с гостем как можно лучше и душевнее. Мухтар не замечал ничего и когда они вместе с Кадифе переехали в другой дом; и так как З. Демиркол и ему подобные ему все еще ничего не сказали, он ничего не замечал. Смышленая Кадифе поняла все уже в первые два дня, как только приехала в Карс, и примкнула к девушкам в платках только для того, чтобы быть поближе к Ладживерту. Ипек чувствовала, что Кадифе испытывает интерес к Ладживерту только из-за своей зависти, свойственной ей с детства. Увидев, что Ладживерту нравится внимание Кадифе, Ипек охладела к нему, думая, что, если Ладживерт заинтересуется Кадифе, она от него избавится, а после того, как приехал отец, ей удавалось держаться от него подальше. Может быть, Ка и поверил бы в этот рассказ, который толковал связь Ладживерта и Ипек, как прошлую ошибку, но Ипек, в какой-то момент забывшись, с воодушевлением сказала: «На самом деле Ладживерт любит меня, а не Кадифе!» После этих слов, которые Ка так не хотелось слышать, он спросил, что она сейчас думает об этом «мерзавце». Ипек ответила, что теперь не хочет говорить на эту тему, все осталось в прошлом, и она хочет поехать с Ка в Германию. Тогда Ка напомнил Ипек, что она разговаривала с Ладживертом по телефону в его последний приезд, а Ипек возразила, что такого разговора не было, что Ладживерт обладает достаточным опытом, чтобы понимать, что, если он позвонит, станет известно, где он скрывается.

— Мы никогда не будем счастливы! — произнес Ка.

— Нет, мы уедем во Франкфурт и там будем счастливы! — сказала Ипек, обнимая его. По словам Ипек, Ка в тот момент поверил ее словам, но потом опять заплакал.

Ипек сильно прижалась к нему, и они стали плакать вместе. Впоследствии Ка напишет, что, возможно, именно тогда Ипек впервые в жизни открыла для себя, насколько это больно и в то же время приятно — плакать обнявшись, пребывая где-то между поражением и началом новой жизни, там, где еще царит неопределенность. Он полюбил ее еще больше за то, что они могут вот так плакать, прижавшись друг к другу. Ка плакал, изо всех сил прижавшись к Ипек, но какая-то часть его внимания сосредоточилась на попытке определить дальнейшее развитие отношений, интуитивно он прислушивался к звукам, доносившимся из отеля и с улицы. Было около шести: печать завтрашнего номера городской газеты «Граница» была завершена, снегоуборочные машины рьяно принялись за дело, чтобы расчистить дорогу на Сарыкамыш, а Кадифе, которую Фунда Эсер мило усадила в военный грузовик и увезла в Национальный театр, начала репетировать с Сунаем.

Только спустя полчаса Ка смог сказать Ипек, что у Ладживерта есть для Кадифе сообщение. Какое-то

время они плакали, обнявшись, и попытки Ка заняться любовью были неудачны из-за приступов страха,
нерешительности и ревности. Потом он начал расспрашивать у Ипек, когда она последний раз видела Ладживерта, навязчиво повторять, что, видимо, она каждый день тайно разговаривала и встречалась с ним,
что она каждый день занималась с ним любовью. Впоследствии Ка предстояло вспомнить, что Ипек на эти
утверждения и вопросы вначале отвечала с гневом,
что ей не верят, но затем повела себя нежнее, приняв во
внимание не логический смысл слов Ка, а уловив его
эмоциональное состояние, то, что он, с одной стороны,
получал удовольствие от этой нежности, а с другой, ему
нравилось мучить Ипек такими вопросами и утверж-
дениями. Ка, который последние четыре года своей
жизни проведет очень много времени, раскаиваясь и
обвиняя себя, впоследствии признается себе, что всю
жизнь использовал склонность причинять боль словами
для измерения силы любви тех, кто его любил. Навязчиво утверждая, что Ипек любит Ладживерта, и спраши-
вая, хочет ли она на самом деле быть с ним, Ка по сути
интересовало не то, что ответит Ипек, а насколько у нее
хватит терпения.

— Ты своими вопросами наказываешь меня за то,
что у меня были с ним отношения! — сказала Ипек.

— Ты хочешь быть со мной, чтобы забыть его! — сказал Ка и по лицу Ипек с ужасом увидел, что это правда, но не заплакал. Он почувствовал, что стал сильнее
морально, возможно, оттого, что слишком долго плакал. — Есть сообщение для Кадифе оттуда, где спрятался Ладживерт, — сказал он. — Он хочет, чтобы Кадифе отказалась от слова, которое дала, чтобы она не выходила на сцену и не открывала голову. Он настаивал.

— Давай не скажем этого Кадифе, — сказала Ипек.

— Почему?

— Потому что в этом случае Сунай не перестанет
нас охранять и так будет лучше для Кадифе. Я хочу отдалить мою сестру от Ладживерта.

— Нет, — сказал Ка. — Ты хочешь, чтобы они поссорились. — Он видел, что ревность все больше роняет его в глазах Ипек, но все равно не мог сдержаться.

— Я давно прекратила всякие отношения с Ладживертом.

Ка подумал, что хвастливый тон в словах Ипек не был искренним. Но он сдержался и решил не говорить ей об этом. Но спустя некоторое время заметил, что говорит даже это, уставившись из окна на улицу. Ка еще больше огорчился от того, что понимал, что поступает вопреки себе, не котролируя свою ревность и гнев. Он мог бы заплакать, но его особенно занимало то, что ответит Ипек.

— Да, когда-то я была в него очень влюблена, — сказала Ипек. — Но сейчас почти все прошло, со мной все в порядке. Я хочу поехать с тобой во Франкфурт.

— Что значит — ты была в него очень влюблена?

— Я была сильно влюблена, — сказала Ипек и с решимостью замолчала.

— Расскажи, как сильно ты была в него влюблена.

Ка почувствовал, что, утратив хладнокровие, она колеблется, сказать правду или утешить его, разделить его любовную боль или расстроить еще больше, как он того заслуживал.

— Я любила его так, как никого не любила, — сказала Ипек, отводя глаза.

— Возможно, потому, что ты не знала никого, кроме своего мужа, Мухтара, — сказал Ка.

Он раскаялся, как только произнес эти слова. И не только потому, что знал, что обидит ее, но потому, что предчувствовал, насколько резко ответит Ипек.

— Возможно, в жизни у меня не было большой возможности сближаться с мужчинами, потому что я — турчанка. Ты, должно быть, в Европе познакомился со многими свободными девушками. Я не спрашиваю тебя ни об одной из них. Полагаю, что это они научили тебя расспрашивать о бывших возлюбленных.

— Я турок, — сказал Ка.

— Такие утверждения обычно используют как предлог или пытаясь оправдать плохой поступок.

— Поэтому я вернусь во Франкфурт, — сказал Ка, не веря в то, что сказал.

— Я поеду с тобой, и там мы будем счастливы.

— Ты хочешь уехать во Франкфурт, чтобы забыть его.

— Я чувствую, что, если мы сможем вместе уехать во Франкфурт, спустя какое-то время я полюблю тебя. Я не похожа на тебя; я не могу полюбить кого-то за два дня. Если ты будешь терпелив ко мне и не будешь разбивать мне сердце своей турецкой ревностью, я буду очень тебя любить.

— Но сейчас ты меня не любишь, — сказал Ка. — Ты все еще любишь Ладживерта. Что делает его таким особенным?

— Мне нравится, что ты хочешь узнать об этом, но я опасаюсь твоей реакции на мой ответ.

— Не бойся, — сказал Ка, не веря своим словам. — Я очень тебя люблю.

— Я смогу жить только с тем мужчиной, который сможет любить меня, после того как услышит то, что я скажу. — Ипек какое-то время молчала и, отвернувшись от Ка, засмотрелась на заснеженную улицу. — Ладживерт очень нежный, очень рассудительный и великодушный, — сказала она с жаром. — Он никому не желает зла. Однажды он всю ночь плакал из-за двух щенят, которые остались без матери. Поверь мне, он ни на кого не похож.

— Разве он — не убийца? — спросил Ка безнадежно.

— Даже те, кто знает о нем лишь одну десятую того, что знаю я, сказали бы, что это — глупость, — сказала Ипек и засмеялась. — Он не может никого погубить. Он — ребенок. И, как ребенку, ему нравятся игры, мечты, он любит подражать кому-нибудь, рассказывает истории из «Шахнаме», из «Месневи», в нем живут одновременно самые разные люди. Он очень волевой че-

458

ловек, очень умный, решительный, очень сильный и очень веселый… Ах, извини, не плачь, милый, хватит уже плакать.

Ка тут же перестал плакать и сказал, что теперь не верит, что они смогут вместе поехать во Франкфурт. В комнате наступила долгая, странная тишина, которая время от времени прерывалась всхлипываниями Ка. Он лег на кровать и, повернувшись спиной к окну, свернулся калачиком, как ребенок. Через какое-то время Ипек легла рядом с ним и обняла его сзади.

Ка хотел сказать ей: «Перестань». А потом прошептал:

— Обними меня покрепче!

Ка нравилось чувствовать щекой, что подушка намокла от его слез. И было так приятно оттого, что Ипек его обнимает. Он уснул.

Когда они проснулись, было семь часов, оба внезапно ощутили, что смогут быть счастливыми. Они не могли смотреть друг другу в глаза, но оба искали повод, чтобы помириться.

— Не обращай внимания, мой милый, ну же, не обращай внимания, — сказала Ипек. Ка не мог понять, означало ли это, что все безнадежно, или можно верить, что прошлое забыто. Он решил, что Ипек уходит. Он очень хорошо знал, что если вернется во Франкфурт из Карса без Ипек, то не сможет продолжить даже свою прежнюю несчастливую жизнь.

— Не уходи, посиди еще немного, — произнес он с волнением.

После странного, беспокоящего молчания они обнялись.

— Господи, Господи, что будет! — воскликнул Ка.

— Все будет хорошо, — сказала Ипек. — Верь мне, доверься мне.

Ка чувствовал, что от этого ужаса сможет избавиться, лишь, как ребенок, послушавшись Ипек.

— Идем, я покажу тебе вещи, которые положу в сумку, которую увезу во Франкфурт, — сказала Ипек.

Покинуть комнату оказалось полезно для Ка. Он отпустил руку Ипек, перед тем как войти в квартиру Тургут-бея, за которую держался, пока спускался по лестнице, но, проходя по холлу, почувствовал гордость из-за того, что на них смотрят, как на «пару». Они пошли в комнату Ипек. Она вытащила из своего ящика небесно-голубой тесный свитер, который не могла носить в Карсе, развернула и отряхнула его от нафталина, подошла к зеркалу и приложила к себе.

— Надень, — сказал Ка.

Ипек сняла свободный шерстяной свитер, который был на ней, и, когда она надела на свою блузку узкий свитер, Ка вновь поразился ее красоте.

— Ты будешь любить меня до конца жизни? — спросил Ка.

— Да.

— А сейчас надень то бархатное платье, которое Мухтар тебе позволял надевать только дома.

Ипек открыла шкаф, сняла с плечиков черное бархатное платье, отряхнула от нафталина, тщательно развернула его и начала надевать.

— Мне очень нравится, когда ты так на меня смотришь, — сказала она, столкнувшись взглядом с Ка в зеркале.

Ка с волнением, переполненным возбуждением, и ревностью смотрел на прекрасную длинную спину женщины, на то чувствительное место на ее затылке, где волосы были редкими, и на след позвоночника чуть ниже, на ямочки, показавшиеся на плечах, когда она, чтобы покрасоваться, подняла руки к волосам. Он чувствовал себя и очень счастливым, и одновременно ему было очень плохо.

— О, что это за платье?! — воскликнул Тургут-бей, входя в комнату. — Это мы на какой бал собрались? — Но в его лице совершенно не было радости. Ка объяснил это отцовской ревностью, и это ему понравилось.

— После того как Кадифе уехала, объявления по телевизору стали более навязчивыми, — сказал Тургут-бей. — Появление Кадифе в этом спектакле будет большой ошибкой.

— Папочка, расскажите и мне, пожалуйста, почему вы не хотите, чтобы Кадифе открывала голову.

Они вместе перешли в гостиную, к телевизору. Ведущий, через какое-то время показавшийся на экране, объявил, что во время прямой вечерней трансляции будет положен конец трагедии, которая парализует нашу общественную и духовную жизнь, и что жители Карса этим вечером будут спасены одним театральным движением от религиозных предрассудков, которые держат женщин вдалеке от равенства с мужчинами. Предстояло пережить еще один из тех чарующих и бесподобных исторических моментов, которые объединяют на сцене театр и жизнь. На этот раз жителям Карса нечего беспокоиться, потому что во время спектакля, вход на который бесплатный, Управление безопасности и командование чрезвычайной власти предприняли различные меры безопасности. На экране показали репортаж с помощником начальника Управления безопасности Касым-беем, который, как было понятно, записали заранее. Его волосы, которые в ночь переворота были в полном беспорядке, теперь были расчесаны, рубашка отглажена, а галстук на месте. Он сказал, что жители Карса могут, не смущаясь ничего, прийти на вечерний спектакль. Сказав, что уже сейчас очень многие студенты лицея имамов-хатибов ради спектакля пришли в Управление безопасности и дали слово силам безопасности дисциплинированно и воодушевленно аплодировать в нужных местах пьесы, как в Европе и цивилизованных странах, что «на этот раз» не будут позволены необузданность, грубость и выкрики, что жители Карса, которые представляют квинтэссенцию тысячелетней культуры, конечно же, знают, как нужно смотреть театральный спектакль, он исчез с экрана.

Тот же самый ведущий, появившийся после этого на экране, повел речь о трагедии, которую будут играть этим вечером, рассказал о том, что главный исполнитель Сунай Заим много лет готовил эту пьесу. На экране появлялись смятые афиши пьес Суная, в которых он много лет назад играл Наполеона, Робеспьера, Ленина, якобинцев, черно-белые фотографии Суная (какой худенькой была когда-то Фунда Эсер!), а также некоторые другие предметы, напоминавшие о театре, которые, как решил Ка, актерская пара возила в чемодане (старые билеты, программки, вырезки из газет тех дней, когда Сунай думал, что будет играть роль Ататюрка, и печальные виды анатолийских кофеен). В этом ознакомительном фильме было что-то скучное, напоминавшее документальные фильмы об искусстве, которые показывали по государственному телевидению, но неофициальная фотография Суная, то и дело появлявшаяся на экране, снятая, как было понятно, недавно, настойчиво напоминала разрушающийся, но по-прежнему претенциозный облик глав государств за железным занавесом и диктаторов стран Среднего Востока и Африки. Жители Карса уже поверили в то, что Сунай, которого они видели по телевизору с утра до вечера, принес в их город покой, и начали чувствовать себя гражданами города, и по какой-то загадочной причине обрели уверенность в будущем. На экране то и дело показывали неизвестно откуда взявшийся флаг турецкого государства, которое турки объявили восемьдесят лет назад, когда османские и русские войска ушли из города, в те дни, когда армяне и турки убивали друг друга. Появление на экране этого изъеденного молью и испачканного знамени больше всего обеспокоило Тургут-бея.

— Этот человек — сумасшедший. Он навлечет на всех нас беду, смотрите, чтобы Кадифе не выходила на сцену!

— Да, пусть она не выходит, — сказала Ипек. — Но если мы скажем, что это ваша мысль, а вы, папочка, знаете Кадифе, она на этот раз проявит упрямство и откроет голову.

— Хорошо, и что будет?

— Пусть Ка сразу же идет в театр, чтобы убедить Кадифе не выходить на сцену! — сказала Ипек, повернувшись к Ка и подняв брови.

Ка, долгое время смотревший не в телевизор, а на Ипек, не понял, в результате чего появилась эта мысль, и стал волноваться.

— Если она хочет открыть голову, пусть откроет дома, когда все уляжется, — сказал Тургут-бей Ка. — Сунай сегодня вечером в театре непременно устроит провокацию. Я очень раскаиваюсь, что поверил Фунде Эсер и поручил Кадифе этим сумасшедшим.

— Папочка, Ка сходит в театр и убедит Кадифе.

— До Кадифе дойти теперь можете только вы, потому что Сунай вам доверяет. Сынок, что случилось с вашим носом?

— Я поскользнулся и упал, — сказал Ка виновато.

— Вы и лоб ударили. Там тоже синяк.

— Ка весь день бродил по улицам, — сказала Ипек.

— Отведите Кадифе в сторону, чтобы не заметил Сунай... — сказал Тургут-бей. — Не говорите ей, что услышали это от нас, и Кадифе пусть не проболтается, что это сказали вы. Пусть она совсем не спорит с Сунаем, пусть придумает какую-нибудь уважительную причину. Лучше всего пусть скажет: «Я больна, голову открою завтра дома», пусть даст слово. Скажите ей, что мы все очень любим Кадифе. Деточка моя.

В какой-то момент глаза Тургут-бея увлажнились.

— Папочка, я могу поговорить с Ка с глазу на глаз? — сказала Ипек и подвела Ка к обеденному столу. Они сели на край стола для ужина, на который Захиде еще только положила скатерть.

— Скажи Кадифе, что Ладживерт хочет этого, потому что попал в затруднительную ситуацию, в трудное положение.

— Скажи мне сначала, почему ты передумала, — сказал Ка.

— Ах, милый, нечего сомневаться, поверь мне, я всего лишь считаю, что то, что говорит отец, — верно, и все. Удержать Кадифе вдалеке от беды, которая случится сегодня вечером, для меня сейчас важнее всего.

— Нет, — сказал Ка внимательно. — Что-то произошло, и ты передумала.

— Бояться нечего. Если Кадифе собирается открыть голову, то откроет потом, дома.

— Если Кадифе этим вечером не откроет голову, — сказал Ка осторожно, — то дома, рядом с отцом, никогда не откроет. И ты это знаешь.

— Прежде всего важно, чтобы моя сестра вернулась домой целой и невредимой.

— Я боюсь одного, — сказал Ка. — Того, что ты что-то от меня скрываешь.

— Милый, ничего такого нет. Я очень тебя люблю. Если ты хочешь быть со мной, то я сразу же поеду с тобой во Франкфурт. Ты увидишь, как я со временем там привяжусь к тебе и влюблюсь в тебя, и забудешь нынешние дни, будешь любить меня с доверием.

Он положила свою руку на влажную и жаркую руку Ка. Ка ждал, не веря в красоту Ипек, отражавшуюся в зеркале буфета, в сверхъестественную притягательность ее спины в бархатном платье на бретельках, в то, что ее огромные глаза так близко от его глаз.

— Я уверен, что произойдет что-то плохое, — сказал он потом.

— Почему?

— Потому что я очень счастлив. Совершенно неожиданно я написал в Карсе восемнадцать стихотворений. Если я напишу еще одно новое, то получится книга стихов. Я верю, что ты хочешь вместе со мной поехать в Германию, и чувствую, что меня ожидает еще большее счастье. Но также я понимаю, что этого счастья для меня слишком много и что непременно случится несчастье.

— Какое несчастье?

— Например, как только я выйду, чтобы убедить Кадифе, ты встретишься с Ладживертом.

— Ах, какая глупость, — сказала Ипек. — Я даже не знаю, где он.

— Меня избили за то, что я не сказал, где он.

— Смотри не говори никому, — сказала Ипек, нахмурив брови. — Ты скоро поймешь глупость своих страхов.

— Ну, что случилось, вы не идете к Кадифе? — произнес Тургут-бей. — Через час и пятнадцать минут начинается спектакль. По телевидению также объявили, что дороги вот-вот откроются.

— Я не хочу идти в театр, я не хочу выходить отсюда, — прошептал Ка.

— Мы не сможем убежать, оставив Кадифе несчастной, поверь мне, — сказала Ипек. — Тогда и мы не сможем быть счастливыми. Иди и во что бы то ни стало попытайся убедить ее, чтобы мы были спокойны.

— Полтора часа назад, когда Фазыл принес мне известие от Ладживерта, — сказал Ка, — ты говорила мне не выходить на улицу.

— Говори быстро, как я могу доказать тебе, что, если ты пойдешь в театр, я не сбегу, — сказала Ипек.

Ка улыбнулся.

— Тебе нужно подняться наверх, в мою комнату, я закрою дверь на ключ и на полчаса заберу ключ с собой.

— Хорошо, — весело сказала Ипек. Она встала. — Папочка, я на полчаса поднимусь наверх, в свою комнату, а Ка, не беспокойтесь, сейчас идет в театр поговорить с Кадифе. Не вставайте совсем, у нас наверху одно спешное дело.

— Да благословит его Аллах! — сказал Тургут-бей, но волновался.

Ипек взяла Ка за руку, не отпуская его, когда они проходили холл, и повела его наверх по лестнице.

— Нас видел Джавит, — сказал Ка. — Что он подумал?

— Не обращай внимания, — весело сказала Ипек. Наверху она открыла дверь ключом, который взяла у Ка, и вошла внутрь. Внутри все еще чувствовался неясный запах ночной любви. — Я буду ждать тебя здесь. Береги себя. Не связывайся с Сунаем.

— Мне сказать Кадифе, что это ваше с отцом желание, чтобы она не выходила на сцену, или желание Ладживерта?

— Желание Ладживерта.

— Почему? — спросил Ка.

— Потому что Кадифе очень любит Ладживерта. Ты идешь туда для того, чтобы защитить от опасности мою сестру. Забудь ревность к Ладживерту.

— Если смогу.

— Мы будем очень счастливы в Германии, — сказала Ипек. Она обвила руками шею Ка. — Скажи мне, в какой кинотеатр мы пойдем.

— В Музее кино есть кинотеатр, поздно по субботним вечерам показывающий классические американские фильмы без дубляжа, — сказал Ка. — Мы пойдем туда. А перед тем как пойти туда, в закусочной перед вокзалом мы съедим денер или сладкие маринованные фрукты. А после кинотеатра будем развлекаться дома, переключая каналы телевизора. А потом займемся любовью. Моего пособия и денег, которые я заработаю на чтениях, которые я проведу ради этой новой книги, хватит нам двоим, и поэтому нам не останется ничего, кроме как любить друг друга.

Ипек спросила у него, как называется книга. Ка сказал.

— Красиво, — сказала он. — Давай, милый, иди уже, или же мой отец будет волноваться и сам отправится в путь.

Ка, надев пальто, обнял Ипек.

— Я уже не боюсь, — соврал он. — Но на всякий случай, если произойдет какое-нибудь недоразумение, я буду ждать тебя на первом поезде, который отправится из города.

— Если я смогу выбраться из этой комнаты, — улыбнулась Ипек.

— Смотри в окно, пока я не скроюсь за углом, ладно?

— Ладно.

— Я очень боюсь, что больше не увижу тебя, — сказал Ка, закрывая дверь.

Он закрыл дверь на ключ и положил его в карман пальто.

Он повернулся на улице, чтобы смотреть в окно, где была Ипек, отправив двух солдат-охранников впереди себя. Он увидел, что Ипек смотрит на него, не двигаясь, из окна комнаты номер 203 на первом этаже отеля «Снежный дворец». На ее плечи медового цвета, дрожавшие от холода в бархатном платье, падал желтоватый свет маленькой настольной лампы, который Ка больше никогда не забудет и воспоминание о котором в оставшиеся четыре года своей жизни будет связывать со счастьем.

Ка больше никогда не видел Ипек.

40

Шпионить на две стороны, должно быть, трудно
Незаконченная глава

В то время когда Ка шел к Национальному театру, улицы опустели и все ставни, кроме одной-двух закусочных, были закрыты. Последние клиенты чайных домов все еще не могли оторвать глаз от телевизора, поднимаясь со своих мест в конце длинного дня, который они провели за чаем и сигаретами. Ка увидел перед Национальным театром три полицейские машины с включенными мигалками и тень танка под дикой маслиной внизу одного спуска. Вечером подморозило, но с сосулек, свешивавшихся с карнизов, капала вода. Проходя под кабелем для прямой трансляции, натянутым над проспектом Ататюрка с одной стороны на другую, и входя в здание, он сжал в ладони ключ у себя в кармане.

Солдаты и полицейские, аккуратно выстроенные по краям зала, слушали в пустом зале отзвуки репетиции на сцене. Ка сел в одно из кресел и стал слушать отчетливо звучавшие слова громкоголосого Суная, нерешительные и слабые ответы Кадифе с покрытой головой, слова Фунды Эсер (Кадифе, милая, говори искренней!), которая то и дело вмешивалась в репетицию, размещая декорации на сцене (дерево, туалетный столик с зеркалом).

Пока одну из сцен Фунда Эсер и Кадифе репетировали друг с другом, Сунай, увидевший свет сигареты Ка, подошел и сел рядом с ним.

— Это самые счастливые часы моей жизни, — сказал он. От него пахло ракы, но он вовсе не был пьяным. — Сколько бы мы ни репетировали, на сцене проявится именно то, что мы будем чувствовать в тот момент. А вообще, у Кадифе талант к импровизации.

— Я принес ей сообщение от отца и амулет от сглаза, — сказал Ка. — Я могу где-нибудь в сторонке поговорить с ней?

— Мы заметили, что в какой-то момент ты избавился от своей охраны и исчез. Снега растаяли, железнодорожные пути вот-вот откроются. Но до этого мы покажем наш спектакль, — сказал Сунай. — Ладживерт, по крайней мере, в хорошем месте спрятался? — спросил он, улыбнувшись.

— Я не знаю.

Сунай, сказав, что пришлет Кадифе, ушел и присоединился к репетиции на сцене. В тот же миг загорелись прожектора. Ка почувствовал сильное притяжение между тремя людьми на сцене. Ка напугало, что Кадифе со своим платком на голове столь быстро вошла в скрытую часть этого мира, обращенного извне. Он почувствовал, что если бы голова у нее была открытой, если бы она не носила один из этих отвратительных плащей, который носят девушки, закрывающие себя, если бы она надела юбку, которая хоть немного открыла бы ее ноги, как у сестры, он чувствовал бы большую расположенность к Кадифе, и когда она спустилась со сцены и села рядом с ним, в какой-то миг он понял, почему Ладживерт бросил Ипек и влюбился в Кадифе.

— Кадифе, я видел Ладживерта. Его отпустили, и он кое-где спрятался. Он не хочет, чтобы ты сегодня вечером выходила на сцену и открывала голову. Он просил передать тебе письмо.

Кадифе, не скрываясь, открыла и прочитала письмо, которое протянул ей Ка из-под полы, чтобы не привлекать внимание Суная, так, словно давал списать на экзамене. Она прочитала еще раз и усмехнулась.

Потом Ка увидел в разгневанных глазах Кадифе слезы.

— И твой отец так думает, Кадифе. Насколько верно твое решение открыть голову, настолько же глупо будет, если ты сделаешь это сегодня вечером перед разъяренными студентами лицея имамов-хатибов. Сунай опять будет всех провоцировать. Тебе совершенно не нужно находиться здесь сегодня вечером. Скажешь, что ты заболела.

— Нет необходимости искать предлог. Сунай вообще-то сказал, что если я хочу, я могу вернуться домой.

Ка осознал, что гнев и разочарование, которое он увидел в лице Кадифе, были намного глубже, чем у юной девушки, которой в самый последний момент не разрешают выступить в школьном спектакле.

— Ты останешься здесь, Кадифе?

— Я останусь здесь и буду играть в пьесе.

— Ты знаешь, что это очень расстроит твоего отца?

— Дай мне амулет от сглаза, который он мне прислал.

— Я придумал амулет для того, чтобы иметь возможность поговорить с тобой.

— Должно быть, трудно шпионить на две стороны.

Ка увидел в лице Кадифе и разочарование, но сразу же с болью ощутил, что мысли девушки очень далеко. Он захотел притянуть Кадифе за плечи и обнять ее, но ничего не смог сделать.

— Ипек рассказала мне о своих прежних отношениях с Ладживертом, — сказал Ка.

Кадифе медленно взяла сигарету из пачки, которую достала беззвучно, и закурила ее.

— Я отдал ему твои сигареты и зажигалку, — сказал Ка неловко. Они немного помолчали. — Ты делаешь это потому, что очень любишь Ладживерта? Скажи мне, Кадифе, что тебя привлекает в нем?

Ка замолчал, потому что понял, что говорит впустую и чем больше говорит, тем больше тонет.

Фунда Эсер позвала Кадифе со сцены и сказала, что пришла ее очередь.

Кадифе, в слезах глядя на Ка, встала. В последний момент они обняли друг друга. Ка некоторое время смотрел на репетицию на сцене, ощущая присутствие и запах Кадифе, но мысли его были далеко; он не мог ничего понять. Он ощущал внутри себя пустоту, ревность и раскаяние, что нарушало его уверенность в себе, путало его логику. Он отчасти мог понять, почему ему больно, но не мог понять, почему его боль такая разрушительная и сильная.

Почувствовав, что годы, которые он проведет с Ипек во Франкфурте (конечно же, если ему удастся поехать

470

с ней во Франкфурт), будут омрачены этой гнетущей, мучительной болью, он выкурил сигарету. Его мысли были в беспорядке. Он пошел в туалет, где два дня назад они встретились с Неджипом, и вошел в ту же кабинку. Открыв окно наверху, он курил и смотрел на темное небо.

Сначала он не поверил, что подступает новое стихотворение. Стихотворение, которое он воспринял как утешение и надежду, он, волнуясь, записал в зеленую тетрадь. Поняв, что то же разрушительное чувство все еще распространяется по всему его телу, он в беспокойстве вышел из Национального театра.

Когда он шел по заснеженным тротуарам, в какой-то миг подумал, что холодный воздух будет ему полезен. Два солдата-охранника шли за ним следом, и мысли его еще больше путались. В этом месте я должен закончить эту главу и начать новую, чтобы наш рассказ можно было лучше понять. Но это не означает, что Ка не совершил больше ничего, о чем следует рассказать в этой главе. Но прежде, не останавливаясь на Ка, я должен объяснить значение этого последнего стихотворения под названием «Место, где кончается мир», которое он записал в свою тетрадь, в книге стихов «Снег».

41

У каждого человека есть своя снежинка
Потерянная зеленая тетрадь

«Место, где кончается мир» было девятнадцатым и последним стихотворением, которое пришло к Ка в Карсе. Мы знаем, что Ка записал восемнадцать стихотворений в зеленую тетрадь, которую всегда носил с собой, пусть даже и с некоторыми недочетами, как только они приходили ему в голову. Он только не смог записать стихотворение, которое читал на сцене в ночь переворота. Позднее Ка в двух письмах из тех, которые он написал Ипек, но ни одно из которых не отправил, написал, что никак не может вспомнить это стихотворение, которое он назвал «Место, где нет Аллаха», что ему обязательно нужно найти это стихотворение для того, чтобы суметь завершить книгу, что он будет очень рад, если Ипек для этого посмотрит видеозаписи на карсском телеканале «Граница». По настроению этого письма, которое я читал во Франкфурте в своей комнате в отеле, я почувствовал, что Ка беспокоился, представив, что Ипек может подумать, что он написал ей любовное письмо под предлогом видео и стихотворения.

Я поместил снежинку, которую увидел в тетради, открытой мною наугад в моей комнате, куда я возвратился тем же вечером с кассетами Мелинды в руках, после того как слегка выпил, в конец двадцать девятой главы этого романа. Я считаю, что в последующие дни начал немного понимать, читая тетради, что именно хотел сделать Ка, расположив девятнадцать стихотворений, пришедших к нему в Карсе, на девятнадцать точек на снежинке.

Впоследствии из прочитанных им книг Ка узнал, что после того, как снежинка кристаллизуется на небе в форме шестиконечной звезды и, опускаясь на землю, теряет форму и исчезает, проходит в среднем восемьдесят минут, что каждая снежинка принимает свою форму по многим непонятным и загадочным причинам, под воздействием разных факторов, таких как ветер, холод, высота облаков, и тогда он почувствовал, что существует связь между снежинками и людьми. В библиотеке Карса он написал свое стихотворение «Я, Ка», размышляя о снежинке, и позднее думал, что в основе его книги стихов под названием «Снег» лежит та же снежинка.

Позднее, двигаясь согласно той же логике, он показал, что у стихотворений «Рай», «Шахматы», «Коробка из-под шоколада» также есть свое место на воображаемой снежинке. Поэтому он нарисовал свою собственную снежинку, воспользовавшись книгами, в которых были изображены формы снежинок, и расположил все стихотворения, пришедшие к нему в Карсе, на ней. Таким образом, получалось, что снежинка демонстрировала и конструкцию новой книги стихов, и все то, что создавало самого Ка. У каждого человека, как он считал, должна была быть такая же снежинка, которая представляла бы внутреннюю картину всей его жизни. Кристаллы памяти, воображения и логики, на которых Ка разместил свои стихотворения, он взял у Бэкона, из дерева-классификации человеческого знания, и очень долго рассуждал о том, что означают точки на кристаллах шестиугольной снежинки, истолковывая стихи, которые он написал в Карсе.

Поэтому большую часть записей, заполнивших целиком три тетради, которые Ка вел во Франкфурте, о стихотворениях, написанных в Карсе, следует рассматривать и как дискуссию о смысле снежинки, и как дискуссию о смысле жизни Ка. Например, если он вел дискуссию по поводу места стихотворения «Быть убитым, умереть» на снежинке, он сначала объяснял страх, о котором шла речь в стихотворении, исследовал, почему необходимо разместить это стихотворение и свой страх поблизости от кристалла воображения, и, объясняя, почему стихотворение под названием «Место, где кончается мир», расположенное как раз над кристаллом памяти, находится рядом с ним и в поле его притяжения, верил в то, что он представляет материал очень многих загадочных явлений. С точки зрения Ка, за жизнью каждого человека стояла такая картина и снежинка, и можно было доказать, насколько люди, отдаленно похожие друг на друга, на самом деле являются различными, странными и непонятными, истолковав собственную снежинку каждого человека.

Я не буду говорить больше, чем требуется для нашего романа, о записках, заполнивших целые страницы, которые Ка вел по поводу конструкции своей книги стихов и конструкции своей снежинки (каков был смысл того, что стихотворение «Коробка из-под шоколада» находилось на кристалле воображения, какую форму придало стихотворение «Все человечество и звезды» снежинке Ка и т. д.). В молодости Ка смеялся над поэтами, которые придавали себе слишком большое значение еще при жизни, кичась, превращаясь в памятники самим себе, на которые никто не обращал внимания, потому что были уверены, что любая глупость, которую они написали, в будущем станет темой исследования.

Тому, что он последние четыре года своей жизни самостоятельно толковал стихотворения, которые сам написал, после того как много лет презирал поэтов, писавших, обольстившись модернистскими вымыслами, трудные для понимания стихи, все-таки есть несколько смягчающих извинений. При внимательном чтении его записок становится понятно, что Ка не чувствовал, что сам написал стихотворения, которые пришли к нему в Карсе. Он верил в то, что был только посредником для того, чтобы записать их, что эти стихотворения «пришли» к нему откуда-то извне, и чтобы их можно было привести в качестве примера такими, как они пришли, Ка в нескольких местах написал, что вел эти заметки, чтобы изменить свое «пассивное» положение, чтобы понять смысл стихотворений, которые он написал, и разгадать их скрытую симметрию. А второе объяснение того, что Ка разъяснял свои собственные стихи, было вот в чем: если бы только Ка разгадал смысл стихов, написанных в Карсе, он смог бы восполнить недостающие места в книге, строчки, оборвавшиеся на половине, и стихотворение «Место, где нет Аллаха», которое он забыл, не успев записать. Потому что после того, как он вернулся во Франкфурт, ни одно стихотворение больше «не приходило» к Ка.

По заметкам и письмам Ка становится понятно, что после четырех лет он все-таки разгадал логику стихотворений и закончил книгу. Поэтому я до утра перелистывал бумаги и тетради, взятые мной из его квартиры, выпивая алкогольные напитки во франкфуртском отеле, я очень волновался, то и дело представляя себе, что стихи Ка должны быть где-то здесь, и вновь начинал перебирать материалы, находившиеся у меня в руках. Под утро я уснул, перелистывая тетради моего друга, и увидел сны и образы, полные тоски и кошмаров (во сне Ка говорил мне «Ты, оказывается, постарел», а мне стало страшно), среди его старых пижам, кассет с Мелиндой, его галстуков, книг, зажигалок (так я заметил, что взял из квартиры и зажигалку, которую Кадифе послала Ладживерту, но которую Ка ему не отдал).

Я проснулся только около полудня и провел остаток дня на заснеженных и влажных улицах Франкфурта, собирая сведения о Ка без помощи Таркута Ольчюна. Две женщины, с которыми у Ка были отношения за восемь лет, предшествовавших поездке в Карс, сразу же согласились со мной встретиться, — я сказал, что пишу биографию моего друга. Первая возлюбленная Ка, Налан, не знала не только о его последней книге стихов, но даже и о том, что Ка писал стихи. Она была замужем и вместе с мужем владела двумя турецкими закусочными и бюро путешествий. Разговаривая со мной с глазу на глаз, она сказала, что Ка был трудным, склонным к ссорам, бесхарактерным и слишком впечатлительным человеком, и после этого немного поплакала. (Она больше всего расстраивалась не из-за Ка, а из-за его молодости, которую он принес в жертву мечтам, связанным с левыми политическими взглядами.)

Его вторая подруга, незамужняя Хильдегард тоже, как я и предполагал, не знала ни о последних стихах Ка, ни о его книге под названием «Снег». Игривым, флиртующим тоном, слегка облегчавшим мое чувство вины, которое я испытывал из-за того, что представил ей Ка как поэта намного более известного, чем он был на самом деле в Турции, она рассказала мне, что после знакомства с Ка передумала ехать летом на отдых в Турцию, что Ка был очень проблемным, очень сообразительным и совершенно одиноким ребенком, что из-за своей бесхарактерности он никогда не смог бы найти мать-возлюбленную, которую искал, а если и нашел бы, то потерял, что насколько просто было в него влюбиться, настолько же трудно было оставаться с ним. Ка ничего не говорил ей обо мне. (Я не знаю, зачем задал ей этот вопрос и зачем говорю здесь об этом.) Когда в последний момент мы пожали друг другу руки, Хильдегард показала мне то, что я не заметил во время нашей встречи, длившейся час пятнадцать минут: на указательном пальце ее красивой правой руки с тонким запястьем и длинными пальцами не было первой фаланги, и с улыбкой добавила, что Ка в минуты гнева насмехался над этим ущербным пальцем.

Ка, закончив книгу, отправился в поездку с чтениями, как он делал всегда с предшествующими книгами, перед тем как напечатать и размножить стихи, написанные от руки в тетради: Кассель, Брауншвейг, Ганновер, Оснабрюк, Бремен, Гамбург. И я торопливо устроил в этих городах «читательские вечера» с помощью одного Народного дома, пригласившего меня и Таркута Ольчюна. Я сидел у окна в немецких поездах, поражавших меня своей точностью, чистотой и протестантским комфортом, в точности как рассказал Ка в одном своем стихотворении, и с тоской смотрел на равнины, отражавшиеся в стекле, на симпатичные деревни с маленькими церквями, дремлющие на дне оврагов, и на детей на маленьких станциях с рюкзаками и цветными зонтиками; говорил двум туркам из турецкого общества с сигаретами во рту, встречавшим меня на вокзале, что хочу устроить здесь то же, что и Ка, когда семь недель назад он приезжал сюда для того, чтобы провести чтения; и в каждом городе, точно так же как и Ка, зарегистрировавшись в маленьком дешевом отеле и поев пирожков со шпинатом и донеров, за разговором в турецкой закусочной с пригласившими меня людьми о политике и о том, что турки, к сожалению, совершенно не интересуются культурой, гулял по холодным и пустым улицам города и представлял, будто я — Ка, который идет по этим улицам, чтобы забыть боль об Ипек. Вечером, на литературных собраниях, в которых принимало участие пятнадцать-двенадцать человек, интересующихся политикой, литературой или турками, я внезапно переводил разговор на поэзию, сухо прочитав одну-две страницы из моего последнего романа, объяснял, что великий поэт Ка, некоторое время назад убитый во Франкфурте, был очень близким моим другом, спрашивал: «Есть ли кто-нибудь, кто что-то помнит из его последних стихов, которые он не так давно здесь прочитал?»

Преобладающее большинство тех, кто принимал участие в собрании, не ходили на поэтический вечер Ка, и я понял, что они помнили не стихи Ка, а его пальто пепельного цвета, которое он никогда не снимал, его бледную кожу, растрепанные волосы и нервные движения, что те, кто приходил, приходили случайно либо для того, чтобы задать вопросы на политические темы. Через короткое время самым интересным в моем друге стала не его жизнь и поэзия, а его смерть. Я выслушал очень много версий относительно того, что его убили исламисты, турецкие спецслужбы, армяне, бритоголовые немцы, курды или турецкие националисты. И всетаки в толпе всегда оказывались чувствительные, сообразительные, умные люди, всерьез обратившие на Ка внимание. От этих любивших литературу внимательных людей я не смог узнать ничего, кроме того, что Ка закончил свою новую книгу стихов, что он читал свои стихи «Улицы мечты», «Пес», «Коробка из-под шоколада» и «Любовь», и о том, что они сочли эти стихи очень-очень странными. Ка в нескольких местах указал, что

477

написал стихи в Карсе, и это было истолковано как желание обратиться к слушателям, тоскующим по своей родине. Смуглая тридцатилетняя вдова с ребенком, подошедшая к Ка (а потом и ко мне) после вечера чтений, вспомнила, что Ка говорил и о стихотворении «Место, где нет Аллаха»: с ее точки зрения, Ка прочитал из этого длинного стихотворения только одно четверостишие, чтобы не вызывать отрицательной реакций. Какие я ни прикладывал усилия, эта внимательная любительница поэзии не могла ничего сказать, кроме того, что «это был очень страшный образ». Эта женщина, сидевшая в переднем ряду на собрании в Гамбурге, была уверена, что Ка читал свои стихотворения из зеленой тетради.

Я вернулся во Франкфурт из Гамбурга ночью, тем же поездом, что и Ка. Выйдя из вокзала, я, как и он, пошел по Кайзерштрассе и развлекся в секс-шопах. (За неделю до этого пришла новая кассета с Мелиндой.) Придя на то место, где убили моего друга, я остановился и впервые открыто сказал себе то, с чем я соглашался, не замечая того. Должно быть, после того как он упал на землю, его убийца смог взять из сумки Ка зеленую тетрадь и убежать. В моей недельной поездке по Германии я каждую ночь часами читал записи, которые вел Ка об этих стихотворениях, его воспоминания о Карсе. Сейчас единственным утешением для меня было представить, что одно из длинных стихотворений книги ждет меня в Карсе в видеоархиве телевизионной студии.

Вернувшись в Стамбул, я какое-то время каждую ночь слушал в заключительных новостях на государственном канале, какая в Карсе погода, представлял, как меня могут встретить в городе. Я не скажу о том, что после автобусного путешествия длиной в полтора дня, похожего на путешествие Ка, однажды под вечер я приехал в Карс, что с сумкой в руках я боязливо снял комнату в отеле «Снежный дворец» (вокруг никого не было — ни загадочных сестер, ни их отца), что долго шел, как Ка, по заснеженным тротуарам Карса, по которым четыре года назад шел он (за четыре года закусочная «Зеленая страна» превратилась в убогую пивную), чтобы не заставлять читателей этой книги думать, что и я медленно становлюсь его тенью, о чем время от времени намекал Ка, недостаток во мне поэзии и грусти отличали нас не только друг от друга, но и его печальный город Карс отличался от бедного города Карса, каким видел его я. Но сейчас я должен поговорить о человеке, который нас связал и уподобил друг другу.

Когда я впервые тем вечером увидел Ипек на ужине, устроенном в честь меня мэром города, я хотел бы со спокойным сердцем поверить, что головокружение, которое я ощутил, вызвано раки, что возможность безоглядно влюбиться в нее является преувеличением, что бесполезной является моя зависть к Ка, которую я начал тем вечером к нему испытывать! Пока в полночь на грязные мостовые перед моим окном в отеле «Снежный дворец» падал мокрый снег, гораздо менее поэтичный, чем рассказывал Ка, кто знает, сколько раз я спросил себя, почему не мог понять из записок моего друга, что Ипек так красива. То, что я записал в тетради, которую вытащил, повинуясь внутреннему чувству, и часто повторяя про себя в те дни фразу «точно, как Ка», могло бы быть началом книги, которую вы читаете: я вспоминаю, что пытался говорить о Ка и о любви, которую он испытывал к Ипек, словно это был мой собственный рассказ. Уголком моего затуманенного разума я размышлял о том, что позволить увлечь себя внутренними вопросами какой-либо книги или рукописи — это путь, обретенный благодаря опыту держаться подальше от любви. В противоположность тому, что принято считать, человек, если хочет, может держаться от любви далеко.

Но для этого вам нужно и разум свой спасти от женщины, которая врезалась вам в голову, и самого себя спасти от призрака третьего человека, провоцирующего вас на эту любовь. Между тем я уже договорился с Ипек на следующий день поговорить о Ка в кондитерской «Новая жизнь».

Или же я думал открыть ей, что хочу поговорить о Ка. В кондитерской, где никого, кроме нас, не было, по тому же черно-белому телевизору показывали двух влюбленных, обнявшихся на фоне моста через Босфор, и Ипек рассказала мне, что ей будет нелегко говорить о Ка. Она могла рассказать о своей внутренней боли и разочаровании только человеку, который терпеливо слушал бы ее, и ее успокаивало то, что этот человек — близкий друг Ка, настолько близкий, что ради его стихотворений доехал до самого Карса. Ведь если бы она убедила меня, что не поступила несправедливо по отношению к Ка, то хоть немного избавилась бы от внутренней тревоги. Она с осторожностью сказала, что мое непонимание (несообразительность) ее расстроит. На ней была длинная коричневая юбка, которую она надела в утро после «переворота», когда подавала Ка завтрак, и на свитер вновь был надет старомодный пояс (я сразу узнавал эти вещи, потому что читал о них в записях Ка), а на ее лице было чуть капризное, чуть печальное выражение, напоминавшее Мелинду. Я слушал ее очень долго и внимательно.

42

Я соберу свой чемодан

Глазами Ипек

Ипек с оптимизмом верила в то, что очень полюбит Ка, глядя на то, как Ка остановился и в последний раз взглянул на нее, направляясь в Национальный театр вслед за двумя солдатами-охранниками. Для Ипек верить в то, что она сможет любить какого-либо мужчину, было более приятным чувством, нежели любить его на самом деле и даже быть влюбленной в него, она ощущала себя на пороге новой жизни и счастья, которое будет длиться долго.

Поэтому в последующие двадцать минут она совершенно не беспокоилась из-за ухода Ка: она скорее была довольна, нежели волновалась от того, что была заперта на ключ ревнивым возлюбленным. Ее мысли были заняты чемоданом; ей казалось, что если она соберет его как можно скорее, если направит свое внимание на вещи, с которыми не хотела расставаться до конца жизни, то с легкостью сможет оставить своего отца и сестру и как можно скорее, без приключений и бед, выехать с Ка из Карса.

Когда через полчаса после ухода Ка все еще не возвратился, Ипек закурила. Она сейчас чувствовала себя по-дурацки из-за того, что убедила себя, что все будет в порядке, а то, что она была заперта в комнате, усиливало это чувство и заставляло ее сердиться на себя и на Ка. Увидев, что Джавит, работавший на рецепции, вышел из отеля и куда-то бежит, она в какой-то момент захотела открыть окно и позвать его, но, пока она думала, парень убежал. Ипек отвлекала себя, думая, что Ка может прийти в любой момент.

Через сорок пять минут после ухода Ка Ипек с трудом открыла замерзшее окно комнаты и попросила проходившего мимо юношу, изумленного студента лицея имамов-хатибов, которого не увели на спектакль в Национальном театре, сообщить кому-нибудь внизу, в отеле, что она заперта в комнате номер 203. Юноша воспринял это с недоверием, но вошел внутрь. Через какое-то время в комнате зазвонил телефон:

— Что ты там делаешь? — спросил Тургут-бей. — Если уж тебя заперли, почему ты не позвонишь?

Через минуту ее отец открыл дверь запасным ключом. Она сказала Тургут-бею, что хотела вместе с Ка пойти в Национальный театр, но Ка запер ее в своей комнате, чтобы не подвергать опасности, и что думала, раз городские телефоны отключены, то телефоны в отеле тоже не работают.

— Телефоны в городе уже работают, — сказал Тургут-бей.

— С тех пор как ушел Ка, прошло много времени, я беспокоюсь, — сказала Ипек. — Пойдем в театр, посмотрим, как там Ка и Кадифе.

Несмотря на волнение, Тургут-бею потребовалось довольно много времени, чтобы выйти из отеля. Сначала он не мог найти свои рукавицы, а потом сказал, что если не повяжет галстук, то Сунай может это неправильно понять. В дороге он попросил Ипек идти медленно и из-за того, что у него не хватало сил, и для того, чтобы она могла внимательнее выслушать его советы.

— Смотри не связывайся с Сунаем, — сказал он Ипек. — Не забывай, что он — якобинец, в руках которого большая сила!

Перед входом в театр Тургут-бей увидел толпу из любопытных, студентов, привезенных на автобусе, продавцов, давно соскучившихся по таким толпам, и военных с полицейскими и вспомнил волнение, которое у него в молодости вызывали такого рода политические собрания. Еще сильнее схватившись за руку дочери, он осмотрелся вокруг с чувством счастья, со страхом, в поисках группы, к которой он мог бы как-то присоединиться, в поисках удобного момента для спора, который сделал бы его в глазах окружающих частью происходящего. Почувствовав, что в толпе совсем незнакомые люди, он грубо толкнул одного из юношей, который, толкаясь, протискивался к дверям, и сразу же смутился от того, что сделал.

Зал был еще не заполнен, но Ипек почувствовала, что весь театр скоро будет заполнен, как в Судный день, и что она увидит там всех знакомых, словно во сне, когда снится много людей. Не увидев Ка и Кадифе, она забеспокоилась. Какой-то капитан отвел их в сторонку.

— Я отец Кадифе Йылдыз, занятой в главной роли, — выпалил Тургут-бей жалобным голосом. — Мне нужно как можно скорее с ней увидеться.

Тургут-бей вел себя, как отец, в последний момент желающий освободить свою дочь, которая должна играть главную роль в школьном спектакле, а капитан волновался, как младший преподаватель, признающий, что отец прав. Подождав немного в комнате, где на стенах висели портреты Ататюрка и Суная, Ипек увидела, что в комнату вошла одна Кадифе, и сразу же поняла, что ее сестра выйдет этим вечером на сцену, что бы они ни делали.

Она спросила о Ка. Кадифе сказала, что, поговорив с ней, он вернулся в отель. Ипек заметила, что по дороге они его не встретили, но об этом они долго говорить не стали. Тургут-бей, с мокрыми от слез глазами, стал упрашивать Кадифе, чтобы она не поднималась на сцену.

— После того как о спектакле так часто объявляли, не выйти на сцену будет гораздо опаснее, чем выйти на нее, папочка, — сказала Кадифе.

— Кадифе, ты знаешь, как ты разозлишь лицеистов имамов-хатибов, открыв голову, знаешь, как все разгневаются?

— Откровенно говоря, папочка, то, что вы спустя столько лет говорите мне «не открывай голову», выглядит как шутка.

— Это не шутка, милая моя Кадифе, — сказал Тургут-бей. — Скажи им, что ты заболела.

— Но я же не больна…

Тургут-бей заплакал. Ипек в глубине души понимала, что его слезы, которые он проливал так часто, когда в чем-либо находил нечто сентиментальное и думал об этом, были сомнительны. В том, как Тургут-бей переживал боль, было что-то и поверхностное, и искреннее одновременно, Ипек почувствовала, что он смог бы проливать слезы, даже если бы причина была совершенно противоположной. Это свойство, которое делало их отца милым и приятным человеком, на фоне того главного, о чем хотели поговорить сестры, сейчас выглядело настолько ничтожным, что можно было застыдиться.

— Когда Ка вышел? — спросила Ипек почти шепотом.

— Он должен уже давно вернуться в отель! — сказала Кадифе с той же настороженностью.

Они обе со страхом посмотрели друг другу в глаза.

Четыре года спустя в кондитерской «Новая жизнь» Ипек сказала мне, что в тот момент они обе думали не о Ка, а о Ладживерте, и, увидев это в глазах друг друга, испугались, а на своего отца почти не обращали никакого внимания. Я истолковывал эти признания Ипек как проявление доверия ко мне и чувствовал, что конец моего его рассказа неизбежно увижу с ее точки зрения.

В разговоре сестер наступила пауза.

— И он сказал, что Ладживерт не хочет, не так ли? — спросила Ипек.

Кадифе пристально посмотрела на старшую сестру, говоря взглядом: «Отец все слышал». Они обе бросили взгляд на отца и поняли, что Тургут-бей среди своих слез внимательно следит за перешептываниями девушек и слышал слово «Ладживерт».

— Папочка, нам бы поговорить тут пару минут как сестрам.

— Вы всегда умнее меня, — сказал Тургут-бей. Он вышел из комнаты, но дверь за собой не закрыл.

— Ты хорошо подумала, Кадифе? — спросила Ипек.

— Хорошо, — ответила Кадифе.

— Я знаю, ты, конечно, хорошо подумала, — сказала Ипек. — Но ты можешь больше не увидеть его.

— Я так не думаю, — сказала Кадифе осторожно. — Я очень сержусь на него.

Ипек с болью вспомнила, что между Кадифе и Ладживертом существует продолжительная интимная история, полная ссор, примирений, злобы, взлетов и падений. Сколько лет прошло? Этого никто не сможет понять, и ей уже совершенно не хотелось спрашивать себя, сколько времени длится этот период, когда Ладживерт имеет двух возлюбленных, ее и Кадифе. В какой-то момент она с любовью подумала о Ка, потому что он в Германии заставит ее забыть о Ладживерте.

Кадифе почувствовала, о чем думает ее старшая сестра, в момент острой проницательности, которая возникает иногда между сестрами.

— Ка очень ревнует к Ладживерту, — сказала она. — Он сильно влюблен в тебя.

— Я не верила, что он сможет полюбить меня за такое короткое время, — сказала Ипек. — Но сейчас верю.

— Поезжай с ним в Германию.

— Как только вернусь домой, соберу чемодан, — сказала Ипек. — Ты и в самом деле веришь, что мы сможем быть счастливы с Ка в Германии?

— Верю, — сказала Кадифе. — Но больше не говори Ка о том, что было в прошлом. Сейчас он знает слишком много, а еще больше чувствует.

Ипек возненавидела этот победоносный тон Кадифе, словно она лучше, чем ее старшая сестра, знала жизнь.

— Ты говоришь так, будто сама не вернешься домой после пьесы, — сказала она.

— Конечно же, я вернусь, — ответила Кадифе. — Но я думала, что ты уезжаешь прямо сейчас.

— У тебя есть какое-нибудь предположение о том, куда мог уйти Ка?

Ипек, пока они обе смотрели друг другу в глаза, почувствовала, что они обе боятся того, что промелькнуло у них в уме.

— Мне уже надо идти, — сказала Кадифе. — Мне нужно гримироваться.

— Я радуюсь не столько тому, что ты откроешь голову, сколько тому, что ты избавишься от этого лилового плаща, — сказала Ипек.

Полы старого плаща Кадифе, как чаршаф спускавшегося ей до пят, поднялись и закружились, когда она сделала два танцевальных движения. Увидев, что это насмешило Тургут-бея, наблюдавшего через приоткрытую дверь за девушками, обе сестры обнялись и поцеловались.

Должно быть, Тургут-бей давно смирился с тем, что Кадифе выйдет на сцену. На этот раз он ни слез не лил, ни советов не давал. Он обнял и поцеловал свою дочь и захотел как можно скорее выйти из толпы в зрительном зале.

У входа в театр, где собралось много народу, и на обратном пути Ипек во все глаза смотрела, чтобы заметить Ка или человека, у которого можно будет спросить о нем, но на улицах никто не привлек ее внимание. Позже она сказала мне:

— Насколько Ка мог проявлять пессимизм по любой причине, настолько я проявляла оптимизм в последующие сорок пять минут, наверно, по другой причине, но из-за такой же ерунды.

Пока Тургут-бей, пройдя прямо к телевизору, ожидал представления, о прямой трансляции которого теперь сообщалось постоянно, Ипек собрала чемодан, который собиралась увезти с собой в Германию. Он выбирала в шкафах вещи, платья, пытаясь, вместо того чтобы думать о том, где Ка, представить то, как они будут счастливы в Германии. В какой-то момент она, засовывая в чемодан чулки и нижнее белье, помимо того, что она заранее собрала, и размышляя о том, что, может быть, никогда не сможет привыкнуть к немецкому белью и что возьмет все это, хотя и предполагала, что «в Германии белье гораздо лучше», интуитивно выглянула из окна и увидела, что к отелю приближается военный грузовик, который несколько раз приезжал, чтобы забрать Ка.

Она спустилась вниз, ее отец также был в дверях. Хорошо выбритый и с птичьим носом сотрудник Управления в штатском, которого она видела впервые, сказал: «Тургут Йылдыз» — и вручил ее отцу запечатанный конверт.

Когда Тургут-бей с посеревшим лицом и дрожащими руками вскрыл конверт, из него появился ключ. Поняв, что письмо, которое он начал читать, предназначалось его дочери, он дочитал до конца и протянул Ипек.

Четыре года спустя Ипек отдала мне это письмо, потому что честно хотела, чтобы то, что я напишу о Ка, было правдой, и для того, чтобы оправдать себя.

Четверг, восемь часов
Тургут-бей, если вы будете так добры выпустить при помощи этого ключа Ипек из моей комнаты и отдать ей это письмо, всем нам, сударь, будет очень хорошо. Извините меня. С уважением.

Милая. Я не смог убедить Кадифе. Солдаты, чтобы защитить меня, привели сюда, на вокзал. Дорога на Эрзурум открылась, и меня насильно высылают отсюда первым поездом, который будет в девять тридцать. Нужно, чтобы ты взяла мою сумку, свой чемодан и приехала. Военная машина заберет тебя в девять пятнадцать. Смотри не выходи на улицу. Приезжай. Я очень тебя люблю. Мы будем счастливы.

Человек с птичьим носом сказал, что они еще раз приедут после девяти часов, и уехал.

— Ты поедешь? — спросил Тургут-бей.

— Я очень волнуюсь, что с ним случилось, — сказала Ипек.

— Солдаты его охраняют, с ним ничего не случится. Ты нас бросишь и уедешь?

— Я верю, что буду с ним счастлива, — сказала Ипек. — И Кадифе так сказала.

И она вновь начала читать письмо, которое держала в руках, словно там было доказательство ее счастья, а после этого заплакала. Но она не могла понять, почему у нее текут слезы. Много лет спустя она сказала мне:

— Может быть, я плакала потому, что мне было тяжело покидать отца и сестру.

Я видел, что мой интерес ко всему, что чувствовала в тот момент Ипек, ко всем деталям, привязывает ее к собственному рассказу.

— Возможно, я боялась каких-то других своих мыслей, — сказала она потом.

После того как слезы Ипек прекратились, они пошли вместе с отцом в ее комнату и вместе еще раз просмотрели вещи, которые предстояло положить в чемодан, а затем пошли в комнату Ка и сложили все его вещи в большую дорожную сумку вишневого цвета. На этот раз они оба с надеждой говорили о будущем, рассказывали друг другу о том, что после отъезда Ипек Кадифе, дай бог, уже быстро закончит учебу и Тургут-бей с дочерью вместе поедут во Франкфурт навестить Ипек.

Собрав чемодан, они оба спустились вниз и сели у телевизора, чтобы смотреть на Кадифе.

— Дай бог, чтобы пьеса была короткой и чтобы ты, перед тем как сесть в поезд, увидела бы, что все закончилось без бед и приключений! — сказал Тургут-бей.

Не говоря больше ни о чем, они сели перед телевизором и прижались друг к другу, как делали, когда смотрели «Марианну», но Ипек думала совершенно не о том, что видела в телевизоре. От того, что они увидели за первые двадцать пять минут прямой трансляции спектакля, у нее в памяти осталось только то, как Кадифе вышла на сцену с покрытой головой и в длинном ярко-красном платье и спросила: «А как вы хотите, папочка?» Ипек сказала мне: «Конечно же, я думала тогда о другом», поняв, что мне было искренне интересно, о чем же она тогда думала. Когда я множество раз спросил ее о том, где же мысленно она пребывала, она рассказала, что думала о путешествии на поезде, которое им предстояло совершить с Ка. А затем о своем страхе.

Однако, подобно тому как она не могла сказать точно, чего боится, так не смогла и мне этого объяснить много лет спустя. Окна ее разума были распахнуты настежь, и из них было видно абсолютно все, кроме телевизионного экрана напротив; а она с изумлением смотрела на предметы вокруг, на треножник, на складки занавесок, как путешественники, которым, когда они возвращаются из длинной поездки, их дом, вещи, их комнаты кажутся очень странными, маленькими, необычными и старыми. Она сказала мне, что ее жизнь разрешила ей в тот вечер уехать в другое место, и она поняла, что смотрела на собственный дом, как на чужой. По словам Ипек, это было ясным доказательством того, что тем вечером она решила ехать во Франкфурт вместе с Ка, когда она осторожно рассказывала мне об этом в кондитерской «Новая жизнь».

Когда у входа в отель раздался звонок, Ипек побежала и открыла. Военная машина, которая должна была отвезти ее на станцию, приехала раньше. Она со страхом сказала сотруднику в штатском, что придет через какое-то время. Она побежала к отцу, села рядом с ним и изо всех сил обняла его.

— Машина приехала? — спросил Тургут-бей. — Если у тебя чемодан собран, то время еще есть.

Какое-то время Ипек бездумно смотрела на Суная на экране. Не выдержав, она побежала в комнату и, бросив в чемодан свои тапки и маленькую сшитую сумку на молнии, стоявшую на подоконнике, несколько минут сидела на кровати и плакала.

По ее рассказу, который я услышал впоследствии, когда она вернулась назад в гостиную, она уже точно решила покинуть Карс с Ка. В душе она была спокойна, потому что отбросила сомнения и нерешительность, и ей хотелось провести свои последние минуты в этом городе, глядя в телевизор со своим любимым папочкой.

Когда Джавит, работавший на рецепции, сказал, что кто-то пришел, она совсем не забеспокоилась. А Тургут-бей сказал дочери принести из холодильника бутылку кока-колы и два стакана, чтобы разлить ее.

Ипек сказала мне, что никогда не сможет забыть лицо Фазыла, которого увидела у двери в кухню. Его взгляд и говорил о том, что случилась беда, и также выражал то, что Фазыл воспринимал Ипек как члена семьи, очень близкого человека, чего раньше Ипек никогда не замечала.

— Убили Ладживерта и Ханде! — сказал Фазыл. Он выпил полстакана воды, который дала ему Захиде. — Только Ладживерт мог уговорить Кадифе не снимать платок.

В этот момент Ипек стояла и смотрела, не двигаясь, и Фазыл заплакал. Он сказал, что пошел туда, повинуясь внутреннему зову, что Ладживерт и Ханде спрятались, и, когда увидел взвод солдат, то понял, что нападение было устроено по доносу. Если бы не было доноса, их бы не было так много. Нет, они не могли следить за ним, потому что, когда Фазыл туда пришел, все уже произошло. Фазыл сказал, что в свете военных прожекторов, вместе с детьми, пришедшими из соседних домов, видел труп Ладживерта.

— Я могу здесь остаться? — сказал он, закончив свой рассказ. — Я не хочу никуда идти.

Ипек дала стакан и ему. Она поискала открывашку для бутылки, спонтанно открывая и закрывая совершенно не те ящики. Она вспомнила, как Ладживерт выглядел в первый раз, вспомнила, что положила в чемодан блузку в цветочек, которую надела в тот день. Она впустила Фазыла и усадила его на стул рядом с кухонной дверью, на который во вторник вечером под всеобщими взглядами сел опьяневший Ка, чтобы записать стихотворение. А потом, остановившись на какой-то момент, она, словно внезапно заболев, стала чувствовать боль, которая распространялась в ней, словно яд: в то время как Фазыл беззвучно смотрел на Кадифе на экране, Ипек протянула стакан кока-колы сначала ему, а потом отцу. Она наблюдала за всем этим как будто со стороны, как в камеру.

Она прошла в свою комнату. Постояла минуту в темноте.

Забрала сумку Ка сверху. Вышла на улицу. На улице было холодно. Она сказала сотруднику Управления в гражданском, который ожидал ее в военной машине перед дверью, что не уедет из города.

— Мы должны были забрать вас и доставить к поезду, — сказал сотрудник.

— Я передумала, я не еду, благодарю вас. Пожалуйста, передайте эту сумку Ка-бею.

В доме она села рядом с отцом, и они сразу услышали шум отъезжавшей военной машины.

— Я их отправила, — сказала Ипек отцу. — Я не еду.

Тургут-бей обнял ее. Некоторое время они смотрели пьесу на экране, ничего не понимая. Первое действие уже подходило к концу, когда Ипек сказала:

— Пойдем к Кадифе! Мне нужно кое о чем ей рассказать.

43

Женщины убивают себя из гордости
Действие последнее

Сунай в последний момент изменил название того, что он написал и под влиянием вдохновения, и под воздействием многих других явлений окружающей жизни, название пьесы «Испанская трагедия» Томаса Кида поменял на название «Трагедия в Карсе», и это новое название успели сообщить в постоянных объявлениях по телевизору только в последние полчаса. Толпа зрителей, состоявшая из тех, кого частично привезли на автобусах под контролем военных, и некоторых, кто верил в объявления по телевизору и в прочность правления военных, либо из тех любопытных, кто любой ценой хотел своими собственными глазами увидеть то, что будет (потому что в городе ходили разговоры о том, что «прямая» трансляция на самом деле передается в записи, а эта запись прибыла из Америки), и служащих, большинство из которых пришли сюда вынужденно (на этот раз они не привели свои семьи), этого нового названия не замечала. А если бы они даже и заметили, им вообще было бы трудно установить связь между названием и содержанием пьесы, которую они смотрели, как и весь город, ничего не понимая.

Трудно кратко изложить главную идею первой половины «Трагедии в Карсе», которую я смотрел, достав из видеоархива карсского телевизионного канала «Граница» спустя четыре года после ее первой и последней постановки. Речь шла о том, что в «отсталом, бедном и глупом» городке была кровная вражда, но почему люди начали убивать друг друга и что они не поделили, не рассказывалось, и об этом не спрашивали ни убийцы, ни те, кто умирал, как мухи. Один Сунай гневался, что народ предается такой отсталости, как кровная вражда, обсуждал эту тему со своей женой и искал понимания у второй, молодой женщины (Кадифе). Сунай был в образе богатого и просвещенного представителя власти, но он танцевал с нищим народом, обменивался шутками, мудро спорил о смысле жизни и играл им сцены из Шекспира, Виктора Гюго и Брехта, создавая своеобразную атмосферу пьесы в пьесе. К тому же нравоучительные и краткие сцены на такие темы, как движение в городе, вежливость за столом, свойства турок и мусульман, от которых они не смогли отказаться, воодушевление Французской революцией, польза прививок, презервативов и раки, танец живота богатой проститутки, то, что шампунь и косметика — не что иное, как подкрашенная вода, были разбросаны тут и там по пьесе в естественном беспорядке.

Единственное, что собирало эту пьесу, местами изрядно перемешанную с импровизацией и внезапными идеями, и что привязывало карсского зрителя к происходящему на сцене, была страстная игра Суная. В тех местах, где воспринимать пьесу становилось тяжело, он внезапно проявлял гнев жестами из самых лучших моментов своей сценической жизни, поносил тех, кто довел до такого состояния страну, народ, и, переходя с одного края сцены в другой, прихрамывая с трагическим видом, рассказывал о воспоминаниях своей молодости, о том, что Монтень писал о дружбе, или о том, каким одиноким человеком был на самом деле Ататюрк. Его лицо было покрыто потом. Учительница Нурие-ханым, увлекавшаяся театром и историей, с восхищением смотревшая на него в спектакле два вечера назад, много лет спустя рассказала мне, что с первого ряда очень хорошо чувствовался запах раки, шедший от Суная. С ее точки зрения, это означало, что великий актер не пьян, а очень возбужден. В течение двух дней средних лет государственные служащие Карса, восхищавшиеся им так, что решались подвергнуть себя любой опасности, чтобы увидеть его вблизи, вдовы, молодые сторонники Ататюрка, уже сейчас сотни раз видевшие его изображения по телевизору, мужчины, интересовавшиеся приключениями и властью, говорили, что от него на передние ряды исходил какой-то свет, какое-то сияние и что невозможно было долго смотреть ему в глаза.

Месут, один из студентов лицея имамов-хатибов, которых насильно привезли в Национальный театр на военных грузовиках (тот, который был против, чтобы правоверные и атеисты были похоронены на одном кладбище), спустя много лет сказал мне, что чувствовал, как к Сунаю что-то притягивало. Возможно, он мог признаться в этом, потому что прежде находился в одной маленькой исламистской группировке, четыре года совершавшей военные акции в Эрзуруме, а после того, как разочаровался во всем этом, вернулся в Карс и начал работать в одной чайной. По его словам, суще-

шал о борьбе девушек в платках, но никогда не слышал ее имени, узнали о Кадифе лишь пару часов назад. Поэтому, хотя она и появилась на сцене изначально с непорочным видом и на ней было длинное красное платье, то, что она появилась с покрытой головой, сначало вызвало разочарование.

На двадцатой минуте пьесы, во время которой все чего-то ожидали от Кадифе, после одного диалога с Сунаем стало что-то проясняться: когда они остались на сцене одни, Сунай спросил у нее, «решила она или нет», и сказал:

— Я считаю невозможным, чтобы ты, рассердившись на кого-то, убила себя.

Кадифе сказала:

— Мужчины в этом городе убивают друг друга как животные, и когда они говорят, что делают это ради счастья города, кто может вмешиваться в то, что я хочу убить себя? — и улизнула, словно убегая от Фунды Эсер, появившейся на сцене.

Спустя четыре года, когда я слушал от всех, с кем мог поговорить, о событиях, происшедших в Карсе тем вечером, когда с часами в руке, по минутам пытался расписать все события, я вычислил, что когда Кадифе произнесла это на сцене, Ладживерт видел ее в последний раз. Согласно тому, что рассказали мне о нападении на Ладживерта соседи и сотрудники Управления безопасности, все еще работавшие в Карсе, когда в дверь дома постучали, Ладживерт и Ханде смотрели телевизор. Из официального пояснения: Ладживерт, увидев перед собой сотрудников Управления безопасности и военных, бросился внутрь, взял оружие, начал стрелять, а по рассказам некоторых соседей и молодых исламистов, для которых через короткое время он стал легендой, он закричал: «Не стреляйте!» и попытался спасти Ханде, но влетевшая в квартиру группа во главе с З. Демирколом за минуту изрешетила не только Ладживерта и Ханде, но и всю квартиру. Несмотря на сильный шум, никто, кроме нескольких любопытных детей из соседних домов, не заинтересовался случившимся. Так было не потому, что в то время жители Карса привыкли к таким нападениям по ночам, но также и потому, что в тот момент никто в городе не мог интересоваться ничем, кроме передававшегося из Национального театра спектакля. Все тротуары были пусты, все ставни были закрыты, а чайные дома, кроме нескольких, не работали.

Сунай знал, что все глаза в городе прикованы к нему, и это придавало ему сверхъестественную уверенность и силу. Поскольку Кадифе чувствовала, что получит на сцене только то место, которое выделил ей Сунай, она приближалась к нему все больше и чувствовала, что то, что она хотела сделать, сможет осуществиться, только если она воспользуется удобным моментом, который Сунай, возможно, ей предоставит. Я не знаю, о чем она думала, потому что впоследствии, в отличие от своей старшей сестры, Кадифе избегала разговаривать со мной о тех днях. Жители Карса, осознавшие решимость Кадифе покончить собой и открыть голову, с этого момента в течение сорока минут постепенно начали ею восхищаться. В пьесе происходило постепенное выдвижение Кадифе, и спектакль превращался в тяжелую драму, полную нравоучительного и отчасти раздраженного возмущения Суная и Фунды Эсер. Зрители ощутили, что Кадифе играет храбрую девушку, готовую на все из-за того, что она не устрашилась притеснений со стороны мужчин. От очень многих людей, с которыми я разговаривал впоследствии и которые долгие годы сокрушались о том, что случилось потом с Кадифе, я услышал, что даже если образ «девушки-мятежницы в платке» был вскоре полностью забыт, новую личность, которую она играла тем вечером на сцене, жители Карса сохранили в своих сердцах. Когда Кадифе выходила в тот вечер на сцену, наступало глубокое молчание, а большие и маленькие, смотревшие телевизор у себя дома, после ее слов спрашивали друг у друга: «Что она сказала, что она сказала?»

Во время одной из этих пауз послышался гудок первого поезда, покидавшего город впервые за последние четыре дня. Ка был в вагоне, куда его насильно усадили солдаты. Мой милый друг, увидевший, что из вернувшейся машины не вышла Ипек, а вытащили только его сумку, изо всех сил уговаривал солдат, охранявших его, позволить ему увидеться с ней, не получив разрешения, убедил их еще раз отправить военную машину в отель, а когда машина приехала опять без Ипек, стал умолять офицеров еще на пять минут задержать поезд, Ипек снова не появилась, и, когда поезд, отправляясь, издал гудок, Ка заплакал. Поезд тронулся, а его глаза, полные слез, все еще искали в толпе на перроне, в двери здания вокзала, обращенной на статую Казыма Карабекира, довольно высокую женщину с сумкой в руках, которая, как он представлял увидеть, будет идти прямо к нему.

Поезд, набиравший скорость, еще раз издал гудок. В этот момент Ипек и Тургут-бей вышли из отеля «Снежный дворец» и направились прямо к Национальному театру. «Поезд отправляется», — сказал Тургут-бей. «Да, — ответила Ипек. — Дороги скоро откроются. Губернатор и начальник гарнизона вернутся в город». Она сказала еще что-то о том, что так закончится этот глупый военный переворот и все вернется на свои места, но сказала она все это не потому, что считала это важным, а потому, что чувствовала, что если будет молчать, ее отец решит, что она думает о Ка. Она и сама точно не знала, насколько она думает о Ка, а насколько о смерти Ладживерта. В душе она чувствовала сильную боль от того, что упустила возможность стать счастливой, и огромный гнев к Ка. Она мало сомневалась в причинах этого гнева. Обсуждая со мной четыре года спустя, в Карсе, без особого желания, причины своего гнева, она испытает сильное смущение из-за моих вопросов и подозрений и скажет мне, что после того вечера сразу поняла — продолжать любить Ка стало почти невозможно. Пока поезд, увозивший Ка, гудел и покидал город, Ипек испытывала только разочарование; возможно, некоторое изумление. В действительности ее мучило то, как разделить свое горе с Кадифе.

Тургут-бей по молчанию дочери понял, что она переживает.

— Весь город словно покинут, — сказал он.

— Призрачный город, — сказала Ипек только для того, чтобы что-нибудь сказать.

Перед ними проехал конвой из трех военных автомобилей и завернул за угол. Тургут-бей сказал, что эти машины смогли приехать, потому что дороги открылись. Отец с дочерью, чтобы отвлечься, посмотрели на огни проезжавшей перед ними и исчезавшей в темноте колонны. Согласно исследованиям, которые я провел позднее, в среднем фургоне находились тела Ладживерта и Ханде.

Тургут-бей в неровном свете фар только что проехавшего джипа увидел, что в витрине редакции городской газеты «Граница» вывешивают завтрашнюю газету; он остановился и прочитал: «Смерть на сцене. Известный актер Сунай Заим был убит выстрелом во время вчерашнего вечернего представления».

Прочитав статью два раза, они быстро пошли к Национальному театру. В дверях театра стояли все те же полицейские машины, а чуть поодаль, на спуске, виднелась тень того же танка.

Когда они входили, их обыскали. Тургут-бей сказал, что он «отец главной актрисы». Началось второе действие, и, отыскав в самом последнем ряду свободные места, они сели.

В это действие все-таки вошли некоторые шутки и веселые сцены, на умение подавать которые Сунай потратил годы: Фунда Эсер даже немного потанцевала с таким видом, будто смеется над тем, что сама делает. Но настроение пьесы стало очень тяжелым, в театре стояла тишина. Кадифе и Сунай теперь часто оставались одни на сцене.

— И все же вы должны объяснить мне, зачем вы покончите собой, — сказал Сунай.

— Этого никто не может знать точно, — сказала Кадифе.

— Как это?

— Если бы кто-нибудь мог точно знать, почему он совершает самоубийство, если бы он мог ясно объяснить эту причину, он бы не покончил с собой, — сказала Кадифе.

— Не-е-е, это совсем не так, — сказал Сунай. — Некоторые убивают себя из-за любви, другие не могут вытерпеть побоев мужа или стерпеть бедность.

— Вы очень просто смотрите на жизнь, — сказала Кадифе. — Вместо того чтобы убивать себя из-за любви, можно немного подождать, и любовь станет меньше. И бедность не является достаточной причиной для того, чтобы совершить самоубийство. Вместо того чтобы кончать с собой, можно бросить своего мужа или же сначала пойти и попытаться где-нибудь украсть деньги.

— Хорошо, а в чем же настоящая причина?

— Настоящая причина всех самоубийств, конечно, гордость. Женщины, по крайней мере, убивают себя из-за этого!

— Из-за того, что гордость страдает от любви?

— Вы совсем ничего не понимаете! — сказала Кадифе. — Женщина убивает себя не из-за того, что страдает ее гордость, а для того, чтобы показать, какая она гордая.

— Ваши подруги поэтому убивают себя?

— Я не могу говорить от их имени. У каждого человека есть свои причины. Но всякий раз, когда я думаю о том, чтобы убить себя, я чувствую, что они думают так же, как я. Момент самоубийства — это время,

когда женщина одинока и момент, когда она лучше всего понимает, что она женщина.

— Вы подтолкнули своих подруг на самоубийство
этими словами?

— Они покончили собой по своему собственному
решению.

— Все знают, что здесь, в Карсе, ни у кого нет своей
собственной свободной воли, все поступают так, чтобы
избежать побоев, чтобы вступить в какое-нибудь сообщество и защитить себя. Признайтесь, Кадифе, что вы
с ними втайне договорились и навязали женщинам
мысль о самоубийстве.

— Но как такое может быть? — спросила Кадифе. —
Они стали еще более одинокими, совершая самоубийство. От многих из них отказались родители, потому
что они покончили с собой, над останками некоторых
из них даже намаза не совершили.

— И вы сейчас убьете себя для того, чтобы показать,
что они не одиноки, что это общественное действие?
Кадифе, вы молчите... Но если вы убьете себя, не сказав, почему вы так поступаете, не будет ли неверно по-
нято заявление, которое вы решили произнести?

— Я ничего не хочу сообщить моим самоубийством, — сказала Кадифе.

— И все же за вами наблюдает так много людей,
беспокоятся. Скажите, по крайней мере, о чем вы сейчас думаете?

— Женщины убивают себя, надеясь победить, —
сказала Кадифе. — А мужчины — если надежды победить не остается.

— Это верно, — сказал Сунай и вытащил из кармана пистолет марки «кырык-кале». Весь зал внимательно
смотрел на блеск оружия. — Убейте меня вот этим, пожалуйста, когда поймете, что я окончательно побежден.

— Я не хочу угодить за решетку.

— Но разве вы не покончите собой? — спросил Сунай. — Раз вы попадете в ад, когда убьете себя, вам

уже не нужно бояться ни этого наказания, ни наказания в мире ином.

— Женщина как раз поэтому-то себя и убивает, — сказала Кадифе. — Чтобы суметь избежать любых наказаний.

— Я хочу в тот момент, когда я осознаю свое поражение, принять свою смерть из рук такой женщины! — произнес Сунай, картинно повернувшись к зрителям. Он немного помолчал. Он начал рассказывать историю, связанную с любовными похождениями Ататюрка, и именно в этот момент почувствовал, что зрителям стало скучно.

Когда второе действие закончилось, Тургут-бей и Ипек прошли за кулисы и разыскали Кадифе. Просторная комната, в которой когда-то репетировали акробаты из Москвы и Петербурга, армянские актеры, игравшие Мольера, музыканты и танцовщики, отправившиеся в турне по России, сейчас была холодной как лед.

— Я знала, что ты придешь, — сказала Кадифе Ипек.

— Я горжусь тобой, милая, ты была великолепна! — сказал Тургут-бей и обнял Кадифе. — Если бы он дал тебе в руки оружие, сказав: «Убей меня», я бы встал, прервал представление и закричал бы: «Кадифе, не вздумай стрелять».

— Почему?

— Потому что оружие может быть заряжено! — сказал Тургут-бей. Он рассказал о статье, которую прочитал в завтрашнем выпуске городской газеты «Граница». — Я боюсь не из-за того, что новость о событии, о котором Сердар написал заранее в надежде, что оно осуществится, окажется верной, — сказал он. — Потому что большая часть этих статей оказывается неверна. Но я волнуюсь из-за того, что знаю, что такую претенциозную статью Сердар никогда не написал бы без одобрения Суная. Ясно, что статью приказал написать Сунай. Это может быть рекламой. А может быть, он хочет заставить тебя убить его на сцене. Доченька, милая, смотри, не убедившись, что пистолет не заряжен, не стреляй в него! И смотри, ради этого человека не открывай голову. Ипек не уезжает. Нам в этом городе жить еще долго, не серди понапрасну сторонников религиозных порядков.

— Почему Ипек передумала ехать?

— Потому что больше любит своего отца, тебя, нашу семью, — сказал Тургут-бей, держа Кадифе за руки.

— Папочка, мы можем опять поговорить наедине? — спросила Ипек. Как только она это сказала, она увидела, что на лице Кадифе появился страх. Пока Тургут-бей подходил к Сунаю и Фунде Эсер, вошедшим через другую дверь в конце этой полной пыли комнаты с высоким потолком, Ипек изо всех сил обняла Кадифе. Она увидела, что это движение пробудило в сестре страх, и, взяв ее за руку, повела в специальную часть комнаты, отделенную занавеской. Оттуда вышла Фунда Эсер с бутылкой коньяка и стаканами.

— Ты была очень хороша, Кадифе, — сказала она. — Располагайтесь, как вам удобно.

Ипек усадила Кадифе, которая постепенно теряла надежду. Она заглянула ей в глаза, словно хотела сказать: «У меня плохие новости». Потом с трудом произнесла:

— Ханде и Ладживерта убили во время нападения.

Кадифе на мгновение опустила взгляд.

— Они были в одном доме? Кто сказал об этом? — спросила она. Но, увидев решительное выражение на лице Ипек, замолчала.

— Сказал парень из лицея имамов-хатибов, Фазыл, я сразу поверила. Потому что он видел это своими глазами... — Подождав мгновение, чтобы побледневшая, как полотно, Кадифе приняла известие, торопливо продолжила: — Ка знал, где находится Ладживерт, после того как он видел тебя в последний раз, он не вернулся в отель. Я думаю, что Ка сказал людям из вооруженной группировки, где скрываются Ладживерт и Ханде. Поэтому я не поехала с ним в Германию.

— Откуда ты знаешь? — сказала Кадифе. — Может быть, сказал не он, а кто-то другой.

— Может быть, я думала об этом. Но сердцем я так хорошо чувствую, что донес Ка, что поняла, что не смогу убедить себя, что донес не он. Я не поехала в Германию, потому что поняла, что не смогу его полюбить.

Силы, которые Кадифе потратила на то, чтобы выслушать Ипек, были на исходе. Ипек увидела, что сестра только сейчас полностью осознала смерть Ладживерта.

Закрыв руками лицо, Кадифе заплакала навзрыд. Ипек обняла ее и тоже заплакала. Пока Ипек беззвучно плакала, она чувствовала, что они с сестрой плачут по разным причинам. Они уже несколько раз плакали так, когда обе не могли отказаться от Ладживерта и когда им становилось стыдно соперничать за него. Ипек чувствовала, что сейчас весь конфликт закончился: ей не надо было уезжать из Карса. В какой-то момент она почувствовала себя постаревшей. Стареть, будучи в согласии с окружающим миром, становиться мудрой настолько, чтобы ничего не желать от мира: она чувствовала, что сможет это сделать.

Сейчас она гораздо больше беспокоилась за рыдающую Кадифе. Она видела, что сестра испытывает более глубокую и разрушительную боль, чем она. Она ощутила чувство благодарности за то, что не находится в ее положении (или же сладкое ощущение мести?), и ей сразу стало стыдно. Поставили кассету с той же музыкой, которую зрителей заставляли слушать управляющие Национальным театром в перерывах между фильмами, потому что это увеличивало продажу газированной воды и каленого гороха: играла песня под названием «Baby, come closer, closer to me», которую они слушали в Стамбуле в годы ранней молодости. В то время они обе хотели хорошо выучить английский; и обе не смогли этого сделать. Ипек почувствовала, что сестра заплакала еще сильнее, услышав музыку. В щель в занавеске она увидела, что отец и Сунай о чем-то беседуют в другом полутемном конце комнаты и подошедшая к ним с маленькой бутылкой коньяка Фунда Эсер наливает рюмки.

— Кадифе-ханым, я полковник Осман Нури Чолак, — сказал военный средних лет, грубо раздвинувший занавеску, и поприветствовал их, поклонившись до пола, как в фильмах. — Сударыня, чем я могу облегчить ваше горе? Если вы не хотите выходить на сцену, я могу сообщить вам благую весть: дороги открылись, скоро в город прибудут военные силы.

Позднее в военном трибунале Осман Нури Чолак будет использовать эти слова в качестве доказательства, что он пытался защитить город от организаторов этого глупого военного переворота.

— Со мной абсолютно все в порядке, благодарю вас, сударь, — ответила Кадифе.

Ипек почувствовала, что в движениях Кадифе уже сейчас появилось что-то от наигранной манеры Фунды Эсер. А с другой стороны, она восхищалась усилиям сестры взять себя в руки. Кадифе встала, предприняв над собой усилие; она выпила стакан воды и стала бродить, как призрак, туда-сюда по просторной закулисной комнате.

Когда началось третье действие, Ипек собиралась увести отца, не дав ему поговорить с Кадифе, но Тургут-бей подошел к ней в последний момент:

— Не бойся, — сказал он, подразумевая Суная и его друзей, — они современные люди.

В начале третьей сцены Фунда Эсер спела песню женщины, над которой надругались. Это привязало к сцене внимание тех зрителей, которые считали пьесу местами слишком «интеллектуальной». Фунда Эсер, как всегда, с одной стороны, слезы лила, ругая мужчин, а с другой стороны, с пиететом рассказывала о том, что с ней произошло. После двух песен и пародии на маленькую рекламу, которая по большей части насмешила детей (показывали, что продукция «Айгаз» сделана из «выпущенных газов»), сцену затемнили, и показались двое солдат, напоминавших солдат, вышедших на сцену с оружием в руках в конце спектакля два дня назад. В середине сцены они принесли и установили виселицу, и во всем театре наступила нервная тишина. Заметно хромавший Сунай и Кадифе встали под виселицей.

— Я не думал, что события будут развиваться так быстро, — сказал Сунай.

— Вы хотите признаться в том, что вам не удалось сделать то, что вы хотели, или вы уже состарились и ищете предлога, чтобы красиво умереть? — спросила Кадифе.

Ипек почувствовала, что Кадифе прикладывает огромные усилия, чтобы продолжать играть свою роль.

— Вы очень сообразительная, Кадифе, — сказал Сунай.

— Это вас пугает? — спросила Кадифе натянуто и гневным голосом.

— Да! — игриво ответил Сунай.

— Вы боитесь не моей сообразительности, а того, что я — личность, — сказала Кадифе. — Дело в том, что в нашем городе мужчины боятся не женской сообразительности, а того, что женщины будут ими командовать.

— Как раз наоборот, — сказал Сунай. — Я устроил этот переворот, чтобы вы, женщины, командовали собой сами, как европейские женщины. Поэтому я хочу, чтобы вы сейчас открыли голову.

— Я открою голову, — сказала Кадифе. — Но чтобы доказать, что я сделала это не под вашим давлением, не из желания подражать европейцам, после этого я повешусь.

— Но вы очень хорошо знаете, что европейцы будут вам аплодировать из-за того, что вы, покончив с собой, поведете себя как личность, не так ли, Кадифе? Не укрылось от взгляда то, что и на том пресловутом тайном собрании в отеле «Азия» вы повели себя очень увлеченно, чтобы отправить обращение в немецкую газету. Говорят, что вы организовывали девушек, совершающих самоубийство, так же как и девушек с закрытой головой.

— Только одна девушка боролась за платок и покончила с собой. Это Теслиме.

— А вы сейчас будете второй…

— Нет, я открою голову до того, как совершу самоубийство.

— Вы хорошо подумали?

— Да, — ответила Кадифе. — Я очень хорошо подумала.

— Тогда вы должны были подумать и вот о чем. Самоубийцы отправляются в ад. Вы что же, убьете меня со спокойным сердцем, потому что считаете, что все равно попадете в ад?

— Нет, — ответила Кадифе. — Я не верю, что, покончив с собой, попаду в ад. А тебя я убью, чтобы избавиться от такого паразита, врага нации, веры и женщин!

— Вы смелая, Кадифе, и говорите откровенно. Но самоубийство запрещается нашей религией.

— Да, в Священном Коране сура «Ниса» повелевает: «Не убивайте себя», — сказала Кадифе. — Но это не означает, что Всемогущий Аллах не простит юных девушек, убивших себя, и отправит их в ад.

— Значит, таким образом вы искажаете смысл текстов Корана.

— Верно как раз противоположное, — сказала Кадифе. — Некоторые девушки в Карсе убили себя потому, что не могли закрывать головы, так как им этого хотелось. Великий Аллах справедлив и видит, какие муки они терпят. Когда в моем сердце есть любовь к Аллаху, я уничтожу себя, как они, потому что в этом городе Карсе мне нет места.

— Вы знаете, что это рассердит наших религиозных предводителей (начальников), которые зимой,
под снегом, приехали сюда, чтобы отговорить от самоубийства находящихся в безвыходном положении женщин этого нищего города Карса, не так ли, Кадифе?..
Между тем как Коран…

— Я не буду обсуждать мою религию ни с атеистами,
ни с теми, кто от страха делает вид, что верит. И к тому
же давайте закончим этот спектакль.

— Вы правы. А я начал этот разговор не для того,
чтобы повлиять на ваше моральное состояние, а потому, что вы не сможете меня убить спокойно из-за боязни попасть в ад.

— Не беспокойтесь, я убью вас совершенно спокойно.

— Замечательно, — сказал Сунай обидчиво. — А я
скажу вам о самом важном выводе, который я сделал за
свою двадцатипятилетнюю театральную жизнь. Наш
зритель ни в одном произведении не сможет вынести,
не заскучав, диалога длиннее, чем этот. Если хотите, не
затягивая разговоры, перейдем к делу.

— Хорошо.

Сунай вытащил тот же пистолет марки «кырык-кале»
и показал и зрителям, и Кадифе.

— Сейчас вы откроете голову. А потом я дам вам это
оружие и вы меня убьете… Поскольку такое впервые
происходит в прямом эфире, я еще раз хочу сказать
о смысле этого нашим зрителям…

— Давайте не будем затягивать, — сказала Кадифе. — Мне надоели речи мужчин, рассуждающих, почему девушки-самоубийцы совершили это.

— Вы правы, — сказал Сунай, играя оружием в руках. — И все-таки я хочу сказать о двух вещах. Чтобы те,
кто верит сплетням, читая новости, которые пишут в газетах, и жители Карса, которые смотрят нас в прямой
трансляции, не боялись. Смотрите, Кадифе, это магазин
моего пистолета. Как вы видите, он пуст. — Вытащив

магазин, он показал его Кадифе и установил на место. — Вы видели, что он пустой? — спросил он, как мастер-фокусник.

— Да.

— И все-таки давайте хорошенько убедимся в этом! — сказал Сунай. Он еще раз вытащил магазин и, как фокусник, показывающий шапку и зайца, еще раз показал его зрителям и установил на место. — Я в последний раз говорю в свою защиту: вы только что сказали, что убьете меня со спокойным сердцем. Вы, должно быть, питаете ко мне отвращение за то, что я, совершив военный переворот, стал тем, кто стрелял в народ, за то, что они не похожи на европейцев, но я хочу, чтобы вы знали, что я это делал также и ради народа.

— Хорошо, — сказала Кадифе. — Сейчас я открою голову. Пожалуйста, смотрите все.

На мгновение на ее лице отразилась боль, и она очень простым движением руки сняла платок, который был у нее на голове.

В зале сейчас не раздавалось ни звука. Сунай какое-то мгновение растерянно смотрел на Кадифе, словно это было что-то совершенно неожиданное. Они оба повернулись к зрителям, словно актеры-любители, которые не знают последующие слова.

Весь Карс долгое время с восхищением смотрел на прекрасные длинные каштановые волосы Кадифе. Операторы, собрав всю свою смелость, впервые сфокусировали объективы на Кадифе и показали ее вблизи. На лице Кадифе показался стыд женщины, которая расстегнула свое платье в толпе. По всему ее виду было ясно, что она очень страдает.

— Дайте, пожалуйста, оружие! — сказала Кадифе нетерпеливо.

— Пожалуйста, — сказал Сунай. Держа пистолет за ствол, он протянул его Кадифе. — Курок вот здесь.

Кадифе взяла пистолет в руку, и тогда Сунай улыбнулся. Весь Карс был уверен, что разговор продлится еще. Может быть, и Сунай, уверенный в этом, сказал было:

«У вас очень красивые волосы, Кадифе. Я бы тоже ревниво прятал их от мужчин», — как вдруг Кадифе спустила курок.

Раздался выстрел. Весь Карс был поражен скорее не выстрелом, а тем, что Сунай, содрогаясь, будто и в самом деле был убит, упал на пол.

— Как все глупо! — сказал Сунай. — Они не понимают современное искусство, они не могут быть современными!

Зритель уже было ожидал долгого предсмертного монолога Суная, как Кадифе поднесла пистолет очень близко к нему и выстрелила еще четыре раза. Каждый раз тело Суная в какой-то момент вздрагивало, поднималось и, будто становясь еще тяжелее, падало на пол. Эти четыре выстрела были сделаны очень быстро.

Зрители, ожидавшие от Суная скорее осмысленного монолога о смерти, нежели подражания смертельной агонии, утратили надежду, увидев, что после четвертого выстрела на лице Суная выступила кровь. Нурие-ханым, придавшая такое же значение натуральности событий и спецэффектов, как и тексту, встала и уже собиралась зааплодировать Сунаю, но испугалась его лица в крови и села на свое место.

— Кажется, я его убила! — сказала Кадифе зрителям.

— Хорошо сделала! — прокричал из заднего ряда один из студентов лицея имамов-хатибов.

Силы безопасности так были увлечены преступлением на сцене, что не поинтересовались местом, где сидел нарушивший тишину лицеист, и не стали преследовать его. Учительница Нурие-ханым, которая уже два дня с восторгом смотрела Суная по телевизору и теперь сидела в первом ряду, чтобы увидеть его вблизи во что бы то ни стало, заплакала навзрыд, и тогда не только те, кто был в зале, но и весь Карс ощутил, что происходящее на сцене было чересчур натуральным.

Двое солдат, странными и смешными шагами бегущие навстречу друг другу, задвинули занавес.

44

Сегодня здесь никто не любит Ка

В Карсе спустя четыре года

Сразу после того, как занавес был закрыт, З. Демир-кол и его друзья арестовали Кадифе и, похитив ее через заднюю дверь, выходившую на Малый проспект Казым-бея, посадили в военную машину и «для ее собственной безопасности» отвезли ее в бывшее убежище в центральном гарнизоне, которое принимало у себя в гостях Ладживерта в последний день. Через несколько часов все дороги, ведущие в Карс, полностью открылись, и тогда в Карс, не встретив никакого сопротивления, вошли военные подразделения, чтобы подавить этот маленький «военный переворот» в городе. Заместитель губернатора, командир дивизии и другие руководители, которых обвинили в халатном отношении к событиям, сразу же были сняты со своих постов, а горстка военных и работников НРУ, сотрудничавших с «мятежниками» — несмотря на их возражения, что они делали это ради государства и нации, — была арестована. Тургут-бей и Ипек смогли навестить Кадифе только три дня спустя. Тургут-бей во время всего происходящего понял, что Сунай на сцене был убит по-настоящему, сокрушался и все-таки, надеясь, что Кадифе ничего не будет, начал предпринимать усилия для того, чтобы еще тем же вечером забрать дочь и вернуться домой, но успеха не добился и вернулся домой по пустым улицам далеко за полночь, держась за руку своей старшей дочери, и, пока он плакал, Ипек открыла чемодан и разложила его содержимое обратно по шкафам.

Большинство жителей Карса, следивших за происходившим на сцене, поняли, что Сунай действительно умер сразу же, после недолгой агонии, прочитав на следующее утро городскую газету «Граница». Толпа, заполнившая Национальный театр, беззвучно и безмолвно разошлась после того, как занавес закрылся, а телевидение больше ни разу не коснулось того, что происходило в последние три дня. Жители Карса, привыкшие со времен чрезвычайного правительства к тому, что власти или независимые группировки ловят на улицах «террористов», к тому, что они устраивают облавы и делают объявления, через короткое время перестали думать о тех трех днях, как о каком-то особом времени. Ведь Управление главного штаба приказало начинать со следующего утра административное расследование, ревизионная комиссия аппарата премьер-министра приступила к действиям, а весь Карс начал обсуждать «театральный переворот» не с политической точки зрения, а как событие в театральной жизни и в мире искусства. Как Кадифе, несмотря на то что Сунай Заим у всех на глазах зарядил пистолет пустым барабаном, смогла убить его из того же пистолета?

В этом вопросе, который выглядел не как ловкость рук, а как фокус, мне очень помог подробный доклад испектора-майора, направленного из Анкары расследовать «театральный переворот» в Карсе после того, как жизнь вернулась в нормальное русло. Из-за того, что Кадифе отказывалась обсуждать то, что происходило с той ночи с отцом и сестрой, которые приходили ее навестить, и с прокурорами, и с адвокатами — даже если это было необходимо, чтобы защитить ее в суде, — инспектор-майор, чтобы найти истину, точно так же как сделаю и я четыре года спустя, поговорил с очень многими людьми (точнее говоря, взял их показания) и таким образом исследовал все предположения и все разговоры.

Инспектор-майор сначала показал, что разговоры о том, что молодая женщина выстрелила из другого пистолета, который она в мгновение ока вытащила из кармана, или о том, что она стреляла из полного барабана, который поместила в пистолет, не соответствуют истине, чтобы опровергнуть точку зрения о том, что Кадифе убила Суная Заима специально и умышленно, вопреки его воле. И хотя как бы то ни было на лице Суная проявилось выражение изумления, когда он был убит, расследование, проведенное позже силами безопасности, а также одежда, снятая с Кадифе, и видеозапись вечера подтверждали, что во время происходящего использовался единственный пистолет и единственный магазин. Другая достаточно любимая жителями Карса версия о том, что в Суная стрелял в то же время кто-то из другого угла, была опровергнута баллистической экспертизой, присланной из Анкары, и проведенное вскрытие выявило, что пули в теле актера были из пистолета марки «кырык-кале», который Кадифе держала в руках. Последние слова Кадифе («Кажется, я его убила!»), положившие начало тому, что в глазах большинства жителей Карса она стала легендарной личностью — и героем, и жертвой, инспектор-майор расценил как доказательство того, что преступление она совершила не умышленно; он изучил в деталях такие два понятия — философское и юридическое, — как умышленное убийство и злой умысел, указав прокурорам, которые позднее должны были открыть судебное разбирательство на эту тему, направление действий, и рассказал, что тем человеком, кто спланировал все происшествие и все слова, произнесенные во время пьесы, которые Кадифе была вынуждена выучить и говорить на сцене под различным воздействием, была на самом деле не Кадифе, а покойный актер Сунай Заим. Сунай Заим, сказавший два раза, что магазин пуст, а затем поместивший его в пистолет, обманул и Кадифе, и всех жителей Карса. То есть, выражаясь словами майора, который спустя три года раньше положенного срока вышел на пенсию и, когда мы встречались в его доме в Анкаре, в ответ на то, что я указал на романы Агаты Кристи на полке, сказал, что в особенности ему нравится название ее книги: «Пистолет был заряжен»! Продемонстрировать заряженный барабан как пустой не было изящ-

ствовало что-то, что было сложно объяснить, что притягивало студентов лицея имамов-хатибов к Сунаю. Возможно, это было из-за того, что Сунай обладал абсолютной властью, которой они хотели подчиняться. Или же то, что он установил запреты и тем самым «спас» их от опасных занятий, таких как организация восстания. «После военных переворотов все на самом деле втайне радуются», — сказал он мне. С его точки зрения, на молодых людей произвело впечатление то, что он, несмотря на то что обладал такой властью, вышел на сцену и со всей искренностью отдал себя толпе.

Много лет спустя, когда я смотрел видеозапись того вечера на карсском телеканале «Граница», я тоже почувствовал, что в зале забыли о противостоянии отцов и детей, представителей власти и мятежников, и все в глубоком молчании погрузились в свои полные страхов воспоминания и фантазии, и я ощутил существование этого чарующего чувства «мы», которое могут понять только те, кто живет в националистических государствах, основанных на притеснении людей. Благодаря Сунаю в зале словно не осталось «чужих», все были безнадежно привязаны друг к другу общей историей.

Это чувство нарушала Кадифе, к присутствию которой на сцене жители Карса никак не могли привыкнуть. Операторы, транслировавшие спектакль, должно быть, тоже это почувствовали, и поэтому в моменты воодушевления они, сфокусировавшись на Сунае, совершенно не приближались к Кадифе, и зритель Карса мог ее видеть только когда она ассистировала тому, кто двигал действие, подобно служанкам в бульварных комедиях. Между тем зрители очень интересовались, что будет делать Кадифе, потому что с полудня объявлялось, что во время вечернего спектакля она откроет голову. Ходило очень много разговоров о том, что Кадифе делает это под давлением военных, что она не выйдет на сцену и другие подобные слухи, а те, кто слы-

ным фокусом актера: безжалостная сила, которая вот уже три дня применялась Сунаем Заимом и его друзьями под предлогом воплощения западных взглядов и идей Ататюрка (число погибших вместе с Сунаем было двадцать девять человек), внушила такой ужас жителям Карса, что все они были готовы считать пустой магазин заряженным. С этой точки зрения участником происшествия была не только Кадифе, но и жители Карса, которые, хотя Сунай и объявил заранее о своей смерти, с удовольствием наблюдали, как он дает возможность на сцене убить себя под предлогом того, что это спектакль. В своем докладе майор ответил, что необходимо разделять реальность и искусство, развеяв и другой слух о том, что Кадифе убила Суная, чтобы отомстить за Ладживерта; что невозможно будет обвинить под другим предлогом человека, которому дают заряженный пистолет, сказав, что он незаряжен; развеяв утверждения исламистов, которые хвалили Кадифе за то, что она повела себя хитро и убила Суная, но сама, конечно же, не совершила самоубийство, а также на утверждения обвиняющих ее республиканцев светских взглядов. Версия о том, что Кадифе передумала убивать себя после того, как убила Суная Заима, убедив его до этого, что на самом деле собирается совершить самоубийство, была опровергнута тем доказательством, что виселица на сцене была картонной и об этом знал и Сунай, и Кадифе.

Доклад командированного Главным штабом трудолюбивого инспектора-майора с огромным уважением восприняли военные прокуроры и судьи в Карсе. Таким образом, Кадифе была приговорена к трем годам и одному месяцу тюрьмы не за то, что убила человека по политическим причинам, а из-за того, что создала условия для гибели человека из-за своей оплошности и невнимательности, и, отсидев в тюрьме двадцать месяцев, вышла на свободу. Полковник Осман Нури Чолак был приговорен к серьезному сроку наказания, указанному в 313-й и 463-й статьях уголовного кодекса Турции, по обвинению в организации банд для убийства людей и в организации убийств, исполнитель которых был неизвестен, и был освобожден по амнистии, объявленной спустя шесть месяцев. И хотя ему угрожали, чтобы он никому не рассказывал об этих событиях, в последующие годы, по вечерам, когда он, встретившись со своими старинными армейскими товарищами, хорошенько выпивал, он говорил, что сам «по крайней мере» осмеливался делать то, что сидит в душе у каждого военного, сторонника Ататюрка, и, не слишком вдаваясь в детали, обвинял своих друзей в том, что они боятся сторонников религиозных порядков, в лени и трусости.

Офицеры, солдаты и некоторые другие служащие, замешанные в событиях — несмотря на их возражения, что они люди подневольные и патриоты, — так же точно были осуждены в военных трибуналах по различным обвинениям, начиная с того, что они организовывали банды, убивали людей, вплоть до того, что они без разрешения использовали государственное имущество, после чего все они тоже были отпущены на свободу после той же амнистии. После всего этого один легкомысленный младший лейтенант, который впоследствии стал исламистом, после выхода из тюрьмы напечатал в исламистской газете «Обет» свои воспоминания с продолжением, «И я тоже был якобинцем», но издание этих воспоминаний было приостановлено из-за оскорблений в адрес армии. Выяснилось, что вратарь Вурал сразу после переворота и в самом деле начал работать на местное отделение НРУ. Суд также принял во внимание и то, что он, как и другие участники спектакля, был «простым актером». Фунда Эсер в ту ночь, когда был убит ее муж, пережила нервный приступ, она бросалась на всех в гневе, всем на всех жаловалась и доносила, и поэтому четыре месяца ее содержали под наблюдением в психиатрическом отделении военного госпиталя в Анкаре. Спустя много лет после того, как она выписалась из больницы, тогда, когда ее голос был известен по всей стране, потому что она озвучивала ведьму в популярном детском мультсериале, она сказала мне, что все еще огорчается из-за того, что ее муж, погибший на сцене в результате производственного несчастного случая, не получил роль Ататюрка из-за зависти и клеветы, и что единственным ее утешением в последние годы стало то, что при изготовлении многих статуй Ататюрка стали использовать позы и жесты ее мужа. Поскольку в докладе инспектора-майора было доказано участие в событиях и Ка, то военный судья — совершенно справедливо — пригласил в суд в качестве свидетеля и его и после двух заседаний, на которые он не явился, выпустил постановление о его аресте, для того чтобы взять его показания.

Тургут-бей и Ипек каждую субботу навещали Кадифе, отбывавшую наказание в Карсе. Весенними и летними днями, когда погода стояла замечательная, они по разрешению снисходительного начальника тюрьмы стелили белое покрывало под большую шелковицу на широком дворе тюрьмы и ели фаршированные перцы с оливковым маслом, которые делала Захиде, угощали котлетками из мяса и риса других заключенных и, перестукиваясь сваренными вкрутую яйцами, перед тем как их почистить, слушали прелюдии Шопена из переносного магнитофона марки «Филипс», который починил Тургут-бей. Тургут-бей, чтобы не воспринимать как нечто постыдное судимость дочери, расценивал тюрьму как школу-пансион, в которую необходимо пойти учиться каждому уважающему себя гражданину, и время от времени приводил с собой таких знакомых, как Сердар-бей. В одно из посещений к ним присоединился Фазыл, и Кадифе захотела видеть его еще и в следующие посещения, и через два месяца после освобождения она вышла замуж за юношу моложе ее на четыре года.

Первые шесть месяцев они жили в одной из комнат отеля «Снежный дворец», где Фазыл работал на рецепции. А когда я приехал в Карс, они вместе с ребенком переехали в другое место. Кадифе каждое утро приходила со своим полугодовалым ребенком Омерджаном в отель «Снежный дворец», Ипек и Захиде кормили ребенка, и, пока Тургут-бей играл с внуком, сама немного работала в отеле, а Фазыл, чтобы не зависеть от своего тестя, работал и в фотомастерской «Айдын», и на карсском телеканале «Граница» в качестве как он, улыбнувшись, сказал мне, «ассистента телепередач», но на самом деле был «мальчиком на побегушках».

На следующий день после того, как я приехал в город, и после того, как мэр города устроил в честь меня ужин, в полдень мы встретились с Фазылом в их новой квартире на проспекте Хулуси Айтекина[1]. Пока я смотрел на снег, медленно, большими хлопьями падавший на крепость и на реку Карс, Фазыл добродушно спросил, почему я приехал в Карс, я разволновался, решив, что он узнал о том, что вчера вечером, за ужином, который давал мэр города, Ипек вскружила мне голову, и с преувеличенным восторгом рассказал ему о стихах, которые Ка написал в Карсе, и что, возможно, напишу об этих стихах книгу.

— Если стихов нигде нет, как же ты можешь написать о них книгу? — спросил он по-дружески.

— Я тоже не знаю, — сказал я. — В телевизионном архиве должно быть одно стихотворение.

— Мы разыщем его вечером. Но ты все утро бродил по улицам Карса. Наверно, собираешься написать роман о нас.

— Я все время ходил по тем местам, которые Ка описал в своих стихах, — сказал я, нервничая.

— Но я по твоему лицу вижу, что ты хочешь рассказать о том, какие мы бедные, насколько мы отличаемся от людей, читающих твои романы. Я не хочу, чтобы ты писал обо мне в таком романе.

— Почему?

— Ты же меня совсем не знаешь! И даже если ты узнаешь меня и сможешь рассказать, какой я есть, твои европеизированные читатели не смогут понять мою жизнь потому, что будут сочувствовать моей бедности. Их насмешит, например, то, что я пишу исламистские научно-фантастические романы. Я не хочу, чтобы обо мне рассказывали, как о человеке, которому симпатизируют и, улыбаясь, презирают.

— Хорошо.

— Я знаю, ты расстроился, — сказал Фазыл. — Пожалуйста, не расстраивайся из-за моих слов, ты хороший человек. Но и твой друг был хорошим человеком, наверно, хотел нас полюбить, но потом сделал очень большое зло.

Фазыл смог жениться на Кадифе потому, что Ладживерт был убит. Поэтому сейчас мне показалось нечестным то, что он обвинял Ка в том, что он донес на Ладживерта, словно это было зло, которое Ка причинил ему самому, но я промолчал.

— Как ты можешь быть уверен в том, что это правда? — спросил я намного позднее.

— Об этом знает весь Карс, — сказал Фазыл мягким, почти нежным голосом, совершенно не обвиняя ни Ка, ни меня.

Я увидел Неджипа в его глазах. Я сказал, что готов посмотреть научно-фантастический роман, который он хотел мне показать; он спросил, буду я читать то, что он написал, или нет, сказал, что не сможет отдать мне написанное и хочет быть рядом, когда я буду читать. Мы сели за стол, где они по вечерам с Кадифе ужинали и смотрели телевизор, и, не говоря ни слова, вместе прочитали первые пятьдесят страниц научно-фантастического романа, написанного Фазылом, о котором четыре года назад мечтал Неджип.

— Ну как, хорошо? — спросил Фазыл только один раз и так, будто бы извинялся. — Если тебе стало скучно, давай закончим.

— Нет, хорошо, — сказал я и с удовольствием продолжал читать.

Позднее, когда мы вместе шли по заснеженному проспекту Казыма Карабекира, я еще раз искреннее сказал, что нахожу роман очень приятным.

— Ты, наверно, говоришь так, чтобы порадовать меня, — сказал Фазыл весело. — Но ты сделал мне добро. А я хочу сделать что-то для тебя. Если хочешь написать роман, можешь рассказать и обо мне. При условии, что я скажу кое-что твоим читателям.

— Что?

— Я не знаю. Если смогу найти эти слова, пока ты в Карсе, скажу.

Мы расстались, договорившись вечером встретиться на карсском телевизионном канале «Граница». Я смотрел вслед Фазылу, пока он бежал в фотомастерскую «Айдын». Видел ли я Неджипа внутри него? Чувствовал ли он до сих пор Неджипа в себе, как он говорил Ка? Как человек может слышать в себе голос другого человека?

Утром я бродил по улицам Карса, разговаривая с людьми, с которыми разговаривал Ка, сидя в тех же чайных, и много раз чувствовал себя похожим на Ка. Рано утром я сидел в чайной «Удачливые братья», где он когда-то написал стихотворение «Все человечество и звезды», и, так же как мой любимый друг, представлял себе мое место в мире. Джавит на ресепшн отеля «Снежный дворец» сказал мне, что я беру ключ торопливо, «точно, как Ка-бей». Бакалейщик позвал меня, когда я шел по одному из переулков: «Это вы писатель, приехавший из Стамбула?», и пригласил меня внутрь; попросив меня написать, что во всех статьях, вышедших в газетах о самоубийстве его дочери Теслиме четыре года назад, была неправда, он разговаривал со мной так, словно говорил с Ка, и тоже угостил меня кока-колой. Насколько все это было случайностью, а насколько — моими умозрительными построениями? В одно мгновение, поняв, что я иду по улице Байтархане, я заглянул в окна обители Глубокочтимого Шейха Саадеттина и, чтобы понять, что чувствовал Ка, когда приходил в обитель, поднялся по крутой лестнице, о которой рассказал в своем стихотворении Мухтар.

Я нашел стихи, которые Мухтар дал Ка среди его бумаг во Франкфурте, а значит, Ка не отправил их Фахиру. А Мухтар уже на пятой минуте нашего знакомства сказал о Ка: «Какой почтенный человек!» — и после этого рассказал, что Ка очень понравились его стихи, когда он был в Карсе, и что он с хвалебным отзывом отправил их крупному высокомерному издателю в Стамбуле. Своими делами он был доволен и надеялся, что на будущих выборах его выберут мэром города от недавно образованной партии исламистов (прежняя Партия Благоденствия была запрещена). Благодаря Мухтару, уживающемуся со всеми, мягкому, мирному человеку, нас приняли в Управлении безопасности (нам не позволили спуститься на самый нижний этаж) и в больнице Социального страхования, где Ка целовал труп Неджипа. Мухтар, показывая мне помещения, оставшиеся от Национального театра, которые он превратил в склад бытовой техники, согласился с тем, что несет «небольшую» ответственность за то, что было разрушено здание, построенное сто лет назад, но постарался меня утешить тем, что «вообще-то здание было не турецкое, а армянское». Он показал мне по очереди все места, которые вспоминал Ка с тоской и желанием однажды вновь увидеть Ипек и Карс: покрытый снегом овощной рынок, ряды лавок с мелкими скобяными изделиями на проспекте Казыма Карабекира, и, познакомив меня со своим политическим противником в деловом центре Халит-паши адвокатом Музаффер-беем, ушел. Выслушав прореспубликанскую историю Карса, рассказанную мне бывшим мэром города, в точности повторявшую ту, что он рассказывал Ка, я побрел по темным и тоскливым коридорам, и в этот момент один богатый владелец молочной фермы, стоявший в дверях Общества любителей животных, позвал меня: «Орхан-бей» — и, пригласив внутрь, рассказал мне, вспоминая все с поразительной точностью, как Ка четыре года назад вошел сюда тогда, когда был убит директор педагогического института, и как в зале для петушиных боев сел в углу и задумался.

Мне не понравилось до встречи с Ипек выслушивать подробности того момента, когда Ка понял, что любит ее. До того как пойти на нашу с ней встречу в кондитерскую «Новая жизнь», я вошел в пивную «Зеленая страна» и выпил порцию раки, чтобы снять напряжение и чтобы спастись от страха влюбиться. Но как только я сел перед Ипек в кондитерской, я сразу понял, что предпринятые мною меры сделали меня еще более беззащитным. Раки, которую я выпил на пустой желудок, не успокоила меня, а смешала мои мысли. У Ипек были огромные глаза и удлиненное лицо, как я люблю. Пытаясь осознать ее красоту, которая показалась мне еще несомненнее, чем я постоянно представлял себе со вчерашнего дня, я захотел еще раз безнадежно попытаться убедить себя, что именно любовь, которую она пережила с Ка, лишала меня разума и то, что все подробности этой любви я знал. Но эта боль напомнила мне еще одну мою слабую сторону: то, что я, вместо того чтобы быть настоящим поэтом, который может жить сам по себе, как того хотелось Ка, был писателем с простой душой, который каждое утро и каждый вечер работает в определенные часы, как секретарь. Может быть, поэтому я в розовых тонах отразил ежедневную жизнь Ка во Франкфурте как довольно упорядоченную: каждое утро он вставал в определенное время, проходил по одним и тем же улицам, садился за один и тот же стол в одной и той же библиотеке и работал.

— Вообще-то я решила поехать с ним во Франкфурт, — сказала Ипек и рассказала о многих деталях, которые подтверждали ее решение, вплоть до того, что она собрала чемодан. — Но сейчас мне уже трудно вспомнить, какой приятный человек был Ка, — сказала она. — Однако я хочу помочь вам написать книгу из-за уважения, которое испытываю к вашему другу.

— Ка благодаря вам написал в Карсе чудесную книгу, — захотел я спровоцировать ее. — Эти три дня он записал в свои тетради по минутам, не хватает только последних часов, предшествующих его отъезду из города.

С поразительной откровенностью, не скрывая ничего, испытывая затруднение лишь из-за того, что говорит о чем-то очень личном, но с правдивостью, восхитившей меня, она по минутам рассказала о последних часах Ка перед отъездом из Карса, так, как она их пережила и как их себе представляла.

— У вас не было никакого веского доказательства, чтобы передумать ехать с ним во Франкфурт, — сказал я, попытавшись ее обвинить.

— Некоторые вещи люди понимают сердцем сразу.

— Вы первая заговорили о сердце, — сказал я и, словно извиняясь, рассказал ей, что Ка в своих письмах, которые он не смог послать ей, но которые я был вынужден прочитать ради своей книги, весь первый год в Германии не мог спать из-за нее и поэтому каждую ночь принимал по две таблетки снотворного; что он напивался мертвецки пьяным; и когда бродил по улицам Франкфурта, каждые пять-десять минут принимал идущую вдалеке женщину за Ипек; каждый день, до конца своей жизни часами представлял себе, словно в замедленной съемке, моменты счастья, которые пережил вместе с ней; чувствовал себя счастливым, если мог забыть о ней хотя бы на пять минут; что до самой смерти у него не было никаких связей с женщинами; и после того, как он ее потерял, он называл себя «словно не настоящим человеком, а призраком», и, так

521

как я заметил ее нежный взгляд, который, однако, говорил: «Пожалуйста, довольно!», и то, что она подняла брови, словно бы ей задали загадочный вопрос, я со страхом понял, что все это Ипек расценила не как мое желание, чтобы она поняла моего друга, а как желание, чтобы она приняла меня.

— Наверное, ваш друг очень меня любил, — сказала она. — Но не настолько, чтобы попытаться еще раз приехать в Карс.

— Его должны были арестовать.

— Это было неважно. Он бы пришел в суд и поговорил бы там, с ним бы не случилось неприятностей. Не поймите меня неверно, он хорошо сделал, что не приехал, но Ладживерт на протяжении многих лет много раз тайно приезжал в Карс, чтобы увидеть меня, хотя был отдан приказ его убить.

Я увидел, что когда она сказала «Ладживерт», в ее карих глазах появилось сияние, а на лице появилась настоящая печаль, и у меня защемило сердце.

— Но ваш друг боялся не суда, — сказала она, словно бы утешая меня. — Он очень хорошо понял, что я знаю его настоящую вину, и поэтому я не пришла на вокзал.

— Вы никогда не могли подтвердить его вину, — сказал я.

— Я очень хорошо понимаю, что вы ощущаете вину за него, — сказала она с понятливым видом и, чтобы показать, что наша встреча подошла к концу, положила в сумку свои сигареты и зажигалку. Вот почему с понимающим видом: как только я сказал эти слова, я с чувством поражения понял, что она узнала, что на самом деле я ревную не к Ка, а к Ладживерту. Но потом я решил, что Ипек намекала не на это, просто я был чрезмерно поглощен чувством вины. Она встала, довольно высокого роста, все в ней было красивым, и надела пальто.

Мысли мои совершенно смешались. С волнением я сказал:

— Мы сможем еще раз увидеться этим вечером? — В этих словах не было никакой необходимости.

— Конечно, мой отец вас ждет, — сказала она и ушла, шагая приятной походкой.

Я сказал сам себе, что меня огорчает то, что она искренне верит в то, что Ка «виноват». Но я вводил себя в заблуждение. На самом деле я хотел спокойно и красноречиво поговорить о «любимом убитом друге» Ка, неторопливо выявить его слабости, заблуждения и «вину», и так, перед его священной памятью, вместе сесть на один корабль и вместе с ней отправиться в наше первое путешествие. Мечта, которая появилась у меня в первый вечер — увезти Ипек с собой в Стамбул, сейчас была очень далеко, и внутри я ощущал стремление доказать, что мой друг был «невиновен». Насколько это означало, что из двоих умерших я ревновал не к Ка, а к Ладживерту?

Я почувствовал еще большую грусть, когда стемнело, и я побрел по заснеженным улицам Карса. Карсский телеканал «Граница» переехал в новое здание перед заправочной станцией на проспекте Карадаг. На коридоры этого трехэтажного бетонного делового центра, который жители Карса воспринимали как признак экономического подъема, грязная, нечистая, темная и обветшавшая атмосфера города за два года повлияла с избытком.

Фазыл, радостно встретивший меня в студии на втором этаже, доброжелательно представил меня каждому из восьми человек, работавших на телевидении, и после этого сказал: «Друзья хотят, чтобы вы сказали несколько слов для сегодняшних вечерних новостей», а я подумал, что это может поспособствовать моим делам в Карсе. Во время пятиминутной съемки, записанной на пленку, ведущий молодежных программ Хакан Озге, который делал репортаж со мной, внезапно сказал, возможно, потому, что об этом ему сказал Фазыл:

«Оказывается, вы пишете роман о происшедшем в Карсе!» Я удивился и что-то промямлил. О Ка мы не говорили ни слова.

Войдя в комнату директора, мы разыскали по датам на видеокассетах, хранившихся, как того требовали правила, на стенных полках, записи двух первых прямых трансляций, сделанных в Национальном театре. Я сел перед старым телевизором в маленькой душной комнате и, глотая чай, сначала посмотрел «Трагедию в Карсе», где на сцену вышла Кадифе. Я был восхищен «критическими сценками» Суная Заима и Фунды Эсер, тем, как они насмехались над некоторыми довольно популярными четыре года назад рекламными клипами. А сцену, когда Кадифе открывает голову и показывает свои красивые волосы и когда сразу после этого она убивает Суная, я отмотал назад и внимательно посмотрел несколько раз. Смерть Суная и в самом деле выглядела будто часть пьесы. У зрителей не было возможности разглядеть, кроме тех, кто был в первых рядах, был ли магазин пистолета пуст или заряжен.

Просматривая вторую кассету, я сначала понял, что очень много сценок из пьесы «Родина или платок», множество пародий, приключения вратаря Вурала, танец живота приятной Фунды Эсер было теми шутками, которые театральная труппа повторяла на каждом спектакле. Крики, политические лозунги и гул в зале делали разговоры на этой старой ленте совершенно непонятными. Но все же я много раз отмотал пленку назад и записал большую часть стихотворения, которое читал Ка и которое он впоследствии назвал «Место, где нет Аллаха», на бумагу, которая была у меня в руках. Фазыл спрашивал, почему, когда Ка читал стихотворение, Неджип встал и что-то говорил, когда я дал ему, чтобы он прочитал, ту часть стихотворения, которую я смог записать.

Мы два раза посмотрели, как солдаты стреляли в зрителей.

— Ты очень много ходил по Карсу, — сказал Фазыл. — А я тебе хочу сейчас показать одно место в городе. — Слегка стесняясь, немного загадочным голосом он сказал мне, что, может быть, я напишу в своей книге о Неджипе, и что он хочет показать мне общежитие ныне закрытого лицея имамов-хатибов, где Неджип провел последние годы своей жизни.

Мы шли под снегом по проспекту Гази Мехмед-паши, и когда я увидел на лбу черного как уголь пса совершенно круглое белое пятно, я понял, что этот был тот пес, о котором Ка написал стихотворение, и купил в какой-то бакалейной лавке хлеб и яйцо вкрутую, быстро почистил его и дал псу, радостно помахивавшему своим хвостом-колечком.

Фазыл, увидевший, что собака от нас не отстает, сказал:

— Это пес с вокзала. — И добавил: — Я не говорил об этом, потому что вы, может быть, не пойдете. Старое общежитие пустое. После ночи переворота его закрыли, назвав гнездом террора и реакционности. С тех пор внутри никого нет, поэтому я взял с телевидения фонарь.

Он зажег фонарь, и когда посветил им в грустные глаза черного пса, шедшего следом за нами, пес помахал хвостом. Садовая калитка бывшего общежития, которое некогда было армянским особняком, а потом зданием консульства, где жил русский консул вместе со своей собакой, была заперта. Фазыл, взяв меня за руку, помог мне перепрыгнуть через низкий забор.

— Мы убегали здесь по ночам, — сказал он и ловко пролез внутрь через высокое окно с разбитым стеклом, на которое показал, осветил фонарем все вокруг и втащил меня внутрь. — Не бойтесь, кроме птиц, никого больше нет, — сказал он.

Внутри здания, окна которого от грязи и льда не пропускали свет, а некоторые были заколочены досками, была кромешная тьма, но Фазыл поднимался по лестнице со спокойствием человека, приходившего сюда и раньше, и освещал мне дорогу лампой, которую держал за спиной, словно те, кто показывает места в кинотеатрах. Везде пахло пылью и плесенью. Мы прошли через разбитую дверь, сохранившуюся с ночи переворота четыре года назад, и прошли между пустых ржавых коек, обращая внимание на следы пуль на стенах, на углы высокого потолка на верхнем этаже, на то, как голуби, свившие гнездо на сгибе печной трубы, взволнованно забили крыльями.

— Это моя, а вот это — Неджипа, — сказал Фазыл, указывая на две верхние койки рядом. — Чтобы от нашего шепота не проснулись, иногда по ночам мы ложились в одну кровать и разговаривали, глядя на небо.

В щели разбитого стекла, в свете уличных фонарей были видны огромные, медленно падавшие снежинки. Я смотрел внимательно, с уважением.

Потом Фазыл сказал:

— А это — вид с кровати Неджипа, — указывая на узкий проход внизу.

Я увидел проход шириной в два метра, который нельзя было даже назвать улицей, втиснутый сразу за садом, между глухой стеной здания Сельскохозяйственного банка и задней стеной без окон еще одного высокого жилого дома. На его грязную землю с первого этажа здания падал лиловый флюоресцирующий свет. Чтобы этот проход никто не считал улицей, в середине был помещен красный знак «Проход запрещен». А в конце этой улицы, которую Фазыл с вдохновением Неджипа называл «Это конец мира», было темное дерево без листьев, и, как раз когда мы смотрели, оно внезапно покраснело, словно бы загорелось.

— Красная лампочка на вывеске фотомастерской «Айдын» уже семь лет сломана, — прошептал Фазыл. — Красный свет то и дело загорается и гаснет, и каждый раз дикая маслина там, если посмотреть с кровати Неджипа, выглядит, будто она загорелась. Неджип иногда в мечтах наблюдал эту картину до самого утра. То, что он видел, он назвал «этот мир» и утром, после бессонной ночи, иногда говорил мне: «Я всю ночь смотрел на этот мир!» Значит, он рассказал твоему другу, поэту Кабею, а он написал об этом в своем стихотворении. Я привел тебя сюда, потому что понял это, когда смотрел касету. Но то, что твой друг назвал стихотворение «Место, где нет Аллаха», — это неуважение к Неджипу.

— Покойный Неджип рассказал об этом виде Ка, назвав его «Место, где нет Аллаха», — сказал я. — В этом я уверен.

— Я не верю, что Неджип умер атеистом, — сказал Фазыл осторожно. — У него были лишь сомнения.

— Ты больше не слышишь в себе голос Неджипа? — спросил я. — Разве все это в тебе не пробуждает страх, что ты постепенно становишься атеистом, как человек в рассказе?

Фазылу не понравилось, что я знаю о его сомнениях, о которых он рассказывал Ка четыре года назад.

— Теперь я женат, у меня есть ребенок, — сказал он. — Я не интересуюсь этими темами так, как раньше. — Он сразу же расстроился, что повел себя по отношению ко мне, словно я был человеком, приехавшим с Запада, и пытался обратить его к атеизму. — Мы потом поговорим, — сказал он мягко. — Мой тесть ждет нас на ужин, давайте не будем опаздывать.

Все-таки, перед тем как спуститься, он показал стол в одном из углов широкой комнаты, которая некогда была кабинетом русского консула, осколки бутылки из-под раки и стулья.

— После того как дороги открылись, З. Демиркол и его группа оставались здесь еще несколько дней и продолжали убивать курдских националистов и исламистов.

Меня испугала эта деталь, напоминавшая мне о том, что до того момента мне удалось не вспоминать. Мне не хотелось думать о последних часах Ка в Карсе.

Черный пес, ожидавший нас у калитки в сад, пошел за нами следом, когда мы возвращались в отель.

— Ты погрустнел, — сказал Фазыл. — Почему?

— Ты не зайдешь в мою комнату до ужина? Я отдам тебе кое-что.

Когда я брал ключ у Джавита, я ощутил через открытую дверь квартиры Тургут-бея восхитительную атмосферу внутри, увидел накрытый стол, услышал разговоры гостей и почувствовал, что Ипек находится там. У меня в чемодане были сделанные Ка в Карсе ксерокопии любовных писем Неджипа, которые он написал Кадифе четыре года назад, я отдал их в комнате Фазылу. Намного позже я подумал о том, что сделал это потому, что хотел, чтобы и он стал беспокоиться из-за призрака умершего друга так же, как и я.

Пока Фазыл сидел на краю моей кровати и читал письма, я достал из чемодана одну из тетрадей Ка и еще раз взглянул на снежинку, которую впервые увидел во Франкфурте. Так я собственными глазами увидел то, о чем подспудно знал уже давно. Ка поместил стихотворение «Место, где нет Аллаха» как раз на верхнюю часть кристалла памяти. Это означало, что он ходил в опустевшее общежитие, в котором разместился З. Демиркол, что смотрел из окна Неджипа и, перед тем как уехать из Карса, открыл настоящий источник «видения» Неджипа. Стихотворения, которые он поместил на кристалл памяти, рассказывали только о собственных воспоминаниях Ка, которые он пережил в Карсе или в детстве. Таким образом, я убедился в том, о чем знал весь Карс, что когда мой друг не смог убедить Кадифе в Национальном театре, когда Ипек была заперта в комнате отеля, он пошел в общежитие, где его ждал З. Демиркол, чтобы рассказать, где скрывается Ладживерт.

На моем лице тогда, должно быть, было выражение не лучшее, чем выражение на лице Фазыла, пребывавшего в замешательстве. Снизу доносились неясные разговоры гостей, а с улицы — вздохи печального города Карса. И я, и Фазыл исчезли, беззвучно затерявшись среди наших воспоминаний, чувствуя существование наших неоспоримых основ, более страстных, более сложных и более истинных, чем мы сами.

Я посмотрел из окна наружу, на падавший снег и сказал Фазылу, что нам уже надо идти на ужин. Сначала ушел Фазыл, растерянно, словно совершил проступок. Я лег на кровать и с болью представил, о чем думал Ка, когда четыре года назад шел от дверей Национального театра к общежитию, как отводил глаза, разговаривая с З. Демирколом, как издалека показывал дом, в котором прятались Ладживерт и Ханде, сказав «вот там», и сел в одну машину с нападавшими, чтобы показать дом, адрес которого не знал. С болью? Я попытался подумать об этом, рассердившись на себя, что я, «секретарь-писатель», получаю тайное, очень тайное удовольствие от падения моего друга-поэта.

Внизу, на приеме у Тургут-бея, меня еще больше ошеломила красота Ипек. Я хочу кратко описать этот длинный вечер, когда все ко мне очень хорошо отнеслись, когда я был даже слишком пьян: Реджаи-бей, культурный начальник телефонного управления, любитель читать книги и воспоминания, журналист Сердар-бей, Тургут-бей. Каждый раз, когда я смотрел на Ипек, сидевшую напротив меня, внутри у меня что-то обрывалось. Я посмотрел в новостях репортаж, в котором я участвовал, стыдясь своих нервных движений руками. На маленький диктофон, который я всегда в Карсе носил с собой, как сонный журналист, который не верит своему делу, я записал разговоры, которые вел с хозяевами дома и их гостями на такие темы, как история Карса, журналистика в Карсе, воспоминания о ночи переворота, происшедшего четыре года назад. Когда я ел чечевичный суп, приготовленный Захиде, я почувствовал себя героем старого провинциального романа 1940-х годов! Я сделал вывод, что тюрьма сделала Кадифе взрослой и успокоила ее. Никто не говорил о Ка и даже о его смерти; а это разбивало мне сердце еще больше. Кадифе и Ипек в какое-то время пошли посмотреть на спящего в дальней комнате маленького Омерджана. Я захотел пойти следом за ними, но ваш писатель, о котором говорили, что «он, как все люди искусства, очень много пил», был пьян настолько, что не мог устоять на ногах.

И все-таки есть кое-что, что я очень хорошо запомнил из этого вечера. Было уже поздно, когда я сказал Ипек, что хочу увидеть комнату номер 203, где останавливался Ка. Все замолчали и повернулись к нам.

— Хорошо, — сказала Ипек. — Пожалуйста.

Она взяла на рецепции ключ. Я поднялся следом. Открытая комната. Занавески, окно, снег. Запах несвежего воздуха, мыла и легкий запах пыли. Холодно. Пока Ипек пристально смотрела на меня, недоверчиво, но доброжелательно, я сел на кровать, где мой друг провел самые счастливые часы своей жизни, занимаясь с Ипек любовью. Умереть ли мне здесь сразу, признаться Ипек в любви, посмотреть в окно на улицу? Все, да, все ждут нас за столом. Мне удалось насмешить Ипек, сказав ей несколько глупостей. В тот момент, когда она мило мне улыбнулась, я сказал несколько постыдных слов, произнося которые я понял, что заготовил их заранее:

Человека в жизни ничего не делает счастливым кроме любви... ни романы которые он пишет ни города которые он видит... я очень одинок в жизни... и если я скажу что хочу жить до конца своей жизни здесь в этом городе рядом с вами что вы мне скажете?

— Орхан-бей, — ответила Ипек. — Я очень хотела полюбить Мухтара, ничего не получилось; я очень любила Ладживерта, ничего не получилось; я верила, что смогу полюбить Ка, ничего не получилось; я хотела, чтобы у меня был ребенок, не получилось. Я не думаю, что после этого смогу любить кого-нибудь. Теперь я хочу лишь присматривать за моим племянником Омерджаном. Спасибо, но ведь и вы говорите не всерьез.

Я сказал ей большое спасибо за то, что она впервые сказала не «ваш друг», а «Ка». Мы все-таки могли бы опять встретиться завтра в кондитерской «Новая жизнь» после полудня, чтобы поговорить только о Ка?

К сожалению, она занята. Но, как хозяйка дома, она дает слово, что придет и проводит меня на вокзал вместе со всеми завтра вечером, чтобы не огорчать меня.

Я сказал большое спасибо, признался, что у меня не осталось сил, чтобы вернуться за стол (я еще боялся и заплакать), и, бросившись на кровать, сразу же заснул.

Утром, не попавшись никому на глаза, я вышел на улицу и обошел весь Карс сначала с Мухтаром, а потом с журналистом Сердар-беем и Фазылом. Из-за того, что мое появление в вечерних новостях немного успокоило жителей Карса, я с легкостью узнавал некоторые подробности, необходимые для окончания моего рассказа. Мухтар познакомил меня с владельцем первой политической исламистской газеты Карса «Копье», выходившей в количестве 75 экземпляров, и с главным редактором газеты, аптекарем на пенсии, который немного опоздал на собрание в редакции. Я узнал от них, что исламистское движение в Карсе пришло в упадок в результате антидемократических мер, что вообще-то школа имамов-хатибов не пользуется такой же популярностью, как раньше, и некоторое время спустя вспомнил, что Неджип и Фазыл планировали убить этого пожилого аптекаря за то, что он два раза странно поцеловал Неджипа. Владелец отеля «Веселый Карс», который донес Сунаю Заиму на своих постояльцев, тоже сейчас писал статьи в той же газете, и когда разговор зашел о прошедших событиях, напомнил мне о том, что я вот-вот готов был забыть: слава богу, что человек, убивший четыре года назад директора педагогического института, был не из Карса. Личность этого администратора чайной из Токата была установлена с помощью не только пленки, записанной во время преступления, но и баллистической экспертизы, проведенной в Анкаре, так как он совершил тем же оружием и другие преступления, и настоящий владелец этого оружия был пойман; человек, сознавшийся, что его пригласил в Карс Ладживерт, на суде был признан невменяемым и, проведя три года в психиатрической больнице Бакыркёй, вышел из нее, и в Стамбуле, где поселился позднее, открыл кофейню «Веселый Токат», и стал писать мелкие статьи в газете «Обет», защищающей права девушек, закрывающих голову. Сопротивление девушек в платках, подорванное тем, что Кадифе четыре года назад открыла голову, вроде опять начало подниматься, но это движение уже было не таким сильным в Карсе, как в Стамбуле, потому что тех, кто занимался борьбой, выгнали из учебных заведений, или же потому, что они уехали в университеты в других городах. Семья Ханде встречаться со мной отказалась. Пожарный с зычным голосом стал звездой еженедельной программы «Наши приграничные народные песни» после того, как народные песни, которые он пел после переворота, очень полюбились всем. Его близкий друг, один из постоянных посетителей Глубокочтимого Шейха Саадеттина, привратник карской больницы, любитель музыки, записывался по вечерам каждый вторник на пленку, и по вечерам по пятницам звучал его аккомпанемент на сазе в выходящей передаче. Журналист Сердар-бей познакомил меня и с мальчиком, выходившим на сцену в ночь переворота. «Очкарик», которому его отец с того дня запретил выходить на сцену даже в школьных спектаклях, теперь был взрослым человеком и все еще распространял газеты. Благодаря ему я смог узнать, что делают социалисты Карса, читающие газеты, выходившие в Стамбуле: они все еще всем сердцем уважали смертельную борьбу курдских националистов и исламистов с властями и не делали ничего значительного, кроме того, что писали непонятные воззвания, которые никто не читал, и хвалились своими геройскими и самоотверженными поступками в прошлом. Все, кто говорил со мной, пребывали в ожидании самоотверженного героя, который спасет всех от безработицы, бедности, безысходности и преступлений, и, поскольку я был довольно известным писателем, весь город расценивал меня с точки зрения мечты об этом великом человеке, который, как все мечтали, однажды придет, и заставляли меня чувствовать, что им не нравятся многие мои недостатки, с которыми я совсем сжился в Стамбуле, моя задумчивость и рассеянность, то, что разум мой занят моим делом и моим рассказом, то, что я нетерпелив. К тому же я должен был пойти в дом портного Маруфа, историю жизни которого я выслушал, сидя в чайной «Единство», должен был познакомиться с его племянниками и выпить алкогольные напитки, должен был остаться в городе еще на два дня из-за доклада, который устраивали молодые сторонники Ататюрка в среду вечером, я должен был дымить всеми сигаретами, которые мне по-дружески предлагали, должен был выпить весь чай (и большую часть я и выкурил, и выпил). Армейский друг отца Фазыла из Варто рассказал мне, что за четыре года очень много курдских националистов или убили, или посадили в тюрьму: никто теперь и к партизанам не присоединялся, и ни одного из молодых курдов, пришедших на собрание в отель «Азия», уже не было в городе. Симпатичный племянник Захиде, заядлый картежник, втолкнул меня в толпу на петушиных боях, которые проводились под вечер по воскресеньям, и я в какой-то момент с удовольствием выпил две рюмки раки, которая предлагалась в чайных стаканчиках.

Надвигался поздний вечер, я, чтобы выйти из отеля никем не замеченным, вернулся в свою комнату задолго до времени отправления поезда, медленно шагая под снегом, словно совершенно одинокий и несчастный путешественник, собрал чемодан. Выходя через кухонную дверь, я познакомился с агентом Саффетом, которому Захиде все еще наливала каждый вечер суп. Он вышел на пенсию, знал меня потому, что вчера вечером меня показали по телевизору, и собирался мне что-то рассказать. Когда мы сидели вместе в кофейне «Единство», где все читали газеты, он рассказал мне, что, несмотря на пенсию, все еще сдельно работает на власти. В Карсе агент никогда не мог быть пенсионером; он откровенно сказал, улыбнувшись, что если я сообщу ему о том, что я приехал сюда раскопать (старые «армянские» события, о курдских повстанцах, о группах сторонников религиозных порядков, о политических партиях?), что очень интересует службы Разведывательного управления города, то он сможет заработать несколько курушей.

Смущаясь, я рассказал о Ка, напомнил ему, что четыре года назад он какое-то время следил за каждым шагом моего друга, и спросил о нем.

— Он был очень хорошим человеком, любившим людей, собак, — сказал он. — Но он все время думал о Германии, был очень замкнутым. Сегодня здесь его никто не любит.

Мы долгое время молчали. Я, смущаясь, спросил его о Ладживерте, думая, что у него есть какие-либо сведения, и узнал, что точно так же, как я приехал ради Ка, год назад в Карс приезжали какие-то люди из Стамбула, чтобы узнать о Ладживерте! Саффет рассказал, что эти молодые исламисты, враги властей, очень старались, чтобы найти могилу Ладживерта: очень вероятно, что они вернулись ни с чем, потому что покойник был выброшен в море с самолета, чтобы могила не стала объектом поклонения. Фазыл, севший за наш стол, рассказал, что слышал от своего старого приятеля из лицея имамов-хатибов те же разговоры, что и молодые исламисты, которые помнили, что когда Ладживерт «эмигрировал», сбежали в Германию и основали в Берлине постоянно увеличивающуюся радикальную исламистскую группировку, и в первом выпуске журнала «Хиджра», который они выпускали в Германии, написали, что отомстят тем, кто отвечает за смерть Ладживерта. Мы предположили, что Ка убили именно они. Представив на мгновение, что единственная рукопись книги стихов моего друга под названием «Снег» находится в руках одного из берлинских сторонников Ладживерта и Хиджры, я посмотрел наружу, на падающий снег.

Другой полицейский, подсевший в этот момент за наш столик, сказал мне, что все сплетни, появившиеся о Ка, являются ложью.

— У меня глаза не из металла! — сказал этот полицейский.

А что такое «глаза из металла», он не знал. Он любил покойную Теслиме-ханым, и, если бы она не покончила с собой, он, конечно же, на ней женился бы. В тот момент я вспомнил, что Саффет четыре года назад в библиотеке прибрал к рукам студенческий билет Фазыла. Они, возможно, давно забыли этот случай, о котором написал в своих тетрадях Ка.

Выйдя со мной и Фазылом на заснеженную улицу, двое полицейских пошли вместе с нами, что, как я понял, было проявлением или дружбы, или профессионального любопытства, и сетовали на жизнь, на скуку, на свои любовные страдания и старость. У обоих не было даже шапок, и снежинки лежали на их белых редких волосах, совершенно не тая. В ответ на мой вопрос о том, стал ли город за четыре года еще беднее и опустел ли еще больше, Фазыл сказал, что в последние годы все стали еще больше смотреть телевизор, а безработные, вместо того чтобы идти в чайные, сидят по домам и бесплатно смотрят фильмы всего мира через антенны-тарелки. Все накопили денег и повесили на окна по одной из белых антенн-тарелок величиной с кастрюлю, и за четыре года это было единственной новинкой в городе.

Купив по одной сладкой лепешке с грецкими орехами в кондитерской «Новая жизнь», которые стоили директору педагогического института жизни, мы съели их вечером вместо ужина. Полицейские, догадавшись, что мы идем на вокзал, расстались с нами, и после этого мы прошли мимо закрытых ставней, пустых чайных, покинутых армянских особняков и заледеневших освещенных витрин, под каштанами и тополями, ветки которых были покрыты снегом, прошли по печальным улицам, освещенным редкими неоновыми лампами, слушая звуки наших шагов. Мы свернули в переулки, поскольку полицейских за нами не было. Снег, который в какой-то момент вроде бы прекращался, вновь усилился. Я ощущал чувство вины, словно шел в пустом городе один, оставив Фазыла, потому что на улицах совершенно никого не было, и мне доставляло боль сознание того, что я уезжаю из Карса. Вдалеке, из тонкой занавесы, сотканной двумя дикими маслинами, сухие ветки которых перемешались с сосульками, свешивающимися с ветвей, выпорхнул воробей и, пролетев между медленно падавших огромных снежинок, пролетел над нами и исчез. Пустые улицы, покрытые совершенно новым и очень мягким снегом, были такими беззвучными, что мы не слышали ничего, кроме звуков наших шагов и нашего дыхания, усиливавшегося по мере того, как мы уставали. Это безмолвие на улице, по обеим сторонам которой были расположены дома и магазины, создавало впечатление, будто находишься во сне.

На мгновение я остановился посреди улицы и проследил за снежинкой, которую заметил где-то наверху, до тех пор пока она не упала на землю. В то же время Фазыл указал на блеклую афишу, которая вот уже четыре года висела на одном и том же месте, потому что была повешена у входа в чайную «Браво», на возвышении:

ЧЕЛОВЕК — ШЕДЕВР АЛЛАХА
И
САМОУБИЙСТВО — КОЩУНСТВО

— К афише никто не прикоснулся, потому что в эту чайную ходят полицейские! — сказал Фазыл.

— Ты чувствуешь себя шедевром? — спросил я.

— Нет. Вот Неджип был шедевром Аллаха. После того как Аллах забрал его душу, я отдалился и от своей внутренней боязни атеизма, и от своего желания еще больше любить моего Аллаха. Пусть Он меня теперь простит.

Мы дошли до станции, совсем не разговаривая, между снежинками, которые были словно подвешены в воздухе. Здание, построенное на заре Республики, о чем я рассказываю в «Черной книге», красивое каменное здание вокзала было разрушено, а на его месте было построено что-то уродливое из бетона. Мы заметили Мухтара и черного как уголь пса, ожидавших нас. За десять минут до отправления поезда пришел и Сердар-бей и, отдав старые выпуски газеты, где были статьи о Ка, попросил рассказать в моей книге о Карсе и его бедах, не очерняя город и его людей. Мухтар, увидевший, что тот достал подарок, сунул мне в руки полиэтиленовый пакет с флаконом одеколона, маленьким кругом карсского овечьего сыра и подписанным экземпляром своей первой книги стихов, которую он отпечатал в Эрзуруме на собственные деньги, так словно бы совершал преступление. Я купил себе билет, а черному как уголь песику, о котором мой любимый друг написал в своем стихотворении, — бутерброд. Пока я кормил пса, дружелюбно помахивавшего своим завитым в колечко хвостом, прибежали Тургут-бей и Кадифе. О том, что я уезжаю, они в последний момент узнали от Захиде. Мы коротко поговорили о билетах, о дороге, о снеге. Тургут-бей, стесняясь, протянул мне новое издание одного романа Тургенева («Первая любовь»), который он в тюрьме переводил с французского. Я погладил Омерджана, сидевшего на руках у Кадифе. На концы волос его матери, покрытые элегантным стамбульским шарфом, падали снежинки. Повернувшись к Фазылу, поскольку я боялся слишком долго смотреть в красивые глаза его жены, я спросил, что если однажды напишу роман о Карсе, что бы он хотел сказать читателю.

— Ничего, — решительно ответил он.

Увидев, что я расстроился, он смягчился и сказал:

— У меня в голове есть кое-что, но вам не понравится… Если вы напишете обо мне в романе о Карсе, то я бы хотел сказать, чтобы читатель не верил ничему, что вы напишете обо мне, о нас. Никто посторонний не сможет нас понять.

— Вообще-то никто такому роману и не поверит.

— Нет, поверят, — сказал он с волнением. — Они, конечно, захотят поверить в то, что могут любить нас и понимать нас в таком положении, поверить в то, что мы смешные и симпатичные, для того чтобы считать себя умными, превосходящими нас и человечными. Но если вы напишете эти мои слова, у них останется сомнение.

Я дал ему слово включить его слова в роман.

Кадифе, увидев в какой-то момент, что я смотрю на дверь вокзала, подошла ближе.

— Говорят, у вас есть маленькая красивая дочь по имени Рюйя[1], — сказала она. — Моя сестра не смогла прийти, но попросила, чтобы я передала привет вашей дочери. А я принесла вам вот это напоминание о моей театральной карьере, оставшейся незаконченной. — Она дала мне маленькую фотографию, на которой была она и Сунай Заим на сцене Национального театра.

Машинист дал гудок. Кажется, кроме меня, на поезд никто не садился. Я обнялся с каждым в отдельности. Фазыл в последний момент впихнул мне в руки сумку, в которой вместе с копиями видеокассет была ручка Неджипа.

Мои руки были заполнены сумками с подарками, я с трудом поднялся в тронувшийся вагон. Все стояли на перроне и махали мне руками, а я свесился из окна и помахал им. В последний момент я увидел, что черный как уголь пес, высунув огромный розовый язык, радостно бежит по перрону почти рядом со мной. А потом все

_____

[1] Дословно: мечта.

538

исчезло в падавших огромных снежинках, которые постепенно темнели.

Я сел и, посмотрев на желтоватый свет последних домов в окраинных кварталах, показавшихся среди снежинок, на ветхие комнаты, где смотрели телевизор, на тонкие, дрожащие, изящные струйки дыма, поднимавшиеся из низких труб на покрытых снегом крышах, заплакал.

апрель 1999 — декабрь 2001

СТИХОТВОРЕНИЯ, ПРЕДСТАВЛЕННЫЕ ПО ПОРЯДКУ С МОМЕНТА ПРИЕЗДА КА В КАРС

СТИХОТВОРЕНИЯ
ПО ИХ ПОЛОЖЕНИЮ НА СНЕЖИНКЕ

Содержание

Литературно-художественное издание

Орхан Памук

СНЕГ

Ответственный редактор *Елена Шипова*
Литературный редактор *Елена Пуряева*
Художественный редактор *Егор Саламашенко*
Технический редактор *Татьяна Харитонова*
Корректор *Людмила Быстрова*
Верстка *Светланы Копелевич*

Подписано в печать 18.10.2006.
Формат издания 84 × 108^1/₃₂. Печать офсетная.
Усл. печ. л. 28,56. Тираж 10 000 экз.
Изд. № 60356. Заказ № 2731.

Издательство «Амфора».
Торгово-издательский дом «Амфора».
197110, Санкт-Петербург,
наб. Адмирала Лазарева, д. 20, литера А.
E-mail: info@amphora.ru

Отпечатано с готовых диапозитивов в ОАО «Лениздат».
191023, Санкт-Петербург, наб. р. Фонтанки, 59.

*По вопросам поставок
обращайтесь:*

ЗАО Торговый дом «Амфора»

123060, Москва,
ул. Берзарина, д. 36, строение 2
(рядом со ст. метро «Октябрьское поле»)
Тел./факс: (495) 192-83-81, 192-86-84,
944-96-76, 946-95-00
E-mail: amphoratd@bk.ru

ЗАО Торговый дом «Амфора»

198096, Санкт-Петербург, Кронштадтская ул., 11
Тел./факс: (812) 783-50-13, 335-34-72
E-mail: amphora_torg@ptmail.ru